Colette Fournier .

D0560424

avril 2006

Le secret d'Emma Harte

Barbara Taylor Bradford

Le secret
d'Emma Harte

ÉDITIONS FRANCE LOISIRS

Titre original : *The Secret of Emma Harte*
Traduit de l'anglais (États-Unis) par Eveline Charlès

Édition du Club France Loisirs,
avec l'autorisation des Presses de la Cité.

France Loisirs,
123, boulevard de Grenelle, Paris
www.franceloisirs.com

© Beaji Enterprises Inc., 2004. Tous droits réservés.
© Presses de la Cité, 2004, pour la traduction française.
ISBN : 2-7441-7854-3

Pour Bob, comme toujours, avec mon amour

LES TROIS CLANS

Les Harte

EMMA HARTE : fondatrice de la dynastie et d'un empire économique.

LES ENFANTS D'EMMA

EDWINA HARTE LOWTHER : comtesse douairière de Dunvale, premier enfant et fille illégitime d'Emma et d'Edwin Fairley.

CHRISTOPHER LOWTHER, dit « KIT » : deuxième enfant. Fils d'Emma et de son premier époux, Joe Lowther.

ROBIN AINSLEY : troisième enfant. Fils d'Emma et de son second époux, Arthur Ainsley. Jumeau d'Elizabeth.

ELIZABETH AINSLEY : quatrième enfant. Fille d'Emma et de son second époux, Arthur Ainsley. Jumelle de Robin.

DAISY AINSLEY : cinquième enfant. Fille illégitime d'Emma et de Paul McGill.

LES PETITS-ENFANTS D'EMMA

ANTHONY STANDISH : comte de Dunvale. Fils d'Edwina et de Jeremy Standish, comte et comtesse de Dunvale.

SARAH LOWTHER : fille de Kit et de June Lowther.

JONATHAN AINSLEY : fils de Robin et de Valerie Ainsley.

PAULA McGILL HARTE AMORY FAIRLEY O'NEILL : fille de Daisy et de David Amory. Sœur de Philip.

PHILIP McGILL HARTE AMORY : fils de Daisy et de David Amory. Frère de Paula.

EMILY BARKSTONE HARTE : fille d'Elizabeth Ainsley et de Tony Barkstone. Demi-sœur d'Amanda.

AMANDA LINDE : fille d'Elizabeth et de son second époux, Derek Linde. Demi-sœur d'Emily.

ARRIERE-PETITS-ENFANTS D'EMMA

TESSA FAIRLEY LONGDEN : fille de Paula et de Jim Fairley, son premier mari. Jumelle de Lorne.

LORNE FAIRLEY : fils de Paula et de Jim Fairley. Jumeau de Tessa.

TOBY HARTE : fils d'Emily et de Winston Harte II. Frère de Gideon.

GIDEON HARTE : fils d'Emily et de Winston Harte II. Frère de Toby.

LADY INDIA STANDISH : fille d'Anthony Standish et de Sally Harte, comte et comtesse de Dunvale.

LINNET O'NEILL : fille de Paula et de Shane O'Neill, son second époux.

CHLOE PASCAL : fille de Sarah Lowther et d'Yves Pascal.

FIONA McGILL AMORY : fille de Philip McGill Amory et de Madalena O'Shea Amory (décédée).

EMSIE O'NEILL : fille de Paula et de Shane ONeill. Sœur de Desmond et de Linnet.

DESMOND O'NEILL : fils de Paula et de Shane O'Neill. Frère d'Emsie et de Linnet.

Les Harte (suite)

WINSTON HARTE : frère aîné d'Emma et son associé.

RANDOLPH HARTE : fils de Winston et de Charlotte Harte.

WINSTON HARTE II : fils de Randolph et de Georgina Harte.

TOBY HARTE : fils de Winston Harte II et d'Emily Harte. Frère de Gideon.

GIDEON HARTE : fils de Winston Harte II et d'Emily Harte. Frère de Toby.

FRANK HARTE : frère cadet d'Emma.

ROSAMUND HARTE : fille de Frank et de Natalie Harte. Sœur de Simon.

SIMON HARTE : fils de Frank et de Natalie Harte. Frère de Rosamund.

Les O'Neill

SHANE PATRICK DESMOND O'NEILL, dit « BLACKIE » : fondateur de la dynastie et d'un empire économique.

BRYAN O'NEILL : fils de Blackie et de Laura Spencer O'Neill.

SHANE O'NEILL : fils de Bryan et de Geraldine O'Neill.

LINNET O'NEILL : fille de Shane et de Paula O'Neill.

EMMA O'NEILL, dite « Emsie » : fille de Shane et de Paula O'Neill.

DESMOND O'NEILL : fils de Shane et de Paula O'Neill.

Les Kallinski

DAVID KALLINSKI : fondateur de la dynastie et d'un empire économique.

SIR RONALD KALLINSKI : fils de David et de Rebecca Kallinski.

MICHAEL KALLINSKI : fils de Ronald et d'Helen Kallinski, dite « Posy ».

JULIAN KALLINSKI : fils de Michael et de Valentine Kallinski.

PROLOGUE

2000

*Passé et présent
Demeurent tous deux dans l'avenir
Et le futur est contenu dans le passé.*

T. S. Eliot
Les Quatre Quatuors

Elle était assise près du lit, immobile, tenant les mains de sa grand-mère dans les siennes. Il régnait un tel silence, dans cette chambre d'hôpital, qu'elle entendait sa respiration, brève et entrecoupée.

La vieille dame était détendue, comme si le sommeil avait emporté avec lui toute tension, et elle semblait plus jeune que son âge, plus jeune qu'elle ne l'avait paru depuis bien longtemps.

Peut-être irait-elle mieux, pensa Evan, les yeux rivés sur sa grand-mère – la personne qu'elle aimait le plus au monde, en dehors de son père. Elle aurait voulu qu'il soit là. Il avait quitté le Connecticut depuis plusieurs heures, et elle se demandait ce qui le retardait. Evan jeta un coup d'œil à sa montre et devina qu'il devait être pris dans les embouteillages qui bloquaient la circulation de Manhattan en fin d'après-midi : c'était l'heure de la sortie des bureaux, et on allait fêter Thanksgiving la semaine suivante. Elle laissa échapper un petit soupir. Elle ne pouvait imaginer sa vie sans sa grand-mère bien-aimée. Mais la vieille dame souffrait d'une infection urinaire qui s'était muée en insuffisance rénale. Ce n'était plus qu'une question de temps…

Glynnis Jenkins Hughes. La jeune Galloise originaire

17

de la Rhondda Valley, qui était arrivée en Amérique cinquante-quatre ans auparavant, après avoir épousé un GI. Elle l'avait rejoint, amenant avec elle leur fils nourrisson, conçu et né en Angleterre, où Richard avait été basé pendant la Seconde Guerre mondiale.

« Elle a autant été une mère pour moi qu'elle l'a été pour Papa », songea Evan. S'appuyant au dossier de sa chaise, elle ferma les yeux et s'abandonna à ses souvenirs d'enfance. Grand-Mère, toujours là pour eux, riant toujours, drôle et gaie, prodigue de sa chaleur et de son amour.

Pour autant qu'elle s'en souvienne, la mère d'Evan avait toujours été malade, et elle l'était encore. Maniaco-dépressive, elle vivait dans un monde à part, hors de la réalité et d'une certaine façon hors de leur vie.

Un jour, il y avait très longtemps, Grand-Mère avait quitté New York pour le Connecticut. Elle avait pris la situation en main, tout en marmonnant qu'elles étaient trop jeunes pour se débrouiller seules. Elle avait ajouté plus bas, mais pas assez pour qu'Evan ne l'entende pas, qu'un homme avait besoin d'un repas chaud, lorsqu'il rentrait le soir, tout autant que de bras aimants pour l'enlacer ; il lui fallait une bonne épouse pour lui offrir réconfort, chaleur et compréhension, le soutenir et lui remonter le moral quand il ne tournait pas rond.

Grand-Mère avait passé plusieurs années à s'occuper d'Evan et de ses deux sœurs, Elayne et Angharad, à diriger leurs jeunes vies. Elle était pleine d'énergie, elle était généreuse, bien dans sa peau, et elle ne souhaitait qu'une seule chose : communiquer sa joie de vivre à ses petites-filles et à son fils unique, Owen.

« Elle s'y est employée avec ardeur, songea Evan, et

elle est la meilleure partie de moi-même. Elle a fait de moi ce que je suis. » Ouvrant finalement les yeux, elle jeta un coup d'œil à sa grand-mère. Un sourire éclaira son visage troublé lorsqu'elle constata que Glynnis était éveillée.

— Tu somnolais, Evan, chuchota-t-elle.

— Pas vraiment. Je reposais seulement mes yeux et je réfléchissais, Grand-Mère.

— A quoi ?

— Je pensais à toi, à la façon dont tu as pris soin de nous quand nous étions petites filles. Et de Papa, aussi.

Un sourire se dessina sur les lèvres de Glynnis. Brusquement, ses yeux fatigués s'éclairèrent et s'animèrent, ses pupilles d'un bleu extraordinaire se mirent à scintiller.

Pressant la main de sa grand-mère, Evan s'écria :

— Tu seras bientôt sur pied ! Tu verras !

— Où est Owen ? murmura Glynnis d'une voix à peine audible.

— Papa est en route, il va arriver d'une minute à l'autre. Il est sans doute coincé dans les embouteillages.

— Va-t'en, ordonna Glynnis.

— Je ne peux pas te laisser seule, Grand-Mère ! protesta Evan.

Ne comprenant pas pourquoi sa grand-mère lui intimait de partir, elle fronça les sourcils et ajouta :

— Je veux prendre soin de toi, tout comme Papa.

— Je voulais dire… quitte New York… tu as vingt-six ans… tu devrais être ailleurs… dans le monde.

La voix de Glynnis s'éteignit. Elle soupira, sembla s'enfoncer davantage dans les oreillers.

Evan se pencha davantage, les yeux fixés sur sa grand-mère.

— Je suis heureuse, ici. J'aime mon travail, chez Saks, et de toute façon je veux rester près de toi.

— Je suis en train de mourir.

Glynnis battit des paupières. Elle soutint fermement le regard de sa petite-fille.

— Ne dis pas ça, Grand-Mère ! Tu vas guérir, j'en suis sûre.

Les yeux d'Evan s'emplirent de larmes, elle serra plus fort les doigts fragiles de Glynnis.

— Vieille, souffla celle-ci. Je suis trop vieille, maintenant.

— Ce n'est pas vrai ! Tu n'as que soixante-quinze ans, ce n'est pas vieux de nos jours ! protesta Evan, dont le ton était monté d'un cran.

Le cœur de Glynnis se serra, elle soupira. La douleur de sa petite-fille lui était insupportable.

« Mon seul véritable amour », pensa-t-elle.

En fait, il y en avait eu un autre, mais il y avait si longtemps que cela n'avait plus d'importance.

« Evan a toujours été à moi, elle était comme ma propre fille, la fille que je n'ai pas eue avec Richard. Très cher Richard. Le plus fidèle des maris, le meilleur des hommes, le meilleur que j'aie jamais connu et, finalement, l'homme qu'il me fallait pour une vie entière. J'ai tant de choses à dire à Evan et si peu de temps pour le faire. Je dois faire le tri dans mes pensées… les ordonner. J'aurais dû lui parler plus tôt, mais j'avais peur… »

— Grand-Mère ! Grand-Mère ! cria Evan. Ouvre les yeux !

Les paupières de Glynnis se soulevèrent lentement. De nouveau, elle regarda sa petite-fille. Soudain, son visage ridé rayonna.

— Je pensais à ton grand-père, Evan. Un homme si bon, Richard Hughes.

— Nous l'aimions aussi, Grand-Mère.

— Tu crois qu'il m'attend ? Tu crois qu'il existe un au-delà, Evan ? Un paradis ?

Du bout des doigts, Evan essuya ses larmes.

— Je ne sais pas, Grand-Mère. Je l'espère, je l'espère vraiment.

— Peut-être y a-t-il... Ne pleure pas à cause de moi, Evan. J'ai eu une bonne vie... triste, parfois... doulou-reuse, aussi... mais j'en ai apprécié chaque seconde... A quelque chose malheur est toujours bon...

Une fois de plus, Glynnis se perdit dans ses pensées, cherchant à rassembler ses dernières forces.

Evan s'approcha davantage et caressa sa joue.

— Je suis là, Grand-Mère.

Glynnis soupira ; un léger sourire flotta sur sa bouche généreuse.

— Je sais, ma chérie.

— Papa ne va plus tarder, maintenant, affirma Evan.

Elle espérait que c'était vrai et s'efforça de chasser son anxiété croissante.

— Je l'aimais trop, marmonna Glynnis.

— On n'aime jamais trop un enfant, tu l'as dit toi-même, Grand-Mère.

— J'ai dit ça ?

— Oui, il y a longtemps, quand j'étais petite.

— Je ne me le rappelle pas. Evan ?

— Oui, Grand-Mère.

— Va voir Emma.

— Emma ! Qui est Emma ?

21

— Emma Harte. A Londres. Elle a... la clef de ton avenir. Oh, Evan...

Glynnis s'interrompit brusquement, fixa intensément sa petite-fille, comme pour graver son visage dans sa mémoire, puis elle ferma les yeux. Un long soupir tremblant s'échappa de ses lèvres, et elle ne bougea plus.

— Grand-Mère, fit Evan d'une voix basse et insistante. Grand-Mère ?

Il n'y eut pas de réaction, pas même un frémissement de paupière. Evan baissa les yeux vers leurs mains jointes, sur le drap, et elle vit que celle de sa grand-mère était inerte dans la sienne. Sa gorge se serra, ses yeux se voilèrent de larmes.

« Grand-Mère est partie, pensa-t-elle. Partie dans un autre monde. Elle a fini de souffrir, elle est en paix. »

Evan espérait qu'il existait un paradis, où son grand-père attendait sa bien-aimée grand-mère.

Elle se pencha pour embrasser la joue encore tiède de Glynnis. Les larmes jaillirent de ses yeux et ruisselèrent sur son visage, tandis que la douleur l'envahissait. Elle était si affligée qu'elle n'entendit pas son père entrer dans la pièce. Ce ne fut que lorsqu'elle sentit sa main sur son épaule qu'elle prit conscience de sa présence.

— Elle est partie ? demanda Owen d'une voix émue.

— Oui, Papa, il y a quelques secondes à peine.

Tout en parlant, Evan lissa de sa paume la chevelure argentée de Glynnis, puis elle se leva et se tourna vers son père. Lorsqu'elle vit les larmes qui brouillaient ses yeux bleus, l'angoisse qui crispait ses traits, elle se blottit dans ses bras, pour qu'ils se réconfortent mutuellement.

Ils restèrent enlacés un instant.

— J'ai essayé d'arriver à temps, dit finalement Owen.

— Je sais, Papa, et Grand-Mère le savait aussi.

— Elle a dit quelque chose pour moi ?

— Elle a dit qu'elle t'avait trop aimé.

Son père demeura silencieux, l'air songeur. Il s'écarta d'Evan et alla s'asseoir auprès de sa mère, penchant sa tête brune vers elle ; sa tristesse était visible.

Evan l'observa, inquiète. Elle ne pensait plus aux derniers mots que sa grand-mère avait prononcés à son intention. Lorsqu'ils lui revinrent, elle fut déconcertée.

Mais quelque temps plus tard, elle partit pour Londres. Pour retrouver Emma Harte. Pour connaître son avenir.

PREMIERE PARTIE

Dynastie
2001

Ne perds pas de vue tes amis
Et encore moins tes ennemis.
Anonyme

N'omets pas de bien recevoir les étrangers,
De cette façon, il en est qui ont reçu
Des anges sans le savoir.
La Bible

1

C'était une matinée de bourrasques.

Le vent pénétrant qui soufflait du nord était chargé d'une humidité lourde et glaciale. Il semblait à Linnet O'Neill que cette humidité s'insinuait dans ses os.

Elle resserra davantage son épais manteau de laine vert autour de son corps et ajusta le foulard qui protégeait sa tête. Enfonçant ensuite ses mains gantées dans ses poches, elle reprit péniblement sa marche, suivant obstinément le chemin balayé par le vent qui la mènerait au sommet de la lande.

Au bout d'un moment, elle leva la tête et regarda en l'air. Au-dessus d'elle, la voûte céleste semblait s'être creusée. On aurait dit l'intérieur d'un immense bol en acier, dont l'éclat métallique aurait été égayé par quelques nuages pâles et vaporeux, filant à toute allure dans la clarté cristalline si particulière de ces régions nordiques. C'était une lumière sinistre, semblant émaner de quelque source cachée au-delà de l'horizon.

Lorsqu'elle s'était mise en route pour grimper vers le haut pays qui surmontait Pennistone Royal, Linnet avait prévu qu'il pleuvrait, mais les gros nuages noirs avaient été chassés par les rafales de vent. Ayant vécu là toute sa vie, elle savait combien le temps était imprévisible, combien les ciels du Yorkshire étaient changeants. A l'heure du déjeuner, le soleil pouvait tout aussi bien se faufiler parmi la grisaille et irradier le firmament de lumière, que la pluie s'abattre inexorablement sur la campagne.

Lorsqu'on décidait de se promener dans la lande du Yorkshire, on tentait le sort, elle le savait fort bien, mais elle ne s'en souciait pas. Depuis toujours, la lande avait exercé sur elle un attrait irrésistible ; petite, elle aimait venir là avec sa mère, errer parmi la bruyère et les fougères, heureuse de jouer seule avec ses peluches dans cette vaste étendue vide. C'était son monde ; elle avait même cru qu'il lui appartiendrait lorsqu'elle serait grande et, d'une certaine façon, elle le croyait encore.

Le silence régnait sur la lande, ce matin-là. Au printemps et en été, parfois même en automne, on entendait toujours les éclaboussures ou le clapotis de l'eau qui tombait sur les formations rocheuses pour constituer des ruisseaux courant parmi les cailloux disséminés. Et le gazouillis des oiseaux, le battement rapide de leurs ailes résonnaient sans cesse à vos oreilles. Mais il n'y avait rien de tout cela en cette froide matinée de janvier. Les oiseaux s'étaient enfuis depuis longtemps pour gagner des endroits plus chauds, les ruisseaux étaient recouverts d'une mince couche de glace, et un silence étrange régnait sur la lande, tandis que Linnet gravissait la pente abrupte, grimpant toujours plus haut.

Les bruits de la nature, si présents en été, lui manquaient. Rien n'était plus doux à son oreille que le pépiement et le gazouillis des alouettes, et elle adorait regarder les linottes qui tournaient et virevoltaient dans l'air transparent. Par ces journées odorantes, c'était un plaisir de monter jusque-là, rien que pour écouter les concerts des linottes chantant avec enthousiasme depuis une branche de mûrier sauvage. La jeune femme adorait ces buissons et ces petits oiseaux, de même que les ajoncs qui croissaient sur la lande et parmi lesquels ces derniers faisaient souvent leur nid ou cherchaient de la nourriture.

Par ces journées ensoleillées, sous un ciel azuré, il y avait la débandade des lapins, les appels des plus grands oiseaux, l'odeur de l'herbe réchauffée, les fleurs sauvages, les fougères et les airelles, l'air embaumé et doux. A cette période de l'année, la lande était magnifique, mais elle l'était davantage encore à la fin du mois d'août et en septembre, quand la bruyère fleurissait, transformant la colline brun foncé en un océan onduleux de pourpre et de vert pastel.

Soudain, le vent souffla plus fort, propulsant Linnet en avant. Surprise, elle faillit tomber sur le chemin, mais rétablit très vite son équilibre. « Pas étonnant que les animaux se terrent ou soient partis », pensa-t-elle, et elle se demanda si elle n'avait pas fait preuve de stupidité en sortant par ce temps glacial. Mais chaque fois qu'elle revenait à Pennistone Royal, même après une courte absence, elle filait aussitôt sur la lande. Lorsqu'elle empruntait les sentiers déserts, elle se sentait apaisée, l'esprit tranquille, en accord avec elle-même. Parvenue au sommet, elle pouvait réfléchir clairement, rassembler ses pensées, les trier. Surtout si elle devait faire face à un problème quelconque. Ces temps-ci, son principal souci était sa sœur Tessa, devenue sa rivale de différentes façons, notamment au magasin où elles travaillaient toutes les deux.

Il lui plaisait de savoir qu'elle était rentrée chez elle, là où était sa véritable place.

Sa mère aussi aimait la lande, mais seulement durant l'été ou le printemps : Paula ne partageait pas entièrement l'attachement de sa fille pour ce paysage sauvage et désolé en hiver, que beaucoup de gens considéraient comme la région la plus austère de toute l'Angleterre à cette époque de l'année.

En revanche, son père, Shane O'Neill, avait des affinités profondes avec le haut pays, quelle que soit la saison, et il éprouvait pour la nature un amour presque tendre. Linnet voyait en son père un véritable Celte, issu directement du passé. Ce dernier lui avait transmis, puis avait entretenu son goût pour le plein air, pour la vie sauvage, pour la faune et la flore qui abondaient dans le Yorkshire.

Linnet savait par sa mère que sa grand-mère avait, elle aussi, adoré la lande et qu'elle y avait passé un temps considérable. « Chaque fois qu'elle était soucieuse, Grand-Mère se rendait dans sa lande bien-aimée », lui avait dit sa mère, quelques années auparavant. Linnet comprenait parfaitement que sa grand-mère ait pu tirer un grand réconfort de ces promenades ; après tout, elle était née dans un village de la lande et avait grandi dans les montagnes des Pennines.

Sa grand-mère était la fameuse Emma Harte, une légende de son temps. Ceux qui l'avaient connue disaient que Linnet lui ressemblait et faisaient des comparaisons entre elles. La jeune femme se contentait d'en rire avec une sorte de dédain, mais elle en était secrètement ravie. Quelle femme ne se serait réjouie d'être comparée à un personnage aussi extraordinaire, qui avait fondé seul une grande dynastie familiale, ainsi qu'un énorme empire commercial qui s'étendait aux quatre coins du monde ?

Sa mère prétendait qu'elle était la digne descendante d'Emma Harte et les mettait sur le même pied, parce qu'elle possédait un remarquable sens des affaires, ainsi qu'un don certain pour le commerce et la vente. « Exactement comme Grand-Mère », précisait constamment Paula avec un sourire empreint de fierté.

Linnet ressentait une grande chaleur intérieure quand elle pensait à sa mère, Paula O'Neill : elle était unique, exceptionnelle, loyale et juste dans ses rapports avec les autres, en dépit de ce que certains s'imaginaient. Quant à son père, il était impressionnant. Linnet avait toujours entretenu des relations parfaitement harmonieuses avec Shane, et ils étaient devenus plus proches encore après la mort de Patrick, dix ans auparavant. Son frère aîné était décédé d'une maladie du sang extrêmement rare, lorsqu'il avait dix-sept ans. Ils avaient tous pleuré le gentil Patrick, handicapé mental de naissance, mais si affectueux et attentionné. Il avait été le préféré de tous ; chacun l'avait protégé et choyé à sa façon, en particulier Linnet. Il lui manquait toujours, elle aurait aimé pouvoir encore le materner.

Tout en poursuivant son chemin, Linnet remarqua les minuscules glaçons qui gouttaient des buissons de ronces. Le sol avait la dureté du métal. Il faisait plus froid, maintenant qu'elle parvenait au sommet, et le vent devenait plus âpre et mordant. Par bonheur, elle portait des vêtements et des bottes chaudes, ainsi qu'un foulard de laine sur la tête.

Comme elle l'avait prévu, la pente fut soudain plus raide, et elle sentit ses mollets se crisper sous l'effort.

Quelques minutes plus tard, elle haletait si fort qu'elle dut s'arrêter pour se reposer un instant. En levant le nez, elle réalisa qu'elle n'était plus qu'à quelques mètres de la crête. Tout en haut, un énorme amoncellement de rochers noirs et déchiquetés jaillissait vers le ciel, tel un mastodonte géant érigé à la gloire de quelque divinité celte.

Une fois, elle avait émis l'hypothèse devant son cousin et meilleur ami, Gideon Harte, que ce mastodonte était une œuvre humaine ; peut-être même avait-il été sculpté par les Celtes eux-mêmes ou bien par les druides. Mais Gideon, qui était bien informé dans un certain nombre de domaines, avait immédiatement écarté cette idée. Il lui avait expliqué que ces masses sombres, empilées de façon hasardeuse sur leur piédestal de calcaire, avaient été apportées là par un immense glacier, pendant la période glaciaire, bien longtemps avant l'apparition de l'homme en Grande-Bretagne. Il lui avait affirmé que ces rochers étaient amoncelés là depuis des éternités et que leur équilibre n'était pas aussi précaire qu'elle se l'imaginait. Leur fragilité n'était qu'apparente.

Pressée d'arriver au sommet, Linnet se remit en route. Elle toucha rapidement au but et fit quelques pas sur le plateau, avant de s'arrêter à l'ombre de l'immense monolithe qui la dominait de sa masse énorme. Le piédestal de calcaire, formé par la nature des milliers de siècles auparavant, avait une forme bizarre, avec deux excroissances de chaque côté d'une dalle élevée et plate, posée légèrement en retrait. Une niche étroite s'était créée, à l'abri des vents qui soufflaient extrêmement fort sur ces hauteurs.

Des années auparavant, Emma avait placé un rocher

dans la niche, pour s'en faire un banc de fortune. Linnet s'assit dessus et contempla la vue qui s'étendait en dessous d'elle. Elle retint son souffle ; chaque fois qu'elle s'asseyait à cet endroit, le panorama lui inspirait un respect mêlé de crainte. C'était magnifique !

Ses yeux errèrent sur la lande dépouillée et déserte, balayée par le vent sous le ciel bas, austère, implacable et désertique. Et pourtant, elle ne s'y sentait jamais seule, elle n'y avait jamais peur. La beauté sauvage de la lande captivait Linnet, l'emplissait d'émerveillement, et elle adorait la solitude, qu'elle trouvait apaisante.

Loin en dessous, Linnet pouvait voir les champs, les prés et les pâturages des Dales, pays vallonné du Yorkshire, dont la luxuriance verdoyante de l'été était actuellement anéantie par la dureté de cet hiver.

Les champs disparaissaient sous un givre étincelant de blancheur, et la rivière qui courait à travers cette vallée bucolique ressemblait à une corde sinueuse et argentée, scintillant sous la froide lumière de l'hiver.

Et là, au centre, nichée parmi les prairies paisibles sillonnées de murs en pierres sèches, il y avait Pennistone Royal, cette demeure ancienne et majestueuse, acquise par Emma Harte en 1932, presque soixante-dix ans auparavant.

Durant les années où elle y avait vécu, Emma en avait fait un lieu magique. Le parc était immense et pittoresque. Les pelouses descendaient en pente douce vers la rivière, les parterres et les arbustes en fleur resplendissaient de couleurs exubérantes. Mais on ne voyait aucune rose dans ces magnifiques jardins. Une légende familiale disait qu'Emma Harte détestait les roses, parce qu'elle avait été rejetée par Edwin Fairley dans la roseraie de

Fairley Hall, alors qu'elle n'était qu'une très jeune fille. Ce jour-là, elle avait annoncé à Edwin qu'elle portait son enfant. Pris de panique, craignant la colère d'Adam Fairley, son père tout-puissant, Edwin l'avait repoussée. Il lui avait offert quelques shillings, et elle lui avait demandé de lui prêter une valise.

Emma s'était enfuie, loin de sa famille et du village de Fairley, niché au pied des Pennines. Elle s'était rendue à Leeds, pour retrouver son cher ami Blackie O'Neill, sur l'aide duquel elle savait pouvoir compter. Et en effet, il l'avait secourue. Il l'avait emmenée chez son amie Laura Spencer, qui devait devenir sa femme. Celle-ci avait veillé sur Emma jusqu'à la naissance d'Edwina. Emma avait alors fait le vœu de devenir riche et puissante, afin de se protéger et de protéger son enfant. Elle avait ensuite travaillé d'arrache-pied pour réaliser ses projets, et tout ce qu'elle avait entrepris s'était mué en or.

Le grand-père de Linnet, Bryan O'Neill, lui avait dit que son arrière-grand-mère n'avait jamais jeté un regard en arrière. Malgré son jeune âge, elle s'était lancée tête baissée, allant de succès en succès, montant toujours plus haut, réalisant toujours l'impossible, devenant une femme de pouvoir, dans tous les sens du terme.

Selon le grand-père de Linnet, Emma n'avait apparemment jamais oublié cet instant terrible, dans la roseraie de Fairley Hall. Une fois seule, elle avait tant vomi qu'elle avait cru en mourir. Ensuite, elle avait accusé les roses d'être responsables de son malaise, et, jusqu'à la fin de sa vie, elle n'avait pu supporter leur parfum.

Par respect pour sa grand-mère bien-aimée, Paula n'avait jamais permis qu'on plante une rose dans les jardins de Pennistone Royal ni qu'on les utilise dans les arrangements floraux. La règle instituée par Emma était toujours en vigueur · les roses étaient proscrites de ses demeures.

Linnet était née dans la maison de sa grand-mère vingt-cinq ans auparavant, au milieu du mois de mai. Sa grand-mère, Daisy, la fille préférée d'Emma, née de son union avec Paul McGill, avait hérité de Pennistone Royal. Elle l'avait immédiatement offert à sa propre fille, Paula, d'abord parce qu'elle préférait vivre à Londres, ensuite pour lui épargner plus tard les droits de succession. Paula y vivait depuis la mort d'Emma. Cette maison avait plus d'importance pour Linnet que tout autre endroit au monde ; bien qu'elle travaillât à Londres durant la semaine, elle y revenait chaque week-end. Au mois de novembre dernier, Paula lui avait fait une confidence :

« Grand-Mère a institué une règle, il y a des années : Pennistone Royal doit aller à celui ou à celle qui l'aime le plus, dans la mesure où cette personne possède l'intelligence et le savoir qui lui permettront de gérer correctement cette propriété. Tessa pense que je vais la lui donner, parce qu'elle est l'aînée, mais c'est impossible, Linnet. Elle n'aime ni la maison ni le parc ; ils sont dénués de sens pour elle. Tout ce qui l'intéresse, c'est ce qu'ils représentent, en termes de pouvoir et de prestige, dans la famille. Ce n'est certainement pas ce qu'aurait souhaité Grand-Mère. »

Paula avait secoué la tête, avant de poursuivre :

« Lorne se moque de la maison, et Emsie ne se soucie que de ses écuries. »

Un sourire affectueux aux lèvres, Paula avait continué :

« Je doute qu'elle change jamais, Dieu la bénisse. Quant à Desmond, il aura la maison de son grand-père, à Harrogate, quand Grand-Père Bryan sera parti. »

Sa mère avait tendu le bras et lui avait pris la main :

« C'est pourquoi je projette de te laisser Pennistone Royal, Linnet, parce que je sais ce que cette propriété représente pour toi, combien tu l'aimes. Mais pas un mot à quiconque à ce propos. Tu comprends, ma chérie ? »

Linnet avait remercié sa mère avec effusion, avant de lui promettre de ne pas trahir sa confiance. Elle réalisait tout à fait les conséquences de cette décision. Cependant, les paroles de sa mère l'avaient prise au dépourvu. Au fond d'elle-même, elle était folle de joie ; mais d'un autre côté elle n'avait pas envie de s'attarder sur l'idée de son futur héritage, car il impliquait la disparition de ses parents. Elle les aimait de tout son cœur et leur souhaitait de vivre très longtemps.

S'adossant à la dalle de calcaire, au fond de la niche, Linnet soupira, évoquant encore les propos de sa mère et la décision dont elle lui avait fait part. Tessa allait faire des difficultés si elle découvrait les intentions de Paula.

S'il était exact que Tessa n'avait jamais particulièrement aimé cette maison ni les terres qui l'entouraient, elle les convoitait, la cupidité étant l'un de ses traits de caractère les moins sympathiques. Pour ce qui était de Lorne, sa mère ne s'était pas trompée : il ne se souciait pas le moins du monde de cette maison dans la lande. Londres était son terrain de prédilection, et il ne venait plus que très rarement dans le Nord, pour les fêtes familiales et les vacances. Il était très absorbé par son propre univers, celui du théâtre du West End, où il était un jeune acteur très populaire. Il se consacrait entièrement à sa carrière théâtrale, et, contrairement à sa jumelle, Lorne n'était ni avare ni combatif. Il avait le cœur tendre et, dans le passé, il avait souvent été le courageux champion de Linnet contre Tessa. Non qu'il n'aimât pas sa sœur, bien sûr. Comme la plupart des jumeaux, Lorne et Tessa étaient très proches l'un de l'autre, et ils se voyaient fréquemment. Mais Lorne ne s'intéressait guère aux affaires de sa mère, et il ne souhaitait pas en hériter quoi que ce soit. Au grand soulagement de Tessa, d'ailleurs !

Quant aux deux plus jeunes enfants O'Neill, ils ne présentaient pas un danger sérieux, du moins dans l'esprit de Tessa. Emsie était une fille rêveuse, fantasque et souvent dans la lune, qui manifestait des dons artistiques. Linnet trouvait qu'elle aussi était une vraie Celte, comme leur père Shane. Les biens matériels n'avaient pas d'importance pour elle ; elle aimait ses chevaux et ses chiens plus que les robes neuves et les jolies choses.

« Des idioties », disait-elle de ces dernières, avec un certain dédain.

Elle préférait nettoyer les écuries, vêtue d'un jean et d'un vieux sweater, plutôt que de s'habiller pour aller à des réceptions.

Linnet sourit intérieurement en évoquant sa sœur, qu'elle aimait tendrement et envers qui elle se montrait très protectrice. A dix-sept ans, Emsie était une jeune fille vulnérable et sensible, mais qui savait se montrer extrêmement drôle lorsqu'elle voulait amuser la famille. Elle avait été prénommée Emma, mais elle était devenue Emsie quelques jours après sa naissance, lorsque ses parents avaient soudain réalisé qu'il n'y avait pas de place pour une autre Emma dans la famille. Même morte, la première Emma Harte régnait encore.

Le dernier enfant des O'Neill était le fils que leur père avait espéré, surtout depuis que Patrick était mort. Desmond, qui avait maintenant quinze ans, était la reproduction exacte de Shane : avec son mètre quatre-vingts, ses cheveux noirs et sa beauté virile, il semblait déjà adulte.

Linnet avait toujours pensé que Desmond était un enfant magnifique ; à présent, il se muait en un jeune homme splendide. Elle ne doutait pas que les femmes tomberaient à ses pieds comme des mouches, comme elles l'avaient fait pour son père avant que celui-ci n'épouse leur mère. Desmond était la prunelle des yeux de Shane et de son grand-père, l'héritier tant attendu de l'empire hôtelier fondé par Blackie, transformé en chaîne mondiale par Bryan et dirigé aujourd'hui par son fils unique, Shane.

Bizarrement, Tessa avait toujours eu de l'affection pour Desmond et préféré son jeune demi-frère à tous les autres enfants O'Neill.

« C'est surtout parce qu'il ne représente pas une menace pour elle », avait récemment dit Linnet à Gideon.

Son cousin avait acquiescé, tout en précisant :

« Cela dit, il est vraiment irrésistible. »

Pendant quelques secondes Linnet se concentra sur Tessa, et son visage s'assombrit. Sa demi-sœur était la fille de Paula et de son premier mari, Jim Fairley. Jim avait été tué lorsque les jumeaux étaient encore petits. Il était mort tragiquement, dans une énorme avalanche sur la ville de Chamonix.

Parce qu'elle était née quelques minutes avant Lorne, Tessa prétendait être l'aînée, et elle ne laissait personne l'oublier. Elle ne cessait de rappeler à ses frères et sœurs qu'elle était la première héritière de Paula, en tant qu'aînée des six enfants, dont seulement cinq vivaient actuellement.

En évoquant la compétitivité de Tessa, leur rivalité, Linnet grinça des dents. Elle détestait les conflits et les querelles, et elle jouait souvent les conciliatrices dans la famille. Mais peut-être n'était-ce pas un rôle que l'on pouvait remplir très longtemps. Elle avait récemment parlé de l'attitude de Tessa avec Gideon, et il lui avait rappelé combien Tessa la jalousait. Linnet avait bien été forcée d'en convenir. Gideon lui avait également rappelé les méchancetés et les vilains tours de Tessa lorsqu'ils étaient enfants.

« Un léopard ne change pas ses habitudes aussi facilement que cela », avait-il marmonné, en jetant à sa cousine un coup d'œil entendu.

L'angoisse nouait maintenant l'estomac de Linnet. Rien n'avait vraiment changé, bien que Tessa et elle fussent des adultes à présent. Lorsqu'elles étaient petites, Tessa l'avait tyrannisée, régentée, et d'une certaine façon elle aurait voulu continuer aujourd'hui, même indirectement. Soudain, Linnet se souvint de la fois où elle s'était opposée à Tessa, alors qu'elle n'avait que cinq ans, surprenant tout le monde, y compris elle-même, et Tessa plus que quiconque. Elle avait alors montré qu'elle était indépendante, bagarreuse, et que l'esprit d'Emma Harte vivait en elle. Sa sœur de douze ans avait finalement battu en retraite.

Linnet se mit à rire tout haut. Son rire flotta sur la

lande déserte et lui revint sous forme d'écho. Elle venait de se rappeler un épisode concernant le chapeau de soleil jaune de Tessa, dont celle-ci était si fière. Il avait été très abîmé dans la piscine de la villa Faviola, en France. Linnet le revoyait, flottant si paisiblement à la surface de l'eau... où elle l'avait délibérément jeté. Comme elle avait été contente d'elle ! Et Tessa avait été tellement en colère contre elle, ce jour-là. Elle hurlait que sa sœur avait volontairement détruit son coûteux chapeau de paille, acheté avec l'argent de poche d'une semaine entière sur le marché de Nice.

Ce matin-là, Gideon avait hurlé de rire, ainsi que son frère Toby, au grand dépit de Tessa : Toby était l'un de ses admirateurs serviles, acquiesçant aveuglément à tout ce qu'elle disait et lui léchant les bottes. Du moins jusqu'à ce jour...

Tessa avait été tellement étonnée par l'audace de Linnet qu'elle en était restée abasourdie. Leur mère avait été secrètement amusée par l'incident, et elle avait eu du mal à réprimer son hilarité.

Tessa était maintenant âgée de trente et un ans. Son mari, Mark Longden, était un architecte bien connu, qui s'était rendu célèbre grâce à ses immeubles ultramodernes. Ils avaient une fille, Adèle, appelée ainsi en souvenir de l'arrière-arrière-grand-mère de Tessa, Adèle Fairley. Tessa était très fière de sa parenté avec cette famille aristocratique, et c'était une des choses qu'elle aimait répéter devant les gens, du moins ceux qui voulaient bien l'écouter.

En dépit de son âge et de sa position sociale, Tessa pouvait encore se montrer méchante sans raison apparente. Les membres de la famille en étaient conscients et blâmaient cette attitude, qui leur semblait immature et souvent déplaisante.

Linnet et Tessa travaillaient pour leur mère, chez Harte, le magasin phare de la chaîne, situé dans le quartier de Knightsbridge. Mais Tessa avait un poste bien plus important que le sien. Sa sœur dirigeait plusieurs départements, alors qu'elle gérait seulement celui de la mode ; elle assistait aussi sa mère pour tout ce qui concernait la vente et le marketing. Tessa avait sans conteste davantage de pouvoir ; pourtant, depuis quelques mois, son animosité envers Linnet n'avait cessé de croître.

Ce n'était que récemment que Linnet avait pressenti que l'explosion n'allait pas tarder à se produire. C'était d'autant plus alarmant qu'elle ignorait totalement la cause de l'hostilité de Tessa à son égard.

Un grondement de tonnerre arracha Linnet à sa rêverie. Elle sursauta, se redressa et leva les yeux vers le ciel. Il semblait figé, soudain plus sombre, et l'orage menaçait. Ne voulant pas être surprise par la pluie sur les hauteurs ni par le blizzard si froid, elle se leva d'un bond. Se détournant de la vue admirable de la lande, elle dévala aussitôt le sentier.

Le trajet avait été long à l'aller, mais la descente était plus aisée, et elle marchait d'un bon pas. Pourtant, la pensée de sa sœur continuait d'occuper son esprit. Durant ces dernières semaines, la froideur de Tessa l'avait déconcertée. Rien ne semblait pouvoir expliquer ce changement subit de comportement… à moins que Tessa ne se doute de quelque chose, au sujet des intentions de leur mère concernant Pennistone Royal.

Mais comment l'aurait-elle su ?

La question restait en suspens. Linnet s'y attarda, se remémorant l'entretien qu'elle avait eu avec sa mère en novembre.

La conversation avait été privée, c'est-à-dire qu'elle avait eu lieu dans le saint des saints… le bureau de sa mère, dans le magasin de Leeds. Elles y étaient restées seules, et, de toute façon, Tessa se trouvait à Londres à cette époque. Non, elle ne pouvait avoir eu d'écho de cette conversation, décida Linnet.

Pourtant… elle songea à la façon dont Tessa s'était montrée hostile envers sa mère, en décembre. Du moins, c'était ce qui avait semblé à Linnet, qui s'en était étonnée sur le coup. De façon inattendue, Tessa avait annoncé qu'elle ne viendrait pas à Pennistone Royal pour Noël, ce qui constituait quasiment un sacrilège dans la famille, si bien que tout le monde en avait été éberlué. Depuis des lustres, les Harte, les O'Neill et les Kallinski se retrouvaient à Pennistone pour fêter Noël. Cette tradition avait été instituée en 1933, juste après qu'Emma Harte eut acheté la grande propriété.

« Le rassemblement des trois clans », comme l'appelait son grand-père, portait bien son nom. Emma Harte, Blackie O'Neill et David Kallinski étaient devenus amis au début du vingtième siècle, et ils l'étaient restés durant toute leur vie, tout comme les membres de leurs familles. Les Harte et les O'Neill étaient maintenant unis par les liens du mariage et du sang.

« Quatre-vingt-quinze, quatre-vingt-seize ans, Linnet, lui avait expliqué son grand-père lors du dernier Noël. Nos relations remontent aussi loin. Ce rassemblement de Noël est obligatoire. »

Tout naturellement, leur mère avait été très contrariée quand Tessa avait annoncé son intention de rester à Londres pendant les vacances. Déçue et blessée, Paula avait finalement imposé sa volonté, dans le style inimitable d'Emma Harte. Tessa n'avait pas eu d'autre choix que de céder, vraisemblablement encouragée par Mark Longden, qui savait juger les situations. En joueur avisé, il gardait un œil sur l'atout maître. Depuis qu'il s'était habilement insinué dans leurs vies, tel un reptile, cinq années auparavant, Linnet n'avait cessé de l'observer discrètement. Elle avait remarqué combien il se montrait obséquieux envers leur mère, dans laquelle il voyait non seulement la matriarche, mais aussi Mme Porte-Monnaie, celle qu'il fallait flatter sans arrêt.

Linnet s'était méfiée de Mark depuis le début ; elle le considérait comme un opportuniste et un chasseur de fortune. Elle s'était souvent demandé ce que la belle Tessa avait bien pu lui trouver. Car Tessa était belle, elle possédait beaucoup de charme et de grâce lorsqu'elle le voulait, ainsi qu'une immense intelligence. Elle avait également de nombreuses qualités, qui contrebalançaient ses traits de caractère moins aimables. Linnet avait de l'affection pour Tessa, et elle savait que sa sœur n'était pas stupide. Pourtant, celle-ci avait choisi Mark. Et Linnet était surprise que Tessa ait épousé un homme qui ne la valait pas.

Non sans une certaine mauvaise grâce, Tessa avait accepté de passer Noël à Pennistone Royal. Elle avait expliqué qu'elle arriverait le 24 décembre, à temps pour prendre le thé et voir le sapin illuminé, mais qu'elle repartirait le 25, après le déjeuner. Pour toute excuse, elle avait invoqué la nécessité de passer le lendemain de Noël chez les parents de Mark, à Cirencester.

En bref, Tessa n'avait donné à sa famille que vingt-quatre heures de son temps. Grand-père Bryan, en particulier, en avait été fort affecté, surtout à cause de Paula. Il avait fait quelques commentaires acerbes, après que Tessa fut partie avec Mark et Adèle. Il confiait fréquemment ses pensées à Linnet et, en l'occurrence, il lui avait dit que Tessa était aussi manipulatrice que lorsqu'elle était enfant.

Malgré les fêtes de Noël et la présence des autres clans, Tessa s'était comportée bizarrement, selon Linnet. Enfant, elle avait été encline à piquer des crises de rage, mais à Noël elle semblait s'être totalement abandonnée à ses mauvais penchants. Elle n'avait même pas cherché à dissimuler son humeur maussade ou son mauvais caractère. Bien plus, Tessa avait semblé constamment prête à engager le combat. Linnet n'avait rien décelé qui puisse expliquer cette curieuse agressivité, et elle avait trouvé sa sœur bien téméraire de provoquer sans cesse leur mère.

Paula n'avait fait aucun commentaire sur le comportement contestable de Tessa, ni à Noël ni par la suite. Mais Linnet, qui la connaissait par cœur, savait que rien ne lui avait échappé. Elle prenait seulement son temps. Il était peu probable qu'elle supporterait très longtemps les sautes d'humeur de Tessa. Paula était une femme pragmatique, aux pieds solidement sur terre. Les explosions passionnelles, dénuées de fondement apparent, la laissaient habituellement complètement froide et sans réactions.

— A Dieu vat ! marmonna Linnet. Ce qui doit être

sera. Et en attendant, inutile de me mettre martel en tête.

Mais en dépit de ces bonnes résolutions Linnet continuait de s'inquiéter, tout en dévalant le sentier. Elle était bien trop avisée pour sous-estimer Tessa, qu'elle savait tout à fait capable d'engager un vrai combat.

Elle espérait qu'on n'en arriverait pas là. Mais si c'était le cas, elle devrait se défendre. Elle n'aurait pas d'autre choix.

2

Bryan O'Neill était arrivé à Pennistone Royal environ une heure auparavant, et, après avoir rendu visite à son petit-fils, qui se remettait d'une grippe, il était monté à l'étage. Debout devant une fenêtre, il était resté là, à surveiller anxieusement la lande et à attendre le retour de Linnet, pour qui il s'inquiétait.

Il se détendit en la voyant remonter l'allée en courant. Maintenant qu'il la savait bientôt à l'abri, son moral remontait considérablement. Il laissa échapper un petit soupir. Bryan s'efforçait de ne pas avoir de préférences parmi ses petits-enfants – il les aimait d'ailleurs tous –, mais il ne pouvait nier qu'il éprouvait une tendresse particulière pour celle-ci, même si Desmond, l'héritier tant attendu, restait la prunelle de ses yeux.

Linnet était une merveilleuse jeune femme, mais ses

autres petites-filles l'étaient aussi. Cependant, Linnet était particulièrement chère à son cœur, pour une raison qui avait son origine dans ses propres souvenirs et sa propre enfance.

Bryan traversa la pièce et sortit dans le couloir. En décembre, il avait fêté son quatre-vingt-quatrième anniversaire, mais il ne paraissait pas son âge. C'était un bel homme de haute taille, doté d'une santé solide, aux larges épaules, à la chevelure argentée. Il avait les yeux noirs et rieurs de son père Blackie – et dont son fils Shane avait hérité.

Comme il parvenait au grand escalier, Bryan entendit la porte d'entrée claquer ; lorsqu'il posa le pied sur la première marche, Linnet se trouvait dans le hall, en train d'ôter son foulard et son manteau. Il l'observa sans qu'elle le voie, tandis qu'elle rangeait ses affaires dans une armoire ancienne, près de la porte.

C'était sa complexion, bien sûr, qui attirait d'abord les regards : cette superbe chevelure rousse aux reflets dorés, cette peau translucide, cet ovale parfait, ces traits finement ciselés, ces immenses yeux d'un vert si ardent qu'il en paraissait presque artificiel... Elle avait hérité du teint et de la couleur de cheveux typiquement « Harte », et Bryan trouvait qu'elle était l'incarnation même de la beauté.

La voix d'Edwina, issue des plus profonds replis de sa mémoire, résonna dans sa tête de façon inattendue. Il fut transporté au moins trente ans en arrière :

« Tous les Harte ont des tonnes d'argent. Et puis ils sont beaux ! On ne peut nier qu'ils sont tous beaux dans cette famille. »

Bryan n'avait jamais oublié ces paroles, non plus que le

dédain glacial avec lequel Edwina les avait prononcées. C'était pendant la réception qui avait suivi le baptême de Lorne et de Tessa, à l'église de Fairley, dans le petit village situé au pied de la lande. Il avait été choqué par le ton, autant qu'irrité par l'attitude.

Edwina était elle-même une Harte, puisqu'elle était le premier enfant d'Emma, mais elle avait toujours revendiqué sa parenté avec les Fairley. Blackie disait fréquemment que ses manières constituaient une insulte envers Emma, et Bryan était tout à fait d'accord avec son père. Aujourd'hui, Edwina était âgée de quatre-vingt-dix ans environ.

Pourtant, les propos proférés par Edwina tant d'années auparavant n'étaient pas faux. Les Harte étaient effectivement beaux, et ils l'étaient depuis quatre générations. Même les hommes possédaient un physique avantageux...

Les descendants d'Emma avaient le plus souvent hérité de ses traits les plus caractéristiques ; ainsi plusieurs membres de la famille étaient roux. Mais Linnet était la seule à lui ressembler *exactement*, jusqu'à cette implantation des cheveux en V, sur le front, au-dessus des sourcils bien dessinés.

— Grand-Père ! Qu'est-ce que tu fais là si tôt ? On ne t'attendait pas avant l'heure du thé ! cria Linnet, lorsqu'elle l'aperçut sur le palier.

Tout en parlant, elle courut au pied de l'escalier et leva les yeux vers lui, un sourire rayonnant aux lèvres. Il était son confident depuis qu'elle était toute petite, et ils étaient toujours très proches.

— Je m'ennuyais, à tourner en rond dans cette

vieille grande maison d'Harrogate, répondit Bryan en descendant l'escalier pour la rejoindre.

— Il n'y a que nous ici, à part Desmond, qui est toujours malade et au lit, précisa Linnet en s'asseyant sur la rampe. Paula et Shane sont sortis.

Il éprouvait toujours un choc à l'entendre appeler ses parents par leur prénom, bien qu'elle le fasse depuis des années.

— Où sont ta mère et ton père ? demanda-t-il.

— Papa est parti pour Harrogate, où il va déjeuner avec l'oncle Winston.

— Au Sans Tambour ni Trompette, je parie.

Linnet sourit.

— Exact. Maman est aussi à Harrogate, au magasin.

— J'ai jeté un œil sur Desmond, dit Bryan ; ton père m'avait dit qu'il était mal fichu. Mais où est Emsie, par une journée aussi moche que celle-ci ? Margaret m'a dit qu'elle était sortie, elle aussi.

— Emsie est descendue au village pour voir le nouveau cheval de son amie Anne. Elle a vaguement marmonné quelque chose, comme quoi elle resterait déjeuner chez elle. Mais *je* suis là, Grand-Père, et nous pouvons nous faire servir un déjeuner sympa, tous les deux. Margaret te préparera quelque chose de spécial, j'en suis sûre.

Souriant, ses yeux sombres scintillant, Bryan fit quelques pas dans le hall. Il attira sa petite-fille dans ses bras et la serra très fort contre lui, à la mesure de son affection pour elle. Lorsqu'il la libéra, ce fut pour mieux la contempler.

— Tu es particulièrement jolie, aujourd'hui, *mavour-neen* (c'est ainsi qu'il aimait l'appeler).

Linnet lui sourit, puis elle glissa son bras sous le sien et l'entraîna vers la grande cheminée où brûlait un bon feu de bûches.

— Et maintenant, Grand-Père, que dirais-tu de boire un verre de ton whisky irlandais préféré, avant de déjeuner ?

Elle lui tapota le bras, tout en le gratifiant d'un sourire affectueux.

— Ce ne serait pas de refus, Linnet. Merci, ma chérie.

— Cela te réchauffera le cœur… exactement ce qu'il faut, un jour comme celui-ci, remarqua-t-elle.

D'une démarche gracieuse, elle se dirigea vers un buffet, dans un coin de la pièce, sur lequel se trouvaient un assortiment de bouteilles, des verres et un seau à glace disposés sur un plateau.

Bryan resta debout, le dos à la cheminée, profitant de la chaleur qui montait du feu. Il ne quittait pas Linnet des yeux, s'amusant intérieurement de la façon dont elle s'occupait de lui. Elle se comportait ainsi depuis sa plus tendre enfance, tout comme elle avait été une petite mère pour son frère Patrick. C'était instinctif, chez elle, supposait-il, cela lui venait tout naturellement. Un jour, lorsqu'elle serait mariée, elle ferait une mère merveilleuse.

Par association d'idées, il se mit à penser à Julian Kallinski. Un beau jeune homme… Pas bête, de surcroît. Héritier de l'empire des Kallinski. Si lui et Linnet s'unissaient, le vœu d'Emma serait comblé : les trois clans seraient enfin réunis par le mariage. Lui-même le souhaitait, ainsi que Ronald Kallinski, de même que les autres membres de la famille Kallinski, les Harte et les

O'Neill. Ces deux jeunes gens étaient parfaitement assortis.

Bryan allait ouvrir la bouche pour interroger Linnet à propos de Julian, lorsqu'il se rappela que Shane lui avait recommandé la plus grande discrétion, la semaine précédente. Apparemment, on avait exercé une pression trop forte sur eux, et ils « calmaient le jeu », selon l'expression de Shane. Mieux valait ne pas faire allusion à Julian aujourd'hui, pensa-t-il. Inutile de mettre de l'huile sur le feu.

Modifiant sa position, il regarda autour de lui. Le hall de pierre était spacieux, haut de plafond, avec des poutres apparentes de bois foncé. On l'appelait ainsi parce que les pierres grises locales y avaient été utilisées un peu partout : pour les murs, le plafond, le sol et la façade de la cheminée.

Il avait seize ans, lorsqu'il était entré pour la première fois dans Pennistone, avec Emma et son père. Elle voulait leur montrer la maison qu'elle venait d'acheter, et ils avaient été impressionnés par sa taille.

« Quelle perte de place ! » avait-elle murmuré à Blackie ce jour-là, en examinant le grand hall.

Mais finalement, elle en avait fait la plus splendide salle de séjour qu'il ait jamais vue.

Malgré ses proportions impressionnantes, c'était une pièce chaleureuse et intime, parce qu'Emma y avait placé de magnifiques meubles Tudor ou jacobéens, en bois sombres et patinés, ainsi que des canapés énormes et confortables.

Cette salle ressemblait exactement à ce qu'elle était, le jour où Emma avait fini de l'aménager. Paula y avait bien sûr apporté sa touche personnelle, au cours des années, mais elle avait fondamentalement respecté le style d'Emma. Tout comme Emma, elle avait empli la pièce de fleurs, disposées dans des vases bleu et blanc, ou bien dans des seaux de cuivre. Ce jour-là, les tables et les consoles étaient égayées par des chrysanthèmes roses, ambre et jaunes, des amaryllis rouge orangé, ainsi que d'une multitude d'orchidées blanches, que Paula adorait et cultivait dans la serre.

Un instant plus tard, Linnet revenait vers lui avec son whisky et un petit verre de sherry pour elle. Après le lui avoir tendu, elle heurta son verre contre le sien.

— A notre santé ! dirent-ils à l'unisson.

Bryan avala une gorgée d'alcool, avant de murmurer d'une voix pensive :

— Si tu as erré dans la lande, j'imagine que c'est parce que quelque chose t'ennuie.

Linnet acquiesça, mais n'entra pas dans les confidences.

Bryan se demanda si c'était sa relation avec Julian qui lui causait du souci ; il demanda de la voix la plus neutre possible :

— Tu veux en parler ?

Linnet hésita, l'espace de quelques secondes, puis elle répondit d'une voix légèrement réticente :

— C'est Tessa. Je me fais du souci à son propos. Je veux dire que son attitude à mon égard m'inquiète, Grand-Père. Elle est tellement agressive, ces temps-ci !

Il dressa ses sourcils blancs de façon significative.

— Rien de bien nouveau, alors ?

— Pas vraiment… enfin, je crois. Elle s'est souvent montrée bizarre avec moi. Je ne sais pas si tu t'en souviens, mais elle était plutôt tyrannique quand elle était

53

petite. Depuis que nous travaillons chez Harte, elle mène tout le monde à la baguette.

— En ce qui te concerne, je suppose qu'elle est surtout animée par l'esprit de compétition, non ?

— Sans doute, admit Linnet à contre-cœur.

Bryan se tut un instant, puis il remarqua gentiment :

— Elle a des fourmis dans les jambes, je crois.

Linnet jeta à son grand-père un regard perplexe.

— Que veux-tu dire ?

— Mentalement, Tessa a des fourmis dans les jambes, elle ne tient pas en place, son esprit n'est jamais en repos. Et je suis certain que c'est parce qu'elle s'inquiète de sa position au magasin. Elle souhaite désespérément être confirmée dans l'idée qu'elle succédera un jour à ta mère.

Linnet opina vivement.

— C'est *absolument* ça ! Elle est persuadée qu'elle prendra sa suite, et elle n'attend que ça.

Les yeux sombres de Bryan scrutaient le visage de Linnet avec beaucoup d'intérêt.

— Et qu'est-ce que tu en penses, *mavourneen ?*

— J'ignore tout des projets de Maman. Mais Tessa est l'aînée, et je suppose qu'elle est en droit de succéder à Maman quand celle-ci prendra sa retraite.

Bryan secoua la tête avec véhémence, puis il prit le bras de sa petite-fille et la guida jusqu'au sofa situé près de la cheminée.

— Asseyons-nous, murmura-t-il.

Après s'être confortablement installé dans un coin du canapé, il s'adossa aux coussins et poursuivit :

— Ta mère ne procède pas de cette façon, elle se soucie peu de ce genre d'usages, comme le droit d'aînesse. Je suis certain que Paula choisira qui elle veut pour lui succéder à la tête des entreprises familiales. Après tout, c'est elle qui détient le plus d'actions, sans compter son poste de directrice générale.

Comme Linnet ne répondait pas, Bryan ajouta :

— N'oublie pas qu'elle a été formée pendant de nombreuses années par Emma Harte, dont c'était la stratégie : elle offrait les postes clefs à ceux qui les méritaient et qui sauraient les occuper. Paula agira de la même façon.

— Tu as sans doute raison, Grand-Père, mais Tessa fait du bon boulot chez Harte, tu sais. C'est un excellent cadre.

— Pourrait-elle diriger le magasin de Knightsbridge ? Ou la chaîne tout entière ? demanda Bryan, tout en observant attentivement sa petite-fille.

Les yeux ailleurs, Linnet se mordit la lèvre inférieure. Tout à fait consciente de l'examen dont elle était l'objet, elle se félicita d'avoir tant de fois discuté de cette question avec Gideon, ainsi qu'avec sa cousine India Standish, qui travaillait chez Harte. Ils pensaient tous deux que Tessa était incapable d'assumer de telles responsabilités, mais ils avaient des préjugés contre elle, parce qu'ils avaient subi la loi de Tessa, dans le passé, surtout lorsqu'ils étaient enfants.

Linnet toussota, avant de déclarer :

— En tant que cadre, Tessa est excellente. Elle a le sens de l'organisation, elle est pragmatique et elle gère habilement les difficultés quotidiennes...

Elle avait baissé la voix, en songeant aux discussions qui opposaient sa mère et Tessa, lorsqu'il s'agissait de voir plus loin.

Elle regarda Bryan et soupira.

— Comment t'expliquer ? Tessa est ma sœur, et je l'aime…

— Mais il y a un « mais », qui a un rapport avec sa façon de travailler, je suppose.

— C'est cela. Tessa est fantastique pour tout ce qui concerne le quotidien, mais elle ne se projette jamais dans l'avenir.

— Elle manque de perspective, peut-être. Il faut être un peu visionnaire, quel que soit le métier, mais c'est particulièrement important dans le domaine de la vente de détail, autrement les magasins stagnent ou font faillite. Ta mère a toujours eu, et elle l'a encore, une remarquable capacité à prévoir l'avenir. C'est l'un de ses points forts, et Emma m'en a souvent parlé. Elle était très fière d'elle, et c'est pourquoi elle n'a pas hésité à lui léguer son empire.

— Maman est géniale par bien des aspects, confirma Linnet. Tu sais, elle est vraiment contrariée par les réactions de Tessa vis-à-vis de mes projets. Tessa pense que mon idée d'organiser une rétrospective de la mode est ridicule, que je vais au-devant d'un échec. Mais je suis sûre qu'elle se trompe, et Maman m'a donné carte blanche.

Bryan fronça les sourcils et secoua la tête. Au bout d'un moment, il murmura :

— C'est une excellente idée, en effet. Ce défilé devrait attirer des centaines de femmes, et lorsqu'elles seront dans le magasin, elles dépenseront leur argent au rayon des vêtements féminins.

— C'est exactement cela, Grand-Père ! Du moins, c'est le but, mais Tessa ne pense pas que cela marchera.

« Ou elle ne le veut pas », pensa Bryan.

— Le plus important, c'est que tu vas certainement remporter un immense succès. Ne te préoccupe pas de ce que pense Tessa ou de ce qu'elle dit… Seul compte l'avis de ton patron, c'est-à-dire de ta mère.

Linnet hocha la tête.

— Maman est ravie que j'utilise de nombreuses robes haute couture de mon arrière-grand-mère. Les vêtements du début du siècle sont très appréciés, de nos jours, et la rétrospective doit couvrir quatre-vingts ans. Ce sera fabuleux, et je pense que de nombreuses jeunes femmes se précipiteront pour voir cela. India est de mon avis.

— A ce propos, raconte-moi comment travaille cette petite India ?

— Très bien, Grand-Père, et elle n'est plus si petite que ça. C'est devenu une jeune femme éblouissante.

— Je sais… Je l'ai remarqué, le soir du Nouvel An, fit Bryan avec un petit rire. Quand je pense à elle, je la vois toujours « petite ». Tu sais, dans le sens de « fragile », « très délicate » et « féminine ».

— Elle l'est. Mais pour en revenir à Tessa, Gideon dit qu'elle ne sait pas s'y prendre avec les gens, qu'elle n'éprouve ni empathie ni compassion.

Linnet s'assit et fit une petite grimace.

— Maman dit qu'il est important d'éprouver de la compassion pour les gens, quand on est employeur, et Gideon affirme que Tessa ne possède pas cette qualité.

— Et toi ?

Comme Linnet ne répondait pas, Bryan devina sa pensée. C'était une jeune femme droite et loyale, il savait qu'elle détestait critiquer les autres. Il décida de ne pas insister et, s'adossant aux coussins une fois de plus, il l'observa attentivement. Sans qu'il s'y attende, l'émotion lui serra la gorge. Car il ne voyait pas Linnet O'Neill, sa petite-fille de vingt-cinq ans, mais une Emma Harte qui en comptait vingt-sept et lui servait de mère. Il était né en décembre 1916 ; sa mère, Laura O'Neill, était morte presque immédiatement après sa naissance. Parce que son père Blackie était loin et se battait contre les Allemands, il n'y avait qu'Emma Harte, la meilleure amie de ses parents, pour veiller sur lui. Elle l'avait donc emmené chez elle et l'avait élevé comme s'il était son fils. C'était son visage qui se penchait sur son berceau, son visage qu'il avait appris à aimer alors qu'il n'était qu'un nourrisson.

Et aujourd'hui, quatre-vingt-quatre ans plus tard, il contemplait ce même visage. Bien sûr, ce n'était pas Emma qu'il regardait, c'était Linnet ; mais à ses yeux, sa petite-fille en était la réincarnation, et la ressemblance entre les deux femmes était troublante.

— Tu te sens bien, Grand-Père ? Tu as un drôle d'air, s'inquiéta la jeune femme.

Se redressant, Bryan battit des paupières, puis il lui sourit. Il toussa derrière sa main et attendit un instant pour répondre :

— Chez moi, j'ai des photographies de ton arrière-grand-mère lorsqu'elle avait à peu près ton âge, peut-être deux ans de plus que toi. Tu es elle, Linnet. C'est comme si Emma s'était réincarnée en toi. Ce n'est pas seulement que tu es sa copie conforme, physiquement, ainsi que tout le monde te le répète, mais tu as ses expressions, ses attitudes, et tu penses comme elle. Il est clair que tu possèdes son dynamisme, son énergie, son talent pour la vente, et tu es une femme d'affaires accomplie. Tu seras même meilleure, quand tu auras quelques années de plus. A mon avis, conclut-il en souriant, tu es la meilleure.

— Tu n'es pas très objectif, Grand-Père.

— Peut-être. Néanmoins, tu t'apprêtes bel et bien à être... une autre Emma Harte.

— Je m'efforcerai d'être digne d'elle, de défendre les mêmes valeurs. Je sais qu'elle possédait une grande intégrité, qu'elle était honorable, qu'elle savait distinguer le bien du mal, qu'elle se montrait juste et loyale dans tout ce qu'elle entreprenait.

— Elle était bien ainsi, et tu lui feras honneur, je n'en doute pas un seul instant, *mavourneen*, dit Bryan en prenant la main de Linnet dans la sienne. Je parierais n'importe quoi sur toi, Linnet, et je suis bien certain que c'est toi qui succéderas à ta mère, quand elle prendra sa retraite.

— J'en serais très heureuse, mais la décision lui revient.

« Elle t'a probablement déjà choisie », songea Bryan, mais pour une fois, il ne se confia pas à sa petite-fille.

— Je veux que tu aies ces photos d'Emma, dit-il. Je te les apporterai la prochaine fois que je viendrai.

— Merci, Grand-Père, je serai ravie de les avoir. J'en prendrai grand soin.

Un instant plus tard, Margaret entrait d'un pas pressé dans Stone Hall.

A sa façon tranquille et efficace, elle annonça :

— Le déjeuner est prêt, Monsieur O'Neill, Linnet. Si vous voulez bien passer dans le petit salon, je vous y servirai. C'est plus douillet que la salle à manger quand le feu est allumé dans la cheminée.

— Merci, Margaret, dit Bryan en se levant, nous arrivons tout de suite. Linnet m'a dit que vous me feriez quelque chose de spécial. Enfin, c'est ce qu'elle a prétendu. Aussi… qu'est-ce qu'on mange, dites-moi ?

Margaret se mit à rire et expliqua :

— Oh, tout ce que vous aimez, Monsieur O'Neill. J'ai des crevettes au beurre que je pensais servir demain, mais j'ai pensé que vous seriez content de les déguster aujourd'hui, avec de fines tranches de pain. Ensuite, j'ai préparé une tourte au bœuf, un gratin de pommes de terre, de la purée de pois et de panais. Comme dessert, vous aurez un crumble aux poires, avec de la crème anglaise, juste comme vous aimez, ou bien un diplomate.

— Seigneur, vous me mettez l'eau à la bouche, Margaret ! dit Bryan en souriant à la cuisinière. Tout cela me paraît délicieux.

Se tournant vers Linnet, qui traversait le hall à son côté, il ajouta :

— Je pense sérieusement à m'installer ici.

— J'adorerais cela, Grand-Père ! s'écria-t-elle.

Et ce n'était pas une formule de politesse, songea-t-elle en glissant son bras sous celui du vieil homme. Rien n'aurait pu lui faire davantage plaisir.

— L'idée est tentante, *mavourneen*, mais il vaut mieux que je reste à Harrogate. Après tout, Blackie a construit cette maison, et il me semble y avoir toujours vécu. Je la garde au chaud pour Desmond, pour ainsi dire. Elle lui appartiendra un jour, quand je serai parti.

— Ne parle pas de t'en aller, Grand-Père, dit-elle en l'entraînant vers le petit salon. Tu as un tas d'années devant toi.

— Je l'espère, Linnet, mais comme Blackie le disait

souvent, au-delà de quatre-vingts ans, le temps ne vous appartient plus, vous l'empruntez seulement.

Ils s'assirent à la table de noyer ronde, placée devant la baie vitrée du petit salon. Peu de temps auparavant, c'était un bureau rarement utilisé qui, aux yeux de Paula, constituait une perte de place. Quelques mois avant Noël, elle l'avait transformé en une pièce agréable destinée aux repas intimes ou aux collations informelles, du petit déjeuner au thé de l'après-midi. Maintenant, tout le monde s'en servait.

Le petit salon avait un aspect printanier, parce que les tons dominants choisis par Paula étaient le vert pomme assez pâle et le blanc. Les murs étaient verts, les rideaux portaient des rayures vertes et blanches, le tissu des chaises était imprimé de carreaux verts et blancs... Pour accentuer encore l'effet, trente-six gravures représentant des plantes médicinales étaient suspendues aux murs, et une cruche remplie de chrysanthèmes jaunes et blancs était posée sur un long buffet de bois sculpté, tandis qu'un coffre de style Queen Anne occupait un coin de la pièce. Le feu qui brûlait dans l'âtre ajoutait une note douillette au petit salon, alors que les flocons de neige tournoyaient derrière les vitres. Une causeuse et des fauteuils étaient disposés autour d'une table basse, et c'était souvent là que l'on servait le thé.

— Un penny pour tes pensées, Grand-Père, dit Linnet.

Il lui sourit.

— Je ne pensais à rien de particulier, mais...

Il baissa la voix et prit un ton de conspirateur.

— Tu ne disposes d'aucune information, concernant les projets de ta mère pour l'anniversaire de Shane ?

La jeune femme hocha la tête.

— Maman m'en a parlé, l'autre jour. Oncle Winston va avoir soixante ans en juin, et elle envisage d'organiser une réception pour célébrer les deux anniversaires en même temps. Elle m'a dit qu'elle allait t'en parler, Grand-Père.

Linnet jeta un regard scrutateur au vieil homme et fronça légèrement les sourcils.

— Apparemment, elle n'en a rien fait.

— En effet…

Bryan s'interrompit, car Margaret entrait, portant un plateau. Une minute plus tard, elle déposait une assiette de crevettes devant lui, puis elle en plaça une seconde devant Linnet.

— Le pain de seigle et le beurre sont déjà sur la table, Monsieur O'Neill.

Les yeux de Margaret allèrent d'un convive à l'autre.

— Vous désirez autre chose ?

— C'est parfait, Margaret, merci, dit Linnet. Merci beaucoup.

La gouvernante fit un signe de tête, puis elle sourit et sortit.

Bryan prit sa fourchette et l'enfonça dans les crevettes rose pâle, enrobées de beurre.

— Mmm… C'est délicieux ! dit-il au bout d'un moment. Et où ta mère compte-t-elle organiser cette fête ?

— Ici, à Pennistone Royal.

La voix de Linnet faiblit, car son grand-père avait changé d'expression.

— Cette idée te déplaît ?

— Bien sûr que non. Je pense même qu'elle est excellente, ma chérie. Gamins, ton père et Winston étaient déjà les meilleurs amis du monde. Ils le sont restés quand, jeunes gens, ils partageaient Beck House, dans West Tanfield. Quels galopins ils étaient, lorsqu'ils étaient petits ! dit Bryan en riant. Et ensuite, quand ces jeunes garnements couraient après les filles. Ils étaient beaux, il faut l'avouer.

— Ils le sont toujours, répliqua Linnet d'une voix rieuse.

— Ce n'est que trop vrai. Mais leurs ailes ont été bien coupées, et par les deux jeunes filles préférées d'Emma, en plus... ta mère et Emily. Ils sont tombés comme des oies rôties, tous les deux, quand ces deux belles filles Harte ont battu des cils.

Bryan secoua la tête, sans cesser de sourire, et piqua une crevette au bout de sa fourchette.

Lorsqu'ils eurent fini de manger, Bryan s'écarta de la table et fixa Linnet. Sous la froide lumière du soleil qui se déversait par la baie vitrée, elle brillait de tant de feux qu'il en fut momentanément saisi. Pourtant, son teint presque transparent lui donnait soudain un aspect fragile.

Mais Bryan la savait forte, tant sur le plan moral que physique. Elle possédait une volonté extraordinaire, elle était résistante et énergique, bien qu'elle fût svelte et de taille moyenne. « Elle va devoir rassembler toutes ses forces, toute son intelligence », pensa-t-il. « Tessa veut tout cela, elle est convaincue de son bon droit et elle se battra pour le faire respecter. »

Il savait intuitivement que Paula laisserait tout à Linnet. C'était le premier enfant qu'elle avait eu de

Shane, le grand amour de sa vie, le héros de son enfance, son âme sœur. Linnet avait été ardemment désirée, elle était le fruit d'une grande passion. De plus, elle était la vivante image de la femme qui avait fondé la dynastie des Harte et un empire commercial. Oui, c'était évident, le choix de Paula ne pouvait se porter que sur Linnet. En outre, elle était la mieux à même de reprendre un jour le flambeau. Elle était équilibrée, aussi solide qu'un roc, elle faisait preuve de beaucoup de sang-froid et possédait une perspicacité remarquable pour son âge.

Tessa n'avait pas le sens aigu des affaires de Linnet, sa vision à long terme ou sa résistance… autant de qualités nécessaires pour diriger les magasins Harte. Paula était fine psychologue, prévoyante, et lorsqu'il s'agissait de son travail, son esprit fonctionnait comme une horloge minutieusement réglée. Elle savait tout cela ; elle n'en avait peut-être encore parlé à personne, mais Bryan avait la certitude qu'elle connaissait parfaitement les limites et les défauts de Tessa.

Lui-même n'avait jamais été très sensible au charme de Tessa, lorsque celle-ci était enfant, bien avant que Shane et Paula ne soient mariés. Il s'était montré fort circonspect vis-à-vis de la fille de Jim Fairley. Il décelait en elle de la vanité, de la duplicité et une certaine tendance au mensonge. Plus tard, sa jalousie envers Linnet l'avait agacé. Maintenant qu'elles étaient adultes, non seulement Tessa était envieuse, mais elle en voulait à Linnet, principalement à cause de sa ressemblance avec Emma. Ce n'était pourtant que l'effet du hasard : personne ne pouvait rien contre les gènes…

La rancune de Tessa était aussi liée aux Fairley, à Shane (qui avait été un père aimant à son égard, mais qu'elle ne considérait que comme un beau-père) et à Emma Harte. Ce dernier point était facile à comprendre – du moins avait-il fini par l'éclaircir.

« Il y aura des lendemains qui ne chanteront pas », pensa-t-il en avalant une gorgée d'eau. Il pressentait que Tessa avait mis Linnet dans sa ligne de tir. Cela risquait d'être moche. Il aurait souhaité le contraire, mais il savait que c'était peu probable.

Les dés étaient jetés. Ils l'étaient depuis fort longtemps.

3

— Ce n'est que la grippe, Papa, je ne vais pas mourir ! dit Evan.

Coinçant le récepteur du téléphone entre son oreille et son épaule, elle tendit la main vers la boîte de mouchoirs, posée sur la table de chevet.

— J'irai mieux dans deux jours, affirma-t-elle avant de se moucher plusieurs fois. Embrasse tout le monde pour moi.

— Je n'y manquerai pas. Au revoir, mon cœur.

— Au revoir, Papa.

Après avoir raccroché, Evan se glissa dans son lit et remonta ses couvertures sous son menton. Elle avait attrapé la grippe le soir même de son arrivée de New York, le mercredi. On était samedi et elle ne se sentait pas beaucoup mieux, malgré les médicaments prescrits par le médecin, qu'elle avait avalés religieusement.

Mais mieux valait être malade ici que dans quelque affreux hôtel anonyme, songea-t-elle sombrement. Quand elle avait pris la décision de partir pour Londres, son père avait insisté pour qu'elle s'installe dans une petite pension de famille tenue par son vieil ami George, dans le quartier de Belgravia. Son père avait connu George lorsqu'il était jeune, à l'occasion d'un séjour à Londres, et ils étaient restés amis depuis ce temps. Elle était heureuse d'avoir suivi son conseil.

George Thomas, qu'elle se rappelait à peine avoir rencontré, étant petite, était un brave Gallois, et sa femme Arlette était l'une de ces Françaises efficaces et responsables qui semblent tout savoir sur tout. Ils s'étaient montrés hospitaliers et chaleureux envers elle dès son arrivée, et ils lui avaient attribué leur chambre la plus confortable, à la fois accueillante et pleine de charme. Elle était située au dernier étage, juste sous les combles de cette maison de ville de style victorien, qu'ils avaient transformée en hôtel de taille modeste mais très agréable, quelques années auparavant. La pièce était tapissée de chintz imprimé de motifs floraux et colorés, l'ameublement était victorien, y compris ce lit à baldaquin dans lequel elle était couchée maintenant, bien au chaud sous deux édredons.

Malgré les soins attentifs dont elle était l'objet, Evan aurait donné n'importe quoi pour ne pas être malade. Elle avait prévu de se rendre au grand magasin Harte, dans le quartier de Knightsbridge, dès son arrivée. Une fois là, elle aurait demandé un rendez-vous avec Emma

Harte, en utilisant le nom de sa grand-mère pour l'obtenir.

« La semaine prochaine, pensa-t-elle, la semaine prochaine, j'irai voir Emma Harte. »

Depuis la mort de Glynnis Hughes, en novembre dernier, Evan se sentait perdue. Sa grand-mère avait toujours été là pour lui remonter le moral, lui répéter qu'elle pouvait réussir tout ce qu'elle entreprendrait, tant qu'elle se concentrerait sur sa tâche et travaillerait dur.

Soudain, l'image de sa mère s'imposa à Evan : Marietta Hughes avait été autrefois une artiste talentueuse, mais quelque chose s'était détraqué en elle, et elle avait tout abandonné. D'une certaine façon, c'était la vie qu'elle avait abandonnée.

Quand Evan avait annoncé à son père qu'elle comptait passer un an à Londres, ce projet l'avait enthousiasmé. Mais presque aussitôt, elle avait vu ses yeux s'assombrir de chagrin, et elle avait réalisé que c'était à lui qu'elle manquerait le plus. Pas à sa mère ! Marietta n'avait même pas remarqué son absence quand Evan était partie s'installer à New York, sept ans auparavant.

Face au désarroi de son père, ce jour de la mi-décembre, elle avait fait marche arrière et dit qu'elle ne partirait peut-être pas, finalement. Mais son père avait insisté pour qu'elle prenne son année sabbatique, ainsi qu'il l'appelait, lui rappelant qu'il en avait fait autant une trentaine d'années auparavant, lorsqu'il était parti pour Londres, où il était d'ailleurs né, pendant la Seconde Guerre mondiale. C'était à cette époque qu'il avait rencontré sa mère, étudiante au Royal College of Art. Marietta Glenn. Une ravissante blonde venue de

Californie, dont il était tombé profondément amoureux. Ils s'étaient mariés à Londres.

« Et n'oublie pas que tu es née là-bas, toi aussi », avait-il rappelé à sa fille.

Après qu'ils eurent parlé de Londres et de son départ imminent, Evan avait rapporté à son père les derniers mots de Glynnis. Il avait été tout aussi surpris et troublé qu'elle-même.

« Mais Emma Harte doit être très très âgée, maintenant. Je me rappelle vaguement avoir entendu dire par ma mère qu'elles s'étaient rencontrées pendant la guerre, juste avant son mariage avec son merveilleux GI Joe, comme elle appelait mon père, et son départ pour l'Amérique. Tu sais tout cela aussi bien que moi… cela fait partie de la légende familiale. Je doute que le nom de ma mère rappelle quoi que ce soit à cette Emma Harte, Evan. Il ne faudra pas être déçue si tu n'obtiens aucune réaction, ma chérie. »

Elle avait promis à son père que rien ne pourrait gâcher son voyage en Angleterre, et elle en avait bien l'intention. Son père l'avait serrée dans ses bras, puis il lui avait dit combien elle était importante pour lui. Il lui avait ensuite expliqué qu'elle ne rencontrerait aucune difficulté pour travailler à Londres, puisqu'elle avait la double nationalité, tout comme lui. Née en Angleterre d'un père américain, lui-même né en Angleterre, et d'une mère américaine, elle était chez elle des deux côtés de l'Atlantique.

Finalement, elle avait fixé la date de son départ, et son père avait contacté son vieux copain George. Elle devait les considérer comme des membres de sa famille, lui avait-il recommandé.

« Amuse-toi bien et, surtout, sois heureuse, Evan, avait-il dit avec un grand sourire, la vie est trop courte pour qu'on soit malheureux. »

Ce jour-là, elle s'était dit que son père était un homme merveilleusement courageux, à l'esprit positif. Il était gai, d'humeur égale la plupart du temps, malgré le fardeau que représentait son épouse, une femme qui aurait aussi bien pu être morte, compte tenu de son peu de goût pour la vie. Qu'est-ce qui n'allait pas, chez sa mère ? Elle s'était souvent posé cette question, au cours des années, sans jamais y apporter de réponse. Certaines femmes aiment être malades, elle le savait, mais elle ne croyait pas que quiconque puisse se réjouir d'être maniaco-dépressive. Des médecins prescrivaient sans cesse des remèdes à sa mère, et celle-ci les prenait docilement. Pourtant, elle souffrait toujours de dépression. Mais était-ce vrai ?

Evan s'était souvent demandé si sa mère ne jouait pas la comédie de temps à autre, pour échapper à son mari, à sa famille, à ses responsabilités. Ce serait horrible, si c'était le cas.

« Je veux pleinement vivre ma vie, pensa Evan. Je veux poursuivre mes rêves, satisfaire mes ambitions. Je veux faire carrière dans la mode, ainsi que je l'ai toujours souhaité. Je veux rencontrer un homme merveilleux, me marier, avoir des enfants. Je veux une vie. *Ma* vie ! »

Evan se blottit sous les couvertures, mi-somnolente, mi-songeuse. Son père s'était demandé à voix haute si elle serait heureuse, à Londres, lorsqu'ils avaient évoqué son départ imminent. Elle n'était sûre de rien, mais cela valait le coup d'essayer. C'était pour cela qu'elle était venue… pour relever un défi, accomplir sa destinée.

Londres était la ville où elle était née, et elle y avait vécu jusqu'à ses quatre ans. Ses parents avaient alors décidé de retourner à New York ; peu de temps après, ils s'étaient établis dans le Connecticut, où ils avaient adopté Elayne et Angharad, à un an d'intervalle. Car la mère d'Evan, qui avait dû subir une hystérectomie, avait voulu d'autres enfants.

Owen Hughes avait élevé ses enfants dans une vieille maison du Kent, aidé parfois de sa mère, tandis qu'il se lançait dans son commerce d'antiquités. Il suivait en cela les traces de son propre père : Richard Hughes avait appris à son fils tout ce qu'il savait, puis Owen avait étudié pour compléter ses connaissances.

C'étaient ses grands-parents qui avaient amené Evan à Londres, lorsqu'elle avait douze ans. Son grand-père Richard devait y faire des achats, et il avait invité Glynnis et Evan à l'accompagner. La petite fille et sa grand-mère l'avaient suivi la plupart du temps, tandis qu'il recherchait de belles antiquités. Tous trois avaient sillonné les communes voisines de Londres, ils s'étaient rendus dans le Gloucestershire et le Sussex pour y trouver toutes sortes d'objets précieux... Pour la fillette, ces expéditions avaient constitué une aventure formidable dont elle avait apprécié chaque instant.

Parfois, sa grand-mère et elle s'étaient retrouvées seules, quand son grand-père devait mener d'importantes transactions avec des fournisseurs. Glynnis l'avait emmenée voir le château de Windsor, Hampton Court et Kew Gardens. Grâce à ses récits, qu'elle savait rendre vivants, Evan avait acquis quelques notions d'histoire de l'Angleterre, et plus particulièrement du pays de Galles.

Le temps était magnifique, cet été-là, et ils avaient

tous trois apprécié le temps qu'ils passaient ensemble. Son grand-père adorait le théâtre, aussi avaient-ils assisté à plusieurs spectacles dans le West End. Un soir, ils avaient même dîné au Savoy, dans l'élégante salle à manger qui donnait sur la Tamise. Un autre soir, après la pièce, son grand-père les avait emmenées au Rules, un ancien restaurant très célèbre, que ses grands-parents avaient fréquenté pendant des années. Pour une enfant de douze ans, ces agapes étaient exceptionnelles, et elle ne les avait jamais oubliées.

Après avoir passé près de deux semaines à Londres, ils avaient traversé la Manche pour se rendre en France. Son grand-père était expert en meubles anglais de la période georgienne, ainsi qu'en porcelaine anglaise et européenne. Il comptait trouver en France de précieux et rares objets en porcelaine.

Comme pour les meubles, c'était de son propre père que le père d'Evan avait tout appris en matière de porcelaines.

« J'ai étudié sous la houlette du maître », se plaisait-il à répéter.

Aujourd'hui, Owen était lui-même un expert dans ce domaine. Au cours des années, il s'était fait un prénom. Les gens venaient d'un peu partout pour avoir son avis. Evan savait combien son père aimait les objets anciens, mais elle avait conscience qu'il avait aussi trouvé un refuge dans le travail, au cours des années.

Angharad, la plus jeune de ses sœurs, avait le don de « dénicher la bonne affaire », comme sa grand-mère le disait. Convaincu qu'elle possédait ce qu'il appelait « le coup d'œil », Owen l'avait engagée dès qu'elle en avait eu l'âge. Elle travaillait avec lui, dans la boutique de New Milford, une partie de la semaine et le dimanche.

Elayne, sa sœur cadette, était une artiste. Elle possédait un petit atelier près de la maison familiale, dans le Kent. Ses tableaux étaient exposés dans une galerie que leur père avait installée à l'intérieur de son magasin de New Milford, et ils se vendaient très bien. Le public appréciait ses paysages évocateurs, ses scènes de plage ensoleillées et surtout ses croquis sur le thème de la mère et de l'enfant.

Evan estimait que Glynnis avait été, d'une certaine façon, sa meilleure amie pendant son enfance, et surtout à la fin de son adolescence. Elle était allée vivre chez ses grands-parents, à Manhattan, à l'âge de dix-sept ans et demi. A dix-huit ans, elle s'était inscrite à l'Institut technologique de la mode, sur la Vingt-Septième Rue, et y avait étudié le stylisme, sa véritable vocation.

Soudain, ses pensées se focalisèrent sur le testament de sa grand-mère. Son père et elle avaient été frappés de stupeur en en découvrant le contenu. Glynnis leur laissait près de quatre cent mille dollars, ce qui leur avait coupé le souffle.

— D'où cela peut-il provenir ? avait demandé Evan à son père en sortant de l'office notarial.

L'air déconcerté, Owen avait haussé les épaules.

— Que je sois pendu si je le sais, ma chérie, mais ma mère a toujours vécu simplement, et elle était une bonne femme d'affaires. Elle a géré les comptes de mon père pendant des années et, d'après ce qu'il m'a dit, elle s'y entendait en matière de chiffres. Je sais qu'elle aimait bien boursicoter ; au cours des années, elle était devenue assez forte à ce jeu. Mais ta grand-mère était une femme circonspecte qui avait aussi tendance à économiser sur tout. Je suppose que cet argent est le fruit... de son épargne et de sa prudence.

Son père avait hérité de cette fortune, ainsi que de l'appartement de sa mère, que Richard lui avait légué plusieurs années auparavant. Elayne et Angharad avaient touché des sommes rondelettes, et elle-même avait reçu trente mille dollars, c'est-à-dire bien plus que ses sœurs. Mais elle était l'aînée, et ces dernières ne lui en avaient pas tenu rigueur. Les quelques bijoux de sa grand-mère, ainsi que diverses babioles, avaient été répartis entre les trois sœurs. Glynnis avait également légué quelques très belles pièces à la mère d'Evan, ne voulant visiblement pas offenser sa belle-fille.

« Poursuis tes rêves », lui avait dit son père. Elle s'y efforcerait, puisque sa grand-mère lui en avait donné les moyens. Evan avait ainsi payé elle-même son voyage à Londres, sans avoir à demander d'argent à son père. Rien que pour cela, elle vouait une grande reconnaissance à Glynnis.

Les derniers mots de sa grand-mère, sur son lit de mort, résonnaient dans sa tête, et elle ne pouvait s'empêcher de se demander pourquoi Emma Harte possédait la clef de son avenir. Qu'avait voulu dire Glynnis ? Sa curiosité ne serait pas satisfaite avant la semaine suivante, lorsqu'elle se sentirait assez bien pour sortir.

Se forçant à se lever, elle s'approcha de la commode, placée près de la cheminée. Elle y avait disposé tout un éventail de photographies de famille. Elle en prit une de ses grands-parents et d'elle-même, prise lorsqu'elle avait douze ans. Elle la fixa pendant quelques minutes. A l'arrière-plan, on apercevait les grilles de Buckingham

Palace. Evan plissait les yeux pour se protéger du soleil, l'air calme et posé, avec sa jupe plissée, son chemisier et ses socquettes blanches.

Cette image d'elle-même fit sourire la jeune fille. Comme elle avait l'air gauche, avec ses longues jambes et ses épaules minces ! Une frange sombre barrait son front, ce qui ne lui allait pas du tout. Elle l'admettait aujourd'hui, mais elle le savait déjà à cette époque.

Son grand-père était un homme de haute taille, au maintien presque militaire. Il portait un blazer sombre, un pantalon gris, et il paraissait très élégant, avec sa chemise bleu pâle et sa cravate marine. Il avait des cheveux poivre et sel, et ses yeux gris clair pétillaient dans son visage mince et ridé. Il était aussi bel homme que dans sa jeunesse.

Sa grand-mère était étonnante. Elle avait soixante-cinq ans à cette époque, et cela faisait déjà longtemps qu'elle ne se teignait plus les cheveux. Un nuage argenté auréolait son visage où brillaient deux yeux d'un bleu intense. Evan avait aimé toute sa vie ce large sourire, qui reflétait sa nature généreuse.

Evan avait conscience de l'importance des grands-parents. C'était à travers eux qu'on savait qui on était réellement et d'où l'on venait. Dans un sens, les arrière-grands-parents étaient encore plus importants, car ce qu'on apprenait à leur propos ouvrait des perspectives sur les grands-parents, les parents et soi-même. On portait leurs gènes, leur sang, et aussi leurs espoirs et leurs aspirations. Tout individu hérite de ces éléments, transmis de génération en génération. La connaissance de ses antécédents familiaux lui donne une direction et un but, elle lui fournit des renseignements précieux sur ce qu'il est susceptible de devenir. Elle donne un sens à sa vie.

C'était à cause de sa grand-mère qu'Evan se retrouvait aujourd'hui à Londres. Et la semaine suivante, lorsqu'elle se rendrait chez Harte, dans Knightsbridge, elle verrait son avenir en face, du moins si Glynnis avait dit vrai. Mais elle avait confiance en sa grand-mère, elle avait toujours eu confiance en elle.

4

En fin d'après-midi, Linnet gagna le grenier de l'aile ouest. Elle y travaillait tous les week-ends depuis plusieurs mois, et elle avait presque terminé l'inventaire des vêtements haute couture d'Emma. Après avoir ouvert la porte fermée à clef, elle fit quelques pas à l'intérieur et alluma la lumière. Elle s'immobilisa un instant pour regarder autour d'elle, un sourire ravi aux lèvres.

Ce grenier revêtait pour elle une importance particulière, et encore plus depuis qu'elle avait tout arrangé à sa façon. Il y avait d'abord sa taille, qui le rendait unique. Il n'avait rien à voir avec les combles mansardés et étriqués que l'on trouvait sous les toits de la plupart des maisons. Vaste et haut de plafond, il avait été aménagé longtemps auparavant par son arrière-grand-mère. Emma avait fait revêtir les murs de bois de cèdre, le sol disparaissait sous une épaisse moquette, et l'éclairage était puissant. Des placards aux profondes étagères contenaient des boîtes de tailles variées où l'on conservait tout ce qu'on voulait protéger de la poussière. En bref, Emma avait aménagé ce grenier en splendide vestiaire pour y stocker tous ses vêtements et accessoires de mode, tels que chaussures, chapeaux, sacs à main et bijoux fantaisie.

Tout en pénétrant plus avant dans le grenier, Linnet se félicita de la façon dont sa cousine India et elle-même avaient réorganisé le rangement. Quand sa mère lui avait demandé de trier tout ce fouillis, il ne lui avait pas fallu très longtemps pour comprendre qu'il ne s'agissait pas d'un *vrai* fouillis. Le problème était seulement que les cintres étaient trop tassés les uns contre les autres et garnis d'un nombre incalculable de vêtements.

Après avoir correctement réparti les cintres, India et Linnet avaient décidé de classer tous ces vêtements par couturiers, au lieu de les assembler par catégories, comme sa mère et tante Emily l'avaient fait quelques années auparavant. Dorénavant, chaque couturier avait un ou plusieurs portants, avec son nom inscrit en lettres dorées.

Linnet s'était toujours émerveillée qu'on ait gardé tant de choses. Enfant, déjà, elle avait aimé errer parmi ces rangées de vêtements, admirant les garnitures, les broderies, touchant les beaux tissus… les mousselines, les satins, les soies et les velours. Son arrière-grand-mère avait un goût parfait, et tout avait été conservé avec soin, d'abord, par elle, plus tard par Paula et Emily. Des années auparavant, sa mère avait fait installer l'air conditionné, ce qui permettait de maintenir tout au long de l'année une température assez basse dans le grenier et ainsi de préserver les vêtements.

Normalement, les ensembles étaient enfermés dans des housses de coton pourvues de fermetures Eclair, mais India et elle en avaient sorti un certain nombre, afin de choisir ceux qui serviraient au défilé. Tout en évoluant entre deux rangées de portemanteaux, Linnet se dit qu'elle pourrait utiliser presque tous les vêtements de son arrière-grand-mère dans sa rétrospective qui portait sur quatre-vingts ans de mode.

Les ensembles d'Emma avaient été créés par les plus grands couturiers. Elle en avait privilégié trois : Pierre Balmain, Cristobal Balenciaga et Christian Dior. Mais elle avait aussi fréquenté Vionnet et Chanel, à Paris, Hardy Amies à Londres, la Franco-Américaine Pauline Trigère, à New York, et la couturière russe Valentina, qui avait eu elle aussi son siège à New York, jusqu'à son départ, en 1957. Il y avait également toutes sortes de merveilleux accessoires. C'était une mine extraordinaire en matière d'élégance et de cachet, du moins selon Linnet.

Linnet savait qu'elle pouvait facilement terminer son inventaire le lendemain. Désormais, elle avait un but bien spécifique… trouver la robe du soir qui manquait et dont sa tante lui avait parlé la semaine précédente. Emily l'avait découverte dans la maison de Belgrave Square, plusieurs années auparavant, et elle l'avait utilisée pour un défilé de mode organisé par Paula dans les années 1970, intitulé « Mode et imagination ».

« Cette robe est absolument indispensable pour ta rétrospective, avait affirmé Emily. Je te parie n'importe quoi qu'elle se trouve dans le grenier de Pennistone, puisqu'elle n'est pas à Londres. Cherche une boîte très plate, de celles dans lesquelles on met les robes ; je pense que la marque Harte devrait y être apposée, bien qu'un peu effacée. C'est là-dedans que je l'ai dénichée, et pour autant que je m'en souvienne, je l'y ai remise. Comme tu le sais, les robes ornées de perles sont lourdes. Le poids des perles tire le tissu vers le bas, et le modèle devient informe. Je suis donc certaine qu'elle n'est pas suspendue sur un portant. »

Emportée par son élan. Emily avait poursuivi sa description :

« Un fourreau de mousseline bleu pâle, orné de milliers de perles minuscules de la même nuance, ou bien vert émeraude. Elle est tout simplement superbe. Oh, il y a aussi une paire d'escarpins en soie verte, de chez Pinet, à Paris. »

Lorsque Linnet parvint au bout de la première allée de portants, elle se dirigea vers la longue table qu'elle utilisait pour différents travaux et déposa son panier à provisions, qui contenait ses outils de travail. Elle approcha un escabeau d'un haut placard encastré dans le mur, dont elle ouvrit les portes avant de gravir les échelons. Comme elle se penchait en avant pour sortir une grosse boîte, d'autres dégringolèrent sur le sol. Elle descendit précautionneusement de son escabeau et posa la grosse boîte sur la table, devinant qu'elle ne contenait pas la robe qu'elle cherchait. Elle était très lourde, et lorsque la jeune femme souleva le couvercle, elle y trouva des cartons à chaussures bien alignés.

A cet instant, la sonnerie de son téléphone portable retentit. Tendant la main vers son panier, elle s'en empara.

— Allô ?

— C'est moi, annonça la voix de son cousin Gideon.

— Bonjour ! D'où m'appelles-tu, Gid ?

— Des écuries de Middleham. Quand j'ai appelé à la maison, Margaret m'a dit de te joindre sur ton portable. Où diable te caches-tu ? Ta voix est si étouffée que tu pourrais aussi bien être sur la Lune.

Linnet se mit à rire.

— Pas tout à fait. Je suis au grenier.

— Grand Dieu ! Cela fait des siècles que je ne suis pas monté là-haut... pour jouer avec tous ces vieux jouets.

— Pas ce grenier-là, idiot ! Je me trouve dans l'aile ouest, où tous les vêtements de notre arrière-grand-mère sont entreposés. Pour l'instant, je cherche une robe dont ta mère m'a parlé la semaine dernière.

— Bon sang, c'est vrai ! J'avais oublié ton grand projet... quatre-vingts ans d'élégance et de classe, fit Gideon d'une voix rieuse.

— Ne te moque pas de moi, Gideon, cette rétrospective va susciter pas mal de visites au rayon de la mode, ce qui augmentera nécessairement le volume des ventes.

Le jeune homme s'en voulut aussitôt de l'avoir titillée. Il savait combien sa cousine prenait son travail au sérieux. Il n'aurait jamais dû la railler à ce sujet.

— C'est toi qui fais l'idiote, maintenant ! Tu penses vraiment que je pourrais me moquer de toi ?

— Mais non ! Tu viens dîner, ce soir ?

— Bien sûr. C'est pour cela que je te téléphonais... Tu penses que je peux amener un invité sans que ta mère s'en formalise ?

— Je suis sûre que oui. Tu sais qu'elle adore jouer à la Mère Nature, qu'elle invite le monde entier à partager sa table. Qui amènes-tu ?

— A vrai dire… c'est Julian.

— Kallinski ?

— Il y a un autre Julian dans ta vie ?

— Non, d'ailleurs il n'y est pas. Maman ne verra aucun inconvénient à ce que tu l'invites, mais moi, si.

— Allez, Linnet, tu sais très bien ce que tu éprouves pour lui.

— Vraiment ? Et qu'est-ce que j'éprouve, Gid ?

— Tu l'aimes.

— C'est vrai… de la même façon que je t'aime. Comme un cousin ou un grand frère.

— Menteuse !

— Je ne suis pas une menteuse, c'est vrai. Nous avons grandi ensemble, comme tu le sais, et notre relation est purement fraternelle.

Gideon ne répondit pas. Linnet commençait à se demander si la communication avait été interrompue lorsqu'il déclara :

— Ce n'est pas tout à fait ainsi que Julian décrit votre relation.

— Tu racontes des bobards, Gideon Harte.

— Absolument pas. Je sais qu'il t'aime, et dans le sens du terme le plus sexuel et le plus romantique.

— C'est ce qu'il t'a dit ?

— Exactement… enfin, plus ou moins. Parole de scout, conclut Gideon sur un ton étonnamment sérieux.

— Je savais bien que les hommes potinent encore plus que les femmes, marmonna Linnet. Qu'est-ce qu'il t'a dit d'autre ?

Ignorant la raillerie, Gideon poursuivit :

— Je crois qu'il souhaite t'en parler lui-même.

— Quand ?

— Ce soir.

— Il n'est pas avec toi, en ce moment ? s'enquit Linnet, rongée de curiosité.

— Non. Il est allé voir son grand-père. Sir Ronald ne se sent pas très bien. Mais Julian reste auprès de lui, à Middleham.

Linnet se tut, en proie à une réflexion intense.

— Alors ? reprit Gideon. Il peut venir dîner, oui ou non ? Allez, tu sais que tu meurs d'envie de le voir.

La jeune femme hésita un instant.

— Je crois que ça pourra aller. Ma mère a invité une foule de gens, de toute façon.

— Ah bon ? s'exclama Gideon d'une voix inquiète. Qui y aura-t-il ?

— Eh bien... Grand-Père est là pour le week-end, ce qui fait un O'Neill en plus et donc six en tout, du moins si Desmond et Emsie se joignent à nous pour le dîner. Et puis, il y a Emily et Winston...

— Je sais que mes parents viennent, l'interrompit Gideon.

— India a dit qu'elle ferait un saut, depuis Londres, pour m'aider à terminer mon inventaire et à emballer les vêtements, mais elle n'est toujours pas là. Oh, et Maman a vaguement dit quelque chose au sujet d'une éventuelle visite d'Anita Shaw, pour faire un nombre pair.

— Dieu du ciel, j'espère que non ! s'exclama Gideon. Je ne peux pas la supporter ! J'aimerais que ta mère cesse de vouloir me marier à tout prix. La vie de célibataire me convient parfaitement.

Linnet se mit à rire.

— Tu finiras bien par te faire attraper un jour, Gid.

— Tu te charges de prévenir ta mère, pour Julian ?

— Bien sûr. Et… je te taquinais, à propos d'Anita, elle n'est pas invitée. Je pense que ma mère a abandonné tout espoir de te caser. Il ne nous reste plus qu'à espérer qu'une parfaite étrangère enlèvera le morceau.

— Ce n'est pas pour demain, répliqua Gideon en riant. A plus tard, donc, et ne te tue pas à la tâche.

— Au revoir, Gid.

Linnet demeura un instant au pied de l'escabeau, pensant à Julian. Elle se demanda si elle avait commis une erreur en autorisant son cousin à l'inviter à dîner. Durant l'année qui venait de s'écouler, elle n'avait plus très bien su où elle en était avec lui, et c'était la raison pour laquelle elle s'était séparée de lui, six mois auparavant. Julian avait été d'accord pour qu'ils s'octroient mutuellement cette pause, et ils avaient cessé de se voir par consentement mutuel.

Elle ferma les yeux. Immédiatement, l'image de Julian s'imposa à son esprit. Grand, mince, beau, brun, doté du regard bleu le plus perspicace qu'elle ait jamais vu. Ses « glaciers bleus », comme elle les appelait lorsqu'il était en colère.

Elle ressentit soudain un désir pressant de le revoir qui la prit totalement au dépourvu. Il faisait partie de sa vie, aussi loin que ses souvenirs remontaient, depuis leur plus tendre enfance. Il lui était devenu indispensable à l'âge de quinze ans. Il lui manquait…

— Désolée d'être en retard.

Linnet sursauta et rouvrit les yeux. Sa cousine, India Standish, se tenait sur le seuil, son propre panier à provisions à la main, ses lunettes à monture d'écaille relevées sur son épaisse chevelure blonde et bouclée.

D'une beauté délicate et douce, India faisait bien plus jeune que ses vingt-sept ans. Elle possédait des yeux immenses, d'un gris argenté, et son visage expressif l'apparentait nettement aux Fairley. Leur sang coulait dans ses veines. India faisait l'unanimité dans la famille : elle était attentionnée, gentille, pleine de compréhension. Tout le monde l'aimait.

Fronçant les sourcils, India entra dans le grenier.

— Il y a quelque chose qui cloche, Linnet ?

— Tout va très bien, au contraire. Pourquoi ?

— Tu es un peu pâle et tu as l'air… euh… légèrement troublée.

— Rien d'important, India.

Linnet fourra son téléphone portable dans l'une des poches de son pantalon de laine vert et poursuivit avec entrain :

— J'ai sorti cette grosse boîte que tu vois sur la table, et quelques autres ont dégringolé. Nous devrions les remettre en place et vérifier si la robe qui manque ne se trouve pas dans l'une d'entre elles.

— Ne t'inquiète pas, ma chérie, nous finirons bien par la trouver, murmura India.

Elle avait une voix apaisante, teintée d'un léger accent qu'elle avait gardé de son enfance, passée dans la propriété de son père, lord Anthony, comte de Dunvale, à Clonloughlin.

Tout en posant son panier sur la table, India ajouta :

— Je suis certaine que nous aurons terminé demain soir ; il est donc inutile de te faire du souci.

— J'espère que ce sera possible. Il faut que nous rentrions de bonne heure à Londres, lundi matin. Nous avons du pain sur la planche au magasin.

Linnet prit l'une des plus grosses boîtes et la posa sur la table. India l'imita. Ensemble, les deux arrière-petites-filles d'Emma Harte effectuèrent un tri parmi les objets de toutes sortes ayant appartenu à leur célèbre aïeule. Mais au bout d'une heure de recherche, elles n'avaient toujours pas trouvé la robe.

— Elle ne peut pas avoir disparu, remarqua Linnet. Il faut bien qu'elle soit quelque part. Fouillons donc ce placard encastré, dans le petit grenier d'à côté, proposa-t-elle.

Joignant le geste à la parole, elle s'y engouffra, aussitôt rejointe par sa cousine.

— Je ne me rappelle pas y avoir vu quoi que ce soit d'intéressant, dit cette dernière. Je crois que ce placard est rempli de vieilles valises de cuir qui ont appartenu à Emma.

Linnet fronça les sourcils, l'air pensif.

— C'est curieux, je ne m'en souviens absolument pas. Qui pourrait bien les avoir rangées ici ?

— Je ne sais pas, mais Emily peut très bien avoir placé la robe dans l'une d'elles, suggéra India.

Elle affirme l'avoir rangée dans la boîte où elle l'avait trouvée, avec la marque Harte sur le couvercle, mais elle peut se tromper, lança Linnet par-dessus son épaule. Après tout, il y a des années que cela s'est passé.

— Cela ne date pas d'hier, c'est sûr.

Quelques minutes plus tard, les deux jeunes femmes se trouvaient dans le petit grenier, fixant les étagères du placard. Celles-ci étaient surchargées de boîtes, et ainsi qu'India l'avait dit, il y avait plusieurs valises de cuir.

Elles ne perdirent pas de temps à sortir tous les

cartons. Dès que Linnet en aperçut un qui portait la marque Harte, elle poussa un cri perçant.

— *Voilà !* Je parie qu'elle est là-dedans !

Elle souleva le couvercle et découvrit un nuage bleu pâle, orné de perles vert émeraude. Elle sortit la robe de son écrin et la leva vers la lumière.

— Nous l'avons trouvée ! N'est-ce pas qu'elle est magnifique, India ?

Sans cesser de la regarder, elle la pressa contre son corps.

— Emma a dû faire sensation, quand elle l'a portée, tu ne crois pas ? demanda India. L'effet devait être spectaculaire, avec ses cheveux châtain roux et ses yeux verts. Je constate d'ailleurs qu'elle t'irait plutôt bien, à toi aussi. Ces couleurs sont merveilleuses sur toi. Tu sais, Linnet, ces bleus et ces verts mêlés évoquent étrangement l'océan.

India sourit largement à sa cousine.

— Et quand tu marches, la robe semble onduler. Tu devrais peut-être la garder pour toi. Je ne connais personne qui aime davantage que toi les vêtements anciens.

— Elle a trop de valeur, répondit Linnet en riant. Et si elle ondule, c'est parce que les perles sont très habilement réparties.

Elle déposa délicatement la robe sur une grande table. Les deux cousines s'extasièrent sur les broderies et le travail superbe qui avait présidé de façon générale à la confection de cette œuvre d'art. Son excellent état était tout à fait surprenant. Les années l'avaient littéralement épargnée, au point qu'elle paraissait presque neuve.

De son côté, India fit une autre découverte ; très excitée par sa trouvaille, elle appela sa cousine.

— Viens vite, Linnet ! s'exclama-t-elle. Regarde-moi ça !

Toujours absorbée dans sa contemplation, Linnet ne tourna même pas la tête.

— Qu'est-ce que c'est ?

— C'est une valise qui a appartenu à notre arrière-grand-mère. Je viens juste de l'ouvrir, et elle contient une valise plus petite, sur laquelle est inscrit « Privé et confidentiel ». Et son nom figure aussi dessus. Oh ! Il y a une petite clef attachée à la poignée par un bout de ficelle !

— Qu'y a-t-il à l'intérieur de la boîte ?

— Je ne sais pas, je n'ai pas regardé. Après tout, les mots « Privé et confidentiel » sont inscrits sur l'étiquette…

India s'interrompit, car elle venait de défaire le nœud et ouvrait la petite valise, au moyen de la clef, en murmurant :

— Puisque notre arrière-grand-mère est morte depuis des années, je pense au moins pouvoir soulever le couvercle.

— Bien sûr que oui ! renchérit Linnet avec assurance.

— Je t'en prie, Linnet, lâche cette robe et viens voir ce que j'ai trouvé. S'il te plaît !

Frappée par l'excitation qui faisait vibrer la voix de sa cousine, Linnet rejoignit India devant le placard.

Elle s'accroupit près de sa cousine et suivit son regard.

— Mon Dieu !

Linnet porta la main à sa bouche. Puis, timidement, elle effleura les livres reliés de cuir, sagement alignés dans la petite valise. Son cœur se mit à battre plus vite.

Elle dit enfin, d'une voix étranglée :

— Les journaux intimes d'Emma, durant la guerre… Oh, India, quelle trouvaille !

Elle en prit un et lut la date, gravée en lettres dorées sur le cuir noir :

— 1938… Bien longtemps avant notre naissance, et même avant la naissance de nos parents. Eh bien…

— C'est un véritable trésor, tu sais, enchaîna India. Ils vont jusqu'en 1947, tu as vu ?

Linnet hocha la tête, puis elle ouvrit le cahier de l'année 1938. Elle allait commencer à le lire, mais elle hésita, puis elle le ferma d'un geste décidé.

Soudain nerveuse, India déclara :

— Je suis contente que tu n'aies rien lu. Je sais que notre arrière-grand-mère est morte bien avant que nous ne venions au monde, mais ce serait quand même une intrusion dans son intimité de lire ses cahiers. Tu ne crois pas ?

— Si, et je pense que la décision en revient à ma mère. Après tout, Emma a fait d'elle sa principale héritière. Je les lui descendrai quand nous aurons terminé ici.

— Oui, oui, c'est la meilleure chose à faire !

Linnet remit le journal intime en place, puis elle caressa lentement les dix cahiers de la main, l'air pensif et les yeux ailleurs. Au bout d'un instant, elle reporta de nouveau son attention sur les agendas. Ils avaient tous une couverture de cuir noir, sur laquelle le numéro de l'année était gravé en lettres dorées. Elle était certaine qu'aucun d'entre eux n'était fermé à clef, et elle ne pouvait s'empêcher de se demander quels secrets ils recelaient. Elle mourait d'envie de les lire.

Mais son intégrité foncière lui interdisait de trahir la

confiance de sa mère. L'une des règles d'or, dans la famille, était que tout ce qui concernait Emma Harte devait d'abord passer par Paula, à la tête de la dynastie Harte.

Linnet se devait de respecter cette règle.

5

Paula O'Neill ne paraissait pas ses cinquante-sept ans. Ses épais cheveux, implantés en V sur son front lisse, étaient d'un noir de jais, mais elle était la première à admettre que son coiffeur y était pour quelque chose depuis quelque temps. Ses yeux frangés d'épais cils noirs, son plus bel atout, étaient toujours d'un violet surprenant. Ils avaient toujours reflété sa vive intelligence, mais aujourd'hui, ils exprimaient aussi la sagesse et la compassion. Elle était assise dans le petit salon du premier étage, à Pennistone, avec sa cousine Emily Harte, mais elle pensait à sa fille Linnet et à Julian Kallinski. Elle avait cru pendant un temps que ces deux-là se marieraient, et elle aurait souhaité que Linnet se confie davantage à elle. Du moins aurait-elle voulu que sa fille ne prenne pas une décision aussi radicale sans en parler au moins une fois avec elle. Mais elle avait eu vingt ans, elle aussi... elle aussi était têtue, elle aussi croyait tout savoir.

La jeunesse était impulsive et convaincue de la justesse

de ses décisions... Paula avait épousé Jim Fairley lorsqu'elle était très jeune, et elle l'avait désespérément regretté quand elle avait compris que son cœur appartenait à Shane O'Neill. Mais les choses avaient fini par s'arranger : Shane et elle étaient mariés depuis près de trente ans, et leur amour ne faisait que croître avec le temps.

Comme si elle avait suivi le cours de ses pensées, Emily déclara soudain :

— Je pense que Linnet et Julian étaient faits l'un pour l'autre, comme Shane et toi...

— Ou Winston et toi, l'interrompit Paula, brusquement arrachée à ses réflexions.

— Exact. Je voulais seulement dire que j'espère pour eux que ces deux-là finiront bientôt par le comprendre. Ne serait-ce pas sympathique de célébrer un mariage en famille, cet été, et qui réunirait les trois clans ?

Paula secoua la tête.

— Il faut toujours que tu en viennes au même point, Emily, la réunion des trois clans ! Mais oui, tu as raison, ce serait plutôt sympathique. Je te signale qu'il nous reste encore à nous inquiéter de Gideon, qui est toujours célibataire.

— Il ne fréquente jamais très longtemps les femmes avec lesquelles il sort, marmonna Emily. Il s'en tient aux brèves rencontres, comme je les appelle.

— Il n'a pas encore rencontré la femme de sa vie, voilà tout ! rétorqua Paula.

Elle se leva et se mit à arpenter le petit salon de long en large. Emily la suivit des yeux. Elle trouvait sa cousine très belle, ce soir, avec cette nouvelle coupe de cheveux, très stylée et qui la rajeunissait. Elle portait une longue jupe droite de laine violette et un sweater à col roulé assorti, qui soulignait la couleur de ses yeux et mettait en valeur ses cheveux sombres. Cette tenue était simple, un peu sévère d'une certaine façon, mais elle seyait à Paula, qui était grande et élancée. Emily enviait sa silhouette : malgré ses efforts, elle-même paraissait toujours potelée en comparaison de sa cousine. Pas étonnant que Paula l'ait affectueusement surnommée « la boulette » lorsqu'elle était petite. Depuis son enfance, elle combattait sa tendance à l'embonpoint.

Durant toutes ces années où elles avaient grandi ensemble, Emily et Paula ne s'étaient jamais dit un mot de travers, elles ne s'étaient jamais querellées. Parfois, bien sûr, la grande Paula de huit ans avait réprimandé la petite Emily de cinq ans, lorsqu'elles passaient leurs vacances ensemble à Heron's Nest[1], la résidence d'été d'Emma, à Scarborough. A cette époque, comme le disait Paula, elle pouvait se montrer un peu « peste ». Mais les cousines, meilleures amies et confidentes, s'étaient toujours soutenues mutuellement dans les périodes de trouble et d'adversité.

Sur le seuil de sa chambre, qui jouxtait le petit salon du premier étage, Paula déclara :

— Je voudrais te montrer quelque chose, avant que les autres n'arrivent.

— Quoi donc ?

— Linnet et India l'ont dénichée dans le grenier, et...

— La fameuse robe ornée de perles ! s'exclama Emily.

1. Le Nid de héron.

— Non, pas la robe. Oh, elles l'ont trouvée aussi, mais elles ont fait une autre découverte, bien plus importante.

Emily se leva, les yeux brillants de curiosité.

— Dépêche-toi, alors ! Tu finis par m'intriguer...

Une minute plus tard, Paula revenait, portant la petite valise de cuir brun contenant les cahiers. Elle la déposa sur la table basse, puis, se penchant en avant, elle souleva le couvercle.

— Voilà, dit-elle en jetant un coup d'œil à sa cousine par-dessus son épaule.

— Qu'est-ce que c'est ?

— Les journaux intimes de Grand-Mère, année par année, de 1938 à 1947. Il y en a dix, tous en parfait état. Je suppose qu'elle les avait placés là depuis des années, ce qui explique qu'ils soient aussi bien conservés.

— Mon Dieu, quelle trouvaille extraordinaire ! s'écria Emily.

A son tour, elle se pencha pour regarder les cahiers reliés de cuir noir, bien alignés.

— Mais où étaient-ils pendant tout ce temps ? Et comment se fait-il que les filles les aient trouvés ? Je veux dire... comment nous ont-ils échappé, à nous ? Comment avons-nous pu les manquer ?

— Tu vas bien rire, Emily, quand je te dirai où ils étaient.

— Où ?

— Dans le placard qui se trouvait dans le bureau du rez-de-chaussée.

— La pièce que tu as fait transformer en petit salon ? s'étonna Emily.

— Exactement. Ils sont restés là pendant des années. Il y avait cette valise et cinq autres, toutes achetées chez

Asprey. Grand-Mère utilisait ce bureau chaque jour, quand elle séjournait à Pennistone, et ce pendant des années et des années. C'est elle, sans aucun doute, qui les a rangées là. Cette petite valise se trouvait à l'intérieur d'une autre, sinon j'aurais remarqué l'inscription « Privé et confidentiel ». J'ai tout fait enlever quand cette pièce a été refaite, il y a quelques mois.

— Et tu n'as jamais regardé à l'intérieur de ces valises ? demanda Emily d'une voix incrédule.

— Non. Pourquoi l'aurais-je fait ? Elles n'étaient pas lourdes. Je me suis seulement dit que Grand-Mère les avait gardées parce qu'il n'y avait plus de place dans le local à bagages. Ce qui était effectivement le cas. Je n'y ai jamais repensé depuis, pas même quand j'ai utilisé personnellement ce bureau. Quand j'ai fait retapisser la pièce, j'ai demandé à Margaret de descendre ces valises au sous-sol.

— Comment se sont-elles retrouvées au grenier, finalement ?

— Le sous-sol a été inondé, il y a deux semaines, aussi Margaret les a-t-elle mises à l'abri, ainsi qu'un certain nombre d'autres choses, d'ailleurs. Comme elles étaient en très bon état, elle les a rangées dans le petit grenier, à l'intérieur du premier placard où il restait de la place.

— Dieu merci ! Sinon, les valises et les cahiers auraient été très abîmés.

— Tu as raison. Nous avons de la chance qu'elle ait agi si promptement.

Les yeux d'Emily se posèrent sur les agendas, avant de revenir à sa cousine.

— Tu n'en as lu aucun ?

— Non. Linnet me les a apportés il y a environ deux heures.

— Tu vas le faire ?

— J'imagine que oui.

— On pourrait y jeter un coup d'œil tout de suite... Je brûle de curiosité.

Paula hésita, puis hocha la tête.

— D'accord. Si tu veux, Emily.

Tendant la main, Emily sortit l'agenda de l'année 1938, l'ouvrit, jeta un coup d'œil à la première page, puis le remit à Paula sans mot dire.

A son tour, Paula parcourut les lignes écrites de la main de sa grand-mère, après quoi elle remit le cahier dans la valise.

— Je crois que nous ferions mieux de nous abstenir...

— Je comprends ce que tu veux dire. Ce qui est écrit là-dedans fait partie de la vie privée de Grand-Mère. D'un autre côté, je suis sûre qu'elle ne se serait pas formalisée que nous le lisions. Je suis même sûre qu'elle voudrait que nous lisions ces cahiers.

— Peut-être as-tu raison, mais pour l'instant, je vais refermer cette valise et la mettre en lieu sûr. Dans quelques semaines, nous pourrons les lire ensemble, si tu veux.

— C'est une excellente idée. Grand-Mère s'exprimait à la perfection, tu le sais, et elle écrivait plutôt bien, comme son frère Winston. Parfois, elle pouvait même se révéler fort éloquente.

Emily se tut un instant, puis, se penchant vers sa cousine, elle conclut d'une voix douce :

— Je pense qu'il doit y avoir quelques secrets, là-dedans, tu ne crois pas ?

— Je ne sais pas… En a-t-elle eu, pendant ces années de guerre ? Elle pleurait son mari, ses fils étaient au combat, elle gérait ses affaires dans une conjoncture difficile. Quel genre de secrets pourrait-elle avoir eus ?

— Je ne pensais pas à des liaisons amoureuses ou à quoi que ce soit de ce genre. Je parierais qu'elle n'y a jamais fait allusion dans ses journaux intimes, d'ailleurs. Grand-Mère était quelqu'un de très convenable, Paula.

— N'oublie pas, quand même, qu'elle a eu un certain nombre de maris.

— Seulement deux. Et deux amants.

— Et c'est tout. C'est pourquoi je suis bien certaine qu'aucun secret ne se cache dans ces agendas.

— On ne sait jamais. Tout le monde a des secrets, de toute façon, déclara Emily avec une certaine emphase.

— Vraiment ? fit la voix de Shane, depuis le seuil de la pièce.

Les deux cousines sursautèrent, tandis qu'il les rejoignait près de la cheminée, un large sourire aux lèvres.

— Qu'est-ce qui te rend aussi péremptoire ? demanda-t-il à Emily.

— Je n'ai pas eu le temps de t'en parler, Shane, dit Paula, mais India a trouvé une valise contenant des agendas de Grand-Mère dans le grenier. J'étais justement en train de les lui montrer.

Shane jeta un coup d'œil à la valise posée sur la table basse.

— C'est fantastique ! A ce que je vois, il s'agit de ses journaux intimes.

— Oui, c'est une grande découverte, mais nous avons décidé de ne pas les lire pour l'instant.

Shane enveloppa sa femme d'un regard plein de tendresse.

— Tu as parfaitement raison… Il faut attendre le bon moment. Et les pensées et les sentiments intimes d'une femme doivent être traités avec le plus grand respect.

Plus tard, Paula était assise près de la cheminée, dans Stone Hall. Elle contemplait sa famille, heureuse comme toujours de voir ses membres assemblés autour d'elle, à Pennistone. Tout le monde était enfin arrivé. Shane servait ceux qui voulaient un whisky ou une vodka, tandis que Linnet et India versaient le champagne dans des flûtes vénitiennes qu'elles présentaient ensuite aux convives.

Appuyée au dossier de sa chaise, sirotant son champagne, Paula se concentra finalement sur le fils de l'un de ses plus chers amis… Julian. Depuis quelques minutes, celui-ci s'était progressivement rapproché de Linnet ; maintenant, ils bavardaient tranquillement, légèrement à l'écart des autres. Oh, comme elle aurait voulu être une mouche, posée sur le mur, pour entendre leur conversation… Elle souhaitait ardemment que prenne fin cette séparation stupide décidée par Linnet.

Julian était déjà un membre de la famille, de par sa naissance, et de toute façon, il appartenait au troisième clan. Tout le monde l'aimait et l'admirait. C'était un jeune homme vraiment bien, peut-être trop bien, d'une certaine façon. Il adorait Linnet, il l'avait toujours adorée ; à cause de cela, peut-être, il se soumettait un peu trop à ses volontés, songea Paula. Il était fait pour elle, cependant, et comprenait parfaitement que de lourdes responsabilités incomberaient un jour à la jeune femme.

Tout comme à lui, d'ailleurs. Ils avaient une histoire commune et une enfance qui les liait l'un à l'autre.

« Il est admirable, conclut Paula, attentionné, bienveillant, intelligent – un peu intellectuel, même –, et il aime s'amuser. Ce dernier point n'est pas négligeable, car Linnet a tendance à être un bourreau de travail. »

Soudain, elle le vit qui venait vers elle à grandes enjambées, l'air déterminé, comme s'il avait un but précis. Ce devait être important à en croire l'expression de son visage. Bientôt il fut près d'elle, la dominant de toute sa stature, grand et brun, comme son père Michael. Ses yeux clairs, d'un bleu étincelant, ne cillaient pas.

Julian était un beau jeune homme, mince et élancé… – « Peut-être un peu trop mince en ce moment », pensa Paula. Comme d'habitude, il était très élégant, vêtu d'un blazer sombre, d'un pantalon gris et d'un pull à col roulé noir.

— Je voudrais vous parler un instant, lui dit-il en souriant. En tête à tête, ajouta-t-il très bas.

Pleine d'un nouvel espoir, Paula acquiesça et se leva aussitôt. Peut-être voulait-il leur parler, à Shane et à elle, de Linnet. Il allait aborder la question des fiançailles et tâter le terrain avant d'affronter Shane. Mais il devait forcément savoir qu'ils étaient tous les deux favorables à ce mariage.

Julian plaça sa main sous son coude et la guida jusqu'à un coin tranquille, éloigné de la cheminée.

Il désigna deux chaises tapissées à dossier droit, placées près d'une table.

— Asseyons-nous là un instant, si vous le voulez bien.

Toujours franc et direct, Julian alla droit au but :

— Mon grand-père voudrait savoir si vous auriez le temps de passer le voir, demain.

— J'irai, bien entendu. Mais de quoi s'agit-il ? Je sais qu'il ne se sent pas très bien, ces temps-ci, dit-elle d'un air soucieux.

— Rien d'inquiétant, rassurez-vous. Il souffre un peu de ses rhumatismes et il a eu un mauvais rhume. Mais Grand-Père est un vieil oiseau résistant, vous savez, et son esprit est plus incisif que jamais. En fait, il souhaite vous parler...

Baissant la voix, Julian se pencha vers Paula et murmura :

— ... de Jonathan Ainsley.

Paula se raidit immédiatement et braqua sur Julian un regard incrédule.

— Jonathan, répéta-t-elle. Qu'est-ce qu'oncle Ronnie pourrait bien avoir à me dire à son sujet ?

— Apparemment, votre cousin est de retour en Angleterre et compte s'y installer. Grand-Père tient de ses banquiers qu'il a l'intention de monter une entreprise à Londres.

L'espace de quelques minutes, Paula resta sans voix. Un frisson d'appréhension la parcourut, et, bien qu'elle n'en soit pas consciente, elle pâlit énormément.

— Mais cette information est-elle fiable ? demanda-t-elle enfin.

A peine ces mots eurent-ils franchi ses lèvres qu'elle se rendit compte de leur manque de pertinence. Ronald Kallinski, le vieux sage qui avait continué de la conseiller, même après la mort d'Emma, savait toujours exactement ce qu'il disait.

Julian hocha la tête.

— Absolument. Mon grand-père est très sensible à tout ce qui peut vous affecter, et il souhaite parler avec vous. Bien entendu, la tournure des événements ne le réjouit pas particulièrement.

— Jonathan Ainsley ne peut me faire de mal ni me créer des problèmes au sein de la société. Je possède cinquante-quatre pour cent des actions, et c'est le plus important, pour ce qui concerne les magasins Harte. Quand bien même il achèterait les actions qui sont vendues à la Bourse, ce serait sans conséquence, puisque j'en détiens la majorité et que j'en contrôle davantage encore. Pour ce qui est des autres sociétés, Winston, Emily, Amanda et moi maîtrisons la situation, puisqu'elles sont gérées par la famille. Tout cela est parfaitement balisé, grâce aux bons soins d'Emma Harte, qui s'en est assurée avant de mourir. Nous sommes invulnérables, mais tu le sais déjà, Julian, remarqua-t-elle, soudain plus sûre d'elle-même. Il n'y a jamais eu de secret entre nos trois clans.

— Je le sais et je suis d'accord avec vous. D'un autre côté, Grand-Père paraissait s'inquiéter des éventuels faits et gestes du redoutable M. Ainsley.

Paula se mit à rire.

— J'irai le voir demain, ne serait-ce que pour m'assurer qu'il va tout à fait bien.

Julian lui adressa un large sourire.

— Aussi loin que je m'en souvienne, vous vous êtes toujours préoccupée des autres. Linnet a raison lorsqu'elle affirme que vous êtes notre mère la Terre incarnée. Si vous le voulez bien, je passerai vous chercher, demain, et je vous conduirai à Harrogate.

— Très volontiers, si tu es sûr que cela ne te dérange pas.

Sans le savoir, songea-t-elle, Julian lui fournissait l'occasion de discuter un peu de sa relation avec Linnet.

— Cela ne me dérange pas du tout, et cela me donnera l'occasion de vous parler de Linnet.

Julian lança à Paula un regard froidement calculateur, puis il lui sourit :

— Je parie que vous avez pensé la même chose.

« Il est malin, pensa Paula, exactement comme son grand-père. »

— C'est vrai, admit-elle.

Se penchant encore davantage, Julian lui confia :

— Tout va s'arranger, ne vous inquiétez pas. Je connais Linnet mieux que je ne me connais moi-même. Elle a voulu sortir de cette situation pour faire le point. Elle trouvait qu'on nous forçait presque au mariage. Ce n'était pas vrai, mais… Ne vous inquiétez pas, conclut-il en secouant la tête.

— Je ne peux pas m'en empêcher.

Comme elle cherchait ses mots, Julian enchaîna avec assurance :

— Vous savez, la vie suit ses propres voies. Dites-moi à quelle heure vous souhaitez que je passe vous chercher, demain, et je serai là.

Paula le suivit des yeux tandis qu'il s'éloignait pour rejoindre Linnet. Ses pensées se focalisèrent ensuite sur son cousin, Jonathan Ainsley. Il avait trahi la famille et tenté de lui voler les magasins, mais elle avait déjoué son plan et, d'une certaine façon, elle l'avait détruit. Il l'avait appelée sa Némésis, et c'était bien ce qu'elle était. Il avait juré de se venger, et elle savait qu'il le ferait.

Une main de glace étreignit son cœur.

6

Harte était l'immeuble le plus imposant de Knightsbridge, et sitôt sa construction achevée, c'était devenu un repère important dans le quartier. C'était un endroit superbe et prestigieux, connu dans le monde entier. Tous ceux qui visitaient Londres éprouvaient l'envie irrésistible d'y faire un saut, au moins pour parcourir les rayons et s'émerveiller, souvent pour acheter quelque chose, même un objet insignifiant.

Par ce froid mardi matin de la mi-janvier, Evan Hughes se hâtait vers le superbe magasin, en proie à une grande excitation. Il l'attirait à la façon d'un aimant, la propulsant en avant, et elle brûlait de franchir ses portes majestueuses.

Elle s'arrêta un instant pour jeter un œil aux vitrines magnifiquement décorées qui donnaient sur Knightsbridge. Un petit frisson la parcourut, tandis qu'elle poussait les portes et pénétrait dans le bâtiment. Elle demeura un instant près de l'entrée, battant des paupières sous le puissant éclairage. Comme tout était disposé de façon spectaculaire ! Elle se trouvait « au rayon parfumerie, où tout paraissait miroiter et chatoyer, qu'il s'agisse des articles eux-mêmes ou des éléments décoratifs qui conféraient à l'ensemble son originalité.

D'un pas lent, Evan traversa le rayon, admirant l'art avec lequel on avait disposé les crèmes, les lotions, les rouges à lèvres, les poudres et les parfums, humant les parfums qui flottaient dans l'air. Soudain, elle aperçut son propre reflet dans l'un des miroirs, et s'arrêta pour inspecter sa mise. Satisfaite d'elle-même, elle poursuivit son chemin. Son maquillage était parfait, ses cheveux propres et brillants, et elle se sentait mieux qu'elle ne l'avait été depuis longtemps.

Lorsqu'elle était enfin venue à bout de la grippe, elle s'était sentie vidée. Mais la nuit précédente, elle avait décidé qu'elle ne pouvait plus remettre sa visite aux magasins Harte et qu'elle devait s'y rendre le matin même.

Levée de bonne heure, elle s'était habillée avec soin. Son choix s'était fixé sur un ensemble pantalon noir, qui soulignait sa taille et sa minceur, et des bottes de cuir noir. Par-dessus, elle portait un long manteau de laine noire qui descendait jusqu'aux chevilles et attirait l'œil, par son élégance et sa coupe impeccable. Pour ajouter une touche de couleur à sa tenue, elle avait noué autour de son cou une longue écharpe de laine rouge. En dehors de cet accessoire de couleur, ses seules parures étaient des anneaux d'or aux oreilles, ainsi qu'une montre.

Nombre de gens se retournaient sur son passage tandis qu'elle traversait le rayon parfumerie. Mais elle ne remarquait pas l'attention dont elle était l'objet, simplement heureuse de se sentir mieux dans sa peau et détendue. Perdue dans ses pensées, elle se dirigea vers l'accueil.

Derrière son guichet, la jeune femme leva les yeux vers Evan et lui sourit.

— Que puis-je pour vous, madame ?

— A quel étage se trouve l'administration, je vous prie ?

— Au neuvième.

— Je suppose que le bureau de Mme Harte s'y trouve

aussi ? hasarda Evan en posant un regard interrogateur sur son interlocutrice.

— Mme Harte… répéta l'employée en fronçant les sourcils. Oh, vous faites sans doute allusion à Mme O'Neill… Mme Paula O'Neill. Beaucoup de gens la confondent avec sa grand-mère.

— Mais sa grand-mère est bien Mme Harte ?

— Elle était sa grand-mère. Mme Harte est morte depuis bien longtemps.

Abasourdie, navrée, Evan dit très vite :

— Oui, oui, j'ai dû les confondre, c'est certain. Donc le bureau de Mme O'Neill se trouve au neuvième étage, c'est cela ?

— Exactement.

— Merci beaucoup, murmura Evan.

Hochant imperceptiblement la tête, elle s'éloigna très vite du guichet, ne sachant pas très bien où se diriger. En tout cas, pas du côté des ascenseurs qui devaient l'emporter vers les bureaux administratifs. Tout ce qu'elle souhaitait, à cet instant, c'était boire une tasse de café et réfléchir aux derniers mots que lui avait adressés sa grand-mère. Car ce que venait de lui apprendre cette employée lui interdisait définitivement de suivre les instructions de sa grand-mère.

« Va trouver Emma… elle détient la clef de ton avenir », avait dit Glynnis.

Emma Harte était morte. Elle était même décédée depuis longtemps, à en croire cette jeune femme. Cela pouvait signifier n'importe quoi. Quelques mois, un an, peut-être même plusieurs années. Il lui vint soudain à l'esprit qu'Emma Harte et Glynnis Hughes devaient avoir sensiblement le même âge, puisqu'elles semblaient s'être connues pendant la Seconde Guerre mondiale. Le décès de Mme Harte devait avoir eu lieu quelque temps auparavant, tout comme celui de sa grand-mère.

— Retour à la case départ, marmonna-t-elle en regardant autour d'elle.

Elle s'aperçut qu'elle se trouvait maintenant au rayon bijouterie. S'approchant d'un vendeur, elle demanda :

— Pardonnez-moi... Y a-t-il un restaurant à cet étage ?

— Vous trouverez une cafétéria de l'autre côté du rayon alimentation. Si vous allez tout droit, vous ne pouvez pas la manquer, lui répondit le jeune homme en souriant.

— Je vous remercie.

Deux minutes plus tard, Evan passait devant des rayons chargés de victuailles de toutes sortes et arrivait à la cafétéria. Elle poussa la porte de verre opaque et entra.

L'endroit n'était guère spacieux, mais il était agréable et presque désert. Une bonne odeur de café flottait dans l'air. Elle s'assit sur une banquette et ôta son écharpe. Un quart de seconde plus tard, elle commandait du café. En attendant d'être servie, elle réfléchit à la situation fâcheuse dans laquelle elle se trouvait. Elle était venue ici dans le but de rencontrer Emma Harte et de trouver du travail. Puisque Emma Harte n'était plus, elle voyait difficilement comment elle pourrait réaliser son deuxième souhait.

Tout en soupirant, elle s'appuya au dossier de la banquette et ferma les yeux, pensant à Glynnis. Sa grand-mère avait-elle déliré ? Ou avait-elle revécu le passé ? Les gens perdaient-ils tout contact avec la réalité lorsqu'ils mouraient ? Des parties de leur passé s'imposaient-elles à eux, à la façon d'une bobine de film qui se déroule ? Elle avait cru sa grand-mère, ce jour-là, parce qu'elle n'avait aucune raison de mettre en doute ses propos. Juste avant son départ pour Londres, son père lui avait pourtant fait remarquer que Mme Harte ne comprendrait peut-être pas la raison de sa visite, vu que ses relations avec Glynnis remontaient à la Seconde Guerre mondiale, c'est-à-dire soixante ans auparavant.

Elle avait été stupide de prendre les derniers mots de sa grand-mère au pied de la lettre. Pourquoi n'avait-elle procédé à aucune vérification ? Parce qu'elle avait confiance en elle. Irritée contre elle-même, elle éprouvait aussi une grande frustration. Elle se retrouvait à Londres sans rien, sans perspectives. Ce voyage n'était qu'une perte de temps et d'argent.

Elle se redressa. Non, c'était faux ! Le café avait été servi, pendant qu'elle était plongée dans ses pensées. Elle s'en versa une tasse, y ajouta du lait. Tout en le buvant à petites gorgées, elle décida qu'elle avait droit à des vacances et que, par ailleurs, elle n'avait aucune raison de se faire du souci, du moins pour le moment, grâce à l'héritage de sa grand-mère.

Par association, elle évoqua l'énormité de la somme que Glynnis leur avait laissée, à son père, à ses sœurs et à elle-même. Elle était fabuleuse, du moins à leurs yeux, et cela restait un mystère. Son père avait tenté d'apporter quelques explications, mais il semblait impossible que Glynnis ait économisé autant d'argent. Les grands-parents d'Evan avaient vécu confortablement, mais ils n'étaient pas riches. La jeune fille fut frappée par l'idée qu'ils avaient même mené une existence plutôt modeste. Pourquoi ? Ils auraient pu se permettre quelques folies avec un tel compte en banque. D'un autre côté, sa grand-mère avait peut-être réservé cette fortune à son fils et à ses petites-filles

Soudain, le visage troublé de son père s'imposa à son esprit... Dans le bureau du notaire, il avait été surpris. Vraiment pris au dépourvu et décontenancé. Tout comme elle, d'ailleurs.

Son père méritait bien de recevoir une telle manne, tout comme il méritait d'hériter de l'appartement de ses parents. Evan était heureuse qu'il ait finalement décidé de le conserver. Situé dans la Soixante-Douzième Rue Est et donnant sur Madison Avenue, il était extrêmement bien placé. En ce moment, le marché immobilier était tel qu'il aurait pu en tirer un bon prix, idée qui l'avait tenté quelque temps.

Elle était heureuse qu'il ait désormais un endroit où dormir, lorsqu'il se rendait à Manhattan ; ce serait aussi son espace privé, un havre de paix loin de son épouse. Une fois de plus, Evan se demanda pourquoi Marietta était devenue une recluse.

Elle mordit sa lèvre inférieure et secoua tristement la tête. Il y avait tant de mystères, dans sa vie, tant de questions sans réponses. Elle écarta pourtant résolument ces pensées : elle s'intéresserait plus tard à la résolution de ces mystères.

Le café lui avait redonné du tonus. Lentement, elle se mit à élaborer un plan.

Elle avait démissionné de son poste, à New York... pourquoi revenir en arrière ? Il n'y avait pas de raison. Pourquoi ne pas rester à Londres pendant quelques mois ? Le temps ne tarderait pas à s'améliorer, et elle avait toujours souhaité y revenir... Après tout, c'était la ville où elle était née !

Mais que faire ? Comment s'occuper ? Elle aurait terminé la visite de la ville d'ici deux semaines, et ensuite ? Trouver un emploi, bien sûr. Et pourquoi pas ici, chez Harte ? Ce grand magasin, qui ressemblait davantage à un centre commercial, lui plaisait. Et là se trouvait le lien, même ténu, qui la rattachait à sa grand-mère. Aussi, pourquoi ne pas monter dans les bureaux et solliciter un emploi ? Une petite voix intérieure l'encourageait même à faire cette démarche : « Vas-y, petite ! »

Evan sourit intérieurement. C'était exactement ce que Glynnis lui aurait dit, et elle aurait même ajouté : « Tu n'as rien à perdre et tout à gagner. »

La pensée de sa grand-mère suscita un second sourire.

Pour être vraiment sincère envers elle-même, elle devait admettre qu'elle avait saisi l'occasion que lui offrait sa grand-mère mourante... quitter New York et sa famille. Elle les aimait tous, et particulièrement son père, mais elle avait besoin de prendre son envol, d'être libre.

Londres lui avait fait signe. Elle avait bien l'intention d'y rester, du moins un certain temps. On ne savait jamais ce qui pouvait arriver, d'ailleurs.

Comme sa grand-mère le disait :

« La vie est pleine de surprises, Evan, profite des meilleures. »

Son avenir était peut-être ici, finalement...

A cette idée, son visage s'éclaira.

Evan sortit de l'ascenseur au neuvième étage et se retrouva dans un petit vestibule. A sa gauche, il y avait un mur ; à sa droite, des portes battantes dont la partie supérieure était vitrée.

« Pas vraiment le choix », pensa-t-elle.

Tournant à droite, elle poussa les portes et se retrouva dans un grand couloir. Elle le longea lentement, s'arrêtant devant chaque porte pour lire le nom inscrit sur la plaque.

Au milieu du couloir, des alcôves au plafond voûté interrompaient l'alignement des portes. Evan s'immobilisa un instant pour regarder un grand tableau suspendu au-dessus d'une table étroite, dans l'une des alcôves. Elle se rapprocha, admirant la beauté de la femme qui avait servi de modèle au peintre. Des reflets dorés jouaient dans sa chevelure rousse, implantée en V au-dessus du front. Elle avait des yeux expressifs, très verts, et des petites mains croisées sur ses genoux. Elle était revêtue d'une robe de soie bleu pâle, avec un nœud émeraude épinglé sur l'épaule. De grands anneaux d'émeraude pendaient à ses oreilles, et la bague qui étincelait à son doigt portait elle aussi une émeraude. Son sourire chaleureux était ravissant, et ses yeux brillaient d'intelligence. Quand ce portrait avait été réalisé, elle devait avoir une cinquantaine d'années.

Evan connaissait son identité bien avant de se pencher pour déchiffrer la petite plaque encastrée dans le cadre doré : « Emma Harte, 1889-1970. »

Abasourdie, Evan relut l'inscription. Et finalement, la vérité se fraya un chemin jusqu'à sa conscience : Emma Harte était morte depuis trente et un ans. Sa grand-mère ne pouvait l'ignorer si elles avaient été amies. Alors, pourquoi ces derniers mots, sur son lit de mort ?

Evan secoua la tête, plus décontenancée que jamais. Le but de sa grand-mère lui échappait totalement. Au bout de quelques secondes, passées à contempler le portrait, Evan se détourna. Elle remarqua alors le second tableau, suspendu dans l'autre alcôve. En s'en approchant, elle songea que la femme représentée avait quelque chose de vaguement familier, mais elle était incapable de dire en quoi cela consistait exactement.

L'inscription, sur la plaque, indiquait seulement son identité : « Paula McGill Harte O'Neill. »

— La petite-fille d'Emma Harte, souffla Evan.

Elle examina le portrait pendant quelques minutes, véritablement fascinée par cette physionomie et frappée par cette implantation des cheveux en pointe, sur le front, visiblement héritée d'Emma. Mais là s'arrêtait la ressemblance. Les cheveux de Paula O'Neill étaient d'un noir de jais et coupés au carré, au niveau de sa mâchoire énergique ; son teint avait la pâleur de l'ivoire, elle avait un front large, des pommettes hautes, des fossettes, et ses grands yeux expressifs avaient la couleur des violettes. « Des yeux magnifiques, songea Evan, d'une teinte peu commune. » Paula devait être âgée de quarante-cinq ans, et on ne pouvait manquer d'être frappé par sa beauté exotique et brune. Elle portait une robe de soie gris argenté, qui mettait en évidence les émeraudes héritées d'Emma Harte.

Immobile, comme pétrifiée, Evan s'aperçut qu'elle était fascinée par ce portrait. Il représentait très exactement.

— Puis-je vous aider ?

Surprise par cette voix masculine, qui avait rompu le silence du couloir, Evan sursauta. Elle pivota sur elle-même et se retrouva nez à nez avec un beau et grand jeune homme.

Un éclair de surprise traversa ses yeux lorsqu'il la regarda.

— Vous avez besoin d'aide ? répéta-t-il.

Elle hocha la tête.

— Je cherche la direction.

— Les bureaux se trouvent au bout du couloir. Je vais justement de ce côté, vous n'avez qu'à me suivre.

Il s'approcha d'elle, la main tendue.

Evan la prit et lui sourit.

— Gideon Harte, se présenta-t-il en lui serrant la main.

Instinctivement, elle se tourna vers le tableau.

— Oh ! C'est votre grand-mère !

— Pas tout à fait. C'est mon arrière-grand-mère.

— Je vois.

— Et vous êtes ?

— Oh, pardonnez-moi, j'en oublie les bonnes manières. Je m'appelle Evan Hughes.

— Un nom gallois. Un nom de garçon gallois, pour être précis, répliqua-t-il.

— Ma grand-mère était galloise. Elle a dit à son fils, mon père, de nommer son premier enfant « Evan ». Elle était certaine que ce serait un garçon… et il s'est trouvé que j'étais une fille.

Il l'enveloppa d'un regard admiratif

— C'est ce que je constate.

— Mais aujourd'hui, je crois que ce prénom est utilisé aussi bien pour les filles que pour les garçons, poursuivit-elle.

Ignorant l'examen attentif dont elle était l'objet, elle lui retira doucement sa main,

— Je vais vous conduire, dit-il.

Il commença à remonter lentement le couloir, Evan à son côté.

— Vous êtes américaine ? s'enquit Gideon, après un bref silence.

— En effet. Je viens de New York.

Il lui jeta un coup d'œil.

— La grande ville. Vous êtes à Londres pour affaires ?

— Eh bien… pas exactement. J'ai décidé de passer une année à Londres, inventa-t-elle rapidement, et c'est pourquoi je suis ici aujourd'hui. Je cherche un emploi.

— Dans quel domaine ?

— La mode. J'ai étudié le stylisme à New York, et j'ai travaillé pour plusieurs magasins. J'ai aussi effectué un stage d'une année chez Arnold Scaasi, le couturier américain.

Le jeune homme hocha la tête et sembla sur le point de dire quelque chose, mais il s'éclaircit seulement la gorge.

— Voici le bureau des ressources humaines, dit-il en montrant une porte. Mais, mademoiselle Hughes…

Il s'interrompit pour toussoter de nouveau.

— Vous avez un permis de travail ?

— Non, mais je n'en ai pas besoin. Je suis née à Londres. J'ai un passeport anglais et la double nationalité.

— C'est parfait, en ce cas, dit-il en souriant largement.

Ouvrant la porte pour elle, il l'introduisit dans un vaste bureau. Une jeune femme, assise derrière une table, leva les yeux pour les regarder.

— Bonjour, monsieur Harte, dit-elle.

— Bonjour, Jennifer. Je vous présente Mlle Evan

Hughes. Elle sollicite un emploi chez Harte. Dans la mode.

Se tournant vers Evan, le jeune homme ajouta :

— Bonne chance, mademoiselle Evan.

— Merci, monsieur Harte, répliqua-t-elle avec un sourire. Merci pour tout.

7

Gideon longea le couloir, pensant à la jeune femme qu'il venait de quitter. Evan Hughes. Un nom peu commun pour une femme peu commune. A la seconde où il avait posé les yeux sur elle, il avait été frappé par sa beauté… et par sa ressemblance avec Paula O'Neill. L'espace de quelques instants, il n'en avait d'ailleurs pas cru ses yeux. Leurs traits et leur teint étaient tellement semblables qu'il avait littéralement fait un bond de surprise lorsqu'elle s'était retournée pour lui faire face. Mais tout de suite après, il s'était dit que de telles similitudes ne signifiaient rien. Bien des gens se ressemblent sans être pour autant parents. Et de toute façon, comment cette jeune Américaine aurait-elle pu avoir un lien de parenté avec Paula ?

Gideon gagna le bureau de Linnet, qu'il allait voir au moment de sa rencontre avec Evan Hughes. Cette dernière lui avait paru perdue, au milieu du couloir. En fait, il venait de comprendre qu'elle examinait les tableaux. Peut-être avait-elle elle-même remarqué sa ressemblance avec la patronne du magasin.

Ouvrant la porte qui donnait sur les bureaux de l'administration, il traversa le vestibule central et tourna à droite.

La pièce qui jouxtait le bureau de Linnet était ordinairement occupée par Cassie Littleton, sa secrétaire, mais elle n'était pas là, ce matin. La porte de sa cousine était grande ouverte, mais il s'arrêta sur le seuil de la pièce lorsqu'il constata qu'elle téléphonait.

Linnet était en train de discuter, tout en regardant par la fenêtre. Ne voulant pas se montrer indiscret, Gideon demeura sur le seuil. Soudain, la jeune femme se retourna et le vit. Souriante, elle lui fit signe d'entrer et raccrocha presque immédiatement.

— Assieds-toi, Gid ! s'exclama-t-elle.

Il parut hésiter.

— Où est le problème ? dit-elle en reprenant sa place derrière la table.

— Je me demande où je suis censé m'asseoir et même comment je suis censé me déplacer parmi tout ce…

— Je t'interdis de prononcer le mot « désordre » !

— Je ne me le permettrais pas !

Gideon slaloma à travers la pièce, prenant garde à ne pas trébucher sur une pile de boîtes à l'équilibre précaire.

— J'ai envisagé d'appeler un démineur, parce que je sais que si je faisais accidentellement tomber quelque chose, tu exploserais.

— Ah, ah ! très drôle, Gid. Blague à part, viens t'asseoir ici.

Tout en parlant, Linnet se leva, contourna très vite sa

table et retira une pile de dossiers qui se trouvait sur une chaise.

— Tu seras très bien là, remarqua-t-elle en déposant les dossiers sous la fenêtre.

— Merci.

Gideon fit quelques pas prudents parmi les cartons, puis il s'assit et croisa les jambes.

— Que penses-tu des photos que j'ai retrouvées aux archives du *Gazette* ?

— Elles sont superbes. Apparemment, notre arrière-grand-mère Emma a donné une réception, dans les années 1950. Elles vont nous être fort utiles.

— D'après ce que me raconte Julian, cette rétrospective de la mode te prend tout ton temps ?

— Exact. Je n'ai quasiment pas l'occasion de le voir, et pour t'épargner les reproches que tu ne vas pas manquer de me faire, je précise que nous dînons ensemble ce soir, ainsi que je le lui ai promis. Mais je dois auparavant avancer un peu dans mon travail.

— A ce propos, où est Cassie ? D'ordinaire, elle monte la garde devant ta porte.

— Elle a la grippe, ainsi qu'India. Cette pauvre India est dans un triste état. Elle est très fragile des bronches, et sa toux ne me dit rien qui vaille. J'espère qu'elle ne va pas nous faire une bronchite. Elle y est encline, comme tu le sais. C'est dans les gènes des Fairley, du moins c'est ce que Maman prétend. Tessa présente les mêmes faiblesses, d'ailleurs. Bon, trêve de digression… J'essaie de me débrouiller toute seule pendant qu'elles se soignent toutes les deux.

— C'est ce que je constate.

— Ce sera un super spectacle, tu verras. Je sais que Maman sera ravie, et les ventes grimperont d'un coup.

— J'en suis certain, d'ailleurs je te l'ai toujours dit. Ah ! Pendant que j'y pense... Au sujet de cette fête d'anniversaire que nous organisons pour nos deux pères, tu aurais une idée de thème ?

— Pas vraiment, mais je n'ai pas eu le temps d'y réfléchir. Tu vas dans le Yorkshire, ce week-end ?

— Oui, pourquoi ?

— J'ai trop de travail pour quitter Londres en ce moment. J'avais imaginé que nous pourrions dîner ensemble, samedi ou dimanche, pour en discuter. Mais si tu vas à Middleham...

Elle se tut brusquement et haussa les épaules.

— Je suis désolé, répliqua Gideon, mais j'ai promis à Papa de venir. Nous devons régler de la paperasse. Il faut vraiment que j'y aille, d'autant plus que je m'en suis abstenu la semaine dernière.

Gideon adressa à sa cousine un sourire contrit.

— Je te promets de me creuser la cervelle de mon côté, promit-il. Retrouvons-nous la semaine prochaine, si tu peux t'arranger.

— D'accord. Julian part avec toi ?

— Non. De toute façon, si c'était le cas et qu'il apprenait que tu restes en ville, je peux t'assurer qu'il annulerait son engagement avec moi sur-le-champ.

Linnet se mit à rire, puis elle dit très vite

— Bon, je vais devoir attaquer cette pile, quel que soit le temps que cela me prendra. Ce qu'il me faudrait, à cette minute, ce sont deux assistantes. Et il me les faudrait *immédiatement*.

Le visage illuminé par une inspiration soudaine, Gideon se redressa sur son siège.

— Et si je te trouvais une assistante *immédiatement* cela t'aiderait ?

— Tu plaisantes, bien entendu ! Evidemment, que cela m'aiderait !

— En ce cas, je pense avoir trouvé la personne qu'il te faut.

— Qui ça ?

— Evan Hughes.

— Un homme ? Je ne suis pas sûre…

— C'est une femme, trancha Gideon. Et avant que tu n'en fasses la réflexion, je sais parfaitement qu'Evan est un prénom de garçon gallois. Mais apparemment, il semble qu'aux Etats-Unis, on puisse aussi l'attribuer à une fille.

— Oh ! Elle est américaine !

— Oui. Et elle a reçu la formation adéquate, à ce que je crois. Elle est styliste, elle a travaillé pour un célèbre couturier américain, elle arrive d'Amérique, elle doit avoir dans les vingt-six ans et elle présente plutôt bien.

— C'est une amie à toi, Gid ?

Un petit sourire aux lèvres, le jeune homme toussota.

— Euh… pas exactement. En fait, je viens de faire sa connaissance, dans le couloir. Elle cherchait le bureau du recrutement.

— Tu veux dire que tu l'as draguée dans le couloir, espèce de don Juan !

Gideon se demanda comment il avait réussi à se faire une réputation de séducteur dans la famille. Réputation absolument usurpée, selon lui.

— Ne sois pas stupide, Linnet, protesta-t-il sur un

ton légèrement indigné. Elle semblait perdue et je lui ai demandé si je pouvais l'aider.

Linnet lui jeta un petit coup d'œil de côté.

— Je te crois, Gid. Il n'empêche que si elle a retenu ton attention...

— Eh bien, quoi ?

— Elle doit être plutôt jolie.

Gideon se mit à rire.

— Elle l'est, je ne peux le nier.

— Et où est-elle, maintenant ?

— Je pense qu'elle est toujours aux ressources humaines, répondit Gideon en jetant un coup d'œil à sa montre. Oui, elle doit encore y être.

Toujours prompte à prendre une décision, Linnet décrocha son téléphone et composa un numéro.

— Jennifer ? C'est Linnet. Est-ce que vous avez une certaine Mlle Evan Hughes dans votre bureau ?

— Tout à fait, Linnet. En ce moment, elle est avec Maggie, qui voulait lui parler. Sa candidature paraît plutôt intéressante, ainsi que son curriculum vitæ.

— Très bien. Transférez mon appel sur le poste de Maggie, s'il vous plaît.

— Tout de suite.

Une seconde plus tard, Maggie Hemmings décrochait à son tour.

— Ressources humaines, à votre service.

— C'est Linnet, Maggie. A ce qu'on m'a dit, Evan Hughes est avec toi.

— En effet.

— Je cherche une assistante. Tu crois qu'elle ferait l'affaire ?

— Je ne sais pas.

— Ah ! Bon, dès que tu auras terminé ton entretien avec elle, j'aimerais que tu la conduises dans mon bureau. Je souhaite lui parler moi-même.

— Très bien. A tout à l'heure.

— Je vous attends, toutes les deux.

Après avoir raccroché, Linnet regarda son cousin.

— Il semblerait que ta Mlle Hughes ait fait bonne impression.

— Ce n'est pas *ma* Mlle Hughes. Ce n'est même pas une relation.

— Ne sois pas hargneux, Gid. Tu sais bien que nous avons toujours aimé nous moquer l'un de l'autre !

— Je ne suis pas hargneux, je constate, c'est tout.

Il sourit affectueusement à la jeune femme. Elle lui rendit son sourire, songeant qu'il était particulièrement beau, ce jour-là, dans son costume gris à fines rayures blanches impeccablement coupé de chez Saville Row. Avec sa chemise bleu pâle et sa cravate de soie légèrement plus foncée, il était d'une élégance parfaite. A certains moments, surtout quand il arborait cet air sérieux et attentif, il lui rappelait son père. Chez l'un comme chez l'autre, l'héritage Harte était prédominant, sauf que Winston avait perdu une partie de son éclat. Les cheveux de Gideon étaient d'un roux ardent, ses yeux, vert clair, ses traits, finement dessinés.

Ils se ressemblaient beaucoup, lui et elle, si bien que les étrangers les prenaient souvent pour frère et sœur. Ils étaient aussi très proches l'un de l'autre, et ce depuis l'enfance. A cette époque, leurs propres parents, à la fois cousins et amis, étaient souvent ensemble. Par voie de conséquence, leurs enfants se fréquentaient beaucoup. Il y avait aussi Toby et Natalie, le frère et la sœur de

Gideon, ainsi que Lorne et Tessa. Les autres enfants O'Neill n'étaient pas encore nés, à cette époque.

En évoquant Toby, Linnet frémit intérieurement. Il n'était pas son préféré, dans la famille, et elle avait toujours vu en lui un ennemi. Il avait été l'allié de Tessa et l'un de ses vils flatteurs. Il rôdait constamment autour d'elle, lui faisant la cour, attitude que Tessa encourageait ouvertement. Maintenant qu'il était marié, les choses avaient quelque peu changé, bien que Linnet en doutât.

— Un penny pour tes pensées ! dit Gideon.

— Je me disais que tu étais vraiment élégant, aujourd'hui. Eblouissant, même !

— Merci pour ces douces paroles, mon chou.

— C'est alors que j'ai brusquement pensé à Toby. Qu'est-ce qu'il nous mijote, en ce moment ? Il est horriblement discret, ces temps-ci, tu ne trouves pas ?

— Oui, c'est vrai. Mais il travaille beaucoup. En fait, son métier lui laisse peu de temps libre. Je sais que tu ne l'aimes pas beaucoup, Linnet, et parfois il m'arrive d'avoir des problèmes avec lui, comme tu ne le sais que trop. Je dois quand même admettre qu'il est bon dans ce qu'il fait. Brillant, pourrais-je même dire. Il adore son job à la télévision, et Papa est ravi de la façon dont il gère sa chaîne de télévision. Personne ne peut le prendre en défaut dans ce domaine.

Gideon rectifia légèrement sa position, sur son siège, avant de poursuivre :

— Par ailleurs, il vient de se marier… Je suppose que sa femme occupe le plus clair de ses pensées.

— Tu as raison…

Linnet s'interrompit et, penchant la tête de côté, jeta à son cousin un regard direct.

— Est-ce qu'Adrianna Massingham te plaît, Gid ?

— Je la trouve très bien, mais elle n'est pas mon type, ce qui ne signifie pas grand-chose. Je la trouve beaucoup trop sophistiquée… trop maquillée, sans doute… mais c'est une belle jeune femme, plutôt agréable, je pense…

Il s'interrompit brusquement et s'appuya au dossier de sa chaise, l'air pensif, le visage plus sérieux que d'habitude.

— Mais quoi ? Car il y a un *mais*, n'est-ce pas ?

— Exact. Pour être franc, je ne suis pas sûr que ce mariage calmera la tempête qui couve. Toby n'est pas un garçon facile, nous le savons tous. Il veut des enfants, il veut fonder une famille, alors qu'Adrianna ne le souhaite pas, parce que ce qui compte avant tout pour elle, actuellement, c'est sa carrière d'actrice. Tout le monde en a conscience à la maison, surtout ma mère. Pas d'enfant pour Adrianna, du moins pour le moment. Peut-être changera-t-elle d'avis avec le temps. Qu'en pense Tessa ? Oups ! Quelle question stupide ! Tu n'en sais rien, puisqu'elle ne se confie jamais à toi.

— C'est vrai. Elle ne l'a jamais fait. Pourtant, je crois qu'elle est plutôt agacée par ce mariage.

— Pourquoi, puisqu'elle est mariée elle-même ?

— Tessa est un peu bizarre, Gid. Elle a toujours considéré Toby comme sa propriété, depuis que nous étions enfants. Tu l'as oublié ?

— Pas vraiment, mais je m'imaginais qu'elle avait dépassé ce stade, en grandissant.

Frappée par une idée soudaine, Linnet se pencha en avant.

— Gideon ! Tu as dit que ta Mlle Hughes était

américaine. Comment pourrais-je l'engager immédia-tement ? Bon sang ! Toute cette paperasse à me taper !

— Pas nécessairement, mon chou. J'aurais dû préciser qu'étant née à Londres elle a un passeport britannique et la double nationalité. Pas besoin de permis de travail.

— Je suis soulagée de l'apprendre. Et je trouve que tu en sais beaucoup à son propos, pour quelqu'un qui n'a passé que quelques minutes en sa compagnie. Gideon fit une petite grimace.

— A présent, je t'ai livré tout ce que je sais de Mlle Evan Hughes.

8

Deux choses sautèrent aux yeux de Linnet après que Maggie Hemmings eut introduit Evan Hughes dans son bureau. D'abord, cette jeune personne lui rappelait beau-coup sa propre mère. Comme Paula, elle était mince, svelte, brune, de teint pâle et d'allure exotique. Les deux femmes se ressemblaient curieusement.

Ensuite, Gideon et Evan s'étaient immobilisés au milieu de la pièce, se fixant mutuellement, totalement indifférents à sa présence. Ils étaient à l'évidence très attirés l'un par l'autre. Mais était-ce à cause de la façon dont son cousin lui avait parlé d'Evan, un peu plus tôt, qu'elle s'en apercevait ? Certes, elle n'avait encore jamais vu cette lueur dans les yeux de Gideon. Il paraissait ébloui, au point qu'elle en éprouva un tiraillement de jalousie. Il était son cousin préféré, son meilleur ami depuis l'enfance, elle se sentait même plus proche de lui que d'India. En quelque sorte, il lui appartenait. « Arrête avec ça, s'admonesta-t-elle aussitôt mentalement. Tu n'es pas comme ta sœur Tessa ! »

Linnet aimait Gideon, et elle ne voulait pour lui que ce qu'il y avait de meilleur. Bien entendu, elle savait qu'il rencontrerait un jour la femme de sa vie, celle qu'il épouserait. Mais jusqu'à maintenant, il avait toujours été très disponible pour elle. Progressivement, elle en était venue à s'appuyer de plus en plus sur lui, surtout depuis qu'elle avait imposé cette séparation à Julian. Elle se rappela que Gideon n'avait jamais été jaloux de Julian. Seulement, ils avaient grandi ensemble, tous les trois, et Julian était le meilleur ami de Gideon. Shane, son père, les appelait « les trois mousquetaires » lorsqu'ils étaient enfants, parce qu'ils étaient toujours ensemble, inséparables et entièrement dévoués les uns aux autres.

Julian. Aussi loin qu'elle remontât dans ses souvenirs, il avait fait partie de sa vie, partie d'elle. Il était toujours présent dans un coin de son esprit, quels que soient ses efforts pour l'en chasser. Etait-il son seul et unique amour ? Avait-elle fait une terrible erreur en s'écartant de lui parce que... eh bien pour des tas de raisons, en fait ! Mais peut-être ces raisons n'étaient-elles pas aussi valables qu'elle l'avait cru. Elle se le demandait périodiquement, elle ne pouvait pas s'en empêcher. « Mais, pas maintenant ! la mit en garde une petite voix intérieure. Maintenant, c'est le moment de te concentrer sur cette jeune femme, sur ton travail, sur la rétrospective. »

Linnet prit le dossier que Maggie venait de déposer

sur sa table. Elle l'ouvrit et examina attentivement les références d'Evan Hughes, ainsi que son curriculum vitæ.

Dévorée de curiosité, elle ne tarda pas à relever la tête pour observer Gideon et Evan Hughes. Son cousin escortait la jeune femme jusqu'à une chaise, en face du bureau. Son expression extasiée avait fait place à un sourire béat. Evan semblait un peu rouge, timide, peut-être même troublée, mais ses yeux continuaient de briller. Linnet toussa bruyamment, regarda Evan et, se penchant par-dessus son bureau, dit d'un ton amène :

— Je terminerai plus tard ma lecture de votre CV, ainsi que des formulaires que vous avez remplis.

Evan hocha la tête, l'air content. Intérieurement, elle était surexcitée à l'idée d'être assise là, dans ce bureau. Elle n'arrivait pas à croire en sa chance.

Soutenant le regard direct d'Evan, Linnet s'aperçut que la ressemblance de la jeune femme avec sa mère était encore plus nette qu'elle ne l'avait cru tout d'abord. Elles avaient le même ovale fin, leurs sourcils dessinaient deux arcs identiques. Mais les yeux d'Evan étaient bleu-gris, immenses et clairs. A cet instant, ils exprimaient un enthousiasme qui plaisait à Linnet. Pour tout dire, elle la trouvait extrêmement attrayante, aussi lui adressa-t-elle un sourire réconfortant.

Evan lui rendit son sourire. Elle ouvrait la bouche pour dire quelque chose quand Gideon la devança. Une main posée sur le dossier de sa chaise, la dominant de toute sa taille, il s'exclama :

— Eh bien… il ne me reste plus qu'à décamper et à vous laisser, pendant que vous passez aux choses sérieuses, toutes les deux.

Gagnant la porte d'un pas décidé, il se retourna avant de sortir et souffla un baiser en direction de Linnet.

— Je t'appelle plus tard, pour que nous discutions de notre grande réception du mois de juin. Mademoiselle Hughes, je vous souhaite bonne chance chez Harte.

Avant que l'une ou l'autre des deux jeunes femmes ait songé à lui répondre, la porte se refermait doucement sur lui.

— J'envisage d'engager une seconde assistante, expliqua Linnet à Evan. J'en ai déjà une, à vrai dire. Elle s'appelle India Standish et elle est ma cousine. Nous gérons le département de la mode ensemble depuis plusieurs années, et tout se passe très bien. Malheureusement, elle a attrapé la grippe, ainsi que Cassie Littleton, ma secrétaire.

Linnet secoua la tête d'un air désespéré. Le visage sombre, elle regarda autour d'elle.

— Regardez cette pagaille ! Mon bureau n'est pas aussi en désordre d'ordinaire, car je suis plutôt organisée. Quoi qu'il en soit, je ne pense pas les revoir cette semaine, et il ne me reste plus qu'à espérer de ne pas tomber malade à mon tour. C'est un luxe que je ne peux me permettre.

— Je pense qu'il y a une sorte d'épidémie, remarqua Evan d'une voix soucieuse. Je viens juste de me remettre de la grippe moi-même.

— Je suis heureuse que vous alliez mieux, murmura Linnet. Bon ! Trêve de digression ! D'après ce que m'ont dit Maggie et Gideon, vous avez étudié le dessin et avez commencé une carrière de styliste à Manhattan ?

— C'est exact. J'ai suivi mes études à l'Institut

technologique de la mode et, plus tard, j'ai fait mon apprentissage auprès du couturier Arnold Scaasi, pendant une année. J'ai même travaillé pendant quelque temps pour le département de la mode chez Bergdorf Goodman.

Evan modifia légèrement sa position sur sa chaise et poursuivit :

— J'ai aussi aidé Pauline Trigère, lorsqu'elle organisait une rétrospective de ses propres modèles. C'était il y a environ six ans, quand j'étudiais encore à l'Institut. C'est une amie de mon père, et il lui a demandé si je pourrais l'assister à cette occasion, pour acquérir un peu d'expérience. Elle a eu la gentillesse d'accepter, et auprès d'elle, j'ai appris énormément de choses. C'est une femme très originale, et ses créations sont extraordinaires.

— Je le sais. Mon arrière-grand-mère était l'une de ses fans, selon ma mère, et les vêtements que j'ai retrouvés le prouvent. Dans l'immense collection d'Emma, on trouve beaucoup de robes, d'ensembles et de manteaux qui viennent de chez Trigère.

Le visage d'Evan s'illumina.

— C'est fantastique ! Ils feront partie de votre rétrospective, alors ?

— Bien sûr. Apparemment, Maggie Hemmings vous a parlé de nos projets, à India et à moi ?

— Elle m'en a touché un mot, oui. Sur quelle période doit porter cette rétrospective ?

Se penchant au-dessus de son bureau, Linnet se lança dans une explication enthousiaste :

— Sur une très longue période ! Nous allons montrer quatre-vingts années de mode, depuis 1920 jusqu'à l'an

124

2000. Une grande partie des vêtements que nous comptons exposer appartenaient à mon arrière-grand-mère. Elle s'appelait Emma Harte, et elle est la fondatrice de ce magasin.

— Oui, je sais, répondit Evan. J'ai vu son portrait, dans le couloir, ne put-elle s'empêcher de préciser ; vous êtes son sosie, en plus jeune.

Linnet ouvrit en riant le tiroir central de son bureau, murmurant :

— Oui, je sais... tout le monde me le dit. J'espère seulement lui ressembler sur d'autres points, particulièrement en ce qui concerne son tempérament. Elle était très spéciale, vous savez, et très brillante.

Sortant une feuille de papier du tiroir, Linnet la tendit à Evan.

— Voici les noms de quelques-uns des couturiers qui figureront dans la rétrospective. Il y a aussi la liste des vêtements qui appartenaient à Emma, tous de haute couture.

Elle se mit à rire.

— A dire vrai, je compte utiliser *toute* la garde-robe de mon arrière-grand-mère.

Evan parcourut des yeux la liste qu'elle tenait à la main.

— Pierre Balmain, lut-elle d'une voix respectueuse. Coco Chanel, Cristobal Balenciaga, Christian Dior, Trigère, Lanvin, Vionnet, Hubert de Givenchy, Yves Saint Laurent, Scaasi, Cardin. Seigneur ! Quels noms fantastiques ! Votre arrière-grand-mère devait avoir un goût remarquable, conclut-elle en levant les yeux vers Linnet.

— Je le pense, en effet.

— J'ai remarqué que vous aviez mis à part Valentino, Oscar de la Renta, Karl Lagerfeld, Zandra Rhodes, Lacroix, Versace et bien d'autres couturiers. Vous possédez des vêtements de chez eux, aussi ?

— Quelques-uns, seulement. Nous détenons la collection d'Emma, bien entendu : nous l'avons récemment transportée ici ; jusqu'à présent, elle était entreposée à Pennistone Royal, la maison de ma mère, dans le Yorkshire. Et nous avons un certain nombre de pièces qui viennent d'autres couturiers, dont la liste se trouve sous vos yeux. Malgré tout, je pense qu'il nous faudra trouver d'autres vêtements anciens, et j'espérais que vous pourriez vous en charger. En supposant, naturellement, que vous soyez d'accord pour travailler sur la rétrospective, si vous êtes engagée chez Harte.

Evan se pencha en avant, le regard empreint de cet enthousiasme charmant que Linnet avait déjà remarqué.

— J'adorerais travailler chez Harte, et je serais ravie de m'impliquer dans votre rétrospective. Un projet tel que celui-ci représente toujours un défi, mademoiselle O'Neill.

— C'est aussi une lourde tâche, précisa Linnet, j'espère que les heures supplémentaires ne vous effraient pas.

— Non. Ceux qui me connaissent me traitent de bourreau de travail.

Linnet éclata de rire.

— C'est bon à savoir, et bienvenue au club ! Je crains qu'India et moi ne soyons atteintes de la même maladie, mais parfois je suis pire qu'elle. Quoi qu'il en soit, avez-vous une idée de la façon dont vous pourrez trouver ces vêtements d'époque ?

— Oui. Je possède plusieurs bonnes adresses à New York. La meilleure, je crois, est celle de Ken Valenti. C'est un fournisseur privé, qui s'est spécialisé dans les modèles haute couture anciens. Il doit en avoir environ dix mille, sans compter les accessoires tels que chaussures, sacs, écharpes et bijoux. Je sais qu'il possède plusieurs créations d'Yves Saint Laurent. Comme il a un site Internet, cela vous permettra de visualiser certaines pièces. Ensuite, il y a Didier Ludot, à Paris. Il a trois boutiques, mais celle que je préfère donne sur les jardins du Palais-Royal ; elle est entièrement consacrée à la haute couture, de 1920 à 1980, ce qui correspond à peu près à la période couverte par votre rétrospective.

— Excellent ! Vous avez raison, nous allons explorer les sites Internet. Il y a aussi les salles de ventes aux enchères, bien entendu, comme Christie's et Sotheby's, à Londres. Nous les avons déjà beaucoup fréquentées et nous y avons fait de nombreux achats depuis que nous travaillons à cette rétrospective.

— Les Galeries William Doyle, à New York, sont également spécialisées en vêtements d'époque, dit Evan. Il me semble qu'ils vont bientôt organiser une vente aux enchères.

— Vous avez parlé des accessoires, tout à l'heure, et j'ai oublié de vous dire que nous avons des sacs et des chaussures, qui ont appartenu à Emma Harte. Nous pourrons les utiliser.

— C'est toujours mieux, quand on peut présenter des tenues complètes, approuva Evan. Il faut savoir aussi que certains créateurs acceptent de sortir des modèles de leurs archives et de les prêter, lors de rétrospectives comme la vôtre. Vous en avez contacté ?

— Oui, et les vêtements nous sont déjà parvenus : de merveilleuses créations que les couturiers ont conservées pour la postérité ! Nous avons aussi quelques modèles de la haute couture actuelle au magasin ; nous les inclurons dans l'exposition. Mais il nous manque encore pas mal de vêtements si nous voulons qu'elle soit vraiment impressionnante.

Evan réfléchit un instant, avant de dire tranquillement :

— J'ai une idée… pourquoi ne pas choisir six ou huit, ou mieux encore dix femmes vraiment chic à Londres et faire d'elles les « emblèmes de la mode », le jour de la rétrospective ? Cela vous ferait une publicité fantastique, surtout si elles sont connues. Elles seraient sans doute d'accord pour nous prêter certains de leurs propres vêtements haute couture. Si nous avions dix femmes élégantes et qu'elles nous confiaient chacune cinq ou six tenues, cela nous en ferait une cinquantaine de plus.

— Brillante idée ! s'écria Linnet, les yeux étincelants. Allons plus loin… Pourquoi ne pas dresser une liste des personnalités les plus élégantes ? Créer notre propre palmarès ? Ce pourrait être également une bonne publicité pour la rétrospective…

Linnet s'interrompit, l'air soudain préoccupé.

— Je vois à votre expression que vous n'appréciez pas vraiment mon idée, marmonna-t-elle.

— Au contraire, elle est excellente, répondit vivement Evan, mais c'est l'expression « liste des personnalités les plus élégantes » qui me gêne. Je me demande si elle n'a pas déjà été utilisée. Pour autant que je m'en souvienne, c'est Eleanor Lambert qui en a eu l'idée la première, à New York, il y a de cela bien des années. Il est possible…

— Que cette appellation lui appartienne, termina Linnet. Je comprends tout à fait vos réserves, alors laissons tomber. Je ne veux pas de complications, et, par-dessus tout, je ne veux pas m'investir dans ce qui pourrait se révéler une perte de temps. Restons-en aux « emblèmes de la mode ». J'aime bien cette idée. India et moi, nous trouverons les noms. Il nous en faudra plus de dix, parce que toutes celles que nous contacterons n'accepteront pas la proposition.

Evan hocha la tête. Encouragée par l'enthousiasme de Linnet, elle enchaîna :

— Je peux parler à Arnold Scaasi. Je suis certaine qu'il acceptera de nous prêter quelques-unes de ses robes du soir. Il a une magnifique collection de ses propres créations.

Linnet acquiesça à son tour.

— Ce serait fantastique. Mais nous devrons quand même acheter quelques robes d'époque. Nous ne pourrons pas l'éviter, si nous voulons être exhaustifs.

Linnet commençait à penser qu'Evan Hughes allait lui apporter une aide précieuse. Quelle chance que Gideon l'ait remarquée dans le couloir ! Mais qui ne l'aurait pas remarquée ? Cette jeune femme attirait irrésistiblement le regard. Linnet reprenait confiance et envisageait maintenant sérieusement d'être prête à temps pour la rétrospective. Depuis combien de temps la jeune Américaine se trouvait-elle dans son bureau ? Une demi-heure tout au plus, et encore. Et pourtant, Evan lui inspirait confiance. Bizarrement, il lui semblait qu'elles se connaissaient depuis très longtemps.

De son côté, Evan, qui était vive, intelligente et

perspicace, devinait qu'elle avait fait bonne impression à Linnet. Elle ajouta, de sa voix harmonieuse :

— Si j'ai bien compris les propos de M. Harte, vous avez prévu cette rétrospective pour le mois de juin ?

— Non, pas du tout ! Elle doit avoir lieu à la mi-mai ! Mon cousin faisait allusion à une fête d'anniversaire que nous organisons, ma mère et moi, en l'honneur du père de Gideon et du mien. C'est de cela que Gideon parlait, lorsqu'il a mentionné « notre grande réception du mois de juin ».

Evan hocha la tête. Elle espérait ne pas avoir paru stupide en tirant des conclusions hâtives de propos saisis à la volée.

La rétrospective restera en place pendant quatre mois, voire six. Plus longtemps ce sera, mieux ce sera, c'est pourquoi je veux quelque chose de vraiment sensationnel : vêtements somptueux et d'une élégance irréprochable.

— Elle aura lieu dans le magasin ?

— Au dernier étage. Nous avons un auditorium, là-haut. Ma mère l'a fait installer à la place de départements disparus. Elle a détruit et reconstruit… Ma mère est très bonne pour cela. Cette salle peut recevoir huit cents personnes environ ; elle est donc très vaste, ainsi que vous pouvez le supposer. Les vêtements y seront magnifiquement mis en valeur.

— Ce genre de projet implique des préparatifs importants, murmura Evan.

En fait, elle pensait à voix haute. Son esprit fonctionnait à toute allure, tandis qu'elle estimait le travail à accomplir jusqu'au mois de mai. On était déjà à la mi-janvier. Décidément, c'était un gros défi !

— Je suis d'accord avec vous, dit Linnet, mais les vêtements que nous avons déjà sont en parfait état. Ils ont été nettoyés, réparés chaque fois que c'était nécessaire, et aussi repassés. On n'aura qu'à effectuer quelques retouches, lorsqu'ils seront sur les mannequins et disposés dans l'auditorium. Mais il reste par ailleurs un travail immense. C'est pour cette raison que j'ai besoin d'aide. Cet emploi vous intéresse-t-il ?

— Bien sûr ! s'exclama Evan avec enthousiasme.

— Quand pourriez-vous commencer ?

— Quand vous voudrez.

— J'en parle à ma mère et je vous appelle demain matin, dit Linnet.

— Je vous remercie, mademoiselle O'Neill.

Dès qu'elle fut seule, Linnet relut le curriculum vitæ d'Evan, et ce qu'elle lut lui plut. Evan aussi lui plaisait. Elle avait quelque chose d'ouvert et de franc, et elle était visiblement enthousiaste à l'idée de travailler chez Harte. « Pas le genre tire-au-flanc, en tout cas », pensa-t-elle en se levant.

Linnet quitta la pièce et longea le couloir, en direction du bureau de Maggie Hemmings. Lorsqu'elle entra, Jennifer leva les yeux et lui sourit.

— Bonjour, mademoiselle O'Neill. Je peux vous aider ?

— Je cherche Maggie. Elle est là ? Je ne la dérange pas ?

D'un mouvement du menton, Jennifer lui signifia que non.

Linnet sourit, traversa la pièce, frappa à la porte et la poussa.

— Tu as un moment à m'accorder, Maggie ?

— Certainement.

Linnet s'assit et échangea un long regard avec la directrice des ressources humaines.

— Je voulais parler un peu avec toi au sujet d'Evan Hughes. J'ai cru deviner une certaine réticence dans ta voix tout à l'heure. Tu n'as pas manifesté l'enthousiasme qu'on pourrait espérer après la lecture d'un tel curriculum vitæ.

— Le curriculum est parfait, je n'en disconviens pas, mais je n'étais pas certaine que cette jeune femme convenait à Harte.

— Oh ! Pourquoi cela ?

Maggie haussa les épaules.

— Je n'arrive pas vraiment à mettre le doigt dessus, ce n'est qu'une intuition. J'ai trouvé bizarre le fait qu'elle ait été amenée par M. Gideon, qu'elle prétend ne pas connaître. Et puis, il y a autre chose…

Maggie se pencha et ajouta d'une voix sourde :

— Tu ne trouves pas qu'elle ressemble à ta mère ?

Linnet se mit à rire.

— C'est le même type de femme, voilà tout. Et je ne trouve pas ça bizarre, non. Mon cousin est arrivé au moment où elle cherchait ton bureau, il l'a simplement guidée. Il ne la connaît pas, Maggie.

— Très bien.

— Et quand bien même ce serait le cas, quelle importance ? Elle a d'excellentes références, et son aide me serait précieuse en ce moment.

— Tu vas l'engager ? s'enquit prudemment Maggie.

— Je vais y réfléchir, en tout cas.

Souriante, Linnet se leva.

— Merci, Maggie, murmura-t-elle en quittant la pièce.

De quoi s'agissait-il, exactement ? se demanda-t-elle en regagnant son bureau. Les réserves de Maggie la troublaient, mais elle était décidée à ne pas se laisser influencer. Evan allait lui apporter une aide précieuse dans l'organisation de sa rétrospective.

Peut-être pourrait-elle l'engager à l'essai.

Le lendemain matin, Linnet téléphona à Evan :

— J'aimerais vous rencontrer une deuxième fois, mademoiselle Hughes. Vers 11 heures, si vous êtes d'accord. Nous pourrons discuter davantage, et je vous montrerai les vêtements que nous avons déjà rassemblés.

Evan fut immédiatement ravie.

— Je serai là, mademoiselle O'Neill, et merci beaucoup.

Evan, toujours ponctuelle, arriva à 11 heures tapantes. Après avoir entretenu une fois de plus la jeune femme de ses projets et de ses besoins, Linnet déclara :

— J'aimerais vous engager à l'essai, Evan.

Evan rayonna.

— J'accepte, mademoiselle O'Neill. Merci !

Linnet la conduisit jusqu'à un vestiaire, au septième étage, situé derrière le département de la haute couture. S'arrêtant devant une porte imposante et blindée, elle sortit de sa poche un trousseau de clefs et se tourna vers Evan.

— India et moi sommes les seules personnes à détenir ces clefs. De cette façon, nous assumons toutes les responsabilités, et nous serions les seules à blâmer si quelque chose tournait mal ou si une pièce venait à disparaître.

— Je comprends.

Linnet déverrouilla la porte, la poussa et entra dans le vestiaire. Elle s'immobilisa un instant sur le seuil, jusqu'à ce qu'elle ait trouvé l'interrupteur. Un quart de seconde plus tard, de nombreux néons accrochés au plafond s'allumaient. Linnet invita Evan à la suivre, et elles pénétrèrent dans la pièce fraîche qui servait d'entrepôt. Il y avait des dizaines et des dizaines de portemanteaux, auxquels étaient suspendus des vêtements enveloppés dans des housses de coton.

— Ne craignez rien, expliqua Linnet, je ne vais pas tout vous montrer tout de suite, mais peut-être cela vous intéressera-t-il de voir quelques pièces qui appartenaient à Emma.

— Très volontiers.

Parvenue à l'extrémité de la salle, Linnet déplaça un ou deux portemanteaux.

— Nous avons notamment deux tenues qui sont littéralement à couper le souffle.

Tout en parlant, elle défaisait un cordon, en haut d'une housse.

Evan suivit des yeux tous ses gestes, tandis qu'elle sortait un tailleur noir, suspendu à un cintre rembourré.

— Quelle merveilleuse idée, ces protections en coton ! remarqua-t-elle. C'est vous qui les faites faire ?

— Celles-là, non. Elles viennent de Paris, mais nous les avons fait reproduire, pour les autres vêtements. En France, ils appellent ça des housses, avec un h aspiré.

Evan songea que ces housses ressemblaient à de vastes tentes.

— En tout cas, elles sont vraiment très pratiques.

— Regardez ce tailleur, dit Linnet en soulevant le vêtement. C'est un modèle de Cristobal Balenciaga qu'Emma a acheté en 1951.

Evan examina attentivement le tailleur et hocha la tête.

— Rien n'égale un produit haute couture, remarqua-t-elle. La coupe, la ligne des épaules, l'ensemble de la silhouette. C'est tout simplement impeccable, un véritable chef-d'œuvre.

Linnet sortit alors une robe d'une autre housse.

— Et voici une robe de cocktail, également de Balenciaga. Emma l'a aussi achetée en 1951. Je la trouve sublime. Voyez, Evan, tenez-la contre votre buste.

Elle tendit la robe suspendue à son cintre à Evan, qui fit ce qu'elle lui disait et baissa les yeux vers le taffetas noir.

— J'adore cette jupe à trois volants et ce haut croisé. C'est unique, et le plus extraordinaire, c'est que tout comme le tailleur, elle n'est absolument pas démodée.

— Je suis d'accord avec vous. Il y a un tableau d'Emma, vêtue de cette robe, et on dirait qu'il date d'hier. Par ici...

Linnet tourna la tête et désigna des portants.

— ... vous trouverez des tenues que nous ont prêtées ma mère et celle d'India, ainsi que mes tantes Emily et Amanda. Cela nous permettra de couvrir quelques années de haute couture.

Evan aida Linnet à remettre la robe et le tailleur dans leurs housses de coton.

— Je pense que ce travail sur la rétrospective vous plaira, Evan, remarqua Linnet. Même si la tâche risque parfois d'être pénible, je suis certaine qu'à nous trois, nous parviendrons à bout de cette entreprise.

Evan croisa les doigts et, s'écartant des portants, récupéra son sac qu'elle avait déposé dans un coin.

— J'en suis certaine !

Linnet se dirigea vers la porte du vestiaire, Evan sur les talons.

— Allons voir Maggie, pour que votre contrat d'assistante soit rédigé en bonne et due forme.

9

Quand elle quitta les magasins Harte, quelques heures plus tard, Evan avait l'impression de flotter sur un nuage. Elle n'avait pas conscience du vent mordant ni même de la faim, alors qu'il était plus de 14 heures.

« Je plane », songea-t-elle en courant vers le taxi qu'elle venait de héler et qui s'était garé sans bruit le long du trottoir. Lorsqu'elle fut à l'intérieur de la voiture, elle s'appuya au dossier de cuir, tandis que son esprit s'envolait vers son père. Tout ce qu'elle voulait, maintenant, c'était rentrer à l'hôtel et lui téléphoner.

Puisqu'on était mercredi, elle savait qu'il serait dans sa boutique de New Milford. Il faisait toujours ses comptes quand il y avait moins de clients. Elle avait hâte de lui conter les dernières nouvelles. Ce dont elle était sûre, c'était qu'il tomberait des nues. Elle-même avait encore du mal à croire à sa chance… Elle avait un emploi chez Harte… C'était incroyable !

Dès qu'elle fut dans sa chambre, elle ôta son écharpe rouge et son long manteau noir, qu'elle suspendit dans l'armoire. Elle brancha ensuite le chauffage électrique, dans le petit salon, et s'assit dans le grand fauteuil rembourré. Décrochant le téléphone, elle composa le numéro du Connecticut et attendit la sonnerie. Deux secondes plus tard, la voix de son père retentit à son oreille :

— Hughes Antiquités, bonjour.

— Bonjour, Papa ! C'est moi, Evan.

— Evan chérie, tu as l'air en pleine forme. Tu es totalement rétablie, n'est-ce pas ?

— Je suis plus ou moins requinquée, en effet. Mais ouvre bien tes oreilles, Papa, car j'ai une grande nouvelle à t'annoncer : j'ai trouvé du travail au département de la mode, chez Harte.

Il y eut un silence, à l'autre bout du fil, mais tout à son enthousiasme, Evan ne remarqua rien.

— Eh bien, dit enfin son père, c'est en effet une bonne nouvelle.

Cette fois, la neutralité du ton la frappa.

— Tu n'as pas l'air content ! s'exclama-t-elle. Je pensais que tu te réjouirais pour moi.

Sa voix s'éteignit peu à peu, ses doigts se crispèrent sur le récepteur, et elle attendit, les sourcils froncés, la réponse de son père.

— C'est le cas, Evan, je t'assure. J'ai seulement été pris au dépourvu, c'est tout. Je n'avais pas compris qu'à peine arrivée tu te mettrais en quête d'un emploi.

— Ça n'a d'ailleurs pas été le cas, puisque je ne me

suis levée qu'hier ; mais comme je me sentais vraiment mieux, je me suis rendue au magasin. Au départ, je voulais seulement voir Emma Harte, comme Grand-Mère m'avait dit de le faire.

— Alors ? Tu as vu Emma Harte ?

— Elle est morte, Papa ! Et depuis trente ans ! Si bien que je ne comprends pas où Grand-Mère voulait en venir. Si elles étaient amies, elle aurait dû le savoir. Quoi qu'il en soit, cette nouvelle m'a à la fois surprise et contrariée. Mais tu me connais, j'ai rebondi sitôt après avoir avalé une tasse de café et pris le temps de réfléchir. Le magasin est splendide et il me plaît, aussi ai-je décidé de postuler pour un emploi. Je n'avais rien à perdre, de toute façon.

— Rien du tout, en effet. Et ils t'ont engagée, comme ça ? C'est ce que tu es en train de me dire, mon chou ?

— Il faut croire que c'était mon jour de chance, parce que j'en ai eu beaucoup. Il s'est trouvé que je me suis présentée au bon endroit et au bon moment.

— C'est à voir… murmura-t-il. Et ensuite ? Que s'est-il passé ?

— Eh bien voilà…

Brièvement, mais avec précision, Evan raconta son histoire.

— Et avant que j'aie eu le temps de dire « ouf », conclut-elle, Maggie Hemmings, la directrice des ressources humaines, m'a conduite chez Linnet O'Neill. Elle dirige le département de la mode et c'est la petite-fille d'Emma Harte.

— Tout cela paraît extraordinaire, remarqua doucement Owen. Et tu l'as suffisamment impressionnée pour qu'elle t'engage sur-le-champ, c'est ça ?

— Pas exactement. J'y suis retournée aujourd'hui, pour un second entretien avec Linnet O'Neill, et elle m'a engagée à l'essai.

— Toutes mes félicitations, je suis très content pour toi. Et qui était ce sympathique jeune homme dont tu m'as parlé ?

— Il s'appelle Gideon Harte, et j'ai appris ensuite qu'il travaille pour le journal que possède la famille. Il dirige le *London Evening Post*.

— Je vois. Eh bien, Elayne et Angharad vont sauter de joie quand je vais leur transmettre ces nouvelles.

— Embrasse-les pour moi. Je vais aider Linnet à organiser une rétrospective de la mode pendant les prochains mois, et, Papa, tu sais quoi ? Il y aura des vêtements de Pauline Trigère. Emma Harte faisait partie de ses fans.

— Je le dirai à Pauline, elle sera ravie de l'apprendre.

— Papa ?

— Oui, ma chérie ?

— A ton avis, Grand-Mère savait-elle qu'Emma Harte était morte ?

Il y eut un long silence, à l'autre bout du fil.

— Tu es encore là, Papa ? insista Evan.

— Oui, je suis là.

— Alors... qu'est-ce que tu en penses ? Tu crois que Grand-Mère savait ? Et si oui, pourquoi m'a-t-elle envoyée là-bas ?

— Je n'en ai aucune idée. Elle n'avait jamais fait allusion à Emma Harte devant moi, sinon pour dire qu'elle avait fait sa connaissance pendant la Seconde Guerre mondiale. Ecoute, Evan, ma mère divaguait peut-être sur son lit de mort. Je t'ai d'ailleurs mise en garde, avant ton départ pour Londres.

— Je sais. En tout cas, il semblerait qu'elle m'ait quand même propulsée dans la bonne direction.

Au bout d'un bref silence, son père acquiesça :

— C'est vrai, oui.

— Comment va Maman ?

La voix d'Owen s'anima :

— Elle va mieux, elle est un peu moins repliée sur elle-même. Elle m'a même préparé un bon repas, hier soir. Je crois que ses nouveaux médicaments commencent à lui faire de l'effet.

— Je suis si contente ! Embrasse-la pour moi.

— Je le ferai. Quand commences-tu, chez Harte ?

— Demain matin, répondit Evan en riant. Ils ont vraiment besoin de moi, Papa.

Elle attendit qu'il rie avec elle, comme il le faisait habituellement, mais rien ne vint.

— Peut-être, répondit-il, avant de changer rapidement de sujet.

Ils bavardèrent encore quelques minutes, puis ils raccrochèrent, non sans avoir échangé d'affectueux adieux.

Evan s'appuya au dossier de sa chaise, réfléchissant à la façon dont son père avait accueilli ses nouvelles. Elle ne s'était pas attendue à une telle réserve, et elle en concevait un étonnement teinté d'irritation. Plus elle y réfléchissait, plus il lui semblait évident que son père ne se réjouissait pas qu'elle ait obtenu cet emploi. Et bien sûr, elle se demandait pourquoi. Comme sa grand-mère, il l'avait toujours encouragée, il avait toujours été son supporter le plus fervent. Mais pas cette fois.

Evan Hughes ignorait que, dans son bureau de New Milford, son père était resté immobile, fixant le mur sans le voir. Il se demandait ce que sa mère avait déclenché depuis son lit de mort. Il admettait qu'il aurait dû se douter que Glynnis ne résisterait pas à l'envie de tirer quelques ficelles jusqu'au dernier moment. Il émit quelques jurons à mi-voix. Jamais il n'aurait dû encourager Evan à prendre cette année sabbatique, comme il l'avait fait lui-même bien des années auparavant. Au contraire, il aurait dû la convaincre de ne pas entreprendre ce voyage.

Mais en décembre, il ignorait ce qu'il savait maintenant. De toute façon, il était trop tard, désormais. Evan était là-bas, et la roue avait commencé à tourner.

Evan aimait les pièces communes du petit hôtel de Belgrave, que George et Arlette avaient décoré à la façon d'une maison de campagne anglaise. Non qu'elle ait jamais visité une maison de campagne anglaise, d'ailleurs, mais elle avait vu des photos, dans les magazines, et elle avait un faible pour ce genre de décoration... le chintz imprimé de fleurs colorées, les boiseries patinées, les meubles anciens, les belles lampes de porcelaine avec leur abat-jour de soie crème, et les grands vases remplis de fleurs arrangées à l'anglaise.

Parmi toutes les pièces du rez-de-chaussée, elle aimait tout particulièrement le petit salon, avec ses murs couleur terre cuite aux reflets pêche, ses rideaux de chintz à fleurs roses, ses canapés profonds et ses fauteuils recouverts de lin couleur feuille morte. Le fond du magnifique tapis persan était assorti aux tentures, avec des motifs bleu foncé, roses et verts. Il réunissait toutes les couleurs du décor et constituait l'élément autour duquel on disposait les fauteuils.

La pièce était vide quand Evan y descendit pour le thé. Elle sentit son moral remonter d'un cran, tandis qu'elle se dirigeait vers la cheminée. Il y faisait bon, on s'y sentait bien, et le grand feu qui flambait dans l'âtre renforçait encore l'atmosphère douillette qui y régnait.

C'était pendant son enfance, au Connecticut, que sa grand-mère lui avait donné le goût du thé de l'après-midi. Glynnis en avait fait une sorte de cérémonie. Elle utilisait une théière et une passoire en argent, et proposait des tranches de citron ou du lait pour satisfaire les préférences de chacun. En général, elle servait du thé fort de marque anglaise, mais il lui arrivait de le remplacer par du thé aromatisé à l'orange. Jamais de Earl Grey, dont elle n'appréciait pas la saveur particulière – « un goût fumé », avait-elle coutume de dire.

Dans certaines circonstances, sa grand-mère confectionnait un biscuit de Savoie, qu'elle coupait horizontalement en deux, puis fourrait de crème fouettée et de confiture de framboises. Quand Evan avait grandi, Glynnis lui avait appris à faire des amuse-gueule, des pains au lait et différents gâteaux. En fait, c'était sa grand-mère qui lui avait appris à faire la cuisine, et au fil des années, Evan était devenue un véritable cordon-bleu.

Tout en grignotant un toast au saumon fumé, Evan se demanda si elle devait se mettre en quête d'un appartement. Fallait-il en chercher un dans le quartier ou valait-il mieux rester à l'hôtel ? Elle avait voulu demander son avis à son père, mais il avait réagi si bizarrement, lorsqu'elle lui avait parlé de son emploi chez Harte, que cette question lui était sortie de l'esprit. L'hôtel était préférable, à bien des points de vue, parce qu'on y prenait soin d'elle. D'un autre côté, elle ne disposait pas d'une cuisine et devait prendre ses repas au restaurant de l'hôtel, ce qui augmentait ses dépenses. Au bout de quelques instants, elle prit une décision. Dans un premier temps, elle resterait ici, pour la bonne et simple raison qu'elle n'aurait pas le loisir de chercher un appartement.

Evan imaginait facilement ce que serait sa tâche chez Harte. Travail éreintant, heures supplémentaires et investissement total. Linnet serait une patronne exigeante, elle s'attendait certainement à ce que chacun s'implique autant qu'elle. Et surtout une nouvelle arrivante comme elle, qui était engagée à l'essai. Sous sa beauté et sa douceur, Linnet était au fond une femme d'affaires coriace, mais cela ne gênait pas Evan. Tout au contraire, elle admirait encore plus sa future patronne.

« Oui, pensa-t-elle, mieux vaut rester ici, où je me sens bien et où je dispose de tout le confort. Quand la rétrospective sera terminée et que ma vie aura pris son rythme de croisière, je m'occuperai de trouver un appartement. Il faudra qu'il ait une cuisine décente et que je puisse y recevoir des amis. »

Cette idée lui plut. Elle saisit un pain au lait, le tartina de confiture, puis ajouta une grosse cuillerée de crème. Tout en mangeant, elle réalisa combien elle était affamée, mais elle se rappela aussi qu'elle devait faire attention à sa ligne. Il fallait éviter ces pauses goûter trop riches en calories, songea-t-elle. Elle réprima presque aussitôt un sourire. De toute façon, elle passerait la majeure partie de son temps au magasin, désormais. Elle bouillait d'impatience…

S'adossant une fois de plus aux coussins, Evan laissa ses pensées vagabonder. Après avoir passé en revue les événements de la journée, elle s'arrêta sur Gideon Harte. Il s'était montré charmant et serviable, dans ce couloir, alors qu'elle cherchait le bureau des ressources humaines. Ensuite, elle avait été sensible à sa séduction masculine. Lorsque Maggie Hemmings l'avait introduite dans le bureau de Linnet, il s'était porté au-devant d'elle pour l'accueillir. Et pendant que Linnet parcourait son curriculum vitæ, il n'avait pas caché l'intérêt qu'elle lui inspirait. En fait, il semblait tellement fasciné par elle qu'elle avait fini par le fixer aussi. Ses yeux vert clair étaient restés rivés sur elle, et elle s'était aperçue qu'elle ne parvenait plus à se détourner de lui. Maintenant, elle se rappelait comme son cœur battait la chamade et comment, sous ce regard pénétrant, elle avait senti ses jambes flageoler. Rien de semblable ne lui était jamais arrivé. Lorsqu'il lui avait pris le bras pour la guider jusqu'à une chaise, la chaleur de sa paume avait traversé le tissu de sa veste. Elle avait momentanément perdu pied, tant elle s'était sentie attirée par lui…

— Evan, comment allez-vous ?

La voix d'Arlette, teintée d'un léger accent français, l'arracha à ses songes. Elle sursauta et se redressa.

— Très bien, Arlette, et vous ?

— Cela peut aller. Je suis très occupée, évidemment. George est souvent absent pour ses affaires, alors je reste aux commandes, comme il dit. Et il en faut, du courage, pour diriger un hôtel !

— Mais vous réussissez tout ce que vous entreprenez !

144

Je suis certaine que vous vous débrouillez aussi bien que George, assura Evan avec un sourire qui creusa des fossettes dans ses joues.

Comme toujours, Arlette fut totalement sous le charme de ce sourire chaleureux, si contagieux qu'elle le rendit aussitôt. Il y avait quelque chose d'unique chez cette jeune Américaine amicale et ouverte, si pleine de grâce et d'attrait.

— Vous vous sentez mieux ? demanda-t-elle.

— Je suis complètement remise, merci, affirma Evan. Vous pouvez rester une minute ? J'ai quelque chose à vous annoncer.

— Mais oui, ma chérie, répondit Arlette en français, avant de s'asseoir sur le canapé.

— J'ai trouvé un emploi, aujourd'hui. Un merveilleux emploi chez Harte.

Pour la seconde fois, Evan se lança dans le récit enthousiaste de ce qui lui était arrivé au magasin.

— C'est très bien, Evan ! Quelle bonne nouvelle ! Je sais que vous vous intéressez à la mode. Et qu'est-ce qui vous a fait choisir Harte ?

— J'ai toujours eu envie d'y travailler. A mon avis, c'est l'un des plus beaux magasins au monde.

Evan n'avait pas l'intention de rapporter à Arlette les derniers mots de sa grand-mère mourante. Elle se serait sentie ridicule…

Arlette l'observa un instant. Elle songea que cette jeune femme était absolument superbe. Irrésistible, même, avec ses cheveux noirs et brillants, ce teint transparent, ces yeux immenses comme des lacs gris-bleu dans son visage délicat. C'était une belle créature, très féminine. Il y avait en elle un raffinement que la Française

145

admirait. Nul doute que cette jolie personne exerçait un charme puissant sur les hommes !

— Et ce jeune homme ? demanda Arlette. Celui qui vous a aidée, ce matin… vous le reverrez bientôt ?

Evan lui jeta un coup d'œil étonné.

— Oh, mais il ne travaille pas là !

Arlette lui jeta un coup d'œil indulgent, secoua la tête et fit la moue.

— Je ne pensais pas que vous le reverriez dans un cadre professionnel.

Evan perçut de l'amusement dans les yeux sombres d'Arlette, elle vit sa jolie bouche réprimer un rire et, l'espace d'un instant, elle se demanda si cette Française maternelle et chaleureuse n'était pas en train de se moquer d'elle. Puis elle comprit que cela n'avait rien de méchant.

Elle inspira profondément avant de protester :

— Il s'est juste efforcé de m'aider, c'est tout !

Arlette se redressa légèrement et croisa les jambes, puis elle arrangea les plis de sa jupe rouge sur ses bottes bien cirées.

Elle réfléchit un instant, avant de déclarer :

— Je pensais à un rendez-vous…

Elle posa sur Evan de grands yeux bruns et interrogateurs, tandis que ses sourcils se dressaient avec éloquence. Evan rougit fortement, depuis la nuque jusqu'à la racine des cheveux.

— Je… je ne pense pas le revoir, bafouilla-t-elle. En tout cas, pas de cette façon, Arlette.

— Vraiment ?

Evidemment surprise, la Française secoua énergiquement la tête.

146

— Moi, je suis certaine du contraire ! reprit-elle. Ah oui ! Vous aurez un rendez-vous avec lui, mon petit chou à la crème. Et vous n'aurez pas à attendre bien longtemps, vous verrez.

Son rire mélodieux résonna de nouveau.

— Il est clair que ce n'est pas le genre d'homme à s'embarrasser de chichis ! Au magasin, ah oui ! Absolument.

— Des... chichis ? répéta Evan, sans comprendre.

— Pardonnez-moi, je suis stupide ! Il ne fera pas de manières, il ira droit au but !

— Vous ne vous trompez sans doute pas sur son caractère, Arlette, mais je ne suis pas sûre qu'il cherchera à me revoir. Je ne crois pas que je l'intéresse.

— Croyez-moi, chérie. Je suis plus âgée que vous et je suis française. On s'y connaît en amour.

Evan et Arlette l'ignoraient, mais à cet instant précis, Gideon Harte était justement en train de se demander comment il pourrait revoir Evan Hughes. Assis dans son bureau de la Yorkshire Consolidated Newspaper Company, dont l'immeuble se trouvait à l'autre bout de Londres, il ne pouvait détacher son esprit de la jeune Américaine. Il avait beaucoup pensé à elle depuis leur rencontre dans ce couloir des magasins Harte. Elle avait quelque chose de spécial... Elle le captivait totalement, et il n'y avait pas de doute qu'il souhaitait la revoir. Il avait découvert qu'il en éprouvait un désir pressant, un besoin d'être avec elle, d'en savoir davantage sur elle. Et tout de suite. Il était impatient de mieux la connaître.

Gideon savait déjà que Linnet l'avait engagée à l'essai. Sa cousine lui avait téléphoné pour le lui dire quelques minutes auparavant. De plus, elle l'avait longuement remercié, comme s'il avait pris Evan par la main pour la conduire jusqu'à elle, alors que leur rencontre n'était que le fruit du hasard. Linnet lui avait même narré l'entretien en détails et avec enthousiasme.

— Elle est parfaite ! avait dit sa cousine. Elle va m'apporter une aide précieuse. C'était inespéré, Gid, et je sais qu'India va l'apprécier autant que moi. Evan m'a déjà fait part de quelques idées brillantes. Son apparition est de bon augure, j'en suis sûre !

Son apparition était-elle de bon augure pour lui aussi ? Il l'espérait. Il aurait voulu téléphoner sur-le-champ à Evan, mais il ignorait où la trouver, et il n'allait certainement pas demander ses coordonnées à Linnet. Il réglerait cette question tout seul, en appelant Evan au magasin dès le lendemain.

Reculant légèrement son siège, il posa ses pieds sur la table et croisa ses longues jambes. Les yeux fermés, il réfléchit… Donc, le personnel de Linnet s'enrichissait d'une nouvelle recrue… Puisqu'il allait falloir en mettre un coup pour cette rétrospective, Linnet et Evan seraient souvent ensemble, ce qui faciliterait ses rencontres avec Evan. De toute façon, il ne pensait pas qu'elle ferait des difficultés pour lui accorder un rendez-vous. Il avait été frappé par le fait qu'elle semblait aussi attirée par lui qu'il l'était par elle. Leurs yeux s'étaient croisés dans le bureau de Linnet, ils avaient échangé un regard éloquent, qui avait duré longtemps. Il avait remarqué sa rougeur, la fascination qu'il semblait exercer sur elle, il avait perçu le frémissement de son bras lorsqu'il l'avait guidée jusqu'au bureau de Linnet. Oui, il avait fait une grosse impression sur elle… du moins, il l'espérait.

Bien qu'il n'ait jamais rencontré de grandes difficultés avec les femmes, Gideon n'était pas prétentieux. D'une certaine façon, même, c'était son absence de vanité, sa douceur et une certaine timidité que les femmes trouvaient attirantes en lui. En dépit de sa haute taille, de sa beauté et de son charme décontracté, il y avait en lui une vulnérabilité qui attendrissait les femmes, leur donnait envie de le gâter.

Gideon aimait les femmes, il les respectait et admirait particulièrement celles qui réussissaient. Il n'éprouvait aucun intérêt pour les femmes oisives, sans profession, préoccupées uniquement d'elles-mêmes. En revanche, il attirait tous les types de femme. Le problème était qu'il n'avait jamais rencontré une personne avec laquelle il ait envie de s'engager sérieusement. Du moins jusqu'à maintenant.

Jusqu'à maintenant ! Waouh ! Cette pensée inattendue le fit sursauter. Ouvrant brutalement les yeux, il se redressa sur sa chaise et posa ses pieds sur le sol. Dieu du ciel ! Il était en train de penser à un éventuel engagement envers Evan Hughes, qu'il ne connaissait même pas ! Qu'est-ce qui lui arrivait, exactement ? Avait-il perdu la tête ? Etait-ce ce que les Français appellent « un coup de foudre » ? Cette pensée le frappa comme l'éclair. « Mon Dieu ! pensa-t-il, je suis tombé amoureux d'une étrangère dont j'ignore tout. Elle est peut-être fiancée ou engagée envers un autre homme. Il se peut aussi que je ne lui plaise pas. Peut-être ai-je seulement imaginé que je l'attirais. »

Poussant un long soupir, il se laissa de nouveau aller contre le dossier de sa chaise et se concentra sur Evan Hughes. Qu'y avait-il, en elle, de si différent ? Ce n'était pas forcément son apparence, bien qu'elle soit très belle et qu'il recherche d'ordinaire les femmes grandes, élancées, brunes et d'allure exotique. Peut-être étaient-ce ses manières qui l'avaient subjugué ? Elle s'était montrée aimable et ouverte, dans le couloir ; pourtant, il avait perçu en elle une réserve, une délicatesse hors du commun. Et puis, il y avait cet extraordinaire sourire, qui avait fait battre son cœur plus vite, et ces grands yeux liquides où il avait cru se noyer. Des yeux clairs, lumineux, emplis d'honnêteté et de confiance.

« Je me comporte comme un gamin, se dit-il, pourtant, j'ai vingt-huit ans, je devrais avoir acquis un peu de bon sens. Je ne dois pas me laisser aller… cela pourrait m'être fatal, surtout si elle est déjà amoureuse d'un autre homme. »

Et si elle était fiancée ? Elle ne portait pas de bague, mais cela ne signifiait pas grand-chose, aujourd'hui. Les gens mariés n'arboraient même plus d'alliance le plus souvent. « Moi, je lui achèterai une bague, décida-t-il. Un saphir… Non, une aigue-marine de la couleur de ses yeux. Eh ! Ralentis ! marmonna-t-il à mi-voix, tu t'emballes ! »

Mais il ne pouvait s'en empêcher. Il n'y avait pas deux façons de le dire : il voulait Evan Hughes. Gideon leva les yeux, car on frappait à la porte.

— Entrez ! dit-il.

Il se leva d'un bond à la vue de son père sur le seuil de la pièce.

— Bonjour, Papa ! s'exclama-t-il en venant à sa rencontre.

— Bonjour, mon fils, dit Winston Harte avec un large sourire.

Après qu'ils se furent embrassés, Gideon fit asseoir son père près de son bureau.

— Je te croyais dans le Yorkshire, Papa. Qu'est-ce que tu fais à Londres ?

— Je suis en ville pour un rendez-vous, aux studios de télévision. De toute façon, je souhaitais te voir.

— A quel sujet ?

— Christian Palmer.

— Bon sang, Papa, je savais que tu allais dire ça ! Mes travaux d'approche n'ont rien donné, jusqu'à présent. Tu sais combien il est inflexible et déterminé. Il ne reviendra pas, Papa. Il est totalement absorbé par son livre.

Winston soupira.

— Je connaissais ta réponse d'avance. Pourtant, je sais que tu n'as pas lâché l'affaire. J'ai toujours dit que tu étais comme un chien sur son os : tu ne lâches jamais ta proie. J'ai réfléchi à une chose… Nous devons bien pouvoir lui proposer un avantage financier, non ?

Assis derrière son bureau, Gideon acquiesça :

— Sans doute, mais cela nous coûtera cher.

— Son prix sera le nôtre, Christian en vaut la peine. C'est le meilleur rédacteur en chef que nous ayons eu, et je suis convaincu que nous avons besoin de lui. Combien, à ton avis ?

— Il aime cette maison qu'il loue sur l'île de Man. Je suis sûr que si nous lui proposons de la lui acheter, il acceptera de revenir.

— Combien ?

— Je n'en sais trop rien, Papa. Si tu es d'accord, je vais le contacter. C'est une maison agréable, qu'il loue depuis plusieurs années. Il y est très attaché.

— Où habite-t-il exactement, sur cette île de Man ?

— A l'entrée de Douglas. Dans une région où il avait l'habitude de se rendre avec ses parents, lorsqu'il était enfant. Selon lui, on y mène une vie très agréable et, surtout, tout à fait compatible avec le métier d'écrivain. Il y trouve le calme et la paix nécessaires pour écrire ses livres. Cela reste cependant facile d'accès : juste un petit trajet en avion, depuis le Lancashire, et tu es au milieu de la mer d'Irlande.

— Ce n'est tout de même pas un trajet de tout repos, remarqua Winston en secouant la tête. Et tu es certain que cette maison constituerait une indemnité suffisante ? Il peut vouloir autre chose…

— J'en doute… Christian n'est pas un homme intéressé, d'ailleurs il peut très bien ne pas accepter le marché. Je crois savoir qu'il s'est attelé à une tâche difficile en ce moment.

— Tout ce que je sais, c'est qu'il est le meilleur rédacteur en chef que Fleet Street ait jamais connu, hormis Arthur Christiansen, qui était au sommet de l'échelle il y a soixante ans. C'est lui qui a fondé le *Daily Express*. Palmer est du même bois. Les rédacteurs en chef de cette envergure ne sont pas nombreux, alors fais de ton mieux, mon fils. Fais-le revenir, quel que soit le prix.

— D'accord, mais il voudra peut-être renégocier son contrat.

— Ce n'est pas un problème, Gideon ! Il y a bien des années, j'ai appris de tante Emma que lorsqu'on veut vraiment quelque chose ou quelqu'un, le prix importe peu. C'est te dire combien je considère que Christian Palmer est important pour notre groupe de presse. Fais de ton mieux.

— Je pense que je vais aller le voir, pensa tout haut

Gideon. Je vais lui téléphoner demain et lui annoncer ma visite pour la semaine prochaine. Je regrette que nous ne soyons pas au milieu de l'été. L'île de Man est superbe par beau temps, mais glaciale à cette époque de l'année.

— C'est juste. Je voudrais convaincre Christian de revenir sur la terre de White Rose… j'ai toujours pensé qu'il aimait le Yorkshire, qu'il aimait sa maison de Ripon.

— Je crois que l'île de Man a un autre attrait, Papa. Une certaine dame à laquelle il tient beaucoup, presque autant qu'il est amoureux de son cottage.

— Ah ? C'est donc un cottage ?

Gideon se mit à rire.

— Oui, et un grand, même !

— Conclus le marché avec lui, et le plus tôt sera le mieux.

— Une minute, Papa ! Je crois quand même que nous devrions attendre qu'il ait terminé son livre. Quand il aura remis son manuscrit à son éditeur, il commencera à mourir d'ennui. C'est alors que j'interviendrai, et alors seulement.

— Entendu. Donne-lui tout ce qu'il veut et rédige un nouveau contrat. Fais-lui une offre avantageuse, une offre qu'il ne puisse pas refuser. Il n'a pas de prix… Mais changeons de sujet… Tu sors avec une jolie femme, ce soir ? Question stupide ! Bien sûr que oui !

— Il se trouve que non. Pourquoi ?

— Ta mère est restée dans le Yorkshire, je me retrouve donc tout seul et abandonné. J'avais pensé que nous pourrions dîner ensemble.

— Bonne idée, Papa ! J'accepte volontiers ton invitation, dit Gideon avec sincérité.

Mais il ne put s'empêcher de penser à Evan Hughes, qui s'était de nouveau insinuée dans son esprit.

10

Lorsqu'ils arrivèrent à l'entrée du Grill Room, au Dorchester, le maître d'hôtel se trouvait à l'autre bout de la salle. Ils restèrent debout un instant, attendant d'être conduits à une table.

Pendant le trajet, Gideon avait décidé qu'il paierait l'addition, ce soir-là. La perspective d'inviter son père à dîner l'emplissait de joie, car Winston s'était toujours montré fort généreux à son égard, et il n'avait jamais eu l'occasion de lui payer un repas. Il se mit à fouiller ses poches, en quête de sa carte de crédit. Ce faisant, il ne remarqua pas que son père s'était rapproché de la cloison qui séparait le vestibule de la salle à manger. Winston scrutait le restaurant avec un intérêt grandissant à travers les panneaux vitrés, les yeux de plus en plus écarquillés. Gideon comprit que quelque chose n'allait pas lorsque son père jura sourdement. Il s'aperçut alors que Winston lui serrait le bras avec force.

— Nous ne pouvons rester ici, marmonna-t-il. Allons-nous-en !

Tirant sur la manche de Gideon, il l'entraîna vers la porte.

— Qu'est-ce qu'il y a, Papa ?

Gideon regarda son père et fut frappé par sa pâleur et la lueur farouche qui brillait dans ses yeux.

Comme Winston ne répondait pas, il répéta sa question :

— Qu'est-ce qu'il y a, Papa ? On dirait que tu viens d'apercevoir un fantôme.

— Plutôt le diable. Jonathan Ainsley, pour être précis. Il dîne au Grill Room en compagnie de Sarah Lowther. Ils ont toujours comploté contre la famille, et leur présence à Londres, ensemble de surcroît, ne me dit rien qui vaille. Rappelle-toi ce que je viens de te dire.

— Maman et toi avez toujours fait allusion au trouble que Jonathan Ainsley et Sarah Lowther avaient causé dans la famille, et je sais qu'ils ont été chassés des Entreprises Harte, mais je ne sais toujours pas ce qu'ils ont fait, exactement, dit Gideon, les yeux fixés sur son père.

Ils étaient attablés près d'une fenêtre donnant sur Green Park, dans l'élégante salle à manger du Ritz, dans Piccadilly. Gideon avait suggéré à son père cette adresse après qu'ils s'étaient enfuis en toute hâte de l'hôtel Dorchester pour mettre, selon le vœu de Winston, la plus grande distance possible entre ses deux cousins et lui.

— Eh bien, commença-t-il, c'est une longue histoire. Je vais te la raconter, et je m'efforcerai d'être concis, mais auparavant, commandons à boire. Qu'est-ce que tu veux, Gideon ?

— Un verre de vin blanc, s'il te plaît.

— Moi, ce sera une coupe de champagne.

— Quelle bonne idée, Papa ! En ce cas, je vais en faire autant. Oublie le vin blanc.

Winston hocha la tête et fit signe au serveur, à qui il demanda deux coupes de son meilleur champagne.

— Tu paraissais très troublé au Dorchester, Papa, remarqua Gideon. Je me suis vraiment fait du souci.

— J'étais en colère, Gid. Ces deux-là sont dangereux

155

individuellement, mais ils le sont plus encore lorsqu'ils sont de mèche.

Il soupira et secoua la tête.

— Je savais que Jonathan Ainsley était à Londres, mais j'ignorais que Sarah était rentrée de France.

Il jeta un coup d'œil à son fils et ajouta :

— Oncle Ronnie a prévenu Paula qu'Ainsley revenait vivre ici. Il le lui a dit il y a deux semaines.

— C'était pendant le week-end où Julian est resté avec nous. Le week-end où il est tombé tant de neige. Nous sommes allés dîner le samedi soir à Pennistone Royal, et j'ai bien remarqué que tante Paula semblait assez perturbée pendant la deuxième partie de la soirée.

— Julian lui a transmis, de la part de son grand-père, un message qui a dû la secouer. Oncle Ronnie s'inquiétait de la soudaine réapparition d'Ainsley, après toutes ces années d'absence. Le lendemain, lorsqu'elle lui a rendu visite, il lui a conseillé de rester sur ses gardes.

— Mais Julian m'a affirmé qu'en réalité, Ainsley ne peut plus nous nuire.

— Pour ce qui est des Entreprises Harte, il a raison. Mais Ainsley est un fauteur de troubles invétéré, il l'a toujours été. C'est dans sa nature, et s'il peut blesser Paula d'une façon quelconque, il le fera. S'il pouvait ne serait-ce que chambouler quelques projets de Paula, il serait l'homme le plus heureux de la terre. C'est un vicieux. Il l'a toujours été, même lorsqu'il était enfant et que nous grandissions ensemble.

Leurs coupes arrivèrent. Ils trinquèrent à leur santé mutuelle, puis burent une gorgée de champagne.

— J'ai eu une petite conversation avec l'oncle Ronnie, poursuivit Winston. Il m'a dit avoir conseillé à Paula d'engager un détective privé pour enquêter sur les activités d'Ainsley. Son instinct lui dit que le loup est sorti du bois, en quête de sang. Le sang de Paula.

Un frisson parcourut la colonne vertébrale de Gideon.

— J'espère que tante Paula va suivre le conseil de l'oncle Ronnie et recourir aux services d'un privé ! s'exclama-t-il.

— Je crains qu'elle ne soit guère enthousiaste... Disons qu'elle est ambivalente.

— Et toi, qu'en penses-tu ?

— Je pense qu'elle devrait le faire. L'oncle Ronnie est un vieux sage. Et n'oublie jamais que la meilleure des matières premières est l'information. Nous avons appris cela de tante Emma, et ainsi que je le rappelais l'autre jour à Paula, un homme averti en vaut deux... ce qui est tout aussi valable pour une femme.

Gideon hocha la tête en signe d'approbation. Il se tourna vers le serveur, qui attendait patiemment, et prit le menu qu'il lui tendait. Son père en fit autant, et au bout de quelques secondes, ils commandèrent des huîtres de Colchester, suivies d'une sole de Douvres grillée. Ils avaient choisi exactement les mêmes plats, comme ils le faisaient depuis des années. Le père et le fils avaient des goûts communs dans de nombreux domaines. Quelques années auparavant, Emily les avait surnommés « mes deux petits pois issus de la même cosse ».

Après avoir commandé deux autres coupes de champagne, Gideon se tourna vers son père.

— Eclaircis ma lanterne à propos de Jonathan Ainsley, Papa. Dis-moi ce qu'ils ont fait, Sarah et lui.

— Ainsley dirigeait le secteur immobilier de Harte

Enterprises, dans les années 1960-1970, et il le faisait plutôt bien. Soudain, le chiffre d'affaires s'est effondré ; il semblait avoir raté bon nombre de gros contrats. Plus tard, nous avons découvert qu'il les avait cédés à une compagnie du nom de Stonewalls Properties et...

— Mais pourquoi ? l'interrompit Gideon.

— Parce qu'il en était le propriétaire, à l'insu de tous, ainsi que son vieux copain d'Eton, Sebastian Cross. Ainsley escroquait Harte Enterprises de milliers et de milliers de livres en agissant ainsi, et il minait la stabilité financière du secteur immobilier.

— Et Sarah Lowther était impliquée là-dedans ?

— Oui, bien qu'indirectement, je pense. Elle avait investi de l'argent dans Stonewall Properties, mais pour être honnête, Gid, je pense qu'elle ignorait que Jonathan trahissait la famille. Dès que Paula et son père ont réuni suffisamment de preuves contre Jonathan, ils l'ont confondu et chassé à la fois de la compagnie et de la famille. Sarah a subi le même sort.

— Il n'y avait pas d'autre choix, affirma Gideon. Ensuite, Jonathan est parti pour Hong Kong, où il a fait fortune dans l'immobilier.

— En effet. Jonathan était très doué pour les affaires, nous le savions tous.

— Julian m'a dit qu'il était revenu à la charge et avait tenté de prendre le contrôle de Harte Enterprises. Comment s'y est-il pris ?

Winston secoua la tête, l'air soudain attristé.

— C'était la faute de Paula. Ainsley est revenu en 1980, au moment même où elle mettait en vente dix pour cent de ses actions. Bien entendu, il s'en est emparé. Avec ce qu'il possédait déjà, cette acquisition lui donnait un avantage.

— Mais pourquoi vendait-elle ses actions ?

— Elle voulait acheter une chaîne de magasins aux Etats-Unis. Shane et moi comprenions son désir de créer quelque chose par elle-même, mais nous pensions aussi qu'elle commettait une erreur de jugement. C'est la seule erreur qu'elle ait jamais commise, à ma connaissance. A part celle d'avoir épousé Jim Fairley, évidemment. Cela, c'était un désastre.

En fin de soirée Winston se tourna vers son fils et le fixa intensément pendant quelques secondes. Gideon en eut conscience presque immédiatement ; fronçant les sourcils, il se pencha vers son père.

— Que se passe-t-il, Papa ? Tu sembles troublé à nouveau.

— Tout va très bien, au contraire. J'étais en train de penser à cette dynastie familiale, fondée par Emma et son frère Winston, et j'espérais que tu allais prendre le relais… et nous assurer une descendance.

— Je ne suis pas certain de bien comprendre…

— Toby ne me donnera pas de petits-enfants aussi longtemps qu'il sera marié à une actrice. Adrianna ne veut pas d'enfant, et je ne crois pas que Toby réussira à la faire changer d'avis, quoi qu'il en pense.

— Mais il y a Paula… Elle a fondé toute une famille, et…

— Exact, l'interrompit Winston, et c'est une Harte. Mais elle porte le nom des O'Neill.

Comprenant brusquement la préoccupation de son père, Gideon hocha la tête.

— Nous sommes les derniers à porter le nom des Harte, c'est un fait.

Winston réfléchit un instant, pour déclarer finalement :

— Je comprends que tu veuilles profiter de ta jeunesse, loin de moi l'idée de t'en empêcher. Tu n'as d'ailleurs que vingt-huit ans, mais... eh bien... je me demandais simplement s'il y avait quelqu'un à l'horizon. Une jeune fille qui t'intéresserait sérieusement.

— Pas vraiment, Papa.

Voyant l'expression déçue de son père, il ajouta très vite :

— A dire vrai, je viens de rencontrer quelqu'un qui me plaît beaucoup, mais il est trop tôt pour affirmer quoi que ce soit. Je ne voudrais pas m'avancer, pour ensuite te décevoir.

— Dis-moi seulement si c'est le genre de fille qu'on épouse, s'inquiéta son père.

Gideon hocha la tête.

— Ce n'est sûrement pas le genre de fille avec laquelle un homme veut seulement profiter de sa jeunesse... Pas le moins du monde !

Winston eut un sourire ravi.

— J'ai hâte de la rencontrer, mon garçon.

Plus tard, ce soir-là, Gideon ne parvint pas à trouver le sommeil. Etendu dans l'obscurité, l'esprit en ébullition, il réfléchissait à tout ce que son père et lui avaient dit. Il avait été surpris d'apprendre que Paula, la personne la plus intelligente qu'il connaissait, ait pu commettre une telle erreur de jugement, au point qu'elle avait failli perdre les magasins de sa grand-mère bien-aimée. Par ailleurs, il avait été choqué qu'un membre de la famille puisse nourrir d'aussi noirs desseins pour son bénéfice personnel, alors qu'il avait déjà beaucoup reçu.

« Egocentrisme et avidité, avait dit son père un peu plus tôt. Une combinaison fatale qui a détruit bien des hommes, tout comme Jonathan Ainsley. »

Pour terminer, il y avait eu cette conversation à propos du mariage et des enfants. Même si Winston s'était montré un peu indiscret, Gideon ne lui en voulait pas le moins du monde. Il aimait et admirait son père, et il comprenait très bien son désir d'avoir des petits-enfants. Sa mère partageait ce souhait, d'ailleurs, et c'était tout naturel.

Evan Hughes. Il l'avait rencontrée la veille, et déjà elle le fascinait. Il ne la connaissait pas, il ne savait rien d'elle, pourtant il avait le sentiment de retrouver une amie de toujours. Elle était belle, elle s'était montrée chaleureuse et ouverte. Il la trouvait très séduisante et désirable, mais il percevait en elle une délicatesse, un raffinement qui lui conféraient un charme particulier.

Demain, il lui téléphonerait pour l'inviter quelque part... Quand Gideon s'abandonna au sommeil, il pensait encore à Evan Hughes, à toutes les perspectives qui s'ouvraient devant lui, maintenant qu'elle travaillait pour Linnet.

11

Tessa Fairley Longden prit son sac et sa mallette, puis elle jeta un dernier coup d'œil à sa table de travail avant de sortir en hâte de son bureau. Elle était entièrement vêtue de blanc, l'une de ses couleurs préférées. Une longue cape de cachemire, douce et confortable, était posée sur ses épaules, flottant autour de son pantalon blanc et de son chemisier de soie assorti. Elle portait des bottes de cuir crème, de la même couleur que son sac et que sa mallette en peau de crocodile, bourrée de dossiers. Toute cette blancheur soulignait son apparence éthérée, due avant tout à la merveilleuse chevelure blonde qui auréolait son beau visage, à ses yeux gris argent et à son teint ivoire, absolument parfait. On aurait dit qu'un sculpteur avait ciselé son visage délicat.

Dire de Tessa qu'elle était belle aurait été un euphémisme. Elle était éblouissante, à tel point que l'on se retournait sur elle, où qu'elle aille. Elle était grande, élancée, svelte, et elle portait toujours des vêtements magnifiques – et coûteux –, originaux et uniques, le plus souvent conçus par des couturiers peu connus qui se conformaient à ses vœux et à ses caprices. Tessa savait ce qu'elle voulait et savait comment l'obtenir, du moins en ce qui concernait ses vêtements.

En revanche, elle n'obtenait pas toujours ce qu'elle voulait dans d'autres domaines, surtout quand il s'agissait de son mari, Mark Longden. Depuis quelque temps, le comportement de celui-ci laissait à désirer. Il était de mauvaise humeur, irritable et très intolérant à son égard.

Elle avait le sentiment qu'il ne faisait un effort que lorsque leur petite fille, Adèle, était dans les parages, ou devant sa famille. Il n'aurait pas osé être désagréable ou méchant en présence de sa mère ou de Shane. En revanche, il ne se privait pas de la maltraiter devant leurs propres amis. Le couple ne sortait pas souvent, d'ailleurs, car Mark rentrait toujours tard du bureau ou profitait des week-ends pour rendre visite à des clients. Tessa devait se rendre à l'évidence : il n'avait plus beaucoup de temps à lui consacrer depuis un moment, et lorsqu'ils étaient ensemble, il se lançait dans de grandes diatribes ou saisissait le moindre prétexte pour tempêter contre elle.

Quelque temps auparavant, elle avait remarqué que son haleine empestait l'alcool ; elle l'avait trouvé rouge, les yeux vitreux. Pourtant, il avait nié avoir bu de façon excessive, et il était entré dans une colère si violente qu'elle avait dû s'enfermer dans la salle de bains.

Après ses accès d'humeur, Mark était toujours contrit ; il la couvrait de baisers, lui demandait, ou plutôt la suppliait de lui pardonner. Mais l'autre jour, après qu'il s'était mis en rage à cause d'une éraflure sur le mur de la cuisine, elle l'avait trouvé tellement ridicule qu'elle avait subitement pris du recul ; elle l'avait vu tel qu'il était et s'était demandé ce qui n'allait pas chez lui.

Arrivée au bout du couloir, Tessa se dirigeait vers les ascenseurs lorsqu'elle aperçut sa demi-sœur, Linnet.

— Linnet ! appela-t-elle immédiatement. Il faut que je te parle !

Linnet s'immobilisa et pivota sur elle-même. Un grand sourire illumina son visage à la vue de Tessa.

— Que tu es belle ! Je dirais même plus, tu es absolument superbe, tout en blanc.

Tout en parlant, Linnet s'approcha de sa sœur ; elle s'apprêtait à l'embrasser, mais elle stoppa son mouvement et cessa de sourire lorsqu'elle vit l'expression de Tessa. Celle-ci avança vers l'ascenseur et déclara d'un ton froid :

— Comment oses-tu annuler mes ordres, pour l'auditorium ? Tu n'as pas le droit de faire ça. Je suis ta supérieure hiérarchique ici, et on fait ce que je dis.

— Mais je ne savais pas…

— Je ne peux pas continuer à perdre mon temps avec toi, je suis déjà en retard, fit Tessa d'une voix stridente. Ne t'avise plus de prendre des décisions sans m'en avoir avertie auparavant.

Elle entra dans la cabine, et les portes se refermèrent rapidement sur elle.

« Cette fille va trop loin, parfois », pensa Tessa, tandis que l'ascenseur l'emportait vers le rez-de-chaussée. Soudain, elle se sentit bouillir de rage contre la jeune femme, et une fois de plus, tout le ressentiment et la jalousie qu'elle éprouvait à son égard remontèrent à la surface. A ses yeux, Linnet était sans conteste l'enfant préférée de sa mère et de Shane.

Shane O'Neill. A sa façon, elle l'aimait. Il avait toujours été bon avec elle, et c'était lui qui l'avait élevée. Mais elle n'était pas son enfant biologique, et au plus profond d'elle-même, cette pensée lui restait sur le cœur. Comment aurait-il pu l'aimer autant que Linnet, elle qui n'était pas une O'Neill ? Elle était une Fairley, ses ancêtres étaient des aristocrates. Elle l'était elle-même. Tout le monde disait qu'elle était comme eux, et elle savait qu'elle ressemblait à tante Edwina, qui appartenait aussi à cette famille et avait le titre de comtesse.

« Linnet peut bien aller au diable ! » pensa-t-elle avant de chasser sa demi-sœur de son esprit.

Tout en gagnant la sortie, Tessa salua quelques employés qui quittaient comme elle le magasin. Ce soir, décida-t-elle, elle se montrerait particulièrement gentille avec Mark. Elle l'aimait vraiment, malgré ses récents écarts de conduite, et elle voulait sauver son mariage. Elle avait appris que si elle voulait qu'ils passent un bon moment ensemble, elle devait acquiescer à tout ce qu'il disait, satisfaire toutes ses exigences.

Il faisait froid. La jeune femme frissonna en sortant dans la rue, mais quelques secondes plus tard, son chauffeur se garait le long du trottoir. Il sortit de la voiture, la contourna et lui ouvrit la portière.

— Bonsoir, madame Longden.

— Bonsoir. Je rentre directement à la maison, Milton, merci, dit Tessa.

Comme d'habitude, elle témoignait d'une politesse scrupuleuse envers le personnel. Une fois installée sur la banquette, Tessa décida qu'elle préparerait des pâtes ce soir-là. Son garde-manger était toujours bien rempli, parce qu'elle travaillait souvent très tard, elle aussi. Il était fréquent que Mark et elle ne passent à table qu'aux environs de 21 heures. Aujourd'hui, ils dîneraient plus tôt. Elle s'était arrangée pour quitter le bureau à 17 h 30, afin de pouvoir cuisiner. Mark aimait la bonne nourriture et le bon vin, et elle voulait lui faire plaisir.

Quand Milton s'arrêta dans l'allée de leur maison de Hampstead, Tessa remarqua aussitôt que Mark était déjà rentré. Sa voiture était garée devant l'entrée.

— Merci, Milton, et bonne nuit, dit-elle, rayonnante.

Elle adressa un petit sourire au chauffeur et lui demanda de passer la prendre à 8 heures, le lendemain matin.

Tessa gravit en courant les marches du perron, entra dans la maison et appela comme elle le faisait d'ordinaire :

— Adèle ! Coucou ! Où est ma petite fille ?

Une fraction de seconde plus tard, Adèle se précipitait dans le hall en hurlant :

— Maman ! Maman ! Je suis là !

Accroupie, les bras ouverts, Tessa reçut sa fille contre son cœur. L'enfant lui embrassa la joue et se blottit contre elle.

Au bout d'un instant, Tessa l'écarta légèrement.

— Comment va mon petit chou ?

— Je vais bien. Papa est là.

A peine eut-elle prononcé ces mots que l'ombre de Mark se projeta sur elles. Il se tenait sur le pas de la porte voûtée par laquelle on accédait à la cuisine.

Levant vers lui des yeux rieurs, Tessa remarqua aussitôt que son visage était froid, ses yeux emplis de colère. Il y avait quelque chose de menaçant dans son attitude.

Son sourire se figea sur ses lèvres, mais elle lança :

— Bonsoir, mon chéri, tu es rentré tôt aujourd'hui.

— Et toi, tu es en retard. Comme toujours, murmura-t-il d'une voix glacée.

Tessa se redressa et prit la main d'Adèle dans la sienne.

— Il n'est que 18 heures, Mark. Viens, Adèle, allons retrouver Elvira.

Tout en parlant, elle retira sa cape et la jeta sur la banquette qui se trouvait dans l'entrée.

Elvira, la jeune baby-sitter, était en train de charger le lave-vaisselle. Quand Adèle et sa mère firent leur entrée dans la cuisine, elle leva les yeux et leur sourit.

— Bonsoir, madame Longden. Adèle a bien mangé aujourd'hui. Elle a eu un bon petit dîner : légumes cuits à la vapeur et sole grillée, et des framboises pour le dessert.

— C'est très équilibré, en effet. Vous veillez très bien sur elle, Elvira.

— Je tiens à ce que son régime soit parfait sur le plan diététique, dit Elvira en refermant le lave-vaisselle. Je vais l'emmener à l'étage dans quelques minutes pour la préparer au coucher.

— Je peux m'en charger, répondit très vite Tessa. Tu veux que je te lise une histoire, ma chérie ? ajouta-t-elle en baissant les yeux vers la petite fille.

— Oh oui, Maman. S'il te plaît !

— Il faut que je te parle, Tessa, et tout de suite, intervint Mark, surgissant subitement dans son dos.

— Mais je veux lire une histoire à Adèle ! Cela ne peut pas attendre quelques minutes ?

— Non !

Le ton était tellement impérieux que Tessa hocha la tête, se pencha vers sa fille et murmura :

— Papa a besoin de moi, pour l'instant, mais je te rejoins le plus vite possible. Elvira va te préparer, ensuite je viendrai te lire ton histoire avant que tu ne t'endormes.

Adèle leva vers sa mère des yeux adorateurs et lui sourit.

La prenant par le bras, Mark entraîna sa femme à travers le hall et la fit entrer dans la bibliothèque, dont il referma la porte. C'était une pièce que Tessa détestait. Elle la trouvait froide, sombre et déprimante, si bien qu'elle n'y pénétrait que rarement.

— Qu'y a-t-il d'important au point que cela ne puisse pas attendre quelques minutes ? demanda-t-elle.

Elle sourit à son mari, s'efforçant de maintenir une atmosphère paisible entre eux.

— Je voulais te parler de toutes ces heures supplémentaires que tu passes dans ce damné magasin. Tu y restes trop tard et tu travailles trop dur... tout cela pour rien !

— Que veux-tu dire ?

— Elle ne te laissera rien. Paula O'Neill se soucie peu de toi. Linnet est sa préférée. Elle est l'enfant de l'amour, issue de Shane. Savais-tu qu'il était son amant avant même la mort de ton père ? Ils couchaient ensemble quand elle partait en voyage d'affaires, à New York... Pendant ce temps, toi, on te laissait à la garde des domestiques. Est-ce que tu...

— Ce n'est pas vrai ! s'exclama Tessa, prenant automatiquement la défense de sa mère. Je sais que Maman et Shane étaient amis, à cette époque. En fait, ils ont été amis toute leur vie. Ils ont grandi ensemble dans le Yorkshire. Tu es ridicule ! Et tu n'as pas le droit de parler ainsi de mes parents.

— Oh ! Shane a gagné le titre de « parent », à ce que je vois.

— Il m'a élevée, Mark, il a été bon et affectueux. Je n'étais qu'une petite fille lorsque Jim Fairley est mort.

— Il est mort fort à propos, en ce qui concerne ta mère et son amant.

— Arrête ! Tu es dégoûtant. Dieu sait où tu es allé pêcher ce genre d'information. C'est presque… de la diffamation !

— Non, parce que c'est vrai. Et je le tiens de source sûre.

— De qui ?

— Je ne révèle jamais mes sources. C'est la règle du jeu, comme tu le sais.

Tessa lança un regard noir à son mari.

— J'exige que tu me dises qui tient des propos aussi calomnieux sur ma mère et Shane.

— Mon petit doigt, sans doute. Ecoute, tu n'as qu'à lui poser toi-même la question. Parle-lui de ses week-ends à New Milford, dans le Connecticut. Ces longs week-ends passés avec Shane, dans son écurie.

Tessa bougea légèrement sur sa chaise, les sourcils froncés. Elle fixa un instant Mark, puis se détourna, troublée par les pseudo-révélations qu'il venait de lui faire.

Ce fut lui qui rompit le silence :

— Ce n'est pas toi qui prendras la tête des magasins, crois-moi. Et tu n'hériteras pas non plus de Pennistone Royal. Linnet aura tout. Pauvre de toi, tu vas te faire baiser dans les grandes largeurs ! conclut-il avec un rire froid.

— Je ne te crois pas, répliqua Tessa, d'une voix qu'elle voulait ferme.

Mais elle était bouleversée, et elle se demandait s'il y avait une part de vérité dans les affirmations de Mark.

Se levant d'un bond, elle marcha vers la porte.

— Je vais faire la lecture à Adèle.

— Pas si vite ! cria Mark.

Traversant la pièce en quelques enjambées, il la prit par le bras avant qu'elle ne parvienne à la porte. L'attirant dans ses bras, il écrasa ses lèvres sur celles de la jeune femme, qu'il força de sa langue. De sa main libre, il tourna la clef dans la serrure, puis il l'entraîna vers le canapé où ils tombèrent tous les deux. Jetant une jambe en travers du corps de la jeune femme, il pressa son visage contre le sien.

— Maintenant, c'est moi qui vais te baiser dans les grandes largeurs, Tessa, mon amour.

Il se battit un instant avec les boutons de son chemisier, puis, poussant un grognement impatient, il le déchira de haut en bas. Se frayant un chemin dans son soutien-gorge, il s'empara de ses seins. Sa bouche se posa sur un mamelon ; il commença par l'embrasser, puis soudain le mordit. Tessa hurla. Elle se débattit de toutes ses forces, le repoussa et s'assit. Elle faisait de la musculation tous les jours et avait acquis une force considérable dans les bras. Elle écarta sèchement son mari, qui roula sur le côté et tomba par terre.

— Espèce de garce ! siffla-t-il.

— Tu m'as fait mal, Mark, dit-elle tranquillement.

Elle savait que la crise pouvait éclater d'un moment à l'autre, aussi préférait-elle conserver un ton calme et conciliant.

— Pourquoi m'as-tu mordue ?

Il se releva sans répondre. Elle en fit autant et se dirigea vers la porte. Il lui saisit si violemment le bras qu'il faillit lui démettre l'épaule.

— Ne reste pas trop longtemps avec Adèle, dit-il

d'une voix faussement douce. J'ai très envie de toi, ce soir. Tu vas devoir remplir ton devoir conjugal.

— Je le fais toujours, Mark chéri, murmura-t-elle.

Pour toute réponse, il lui prit la main et l'appliqua contre son sexe.

— Tu sens l'effet que tu me fais ? Allez, Tess, on fait ça vite fait sur le canapé. La porte est fermée à clef, personne ne peut nous surprendre.

— Plus tard, Mark chéri, dit-elle en déposant un baiser léger sur les lèvres de son mari. Je dois d'abord m'occuper d'Adèle.

Il prit son visage entre ses mains, le serrant si fort que des larmes jaillirent des yeux de Tessa.

— Ne me fais pas attendre trop longtemps, siffla-t-il, sinon...

— Sinon quoi ?

Il ne daigna pas répondre. Se contentant de lui lancer un regard froid, il la libéra avant de se diriger vers la porte, qu'il ouvrit.

— Je t'en prie, dit-il sur un ton de nouveau menaçant.

Tessa se dépêcha de sortir et gravit les escaliers à toute allure, tout en reboutonnant sa veste. Une fois dans la chambre d'Adèle, elle manqua trébucher, mais elle inspira profondément et tâcha de se calmer.

Le sourire aux lèvres, elle s'approcha du lit.

— Quelle histoire vais-je te lire ce soir, ma chérie ?

Adèle tapota le bord du lit.

— N'importe laquelle, Maman. Assieds-toi là.

Tessa obéit, puis elle prit l'un des livres posés sur la table de chevet et l'ouvrit.

Adèle se pencha pour toucher sa joue.

— Pourquoi pleures-tu, Maman ? souffla-t-elle. Tu as des ennuis ?

— Tout va bien, mon cœur.

Tessa s'essuya les joues du bout des doigts, puis elle prit sa fille dans ses bras et la serra très fort contre son cœur.

Vingt minutes plus tard, quand Adèle fut endormie, Tessa éteignit la lampe et se glissa sans bruit hors de la chambre.

Descendant lentement au rez-de-chaussée, elle maîtrisa ses émotions et entra dans la bibliothèque. Mark était assis à son bureau et ouvrait son courrier. Il leva aussitôt les yeux vers elle et lui sourit.

— Je suis navré, murmura-t-il en se levant pour aller vers elle. J'espère que je ne t'ai pas fait trop mal ?

Elle secoua la tête. Souvent, le calme succédait à la tempête. Depuis quelque temps, Mark avait d'étranges sautes d'humeur, il était fantasque, pouvait passer sans transition de la colère à la tendresse.

— Je ne sais pas ce qui me prend, quelquefois, dit-il. C'est la faute du stress, sans doute. Je travaille trop. Tu me pardonnes ?

— Oui, Mark, mais pourquoi as-tu dit ces horreurs, à propos de ma mère ? Pourquoi as-tu dit que je n'aurais rien ?

— Ce sont des potins sur ta mère qui sont parvenus jusqu'à mes oreilles. Oublie ça, ma chérie. Je n'aurais jamais dû te les répéter. J'ai eu tort.

— Tu ne veux pas me révéler l'identité de la personne qui colporte ces mensonges ?

— Tu ne la connais pas ; c'est un copain américain de

172

passage en Angleterre. Il prétend avoir connu Shane du temps qu'il dirigeait la branche américaine des hôtels O'Neill. On n'en parle plus, d'accord ?

— Très bien. Mais ce n'était pas très gentil… Je veux dire tout ce qu'il a raconté sur Maman.

— Je le sais, mais comme je te l'ai dit, j'ai eu tort de te le répéter. Si nous allions au restaurant, ce soir ? Pourquoi pas au Harry's Bar ? Tiens, va te changer pendant que je tâche de retenir une table pour 21 h 30. Je t'en prie, Tessa.

— C'est une bonne idée, murmura la jeune femme. Je serai prête dans quelques minutes.

Mais au plus profond d'elle-même, elle était terrorisée par son propre mari.

12

Linnet s'immobilisa au milieu de Chester Street et regarda Julian.

— J'ai une seule question à te poser.

Il baissa les yeux vers elle. Elle était vraiment ravissante, à la lumière du réverbère, songea-t-il en réprimant l'envie de l'embrasser passionnément.

— Oui ? Laquelle ?

— Comment fais-tu pour passer devant le gardien et monter jusqu'à mon bureau sans que personne ne me prévienne ?

Amusé, il commença par rire.

— Joe Pinkerton était de service à l'entrée du personnel, et il me connaît depuis l'enfance. Alors, il m'a laissé passer.

— Je vois…

Remarquant la sécheresse du ton et craignant d'avoir mis un vieil employé dans l'embarras, Julian se hâta de préciser :

— Mais Joe m'a demandé de signer le registre.

— Je suis ravie de l'apprendre.

— Par ailleurs, je lui ai dit que je passais te prendre, ajouta Julian en scrutant le visage de Linnet.

— Et comment l'a-t-il pris ? demanda-t-elle d'une voix plus douce.

— Il a souri, il a cligné de l'œil et…

— Tu vois ! Encore un qui nous considère comme un couple !

— C'est bien ce que nous sommes. Nous l'avons toujours été, et j'espère que nous le serons toujours, quoi que tu en penses. Et où est le mal, de toute façon ? s'enquit-il.

Sa voix avait monté d'un ton, une lueur de colère s'était allumée dans ses yeux bleus. Linnet continuait de le fixer, l'air un peu contrarié ; elle allait sans doute lui lancer à la figure quelque réplique acerbe… Soudain, il la prit par les épaules, l'attira contre lui et l'embrassa sur la bouche avec passion.

L'espace d'un instant, Linnet résista et tenta de le repousser ; et puis, sans crier gare et à sa propre stupéfaction, elle s'abandonna. Elle se mit alors à rendre ses baisers à Julian avec la même passion, ce qui les surprit tous les deux. Au bout de quelques minutes, ils s'écartèrent à regret l'un de l'autre et se fixèrent, abasourdis. La réaction de Linnet, après des mois d'une séparation imposée par elle, était totalement inattendue, presque choquante. Julian caressa ses joues du bout des doigts.

— Viens, dit-il, j'ai une surprise pour toi.

Tout en prononçant ces mots, il avait glissé le bras de la jeune femme sous le sien, et ils se dirigèrent vers son appartement. Lorsqu'ils furent dans l'entrée de l'hôtel particulier qui avait été rénové et divisé en appartements, il l'embrassa tendrement sur les lèvres, puis il lui prit la main, et ils grimpèrent au premier étage.

— Quel genre de surprise ? demanda-t-elle lorsque la curiosité fut plus forte qu'elle.

Julian Kallinski eut un sourire énigmatique, mais il ne répondit pas et la conduisit silencieusement jusqu'à sa porte. Il l'ouvrit, fit entrer la jeune femme, puis referma la porte d'un coup de pied avant de reprendre Linnet dans ses bras. De nouveau, leurs bouches s'unirent.

Tout en l'embrassant, Julian entreprit de débarrasser Linnet de son lourd manteau, qui glissa sur le sol. Il ôta le sien, et ils se dirigèrent, trébuchant parfois, vers la salle de séjour. La pièce était plongée dans l'obscurité, hormis une flaque de lumière provenant d'une petite lampe et les lueurs bondissantes du feu dans la cheminée.

— Notre séparation est terminée, annonça Julian.

Avec impatience, il lui retira sa veste et la jeta sur une chaise, puis il la guida vers la cheminée.

— Mais…

— Il n'y a pas de « mais » ! cria-t-il.

Pour la faire taire, il posa deux doigts sur les lèvres de la jeune femme, puis il prit son visage entre ses mains et la regarda dans les yeux. C'était un visage qu'il aimait, qu'il avait aimé depuis l'enfance. Un visage en forme de cœur, aux pommettes hautes, au front haut, aux traits finement ciselés. Des sourcils auburn, à la courbe parfaite, s'arquaient au-dessus de ses merveilleux yeux verts. Ses cheveux dessinaient une pointe sur son front, formant un V spectaculaire. Son teint, ses cheveux, ses yeux offraient une palette de couleurs à couper le souffle.

Il avait toujours adoré ses cheveux d'un roux doré, et quand, pendant leur enfance, ses frères et sœurs et certains de ses cousins se moquaient d'elle, la surnommant « Poil de carotte » ou « Poivron rouge », il leur avait vertement renvoyé leurs moqueries. Il l'avait toujours défendue, il l'avait emmenée dans une cachette, il avait séché ses larmes, il avait embrassé ses petites mains, sans cesser de lui répéter qu'elle était la plus belle de toutes les filles. C'était Gideon qui, d'ordinaire, venait les chercher. Lui aussi, il embrassait et réconfortait sa cousine, l'encourageait à braver les autres. Tous les deux, ils étaient ses loyaux champions, et comme lui, Gideon ne participait jamais aux railleries dont elle était la victime.

Maintenant, Julian déclarait lentement :

— Je t'ai aimée toute ma vie, Linnet O'Neill, je t'aimerai jusqu'à ma mort, et même après. Je ne peux pas continuer ainsi. C'est tout simple, je ne peux pas. Nous devons nous remettre ensemble, et tout de suite. Je ne peux pas supporter d'être loin de toi, je ne peux pas vivre ainsi, je ne peux pas supporter la séparation que tu nous as imposée.

Linnet le fixait, elle lisait la sincérité imprimée sur son visage, le désespoir dans ses yeux. Pourtant, elle se taisait, craignant de prononcer un mot qui le fasse craquer, car elle voyait bien qu'il était à bout de patience.

— Dis-moi que tu veux vraiment mettre un terme à notre relation, reprit-il au bout d'un moment. Dis-moi de m'écarter de toi à jamais, et je le ferai. Je te promets de ne plus jamais t'importuner. Dis-moi que tu ne m'aimes plus, Linnet O'Neill, et je m'en irai.

Les yeux dans ses yeux, elle s'écria :

— Bien sûr que je t'aime, Julian ! Je t'ai toujours aimé, mais tu vois, c'est...

— Non ! cria-t-il, plus frustré que contrarié. Cette absurdité doit cesser ! J'y mets un terme sur-le-champ. Je me défends, Linnet. Je n'accepterai plus que tu m'imposes ce calvaire. Ceci est un ultimatum. Ou bien nous reprenons notre relation, ou bien je me retire du jeu... Je quitte le navire.

Linnet fut déconcertée par l'autorité qui faisait vibrer la voix de Julian, par son expression déterminée. Elle sut alors, à ce moment précis, que si elle continuait de le tenir à distance, de mettre leur relation au point mort, elle allait le perdre à tout jamais.

Julian venait de lui prouver qu'il ne riait plus, qu'il était même tout ce qu'il y a de plus sérieux. Elle comprenait qu'il était bien trop fier pour accepter l'espèce d'indifférence qu'elle lui opposait. Il était trop amoureux pour supporter la séparation qu'elle lui imposait, trop fort et trop viril pour se laisser malmener de la sorte. Elle prit subitement conscience, dans un éclair de lucidité, que c'était à elle de faire amende honorable. Tout de suite. Pas demain. Demain, ce serait trop tard. Elle l'avait poussé dans ses derniers retranchements, et sa patience était épuisée. Il n'y avait pas à se tromper sur son ton, sur les phrases qu'il avait prononcées, sur l'étincelle qu'elle voyait dans ses yeux bleus, sur la crispation de sa belle bouche.

Linnet avança d'un pas et noua ses bras autour du cou de Julian, puis elle se dressa sur la pointe des pieds et déposa un petit baiser sur ses lèvres. Ensuite, elle lui prit doucement la main et l'entraîna près de la cheminée.

— Retire ça, murmura-t-elle en tirant légèrement sur un pan de sa veste.

Il se débarrassa aussitôt du vêtement, qu'il jeta dans un coin, puis il s'approcha d'elle et, d'un geste doux et ferme à la fois, il la prit dans ses bras. Sa bouche s'empara avidement de celle de Linnet, et ils s'embrassèrent un long moment avant de se laisser tomber enlacés sur le tapis, devant la cheminée. Soudain, Julian se redressa et s'appuya sur un coude pour la regarder longuement, les sourcils froncés, s'efforçant d'interpréter son expression.

Elle lut une question dans ses yeux et demanda :

— Qu'est-ce qu'il y a, Julian ?

— Tu es sûre ?

— De quoi parles-tu ?

— Tu es sûre de le vouloir ? Je veux dire… être là, ainsi, avec moi ? Est-ce que tu es sûre de vouloir mettre fin à notre séparation ? De vouloir revenir vers moi ? Tu es sûre de nous ?

Levant vers lui des yeux emplis d'amour, elle tendit la main pour caresser son visage.

— Oui, j'en suis sûre, murmura-t-elle.

Il acquiesça d'un mouvement du menton. Un sourire se dessina sur ses lèvres, mais disparut aussitôt. Il la désirait tellement ! Il en avait toujours été ainsi. Sa main frôla les seins de Linnet, dont les pointes se dressèrent immédiatement sous la soie du chemisier. Tout comme son sexe se gonflait rapidement. Il se pencha pour prendre l'un de ses mamelons entre ses lèvres, à travers le tissu léger, qu'il tacha d'un peu de salive ; puis il déboutonna le chemisier et fit sortir un sein du soutien-gorge. Sa bouche se posa sur la chair tiède, il embrassa tendrement le sein de Linnet, le prit dans sa paume, et de nouveau, ses lèvres en sucèrent la pointe. Il respira la chaleur qui s'exhalait de ce corps adoré.

Les mains de la jeune femme se posèrent sur sa nuque, s'enfoncèrent dans ses cheveux sombres, il sentit la force de son étreinte.

Le désir de Julian s'intensifiait, à tel point qu'il pensait exploser d'une seconde à l'autre. Leur séparation avait duré des mois, qui lui avaient paru des siècles, et pendant tout ce temps, il avait été obsédé par elle, il avait rêvé d'elle, et bien sûr il avait été assailli par des fantasmes érotiques. Il était en proie à une excitation et une émotion extrêmes. Il brûlait de désir. Il voulait se perdre en elle, au plus profond de son intimité. D'un autre côté, il ne souhaitait pas aller trop vite. Il voulait prolonger ces instants, les savourer. Et par-dessus tout, il voulait lui donner du plaisir, comme il l'avait toujours fait depuis que, adolescents, ils avaient compris qu'ils étaient sexuellement attirés l'un par l'autre.

Il revint à sa bouche, qu'elle entrouvrit pour l'accueillir. Leurs langues se touchèrent, se caressèrent, ils s'abandonnèrent l'un à l'autre, se fondirent l'un dans l'autre pour n'être plus qu'un.

Linnet était en feu, elle brûlait de partout, comme chaque fois qu'ils s'embrassaient avec tant de volupté. Elle le voulait en elle, elle voulait être aimée de lui, elle voulait être sienne, elle voulait qu'il fasse d'elle une femme totalement femme, comme avant. Elle réalisait maintenant combien il lui avait manqué, combien lui avaient manqué leurs joutes amoureuses, leur passion partagée, leur extraordinaire entente sexuelle. Ils faisaient l'amour depuis qu'elle avait seize ans. Il la possédait toujours avec une grande ferveur. Ah ! Comme elle aimait lui appartenir, comme elle aimait sa passion quand il la prenait !

Soudain, elle se sentit palpiter, vibrer de désir par tous les pores de sa peau.

— Julian, Julian… je t'en prie. J'ai tellement envie de toi ! gémit-elle très bas.

Il cessa d'embrasser ses seins pour la regarder, puis il hocha la tête. Il commença par lui ôter son chemisier, tandis qu'elle déboutonnait sa chemise et la lui arrachait. Finalement, ils se débarrassèrent de tous leurs vêtements, les éparpillant sur le sol à mesure qu'ils se déshabillaient mutuellement.

Julian était étendu auprès d'elle, son corps épousant les courbes du sien. Il la contemplait en silence. Ou plutôt, il s'absorbait dans sa contemplation. Il adorait l'observer, la dévorer des yeux.

Il était merveilleusement viril, songea-t-elle. Longiligne, mince et pourtant musclé, large de poitrine, il était d'une beauté ténébreuse, avec ses pommettes hautes, son menton creusé d'un sillon vertical, ses yeux bleu vif, à ce moment précis assombris par le désir, l'envie qu'il avait d'elle. Comme il se serrait plus fort contre elle, elle sentit son sexe dressé contre sa cuisse, ce qui l'enflamma aussitôt. Connaître la force de son désir était un aphrodisiaque.

Au bout d'un moment, Julian prit appui sur son coude et se mit à explorer son corps. Ses doigts frôlèrent ses seins, caressèrent son ventre plat, puis sa cuisse, avant de s'arrêter sur la toison dorée, en haut de ses jambes. Avec une lenteur désespérante, il glissa sa main entre ses cuisses, qu'elle entrouvrit. Lorsque ses doigts s'approchèrent de ce qu'elle avait de plus secret, pour enfin la pénétrer, elle poussa un long soupir et se détendit. Au bout de quelques secondes, pourtant, elle se raidit, et un gémissement monta du fond de sa gorge. Il la caressa jusqu'à ce qu'elle crie. Alors, il se pencha sur son corps, et ses lèvres rejoignirent ses doigts. Elle en éprouva un tel plaisir que son corps se cambra, ses jambes se raidirent, tandis qu'elle parvenait à l'orgasme dans un long cri de joie.

Julian ne pouvait se contenir plus longtemps. Il était au bord de l'explosion, plus dur que jamais. S'agenouillant entre les jambes de la jeune femme, il la saisit par les reins et la pénétra, s'enfonçant dans son intimité, la chérissant de toute son âme. Elle faisait partie de lui, elle était dans son cœur, et cela depuis aussi loin qu'il pouvait se le rappeler.

Les longues jambes de Linnet s'enroulèrent autour de son torse, de façon à le maintenir en elle, ainsi qu'il le lui avait appris au cours des années. Glissant ses mains sous ses fesses, il la haussa vers lui, afin de s'enfoncer en elle le plus loin possible, dans les profondeurs veloutées de son corps. Il lui sembla flotter de plus en plus haut, comme enivré. Et il l'était... Il s'enivrait d'elle, de l'odeur de sa chevelure rousse, des parfums de sa féminité et de son sexe.

Linnet se mit à trembler, baignée de sueur, s'ouvrant à lui autant qu'elle le pouvait. Il monta plus haut, encore plus haut, et lorsqu'il s'envola, secoué de spasmes violents, il entendit Linnet crier son nom comme il criait le

181

sien. Une fois de plus, ils chevauchaient ensemble les vagues de l'extase et de la joie.

La passion qui venait de les réunir, après une si longue séparation, les laissa anéantis. Ils restèrent longtemps étendus, exténués. Finalement, ils commencèrent à bouger.

Julian observa Linnet, tandis qu'elle reprenait ses esprits, lissait ses boucles auburn, s'adossait au canapé avant de tendre la main vers son chemisier, qu'elle enfila. Elle avait toujours été ainsi, pudique. Elle avait toujours éprouvé le besoin de se couvrir, d'être décente après avoir fait l'amour avec lui.

Il sourit intérieurement, songeant qu'il y avait deux femmes en elle. Celle qui dissimulait ses seins nus d'un air timide et celle qui, tout à l'heure, gravissait avec lui, sans aucune inhibition, les échelons menant au plaisir – un plaisir sauvage, brûlant, passionné. Les deux Linnet illuminaient sa vie, et il les aimait toutes les deux de tout son cœur.

Il se força à se relever, puis il se pencha vers elle pour déposer un baiser sur le haut de son crâne, traversa la salle de séjour et entra dans sa chambre.

Linnet le regarda s'éloigner, puis elle ferma les yeux, se laissant aller à ses pensées. Elle était si heureuse d'être de nouveau avec lui, et ce qu'elle venait de vivre avait été tout simplement sublime. Comment s'était-elle imaginé qu'elle pourrait le quitter ? Il faisait partie d'elle. C'était l'homme de sa vie. Le seul qu'elle ait jamais voulu.

Elle sentit qu'il était revenu et rouvrit les yeux. Il se pencha pour déposer sur ses épaules un peignoir de soie, puis il la rejoignit sur le tapis, devant la cheminée, tout en resserrant la ceinture de son propre peignoir.

— Tu devrais toujours porter cette nuance de bleu, murmura-t-elle. Elle est assortie à tes yeux.

— Je sais. C'est ma maîtresse préférée qui m'a offert ce peignoir.

Elle sourit, les yeux pétillant de joie, puis elle murmura très bas, en le gratifiant d'un long regard :

— Je t'aime, Julian Kallinski. Je t'aime autant que tu m'aimes.

— Je le sais, Linnet.

Il y eut un bref silence. Elle baissa la tête, tira distraitement un fil sur sa manche.

— Je regrette, reprit-elle. Je regrette… de t'avoir fait ça… de t'avoir demandé cette séparation et de t'avoir blessé du même coup. Je t'ai blessé, n'est-ce pas ?

— Oui.

— Tu acceptes mes excuses ?

— Oui, mais j'ai une question à te poser.

— Oui ?

— Pourquoi ? Pourquoi as-tu fait ça, Linnet ? J'en suis encore éberlué.

Elle hocha la tête et soupira.

— J'ai eu le sentiment d'être manipulée, ou plutôt que nous étions manipulés tous les deux par nos grands-pères. C'était une impression très forte, je t'assure. Après tout, les trois clans ont toujours souhaité qu'un Kallinski épouse une Harte.

— Tu es une O'Neill, plaisanta-t-il.

— Tu sais très bien ce que je veux dire… Ils souhaitent l'union d'un descendant de David Kallinski et d'un

183

descendant d'Emma Harte, parce qu'il y a presque un siècle, David aimait Emma.

— Et Emma l'a quitté, tout comme tu m'as quitté. L'histoire n'est qu'une suite de répétitions, c'est ça ? s'enquit Julian d'une voix un peu acerbe.

— Bien sûr que non ! David Kallinski, ton grand-père, était déjà un homme marié, tu le sais parfaitement. Emma était trop intègre pour briser un ménage, pour fonder son bonheur sur le malheur d'une autre. C'est pour cette raison qu'elle s'est éloignée de lui, mais elle est restée son amie jusqu'à ce qu'il meure. Il a aussi été son associé dans la production des vêtements Lady Hamilton, et cela pendant des années. Grand-Père Bryan m'a si souvent raconté cette histoire que je la connais par cœur.

— Moi, je la tiens de mon grand-père Ronnie. Mais le fait que tu te sois sentie manipulée n'est pas une raison suffisante, Linnet.

— Je le sais, aussi n'est-elle pas la seule. Je voulais que nous soyons sûrs de nos sentiments. Je voulais te laisser quelques mois de… eh bien, de liberté, pour que tu saches où tu en étais, avec moi. Je voulais que tu sois libre de ta décision, Julian… Tu comprends ce que je veux dire ?

Elle eut une petite moue et secoua la tête.

— Je ne voulais pas que tu te sentes lié à moi. Je te voulais délié de tout engagement… que tu puisses, même, coucher avec une autre femme, si tu en avais envie.

Il lui jeta un regard ébahi, puis il éclata de rire.

— Tu veux dire que tu voulais que je sois libre de… batifoler !

— Oui.

Il était si stupéfait qu'il fut incapable de parler pendant un instant, puis il se mit de nouveau à rire. Linnet fronça les sourcils :

— Tu l'as fait ? demanda-t-elle.

— Quoi ?

— Tu as eu une liaison, ces derniers mois ?

— Bien sûr que non ! Je ne suis attiré par aucune autre femme que toi, il me semble que tu devrais le savoir ! répliqua-t-il avec chaleur.

— Sans doute. Mais nous avons été tellement incités au mariage à cause de leur passé, parce que les trois clans le souhaitaient, que j'ai eu peur. Il y avait autre chose, aussi. Je me disais qu'une fois que nous serions bel et bien mariés, tu te lasserais de moi. Cela arrive, tu sais. Certains couples sont ensemble depuis des années, heureux, et dès qu'ils ont apposé leur signature au bas du contrat, rien ne va plus. J'ai commencé à m'inquiéter parce que nous étions ensemble depuis si longtemps... J'ai craint que notre mariage ne tienne pas, et alors, que serait-il advenu de nous ?

— Oh, Linnet... ma chérie, comment pourrais-je me lasser de toi ?

— Nous faisons l'amour depuis dix ans... Cela fait un bail !

— C'est vrai, et j'en ai apprécié chaque minute.

Il la fixait, se demandant s'il devait rire ou pleurer. Il avait vécu l'enfer, son corps et son esprit avaient souffert le martyre, et tout cela parce qu'elle avait des idées préconçues sur les hommes et leur comportement envers les femmes. Mais il ne ressemblait pas aux autres hommes, leurs règles ne s'appliquaient pas à lui ; il ne suivait les règles de personne.

D'une certaine façon, elle avait raison en ce qui concernait les grands-parents, malgré tout. Si l'on devait blâmer quelqu'un, c'était eux. Depuis qu'ils avaient découvert, avec un bonheur non dissimulé, que Linnet et lui étaient ensemble, ils n'avaient pas chômé ! Cette année, ils avaient intensifié leurs pressions, et Julian savait combien Linnet avait été contrariée à l'idée qu'on cherchait à les manipuler. Il avait eu la même impression, à vrai dire, seulement il en avait été moins affecté qu'elle, il avait pu ignorer ce « détail ».

S'il se montrait parfaitement honnête, il pouvait comprendre les appréhensions de Linnet… La plupart des femmes sont convaincues, souvent à juste titre, qu'un homme se lasse, sexuellement parlant, lorsqu'il a passé plusieurs années auprès de la même femme, surtout s'il la connaît depuis l'enfance. Mais il était différent. Il aurait voulu qu'elle le comprenne. L'idée qu'elle le sous-estimait à ce point le contraria un instant, mais il s'efforça avec force de chasser cette pensée de son esprit et y parvint.

Se rapprochant de Linnet, il passa un bras autour d'elle et la serra contre lui.

— Tu te rappelles ce que nous avons fait, quand tu avais sept ans et moi onze ? Tout là-haut, dans les greniers de Pennistone ?

— Ce que nous avons fait ? Tu veux dire, ce que tu as fait !

— Qu'ai-je fait que tu n'aies pas fait ?

— Tu m'as déshabillée, et sans ma permission.

— Tu n'as pas élevé la moindre objection, que je sache, petit chameau.

— Tu ne pensais pas que j'étais un petit chameau, à cette époque. Chaque parcelle de ma modeste personne te fascinait.

— Si ma mémoire ne me trompe pas, tu étais une partenaire pleine de bonne volonté, experte et enthousiaste, lors de nos petits jeux d'adolescents. En fait, tu m'as même déshabillé de force, une fois ; tu m'as examiné soigneusement, et tu as même fait un peu plus, je dois le préciser. Tu es même allée assez loin pour...

— Ne le dis pas, Julian Kallinski, ou bien je...

— Tu feras quoi ?

— Je le refais tout de suite !

— Oui, s'il te plaît.

Souriant, il la serra plus fort et enfouit son visage dans sa chevelure odorante. Elle sentait la verveine au citron, les fleurs d'été et le savon. Son parfum lui était tellement familier...

— Je t'aime tant, ma Linnet, ma chérie, mon cœur ! Comment as-tu pu penser une seule seconde que je pourrais faire l'amour avec une autre femme ? Je n'ai jamais désiré que toi... il n'y a que toi pour me donner une telle joie, un tel plaisir.

Elle sourit pour elle-même.

— N'as-tu pas dit que j'avais été une élève enthousiaste et pleine de bonne volonté ?

Il s'écarta d'elle et cligna malicieusement de l'œil.

— Il faut dire que tu as eu le meilleur professeur du monde ! Ce n'est pas ton avis ?

— Tout à fait ! Je ne le sais que trop bien !

Il la berça un instant contre son cœur, s'efforçant

d'être objectif à son propos, ne serait-ce qu'une seconde ou deux. Il la connaissait mieux que n'importe qui d'autre, y compris les membres de sa famille.

Elle était une pure Harte. Elle avait hérité de toutes leurs caractéristiques : leur force de caractère, leur loyauté, leur générosité, leur courage et leur énergie, leurs talents divers, leur extraordinaire capacité à s'éreinter au travail. Tous les Harte se serreraient farouchement les coudes, et en cela, elle ne différait pas d'eux. Touchez à un Harte, et le reste du clan vous sautait à la gorge. Ainsi, il savait très bien qu'elle n'avait jamais beaucoup aimé Toby, mais elle lutterait jusqu'à la mort pour le défendre, si besoin était. Ils étaient ainsi. Ils se conformaient aux lois d'Emma, dans ce domaine comme en toutes choses. Les règles qu'elle avait instituées longtemps auparavant étaient encore valables pour chacun d'entre eux.

Oui, Linnet avait hérité de *tous* leurs traits, bons ou mauvais, ainsi que de leur merveilleuse beauté. Sans oublier leur sang chaud. Le sang d'Emma coulait dans leurs veines, et il n'avait jamais été glacial, bien au contraire. Des hommes étaient tombés à ses pieds, elle en avait aimé un certain nombre, avait eu des liaisons, et plusieurs de ses enfants étaient illégitimes, ce qui attestait de sa nature passionnée. Sans être grand clerc, ce qu'il savait d'Emma Harte lui permettait de déduire qu'elle avait dû être aussi passionnée, au lit, que son arrière-petite-fille.

Il aimait aussi Linnet *parce qu*'elle était une Harte, parce qu'elle était ce qu'elle était. Il aimait qu'elle défie les convenances, il aimait son indépendance, son franc-parler savoureux, qui lui rappelait parfois celui de sa tante Emily et qui le faisait rire jusqu'aux larmes. Et il aimait sa douceur, sa tendresse, sa patience envers les enfants, sa bonté envers les personnes les plus âgées de la famille. Il savait combien elle aimait Bryan, même si, parfois, les discours de son grand-père sur l'union des trois clans avaient failli la rendre folle.

De son côté, Linnet réfléchissait à la façon dont elle s'était comportée, ces derniers mois. Elle s'inquiétait à l'idée que Julian puisse la trouver stupide. D'une certaine façon, elle l'avait été. Elle aurait dû lui confier ses préoccupations, au lieu de leur imposer à tous deux cette période de séparation. A quoi cela avait-il servi, finalement ? A rien du tout. Ils avaient seulement été malheureux, ils avaient perdu un temps précieux. Certes, elle tenait à Julian plus que jamais... elle venait d'en prendre conscience. La seule idée de le perdre l'avait terrifiée, un instant auparavant. C'était ce qui l'avait décidée à rétablir leur lien. Sur-le-champ. Et elle l'avait fait.

L'attirance qu'ils éprouvaient l'un pour l'autre était aussi puissante aujourd'hui qu'elle l'était la première fois qu'ils avaient fait l'amour. Elle se rappelait très clairement la nuit où cela s'était passé. Pendant des années, ils s'étaient embrassés, touchés, explorés mutuellement. Et puis, peu après son seizième anniversaire, les caresses étaient allées trop loin. Elle l'avait encouragé, elle l'avait séduit jusqu'à ce qu'ils soient emportés par leur passion mutuelle. Ils s'étaient donnés l'un à l'autre plusieurs fois, cette nuit-là. Ensuite, ils s'étaient fait beaucoup de souci, jusqu'à ce qu'elle ait ses règles. Après cela, Julian avait utilisé des préservatifs, en attendant qu'elle prenne la pilule.

Julian Kallinski. Son premier amour. Son unique amant. Elle s'était parfois demandé si elle avait été sa seule conquête. Elle n'en était pas certaine. Il avait quatre ans, presque cinq de plus qu'elle, il était allé en pension, puis à l'université d'Oxford. Une fois, elle avait entendu son père et oncle Winston parler en riant de Gideon et de Julian. Oncle Winston avait marmonné quelque chose à propos du couple de « joyeux lurons » qu'ils formaient tous les deux. Dans l'esprit de Linnet, cela ne pouvait signifier qu'une seule chose.

Mais elle s'en moquait. Tout cela était terminé. Julian avait de grosses responsabilités chez Kallinski Industries, et il en aurait davantage encore à l'avenir, lorsqu'il prendrait la succession de son père. Lui et elle se comprenaient parfaitement bien, car elle occupait elle-même un poste important chez Harte. En quelque sorte, ils payaient les conséquences du grand succès commercial remporté par leurs grands-parents... Peut-être était-ce pour cette raison qu'ils allaient bien ensemble... Ils avaient les mêmes antécédents et la même éducation, le même sens du devoir, la même acceptation des circonstances de leur vie. Aucune explication n'était nécessaire lorsqu'il s'agissait du travail et des affaires. Julian était brillant, il travaillait dur, et ils partageaient les mêmes valeurs. Aussi loin qu'elle se le rappelait, elle l'avait toujours aimé et respecté.

Elle s'étira entre ses bras, puis elle s'assit.

— Tu m'as dit que tu avais une surprise pour moi ! s'exclama-t-elle, se rappelant tout d'un coup ce qu'il avait annoncé plus tôt.

— Exact.

— Qu'est-ce que c'est ?

— Ferme les yeux.

— D'accord. Ils sont fermés.

Julian farfouilla dans la poche de son peignoir, jusqu'à ce que ses doigts touchent l'objet qu'il cherchait. Il le saisit, puis il prit la main de Linnet et lui passa la bague au doigt.

— Ouvre les yeux.

Linnet fixa un instant la bague de fiançailles ornée d'une émeraude qui scintillait à son doigt.

— Oh, mon Dieu, Julian, elle est magnifique ! s'écria-t-elle. Elle est plus que belle, elle est absolument parfaite. Merci.

Nouant ses bras autour du cou de Julian, elle l'attira vers elle et l'embrassa sur les lèvres.

Ravi du plaisir évident qu'elle manifestait, Julian murmura un instant plus tard :

— Elle va bien avec tes yeux… Tu l'acceptes ? Tu sais ce qu'elle signifie ?

En prononçant ces mots, il s'était légèrement écarté et braquait sur elle un regard interrogateur.

— Je l'accepte, bien entendu, et je sais parfaitement ce que cela signifie, idiot ! Nous sommes fiancés.

— Ce n'est pas trop tôt, dit-il en riant.

— Qu'est-ce qu'il y a ? Pourquoi ris-tu ?

— Nos grands-pères vont s'attribuer tout le mérite de nos fiançailles.

— Ne me parle pas d'eux maintenant, s'exclama-t-elle.

Mais elle ne put s'empêcher de rire à son tour.

— Alors c'est pour ça que tu as fait irruption dans mon bureau, aujourd'hui, reprit-elle, que tu m'as arrachée à mon travail quasiment par les cheveux ! Pour m'annoncer nos fiançailles !

— Je ne savais pas trop comment tu allais réagir, mais

je voulais être prêt… à toute éventualité. Je souhaitais ardemment discuter avec toi, Linnet, pour éclaircir la situation. Je ne pouvais pas tenir plus longtemps. J'allais devenir fou sans toi. Je voulais que nous mettions les choses au point une bonne fois pour toutes.

— Quand tu m'as embrassée, dans Chester Street, j'ai compris que je ne pouvais pas supporter d'être séparée de toi une minute de plus. Alors tu vois, tu as eu raison de venir au magasin et de te comporter avec autant d'autorité. Et demain, je remercierai Joe Pinkerton de t'avoir laissé monter sans t'annoncer.

Julian serra la jeune femme contre lui.

— Je suis tellement affamé que je pourrais dévorer un éléphant, déclara-t-il au bout d'un moment. Et toi ?

— Moi aussi, mais tu n'as jamais rien à manger dans ton réfrigérateur.

— Ce soir, j'ai ce qu'il faut. Dans l'après-midi, j'ai fait quelques courses et rapporté de quoi dîner. Mme Ludlow a tout préparé avant de partir, à 18 heures, et elle a disposé le dîner sur la petite table roulante, dans la cuisine. Elle a mis le champagne au frais et allumé le feu dans la cheminée. Nous n'avons pas grand-chose à faire, simplement pousser la table, et c'est tout. Que dirais-tu de pique-niquer sur le tapis ? Tout vient de chez Harte, bien entendu.

— Ce sera très agréable, mais le feu va mourir si tu n'ajoutes pas une bûche.

— Tout de suite !

Julian se leva d'un bond, retira le pare-feu et déposa une bûche sur les cendres rougeoyantes.

— Je vais t'aider dans la cuisine, proposa Linnet, en

se levant à son tour. Il le faut, maintenant que je suis presque ta bourgeoise.

— Tu as toujours été ma bourgeoise, répliqua-t-il.

Il lui prit la main et examina la bague.

— Le bourgeois qui t'a donné ça doit être raide amoureux de toi. C'est un sacré bijou, il ne s'est pas fichu de toi.

— Le bourgeois qui m'a donné ça est épatant en toutes choses, mais particulièrement au lit. J'ai toujours complètement craqué pour lui.

Il l'enlaça en riant ; ils traversèrent ainsi la salle de séjour et entrèrent dans la cuisine.

13

Levant sa coupe de champagne, Linnet heurta légèrement celle de Julian.

— A notre santé, dit-elle.

Elle but une gorgée, puis elle le regarda par-dessus le bord de la coupe.

— Quand allons-nous annoncer nos fiançailles ? Tu préfères peut-être garder le secret un certain temps ?

— A notre santé, ma chérie. C'est comme tu veux, ajouta-t-il avec un haussement d'épaules. Tu veux qu'on invite les trois clans à boire un coup ? Pourquoi pas le jour de la Saint-Valentin ? A moins que tu ne trouves ça un peu ringard ?

— Je ne trouve pas que ce soit ringard, mais la Saint-Valentin tombe la semaine prochaine, et il n'y aura plus personne dans les parages. Shane et Paula partent à Paris ce matin. Oncle Winston s'est rendu hier à Toronto pour un conseil d'administration, et Gideon se trouve sur l'île de Man.

— Il m'en a parlé, en effet. Il doit rencontrer Christian, à ce que j'ai compris. Il espère le convaincre de revenir dans Fleet Street, grâce à toutes sortes de promesses.

— S'il y a quelqu'un qui peut réussir, c'est bien lui ! dit Linnet en riant.

Elle s'appuya au canapé et allongea ses longues jambes sur le tapis. Ils étaient tous les deux assis devant la cheminée, le pique-nique étalé entre eux. Il y avait des assiettes de viande froide et de poulet, des tranches de pâté de gibier en croûte, de la salade de pommes de terre dans un saladier de cristal, un bol de cornichons et une baguette de pain coupée en morceaux, avec une plaquette de beurre sur une assiette. La bouteille de champagne était tout près, dans un seau à glace.

Julian examina la nourriture, puis il se servit une tranche de pâté, dans une assiette, et enfonça une fourchette dans les cornichons.

— Tu aimais ceux-là quand tu étais petite, dit-il.

— C'est toujours le cas.

Après avoir croqué un cornichon et mangé une tranche de pâté, Linnet lança un coup d'œil à Julian.

— Pourquoi as-tu accepté de « faire une pause », comme je disais ?

— Parce que tu y tenais absolument, et que je voulais te satisfaire. Mais franchement, Linnet, je ne me doutais pas que cela durerait plusieurs mois. Je crois que nous avions parlé de quelques semaines, au plus. C'était devenu insupportable, au point que je manque de mots pour le dire.

— Je le sais….je suis vraiment désolée.

Linnet se servit un peu de salade de pommes de terre. Elle en prit une bouchée, puis elle murmura :

— Gideon est amoureux d'Evan Hughes.

Julian lui lança un coup d'œil entendu, but un peu plus de champagne, puis il fixa le feu d'un air pensif. Pour finir, il se tourna vers la jeune femme.

— Il est fou d'elle, Linnet. De fait, je ne l'avais jamais vu dans cet état. Il est raide amoureux.

— Je sais. Je pense que c'est arrivé à l'instant même où il a posé les yeux sur elle, dans le couloir. Il m'a dit l'autre jour que c'était un véritable coup de foudre.

— Il m'a dit la même chose… et je crois qu'il a raison. Evan s'est-elle confiée à toi, Linnet ?

— Pas vraiment… elle est prudente, mais c'est naturel, il me semble. Après tout, c'est un Harte, et elle est mon assistante. Peut-être est-elle un peu gênée par le fait qu'elle travaille pour moi. Mais si tu veux mon avis, elle éprouve pour lui ce que j'éprouve pour toi. En d'autres termes, elle est dingue de lui et elle a des étoiles dans les yeux.

L'air ravi, Julian se pencha et lui serra le bras.

— C'est ce que tu ressens ?

— Ouais.

Il y eut un bref silence.

Ce fut Julian qui le brisa, un instant plus tard, lorsqu'il déclara d'une voix pensive :

— Qu'est-ce que tu sais d'Evan Hughes, Linnet ? Quelles informations as-tu sur elle ?

Sous le regard interrogateur de Julian, Linnet se troubla.

— Qu'est-ce que tu entends par « des informations » ?

— Je m'interrogeais simplement sur son milieu, ses antécédents. Grâce à son curriculum vitæ, tu connais ses références dans le monde de la mode. Mais je pensais à sa vie privée.

— Elle ne travaille pour moi que depuis trois semaines, mais je l'apprécie beaucoup, comme tout le monde d'ailleurs. Elle est compétente, Julian, et très professionnelle. Elle est imaginative, parfois brillante. India et Cassie sont impressionnées. Je ne l'ai pas beaucoup questionnée sur sa vie privée, mais je pense qu'elle était libre, qu'elle n'était pas engagée envers un autre homme quand Gideon l'a invitée à sortir avec lui pour la première fois et qu'elle a accepté. Je sais qu'elle a été élevée dans le Connecticut, mais qu'elle a vécu à New York pendant neuf ans avant de venir ici. Son père est antiquaire, et j'ai cru comprendre que sa mère est maniaco-dépressive. Elle a deux sœurs, elle n'a jamais été mariée, elle est bien élevée, elle a de bonnes manières et une forte personnalité. C'est à peu près tout ce que je peux te dire, en fait.

Julian hocha la tête et avala quelques gorgées de champagne. Il porta ensuite un morceau de pâté à sa bouche et le mâcha distraitement, visiblement en proie à la réflexion.

Linnet mangea aussi quelques bouchées de pâté, un petit morceau de poulet, puis elle se servit une seconde coupe de champagne.

— Quelle bonne idée tu as eue, chéri ! Dis-moi ce qui t'intéresse dans le passé d'Evan.

— Il y a quelque chose en elle de... presque mystérieux...

Il s'interrompit, car il ne parvenait pas à formuler sa pensée. Par ailleurs, il ne voulait rien dire qui puisse enflammer l'imagination de Linnet ou, pire encore, l'amener à renvoyer Evan Hughes. Elle avait vraiment trop besoin d'une seconde assistante pour sa rétrospective. Mais Evan Hughes le troublait. Il en avait été ainsi dès leur première rencontre, quand Gideon la lui avait présentée. Et puis, il y avait cette ressemblance avec Paula, qu'il trouvait absolument saisissante.

Il prit une profonde inspiration et se lança :

— Tu ne trouves pas qu'elle a quelque chose de bizarre ? Elle sort de nulle part, elle se présente chez Harte, elle obtient un emploi... et tout le monde est en émoi parce qu'elle est la copie conforme de ta mère... en plus jeune, évidemment.

— Je ne trouve pas qu'elle soit sa copie conforme, répondit très vite Linnet. C'est le même type de femme, voilà tout, grande, d'apparence exotique. Les yeux d'Evan sont bleu-gris, ceux de ma mère, violets. En plus, Maman a des fossettes et un front plus large. Et non, je ne trouve pas qu'elle soit bizarre, je t'assure, Julian. Quant à sa légère ressemblance avec Maman, elle n'est que cela... légère. Très légère. De toute façon, des tas de gens se ressemblent, mais cela ne veut pas dire qu'ils sont parents.

Ne voulant pas l'émouvoir davantage, Julian acquiesça.

— Tu as raison.

A son avis, Evan Hughes aurait aussi bien pu être la fille de Paula pour ce qui était de son apparence. En fait, elle lui ressemblait davantage que Linnet. Lorsqu'il avait fait la connaissance d'Evan, il avait été véritablement très surpris, mais elle lui avait plu. Il l'avait trouvée charmante, chaleureuse, tout à fait adorable à maints égards. Et il avait compris la séduction qu'elle exerçait sur Gideon. Sur n'importe quel homme, en fait. Pourtant... eh bien, il pouvait aussi bien l'admettre, l'apparition soudaine de Mlle Hughes chez Harte lui paraissait suspecte. Comme son grand-père l'aurait dit, « il y avait quelque chose de pas casher, là-dedans »...

— Quand tes parents reviennent-ils ? demanda-t-il à Linnet.

— Dans quelques jours. La semaine prochaine, vraisemblablement. Papa a des affaires à régler, concernant sa chaîne hôtelière, et Maman a décidé de le suivre au dernier moment. Ils ont dit qu'ils passeraient la Saint-Valentin à Paris. Pourquoi cette question ?

— Pour rien... J'envisageais de demander ta main à ton père.

— Ne dis pas de bêtises, voyons ! s'écria-t-elle en imitant lourdement l'accent du Yorkshire.

Elle éclata d'un rire sonore.

— Tu n'as pas à la lui demander, parce qu'il a toujours su que cela arriverait, que nous nous marierions un jour, ajouta-t-elle d'une voix normale.

— Mais je veux lui demander ta main, Linnet. Je pense que c'est ainsi que les choses doivent se passer.

La jeune femme se pencha sur la table, pour l'embrasser sur la joue.

— C'est adorable, mon chéri, dit-elle doucement.

Par sa stupidité, pensa-t-elle, elle avait failli perdre l'homme dont elle était le plus proche au monde.

14

Jetant son long manteau noir sur ses épaules, Evan se dirigea vers la porte. A cet instant, la sonnerie du téléphone retentit, la contraignant à retourner dans la salle de séjour. Tout en courant décrocher, elle jeta un coup d'œil à sa montre. Il était déjà 19 heures, et elle allait être en retard.

— Allô ? s'écria-t-elle.

— C'est moi, Evan, dit son père.

Il appelait du Connecticut, pourtant sa voix résonnait comme s'il avait été tout près d'elle.

— Bonjour Papa ! fit-elle gaiement, visiblement heureuse de l'entendre. Comment vas-tu ?

— Très bien, marmonna-t-il. Comme tu ne m'as pas appelé depuis une semaine, je me suis inquiété. Pas de problème ?

Elle ne connaissait que trop bien ce ton déprimé, qu'elle redoutait toujours.

— Je suis vraiment désolée, Papa. Rassure-toi, je n'ai aucun souci, au contraire. C'est juste que j'ai été si occupée par la rétrospective que je n'ai pas eu une minute à moi. Il ne faut pas t'inquiéter pour moi. Je suis très heureuse ici.

— Je suis ravi de l'entendre, répliqua-t-il d'une voix si grincheuse qu'elle comprit qu'il ne l'était pas du tout.

— J'aurais dû t'appeler, fit-elle sur un ton apaisant. Je ne dois plus me laisser envahir de cette façon par le travail.

— J'admets que je me suis fait du souci à ton propos. Tu sembles si loin, Evan.

Il y eut un bref silence.

— Evan… Evan, tu es toujours là ?

— Oui, Papa. Tu as tort de t'inquiéter à ce point, Papa ! Je te rappelle que j'ai vingt-sept ans !

— Tu me manques, répondit-il, tu nous manques à tous, et je ne peux pas m'empêcher de m'inquiéter.

— Vous me manquez aussi. Comment va Maman ? Comment vont les filles ?

— Pas de grand changement, sinon que ta mère est en meilleure forme, ces temps-ci. Je l'ai même emmenée au cinéma, l'autre soir.

— C'est une excellente nouvelle !

Cette nouvelle étonnait et ravissait Evan à la fois. Peut-être sa mère allait-elle finalement sortir de sa léthargie et de sa dépression.

— Si j'ai bien compris, tu apprécies ton travail chez Harte ? demanda son père.

— Beaucoup. La rétrospective va constituer un événement tout à fait spécial, et c'est un travail qui m'incite à me surpasser. C'est très important pour moi. Je veux l'organiser correctement, mais aussi je veux que l'exposition ait du cachet, qu'elle fasse sensation. J'ai dit à Pauline Trigère que nous allions utiliser certaines de ses créations, elle était ravie.

De nouveau, il y eut un bref silence, rompu par Owen :

— Et comment se porte ton admirateur ?

Prise au dépourvu par cette question, la jeune femme fronça les sourcils.

— Mon admirateur ? répéta-t-elle.

— J'ai cru comprendre que tu avais un petit ami.

Elle comprit immédiatement qu'il avait dû parler avec George Thomas.

— Oh ! En fait, c'est juste un ami, je t'assure, Papa.

— Est-ce cet homme que tu as rencontré chez Harte, quand tu cherchais un emploi ?

— C'est Gideon, oui.

— C'est le cousin de ta patronne, n'est-ce pas ?

— En effet, mais nous sommes seulement bons amis, comme je viens de te le dire.

— Je l'espère, Evan. Cela ne te mènerait nulle part de fréquenter ton employeur.

— Ce n'est pas mon employeur ! s'exclama Evan. Il travaille dans un journal, il n'a rien à voir avec le magasin.

Les doigts crispés sur le récepteur, elle s'exhorta à la patience. Apparemment, il était mécontent d'elle, et pour plusieurs raisons. Elle en était troublée et mal à l'aise.

— Je n'aime pas l'idée que tu le fréquentes, Evan. Vous n'appartenez pas au même monde, cela ne marcherait pas, et tu risquerais de sortir meurtrie de l'aventure.

— Papa, je t'ai dit que c'était un ami. Il s'est efforcé d'être gentil, il a voulu m'aider. De toute façon, qui t'a parlé de Gideon ? Je suppose que c'est George Thomas.

— Non, Arlette. J'ai appelé George, l'autre jour, et c'est elle qui a décroché dans son bureau. Avant de me le passer, elle m'a dit que tu avais un admirateur.

— Qu'est-ce qui te fait dire que nous ne sommes pas du même monde ?

— Tous les descendants d'Emma Harte sont

fabuleusement riches, puissants et mènent une existence privilégiée. Tu ignores tout de leurs mœurs, Evan.

— Il n'est pas comme cela, l'interrompit-elle. Il est très sympathique, il travaille dur, et tu ne devinerais jamais, à le voir, qu'il est riche ou privilégié. C'est quelqu'un de très simple, il se consacre à son métier, tout comme ses cousines Linnet et India. En fait, tous les membres de la famille obéissent à la même déontologie, en ce qui concerne le travail, alors je ne comprends pas de quoi tu parles. Par ailleurs, je ne vois pas en quoi je n'appartiens pas à leur monde. Tu as toujours dit que je pourrais avoir n'importe quel homme, si je voulais.

Ce fut au tour d'Owen de se montrer conciliant.

— Ne t'énerve pas, voyons ! Je veux seulement te protéger, ma chérie.

— Je suis tout à fait capable de veiller sur moi-même. J'ai commencé à le faire à l'âge de dix-sept ans, quand je me suis installée à New York. Tu te rappelles, Papa ?

— Bien sûr que oui, mais tu n'étais pas seule, tu vivais chez mes parents, à Manhattan. Et puis, écoute-moi, Evan, je me moque bien de savoir si ce Gideon est sympathique. Je connais les gens de son espèce : ils sont snobs, imbus d'eux-mêmes, prompts à obtenir ce qu'ils veulent d'une femme…

— Arrête immédiatement, Papa ! Gideon n'est pas comme cela, et je t'ai dit que nous étions amis. Je n'ai pas de liaison avec lui, si c'est ce que tu veux savoir. Il m'a invitée un certain nombre de fois, je le reconnais, mais cela s'arrête là. C'est une relation amicale que j'apprécie beaucoup. Il s'est efforcé de me donner quelques tuyaux sur ce qu'on attendrait de moi, chez Harte.

— Je comprends. Mais rappelle-toi qu'il appartient à

un milieu que tu ne connais pas, Evan, et je souhaite que tu sois prudente. Je ne veux pas qu'on profite un jour de toi.

— Cela n'arrivera pas, répliqua Evan d'une voix ferme. Je suis une grande fille, Papa. Et tu m'as toujours dit que j'avais la tête sur les épaules. Aussi je ne comprends pas très bien le procès que tu es en train de me faire.

— Ne nous disputons pas, Evan, dit-il d'une voix plus douce.

— Je ne me dispute pas avec toi, répliqua-t-elle vivement.

Si quelqu'un cherchait la querelle, c'était lui, et non elle !

— Très bien, mon chou, j'ai confiance en toi, confiance en ton jugement. De toute façon, je ferais mieux de raccrocher. Je dois aller à New York cet après-midi.

— Papa, si je ne suis pas à l'hôtel et que tu veux me parler, tu peux toujours m'appeler au magasin, tu le sais.

— J'ai peur de te déranger.

— Ce ne sera pas le cas, je t'assure.

— Très bien, alors. Prends soin de toi, ma chérie. Je t'aime.

— Je t'aime aussi, Papa. Embrasse pour moi Maman et les filles.

— Entendu Au revoir.

Evan raccrocha doucement, réfléchissant aux propos qu'elle venait d'échanger avec son père. Il n'était pas comme d'habitude, et elle se demandait pourquoi.

En sortant de l'ascenseur, Evan heurta Arlette Thomas et faillit la faire tomber.

La minuscule Française agrippa le bras d'Evan pour rétablir son équilibre et s'écria :

— Mon Dieu, Evan, vous êtes bien pressée !

— Pardonnez-moi, Arlette. Je suis désolée. Vous auriez pu tomber et vous faire très mal à cause de moi.

Arlette leva la tête et sourit à Evan, comme toujours enchantée par la beauté de la jeune Américaine.

— Je vais très bien, ma chérie. Vous êtes très chic, ce soir, mais surtout, vous êtes ravissante. J'espère que vous avez un rendez-vous…

Elle s'interrompit en riant, les yeux pétillants.

— … avec ce jeune homme sympathique dont vous m'avez parlé, conclut-elle.

Evan ne put s'empêcher de lui rendre son sourire. Elle savait qu'Arlette n'avait pas voulu lui faire de tort en parlant de Gideon à son père. Elle l'avait fait tout naturellement, en Française romantique qu'elle était. Elle s'était d'ailleurs contentée de quelques remarques anodines sur deux jeunes gens qui sortaient ensemble. En deux mois, Evan avait appris à connaître Arlette, et elle était convaincue que cette femme charmante et maternelle n'avait pas une once de méchanceté. Au contraire, elle était bonne, affectueuse, et elle était incapable de voir le mal en quiconque. Néanmoins, tout en se dirigeant vers le hall d'entrée, Evan ignora sa remarque sur Gideon.

— J'étais justement en train de parler avec mon père. Il m'a appelée du Connecticut. Si j'ai bien compris, vous lui avez dit que j'avais un admirateur.

— Mais oui, chérie. Je suis contente pour vous… C'est ce que je lui ai dit, d'ailleurs, et aussi qu'il était normal qu'une jolie jeune femme comme vous ait un chevalier servant.

Evan ne répondit pas. Devant son silence, Arlette, qui l'observait, se demanda soudain si elle n'avait pas agi inconsidérément en parlant de Gideon à Owen Hughes. Elle fronça les sourcils.

— J'espère que vous ne m'en voulez pas ? J'espère ne pas avoir commis un impair.

Arlette paraissait si malheureuse, ses yeux sombres reflétaient tant d'inquiétude, qu'Evan s'écria :

— Non ! Pas du tout ! Il m'a appelée parce que je ne lui avais pas donné de mes nouvelles depuis une semaine, tant j'avais de travail. Il s'est fait du souci, mais il a eu tort, Arlette. Je suis une femme, j'aurai bientôt vingt-sept ans.

— C'est très vieux, et même carrément antique, fit une voix teintée d'un fort accent gallois.

Les deux femmes se tournèrent vers George Thomas, qui sortait de son bureau, près du petit guichet réservé à l'accueil. Elles se mirent à rire, imitées par George.

Le Gallois de haute taille et de mine agréable vint se poster près d'Evan, qu'il embrassa sur la joue.

— Vous êtes belle comme un cœur, ce soir.

— Merci, George, répliqua chaleureusement la jeune femme. Je parlais justement avec Papa, qui m'a dit vous avoir appelé pendant la semaine. Je suppose qu'il s'inquiétait pour moi, comme d'habitude...

— Je lui ai dit d'arrêter cela immédiatement. Vous avez les pieds sur terre, Evan, et il devrait le savoir, puisque c'est lui qui vous a élevée. Et vous avez aussi la tête sur les épaules. Je crois qu'il s'est senti un peu penaud, parce que je lui ai fait un sermon, poursuivit

George en riant. Je lui ai dit qu'il allait devenir un coupeur de cheveux en quatre, une vieille lady.

— Il n'ira jamais jusque-là ! protesta Evan en souriant. De toute façon, il était rassuré quand nous nous sommes quittés. Pour être juste envers lui, je pense que je lui manque beaucoup.

— C'est vrai.

George hésita, avant d'ajouter :

— J'espère que vous allez rester à l'hôtel, Evan ? L'autre jour, Arlette m'a dit que vous envisagiez de chercher un appartement.

— Pas pour le moment, en tout cas ! Je suis bien trop occupée et je me sens trop bien chez vous. Peut-être un jour chercherai-je à me loger ailleurs, mais pas tout de suite.

— Je suis très heureux de l'apprendre, dit George.

— Moi aussi, chérie, renchérit Arlette. Et maintenant, nous devons cesser de vous retenir. Je sais que vous êtes pressée.

— C'est vrai.

— Passez une bonne soirée, dit George.

Arlette se contenta de lui lancer un regard entendu. Le sourire aux lèvres, elle prit une expression extasiée.

Evan lui rendit son sourire et ne put s'empêcher d'adresser un clin d'œil à la Française.

La jeune femme trouva tout de suite un taxi. Assise à l'arrière, elle donna au chauffeur l'adresse du journal où travaillait Gideon. Tandis que la voiture prenait la direction de Belgrave Square, elle évoqua presque malgré elle la conversation qu'elle avait eue avec son père. Il n'était pas lui-même, songea-t-elle, vraiment… bizarre. Il y avait quelque chose d'agressif dans sa voix, et il s'était montré extrêmement critique vis-à-vis des Harte. Mais pourquoi ? Il ne les connaissait même pas ! Il lui avait dit que sa mère avait mentionné une seule fois le nom d'Emma Harte devant lui, bien des années auparavant, lorsqu'elle lui avait dit l'avoir connue pendant la Seconde Guerre mondiale. Tout cela était fort bizarre...

Elle se demanda si c'était seulement l'instinct possessif de son père qui le poussait à s'inquiéter de façon excessive. Elle ne l'aurait avoué à qui que ce soit pour rien au monde, mais elle savait qu'il l'avait toujours préférée à ses sœurs adoptives, parce qu'elle était son enfant biologique. Il l'avait favorisée en tout, il l'avait toujours beaucoup gâtée, dans son enfance et même plus tard. Mais il n'avait jamais témoigné d'une telle possessivité auparavant, il n'avait jamais été jaloux lorsqu'elle avait invité à la maison ses petits amis successifs. Mais au fond, il savait bien qu'aucun d'entre eux ne prétendrait jamais à sa main. Excepté Willard.

Avec l'approbation de son père, elle avait été fiancée avec Willard, cinq ans auparavant, mais cela n'avait pas duré très longtemps. Quand elle avait décidé de rompre avec Will, son père avait admis n'avoir jamais cru sérieusement que les cloches tinteraient pour leur mariage.

« Will n'aurait pas su s'y prendre avec toi. Il est bien trop faible », avait dit son père.

Depuis lors, il n'avait plus jamais mentionné le jeune homme, pas plus qu'il ne lui avait demandé pourquoi elle avait rompu leurs fiançailles. S'il l'avait fait, elle lui aurait dit la vérité... Un beau matin, elle avait réalisé que Will ne lui plaisait pas ; une chose était certaine, elle n'était pas amoureuse de lui.

Evan n'avait jamais été vraiment amoureuse.

Cependant, elle sentait qu'elle pourrait facilement l'être de Gideon. Pourtant, elle ignorait ce qui, en lui, la troublait ainsi. Etait-ce son charme ? Son intelligence ? Sa beauté ? Son originalité ? Son côté très « british » ? Elle n'était sûre de rien.

Gideon lui avait fait clairement comprendre à quel point elle lui plaisait, combien il souhaitait engager avec elle une relation amoureuse. Dès son premier jour de travail, il avait été pour elle un ami dévoué. Il l'avait invitée à déjeuner deux fois par semaine, même s'ils se retrouvaient toujours au Bird Cage, le restaurant du magasin, parce qu'elle avait un emploi du temps contraignant. Ils avaient également dîné ensemble à maintes reprises. Il lui avait tenu la main, il l'avait embrassée en lui souhaitant une bonne nuit, mais il n'était jamais allé plus loin : il était resté très réservé, comme s'il craignait de l'effrayer. En fait, il s'était comporté en parfait gentleman.

Une chose était sûre : ils s'entendaient très bien. Ils n'arrêtaient pas de bavarder, avaient de nombreux points communs et des goûts très semblables. Elle ignorait ce qu'il ressentait exactement à son égard, mais elle avait des étoiles dans les yeux lorsqu'elle le regardait... Il était très désirable.

Quand le taxi parvint dans le centre et se dirigea vers Trafalgar Square, Evan fut soudain frappée par le fait qu'elle n'avait pas du tout apprécié la façon dont son père avait parlé de Gideon, alors qu'il ne l'avait jamais rencontré. Cela ne ressemblait pas au père auprès de qui elle avait grandi, qu'elle connaissait si bien... Mais peut-être se trompait-elle sur ce point, finalement.

En revenant sur les semaines passées, elle s'aperçut

qu'il s'était toujours montré plutôt revêche lorsqu'il s'agissait des Harte, et cela dès le moment où Linnet l'avait engagée. Avait-il quelque chose contre eux ? Mais si c'était le cas, pourquoi l'avait-il encouragée à aller voir Emma Harte ? Mais maintenant qu'elle y réfléchissait, elle comprenait qu'il ne l'avait pas fait, en réalité. Ce n'était que lorsqu'elle l'avait pressé de le faire qu'il avait dit que Glynnis avait fait la connaissance d'Emma pendant la Seconde Guerre mondiale. Il n'avait d'ailleurs pas donné d'autre information. Son père savait-il déjà qu'Emma Harte était morte et enterrée ? Si tel était le cas, il l'avait laissée partir sur une fausse piste, en sachant que sa visite à Emma Harte ne déboucherait sur rien. Mais peut-être n'avait-il pas voulu contrarier sa fille, parce qu'il connaissait son amour pour sa grand-mère. C'était la seule explication.

Son téléphone portable se mit à sonner ; elle le repêcha au fond de son sac et le porta à son oreille.

— Evan ? C'est moi, Gideon.

— Bonjour.

— Où êtes-vous ?

— Je suis presque au niveau de Trafalgar Square.

— Parfait ! J'ai terminé mon travail plus tôt que je ne le pensais. Dites au chauffeur de vous conduire au Savoy, je vous retrouverai au bar.

— A tout de suite, répondit Evan, puis elle remit le téléphone dans son sac.

Ils étaient assis dans un coin retiré du bar. Tout en bavardant, ils buvaient leur verre de vin blanc à petites gorgées. Gideon était en train de parler de son travail ; mais il avait beau être passionné par son sujet, il ne quittait pas Evan des yeux. Elle soutenait tranquillement l'examen. Les yeux vert clair de Gideon semblaient pailletés d'or, dans la pénombre du bar, et elle avait l'impression qu'il s'efforçait de lui transmettre ce qu'il éprouvait pour elle, au plus profond de lui-même. En fait, elle réalisait qu'elle ressentait exactement la même chose.

Au bout d'un moment, il déclara :

— J'ai une confession à vous faire...

Elle scruta le visage de Gideon, qui exprimait un désir ardent.

— Oui ? s'enquit-elle calmement.

— Je n'ai jamais rien éprouvé de tel, auparavant... Je parle de ce que je ressens pour vous.

— Moi non plus.

Un petit sourire étira la bouche du jeune homme.

— Je crois que les sentiments que vous venez d'évoquer sont réciproques, précisa Evan.

Il eut soudain l'air très heureux.

— Je l'espère. Il ne s'agit pas d'un jeu, Evan, mais de quelque chose de très sérieux. Dites-moi si c'est la même chose pour vous... Si ça n'est qu'une passade, dites-le-moi maintenant.

Elle secoua vigoureusement la tête.

— Ce n'est pas une passade, et je n'ai pas l'habitude de jouer avec les sentiments. Mais nous avons encore un long chemin à parcourir. Nous devons apprendre à nous connaître, vous ne croyez pas ? Nous devons passer plus de temps ensemble.

Il acquiesça d'un mouvement de la tête, puis il lui prit la main, la porta à ses lèvres et l'embrassa.

— Il y a un moyen de mieux nous connaître. Dès ce

210

soir. Viendrez-vous chez moi… pour que nous puissions être vraiment ensemble ?

Elle hocha le menton.

— J'ai retenu une table chez Rules pour le dîner.

— Oh !

— Vous m'aviez dit que vos grands-parents vous y avaient emmenée, quand vous aviez douze ans… Mais vous n'avez pas l'air très enthousiaste.

— Je n'ai pas faim.

Les yeux de Gideon croisèrent ceux d'Evan, les retinrent.

— Je vous comprends… moi non plus. Je désire être seul avec vous plus que tout au monde. Voulez-vous que nous partions maintenant ?

— Oui, murmura-t-elle.

Gideon Harte régla l'addition, puis ils quittèrent le bar. La main sous son coude, il guida la jeune femme à travers la salle, lui témoignant cette sollicitude qu'il avait toujours à son égard, puis ils sortirent de l'hôtel. Quelques minutes plus tard, le chauffeur de Gideon s'arrêtait devant eux.

— Conduisez-nous à la maison, Harry, dit Gideon.

Dès qu'ils furent assis sur la banquette arrière, il enlaça la jeune femme, l'attira contre lui et l'embrassa avec passion pendant plusieurs minutes. Lorsqu'il écarta sa bouche de la sienne, ce fut pour enfouir son visage dans sa chevelure sombre, tout en la serrant très fort contre lui.

— Il faut que j'arrête, murmura-t-il. Sinon je crois que je vais exploser.

— Je sais, je sais.

211

15

Evan s'était déjà rendue une fois dans l'appartement de Gideon, avec Julian et Linnet. Ils étaient passés boire un verre avant de se rendre tous les quatre au restaurant. Elle avait alors remarqué son bon goût. Ce soir-là, un coup d'œil lui suffit pour savoir que cet appartement était également charmant et confortable. Les couleurs dominantes étaient le gris et le bleu pâle, rehaussés par une pointe de blanc, et quelques très beaux tableaux étaient accrochés aux murs.

Après lui avoir retiré son manteau, Gideon la conduisit dans le salon, où il alluma plusieurs lampes. Mais ils ne s'y attardèrent pas. Prenant comme d'habitude la situation en main, Gideon mena Evan directement dans sa chambre.

— Je sais que vous en avez envie autant que moi, ma chérie, fit-il d'une voix un peu rauque. Ne tardons pas davantage, d'accord ?

— Oui, répondit-elle très bas.

Evan se rendait compte qu'elle aurait été légèrement interloquée si un autre avait prononcé cette phrase quelque peu expéditive. Mais rien ne la choquait, venant de Gideon. Il avait dit les choses telles qu'elles étaient, de la meilleure façon possible, et elle aimait sa franchise. Elle était venue pour faire l'amour avec lui, pourquoi feindre autre chose ?

Une fois dans la chambre, il alluma une petite lampe, dans un coin de la pièce, puis il se tourna vers elle, déposa un léger baiser sur ses lèvres et se mit à déboutonner le haut de sa robe de laine noire. Soudain, il s'arrêta, l'attira à lui et la serra très fort contre sa poitrine.

— Je ne saurais vous dire ce que cela signifie pour moi, Evan, de vous avoir ici avec moi. Je souhaite tellement vous plaire

— Et vous y parvenez très bien, répliqua-t-elle doucement.

Plus tard dans la nuit, elle devait se rappeler combien il avait été tendre et attentif, tandis qu'il la déshabillait. Elle avait alors compris qu'il était foncièrement doux et plein de sollicitude à son égard.

Gideon la tenait dans ses bras, l'embrassant, la frôlant d'une main légère, et elle lui répondait avec ardeur. Lorsqu'ils s'allongèrent sur le lit, leurs corps s'épousèrent à merveille, car ils étaient grands tous les deux. Il se mit alors à la caresser, à explorer ses courbes, à l'embrasser partout. Enfin, sentant sur elle le poids de son corps mince, Evan noua ses bras autour du cou de Gideon. Ses mains s'enfoncèrent dans les cheveux du jeune homme, glissèrent sur ses épaules, se posèrent au creux de ses reins. Gideon ne bougeait plus, lui murmurant à l'oreille des paroles tendres. Evan se taisait, jouissant intensément de cette communion et des caresses qu'il lui prodiguait.

Prenant appui sur ses deux paumes, de chaque côté de sa tête, Gideon se souleva pour la contempler. Il la fixait avec une telle intensité qu'il semblait voir jusqu'à son âme. Soudain, son visage se crispa légèrement, et ses yeux s'agrandirent, comme de surprise, tandis qu'il la pénétrait, s'enfonçant profondément dans sa chair. Evan poussa un gémissement involontaire lorsqu'elle le sentit en elle. Aussitôt, il écrasa sa bouche sur la sienne, la goûta, insinua sa langue entre les lèvres de la jeune femme. Ils commencèrent à se mouvoir ensemble, d'un même rythme.

Les bras d'Evan encerclaient le torse de Gideon, et elle sentait une douce chaleur se répandre en elle, montant du plus profond de son être. Elle brûlait de désir, et son souffle était court. Quand Gideon prit l'un de ses seins au creux de sa paume et se mit à le caresser, sans cesser son mouvement de va-et-vient, la chaleur se mua en brasier ; elle était au seuil du plaisir, et son corps trembla sous celui de Gideon.

— Gideon ! souffla-t-elle. Gideon ! Je t'en prie, n'arrête pas !

Il se souleva une nouvelle fois, baissant vers elle des yeux brillants de désir.

— Je m'en garderai bien, dit-il d'une voix rauque. Viens, Evan, abandonne-toi, ma chérie Appartiens-moi comme je t'appartiens.

A cet instant, Gideon ne se maîtrisa plus. Des frissons le parcoururent, il saisit le corps de la jeune femme et le hissa vers lui. Ils parvinrent ensemble à l'orgasme, portés par une vague de joie pure.

Ils étaient étendus au milieu des draps froissés. Ils ne bougeaient pas, ils ne parlaient pas. Enfin, Gideon s'approcha d'elle, couvrant à demi le corps de la jeune femme du sien. D'un geste tendre, il écarta les mèches de cheveux qui dissimulaient son visage.

Plongeant dans ses yeux gris et lumineux, il dit doucement :

— Tout à l'heure, tu m'as laissé entendre que je te plaisais. J'espère que je te plais encore plus, maintenant.

Elle lui sourit.

— Oui. Tu me plais. Enormément.

Il hocha la tête, la fixant toujours intensément, puis il laissa sa main vagabonder sur ses seins, sur son ventre, sur la toison noire de son pubis. Il la caressa tendrement, l'embrassa passionnément, puis ses doigts s'insinuèrent en elle... Presque immédiatement, les jambes d'Evan se mirent à trembler. Gideon la caressa ainsi jusqu'à ce qu'elle crie de plaisir. Il la prit dans ses bras et l'attira contre lui.

— Je veux que tu sois à moi et seulement à moi, Evan, dit-il très bas.

— Je le suis, Gideon, murmura-t-elle en lui caressant la joue.

Evan s'éveilla brusquement. Elle ouvrit les yeux et regarda autour d'elle. Un instant désorientée, elle examina la chambre plongée dans la pénombre, puis elle se rappela qu'elle se trouvait chez Gideon, dans Belgrave.

Elle tendit alors la main pour le toucher et s'aperçut que sa place était vide. Elle se leva et enfila le peignoir en tissu éponge que Gideon lui avait donné la veille. Marchant pieds nus sur la moquette, elle le rejoignit dans le salon. Vêtu d'un peignoir de soie bleu marine, des lunettes à monture d'écaille sur le nez, il était assis derrière son bureau, tête penchée, les yeux fixés sur des papiers, sa mallette ouverte sur le sol.

Il dut sentir sa présence, car il leva immédiatement les yeux vers elle et lui sourit.

— C'est le milieu de la nuit, chérie, retourne au lit !

Elle s'appuya au chambranle de la porte pendant quelques secondes, puis elle entra dans la pièce et se planta devant le bureau.

— Il est 3 heures du matin ! Tu travailles toujours à cette heure-là ?

— Souvent en tout cas, mais j'ai déjà abattu pas mal de choses depuis une heure, aussi allons nous coucher et essayons de dormir un peu.

Il se leva, contourna le bureau, prit la main d'Evan et l'entraîna vers la chambre. Dès qu'ils furent au lit, il éteignit la lampe et prit la jeune femme dans ses bras, après quoi il l'embrassa et la serra fort contre lui.

— Je dois aller sur l'île de Man pour mon travail, dit-il. Je voudrais que tu viennes avec moi. Serais-tu d'accord, ma chérie ?

— Oui, si Linnet m'accorde un congé.

— Elle le fera.

Il enfouit son nez dans son cou. Ainsi enlacés, ils ne tardèrent pas à s'endormir. Mais peu de temps après, Evan s'éveilla de nouveau. Dans leur sommeil, ils s'étaient écartés l'un de l'autre, et Gideon se trouvait maintenant à l'opposé du lit, profondément endormi, respirant régulièrement.

Elle se blottit contre son dos et ferma les yeux, mais elle ne parvint pas à trouver le sommeil. Pendant un instant, elle évoqua tout ce qu'elle avait vécu depuis quelques heures. Elle pensa ensuite à leur désir mutuel, à la passion avec laquelle ils avaient fait l'amour. Leur entente était parfaite, à tous les niveaux. Dès le début de leur relation, il leur était clairement apparu à tous les deux qu'ils étaient parfaitement assortis. Ces dernières semaines, ils avaient appris à se connaître, ils étaient devenus amis et, d'une certaine façon, alliés. Elle était contente, heureuse plutôt, que leur liaison débute sur des bases aussi solides. Elle ne se demandait pas si elle était amoureuse de lui. Elle le voulait, et, apparemment, c'était réciproque.

Les paroles de son père lui revinrent brusquement. La façon dont il étiquetait Gideon la choquait. C'était stupide d'enfermer ainsi les gens dans des catégories ! Mais peut-être avait-il une raison pour les décrire de façon aussi désagréable. Les Harte ne lui plaisaient pas ? Mais il ne les connaissait même pas ! Ou alors... elle se trompait peut-être sur ce dernier point ? Elle commençait à se méfier des jugements de son père, du moins lorsqu'il s'agissait d'Emma Harte et de sa descendance.

Gideon ne cessait de bouger dans son sommeil. Il émit un bruit de gorge étrange, étranglé, comme s'il faisait un mauvais rêve, mais il se calma presque aussitôt. Evan passa doucement la main sur son dos, non pour l'éveiller, mais pour le calmer.

Gideon travaillait si dur ! Parfois, lorsqu'ils se retrouvaient pour dîner, il était plus de 21 heures, et il paraissait exténué, avec les traits tirés, les yeux ternes et las. Il lui fallait un peu de temps avant de pouvoir se détendre, quitter cet univers qui l'avait occupé tout le jour. Il aimait son travail, elle le savait, mais il lui payait un lourd tribut. Gideon s'efforçait de faire grimper le tirage du *London Evening Post*, et il lui fallait la collaboration de Christian Palmer. C'était pour cette raison qu'il devait retourner à l'île de Man. La semaine précédente, il lui avait dit qu'il rédigeait le nouveau contrat de Palmer et que les choses semblaient se présenter plutôt bien. Elle espérait qu'il allait réussir dans son entreprise.

Dès sa première journée au magasin Harte, elle avait compris que tous les membres de cette famille travaillaient dur. Elle l'avait d'ailleurs dit à son père, mais il n'avait pas paru impressionné, car il s'était enfermé dans une vision faussée des Harte. Elle avait constaté avec une certaine surprise qu'ils consacraient leur vie au grand empire commercial fondé par Emma Harte.

« C'était une légende de son vivant, lui avait récemment expliqué Linnet. Tu te rends compte, Evan ? Elle avait à peine cinquante ans… c'est ahurissant ! »

Mais n'étaient-ils pas tous ahurissants, dans cette famille ?

Evan finit par se rendormir, blottie contre le dos de Gideon, un bras en travers de son corps, une jambe enroulée autour de la sienne. Sa dernière pensée fut que c'était là qu'elle voulait passer le reste de sa vie. Avec lui et pour toujours.

16

Paula jeta un coup d'œil au grand portrait d'Emma, suspendu au-dessus de la cheminée de son bureau.

— Grand-Mère serait très fière de toi, Boulette, dit-elle à Emily. Tu gères Harte Enterprises de façon magistrale.

— Premièrement, je crois qu'elle serait fière de nous deux ; deuxièmement, il faudrait que tu arrêtes de m'appeler « Boulette ». Ce n'est pas un surnom très seyant pour une femme d'âge mûr. C'est même plutôt gênant, pour tout te dire.

Paula se mit à rire.

— Je sais, mais je ne peux pas m'en empêcher. J'ai commencé quand tu avais quatre ou cinq ans, et c'est une habitude à laquelle il m'est difficile de renoncer.

— Essaie.

— D'accord.

Il y eut un petit silence. Emily, qui regardait autour d'elle, s'exclama tout à coup :

— Mon Dieu ! On se croirait au printemps, avec toutes ces plantes en fleur, et ces jonquilles sont magnifiques ! J'aimerais avoir la main verte comme toi. Toute petite, déjà, tu faisais pousser n'importe quoi.

— C'est surtout une question de chance, en fait. Bon, Emily, si nous examinions la liste de nos invités à la réception que nous organisons pour les anniversaires de Shane et de Winston ? Je vois que tu y as inclus toutes les personnes que je t'avais signalées ; je pense donc qu'elle est complète.

— Pas tout à fait. Il manque quelqu'un, Paula.

Emily s'installa sur une chaise, de l'autre côté de l'immense bureau qui avait appartenu à Emma.

Paula fronça les sourcils.

— Qui aurais-je oublié ?

— Evan Hughes.

— Mais elle n'est pas de la famille... commença Paula, qui s'interrompit aussitôt. Mais bien sûr ! Gideon sort avec elle. Linnet m'en a parlé. Tu as l'air de penser qu'il voudra l'amener ; cela durera-t-il jusqu'en juin ?

Nous ne sommes qu'en mars. Ou alors, c'est sérieux. Je trouve d'ailleurs que c'est une jeune femme ravissante.

— Oui. C'est la première fois de sa vie qu'il est aussi sérieux avec une femme. Tu connais l'histoire… Il l'a rencontrée alors qu'elle cherchait le bureau du personnel, en janvier. Depuis, ils se voient souvent, et je crois que l'amitié initiale s'est transformée en relation amoureuse.

— Oh ! Comment le sais-tu ?

— C'est Winston qui me l'a dit, et il le tient de l'intéressé en personne.

— Qu'est-ce que Gideon a dit à Winston ?

— Il y a quelques semaines, le soir où Winston a surpris Jonathan Ainsley et Sarah Lowther ensemble, au grill du Dorchester, il a parlé avec Gideon de sa vie sentimentale. Winston lui a carrément demandé s'il y avait une femme plus importante que les autres à l'horizon. Gideon lui a seulement dit qu'il venait de rencontrer quelqu'un qui pourrait l'être, mais qu'il était trop tôt pour qu'il en soit certain. Deux jours plus tard, il a annoncé à son père que ses intentions étaient sérieuses vis-à-vis d'Evan.

— Et elle ? A-t-il dit ce qu'elle éprouve pour lui ?

— Il semblerait qu'elle soit très accrochée, mais que, étant raisonnable et prudente, elle pense qu'ils doivent apprendre à mieux se connaître avant de penser à s'engager vraiment l'un envers l'autre.

— C'est tout à fait elle ! Linnet m'a dit qu'elle a les pieds sur terre et un esprit très pragmatique. C'est aussi un bourreau de travail, ce qui plaît à Linnet, parce qu'elle est elle-même une véritable négrière. Je dois ajouter qu'India est également sous le charme. Elle n'a pas assez de louanges pour la qualifier. Evan paraît être plutôt populaire dans la famille...

— C'est ce qu'on m'a dit aussi. Et Amanda trouve qu'elle te ressemble physiquement.

— J'ignorais qu'Amanda l'avait rencontrée.

— L'autre jour, avant de s'envoler pour New York, elle est passée au magasin pour voir Linnet. Elle lui apportait deux robes pour la rétrospective, et Linnet a fait les présentations.

— Et toi ? Tu trouves qu'elle me ressemble ?

— Franchement, non ! Bien sûr, c'est le même type de femme que toi. Elle est grande, élancée, elle a les cheveux sombres, une allure exotique, mais c'est tout, vraiment. Elle n'a pas ton implantation de cheveux en V, et ses yeux sont gris, pas violets comme les tiens.

— C'est ce que Linnet dit aussi, mais curieusement, Shane s'y est laissé prendre lorsqu'il l'a vue, l'autre jour.

Emily secoua la tête.

— Je ne vois pas cette ressemblance, c'est tout. Il est vrai qu'elle s'habille un peu comme toi, qu'elle porte des vêtements très bien coupés, ce qui renforce peut-être cette impression. Mais quelle importance, puisque ce n'est évidemment pas une parente ? Les deux fois où je l'ai rencontrée, elle m'a plu, Paula.

Emily se pencha légèrement et fixa sa cousine durant quelques secondes.

— J'ai confiance en mon fils, en son jugement, et son bonheur est tout ce qui m'importe. S'il veut épouser Evan, ce sera avec ma bénédiction et celle de Winston, bien que celui-ci n'ait pas encore fait sa connaissance. Tu sais combien il est pressé d'avoir des petits-enfants, et il

221

compte sur Gideon pour cela, parce qu'il sait qu'Adrianna fera tout pour ne pas être enceinte.

— Je suis assez d'accord avec lui. Eh bien, nous ajouterons donc Evan Hughes à la liste. Mais… Je vois que tu ne l'as pas fait, murmura Paula.

— Pas sans t'avoir consultée, voyons ! A propos, Maman est très excitée à l'idée de participer à cette réunion de famille. A mon avis, précisa Emily en riant, elle va vouloir subir une nouvelle opération esthétique avant d'affronter les regards de toute la famille.

Paula rit avec sa cousine.

— Pauvre tante Elizabeth ! Tu la calomnies, Em. Je suis certaine qu'elle ne repassera pas sur le billard ! Elle paraît déjà la moitié de son âge, et elle est très belle.

— Tu as raison, mais elle s'est empressée de retourner à Paris. Ou plus exactement, chez Balmain. Elle veut qu'Oscar de la Renta lui confectionne une robe du soir fabuleuse. Elle m'a dit aussi qu'elle allait sortir de la banque ses biens mal acquis.

— Ses biens mal acquis ?

— Elle fait allusion aux diamants que ses maris et amants lui ont offerts au cours des années.

— Emily, c'est un mensonge pur et simple, et tu le sais ! Ta mère a acheté elle-même ses bijoux. Rappelle-toi ce que Grand-Mère disait… que les maris de ta mère possédaient tous des titres douteux et un portefeuille vide.

— Sauf mon père. Tony Barkstone était un pur Anglais au sang bleu, ainsi que Derek Linde, le père d'Amanda. Remarque, ils n'avaient pas un clou, eux non plus, mais ils étaient gentils. Maman n'aurait jamais dû les quitter, pas plus l'un que l'autre. Pour le reste, tu as raison, Maman a acheté elle-même ses bijoux, hormis quelques belles pièces que Grand-Mère lui a données, dans l'idée qu'elles reviendraient à Amanda, à Francesca et à moi à la mort de Maman.

— Tu me l'as déjà dit. Tu ne trouves pas qu'Amanda a fait du beau boulot, à Genret ?

— Oui. A ce propos, son divorce avance.

— Tant mieux. J'ai toujours pensé que ce mariage était une erreur. Au fait, j'ai appelé tante Edwina, dans le Yorkshire, l'autre jour. Quand j'ai entendu le son de sa voix, je n'en croyais pas mes oreilles.

— Elle est vraiment très âgée, tu sais. Elle a quand même dépassé les quatre-vingt-dix ans.

— Non, non ! Ce que je voulais dire, c'est qu'elle était incroyable. On aurait dit qu'elle allait conduire toute l'armée anglaise à la bataille.

Emily grimaça.

— C'est Edwina toute crachée ! Je crois que sa petite-fille préférée, India, tient d'elle son énergie débordante. C'est inscrit dans les gènes, je suppose.

— Je le crois aussi. Maintenant, Em, qu'allons-nous faire pour l'oncle Robin ?

— Nous devons l'inviter, Paula. Il n'est pas responsable de la trahison de son fils.

— On se donne le temps de la réflexion, tu veux bien ? suggéra Paula en prenant une autre feuille de papier. Je retiens ta suggestion de proposer un buffet pendant l'apéritif, mais nous devons décider du menu du dîner qui suivra. Comment...

Paula s'interrompit, car la sonnerie du téléphone venait de retentir. Elle souleva le récepteur et le porta à son oreille.

— Allô ?

— Maman ? C'est moi, Tessa.

— Oui, Tessa. Que puis-je…

— Je veux te voir, l'interrompit la jeune femme. Tout de suite. Il faut que je te parle. C'est très important, et cela ne peut pas attendre ; je monte à ton bureau.

— Je suis en réunion pour le moment, répliqua Paula d'une voix froide et contenue. Je ne peux pas te recevoir avant au moins une demi-heure.

— En ce cas, je suppose qu'il me faudra attendre jusque-là.

Sur ces mots, Tessa raccrocha, sans discuter davantage.

En déposant le récepteur sur son socle, Paula regarda sa cousine et déclara d'un ton sec :

— Il semble que la Dauphine soit quelque peu énervée.

— Elle se sent vraiment ton héritière, tu sais, remarqua Emily. Elle a des rêves de grandeur ; elle est persuadée de te succéder un jour, et le plus vite serait le mieux.

— Grand-Mère employait souvent un adage savoureux en de telles circonstances : « On n'attrape pas les mouches avec du vinaigre… » Approprié, tu ne trouves pas ? Je crains que Tessa n'ait besoin de quelques leçons… et la première aura lieu dans une demi-heure.

— Tu me demandes quel est mon problème ? Vraiment, Maman ! Tu devrais savoir que c'est Linnet et cette ridicule rivalité entre sœurs qu'elle entretient entre nous. Tu ne peux pas ne pas avoir remarqué qu'elle se conduit comme si elle possédait le magasin. On croit rêver quand on voit la façon dont elle se comporte, disant à chacun ce qu'il doit faire, mettant partout son grain de sel. Elle pense qu'elle est la patronne et elle se montre très autoritaire. Pas envers moi, évidemment, elle n'oserait pas. Mais envers les subalternes. Et maintenant, c'est le bouquet, elle a une seconde assistante, en plus d'India. C'est grotesque ! Je n'en ai même pas une, j'ai juste une secrétaire. Et tu sais ce qu'elle a fait, l'autre jour ? Elle a annulé l'un de mes ordres, j'étais…

— Elle a annulé l'un de tes ordres ! répéta Paula. Quel vocabulaire étrange ! Nous ne sommes pas dans l'armée, que je sache !

— Tu sais ce que je veux dire, Maman ! Ne coupe pas les cheveux en quatre !

— Et toi, surveille tes manières, jeune dame. Tu te montes la tête, tu rentres dans une véritable fureur sans raison, tout cela en t'agitant comme un derviche tourneur pris de folie. Calme-toi, Tessa, et tâchons d'y voir un peu clair dans toutes ces absurdités.

— Bonne idée ! s'exclama Tessa, en foudroyant sa mère du regard.

Néanmoins, elle fut assez avisée pour s'asseoir sur la chaise située en face de Paula.

— Pour commencer, dit cette dernière, Linnet ignore ce que c'est que la rivalité fraternelle, ou sororale, comme tu voudras. Cette rivalité n'existe que dans ton imagination, et pourtant, tu n'hésites pas à venir ici me faire un scandale.

— Ce n'est pas vrai ! cria Tessa en se levant d'un bond.

— Assieds-toi et tais-toi, ordonna sèchement Paula. Je ne tolérerai pas ce type de comportement. Maintenant, tu vas m'écouter, et m'écouter très, très attentivement, parce que je ne te le dirai qu'une seule fois. Linnet n'a aucun des travers dont tu l'accuses. Elle ne met pas son grain de sel partout, elle n'est pas autoritaire. Elle fait son travail, et elle s'y tient. Si tu as besoin d'une assistante, ou même de deux, engage-les. Je ne t'ai jamais empêchée de te faire aider, si tu en as besoin. Tu as compris ?

— Oui, Maman. Je chercherai une assistante dès demain, annonça froidement Tessa.

Du moins avait-elle baissé la voix d'un ton, pensa sa mère, qui reprit, en braquant sur sa fille aînée un regard perçant :

— Venons-en plutôt au cœur du sujet, la raison qui t'a poussée à venir me voir.

Tessa se tortilla légèrement sous le regard de sa mère, mais s'abstint de tout commentaire. Elle croisa les mains sur ses genoux, s'efforçant de ne pas trahir sa nervosité.

— Ton agitation est due à ton envie de savoir ce qu'il en est, à propos de la succession… En gros, tu souhaites savoir qui me succédera.

— Non, Maman, ce n'est pas…

— Inutile de nier, Tessa. Le mensonge ne te mènera nulle part. Je sais que tu en as parlé à des membres de la famille.

— Toby ! s'exclama Tessa. J'ai abordé la question devant Toby, mon ami le plus proche dans la famille, et je suis sûre que son père t'a rapporté cette conversation. C'était Winston, ne prétends pas le contraire !

— Je n'en ferai rien, en effet. Sache seulement qu'en aucun cas je ne désignerai un successeur. Je n'ai pas l'intention d'abdiquer ! Ce serait manquer à mon devoir et à la promesse que j'ai faite à Emma il y a trente ans.

Quand Grand-Mère s'est retirée, le soir de son quatre-vingtième anniversaire, elle m'a demandé de poursuivre son rêve. Je m'y suis engagée. Et le lendemain, quand nous avons déjeuné ensemble, elle m'a demandé de lui promettre autre chose, et j'ai accepté. C'était de ne jamais quitter la direction des magasins Harte, à moins d'y être contrainte par une grave maladie qui m'empêcherait de remplir mes fonctions efficacement. Aujourd'hui j'ai cinquante-sept ans, et je suis en pleine possession de mes moyens physiques et intellectuels ; j'ai donc bien l'intention de rester à mon poste. Je suis une Harte, et si j'ai la chance de jouir de l'excellente santé de Grand-Mère, je partirai sans doute comme elle à quatre-vingts ans et pas avant. Tu peux donc remiser au placard tous tes espoirs de me remplacer dans un avenir proche.

Tessa était si abasourdie par les propos de sa mère qu'elle en avait perdu la voix. Elle restait simplement assise à la fixer, incapable d'émettre un commentaire convenable, mais elle bouillait intérieurement.

— J'espère que tu as bien compris que je n'ai pas l'intention de désigner mon successeur. Je ne te nommerai pas, pas plus que Linnet. Je ne le ferai que le jour où j'aurai décidé de prendre ma retraite.

— Mais pourquoi, Maman ?

— Parce que j'ignore qui ce sera.

— Tu as bien une idée…

— Certainement pas, trancha Paula sur un ton péremptoire. Vous avez beaucoup à apprendre, toutes les deux, beaucoup d'expérience à acquérir. De toute façon, ce ne sera peut-être ni l'une ni l'autre. Mon choix pourrait se porter sur un autre membre de la famille.

— Mais qui ? Tu ne penses tout de même pas à cette

227

petite sotte d'Emsie. Elle est stupide, et il n'y a que les chevaux qui l'intéressent.

— Emsie n'est ni stupide ni sotte, et elle est ta sœur, aussi je te prie de surveiller tes propos. Pour ton information, cependant, je ne songe pas à Emsie. Je ne songe à personne. Je te préviens, voilà tout. Cesse de me harceler, parce que cela ne marchera pas. Je suis une femme en pleine forme, et j'ai bien l'intention de tenir ma promesse à Emma Harte le plus longtemps possible.

— Et Pennistone Royal ? Qui en héritera ?

Paula braqua sur sa fille des yeux éberlués.

— Seigneur, Tessa ! Non seulement tu brigues mon poste, mais tu veux aussi ma maison ! Je ne suis pas encore morte et je ne discuterai de mes intentions avec personne, pas plus toi que les autres. Tu es allée trop loin, aujourd'hui. Je suis consternée par ton comportement. Comment oses-tu me questionner sur mon testament !

Tessa fixa un instant sa mère, les lèvres tremblantes, puis elle éclata en sanglots, le visage enfoui entre ses mains. Se levant d'un bond, Paula contourna son bureau, se pencha sur sa fille et la prit dans ses bras. Tessa tressaillit et eut un léger mouvement de recul. S'en apercevant, Paula se redressa et baissa les yeux vers le visage de sa fille, baigné de larmes.

— Que se passe-t-il ? Pourquoi sursautes-tu ainsi ? Je ne te dégoûte pas à ce point, tout de même !

— Non, non ! J'ai mal au bras, Maman, c'est tout.

— Tu veux dire qu'en te prenant dans mes bras, j'ai ravivé une douleur ?

Tessa acquiesça, ses grands yeux gris noyés de larmes.

— Qu'est-ce qui t'est arrivé ?

— Rien... euh... je suis tombée.

228

— Ici, au magasin, ma chérie ?

— Non… euh… à la maison.

— Tu as consulté un médecin ?

— Ce n'est pas nécessaire, Maman.

Paula prit un ton conciliant, mais elle était inquiète :

— Allez, retire ta veste, que je puisse regarder.

— Ce n'est rien, je t'assure, marmonna Tessa.

Il était clair qu'elle ne souhaitait pas retirer sa veste, mais sa mère insista, et finalement, la jeune femme céda. Elle ôta son blazer de cachemire noir et laissa sa mère examiner son bras.

— Mais c'est affreux, Tessa ! Tu dois avoir fait une mauvaise chute pour avoir des bleus pareils ! Cela doit te faire horriblement mal. Je ne m'étonne plus que tu aies reculé de cette façon. Tu es sûre de n'avoir aucune fracture ?

— Je n'ai rien de cassé. J'ai craint, tout d'abord, que mon épaule n'en ait pris un coup, mais on m'a fait une radio, et tout va bien.

Les sourcils froncés, Paula regardait les meurtrissures bleu et noir qui marbraient le bras de sa fille.

— Comment es-tu tombée, m'as-tu dit ?

— Je ne te l'ai pas dit… J'ai dégringolé les escaliers de chez moi.

— Tu dois être plus prudente, ma chérie. De nombreux accidents surviennent dans les maisons, dit Paula en secouant la tête. Tu ne veux pas que le Dr Gill t'examine ?

— Non, Maman, je t'assure. Je vais bien… mais… eh bien… je te remercie de t'inquiéter pour moi, dit Tessa d'une voix soudain apaisée, presque docile.

Paula lui prit la main, l'attira doucement contre elle et l'embrassa sur la joue.

— Je me préoccupe toujours de toi, ma chérie. Je t'aime tendrement, et nous devons éviter de nous quereller ainsi, ce n'est pas bien. Je pensais vraiment ce que je t'ai dit, tu sais, je ne désignerai pas de successeur avant très longtemps. Tu dois donc te détendre à ce propos. Profite de ton travail ici, monte dans la hiérarchie, profite de ton mari et de ton enfant. Tout va bien à la maison, n'est-ce pas ?

— Oh oui, bien sûr que oui !

— J'en suis heureuse…

En soupirant, Paula s'écarta pour regagner son siège.

— Le mariage exige beaucoup d'efforts, quel que soit l'amour que l'on éprouve pour son conjoint, ajouta-t-elle plus bas.

17

Tessa marqua une pause sur le perron et inspira profondément pour détendre son visage crispé. Avant d'introduire la clef dans la porte d'entrée de sa maison, elle se contraignit à sourire. C'était le sourire qu'elle utilisait depuis des années, son « sourire menteur », comme elle l'appelait, parce qu'il dissimulait ses sentiments réels. Lorsqu'elle était enfant, il lui avait permis de masquer ses blessures, ses peines, ses chagrins, ses colères ou ses mécontentements. Au fil des ans, elle avait acquis une grande habileté pour cacher ce qu'elle ressentait derrière ce sourire éblouissant.

— Coucou ! cria-t-elle en entrant dans le hall.

Un instant plus tard, elle entendit les pas rapides et légers d'Adèle. Sa petite fille, son bébé, sortit de la cuisine en criant :

— Maman ! Maman !

Tessa la souleva du sol et la serra contre son cœur, puis elle la déposa délicatement par terre. Se penchant ensuite vers l'enfant, elle embrassa son petit visage souriant et s'accroupit auprès d'elle.

— Je t'ai apporté quelque chose de spécial, Adèle. Je suis sûre que tu vas l'adorer.

Rayonnante, la petite fille s'écria d'une voix excitée :

— Un cadeau, Maman ?

— Oui, ma chérie, un cadeau.

Tessa plongea la main dans le sac Harte qu'elle avait apporté avec elle, en sortit un paquet joliment emballé et le montra à sa petite fille de trois ans. Les grands yeux gris d'Adèle s'élargirent dans son visage délicat. Elle tendit sa petite main potelée vers le présent.

— C'est trop lourd pour que tu puisses le porter. Allons dans la cuisine, nous l'ouvrirons ensemble.

Tout en parlant, Tessa se leva et prit la main d'Adèle dans la sienne. Ensemble, elles marchèrent sur les dalles noires et lisses.

— Bonjour, madame Longden, dit la baby-sitter.

Elle ferma le lave-vaisselle, puis se tourna vers la mère et la fille.

— Bonsoir, Elvira, répliqua Tessa.

Elle conduisit sa fille vers le coin repas, dans le fond de la spacieuse cuisine.

— J'ai apporté un cadeau pour Adèle, et maintenant, nous allons l'ouvrir, n'est-ce pas, ma chérie ?

Adèle hocha la tête, les yeux étincelants de joie.

— Tu as bien de la chance ! lui dit Elvira. Je suis désolée de devoir m'absenter cette nuit, madame, mais ainsi que je vous le disais au téléphone, ma mère a fait une mauvaise chute. Elle est tombée d'un escabeau. Un bras et une jambe cassés, tous deux dans le plâtre. Grâce à Dieu, la voisine, Mme Abel, était passée la voir pour je ne sais quelle raison, et elle a donc pu l'emmener à l'hôpital. Mais maintenant, ma mère est… comment dire… en rade, seule chez elle.

— Je comprends, Elvira, et je suis désolée de ce qui est arrivé à votre mère. Savez-vous combien de temps vous serez partie ?

— Oh, seulement cette nuit, madame. Ma sœur Pearl arrive en voiture du Sussex ; elle nous rejoindra vers minuit et elle restera auprès de notre mère jusqu'à ce que mon autre sœur, Moira, revienne de ses vacances en Espagne. A elles deux, elles maîtriseront parfaitement la situation.

— Comme je vous l'ai dit, je suis navrée que votre maman se soit fait mal, Elvira, les fractures sont ennuyeuses et souvent douloureuses. Mais je dois admettre que, très égoïstement, je suis soulagée que vous rentriez demain.

— Je sais que vous avez besoin de moi pour veiller sur Adèle. Vous travaillez si dur, madame ! Je serai rentrée pour le déjeuner, mais Mme Jolles viendra dans la matinée. Elle adore Adèle et elle pourra prendre soin d'elle jusqu'à mon retour.

Hochant la tête, Tessa suivit sa fille jusqu'au coin repas. Après avoir déposé le paquet sur la table, elle assit l'enfant sur une chaise.

— Nous allons défaire le ruban et enlever le papier, annonça-t-elle.

La petite défit prestement le nœud du ruban, puis elle déchira le papier. Tessa l'aida finalement à en sortir une belle boîte de carton doré. Après avoir ôté le couvercle, elle souleva la boîte, pour qu'Adèle puisse en voir le contenu

La petite fille eut une expression extasiée.

— Oh ! Oh ! s'exclama-t-elle. Une poupée, Maman ! Une jolie poupée !

— Elle est jolie, c'est vrai, tout comme toi.

Tessa sortit de sa boîte la poupée de porcelaine, délicieusement habillée, puis elle la tendit à Adèle. La petite fille l'embrassa immédiatement sur les joues et la serra contre son cœur.

— Elle te plaît ? demanda Tessa en s'asseyant en face de sa fille.

Souriante, Adèle acquiesça du menton, tout en tapotant la tête de sa poupée.

— Comment s'appelle-t-elle ? demanda Elvira, qui venait de les rejoindre.

Les yeux de l'enfant allèrent de la baby-sitter à sa mère.

— Elle a un nom, Maman ?

— Pas encore. Tu vas devoir lui en donner un, Adèle.

Les grands yeux gris s'écarquillèrent un peu plus. Adèle posa un regard troublé sur sa mère, puis elle examina la poupée qu'elle tenait dans ses bras. Elle caressa ses cheveux blonds, toucha son visage, après quoi elle se tourna de nouveau vers sa mère.

— Daisy.

Elvira sourit à la petite fille, qu'elle trouvait magnifique.

— C'est un joli nom pour une jolie poupée, dit-elle.

— Nom de Bo-Maman, dit Adèle.

Quelque peu étonnée que l'enfant ait choisi le prénom de son arrière-grand-mère, Tessa murmura :

— Bonne-Maman Daisy sera très contente.

Daisy McGill Harte Amory Rickards était encore très bien pour son âge. Elle vivait une partie de l'année en Angleterre depuis le décès de son deuxième époux, Jason Rickards, qui était mort en Australie. Elle rendait fréquemment visite à sa petite-fille et à son arrière-petite-fille, d'autant qu'elle adorait Adèle.

Jetant un coup d'œil à sa montre, Tessa se leva.

— Il est plus de 18 heures. Avez-vous fait dîner Adèle ? demanda-t-elle à Elvira.

— Oui, et j'ai pensé que je pourrais la préparer rapidement pour le coucher. J'attendais votre retour, en me disant que vous voudriez sans doute passer un peu de temps avec elle.

— Merci de cette attention, Elvira. Vous voulez bien m'aider à porter le sac de provisions dans la cuisine ? M. Longden revient de voyage plus tard dans la soirée, et je voudrais préparer son dîner...

— C'est très gentil à vous, madame Longden. Qu'allez-vous lui faire ?

— Un coq au vin. C'est l'un de ses plats préférés.

La cuisine était paisible. La radio était allumée, mais

Tessa avait baissé le son ; cela lui tenait compagnie sans distraire son esprit. Elle allait et venait de la cuisinière au long comptoir central sur lequel elle avait disposé tous les ingrédients du coq au vin, l'une de ses spécialités. Après avoir fait dorer la volaille, fait frire le lard et les oignons coupés en rondelles, elle déposa ses trois casseroles sur le comptoir et en vida le contenu dans une cocotte de fonte émaillée. Elle adorait cuisiner et travaillait sans peine, comme toujours détendue par cette activité.

Elle ouvrit une bouteille de beaujolais, s'en servit un verre, puis vida la moitié de la bouteille dans la cocotte. Elle ajouta le contenu d'une boîte de concentré de tomate, une petite cruche de bouillon de volaille, deux tasses de champignons émincés et un bouquet garni. Elle porta ensuite la marmite sur la cuisinière et alluma le gaz, qu'elle régla sur feu moyen.

Au moyen d'une cuillère de bois, elle remua le contenu de la cocotte et, quand tout fut bien mélangé, plaça le couvercle. Elle revint au comptoir, but une gorgée de vin rouge et jeta un coup d'œil aux ingrédients qu'elle ajouterait plus tard : un bol de petits oignons et un autre de champignons entiers. En cuisinière organisée et soigneuse, elle nettoya le plan de travail, et, en quelques minutes, les plats sales, les casseroles et les divers ustensiles furent entassés dans le lave-vaisselle. Finalement, Tessa s'assit sur un tabouret, devant le comptoir, et savoura son verre de vin.

Ses yeux errèrent sur la cuisine. Elle aimait cette pièce spacieuse : avec son haut plafond cathédrale, percé de deux lucarnes aux deux extrémités, ses grandes portes-fenêtres donnant sur le patio et, au-delà, sur le jardin, elle était lumineuse et aérée, parfaitement adaptée à son usage, à la fois fonctionnelle et conviviale. Pour Tessa, la cuisine était le lieu le plus agréable de la maison. Elle trouvait les autres pièces froides, plutôt banales et bien trop modernes à son goût. Mais c'était justement à ces critères que Mark devait ses succès d'architecte : il construisait des immeubles ultramodernes s'élançant vers le ciel, avec de grands espaces vides à l'intérieur. Des espaces froids, sans couleur ni vie, avec un minimum d'encombrement. « Même les meubles sont inconfortables », pensa-t-elle en reversant un peu de vin dans son verre.

Jusqu'à ce qu'elle y emménage, elle ne s'était pas rendu compte qu'elle détestait vraiment cette maison. Elle avait vu Mark démonter la vieille et belle demeure 1900 jusqu'à ce qu'il n'en reste plus que le squelette. Ensuite, il en avait fait refaire l'intérieur à son goût, qui n'était pas celui de Tessa, et celle-ci avait vigoureusement protesté. Mark avait balayé ses objections et ses doutes, affirmant qu'elle manquait de recul et qu'elle adorerait la maison une fois que les travaux seraient terminés. Mais cela n'avait pas été le cas. Le plus énervant était que sa mère avait acheté cette maison pour elle, que cette maison lui appartenait. Parfois, l'idée même qu'elle vivait dans un endroit qui lui déplaisait la perturbait beaucoup. D'autant que Mark y avait investi des sommes énormes, toujours puisées dans ses fonds à elle.

Tessa avait grandi à Pennistone, ainsi que dans la maison maternelle de Belgrave, qui avait d'abord appartenu à Emma. Dans un lieu comme dans l'autre, elle avait été habituée à la chaleur et au confort. Pennistone avait beau être un manoir ancestral, aux salles immenses, il comportait aussi de petites pièces plus intimes, charmantes et douillettes. Il faisait bon y vivre.

Pour certains, Mark était un génie. Elle avait mis du temps à comprendre que ce n'était pas le cas. Elle s'était rendu compte que la plupart de ses conceptions avaient été plagiées, empruntées à d'autres architectes plus célèbres et pour la plupart décédés. Mark modifiait leurs plans jusqu'à en faire de pâles imitations des originaux, puis il prétendait qu'il s'agissait de productions personnelles. Tessa s'était souvent demandé pourquoi il les revendiquait comme telles, car la plupart étaient selon elle des monstruosités.

Admettre que Mark n'était pas ce qu'elle avait cru au départ avait constitué un choc. Pourtant, n'avait-elle pas toujours su, plus ou moins consciemment, qu'il était un peu escroc, vantard et fanfaron ? Beau, certes, mais pas un si bon parti qu'elle avait voulu le faire croire aux autres. Et si elle était vraiment honnête envers elle-même, elle devait avouer que leur union se détériorait rapidement. Mais elle devait penser à Adèle, qui adorait son père. De toute façon, Tessa ne souhaitait pas le quitter, bien qu'il fût de plus en plus difficile à vivre, voire agressif. Le plus ridicule, c'était qu'elle l'aimait toujours.

Elle se rappela ce que sa mère avait dit, l'après-midi même : « Le mariage exige beaucoup d'efforts... » C'était tout à fait vrai. Et Mark était terriblement exigeant... Il était toujours sur son dos, il la harcelait à propos de sa mère et des magasins, du pouvoir qu'elle était censée acquérir, de l'héritage qu'elle devait briguer, des échelons qu'elle ne gravissait pas assez vite dans la hiérarchie, de l'argent qu'elle gagnait.

Tessa se leva en soupirant et porta ce qui restait

d'ingrédients jusqu'à la cuisinière. Elle regarda l'horloge de la cuisine et s'aperçut avec étonnement, qu'il était plus de 20 heures. Il faut dire qu'elle avait passé beaucoup de temps à préparer tous les éléments de sa recette. « Où Mark peut-il bien être ? » se demanda-t-elle en versant les petits oignons et les champignons dans la cocotte. Après avoir remué le tout, elle y ajouta du bouillon de volaille et encore un peu de vin. Une odeur délicieuse montait de la marmite : le coq au vin allait être bon, et Mark serait content. Elle reposa le couvercle, puis elle mit la table dans le coin repas et revint au comptoir.

Assise une fois de plus sur son tabouret, Tessa vida le reste de la bouteille de vin dans son verre. Elle en but distraitement une gorgée, réfléchissant à la conversation qu'elle avait eue avec sa mère dans la journée. Elle fut brusquement frappée par l'idée que Paula avait paru très contrariée, déconcertée lorsqu'elles avaient parlé de la succession, et elle se demanda pourquoi.

Tessa devait reconnaître que Paula avait été une bonne mère envers tous ses enfants. Mais parfois, elle lui en voulait de son attitude… Il aurait été si simple pour elle de lui faciliter la vie en la désignant comme son héritière – la Dauphine, comme elle aimait à se surnommer elle-même, empruntant ce titre royal aux Français. Tessa ne pouvait nier qu'elle aimait le pouvoir. Mais sa mère ne se déciderait pas de si tôt à le lui transmettre, elle l'avait dit clairement. Au moins n'avait-elle pas non plus désigné Linnet ou quelqu'un d'autre.

Tessa ne pouvait s'empêcher de trouver sa mère un peu injuste. Après tout, elle était l'aînée des enfants de Paula, et en outre une Fairley. Tout le monde savait, dans la famille, qu'Emma Harte avait acquis une grande partie de ce qui avait autrefois appartenu aux Fairley. A son avis, elle était donc habilitée à gérer plus tard les affaires de la famille, tout comme sa mère le faisait maintenant.

Le problème était que sa mère préférait Linnet à ses autres enfants, parce qu'elle l'avait eue de Shane : elle était le premier enfant de l'amour. Irritée, Tessa laissa échapper une exclamation de dépit. C'était elle que sa mère blâmait pour sa rivalité avec Linnet, alors que cette rivalité était justement le fait de Linnet, encouragée et soutenue par India Standish et Gideon Harte. Ils l'incitaient à se dresser contre elle, comme ils l'avaient toujours fait. Par bonheur, Toby était de son côté à elle, ils avaient un plan bien établi, et un jour...

La porte d'entrée claqua, arrachant Tessa à ses pensées. Elle sursauta et se tourna vers la porte de la cuisine, restée entrouverte.

Tessa était décidée à sauver son mariage, à faire en sorte que son union avec Mark redevienne harmonieuse... parce que c'était ce qu'elle voulait vraiment.

18

— Bonjour, mon chéri, dit Tessa quand son mari entra dans la cuisine.

Elle lui adressa son sourire le plus éclatant, avant de reprendre :

— Je commençais à m'inquiéter de ton retard.

Glissant à bas de son tabouret, elle vint à sa rencontre et l'enlaça, mais il demeura tellement passif qu'elle laissa retomber ses bras.

— Où étais-tu ? s'enquit-elle calmement.

L'écartant sans aménité, il grommela :

— Dans un foutu train ! Où diable penses-tu que je pouvais être ? Les transports publics sont désastreux dans ce pays, ajouta-t-il d'une voix maussade.

— Oui, murmura Tessa.

Elle regagna son tabouret. Les yeux sombres de Mark ne tardèrent pas à se poser sur la bouteille de beaujolais. S'approchant du comptoir à grands pas, il la prit.

— Elle est vide ! Tu as encore bu ! s'exclama-t-il en braquant sur elle un regard plein d'un mépris glacial.

— Tu parles comme si j'étais alcoolique ! Pour l'amour du ciel, je n'ai bu qu'un verre et demi, le reste est dans mon coq au vin !

Pour éviter une autre explosion de méchanceté, elle lui adressa de nouveau son sourire rayonnant.

— Je t'en ai préparé une grande marmite. Je sais combien tu apprécies ce plat, mon chéri !

Ignorant ses explications, il agita la bouteille sous le nez de la jeune femme, puis il déclara d'une voix sinistre :

— La boisson est l'un des problèmes des Fairley. Tu ne voudrais pas finir comme ton père, ou pire encore, comme ton arrière-grand-mère, Adèle Fairley ? Une nuit, elle était tellement saoule qu'elle est tombée dans l'escalier de Fairley Hall et qu'elle s'est cassé son foutu cou. Avec quelle famille me suis-je allié ! conclut-il avec une moue plus dédaigneuse que jamais.

Tessa le regardait d'un air ébahi.

— D'où tiens-tu cette fable ? Je ne l'ai jamais entendue. Si elle était vraie, on m'en aurait parlé. Qui t'a raconté cet horrible mensonge ?

Mark Longden passa la main dans ses cheveux blond foncé, déjà ébouriffés, et haussa les épaules. Son visage renfrogné refléta soudain l'indifférence.

— Je ne sais plus, grommela-t-il. Mais peu importe qui me l'a dit, il est de notoriété publique que les Fairley étaient des picoleurs, toute la région était au courant de leurs beuveries. Alors fais attention à toi, tu m'entends ? Je ne veux pas que ma fille soit élevée par une mère ivrogne.

— Arrête, Mark ! Et tout de suite ! Je n'ai même pas avalé deux verres de vin et je bois rarement. Pour ainsi dire, jamais, et tu le sais parfaitement ! Alors, cesse immédiatement !

Tessa était debout et fixait son mari avec intensité, consciente de la menace qui se cachait derrière ses propos. Une menace ou un ennui quelconque... Soudain sur ses gardes, elle se demanda s'il avait bu. Et d'où venait-il, exactement ? Ce matin, il lui avait dit qu'il quittait Londres pour la journée. Mais où était-il ? Et avec qui ?

Mark s'était assis sur un tabouret. Il lui jeta un coup d'œil et, d'une voix normale et d'un air dégagé, il demanda :

— J'aimerais bien boire une vodka. Veux-tu m'en préparer une, chérie ?

Désireuse de calmer le jeu, Tessa lui sourit avec soulagement et s'empressa de satisfaire le désir de son mari. Elle ouvrit le placard où les alcools étaient rangés et en sortit une bouteille de vodka russe, qu'elle posa sur le comptoir. Elle prit ensuite des glaçons dans le réfrigérateur, après quoi elle prépara la boisson qu'il lui avait demandée.

— A ta santé ! déclara-t-il.

Portant le verre à ses lèvres, il but une longue gorgée d'alcool.

Tessa reprit son verre, qui ne contenait plus que quelques gouttes de vin.

— A ta santé. Qui était le client que tu es allé voir, aujourd'hui ?

Soucieuse de ne pas déclencher les hostilités, elle s'était exprimée sur un ton neutre.

— Un type, dans le Nord, marmonna-t-il en fixant distraitement son verre.

Rendue soupçonneuse par les accusations qu'il avait proférées à propos d'Adèle Fairley et de son père, Tessa demanda :

— Dans le Nord ? Tu t'es rendu dans le Yorkshire ?

Il lui jeta un regard de côté.

— Non, dans les Midlands. Je suis en train de dessiner les plans de sa maison. Il y a des tas d'argent à gagner sur ce coup. Pour le cabinet.

Un sourire ironique releva les coins de sa bouche, et il poursuivit :

— Et toi, qu'as-tu fait de ta journée ? Comment cela s'est-il passé ? Pas de dispute avec ta petite sœur ? Est-ce que tu as parlé à ta mère au sujet de cette foutue succession ? Je connais déjà les réponses à toutes ces questions. Je suis sûr que tu t'es disputée avec ta sœur, tout comme je suis certain que tu n'as pas parlé à ta mère. Quand seras-tu nommée directrice générale ?

Tessa faillit lui rapporter ce qu'elle savait, mais elle changea immédiatement d'avis. Cela ne lui attirerait que des ennuis, elle en eut brusquement la conviction. Mark était bizarre, et s'il n'avait pas bu, il avait forcément absorbé quelque chose. Elle percevait un changement en lui. C'était subtil, mais c'était évident. Il n'était pas tout à fait lui-même.

Elle s'éclaircit la voix et opta pour le mensonge :

— Je n'ai pas pu la voir, mais je vais le faire, chéri. De toute façon, il n'y a pas de problème, je t'assure. Il est clair que je serai le boss un de ces jours. N'oublie pas que je suis l'aînée.

— Espérons-le.

Mark but encore un peu de vodka et reposa son verre.

— Il n'y a pas quelque chose qui brûle ?

— Oh, mon Dieu !

Tessa courut à la cuisinière, souleva le couvercle de la cocotte et regarda à l'intérieur.

— Tout va bien ! Le coq au vin a l'air délicieux, tu vas te régaler ! dit-elle en se tournant vers son mari.

— Je n'ai pas faim.

— Allez, Mark, tu as besoin de te restaurer un peu. Tu es parti à l'aube et tel que je te connais, tu as dû sauter le déjeuner.

Il ne répondit pas, se contentant de la fixer d'un air morose, de ses yeux ternes. Tessa le cajola quelques minutes, avec une certaine habileté, et il finit par se laisser mener jusqu'au coin repas. Il prit place à table, faisant tourner son verre de vodka entre ses mains.

Tandis que Tessa servait le coq au vin dans des assiettes préalablement chauffées, il lui lança :

— Apporte une bouteille de beaujolais, je l'ouvrirai.

Grommelant sous cape, elle obéit immédiatement, puis elle se remit à servir le dîner. Après avoir posé les assiettes sur la table, elle retourna prendre le panier à pain et le beurre sur le comptoir, puis s'assit en face de Mark. Celui-ci s'efforçait maladroitement d'ouvrir la bouteille, et il finit par ôter tant bien que mal le bouchon. D'une main tremblante, il remplit leurs deux verres de vin, non sans en renverser à côté.

Tout en l'observant, Tessa pensait à la manière dont il l'avait accusée de boire, un court instant auparavant. Il avait visiblement oublié l'épisode, puisqu'il venait de la servir à ras bord. Qu'est-ce qui n'allait pas chez lui ? Etait-il ivre ? Ou drogué ? De plus en plus soupçonneuse, elle décida néanmoins de garder le silence.

Elle avait eu très faim une heure auparavant, mais maintenant, elle avait perdu tout appétit. Cependant, elle se força à porter une bouchée de volaille à sa bouche. C'était délicieux, mais elle se sentait si nerveuse, en présence de son mari, qu'elle eut du mal à avaler.

Le claquement d'un couvert, sur la table, la fit sursauter. Quand Mark posa brutalement son verre, elle se redressa, prise de panique, et regarda son mari.

— Qu'est-ce qui ne va pas ?

— C'est infect. Je ne sais pas ce que tu as cuisiné, mais c'est dégoûtant. De la pâtée pour chien !

— C'est excellent, au contraire ! s'exclama-t-elle.

Ne voulant pas mettre davantage le feu aux poudres, elle s'interrompit immédiatement. De nouveau, la panique s'empara d'elle.

— Ne discute pas avec moi, espèce de garce ! hurla-t-il, le visage rouge et déformé par la colère.

Sur ces mots, il repoussa si violemment son assiette qu'elle glissa sur la table, avant de s'écraser sur le sol.

Tessa n'osait pas bouger un muscle ou esquisser un geste. Elle demeura immobile, le regardant de ses grands yeux gris élargis par la surprise.

— Ramasse-moi ça, cria-t-il, ou je te flanquerai une raclée que tu n'es pas près d'oublier !

Comme il se levait à demi, la main levée, elle bondit sur ses pieds avant qu'il puisse la toucher. Ayant trouvé la pelle et la balayette, elle revint en courant.

Agenouillée, elle poussa la nourriture et l'assiette cassée dans la pelle, se sauva de nouveau, toujours tremblante. Un instant plus tard, elle revenait avec une serpillière, s'agenouillait pour la seconde fois et ôtait les derniers débris qui maculaient le sol ordinairement étincelant.

Si soudainement qu'elle en fut choquée, elle sentit la main de Mark sur sa nuque. Elle sentit, plus qu'elle ne vit, la menace qu'il constituait. Il resserra son étreinte sur son cou.

— Laisse-moi partir, Mark, s'il te plaît, dit-elle d'une voix douce, cajoleuse.

— Qu'y a-t-il entre Toby Harte et toi ? Tu ferais mieux de me le dire, salope !

— Mais rien, voyons ! Nous sommes parents, amis depuis l'enfance, tu le sais, répondit-elle en se gardant bien de hausser le ton.

Elle devait rester calme, maîtriser sa peur ; c'était essentiel. Mark enfonça davantage ses doigts dans la chair de la jeune femme.

— On m'a dit que vous étiez plus qu'amis, siffla-t-il.

Je sais qu'il est ton amant, qu'il l'était déjà quand vous étiez gosses.

— C'est faux, et tu le sais ! cria-t-elle. Toby est mon cousin, pour l'amour du ciel !

— Ça n'a pas d'importance ! Il n'y a qu'à voir comment vous vous mariez les uns avec les autres dans ta famille ! Pour ce qui est de l'inceste, ta foutue famille remporte le premier prix.

— C'est ridicule ! Il n'y a rien entre Toby et moi !

A cet instant, Adèle entra en courant dans la cuisine, vêtue de sa chemise de nuit, serrant sa poupée Aggie dans ses bras.

— Papa ! Papa !

Immédiatement, Mark lâcha prise pour se précipiter vers sa fille. Il la souleva de terre et la serra dans ses bras.

— Bonsoir, mon cœur, murmura-t-il contre les boucles blondes et douces. Comment se porte ma petite fille chérie ? Tu vas bien, mon chou ?

L'enfant frotta son visage contre celui de son père.

— Oui. Viens voir ma poupée, Papa !

— Mais je la vois !

Mark prit la poupée de chiffon qu'elle serrait toujours dans sa main.

— Non. Nouvelle poupée, dit Adèle.

Tessa, qui s'était immédiatement relevée pour se retirer dans la sécurité de la cuisine, expliqua tranquillement :

— Je lui ai acheté une poupée, aujourd'hui, expliqua-t-elle. Elle est en haut, dans sa chambre.

Mark lui lança un coup d'œil.

— Je reviens dans deux minutes, murmura-t-il d'une voix presque normale.

Tessa le regarda s'éloigner. Combien de temps serait-il parti ? Elle était terrifiée et ne savait que faire. Si elle avait écouté son instinct, elle se serait enfuie, elle se serait ruée hors de la maison pour chercher refuge chez Toby. Mais Mark avait Adèle, et elle ne pouvait pas la laisser. Elle aperçut son sac, sur le comptoir, et alla prendre son téléphone portable. Mais qui appeler ? Toby accourrait en moins de deux, et Shane se précipiterait le plus vite possible, mais elle ne souhaitait pas les informer des sautes d'humeur de Mark, pas plus que de ce qu'il lui faisait subir. « Attends de voir ce qui va se passer », lui conseilla une petite voix intérieure. Tessa devait se montrer prudente, vigilante et ne jamais relâcher son attention.

Au bout d'un quart d'heure, comme Mark n'était toujours pas redescendu, Tessa traversa le hall et monta l'escalier à pas de loup. Elle longea le couloir et vit que la porte de la chambre d'Adèle était ouverte, la lampe allumée. Elle retint sa respiration jusqu'au seuil. Tout était calme et tranquille dans la pièce. Lorsqu'elle y pénétra, sur la pointe des pieds, elle constata qu'Adèle était déjà profondément endormie, suçant son pouce, la poupée de chiffon bien serrée contre son cœur.

Se penchant sur sa fille, Tessa écarta quelques mèches blondes de son visage et éteignit la lampe, mais elle laissa une veilleuse allumée. Elle sortit, referma la porte derrière elle et se dirigea vers la chambre conjugale. Elle poussa la porte entrouverte et vit Mark, étalé en travers du lit, qui ronflait. Etait-il ivre ou drogué ? Elle aurait été incapable de le dire.

Après avoir fermé la porte, elle hésita un instant. Finalement, elle opta pour le lit d'appoint qui se trouvait dans la chambre d'Adèle. On l'avait mis là pour Elvira, au cas où l'enfant aurait été malade. Elle était sûre que Mark ne ferait jamais de mal à leur enfant, aussi estimat-elle que c'était l'endroit de la maison où elle serait le plus en sécurité.

Tessa était étendue sous la couette, son téléphone portable à la main. Hormis son blazer et ses chaussures, qu'elle avait ôtés, elle avait gardé ses vêtements. Bien qu'elle ait verrouillé la porte, elle ne parvenait pas à se détendre. Cependant, Mark n'émergea pas de leur chambre, et la maison tout entière resta silencieuse.

Exténuée, elle somnola un peu, mais quand un rayon de soleil filtra entre les volets, elle s'éveilla en sursaut. L'espace de quelques secondes, elle fut complètement désorientée, puis elle se rappela l'étrange comportement de son mari.

Les humeurs de Mark avaient toujours été variables. Il s'énervait facilement, pouvait se montrer caustique, mais ce n'était que depuis six mois qu'il était devenu violent, verbalement et physiquement. Elle en avait été à la fois surprise et alarmée. Depuis quelques années, il avait une attitude volontiers critique vis-à-vis d'elle. Il s'était même donné des airs supérieurs, mais cela l'avait plutôt amusée, car elle-même ne manquait pas d'assurance – une assurance qu'elle avait d'ailleurs héritée de son arrière-grand-mère, Emma Harte, de sa grand-mère Daisy et de sa mère. Elle ne se laissait pas facilement intimider, et elle n'avait pas sa langue dans sa poche quand il lui fallait se défendre. La seule chose qui pouvait l'effrayer, c'était la violence physique, contre sa fille ou contre elle-même.

Son époux s'était fâché contre elle à plusieurs reprises depuis qu'ils étaient mariés. Chaque fois, elle en avait été profondément bouleversée. Mark avait toujours eu une personnalité étrange, dont la bizarrerie ne cessait de s'accentuer, et il n'était pas le plus facile des hommes, mais jusqu'à une période récente, il n'avait jamais été violent.

Le week-end précédent, une querelle avait éclaté entre Mark et elle, au sujet de la succession de sa mère. Dans le feu de la discussion, Mark avait brandi le poing en avant, comme s'il allait la frapper au visage. Elle avait adroitement esquivé le coup, mais elle avait trébuché et dégringolé les six marches qui descendaient au cellier. Mark s'était précipité pour la relever, l'air effrayé et soucieux, visiblement désolé. Dans sa chute, elle s'était gravement meurtri l'épaule et le bras, et c'est ce qui avait inquiété sa mère la veille.

Maintenant, Tessa repensait aux événements de la veille. Mark aurait pu en venir aux coups si elle n'était pas restée calme, maîtresse d'elle-même. L'irruption inattendue de sa fille adorée l'avait évidemment ramené à la raison, mais les choses auraient pu très mal tourner. Tessa était certaine qu'il avait bu avant de rentrer, ou bien qu'il avait pris autre chose, peut-être pas des drogues dures, comme l'héroïne ou la cocaïne, mais un stupéfiant quand même. Normalement, il supportait bien l'alcool ; sa conduite incohérente était donc particulièrement alarmante. La veille, ses yeux étaient ternes, presque vitreux, et il avait changé plusieurs fois d'humeur en un court laps de temps. Elle s'était retrouvée face à un Mark qu'elle ne connaissait pas.

Il faudrait qu'elle se renseigne auprès de Toby à propos des drogues. En tant que haut responsable d'une chaîne télévisée, il en savait probablement un rayon là-dessus. Gideon pourrait aussi lui fournir quelques éclaircissements. Elle était convaincue qu'aucun de ses cousins ne toucherait à la drogue. L'un et l'autre avaient trop besoin d'être aux commandes, que ce soit d'eux-mêmes ou des autres. Par ailleurs, ils étaient ambitieux, entièrement consacrés à leur travail. Jamais ils n'absorberaient des substances susceptibles de diminuer leur concentration ou d'altérer leur clairvoyance. En revanche, grâce à leurs métiers, ils disposaient d'un certain nombre d'informations.

Elle se demanda brusquement si elle devait se confier à Toby, finalement, bien qu'il soit son ami le plus proche. A Lorne ? Mais elle et lui n'étaient aussi unis que parce qu'ils étaient jumeaux, et Lorne risquait de rapporter à leur mère les écarts de conduite de Mark si elle le prenait pour confident. « Une langue immobile, un esprit agile… » Telle était la devise de Tessa depuis des années, et elle résolut de ne parler à personne…

La petite Adèle murmurait dans son sommeil, se tournait et se retournait dans son lit. Ecartant ses draps, Tessa se leva et faillit trébucher sur son téléphone portable, qui devait lui avoir échappé des mains pendant son sommeil. Elle regarda sa fille, lui caressa les cheveux et sourit de plaisir. Emplie d'amour pour sa superbe enfant, elle remonta la couette sur ses épaules, traversa la chambre et déverrouilla la porte.

Tessa longea le couloir, attentive à ne pas faire de bruit. Elle jeta un coup d'œil à sa montre : il était un peu plus de 6 heures. A pas feutrés, elle parvint devant la chambre conjugale. Elle s'immobilisa un instant, puis ouvrit doucement la porte et jeta un coup d'œil dans la pièce. Mark était toujours profondément endormi et étendu en travers du lit : il n'avait quasiment pas changé de position. Osant à peine respirer, elle referma la porte le plus doucement possible et poursuivit son chemin jusqu'à sa suite personnelle.

C'était un ensemble de pièces qu'elle avait insisté pour décorer elle-même. Elle avait dû se battre avec Mark, mais il avait finalement capitulé. Il y avait un bureau, une salle de gymnastique, une salle de bains spacieuse et luxueuse. Dans le grand dressing, ses vêtements étaient impeccablement rangés, et ses chaussures, sacs à mains, foulards, châles et autres accessoires étaient disposés avec un ordre parfait. C'était son domaine privé, et elle s'y sentait merveilleusement bien. Etant très perfectionniste, elle aimait que tout soit bien organisé et méticuleusement rangé.

Après une douche rapide, Tessa se sécha les cheveux et s'assit devant sa coiffeuse pour se maquiller. Puis elle sélectionna et enfila sa tenue du jour : un tailleur-pantalon gris à fines rayures et un chemisier bleu pâle, de coupe un peu masculine. Quelques instants plus tard, elle dévalait l'escalier et gagnait la cuisine. Elle prépara du café, chargea tranquillement le lave-vaisselle avec quelques ustensiles qui restaient de la veille, le mit en marche et jeta le coq au vin, qui s'était figé pendant la nuit.

Elle avait avalé la moitié de sa première tasse de café quand Mark apparut. Ses cheveux étaient encore humides, il était rasé de près, vêtu d'un pantalon bleu marine et d'une chemise blanche dont il avait laissé le col ouvert. Il portait sur son bras sa veste de costume et une cravate assortie.

A la vue de Tessa, il hésita une fraction de seconde, parut ralentir le pas, puis se reprit et s'approcha, un faible sourire aux lèvres. Il posa sa veste et sa cravate sur un tabouret, contourna le comptoir et se planta devant sa femme, l'air faussement dégagé.

— Bonjour.

Comme elle ne répondait pas, il dit d'une voix contrite :

— Je suis désolé, Tessa chérie. Je ne me rappelle pas exactement ce qui s'est passé, hier soir, mais quand je me suis réveillé, tout à l'heure, je me suis douté que j'avais dû mal me comporter.

Tessa demeura silencieuse. Il la fixait intensément.

— C'est cela, n'est-ce pas ? Je veux dire… Je me suis mal comporté ? Je t'en prie, dis-moi ce qui est arrivé. Je suis si ennuyé… Nous nous sommes disputés ?

Elle leva vers lui un regard froid, le fixant de ses prunelles couleur d'acier.

— Oh ! dit-il seulement.

Il alla se servir une tasse de café, qu'il posa ensuite sur le comptoir. Debout près de la jeune femme, il en but quelques gorgées.

— J'ai pensé que nous avions dû nous disputer, murmura-t-il finalement, parce que je me suis retrouvé tout habillé sur le lit, qui n'était d'ailleurs pas défait… Et toi, tu n'étais pas là.

— C'est malheureusement vrai, soupira-t-elle. Nous ne nous sommes pas disputés, Mark. C'est toi qui t'es fort mal comporté. Tu es revenu à la maison d'humeur très belliqueuse et tu as immédiatement ouvert les hostilités. Tu t'es conduit bizarrement, en fait. Je n'ai pas eu l'impression que tu étais ivre, mais que tu avais absorbé quelque chose. Je ne me suis pas trompée, n'est-ce pas ?

Il secoua vigoureusement la tête.

— Pas du tout ! J'ai dû boire deux verres d'alcool, c'est vrai, mais si tu insinues que j'ai consommé des drogues ou toute autre… substance, tu commets une erreur grossière. Grossière !

— Pourtant, il y avait vraiment quelque chose d'anormal. Tes yeux étaient vitreux, ton discours, et tes gestes étaient incohérents.

Elle décida de lui raconter tout ce qui s'était passé la veille. Et lorsqu'elle en vint au moment où il avait fait preuve de violence physique et l'avait saisie par le cou alors qu'elle était agenouillée sur le sol, elle ne prit pas de gants. Elle comprit qu'il se rappelait des bribes de la scène, parce qu'il hochait parfois la tête. Au fur et à mesure de son récit, il se tassait sous le poids de la honte et du remords.

— Mon Dieu, Tessa ! Je suis tellement désolé ! C'est certainement la faute de ces cachets contre le rhume que j'ai pris dans le train. Ils ont peut-être eu des effets secondaires néfastes en association avec l'alcool. Tu comprends, je ne me sentais pas très bien, alors j'ai acheté un médicament à la gare, et je l'ai avalé en même temps qu'un whisky. J'ai été vraiment stupide.

Bien qu'il soit visiblement honteux et désireux de faire amende honorable, Tessa sut instinctivement qu'il mentait. Du moins à propos du remède contre le rhume. Ses explications sonnaient faux. Mais elle resta impassible et ne réagit pas aux protestations d'innocence de Mark ni à ses nombreuses manifestations de contrition.

— Avec qui avais-tu rendez-vous, hier ? demanda-t-elle après avoir bu quelques gorgées de café.

De ses yeux gris et pénétrants, elle le regardait par-dessus sa tasse.

— Je te l'ai dit, chérie, avec un client, répondit Mark en s'asseyant en face d'elle.

— Oui, mais tu n'as pas précisé son nom.

— Oh, je croyais te l'avoir dit. Il s'appelle William Stone et, apparemment, il est honteusement riche. J'ai conçu les plans de sa maison, qu'il appelle « la demeure de ses rêves ».

— Et où se trouve cette merveille ?

Mark fronça les sourcils.

— Dans les Midlands, je croyais te l'avoir dit aussi.

— As-tu bu avec lui, avant de le quitter ? Cela pourrait expliquer ton triste état.

— Que veux-tu dire ?

— Si tu as bu avec ton M. Stone, puis avalé du whisky avant de prendre le train, tu étais sans doute ivre sans t'en rendre compte.

— C'est possible.

Mark secoua la tête, puis il tendit le bras et prit la main de sa femme, sur le comptoir.

— Ecoute, Tessa, je suis sincèrement désolé. Cet épisode a été douloureux pour toi, et il l'a été également pour moi quand tu me l'as rapporté. Je t'en prie, ma chérie, dis-moi que tu acceptes mes excuses. Je te promets que cela ne se reproduira plus. Tu sais que je t'adore, que je ne voudrais pour rien au monde te bouleverser. Je t'aime, Tessa.

Elle scruta en silence son visage, ses yeux injectés de sang. Il y avait quelque chose d'étonnamment enfantin en lui, peut-être parce qu'il avait rougi ou à cause du col ouvert de sa chemise ; cet air de collégien et sa sincérité apparente avaient toujours fait partie de son charme, mais elle n'était jamais sûre qu'il soit tout à fait franc.

Elle finit par hocher lentement la tête.

— Je te pardonne, Mark.

« Mais oublierai-je jamais ? » se demanda-t-elle.

— Mais cela ne doit jamais plus arriver, continua-t-elle. Si jamais tu m'agresses à nouveau violemment, comme la nuit dernière, je te quitterai. Je demanderai le divorce. Je ne le supporterai pas, tu le sais, pas plus que Paula et Shane.

Elle avait lancé leurs deux noms pour lui rappeler qui elle était exactement et sur qui elle pouvait compter. A défaut d'autre chose, il comprenait la signification de l'argent et le pouvoir qu'il conférait, son poids énorme, comme il le disait souvent lui-même.

Mark sourit avec soulagement et porta la main de sa femme à ses lèvres pour embrasser ses doigts.

— Je suis vraiment, vraiment désolé. Et cela ne se reproduira jamais plus, je te le promets, Tessa.

Tout en la fixant intensément, il ajouta :

— Je suis affreusement honteux de moi.

Le bruit d'une clef dans la serrure de la porte située à l'arrière de la maison les fit se redresser.

— Oh, c'est Mme Jolles ! s'exclama Tessa. Elvira lui a demandé de venir de bonne heure aujourd'hui.

— Pourquoi ?

— Parce que je dois aller travailler, tout comme toi d'ailleurs, et qu'Elvira a dû rentrer chez elle, la nuit dernière, pour veiller sur sa mère malade.

— Bonjour à tous, lança Mme Jolles de sa voix gaie. Ne vous dérangez pas pour moi et terminez votre petit déjeuner, je monte voir Adèle.

19

Gideon attendait Evan, assis dans le salon de son petit hôtel de Belgrave. Dès qu'il y avait pénétré, il avait été frappé par le raffinement et le bon goût qui y régnaient, tant dans le hall que dans le salon où il se trouvait.

Installé dans un canapé, près du feu, il examinait la pièce, qu'il trouvait à la fois charmante et confortable. Quelques beaux tableaux représentant des paysages étaient accrochés aux murs, l'atmosphère était agréable et reposante.

Gideon étendit ses longues jambes devant lui. Il se sentait un peu fatigué. La semaine au journal avait été éprouvante. La seule bonne nouvelle était que Christian Palmer avait accepté d'examiner l'offre qui lui était faite de reprendre son emploi au *London Evening Post*. Ils étaient en pleines négociations, notamment concernant le délai dont Palmer avait besoin pour terminer son livre. Quand celui-ci serait fini, ce qui ne devait pas tarder, rien n'empêcherait Palmer de travailler pour le journal. Peut-être faudrait-il lui accorder un mi-temps, mais Gideon et son père savaient que cela valait mieux que de se priver de ses services.

Les pensées de Gideon revinrent vers Evan. Il ne parvenait pas à croire à sa chance. Leur rencontre tenait du miracle. Il était immédiatement tombé fou amoureux, et il savait que c'était réciproque. Il avait ri, l'autre jour, lorsqu'elle avait parlé de « coup de foudre » pour décrire ses sentiments, parce qu'il avait pensé exactement la même chose un peu plus tôt.

Lorsqu'il le lui avait dit, elle en avait paru amusée.

— Les grands esprits se rencontrent, avait-elle plaisanté en pressant sa main.

Elle n'était pas seulement ravissante à regarder, elle était aussi charmante, vive et intelligente, et ils se plaisaient énormément ensemble. Il ne s'ennuyait jamais en sa compagnie, contrairement à ce qui s'était passé avec tant d'autres femmes. Bref, ils s'entendaient en tous points.

Quelque chose chez elle le chagrinait pourtant : c'était la tristesse qu'il lui voyait parfois. Il avait alors l'impression qu'une étrange mélancolie s'emparait d'elle, et il ne pouvait s'empêcher de se demander ce qui causait ce changement d'humeur. Ils n'en avaient jamais discuté, mais Gideon était à peu près sûr que cela n'avait aucun rapport avec leur relation, mais avait trait au passé.

Quelques instants plus tard, Evan le rejoignit dans le salon. Comme elle lui souriait, des fossettes charmantes se creusèrent dans ses joues.

Gideon se leva aussitôt.

— Excuse-moi de t'avoir fait attendre, déclara-t-elle en déposant un baiser sur sa joue, je me suis attardée au magasin.

— Ma cousine est une négrière ! murmura-t-il en lui pressant le bras.

— C'est un peu vrai, mais cela m'est égal. J'ai moi-même tendance à être un bourreau de travail, comme tu le sais. Cela dit, je suis en retard parce que j'ai finalement décidé de me changer. Tu m'as dit que cela n'avait pas d'importance, mais je n'en ai fait qu'à ma tête.

Il lui sourit et la regarda avec admiration.

— Tu es très belle, comme toujours. Viens, j'ai une

faim de loup ! Je suis impatient de planter une fourchette et un couteau dans quelque délicieux rôti d'agneau.

Tandis qu'il l'entraînait à travers le hall, puis dans la rue, Evan demanda :

— Où m'emmènes-tu ?

— Au Dorchester. Ils ont le meilleur gigot et le meilleur rôti de bœuf de Londres.

Gideon leva la main pour héler un taxi. Il aida ensuite la jeune femme à monter à l'arrière. Après avoir donné au chauffeur le nom de l'hôtel, il prit la main d'Evan et l'embrassa.

— Tu m'as manqué.

Evan se tourna vers lui, en haussant ses sourcils noirs.

— Mais tu m'as vue hier !

— Je sais, mais depuis, tu m'as quand même manqué.

Souriante, elle s'adossa à la banquette de cuir, se demandant si elle allait lui dire qu'il lui avait également manqué. En fait, il lui manquait dès qu'ils n'étaient pas ensemble. C'était une expérience entièrement nouvelle pour elle. Pourtant, elle préféra se taire.

Au bout de quelques minutes, le taxi s'arrêta devant l'hôtel. Le portier, en livrée verte et coiffé d'un chapeau, ouvrit la portière et aida Evan à descendre.

— Bonsoir madame, dit-il d'une voix chaleureuse.

— Bonsoir, répondit-elle.

Elle gravit quelques marches et attendit Gideon, qui réglait la course. A l'intérieur de l'hôtel, il la guida jusqu'au vestiaire, et lorsqu'on les eut débarrassés de leur manteau, ils traversèrent le hall en direction du Grill Room. On les conduisit immédiatement à leur table.

— Que veux-tu boire ? demanda Gideon lorsqu'ils furent assis.

— Un verre de vin blanc me ferait plaisir, merci.

Gideon fit signe au serveur ; il commanda du vin blanc pour Evan et une vodka-tonic pour lui. Dès qu'ils furent seuls, il confia à la jeune femme :

— La journée a été tellement épuisante que j'ai besoin d'un bon remontant. Mais je suis heureux de t'annoncer que Christian Palmer pense sérieusement à nous revenir. Même si ce n'est qu'à mi-temps, nous serons heureux de l'avoir.

— Oh, c'est fantastique ! J'en suis ravie pour toi, Gideon. Tu le souhaitais si fort !

— Et mon père aussi. Nous sommes bougrement satisfaits ! Si tu ne connais pas ce mot un peu désuet, cela veut dire « extrêmement satisfaits ».

— Mais si, je le connais ! Ma grand-mère employait cet adverbe lorsque j'étais enfant et que j'avais fait quelque chose qu'elle trouvait merveilleux. Elle me disait alors qu'elle était bougrement contente ou bougrement fière de moi !

On servit leurs boissons. Gideon souleva son verre et heurta légèrement celui d'Evan, après quoi ils burent à la santé l'un de l'autre.

Le Grill Room était bondé. Gideon regarda autour de lui, mais ne reconnut personne.

— C'est ici que l'on sert la meilleure viande rôtie de Londres, affirma Gideon. Tu te joins à moi pour du gigot ?

— Je crois que oui.

— Et pour commencer ?

— J'aimerais bien des huîtres.

— Chic ! J'avais la même idée.

Maintenant, c'était Evan qui regardait autour d'elle.

259

Elle aimait cette salle, avec ses meubles de bois sombre, ses tapisseries murales, son atmosphère intemporelle, ainsi que son côté très « british ».

— Tu viens souvent ici, n'est-ce pas ? demanda-t-elle.

— C'est vrai. J'aime leurs plats savoureux et typiquement anglais, leurs rôtis, leurs délicieux potages, leurs crevettes au beurre... Mais en plus, c'est en quelque sorte... eh bien... l'hôtel de la famille : bien qu'il ne fasse pas partie de la chaîne d'hôtels que dirige Shane, nous le fréquentons depuis des décennies.

— Vraiment ? Et pourquoi ?

— D'après ce que je sais, cela remonte à la Seconde Guerre mondiale. Mon arrière-grand-mère y venait souvent, comme la plupart des Londoniens de la haute société. Mon père m'a dit qu'il était alors considéré comme l'hôtel le plus sûr de Londres, en raison de sa construction particulière. En tout cas, elle s'y rendait souvent, ainsi que ses frères et les O'Neill. C'est une sorte de...

— ... maison, loin de la maison, suggéra Evan.

— C'est cela ! répondit Gideon en riant.

Le serveur arriva. Après avoir passé commande, Gideon se tourna vers Evan et déclara tranquillement :

— Il y a quelque chose dont je voulais te parler, mais je n'ai pas osé. Maintenant, je pense que nous nous connaissons suffisamment, et c'est quelque chose qui me trouble.

— De quoi s'agit-il ? Bien sûr que nous pouvons en discuter !

Elle le fixait intensément, les yeux pleins d'inquiétude. Comme il ne parlait toujours pas, elle toucha légèrement sa main.

— La première fois que nous sommes sortis ensemble, j'ai senti que nous pouvions tout nous dire… Dis-moi ce que tu as derrière la tête, Gid.

— Parfois, il me semble que je te perds, Evan, commença-t-il en lui prenant la main. Je veux dire qu'il y a des moments où tu deviens pensive, très mélancolique, et où tu sembles t'évader vers un ailleurs lointain. Alors, je ne parviens plus à t'atteindre jusqu'à ce que tu émerges de cet état et que tu redeviennes normale. Je me demandais… eh bien… si tu as un ennui quelconque.

— Rien qui nous concerne, si c'est ce que tu veux savoir, le rassura-t-elle aussitôt.

Elle toussota, avant de continuer :

— Je me fais beaucoup de souci pour ma mère. Peut-être est-ce cette inquiétude que tu as sentie en moi.

— C'est possible… Qu'est-ce qui t'inquiète à propos de ta mère ?

Evan inspira profondément, avant de se lancer :

— Ma mère souffre de dépression. Les psychiatres parlent même de psychose maniaco-dépressive, et elle est constamment sous traitement.

— Je suis vraiment désolé, Evan ! murmura Gideon avec compassion. C'est une affection récente ?

— Non. Aussi loin que je m'en souvienne, Maman a toujours été malade. C'est pour cette raison que ma grand-mère, qui s'appelait Glynnis, venait souvent s'installer à la maison, pour veiller sur nous et sur mon père. Je me fais aussi du souci pour lui.

— Ce type d'affection est certainement aussi difficile à supporter pour les membres de la famille que pour le malade lui-même.

Evan lui lança un coup d'œil interrogateur.

— Tu t'y connais un peu ?

— Pas vraiment, mais je connais deux personnes qui sont maniaco-dépressives. Et puis j'ai lu des articles sur des personnes célèbres qui étaient atteintes du même mal. Sir Winston Churchill, par exemple. Il appelait sa dépression « Chien noir », et il a lutté contre elle toute sa vie… C'est pour cette raison qu'il s'imposait une discipline extrêmement rigoureuse et qu'il veillait à être constamment occupé. Je suppose qu'il espérait éviter ainsi de sombrer dans la maladie.

Evan hocha la tête, les yeux ailleurs.

— Je comprends… J'ai souvent craint de ressembler à ma mère… Tu crois que si je suis un bourreau de travail, c'est à cause de cela ?

— Tu as eu peur d'avoir hérité de sa maladie ?

— Oui.

Gideon fit la grimace.

— Je dois admettre que je ne peux pas répondre à cette question. Mais tous les membres de ma famille sont des travailleurs acharnés, des perfectionnistes, et aucun d'entre eux ne souffre de dépression. Ce n'est pas non plus mon cas, et pourtant, lorsqu'il s'agit de mon travail, je suis exactement comme toi. Essaie de ne pas trop t'inquiéter pour tes parents, ajouta-t-il en lui pressant la main. Ils sont ensemble, et sans doute prennent-ils soin l'un de l'autre. Ta mère n'est pas à l'hôpital, n'est-ce pas ?

— Non, elle est à la maison. Il y a des jours où elle va mieux.

Evan se tut, car le serveur venait d'arriver et déposait devant eux leurs assiettes d'huîtres.

Dès qu'ils furent de nouveau seuls, elle murmura :

— Je ne m'étais pas rendu compte que je m'évadais ainsi de la réalité quand j'étais avec toi, Gideon ; je te prie de m'excuser.

— Tu n'as pas à t'excuser. Cette conversation a été utile, puisque nous avons éclairci la question. Maintenant que j'ai compris ta préoccupation, je ne me ferai plus de souci.

Tout en dégustant les délicieuses huîtres de Colchester, ils parlèrent de choses et d'autres, mais à un moment, Gideon demanda :

— Tessa te fait-elle toujours des difficultés ?

Evan secoua négativement la tête.

— Elle ne m'en a jamais causé, ce n'est pas cela. Elle se montrait seulement un peu... hautaine. En ce moment, elle feint seulement de... m'ignorer.

La jeune femme se mit à rire et commenta :

— Je m'en moque complètement, mais cela chiffonne Linnet et India. Je leur ai dit que cela n'avait aucune importance, puisque je ne travaille pas directement sous ses ordres. Quant à Linnet et India, elles sont merveilleuses avec moi.

— Je sais. Tessa se comporte ainsi avec tout le monde, expliqua Gideon. Cela ne veut rien dire et cela ne t'est surtout pas adressé personnellement. A mon avis, elle est un peu jalouse que Linnet ait engagé une seconde assistante.

— C'est ce qu'India m'a dit, l'autre jour.

— Je suis content que ton travail chez Harte te plaise, que mes cousines te plaisent... Tu ne trouves pas que ce sont les filles les plus adorables au monde ?

— Tout à fait ! Et nous nous amusons bien ensemble, tout en travaillant. Elles ont fait en sorte que je me sente chez moi. J'espère que Linnet me gardera après la rétrospective. Maintenant que j'ai travaillé chez Harte, j'aurais du mal à aller ailleurs.

— Je suis certain que tu n'as pas à te faire de souci de ce côté-là, affirma Gideon.

20

Toby Harte était assis et écoutait attentivement ce que lui disait sa cousine, Tessa Fairley. Il avait toujours pensé à elle comme à une Fairley, sans doute parce qu'il avait peu d'estime pour son mari, Mark Longden. Lorsqu'elle s'interrompit, il lui demanda, les sourcils froncés :

— Pourquoi t'intéresses-tu subitement à la drogue ? Cela ne te ressemble absolument pas, mademoiselle Modèle-de-Vertu ! Tu soupçonnes Mark d'en prendre, c'est ça ? Je ne vois pas d'autre explication !

Cette question prit Tessa au dépourvu. Pourtant, songea-t-elle, elle aurait dû s'y attendre, car Toby était sans nul doute l'individu le plus perspicace de son entourage, et il la connaissait mieux que personne. Elle toussota.

— Je ne suis pas du tout sûre que Mark se drogue, mais c'est une possibilité. Il y a deux jours, il est rentré dans un drôle d'état. Yeux vitreux, propos incohérents, humeur querelleuse… Il avait bu, j'en suis sûre. Je dirai même qu'il était quasiment ivre…

— *In vino veritas*, hein ?

264

— Peut-être. Mais j'ai pensé qu'il y avait autre chose parce qu'il était... comment dire... différent.

— Tu l'as questionné au sujet de son comportement ?

— Bien sûr. Il m'a expliqué qu'il avait absorbé des cachets pour le rhume et qu'ensuite il avait bu de l'alcool à la gare ou dans le train. Il a suggéré que la combinaison des deux pouvait être à l'origine du problème. Mais je ne crois absolument pas à son histoire.

— Ça ne m'étonne pas, parce que moi non plus.

Toby se leva, traversa le bureau de Tessa et alla se planter devant la fenêtre qui donnait sur Knightsbridge. Il réfléchit un instant au comportement de Mark Longden, puis il pivota sur lui-même.

— Tu as parlé de train. Où était-il allé ?

— Voir un nouveau client, dans les Midlands. Il avait l'air vraiment content à ce sujet, parce que cela représente un gros projet pour lui. Il s'agit apparemment d'une grande maison. Le client est immensément riche, d'après ce qu'il m'a dit.

— Comment s'appelle-t-il ?

— William Stone. Un important homme d'affaires, si j'ai bien compris.

— Jamais entendu parler de lui, dit Toby en haussant les épaules, mais ça ne veut rien dire. Il y a pas mal de milliardaires dont personne ne sait rien.

Il revint s'asseoir en face de Tessa et continua :

— S'il a absorbé quelque chose, ce devait probablement être une drogue de synthèse, du genre ecstasy.

— Qu'est-ce que c'est, exactement ? s'enquit Tessa.

— C'est une drogue qui circule beaucoup dans les soirées parce qu'elle a un effet puissant et rapide, à ce qu'on m'a dit. Mais elle peut être hallucinogène et même suciter la paranoïa chez certains individus. A la base, c'est un stimulant.

— C'est difficile de s'en procurer ?

— Pas si tu sais à qui t'adresser.

— Mark ne semble pourtant pas du genre à se droguer… Il travaille dur, et il a assuré la réussite de son cabinet.

Toby hocha la tête et lui sourit.

— Peut-être était-il seulement très ivre, mon chou ? suggéra-t-il pour la soulager.

— Oui… Il n'empêche qu'il a été vraiment moche.

En l'observant, Toby prit conscience que Tessa ne paraissait pas au meilleur de sa forme, cet après-midi-là. Son visage délicat était extrêmement pâle, et, avec son halo de cheveux blond cendré, elle ressemblait à un fragile fantôme. Mais peut-être était-ce à cause de son tailleur sombre, qui soulignait sa pâleur et sa délicatesse. D'ailleurs, il y avait toujours eu une certaine fragilité en elle, c'était même la raison pour laquelle il avait assumé si facilement le rôle de protecteur lorsqu'ils étaient enfants. Pourtant, cela ne l'empêchait pas d'être forte moralement.

Toby connaissait la force de caractère de sa cousine : elle avait une volonté de fer. Il l'admirait et il l'avait toujours aimée. A ses yeux, son seul défaut était de ne pas savoir déguiser ses sentiments dans certaines occasions, surtout lorsqu'il s'agissait de Linnet. Elle semblait incapable de cacher la rivalité qui l'opposait à sa sœur. Apparemment, elle n'avait pas hérité de l'art de la dissimulation qui constituait l'un des meilleurs atouts de leur arrière-grand-mère.

— Tu es bien silencieux, Toby.

— Je pensais à Mark. Il ne t'a pas maltraitée physiquement, au moins ?

Soudain, Toby paraissait inquiet, une lueur féroce s'était allumée dans ses yeux sombres.

— Oh non ! mentit-elle.

Elle ne pouvait pas dire la vérité à Toby. Le connaissant, il irait aussitôt voir Mark pour le prendre à parti ou, pire encore, pour le frapper. Toby l'avait toujours défendue.

— C'est toi, maintenant, qui es bien silencieuse, fit remarquer Toby, qui scrutait attentivement le visage de sa cousine.

Tessa lui adressa un sourire affectueux.

— Tu sais combien ça t'énerve, quand quelqu'un te fait remarquer que tu ne ressembles pas aux Harte ?

— Oui, le coup de l'enfant échangé à la clinique, ça m'agace un brin, répliqua Toby avec ironie.

— J'ai vu récemment une photo du père d'Emma, Big Jack Harte. C'est à lui que tu ressembles, Toby.

Il regarda un instant sa cousine, l'air surpris.

— Tu en es sûre ?

Au lieu de répondre, Tessa ouvrit un tiroir de son bureau et en sortit une photographie ancienne représentant un bel homme brun, bien bâti, de haute taille, se tenant auprès d'un jeune homme vêtu de l'uniforme de la Royal Navy. Ils étaient visiblement père et fils. Elle tendit la photo à son cousin, qui l'examina avec le plus grand intérêt.

Relevant la tête, il demanda :

— Où l'as-tu trouvée ?

— Je l'ai prise dans un vieil album rangé dans la bibliothèque de Pennistone, il y a quelques semaines. Je m'y étais rendue pour visiter les magasins de Leeds et d'Harrogate, et j'y ai passé la nuit. A part Emsie, qui faisait ses devoirs, il n'y avait que moi, et je suis allée dans la bibliothèque feuilleter des albums. En fait, j'espérais trouver quelques photos de tante Edwina jeune, et je suis tombée par hasard sur celle-ci. J'ai été immédiatement frappée par ta ressemblance avec l'homme le plus âgé des deux.

— Comment sais-tu qu'il s'agit de notre arrière-arrière-grand-père ?

— Regarde au dos.

Toby retourna la photographie et lut à voix haute ce qui était écrit, à l'encre noire un peu effacée :

— « Mon père, Jack Harte, et mon frère Winston lorsqu'il était dans la Royal Navy. »

— C'est certainement l'écriture d'Emma Harte, Toby.

— Sans doute, en effet, dit Toby en lui rendant la photographie.

Tessa secoua négativement la tête.

— Garde-la, je l'ai apportée pour toi.

— Tu en es sûre ? On va s'apercevoir qu'elle manque.

— Qui irait regarder dans ce vieil album ? Il y en a beaucoup dans la bibliothèque. Ils sont tous recouverts d'un velours rouge fané ou de cuir repoussé, et munis de gros fermoirs de cuivre. De toute façon, je pense qu'elle te revient, parce qu'elle prouve que tu ressembles bien aux Harte.

Tessa se mit à rire et conclut :

— Ou plus exactement, au père fondateur de la dynastie ! Voici une date que nous devrons graver dans nos annales.

Claire Remsford, la secrétaire de Tessa, entra dans le bureau, un plateau bien chargé entre les mains.

— Prenons le thé, dit Tessa à Toby en se levant.

Elle traversa la pièce et gagna le petit coin salon aménagé près de la fenêtre. Elle sourit à la secrétaire.

— Merci, Claire ! Oh, s'exclama-t-elle, comme c'est gentil ! Vous avez commandé des biscuits au chocolat ! Ce sont les préférés de M. Harte.

— Je le sais, répondit Claire.

Elle déposa le plateau sur la table et se dirigea vers la porte.

— Vous savez comment gagner le cœur d'un homme, Claire ! remarqua Toby avec un sourire.

Tandis que la secrétaire quittait la pièce, toute rougissante, Toby s'assit auprès de sa cousine, dans l'un des fauteuils.

— Pas de lait pour moi ! recommanda-t-il. Et je prendrai une sucrette à la place du sucre, je suis au régime.

Tessa lui jeta un regard sceptique.

— Ce qui ne t'empêchera pas de dévorer les biscuits au chocolat, je parie.

— Je t'en laisserai quelques-uns, répliqua-t-il en riant.

— J'ai parlé avec ma mère, l'autre jour, lui confia Tessa en servant le thé. A propos de sa succession.

Elle rapporta à son cousin la conversation qu'elle avait eue avec Paula.

— L'élément positif est qu'elle n'a pas dit que Linnet prendrait sa suite, conclut-elle. Elle a même précisé que ce pourrait être ni l'une ni l'autre de nous deux, mais un autre membre de la famille.

— Il n'y a personne d'autre, affirma Toby en reposant brusquement sa tasse. Et je sais que ce sera toi, Tessa. Tante Paula ne te lésera pas, tout comme mon père ne me lésera pas. Je suis l'aîné, et j'hériterai de la Yorkshire Consolidated Newspaver Company et de ses filiales. Gideon continuera de diriger le journal, mais c'est moi qui succéderai à mon père à la tête du groupe. Mon petit frère travaillera sous mes ordres, tout comme Linnet travaillera sous les tiens. C'est-à-dire... si elle est encore chez Harte.

Fronçant les sourcils, Tessa le regarda avec curiosité.

— Pourquoi dis-tu cela ? Bien sûr qu'elle travaillera toujours chez Harte ! Elle est très ambitieuse.

— Et très impliquée... dans sa relation amoureuse avec Julian Kallinski. Elle peut tout aussi bien être mariée et mère d'une tripotée de marmots quand tante Paula se retirera.

— Julian et elle ont rompu, donc...

— Ils se sont remis ensemble, ma douce, trancha Toby.

— Comment le sais-tu ? Oh, pas la peine de le demander... C'est Gideon qui te l'a dit, bien sûr !

— Erreur ! J'ai seulement aperçu Julian et Linnet qui dînaient ensemble au Harry's Bar, l'autre soir. A ce propos, Gideon se trouvait avec eux, ainsi que cette fille brune...

— Evan Hughes ! A en croire la rumeur qui court au magasin, elle a une liaison avec Gid. Elle va vite en besogne, tu ne trouves pas ? Elle l'a rencontré en janvier, nous ne sommes que fin mars, et ils couchent déjà ensemble. Eh bien !

Toby hocha la tête.

— Je dirais qu'ils sont très amoureux. Gideon est suspendu à ses lèvres, je ne l'ai jamais vu… comment dire… aussi captivé par une fille. Avec lui, cela a toujours été du genre expéditif. Tu te rappelles que je disais de lui qu'il était le champion de l'aventure d'une nuit ?

— Oui. Qu'est-ce que tu penses d'Evan ?

— Je l'ai à peine vue, alors je ne peux pas réellement juger.

— Tu trouves qu'elle ressemble à ma mère ? Pas mal de gens le pensent.

Toby se tut, l'air pensif. Il avala distraitement une gorgée de thé et grignota un biscuit au chocolat. Au bout d'un moment, il répondit :

— Au premier coup d'œil, la ressemblance d'Evan avec tante Paula est frappante, mais après quelques minutes d'observation, on se rend compte que ce n'est qu'une impression. C'est la même allure exotique, le même teint, la même couleur de cheveux, la même taille, la même silhouette, voire le même genre de vêtements, mais cela s'arrête là. Son visage ne ressemble pas du tout à celui de ta mère ; la forme est différente, et elle n'a pas les yeux violets ni la fameuse implantation des cheveux en V, typiquement Harte.

— Pourtant, Shane lui-même a été estomaqué en la voyant, déclara Tessa en regardant son cousin droit dans les yeux.

Toby pinça les lèvres et secoua la tête.

— Je parie qu'il a fait exactement comme moi. D'abord, il a été surpris par l'apparente ressemblance, puis il a mieux regardé et compris que ce n'était qu'une illusion.

— Moi je pense qu'elle pourrait être une parente.

271

— Toi ? Mais comment serait-ce possible ?

— Je me suis imaginé qu'elle pourrait nous être apparentée… par Paul McGill, le grand-père de Maman. Il a passé pas mal de temps en Amérique et en Australie, sans Emma. Il aurait pu facilement avoir une liaison avec une autre femme, notamment aux Etats-Unis, et cette femme aurait donné naissance à un bébé : Evan serait la fille de cet enfant, et donc la petite-fille de Paul McGill. Qu'en penses-tu ?

— C'est une éventualité. Je n'avais pas pensé à Paul McGill, je dois l'avouer.

— Peut-être est-elle venue ici dans un but bien précis… pour revendiquer un héritage, par exemple.

— Ne sois pas bête ! Tout est ficelé avec des câbles d'acier. Emma y a veillé, puis ta mère ; mes parents, et tante Amanda ont suivi ses directives à la lettre. En fait, ils ont même pris des précautions supplémentaires, comme tu le sais. C'est d'ailleurs pour cette raison que je trouve comique que nos aînés s'inquiètent de la présence de Jonathan Ainsley en Angleterre. Il ne peut absolument rien faire, sinon peut-être acquérir quelques actions des magasins Harte en vente sur le marché.

Tessa acquiesça.

— J'ai entendu ma mère en parler avec la tienne, hier. Tante Emily était venue chez nous pour discuter avec ma mère et Linnet de la réception d'anniversaire qui aura lieu en juin. Apparemment, Maman a engagé un détective privé pour enquêter sur Jonathan Ainsley, mais pour l'instant, il n'a rien trouvé.

— Peut-être parce qu'il n'y a rien à trouver. Peut-être Jonathan est-il revenu vivre ici simplement parce qu'il préfère Londres ou pour être près de son père. Oncle Robin ne jouit pas d'une très bonne santé, à ce qu'on m'a dit. Bien entendu, Jonathan héritera de la fortune de son père.

— Mais oncle Robin était un politicien, un membre du Parlement ! Je ne savais pas qu'il était riche.

— Notre arrière-grand-mère l'aimait, en dépit des méfaits qu'il avait commis à une certaine époque. Il était son fils préféré, et j'ai appris que non seulement elle avait créé un trust pour lui, mais qu'elle lui avait laissé pas mal d'argent avant de mourir.

— Apparemment, tu en sais beaucoup plus que moi.

— Je sais une chose, Tessa chérie. Toi et moi, nous mènerons la danse, un de ces jours. Tu dirigeras les magasins, et moi le groupe de médias. Nous serons tous les deux à la tête de l'empire Harte.

Sur ces mots, Toby arbora un large sourire confiant. Il se leva pour rejoindre Tessa sur le canapé, la prit par les épaules et l'attira contre lui avant de déposer un baiser sur sa joue.

— Tout sera à nous, Tessa, fais-moi confiance.

— Je te crois. Mais ma mère ne prendra pas sa retraite de sitôt, je te l'ai dit. Je serai une vieille dame quand je lui succéderai.

— La vie est pleine de surprises, Tessa. Personne ne sait ce qu'elle nous réserve. N'importe quoi peut arriver, et quand nous nous y attendons le moins. Ta mère peut décider de se retirer dans quelques années, pour des raisons qu'elle-même ignore encore. Les gens s'essoufflent, ou bien ils veulent cesser de travailler pour jouir de la vie et prendre du bon temps. Dieu sait que nos parents ont travaillé toute leur vie comme des brutes ! Il se peut donc tout à fait qu'à un moment ils en aient assez et qu'ils changent d'avis. Comme ma mère le dit toujours, la seule chose qui soit permanente, c'est le changement. J'imagine très bien mon père décider qu'il en a marre et me passer le flambeau. On n'en sait rien. Alors ne t'en fais pas, ma douce, et pour l'amour de Dieu, cesse de te focaliser sur Linnet. Lorsqu'elle aura épousé Julian, sa vie changera, et la tienne aussi.

— Si elle l'épouse !

— Mais elle le fera, crois-moi ! Les grands-pères O'Neill et Kallinski feront tout ce qu'ils peuvent pour cela, maintenant que les deux tourtereaux sont réunis. Ils veulent que les trois clans soient définitivement liés. Alors je t'en prie, lâche ta sœur et cesse de te plaindre d'elle à tout bout de champ. Tu donnes une mauvaise image de toi.

— Elle m'énerve, répliqua Tessa, n'osant avouer à quel point elle détestait sa demi-sœur.

— Je le sais, mais cela met les autres gens en colère contre toi, et du coup, ils la préfèrent. Tu ne peux pas te le permettre. Tu n'as pas besoin d'ennemis dans la famille. Tâche de ressembler à ta sacro-sainte arrière-grand-mère : apprends à dissimuler tes pensées comme Emma le faisait.

— J'essaierai, répondit Tessa, sachant que Toby avait raison.

— Bonne petite ! dit-il en la serrant plus fort.

Tessa tressaillit de douleur. Toby recula aussitôt, étonné.

— Qu'est-ce qui ne va pas ?

— C'est seulement mon épaule, Toby. Je me suis fait mal, la semaine dernière, dit-elle en se forçant à sourire. Dans la salle de gymnastique, précisa-t-elle très vite en voyant un éclair farouche traverser les yeux sombres de son cousin. C'est un peu douloureux.

Les yeux de Toby s'emplirent de sollicitude.

— Tu es sûre que ce n'est pas lui qui t'a fait mal ?

— Non, non ! Il ne ferait jamais cela.

— Je voudrais que tu ne l'aies jamais épousé, marmonna Toby lorsqu'ils s'écartèrent l'un de l'autre.

D'une main douce, il caressa les cheveux blond cendré. Il l'aimait énormément et détestait l'idée qu'on puisse lui faire du mal.

— Je ne parviens toujours pas à comprendre pourquoi tu t'es mariée avec lui, dit-il.

Tessa soupira.

— Parfois, je me le demande aussi.

Assis côte à côte, enlacés, ils restèrent un moment silencieux, perdus dans leurs pensées. Ils avaient flirté ensemble pendant leur adolescence, et il restait quelque chose de leurs sentiments d'autrefois, bien qu'aucun des deux ne l'admette. Cependant, ils n'avaient jamais eu de relations sexuelles. En repoussant les insinuations de Mark à ce sujet, Tessa n'avait pas menti.

Ce fut elle qui brisa le silence

— Comment va Adrianna ?

— Bien. Elle est toujours à Hollywood, où elle tourne un film.

— Pourquoi l'as-tu épousée ?

— Sur le coup, ça paraissait une bonne idée, répliqua Toby en riant.

La sonnerie du téléphone fit sursauter Tessa, qui se leva d'un bond et décrocha.

— Allô ?

— C'est moi, Tessa, fit la voix de Linnet. Je me demandais si tu pourrais me consacrer quelques minutes.

Tessa faillit refuser. Mais après avoir jeté un coup d'œil à Toby, elle décida de suivre ses bons conseils.

— D'accord, Linnet. Quand peux-tu venir dans mon bureau ?

— Eh bien… maintenant, si tu veux bien.

— Je suis avec Toby. Il est venu me demander mon avis au sujet des cadeaux à offrir à nos pères respectifs pour leur anniversaire. Il ne va pas tarder à s'en aller, je suppose.

— Merci, dit Linnet avant de raccrocher.

Tessa regarda son cousin, puis elle s'assit derrière son bureau.

— Comment m'as-tu trouvée ?

— Parfaite, poupée, répliqua-t-il en adoptant l'accent américain. Tu as été parfaite !

21

Toby était d'un naturel galant, aussi se leva-t-il à l'entrée de Linnet et se porta-t-il rapidement à sa rencontre. Ils se rencontrèrent au milieu de la pièce, et il déposa un baiser léger sur la joue de la jeune femme.

— Où en est la rétrospective ? demanda-t-il.

— Cela avance, merci, Toby.

Linnet lui sourit, puis elle se dirigea vers le bureau de Tessa, s'assit, regarda sa sœur et lui dit d'une voix amicale :

— Si j'ai voulu te voir, Tessa, c'est pour te demander si tu accepterais de nous prêter quelques vêtements haute couture pour la rétrospective.

— Mais je n'en ai pas beaucoup ! s'exclama Tessa.

Prenant conscience de la sécheresse de son ton, elle adopta une voix plus douce :

— Pour ainsi dire pas du tout, d'ailleurs, et de toutes façons, je ne crois pas que ce que j'ai soit en assez bon état pour être exposé. J'use mes vêtements jusqu'à la corde.

— J'ai pensé à ces deux manteaux du soir que tu possèdes. Nous sommes encore assez pauvres en modèles un peu anciens, alors j'ai pensé à ton somptueux manteau de soie corail Norman Hartnell, avec la pèlerine fixée aux épaules. Tu m'as dit une fois que c'était un modèle de 1960. Et puis, il y a aussi le manteau Balmain qui appartenait à Emma et que Maman t'a offert. Je crois qu'il doit dater des années 1950. Est-ce que je pourrais te les emprunter tous les deux ? Ils feraient sensation.

La première réaction de Tessa aurait été de refuser. Dès le début, elle avait été sincèrement opposée à cette idée de rétrospective. Elle y voyait une perte de temps, d'efforts et d'argent. Mais Toby la surveillait du coin de l'œil, et elle reconnaissait le bien-fondé de ce qu'il lui avait dit plus tôt. Elle devait se montrer plus diplomate envers Linnet, moins hostile. Elle devait se surveiller, maîtriser ses accès d'humeur, être plus patiente. Le problème, c'était qu'elle avait du mal à feindre et qu'elle n'aimait pas l'idée d'être hypocrite, même si Toby appelait cela de la dissimulation et admirait ceux qui en étaient capables.

Se forçant à sourire aimablement, elle déclara :

— Je te les prête, bien entendu, mais j'ignore dans quel état ils sont.

— Oh, merci beaucoup ! s'écria Linnet. J'apprécie énormément ta gentillesse, Tessa, et ne t'en fais pas pour l'état des manteaux. Evan est très douée pour la restauration ; elle s'occupe du nettoyage à la main, des reprises, du repassage et de tout ce qui s'ensuit. Quand nous te rendrons tes manteaux, ils seront comme neufs. Tu seras impressionnée, comme nous le sommes tous.

— Tiens donc ! murmura Tessa.

Elle venait de comprendre à quel point Linnet admirait et appréciait Evan. « Je parie qu'elle lui a donné sa bénédiction, en ce qui concerne Gideon », pensa-t-elle.

A sa façon directe, Linnet enchaîna :

— Je suis désolée que nous ayons eu ce malentendu à propos de l'auditorium. Je n'avais pas compris que tu avais prévu d'y réunir un conseil d'administration ce matin-là, et j'avais demandé aux techniciens de venir. Je voulais qu'ils prennent les mesures de l'espace sur lequel les estrades seront installées. Je ne pouvais plus annuler leur venue. Il était trop tard.

— Je comprends, et ce n'est pas grave, répliqua Tessa d'une voix égale, presque indifférente.

— Elle était assez satisfaite de paraître nonchalante, alors que sur le coup elle avait été furieuse.

Toby, qui les observait depuis le canapé, était fasciné. Une idée s'imposa à lui avec force : si Tessa manquait de technique dans l'art de la dissimulation, sa sœur, au contraire, était experte en la matière. Personne ne pouvait deviner ce qu'elle pensait lorsqu'il s'agissait du travail. A cet instant, elle se montrait charmante, amicale, elle s'était même excusée auprès de Tessa. « Très habile, notre Linnet ! » songea-t-il. Elle n'avait jamais été sa préférée, pourtant il ne pouvait s'empêcher d'admirer la façon dont elle manipulait Tessa. Il comprit pourquoi il avait été si longtemps réticent à l'égard de Linnet. Elle était non seulement futée et perspicace, mais c'était aussi une comédienne hors pair. Il se dit qu'elle aurait dû obtenir un oscar pour cette performance.

Bien qu'il ne l'ait jamais reconnu jusqu'alors, Toby devait admettre que Linnet lui faisait un peu peur. Elle était tout ce que leur arrière-grand-mère avait été à son âge : ambitieuse, déterminée, dure au travail et calculatrice. Un mélange explosif. Il devait dire à Tessa de faire attention, de surveiller ses arrières.

Linnet se tourna vers lui :

— Tu voudrais venir aussi, Toby ?

— Euh... Excuse-moi, Linnet, je pensais à autre chose. Venir où, exactement ?

— En bas, dans le vestiaire où nous avons entreposé les vêtements. Nous avons commencé à habiller les mannequins. J'ai pensé que Tessa pourrait constater par elle-même nos progrès. Elle verrait aussi combien les pièces que nous avons réunies sont belles. Tu pourrais nous accompagner, Toby.

— Ce serait avec grand plaisir, malheureusement c'est impossible. Je dois retourner au bureau, mais merci quand même.

Toby changea finalement d'avis, parce qu'il souhaitait revoir Evan Hughes, la dernière conquête de son frère. Elle devait avoir quelque chose de spécial pour retenir l'attention de Gideon depuis tant de semaines.

Toby fréquentait le magasin de Knightsbridge depuis

l'enfance, mais il n'était jamais entré dans le fameux entrepôt. En y pénétrant, à la suite de Linnet et de Tessa, il fut surpris par ses proportions gigantesques. C'était une salle vaste et claire, presque aussi grande qu'un terrain de football, et elle était remplie de vêtements. Certains étaient suspendus à des portants, eux-mêmes accrochés au plafond par des tringles métalliques, d'autres étaient étalés sur des planches posées sur des tréteaux et recouvertes de draps blancs.

Au premier coup d'œil, Toby sut que toutes les pièces rassemblées dans cet espace étaient belles et hors de prix. La deuxième chose qu'il remarqua immédiatement fut l'ordre parfait qui régnait dans l'entrepôt. Il n'y avait aucun fouillis, rien n'avait l'air de traîner. Il était clair qu'un membre de l'équipe, probablement India Standish, veillait à l'organisation. Petite fille, déjà, elle était désespérément méticuleuse et ordonnée, se rappela-t-il.

— Pourquoi ces robes sont-elles sur des tables ? demanda-t-il à Linnet, lorsqu'ils parvinrent à l'autre bout du vestiaire.

— Parce qu'elles sont ornées de perles : le poids de celles-ci déformerait le tissu des robes si on les suspendait, alors on les étale de cette façon. En outre, il est plus facile de les réparer ou de remplacer les perles manquantes lorsqu'elles sont étalées ainsi. Nous avons une spécialiste qui se charge de les examiner et d'effectuer les réparations.

— Evan Hughes, je parie ! s'exclama Tessa, ses sourcils blonds dressés.

— Elle s'occupe de certaines d'entre elles, en effet, mais c'est Miriam Flande l'experte en la matière, répondit Linnet avec un petit sourire.

Tessa, qui regardait autour d'elle, remarqua :

— Vous en avez tant que je me demande pourquoi vous avez besoin de mes modestes manteaux.

Toby saisit son bras, qu'il pressa de façon significative. Elle lui jeta un coup d'œil, vit son expression réprobatrice et ajouta aussitôt :

— Mais bien entendu, je te les prête volontiers, et je suis même flattée.

Linnet la regarda bizarrement, mais ne fit aucun commentaire.

— Oh, bonjour, India ! s'exclama Toby.

Leur cousine venait en effet d'apparaître derrière un portant, vêtue de la blouse blanche que portent volontiers les couturiers. Pour une fois, Toby était content de la voir. Tessa pouvait être exaspérante, parfois.

— Bonjour, Toby, répondit-elle. Je suis contente que tu sois passée nous voir, ajouta-t-elle à l'intention de Tessa. C'est impressionnant, n'est-ce pas ?

Consciente de la présence de Toby derrière elle, Tessa se contenta de hocher la tête. Mais intérieurement, elle bouillait de jalousie. Leur rétrospective risquait de faire un tabac ! Mais elle fit un effort pour maîtriser son irritation et conserver un visage neutre.

India suspendit la veste qu'elle tenait à la main, puis elle se tourna vers Tessa.

— Viens voir les vêtements d'Emma. Evan a travaillé dessus ces dernières semaines, et ils sont comme neufs. On dirait qu'ils ont été achetés hier et non il y a cinquante ans.

— Fantastique ! marmonna Tessa.

Elle emboîta le pas d'India, derrière Linnet, qui menait la marche. Toby les imita. Il ne pouvait s'empêcher de constater à quel point Tessa et India se ressemblaient, du moins en ce qui concernait la délicatesse des traits, le teint et la couleur de cheveux. Leur parenté était évidente. Le sang des Fairley coulait dans leurs veines. Il avait été transmis par Jim à sa fille Tessa et par la tante Edwina à sa petite-fille India. Il soupira discrètement. Quel drôle de mélange que cette famille !

Soudain, Toby se retrouva face à face avec Evan Hughes. Elle avait surgi devant lui, vêtue elle aussi d'une blouse blanche. Il faillit la heurter de plein fouet et recula juste à temps. Comme il s'excusait, elle l'arrêta :

— C'est de ma faute, je n'aurais pas dû vous couper le chemin de cette façon, dit-elle en lui tendant la main. Je suis Evan.

Il lui serra la main et se surprit en train de lui sourire. « C'est vraiment une beauté », songea-t-il.

— Je suis ravi de vous rencontrer, Evan. Linnet ne cesse de chanter vos louanges.

— C'est gentil de sa part, mais c'est elle qui est la responsable de tout cela. Avec India, bien sûr. Je n'ai pas fait grand-chose, vu que je ne suis là que depuis quelques mois.

— Je sais que la rétrospective a été mise en route il y a un an, répliqua Toby, mais Linnet apprécie visiblement votre contribution.

La jeune femme hocha la tête.

— Aujourd'hui, nous avons habillé quelques mannequins avec les vêtements de Mme Harte, expliqua-t-elle. Je pense que c'est ce que Linnet souhaite montrer à Tessa. Voulez-vous que nous les rejoignions ?

— Bonne idée !

Ils se dirigèrent vers le centre de la salle. Toby fut une

nouvelle fois convaincu qu'Evan Hughes ne ressemblait à sa tante Paula qu'au premier coup d'œil. A l'observer de plus près, il constatait qu'elle était très différente. Cependant, elle était superbe et extrêmement élégante, comme Paula O'Neill. Leur maintien semblable renforçait l'illusion.

Linnet, India et Tessa les attendaient à l'extrémité de la salle. C'était là que le trio avait installé un bureau de fortune, avec des tables de travail, des lampes et des téléphones. Des croquis, des plans de l'auditorium, des listes et des photographies de vêtements étaient épinglés sur des tableaux de liège. Tout respirait l'ordre et le souci d'une grande efficacité.

Tessa comprit immédiatement que Linnet et India allaient leur offrir un spectacle. Toutes deux très comédiennes, elles se délectaient à présenter leurs projets comme si elles étaient sur scène. Elle réprima un soupir. Sans doute allaient-elles à présent se livrer à leur jeu favori, mais le public se réduirait à deux personnes : Toby et elle. Elle jeta un coup d'œil à son cousin. Il observait attentivement les trois jeunes femmes, ou plutôt il regardait Evan Hughes. Manifestement, elle le fascinait, mais Tessa savait que c'était surtout à cause de sa liaison avec Gideon. Ce dernier avait la réputation, tout à fait méritée, d'être volage. C'était la raison pour laquelle la famille était intriguée par son engouement tenace pour la jeune Américaine. Chacun se demandait combien de temps cela durerait.

Linnet, India et Evan déplacèrent des portants. Lorsqu'elles les eurent tous écartés, Tessa et Toby découvrirent cinq mannequins. Ils portaient les plus ravissants vêtements que Tessa ait jamais vus. Elle devina aussitôt qu'ils avaient appartenu à son arrière-grand-mère, et elle fut surprise par leur élégance et leur bon goût.

Faisant quelques pas en avant, Linnet expliqua :

— Tessa, Toby. Ce que vous voyez là, ce sont seulement quelques tenues d'Emma Harte. Nous comptons en exposer une cinquantaine, peut-être un peu plus, et sa collection est actuellement l'atout majeur de la rétrospective... Elle est d'ailleurs notre véritable inspiratrice. Parle-leur de la robe de bal, India.

India s'approcha d'un mannequin.

— Les visiteurs pourront tout d'abord voir cette robe par-derrière, parce que c'est la partie la plus spectaculaire.

Tessa se déplaça pour l'observer de plus près.

— Elle est magnifique.

— En effet, dit India. Elle est en tulle de coton, comme tu peux le constater. Sa couleur verte est particulière : une sorte de vert tirant sur le gris. Elle a été créée par Christian Dior, en 1947, juste après la Seconde Guerre mondiale. Elle faisait partie de sa collection connue sous le nom de New Look.

India se tourna vers Evan et l'invita à poursuivre.

— Vous pouvez voir l'étroite ceinture de soie vert pâle qui marque la taille et forme un gros nœud dans le dos. C'est en quelque sorte une tournure, dont les extrémités tomberaient jusqu'au bord. Et c'est cette traînée de roses crème pâle qui donne à cette robe son grand style.

Elle s'adressa directement à Tessa :

— C'est le cas de la plupart des vêtements qui ont appartenu à Mme Harte, d'ailleurs. Très peu d'entre eux ont eu besoin de retouches. Elle prenait grand soin de ses affaires.

— Rien d'étonnant à cela, répliqua Tessa, car elle était partie de rien et avait gravi difficilement les échelons de la réussite.

Quel que soit le sens de cette remarque, elle fit l'effet d'une chape de plomb sur les jeunes gens. Linnet sembla consternée, Evan eut l'air gêné, mais India ne sourcilla pas.

Avec un grand sourire et les yeux brillants d'orgueil, elle annonça d'une voix douce et apaisante :

— Notre arrière-grand-mère était connue pour son perfectionnisme, Tessa, et c'était sa nature de prendre soin de ses affaires. Tout comme pour moi d'ailleurs. Je suis ravie d'avoir hérité d'elle ce trait de caractère. Emma aimait les belles choses, qu'il s'agisse de vêtements, de bijoux, d'antiquités ou de meubles. Nous savons qu'elle était aussi amatrice de peinture, à en juger par les œuvres d'art qui sont exposées dans ses différentes demeures. Et elle prenait bien sûr soin de tous ces objets…

India jeta un coup d'œil à Toby, qui paraissait aussi embarrassé par la remarque de Tessa qu'Evan.

Le visage de Tessa avait viré au pourpre.

— Il est inutile de me réprimander ainsi, India chérie. Ma remarque n'avait rien de désagréable… C'était même plutôt un compliment.

— On n'aurait pas dit ! fit Linnet sur un ton dégoûté. Mais peu importe ! Je ne veux pas rester ici toute la journée, et Toby doit retourner à son bureau. Cette robe de cocktail verte a aussi été créée par Dior dans les années 1950. La jupe est bouffante et plus courte sur le devant, pour révéler les jambes. Apparemment, Emma l'avait choisie pour l'intégrer dans sa collection émeraude.

Se déplaçant vers un autre mannequin, Evan déclara :

285

— Voici une robe de cocktail Balenciaga, acquise en 1951. Mme Harte aimait les jupes bouffantes. Celle-ci est en taffetas noir, avec une large ceinture.

C'était maintenant le tour d'India. Elle s'approcha d'un autre mannequin et pointa le doigt vers la veste.

— Schiaparelli, 1938, indiqua-t-elle. Remarquez ces motifs amusants de chevaux caracolants. La veste rose est mise en valeur par la jupe noire et étroite.

India s'écarta pour laisser place à Linnet, qui enchaîna :

— Voici l'une des plus célèbres robes du soir d'Emma. Ta mère l'a trouvée il y a plusieurs années dans les greniers de la maison de Belgrave, Toby. Tante Emily nous a mises sur sa piste, et nous l'avons finalement dénichée à Pennistone. Regarde toutes ces perles bleues et vertes, Tessa ; l'ensemble évoque les nuances de la mer Méditerranée. Emma portait souvent cette robe avec ses émeraudes, et nous avons même retrouvé des escarpins de soie verte, achetés chez Pinet, à Paris, qu'elle mettait avec. Evan, explique-nous comment tu t'y es prise pour restaurer la robe.

Evan rejoignit Linnet.

— Au premier coup d'œil, elle semblait en parfait état. Mais en y regardant de plus près, j'ai découvert que plusieurs perles pendaient par un fil, que d'autres manquaient. C'est Mme Flande qui s'est chargée des réparations, et elle a fait du beau travail. Le fond est en soie et en mousseline de soie, et la robe a été conçue par Jacques Heim, en 1940.

— Que de tenues du soir ! dit Tessa. Elle a dû avoir une vie mondaine plutôt riche après la mort de Paul McGill.

De nouveau, les trois autres jeunes femmes échangèrent des regards atterrés ; mais elles ne dirent mot.

Ce fut Toby qui rompit le silence :

— C'est merveilleux ! s'exclama-t-il. Je suis certain que cette exposition sera un succès. Merci de m'en avoir montré un aperçu, enfin… de nous en avoir montré un aperçu, mais je dois partir, malheureusement.

— Oui, merci, ajouta doucement Tessa. Cette visite a été très intéressante, mais moi aussi, je dois m'en aller.

Adressant un signe du menton aux trois jeunes femmes, elle prit le bras de Toby et l'entraîna vers la sortie en disant :

— Je vais t'emmener à la boutique David Morris. Tu y trouveras de belles montres pour Shane et pour ton père. Ils ont une collection impressionnante.

— Merci pour ton aide, Tessa, murmura le jeune homme, en se hâtant de quitter la salle.

Dès qu'ils furent dehors, il se tourna vers elle.

— Bon sang, Tessa, parfois tu dis des choses affreuses ! Je me demande quelle mouche te pique !

— Mais je n'ai pas voulu la critiquer quand j'ai dit qu'elle était partie de rien, protesta Tessa.

— Pourtant, c'est ce que tout le monde a compris. Et cette remarque sur la vie mondaine d'Emma, après le décès de Paul, était tout simplement infâme. Tu es vraiment une gaffeuse de première catégorie. Il va te falloir apprendre la diplomatie.

— J'essaierai, fit-elle d'une voix tremblante, visiblement au bord des larmes.

Après avoir présenté Toby au gérant de l'horlogerie David Morris, au premier étage, Tessa retourna dans son bureau. Une fois dans l'ascenseur, elle repensa au spectacle que leur avaient offert les trois jeunes femmes, et elle éprouva les brûlures de la jalousie. Mais ce qu'elle leur enviait surtout, c'étaient les relations qu'elles entretenaient et leur évident plaisir à travailler ensemble. Leur bonne entente sautait aux yeux. Linnet et India avaient été proches toute leur vie, mais Evan était une étrangère. Elles étaient pourtant visiblement sur la même longueur d'ondes. Tessa avait noté leurs regards complices, leur affection, leur dévouement mutuel. Elles formaient une équipe, et c'était ce qui la frustrait et suscitait sa colère. Mais le plus exaspérant de tout, c'était qu'elles paraissaient heureuses... Elle avait voulu être heureuse avec Mark et faire un bon mariage. Mais elle avait échoué, et l'amertume qu'elle éprouvait provoquait une douleur aiguë dans sa poitrine.

22

Chaque fois qu'elle était à Londres, Sarah Lowther était irrésistiblement attirée chez Harte. Ce jour-là ne faisait pas exception. Mue par une pulsion irrésistible, elle se hâtait vers le plus grand magasin du monde, fondé par sa grand-mère Emma Harte il y avait longtemps. Sarah avait travaillé pour elle, chez Harte, avant de la remplacer à la tête de sa boutique de mode, les robes Lady Hamilton, qu'elle avait gérée avec beaucoup de réussite. Sarah avait toujours eu la bosse du commerce, et au fil des années, elle avait ouvert six magasins à son nom, en France. On y vendait des meubles anciens, des objets d'art, des tableaux, des porcelaines et des articles de toutes sortes. Elle s'était spécialisée dans les soies et les brocarts anciens, les toiles de Jouy et les belles tapisseries. Elle était renommée pour son style et son goût en matière de décoration d'intérieur. Ses boutiques connaissaient un grand succès, et elle était très fière de la petite entreprise qu'elle avait créée toute seule. Il était clair qu'elle avait hérité de sa grand-mère son don pour le commerce ; elle retrouvait d'ailleurs ce même trait de caractère chez sa fille Chloe, âgée de vingt-cinq ans, qui gérait actuellement le magasin de Paris, où elles habitaient toutes les deux. Yves, l'époux de Sarah et le père de Chloe, avait récemment remarqué cette qualité de leur fille et commenté en riant :

« Elle te ressemble, chérie, bien plus qu'à moi. »

Sarah était tombée d'accord avec lui. Bien que Chloe ait des penchants artistiques et un œil très sûr, elle n'avait pas hérité du génie de son père. Yves Pascal était considéré comme l'un des plus grands peintres français en vie, et ses œuvres étaient réputées dans le monde entier. Aux yeux de Sarah, c'était un grand homme.

Tout en marchant dans Knightsbridge, en direction du magasin, Sarah regardait autour d'elle. C'était un beau jour de printemps, étonnamment doux et ensoleillé pour le début du mois de mai, avec un ciel bleu pâle qui miroitait au-dessus des toits. Sarah aimait Paris, où elle vivait déjà avant son mariage avec Yves, vingt-sept ans auparavant, mais elle était toujours heureuse de retrouver son sol natal, même pour une courte durée.

En approchant des portes du magasin, elle ressentit comme une bouffée d'excitation, et une fois à l'intérieur, lorsqu'elle se trouva au rayon parfumerie, elle eut l'impression d'être rentrée chez elle. Elle éprouvait une exaltation mêlée de soulagement et avait le sentiment d'appartenir à un tout plus important. Se promener à l'intérieur du grand magasin fondé par sa grand-mère était presque aussi bon que d'appartenir à la famille.

Tandis qu'elle quittait la parfumerie pour le rayon bijouterie, Sarah se mit à penser à Paula O'Neill. Sa cousine devait se trouver en haut de l'immeuble, dans son bureau, à moins qu'elle ne soit en train d'inspecter l'un des magasins du Yorkshire. Sarah devait résister à la tentation de monter la voir. Elle poursuivit son chemin, admirant tout ce qu'elle voyait. Le magasin était merveilleux. Rien n'avait changé, sinon dans le sens d'une amélioration. C'était le plus magnifique au monde, et il était clair que Paula respectait la tradition d'excellence initiée par sa grand-mère.

Depuis des années, Sarah songeait à écrire une lettre à Paula, non pour s'excuser, mais pour s'expliquer. Elle aurait souhaité que sa cousine comprenne qu'elle n'avait rien fait de mal, qu'elle n'avait pas trahi la famille. Tout ce qu'elle avait fait, c'était d'investir un peu d'argent dans une compagnie appelée Stonewall Properties, suivant en cela le conseil de son cousin, Jonathan Ainsley. Elle ignorait alors que cette compagnie appartenait à ce dernier et qu'elle était dirigée par un homme de paille, Sebastian Cross. Elle ne savait pas que Jonathan escroquait la famille, qu'il détournait des contrats destinés à la société immobilière Harte et en faisait profiter Stonewall. Pourtant, on l'avait mise dans le même sac que

Jonathan, elle avait été chassée de son poste à la tête des robes Lady Hamilton, sans autre forme de procès, et exclue de la famille par Paula et son père, David Amory. Cette condamnation lui avait brisé le cœur. A certains égards, elle ne s'en était jamais remise. Cela avait été – c'était encore – un bannissement douloureux et cruel.

Mais Sarah n'était pas une Harte pour rien. C'était ce qu'elle s'était dit, à l'époque, en pensant à la ligne de conduite que sa grand-mère Emma s'était imposée, en différentes occasions : puiser dans ses ressources intérieures, afin de rester debout et de poursuivre son chemin. Elle avait donc fait preuve de cette force de caractère transmise par Emma Harte, et elle était repartie de zéro. Elle s'était installée en France, où elle avait réussi une carrière dans le monde de la mode, en travaillant comme directrice d'une maison de haute couture. Elle avait alors rencontré et épousé Yves Pascal, un jeune artiste qui s'était rapidement fait un nom. Très vite, ils avaient eu un enfant, et, plus tard, elle avait créé sa propre affaire. Aujourd'hui, elle avait un bon mari, une fille brillante, une vie agréable. Elle était heureuse, et pourtant…

Il y avait un vide dans le cœur de Sarah, une tristesse, un affreux sentiment de solitude, parfois. Elle avait envie de rentrer au bercail, de faire de nouveau partie des Harte, de redevenir l'amie des cousins avec lesquels elle avait grandi et passé une bonne partie de sa vie… Paula, Emily, les jumelles, Francesca et Amanda, Winston. Et aussi ses amis des deux autres clans, Michael Kallinski et Shane O'Neill. Shane… Elle avait été amoureuse de lui, autrefois, mais il n'avait eu d'yeux que pour Paula. Chacun d'eux avait fait partie de son existence, de son monde, et ils lui manquaient énormément, surtout Emily et Paula. Ils avaient eu des différends, mais quelle famille ne connaît pas de conflit, de dispute ? La plupart du temps, ils s'entendaient bien et ne se gardaient pas rancune. Le lien qui les unissait tenait à leur extraordinaire grand-mère, à leur passé, à leur enfance et à leurs expériences communes. Ils savaient d'où ils venaient… Ils étaient des Harte, et c'était en soi quelque chose d'unique.

Jonathan Ainsley lui avait fait perdre tout cela, lorsqu'il l'avait impliquée dans ses manœuvres en lui dissimulant la vérité. Parfois, elle se demandait pourquoi elle s'encombrait encore de lui. Mais elle n'avait plus d'autre parent, et c'était son seul lien avec son passé, son héritage, qui la faisaient se sentir unique, différente du reste du monde.

Pourtant, il était vrai qu'elle était fréquemment troublée par leur relation. Son cousin Jonathan lui apparaissait parfois comme une bombe à retardement. Elle ne savait jamais ce qu'il complotait, ce qu'il allait faire. Mais n'était-ce pas, justement, une bonne raison pour ne pas le perdre de vue ?

Jonathan ne put s'empêcher d'admirer Sarah, tandis qu'elle traversait la salle du Grill Room de l'hôtel Dorchester. C'était une femme élégante, grande, élancée et plus belle que jamais. Sarah avait cinquante-neuf ans, maintenant, et il trouvait qu'elle les portait bien, qu'elle paraissait même beaucoup plus jeune. Ses beaux cheveux étaient toujours du même auburn vibrant que dans sa jeunesse, mais il était clair qu'elle devait aider légèrement la nature. Elle avait le teint, la couleur de cheveux des Harte. Elle en était fière, elle l'avait toujours été.

Son chic n'avait jamais manqué de frapper Jonathan. Aussi loin qu'il se le rappelait, elle avait été élégante, et c'était particulièrement évident ce soir. Sarah portait un ensemble de laine noir, si bien coupé qu'il ne pouvait s'agir que d'un modèle haute couture, sans doute créé par un couturier français. Sur une épaule, elle avait épinglé deux broches de pierreries en forme de fleur, assorties à ses boucles d'oreilles, et qui scintillaient de mille feux.

A l'approche de sa cousine, Jonathan se leva. Il l'embrassa sur la joue et l'accueillit chaleureusement, tandis qu'elle s'asseyait sur la chaise que le serveur avait écartée de la table à son intention.

— Tu es plus élégante que jamais, Sarah chérie, murmura-t-il en lui pressant affectueusement le bras. Personne ne t'arrive à la cheville.

— Merci, Jonathan, tu es très gentil.

— Tu veux une coupe de champagne ?

— Très volontiers, merci. Je vois que tu as commandé un Martini ? Trop fort pour moi, ces temps-ci, dit-elle avec un sourire. Je suis vraiment contente de te voir.

Il inclina la tête, souriant toujours.

— Moi aussi. Tu as eu une journée chargée ?

— Pas trop. J'ai rencontré un marchand d'antiquités ce matin, et obtenu un bon prix d'un bureau de style géorgien. Et cet après-midi, j'ai fait un tour chez Harte.

— Ils sont en train de s'effondrer, j'espère ? dit-il sèchement, tout en lui lançant un regard lourd de sous-entendus.

Légèrement agacée par ce commentaire, Sarah n'en laissa rien voir et se força à rire.

— Ne sois pas bête, voyons ! Bien sûr que non. En fait, le magasin est magnifique. Paula fait du bon travail.

Ses sourcils blonds dressés, Jonathan feignit la surprise.

— Dieu du ciel, une parole bienveillante pour Paula ! Tout change, décidément.

— Que veux-tu dire ?

— Paula et toi avez toujours été rivales, que ce soit pour conquérir l'amour d'Emma, le pouvoir, la position sociale ou Shane O'Neill. Je ne comprends pas ce changement d'attitude.

Le serveur apporta la coupe de Dom Pérignon, et après qu'ils eurent trinqué, Sarah murmura :

— Je suis moi-même dans le commerce, et je sais ce que cela représente de dur travail, de tâches pénibles, sans compter la nécessité d'acheter intelligemment. Je suppose que je l'admire, d'une certaine façon. Et de toute façon, tout cela s'est passé il y a bien longtemps... Ne vaut-il pas mieux oublier ?

Jonathan sourit à peine. Il fit tourner un instant son verre de Martini entre ses doigts, puis il en but une gorgée. Au bout d'un moment, il darda sur sa cousine un regard peu amène.

— Je ne comprendrai jamais que tu rôdes ainsi autour des Harte ! Je pense que c'est... morbide.

— Mais c'est faux ! J'aime bien me promener parmi les produits alimentaires, les parfums, et dans tous les autres rayons. C'est le magasin de Grand-Mère, j'y ai travaillé, et je m'y sens... comment dire... chez moi.

Jonathan secoua la tête en lui lançant un regard de reproche, mais il était assez avisé pour ne pas insister. Il avait compris que Sarah était dans l'une de ses phases de mièvrerie sentimentale et de mélancolie passéiste. Il valait mieux garder le silence, du moins pour ce qui concernait le magasin Harte et la famille.

Au bout d'un instant, il demanda :

— Combien de temps restes-tu à Londres, cette fois ?

— Seulement deux jours, malheureusement. Je dois me rendre à Scarborough, ou plutôt dans ses environs. Il y a une vente de propriété en cours, et à ce que je sais, il devrait y avoir de beaux meubles français du XVIIIe siècle, ainsi que de l'argenterie. Apparemment, une Française a vécu là il y a des lustres, sans doute à la fin du XVIIe siècle, et elle a apporté avec elle pas mal d'objets. Ils devaient constituer sa dot, je suppose. Quoi qu'il en soit, c'est suffisamment rare pour que je reste dans le Yorkshire un ou deux jours et que j'essaie de mettre la main sur quelques pièces. Ensuite, je passerai une journée ici, avant de repartir pour la France.

— Tu penses avoir le temps de rendre visite à mon père ?

— C'est possible, Jonny, en tout cas j'essaierai. Comment va l'oncle Robin ?

— Pas trop mal. J'étais moi-même dans le Yorkshire, le week-end dernier. En fait, je me trouvais à Thirsk, avec des amis, et je suis allé le voir. Il va beaucoup mieux, et par bonheur, il semble s'être bien remis de sa mauvaise chute.

Sarah prit une gorgée de champagne.

— Tant mieux. Est-ce que tu vas chercher une maison de campagne tout près de chez lui ? La dernière fois que je suis venue, tu m'as dit que tu l'envisageais.

— Je ne sais pas. Je ne suis plus très enthousiaste à ce

sujet. Mon travail est très prenant, et je dois passer la majeure partie de mon temps à Londres.

— Tu veux dire que ton agence immobilière marche bien, finalement ? demanda-t-elle.

En fait, la nouvelle ne la surprenait pas. Jonathan avait toujours été un homme d'affaires habile.

— Bien sûr ! Tu serais prête à investir ?

Sarah secoua négativement la tête. Pour rien au monde ! pensa-t-elle, mais elle dit :

— Merci, mais pas vraiment. Je suis trop prise par mes propres affaires. J'ai besoin d'argent liquide pour payer mes antiquités au comptant. En fait, je dois m'assurer que mon stock est toujours suffisant pour fournir mes six boutiques, tu comprends.

Jonathan changea de sujet :

— Qu'est-ce que tu as envie de manger ? demanda-t-il en attrapant la carte pour l'étudier.

Sarah l'imita et murmura :

— Rien de trop lourd. Un poisson, peut-être. Le soir, je préfère manger léger.

Ils en étaient à la moitié du repas, quand Jonathan fixa Sarah à travers la table et déclara :

— Un de ces jours, quand tu seras en train de papillonner dans le magasin, tu te retrouveras nez à nez avec l'un de nos cousins ; et alors, que feras-tu ?

— Je lui dirai bonjour, Jonathan, que veux-tu que je fasse d'autre ? Je suis sûre qu'une partie des rancunes se sont évanouies, aujourd'hui. Sans doute depuis des années, d'ailleurs. Il n'y a aucune raison pour que nous ne soyons pas polis les uns envers les autres.

Jonathan posa ses couverts, puis il s'appuya au dossier

de sa chaise et l'observa un instant. Sarah soutint son regard, songeant qu'il était encore plus beau aujourd'hui, à sa façon, qu'il ne l'était dans sa jeunesse. Quand il avait vingt ans, voire trente, elle le trouvait un peu trop « joli ». Il était blond, avec des yeux clairs, ni bleus ni gris, mais une sorte de mélange des deux. Grand, mince, fringant, il était la réincarnation de son grand-père, Arthur Ainsley, le second mari d'Emma. A plus de cinquante ans, il avait acquis une certaine distinction, avec ses cheveux blonds striés de mèches argentées, son beau visage à peine marqué par la vie. Elle se demanda brusquement pourquoi il ne s'était jamais remarié. Peut-être la fin épouvantable de son désastreux mariage avec Arabella Sutton l'avait-elle dissuadé de renouveler l'expérience ? Chat échaudé craint l'eau froide... D'autant qu'il avait épousé une femme à la réputation douteuse. Une « dame de petite vertu », comme Sarah l'appelait. Yves, plus direct, utilisait le mot français « putain ». Elle avait été une prostituée de luxe, l'une des filles de Madame Claude. Quelle épreuve pour Jonathan, lorsqu'il l'avait appris de la bouche de Paula ! Il avait découvert ensuite que l'enfant auquel elle avait donné naissance et qu'il croyait de lui était asiatique. Le père était l'associé chinois de Jonathan, Tony Chiu.

— Tu me regardes bien fixement, Sarah !

Elle se mit à rire.

— Je t'admirais, mon cher cousin. Je me faisais la réflexion que tu étais vraiment très beau et bien plus distingué que lorsque tu n'étais qu'un joli garçon et... l'idole de ces dames.

Il fit la grimace.

— C'est une façon originale de dire les choses, Sarah.

Et maintenant, je ne te l'ai pas encore demandé, mais comment vont Yves et ton adorable Chloe ?

— Il peint comme un fou et toujours merveilleusement bien. Il se trouve dans le sud de la France pour quelques mois, dans notre maison de Mougins. Il a une grosse exposition à préparer et beaucoup de toiles à terminer. Quant à ta filleule, elle est tout simplement merveilleuse.

— Tu as eu de la chance, Sarah chérie, remarqua Jonathan, dont le visage s'assombrit. Plus de chance que moi.

— Pas de nouvelle femme dans ta vie, Jonny ?

— J'ai une charmante petite amie dans le Yorkshire, commença-t-il. Mais il est inutile d'en parler… Chaque fois qu'une femme me plaît, cela tourne en eau de boudin.

— Tu as seulement eu une mauvaise expérience, répondit Sarah en repoussant son assiette.

S'appuyant au dossier de sa chaise, elle tapota sa bouche avec sa serviette.

— Pour en revenir au magasin et à ses propriétaires, dit Jonathan, je te rappelle qu'ils sont tous fous à lier. Tu ne dois plus jamais avoir affaire à eux.

Sarah fronça ses sourcils auburn, qui formèrent une ligne sinueuse.

— Que veux-tu dire ? Je ne comprends pas où tu veux en venir.

— Ils sont cinglés, chérie. Réfléchis ! Voilà des gens qui se marient entre cousins, des parents qui se suicident ou qui dissimulent des meurtres dans les marécages d'Irlande…

— Mon Dieu, Jonathan, mais ce n'est pas vrai ! l'interrompit-elle d'une voix stridente.

298

Elle secoua la tête avant de conclure :

— Ton imagination te joue des tours.

— Et puis, il y a cette tendance familiale à l'immoralité… Prends tante Elizabeth, par exemple, avec ses six maris, sans compter ses amants, pour la plupart membres de ce foutu gouvernement britannique.

— Je ne suis pas certaine que tes informations soient fiables, protesta Sarah.

— Elles le sont ! C'est mon père qui me les a fournies, et je te rappelle qu'il a appartenu au Parlement pendant la majeure partie de sa vie.

— Oui, je m'en souviens, murmura-t-elle.

Elle se demanda brusquement ce qui lui valait cette diatribe contre la famille.

— Tu veux un dessert ? demanda Jonathan après qu'ils eurent vidé leur assiette.

Il jeta un coup d'œil sur le chariot des pâtisseries.

— Bon sang, ils ont du pudding ! Non, pas pour moi. Cela me rappelle mes études à Eton.

Sarah hocha la tête.

— Je crois que je vais simplement prendre une tisane. Je me passe de café, surtout le soir.

— Moi j'apprécie d'en boire une tasse après le dîner ; au contraire, cela me calme.

Jonathan eut un petit sourire, puis il fit un signe au serveur et passa commande. Se tournant ensuite vers sa cousine, il reprit :

— Et puis, il y a le goût des Harte pour les vendettas… Celle d'Emma contre les Fairley a duré des années, et Dieu seul sait ce qu'ils complotent en ce moment, et contre qui.

— Contre personne, vraisemblablement, répliqua-t-elle.

— Peut-être as-tu raison, mais certaines rumeurs courent, à propos d'une nouvelle employée.

— Qui ?

— Evan Hughes. Et elle est...

— ... en réalité un garçon, l'interrompit Sarah en souriant. Evan est un nom de garçon.

— Nous le savons tous, mon chou. Cette Evan est américaine, et c'est la copie conforme de notre chère cousine, Paula McGill Harte Amory Fairley O'Neill, pour lui donner tous ses titres.

Sarah eut une moue dubitative.

— Vraiment ? C'est une parente ?

— Personne ne le sait. Il semble qu'elle soit sortie de nulle part, et lorsqu'elle s'est présentée au magasin, en quête d'un emploi, Linnet l'a immédiatement engagée. Aujourd'hui, tout le monde raconte que c'est une McGill.

— Une McGill... C'est grotesque !

— Pas du tout, Sarah. Réfléchis, s'il te plaît. Imagine que le vénéré Paul ait eu une maîtresse américaine, qui aurait donné naissance à un enfant, un fils par exemple. Cet enfant aurait grandi aux Etats-Unis et aurait à son tour donné naissance à... Evan ? C'est une éventualité tout à fait plausible. Après tout, Paul a passé pas mal de temps à New York sans Emma, lorsqu'il faisait de la Sitex Oil une importante compagnie commerciale.

— Comment sais-tu tout cela ?

— Disons que j'ai... mes sources.

— Ce ne serait pas plutôt un espion ?

— Appelle-le comme tu voudras, mon chou.

— Pourquoi ressors-tu toutes ces vieilles histoires ce

soir, Jonathan ? Pourquoi me rapportes-tu les potins du magasin ? Dans quel but ?

Son visage resta inexpressif, puis il lui sourit et haussa les épaules.

— Je ne sais pas… Franchement, je pensais que tu serais intéressée par cette nouvelle employée qui ressemble tellement à ta rivale.

Sarah braqua sur son cousin ses yeux verts, brillants d'intelligence.

— Tu ne projettes pas de te lancer dans une folle manœuvre contre Paula, Jonathan ? demanda-t-elle.

— Comment pourrais-je lui causer le moindre tort ? Elle a tout verrouillé depuis que j'ai failli mettre la main sur les magasins, il y a vingt ans.

— Je sais qu'elle a assuré ses arrières. Mais je te fais remarquer que nous sommes traités correctement, en ce qui concerne Harte Enterprises. Nous touchons nos dividendes en temps et en heure, et Emily gère parfaitement nos affaires. Nous recevons régulièrement beaucoup d'argent.

— Emily est une bonne gestionnaire, et nous ne sommes pas lésés, c'est vrai.

Le dos appuyé au dossier de sa chaise, Sarah observait calmement son cousin, tandis qu'il agitait sa main élégante en direction d'un serveur. Ce dernier s'empressa et reçut commande d'un verre de calvados. Instinctivement, Sarah savait que Jonathan complotait quelque chose contre Paula, bien qu'elle ne puisse imaginer quoi. Puisqu'il ne pouvait s'agir des affaires, ce devait être du domaine privé.

Subitement, Sarah éprouva une légère inquiétude.

23

Paula O'Neill était assise derrière le petit bureau de style géorgien qui occupait un coin de sa chambre, à Pennistone. L'air pensif, elle tournait les pages d'un dossier. Après l'avoir étudié attentivement pendant une dizaine de minutes, elle referma la chemise cartonnée et la posa sur la table. Même si elle le relisait dix fois, pensa-t-elle, elle n'y trouverait rien de conséquent.

Se carrant dans son fauteuil, elle regarda par la baie vitrée. Ses yeux errèrent sur une colline boisée. Au printemps, elle se couvrait de jonquilles qui étincelaient comme des ruisseaux dorés sous le soleil matinal et ondulaient avec grâce à la moindre brise. Un poème de Wordsworth lui revint en mémoire :

— « Tout à coup, je vis une foule, une armée de jonquilles dorées qui dansaient et virevoltaient au gré de la brise, près du lac et sous les arbres », récita-t-elle à haute voix, pour les murs silencieux.

Sa grand-mère adorait ce poème, et c'était elle qui avait semé ces centaines de jonquilles tout autour de la propriété et sous les arbres de la colline. Elle-même n'avait fait que les entretenir, au fil des années, et les compléter de jacinthes qui, en ce début de mai, formaient un autre tapis aux couleurs resplendissantes.

Paula laissa ses pensées dériver un instant, puis elle revint au présent. Ouvrant l'un des tiroirs de son bureau, elle déposa le dossier à l'intérieur, puis elle referma à clef. Dans tout ce qu'elle avait lu, rien ne prouvait que Jonathan Ainsley soit en train de tramer quelque chose contre elle, et pourtant elle était certaine que si. Bien que le détective privé n'eût rien trouvé, elle avait l'intime conviction qu'un danger la menaçait. Ce que Jonathan ferait, quand et comment il le ferait, elle l'ignorait, mais un jour ou l'autre il sortirait de son trou pour s'en prendre à elle. Puisqu'il n'avait pu l'atteindre par le biais des intérêts financiers ou des magasins Harte, il la frapperait sans doute dans sa vie privée... mais elle ne pouvait imaginer comment.

« La vie est étrange, parfois », pensa-t-elle. Qui aurait imaginé que Jonathan Ainsley reviendrait vivre en Angleterre, après toutes ces années passées à Hong Kong ou à Paris ? Elle ne croyait pas que ce soit parce qu'il s'inquiétait pour son père. Il n'était pas dans sa nature de jouer les fils dévoués, il devait donc avoir un autre motif. Du tréfonds de sa mémoire, la voix de Jonathan lui parvint : « Je t'aurai, Paula O'Neill. Tu me le paieras », avait-il menacé. Elle n'avait jamais oublié ces mots...

Paula se leva, traversa la pièce et s'arrêta devant une commode, au-dessus de laquelle était suspendu un miroir. Elle s'y regarda distraitement, trop absorbée par le souvenir de son cousin, aussi traître que vindicatif, et qui avait été son ennemi pendant si longtemps. Tandis qu'elle se détournait, perdue dans ses pensées, ses yeux tombèrent sur le coffret posé sur la commode. Machinalement, elle passa la main sur son couvercle, comme elle l'avait fait bien des fois, et avant elle sa grand-mère. C'était une belle boîte ancienne en bois, de la couleur d'un vieux cognac, sertie de volutes et de cercles d'argent, imbriqués les uns dans les autres. Au centre du couvercle, au milieu d'un cœur d'argent, les initiales E. H. étaient gravées. Ce coffret avait toujours été posé sur la commode, déjà du temps où, jeune fille, elle rendait visite à sa grand-mère à Pennistone. La serrure était verrouillée, mais Emma avait dû perdre la clef ; comme le coffret était vide, elle n'avait pas voulu forcer la serrure, de crainte de l'abîmer. Et puisqu'il était fermé depuis si longtemps, Paula n'avait pas vu l'intérêt de risquer de le détériorer en essayant de l'ouvrir.

Se détournant, Paula entra dans le petit salon qui était contigu à sa chambre. Elle gagna la cheminée et tourna le dos au feu pour se réchauffer. Quelques instants plus tard, lorsqu'elle se sentit moins glacée, elle se retourna et leva les yeux vers le grand portrait de son grand-père, Paul McGill, suspendu au-dessus de l'âtre. Il portait un uniforme d'officier, car le tableau avait été réalisé au milieu de la Seconde Guerre mondiale, lorsqu'il était dans l'Australia Corps. Elle remarqua une fois de plus combien il était fringant et élégant. Et très beau, avec ses cheveux noirs, sa moustache noire et ses yeux bleu vif. Elle avait hérité de ses cheveux, de ses yeux, ainsi que du sillon dans le menton et des fossettes. La filiation était évidente... Sur le tableau, il souriait, et Paula savait que ce portrait était le préféré de sa grand-mère... parce qu'il ressemblait exactement à l'homme qu'elle avait rencontré et dont elle était immédiatement tombée follement amoureuse. Sa grand-mère lui avait confié un jour qu'il était irrésistible, et Paula l'avait crue sans peine.

Paul McGill n'avait jamais pu épouser Emma Harte, l'amour de sa vie. Au bout de bien des années de vie commune, à Londres, il était retourné à Sydney pour demander une nouvelle fois le divorce à sa femme Constance, afin de pouvoir légitimer Daisy, la fille qu'il avait eue d'Emma. Par malheur, il avait heurté un camion, par une nuit d'orage. Le chauffeur du poids lourd avait réussi à extirper son corps mutilé de l'épave, mais Paul était resté paralysé des membres inférieurs et défiguré d'un côté.

Paula laissa échapper un soupir en évoquant ces terribles événements. En 1939, on n'avait aucun moyen de soigner les paraplégiques, et Paul savait qu'il mourrait rapidement d'insuffisance rénale. Il avait préféré se suicider, et Emma ne l'avait jamais revu.

Paula savait par sa mère qu'Emma avait eu le cœur brisé par la mort de Paul et qu'il lui avait fallu longtemps pour faire son deuil. Mais un jour, elle avait réussi à se ressaisir et à reprendre son chemin, elle avait masqué son chagrin et trouvé du réconfort auprès de Daisy, la fille qu'elle avait eue de Paul.

Paula avait appris de sa grand-mère que la vie était dure, qu'elle l'avait toujours été, et que le plus important était de tenir, quoi qu'il arrive, de se battre et de remporter la victoire à la fin, de triompher de l'adversité. Elle-même avait eu de la chance, la vie l'avait relativement épargnée. Elle n'avait eu à affronter que ces horribles problèmes avec le venimeux Jonathan Ainsley et un très mauvais mariage avec Jim Fairley. Depuis quelques années, tout allait bien, tant sur le plan professionnel que familial. Certes, elle avait eu une grosse déception quand Linnet avait rompu avec Julian, mais ils étaient de nouveau ensemble et semblaient filer le parfait amour.

Sa fille Tessa l'inquiétait. Il y avait quelque chose qui n'allait pas dans son mariage, Paula en était presque sûre. Ce bras et cette épaule meurtris l'inquiétaient. Elle avait cru sa fille, lorsque celle-ci avait affirmé être tombée dans les escaliers. Mais comment était-ce arrivé ? Avait-elle été poussée ? Ou bien Mark et elle s'étaient-ils battus ? Bien sûr, c'était peut-être un accident. Néanmoins, Mark Longden lui donnait du souci depuis longtemps. Elle le trouvait bien trop obséquieux. Comme disait Emily, il avait « une tête de faux jeton ».

Le retour inattendu de Jonathan Ainsley et le fait qu'on l'ait vu en compagnie de Sarah contrariaient vraiment Paula. Ils avaient toujours comploté ensemble, même lorsqu'ils étaient enfants. « Je voudrais que Jack Figgs soit encore là », pensa Paula. Son précédent chef de la sécurité du magasin était un homme efficace qui ne craignait rien, mais il avait pris sa retraite maintenant, et il se plaisait dans sa maison du bord de mer. Il faisait de la voile, pêchait et menait une vie heureuse. En soupirant, Paula alla s'asseoir sur la banquette située sous la fenêtre. S'emparant du journal familial, le *Yorkshire Morning Gazette,* elle le feuilleta distraitement.

Une porte claqua quelque part, la faisant sursauter. Elle prêta l'oreille, se demandant si Shane était rentré. Il devait arriver de Londres en voiture, ce matin-là, et il lui avait dit qu'il serait de retour pour le déjeuner. Elle jeta un coup d'œil à sa montre : il était presque midi.

Elle tourna vers la porte un regard plein d'espoir, mais Shane ne parut pas sur le seuil. Elle revint à son journal et se mit à lire les nouvelles nationales. Mais bien vite, Jonathan Ainsley s'imposa de nouveau à son esprit. Elle déposa le journal sur la banquette et regarda la lande, par la fenêtre. La matinée était ensoleillée, le ciel avait la couleur des véroniques, ces minuscules fleurs bleues qu'elle aimait tant. C'était une belle journée de printemps ; pourtant elle frissonna involontairement, tandis qu'un mauvais pressentiment se faisait jour en elle.

Paula se leva d'un bond. Elle détestait cette impression. Elle gagna vivement la cheminée et resta devant un moment, tendant les mains vers les flammes qui dansaient, encore frissonnante. Elle était convaincue que le retour de Jonathan était synonyme d'ennuis. « Il ne peut rien me faire de grave sur le plan professionnel, se dit-elle, mais j'ai cinq enfants, une petite-fille et un époux, sans parler des autres membres de la famille qui me sont chers… Il pourrait essayer de m'atteindre ainsi, il pourrait organiser des "accidents"… » Elle était convaincue depuis longtemps que Jonathan ne reculerait devant rien pour se venger d'elle, car elle l'avait mis à genoux à deux reprises.

Des années auparavant, sa grand-mère avait dit de Shane O'Neill qu'il était « éblouissant » et « extrêmement séduisant ». Elle avait ajouté que son charme était moins dû à son extraordinaire beauté qu'à son caractère et à sa personnalité. Les mots d'Emma revinrent à la mémoire de Paula quand Shane entra dans la pièce, un grand sourire aux lèvres.

Paula le regarda tandis qu'il marchait vers elle, songeant que ce jugement, proféré lorsqu'il avait vingt-sept ans, était toujours valable. Le mois suivant, il célébrerait son soixantième anniversaire. Mais il était à peine marqué par l'âge, grand, large d'épaules et de poitrine. « Un beau spécimen d'homme », comme se plaisait à le dire le père de Shane. Récemment, ses cheveux noirs s'étaient teintés de gris, et quelques rides creusaient les coins de sa bouche, mais autrement, il ressemblait beaucoup au fringant jeune homme que la grand-mère de Paula admirait tant.

Impeccablement vêtu mais de façon décontractée, Shane portait un pantalon de gabardine gris et un pull de cachemire rouge, à col roulé, sur lequel il avait enfilé une veste noire. Il semblait plus élégant que jamais, jusqu'au bout de ses mocassins bien cirés. Sa présence emplit la pièce, et Paula sentit monter une bouffée d'excitation, comme chaque fois qu'elle retrouvait son mari après un certain temps sans le voir. Elle vint à sa rencontre, pressée de l'embrasser, de le toucher, de le serrer dans ses bras. Un grand sourire éclaira son visage ordinairement sérieux. Il l'enveloppa d'un regard tendre, tandis qu'elle se glissait entre ses bras.

Au bout d'un instant, il s'écarta pour déposer un baiser sur les lèvres de sa femme.

— Désolé d'être en retard, dit-il. La circulation était dense.

Elle hocha la tête.

— Mais tu es là, maintenant, et c'est merveilleux de te voir, de t'avoir enfin à la maison. Je déteste que tu sois à Londres quand je ne suis pas avec toi.

Il baissa les yeux, les sourcils légèrement froncés.

— Je n'ai été absent que quelques jours. Et il faut bien que quelqu'un gère ma chaîne d'hôtels, tu le sais.

— Mais tu me manques toujours autant, Shane. Plus je vieillis, plus le phénomène semble se renforcer.

Il se mit à rire, tout en se dirigeant avec elle vers le canapé, sur lequel ils s'assirent.

— J'aurais pourtant pensé que tu te serais lassée de moi, après toutes ces années passées ensemble.

— Toutes ces années, en effet ! Trente ans de mariage, sans compter notre enfance commune.

Souriant, il prit la main de sa femme dans la sienne et plongea son regard dans les prunelles violettes.

— Je te trouve un peu émotive, Paula chérie. Quelque chose t'inquiète ?

Elle ne fut pas étonnée par la perspicacité dont il faisait preuve. Il la connaissait parfaitement, et elle comprit qu'il était inutile de nier.

— Tout à l'heure, j'ai eu un affreux pressentiment concernant Jonathan Ainsley.

24

Shane O'Neill écouta attentivement ce que Paula avait à lui dire. Il avait toujours accordé une attention particulière aux propos de sa femme. Il l'admirait, la respectait, et il savait qu'elle ne proférait jamais d'affirmations imprudentes, pas plus qu'elle n'exagérait.

Néanmoins, il fut alarmé par ce qu'elle lui dit, et quand finalement elle revint s'asseoir sur le canapé et leva vers lui des yeux interrogateurs, il s'exclama :

— Mais Paula chérie, Jonathan ne serait pas assez stupide pour s'en prendre physiquement à l'un d'entre nous ! Il aurait de sérieux ennuis avec la justice s'il le faisait.

— Je sais, mais il peut payer les services de n'importe qui pour s'en charger à sa place.

— Il serait tout aussi coupable, en tant que commanditaire du crime. Non, vraiment, je ne pense pas que tu aies à craindre que l'un d'entre nous soit agressé.

— Il est capable de n'importe quoi !

— Je ne le sais que trop bien.

Paula rectifia légèrement sa position sur le sofa.

— Je devrais peut-être me détendre, soupira-t-elle. En ce qui concerne Jonathan, je veux dire. Mon imagination me joue sans doute des tours, en raison de ses méfaits passés.

— C'est possible, mon cœur, dit Shane en lui caressant tendrement le visage. Jonathan a beau être vindicatif et retors, il est loin d'être idiot, nous le savons tous. Il ne ferait rien qui puisse se retourner contre lui et le mettre en infraction vis-à-vis de la loi. Personnellement, je pense qu'il est revenu parce qu'il voulait retrouver sa patrie et se rapprocher de son père, entre autres choses.

Paula secoua la tête.

— Je ne suis pas d'accord avec toi. Il ne possède pas une once de compassion, même lorsqu'il s'agit de son père. Mais si je considère objectivement la situation, comme toi, j'admets qu'il se montrera prudent. Tu as vu Philip, en arrivant ? continua-t-elle. Il était dans le coin.

En effet, son frère était arrivé d'Australie depuis peu, et comme chaque fois qu'il séjournait en Angleterre, il s'était installé à Pennistone Royal.

— Non, mais quand je lui ai parlé, l'autre jour, il m'a dit qu'il comptait monter à cheval ce matin. C'est même pour cette raison qu'il est arrivé hier soir et...

— Mais je ne l'ai pas vu, l'interrompit Paula. Je me sentais très fatiguée. À 22 heures, comme il n'était toujours pas là, je lui ai laissé un mot et je suis allée me coucher. Et je ne l'ai pas vu non plus ce matin. Peut-être fait-il une promenade à cheval, tu as raison. Margaret m'a dit qu'elle l'avait aperçu qui traversait la cour, il y a environ deux heures. Je parie qu'il est monté dans la lande.

— Je le crois aussi. Allez, ma chérie, ton petit frère finira bien par se montrer, et je pense que vous ferez quelques pas ensemble. La journée est belle, et cela te fera le plus grand bien.

Une demi-heure plus tard, Philip McGill Harte Amory entra dans le grand hall, ses bottes de cheval claquant contre les dalles de pierre.

Il marcha droit vers la cheminée et se tint un instant devant le feu, s'efforçant de se réchauffer. Comme un vent glacé balayait la lande, il s'était chaudement vêtu, enfilant un blouson par-dessus son sweater et sa veste de cheval, mais il avait senti le froid le pénétrer jusqu'aux os.

Cette chevauchée lui avait fait du bien, et il se sentait en bien meilleure forme qu'il ne l'avait été depuis son arrivée de Sydney, au début de la semaine. Lorsqu'il était, chez lui, en Australie, il se déplaçait beaucoup, entre la ville et Dunoon, le ranch familial situé à Conamble, où il élevait des moutons. Là-bas, il montait à cheval tous les jours et passait le plus clair de son temps dehors. Il aimait Dunoon plus que n'importe quel endroit sur terre. C'était son vrai foyer, là où il se sentait le plus à l'aise et en paix avec lui-même, peut-être parce qu'il y avait de nombreux souvenirs de sa bien-aimée Maddy. Mais aussi parce que c'était son paradis, lorsqu'il était enfant, et qu'il y avait toujours été très attaché.

L'autre endroit où il se sentait parfaitement bien et détendu était cette maison. Pennistone avait été le centre de gravité, pour Paula, lui-même et leurs cousins durant toute leur enfance. C'était là qu'ils se réunissaient autour de leur grand-mère. Lui-même avait passé beaucoup de temps avec Emma, apprenant tout ce qu'elle voulait bien lui enseigner sur le grand empire McGill dont Paula et lui avaient hérité et qu'il dirigeait aujourd'hui depuis Sydney.

« J'ai tout appris aux pieds du maître », avait-il coutume de dire à tous ceux qui l'interrogeaient sur sa formation, avant de leur chanter les louanges de la célèbre Emma Harte.

Grand, mince, brun, doté d'étonnants yeux bleus, Philip ressemblait à son grand-père, Paul McGill. Mais même s'il avait hérité de lui de nombreux traits de caractère, il était bien le petit-fils d'Emma Harte, ce dont il était très fier. Sa grand-mère adorée avait été son mentor jusqu'au jour de sa mort. Il vivait selon les principes qu'elle lui avait transmis.

Philip s'approcha d'une table, placée contre l'un des murs, au bout du hall. Un peu plus tôt, Margaret y avait déposé une bouteille de vin blanc dans un seau à glace, un cruchon de jus de tomate, une bouteille de vodka et toute une variété de boissons non alcoolisées. Philip se servit un verre de jus de tomate, puis il alla s'asseoir sur le sofa, près du feu. Il pensa à sa fille Fiona, qui était étudiante à Oxford. Elle était la lumière de sa vie et aujourd'hui, à dix-neuf ans, elle était devenue, du moins à son avis, une jeune femme exceptionnelle. Brillante, intelligente et mûre, elle était sa fierté. Au printemps, il venait toujours en Angleterre pour la voir. Après la mort de Maddy, son épouse bien-aimée, décédée pendant l'accouchement, il ne s'était jamais remarié, et il avait élevé leur fille seul.

Percevant un bruit de pas, Philip se leva et sourit à sa sœur qui se hâtait vers lui, l'air anxieux.

— Te voilà, Pip ! s'exclama-t-elle en l'embrassant. Nous nous demandions où tu étais.

Après avoir embrassé sa sœur et serré la main tendue de Shane, Philip expliqua :

— J'ai fait une petite virée à cheval. Il n'y a rien de mieux qu'un bon galop à travers la lande pour se remettre les idées en place. C'était parfait, mais un peu réfrigérant, je dois l'avouer. Puis-je vous servir un verre de vin, ou bien vous préparer un bloody mary ?

Ses yeux allèrent de Shane à Paula.

— Je boirais volontiers un jus d'orange, s'il te plaît, dit Paula en s'asseyant sur une chaise à dossier droit.

— Qu'est-ce que tu bois ? s'enquit Shane en jetant un coup d'œil au verre de son beau-frère. Un bloody mary ?

— Non, simplement du jus de tomate.

— Je prendrai la même chose, merci. Je ne me sens pas d'humeur à absorber de l'alcool pour l'instant. Peut-être m'offrirai-je un petit verre de vin au déjeuner.

Philip servit sa sœur et son beau-frère, puis il leur porta leurs boissons près de la cheminée, où ils s'étaient assis. Après avoir repris son propre verre, il les rejoignit. Ils parlèrent de choses et d'autres, mais au bout d'un instant, Philip se tourna vers sa sœur.

— Il y a quelque chose qui me trouble et dont j'aimerais te parler, Paula.

— Oh ! Quelque chose ne va pas, Pip ? Il ne s'agit pas de Fiona, au moins ?

— Non. Il s'agit d'Evan Hughes.

A la seconde où il prononça ce nom, Paula devina qu'il avait eu vent des rumeurs et en était contrarié. Elle ne pouvait l'en blâmer, puisque ces potins la préoccupaient aussi. Elle aurait bien voulu savoir qui était à l'origine de cette histoire, aussi malheureuse qu'exaspérante. Elle prit une profonde inspiration et dit :

— Je sais, je sais. On raconte qu'elle nous serait apparentée, qu'elle serait une descendante des McGill et qu'elle serait venue dans un but précis. Je voudrais bien savoir qui a répandu ces bruits, et je réduirais cet individu en miettes avec plaisir Tout cela vient du fait que certaines personnes trouvent qu'elle me ressemble.

Devinant, à sa voix, le scepticisme de sa sœur, Philip s'exclama :

— Mais c'est tout à fait exact ! Elle te ressemble beaucoup, même !

— C'est faux. Nous avons des traits communs, comme la couleur de cheveux, une allure un peu exotique, rien de plus ! protesta Paula, légèrement irritée.

Visiblement, Philip n'était pas d'accord avec elle.

— Tu te trompes, mon chou. Je sais que tu as souvent raison, et dans de nombreux domaines, mais cette fois, tu as tort. C'est ta femme, ajouta-t-il en regardant Shane, et tu la connais depuis aussi longtemps que moi. Qu'en penses-tu ?

— La première fois que j'ai vu Evan Hughes, j'ai été frappé par leur ressemblance, mais en y regardant de plus près, je me suis aperçu que je faisais erreur.

Paula lança à son frère un long regard pénétrant.

— Tu l'as rencontrée, si je comprends bien ?

— Tu parles ! Je suis allé au magasin pour voir Linnet, et on m'a présenté Evan en un rien de temps. C'est une fille ravissante, on ne peut le nier, et elle ne manque pas de personnalité. Ce n'est pas étonnant que les gens racontent qu'elle est une McGill.

— C'est au magasin que tu as eu vent de cette histoire ? demanda Paula.

— Pas du tout. Cette rumeur m'est parvenue mardi, et dans mon propre bureau.

— Dieu du ciel ! Elle s'est donc répandue dans Londres, jusqu'aux bureaux des McGill ! Je n'en crois pas mes oreilles ! s'écria Paula.

— Tu sais bien qu'on dit que « la rumeur galope ». J'ai aussi entendu dire qu'elle est fiancée avec Gideon.

Shane se mit à rire.

— Elle sort avec Gideon, c'est tout, et je crois qu'on exagère grandement, Philip.

— C'est ce qu'on dirait. Néanmoins, j'aimerais en savoir un peu plus à son propos. Vous avez un peu fouillé son passé ?

Philip s'était tourné vers sa sœur, qui répliqua vivement :

— Bien sûr que non ! Je n'avais, et je n'ai toujours, aucune raison de le faire.

— Je pense que nous devrions chercher à en savoir davantage, insista Philip.

— Et quand ce sera fait, qu'aurons-nous de plus ? Elle ne peut pas piller l'empire McGill ou demander quoi que ce soit. Comme Emma, Paul a tout verrouillé. Ne nous en mêlons pas, Pip, ajouta Paula en secouant la tête, sinon nous risquons de déclencher une vraie tempête. Gideon est très amoureux et…

Elle ne termina pas sa phrase.

— Je crois avoir une solution, intervint Shane. Pourquoi ne parleriez-vous pas avec Evan la semaine prochaine, tous les deux, quand vous retournerez à Londres ? Posez-lui quelques questions sur ses parents et ses grands-parents. Vous pouvez le faire gentiment, et même en présence de Linnet, de façon que cette jeune personne se sente plus à l'aise.

— Inutile d'attendre la semaine prochaine, Shane, murmura Paula, dont le cœur battait plus vite à la perspective de cette entrevue. Evan est ici, ajouta-t-elle plus bas.

— Que veux-tu dire ? s'étonna Shane.

— Ici, dans cette maison. Elle est arrivée avec Linnet et India jeudi soir. Je leur ai promis un week-end de farniente. Elles ont travaillé si dur pour la rétrospective qu'elles ont bien besoin d'être un peu dorlotées par Margaret. Et par moi aussi. Elles sont allées déjeuner à Harrogate. Linnet voulait montrer le magasin à Evan. Je pourrai donc lui parler… avec diplomatie, évidemment, conclut Paula en soupirant.

— Excellente idée, approuva Philip.

Shane jeta à sa femme un regard interrogateur.

— J'espère que cela ne créera pas de remous, marmonna-t-il.

— Je te promets que non, assura-t-elle.

25

Il était tout juste 16 heures lorsque les trois jeunes femmes firent irruption dans le petit salon. Paula constata qu'elles étaient de nouveau pleines d'énergie et d'exubérance. Visiblement, l'expédition à Harrogate avait été couronnée de succès. Elles paraissaient heureuses, très amies, et elles formaient une merveilleuse équipe. Cette constatation la réjouit énormément.

Linnet et India étaient des filles avisées et intelligentes. Jamais elles ne se seraient prises d'amitié pour Evan si la jeune femme avait été suspecte. Paula avait également confiance dans le jugement de Gideon ; il était amoureux d'elle et voulait l'épouser, d'après Emily. Evan était donc forcément quelqu'un d'exceptionnel.

— Bonjour à vous toutes, s'exclama-t-elle avec un grand sourire.

— Bonjour, répondirent-elles en chœur.

Linnet se précipita vers le canapé, puis elle s'effondra près de sa mère et l'embrassa affectueusement sur la joue.

— Comment était le déjeuner ? demanda Paula.

— Parfait, répondit Linnet en souriant, ses yeux verts étincelants de gaieté. Merci de nous avoir régalées, Maman.

— Nous avons amené Evan au Betty's Cafe, expliqua India. Elle a été étonnée.

— J'ai adoré cet endroit, madame O'Neill, dit Evan. C'est vraiment pittoresque ! Cela m'a fait penser à un vieux film anglais. Quant au magasin, il est très beau.

— Merci, Evan. Linnet vous a certainement dit que nous l'avons entièrement rénové l'année dernière.

Paula servit le thé, tandis que Linnet faisait passer les tasses. Quand elles furent toutes installées, elles racontèrent en détail à Paula leur matinée et leur après-midi. India expliqua comment elles avaient joué les guides touristiques et fait visiter à Evan la vieille ville d'eau.

Tout en les écoutant, Paula observait discrètement

Evan. Elle devait admettre que la jeune Américaine ne lui ressemblait pas vraiment de visage, mais elle comprenait pourquoi les gens les trouvaient très semblables. Evan donnait l'impression qu'elle était une version plus jeune d'elle-même, notamment parce qu'elle avait le même style vestimentaire.

Soudain, Evan se tourna vers elle et rougit légèrement en prenant conscience que les yeux de Paula étaient fixés sur elle.

— Quelque chose ne va pas, madame O'Neill ? demanda-t-elle.

Paula secoua la tête et lui sourit gentiment. C'était l'occasion qu'elle attendait pour engager une conversation avec la jeune femme et la questionner sur son passé.

— Je vous observais, n'est-ce pas ? C'est grossier de ma part. Pardonnez-moi, Evan, mais voyez-vous, beaucoup de gens trouvent que vous me ressemblez, et je m'efforçais d'identifier nos points communs.

Soulagée que Paula aborde le sujet, Evan répondit :

— Nous avons le même type physique, c'est tout.

Elle avait eu vent de la rumeur, au magasin. Elle en était à la fois troublée et contrariée. Cela jetait une ombre sur son bonheur, et elle s'en inquiétait à cause de Gideon.

— Au premier coup d'œil, intervint Linnet, Evan te ressemble, Maman, mais elle a raison, vous avez simplement le même type... La ressemblance s'arrête là.

— Je le pense aussi, tante Paula, dit India.

— Néanmoins, je voudrais..., comment dire... assainir l'atmosphère, Evan, si cela ne vous ennuie pas de répondre à quelques questions. Je pense que nous serions tous très soulagés de pouvoir mettre un terme à cette

318

rumeur stupide qui fait de vous une descendante des McGill.

Evan hocha la tête.

— Très franchement, madame, je n'avais jamais entendu ce nom avant de travailler chez Harte.

Paula se pencha légèrement, toute son attention concentrée sur la jeune femme.

— Pourquoi êtes-vous venue ? Je veux dire, qu'est-ce qui vous a fait choisir Harte parmi tous les magasins de Londres ?

Evan savait que l'heure n'était pas à la dérobade. A bien des égards, son avenir dépendait de cette conversation, et une absolue franchise était de rigueur.

Elle prit une profonde inspiration avant de se lancer :

— Je me suis présentée chez Harte à cause de ma grand-mère. Elle est morte à New York, en novembre dernier. Je me trouvais auprès d'elle dans ses derniers instants, et nous attendions mon père, son fils Owen. Il venait du Connecticut en voiture et il était en retard, en raison de la circulation. Quoi qu'il en soit, j'étais assise près de ma grand-mère et je lui tenais la main lorsqu'elle a prononcé quelques mots. A un moment, elle a paru récupérer un peu d'énergie et elle m'a dit de quitter New York, de me rendre à Londres pour voir Emma Harte. Elle m'a dit qu'Emma Harte était la clef de mon avenir. C'est tout ce qu'elle a dit. Quelques minutes plus tard, mon père est arrivé, mais il était trop tard. Nous étions si accablés de chagrin que j'en ai oublié les derniers mots de ma grand-mère. Par la suite, quand je les ai répétés à mon père, il a été sincèrement étonné. Puis il s'est rappelé que sa mère avait rencontré Mme Harte, pendant la

319

Seconde Guerre mondiale, et il m'a un peu parlé des magasins. Mais il ne savait pas grand-chose.

Paula hocha la tête.

— Si je comprends bien, il existe un lien dont nous ignorons la nature entre votre grand-mère et la mienne ?

Le visage ouvert d'Evan reflétait son honnêteté.

— Je ne pense pas que ce soit très important.

— Comment s'appelait votre grand-mère ?

Glynnis. Glynnis Hughes. Mais avant d'épouser mon grand-père, elle s'appelait Jenkins et elle était originaire de la Rhondda Valley, au pays de Galles. Mon grand-père, Richard Hughes, était un GI basé près de Londres. C'est là qu'ils se sont mariés, pendant la guerre, et c'est là que mon père est né. Tout comme moi, d'ailleurs.

Paula comprit brusquement que la date de naissance d'Owen Hughes était un élément capital de son enquête.

— Quand votre père est-il né ?

— En 1944, madame.

Paula sentit sa tension se dissiper, et elle s'exclama :

— Alors, il ne peut pas être le fils de Paul McGill, mon grand-père, puisque ce dernier est mort en 1939 !

— Comme je vous l'ai dit, je n'ai jamais entendu ce nom dans ma famille, dit Evan d'une voix basse et contenue. Ma grand-mère n'a d'ailleurs jamais mentionné non plus Mme Harte devant moi. Peut-être n'ont-elles fait que se croiser ? Mon grand-père m'a dit que ma grand-mère vivait à Londres, pendant la guerre. Il a fait sa connaissance dans une cantine réservée aux troupes, où elle travaillait le soir avec ses amies. Ils se sont liés d'amitié parce que les ancêtres de mon grand-père étaient eux aussi partis de la Rhondda Valley.

Il prétendait que c'était la raison pour laquelle il était tombé amoureux.

— Je crois que nous avons réussi à éclaircir quelque peu la situation, Evan ! s'exclama Paula en souriant. Du moins, je suis satisfaite, et nous...

— Mais Maman, tout cela ne nous dit pas pourquoi Glynnis a dit à Evan de partir pour l'Amérique et d'y rencontrer Emma ! s'exclama Linnet. Pourquoi lui a-t-elle dit qu'Emma Harte était la clef de son avenir ? Tu ne trouves pas cela bizarre ?

Paula eut un geste impatient de la main. Tout ce qu'elle voulait, c'était que l'affaire soit définitivement close.

— Pas du tout !

India lui lança un regard perçant.

— Mais tante Paula, c'est quand même très étrange ! remarqua-t-elle. Je veux dire... pourquoi une vieille dame, sur son lit de mort, dirait soudain à sa petite-fille de se rendre à Londres pour y retrouver une femme ? Réfléchis-y. Je parie que Glynnis et Emma étaient amies et qu'il existait un lien entre elles, quelque chose d'important. Peut-être y a-t-il quelque chose que nous ignorons, un secret...

— Si c'était le cas, pour quelle raison la grand-mère d'Evan ne se serait-elle pas expliquée ? Pourquoi ne lui aurait-elle pas fourni les explications nécessaires ? demanda Paula, dont les yeux allèrent d'India à Evan.

Ce fut cette dernière qui répondit.

— Elle était en train de mourir, madame, elle était très affaiblie. Je ne pense pas qu'elle aurait eu la force d'ajouter un seul mot. J'étais même surprise qu'elle puisse parler. C'était juste avant son dernier soupir.

— Apparemment, votre grand-mère ignorait qu'Emma Harte était morte, et ce depuis trente ans, murmura Paula. Dites-moi ce que vous avez pensé vous-même, lorsque vous l'avez découvert.

— J'ai été très choquée, madame, pour ne pas dire atterrée. A dire vrai, je me suis trouvée stupide d'avoir écouté ma grand-mère. Quand j'en ai parlé à mon père, au téléphone, il m'a dit qu'elle délirait peut-être, qu'elle divaguait. Il a bien fallu que je me contente de cette explication.

— Mais vous êtes quand même montée pour solliciter un emploi ? demanda Paula, sans quitter Evan des yeux.

— C'est vrai. J'ai d'abord pris un café, tout en réfléchissant à ce que je devais faire. Je me suis alors rendu compte que je souhaitais quand même rester à Londres. Après tout, j'avais démissionné de mon poste, à New York. De plus, j'étais enthousiasmée par le magasin, très impressionnée, et je me suis dit que je pourrais essayer d'y trouver du travail. C'est ce que j'ai fait, finalement.

— Quel âge avait votre grand-mère ? demanda doucement Paula.

— Soixante-dix-neuf ans.

— Si bien que pendant la guerre, elle devait avoir une vingtaine d'années, calcula Linnet. Tu es d'accord ? C'était une toute jeune femme quand elle a eu son enfant.

— Oui, répliqua Evan qui se demandait où Linnet voulait en venir.

Paula devait se faire la même réflexion, car elle demanda :

— Où est le problème, Linnet ?

— Au début de la guerre, Emma Harte avait déjà quarante-neuf ou cinquante ans, et d'après ce que je sais, elle ne devait pas avoir beaucoup de temps à consacrer à de jeunes amies, vu la façon dont elle travaillait. La différence d'âge était importante, entre Emma et Glynnis. Se pourrait-il que Glynnis Jenkins ait travaillé au magasin, pendant la guerre ?

Le raisonnement de sa fille avait pris Paula au dépourvu, mais après avoir réfléchi un instant, elle répondit :

— Oui, c'est possible. Elle pourrait avoir travaillé au magasin, c'est tout à fait vrai

Linnet se tourna vers Evan.

— Que faisait ta grand-mère, avant de se marier avec ton grand-père ? Tu le sais ?

— Je n'en suis pas sûre… mais il me semble qu'elle a été secrétaire, parce que quand j'étais petite, elle s'occupait des tâches administratives pour le magasin d'antiquités de mon grand-père.

India se redressa et s'écria

— C'est ça ! Je suis d'accord avec Linnet. Glynnis a dû être l'une des secrétaires d'Emma pendant la guerre.

— Mais où cela nous mène-t-il ? demanda Paula, l'air troublé. Puisque nous avons éliminé la parenté avec Paul McGill, à cause de la date de naissance d'Owen Hughes, nous pouvons cesser de nous interroger et oublier toute cette histoire.

— Je n'en suis pas certaine, commença Linnet avec un peu d'hésitation. C'est moins simple que ça n'en a l'air, Maman, j'en ai l'intime conviction. Et je te rappelle que je suis une vraie Celte, comme Papa, alors écoute-moi. De toute façon, tante Emily a dit…

Elle s'interrompit immédiatement, sachant qu'elle n'aurait pas dû mêler sa tante à la conversation. Cela ne pouvait qu'embrouiller davantage les choses.

A la fois inquiète et surprise, Paula fronça les sourcils.

— Qu'est-ce que ta tante Emily a dit ? demanda-t-elle.

— Je n'aurais pas dû t'en parler, Maman, tante Emily va m'en vouloir.

— Ne te préoccupe pas de cela maintenant. Dis-moi seulement ce qu'elle a dit, Linnet.

La jeune femme toussota et expliqua, d'une voix étouffée mais ferme :

— Tante Emily n'a jamais pensé qu'Evan était apparentée aux McGill, et elle ne trouve pas qu'elle te ressemble particulièrement. Mais elle est convaincue qu'il y a bien un lien... avec les Harte. Elle a dit qu'elle ne parvenait pas à mettre le doigt dessus, mais qu'il y avait quelque chose, à la limite de sa mémoire, qu'elle n'arrivait pas à saisir, un peu comme quand on a quelque chose sur le bout de la langue...

Complètement abasourdie, Paula fixait sa fille sans mot dire.

— Il n'y a pas de quoi s'énerver, Maman, déclara tranquillement Linnet. Emily m'a dit ça en passant. Tu sais, elle ne voulait pas t'inquiéter ou mettre de l'huile sur le feu. C'est pour cela qu'elle ne t'a rien dit, j'en suis certaine.

Réduite au silence, pour une fois dans sa vie, Paula se laissa aller contre les coussins. Linnet reprit très vite :

— Ne fais pas cette tête-là, Maman ! Essayons plutôt de trouver la clef de ce mystère. Où sont les anciens registres du personnel ? Je suppose qu'on les a rangés dans les archives, au sous-sol du magasin de Londres.

— Je doute qu'on les ait conservés, murmura Paula. On a dû les détruire quand on est passés à l'informatique.

L'excitation de Linnet l'agaçait légèrement. India se leva d'un bond et vint s'asseoir près d'elle, sur le canapé.

— Je viens d'avoir une illumination, tante Paula ! Les agendas ! Les agendas d'Emma, ceux que nous avons trouvés dans le grenier, il y a plusieurs mois ! Elle les a tenus à jour pendant les années de guerre. S'il existe un secret ou quelque chose qui concerne la grand-mère d'Evan, je parie que c'est là-dedans que tu le découvriras.

Paula se rappela sa répugnance à plonger dans la vie privée de sa grand-mère. Ces journaux intimes n'étaient pas destinés à être lus par d'autres yeux que ceux de leur propriétaire... celle qui les avait écrits...

Evan inspira profondément, avant de commencer lentement :

— Je... je pense vraiment que mon père est bien celui qu'il croit. Il est Owen Hughes, le fils de Richard et de Glynnis Hughes. Il ressemble à mon grand-père, il est comme lui à bien des égards...

Elle se tut et posa sur Paula des yeux tristes.

Paula s'en aperçut et fut aussitôt prise de remords.

— Oh, Evan, ma chérie, nous sommes affreusement grossières ! Quelle indélicatesse de mettre ainsi en cause la réputation de votre grand-mère ! Nous n'avons pas le droit de supposer qu'elle ait pu avoir une relation amoureuse avec quelqu'un d'autre, un homme qui serait le véritable père de son enfant, au lieu de votre grand-père ! Je nous trouve complètement... inconscientes. Je suis

325

vraiment désolée, et je vous demande de nous excuser. Nous avons été odieuses, conclut-elle doucement.

— Ce n'est rien, madame, je ne me sens pas du tout offensée. Je sais que vous agissez pour le mieux et que tout ce que vous voulez, c'est mettre un terme à cette rumeur ridicule. Ce ne sont que des conjectures. Mais je veux vous dire ceci… Je suis sûre que je ne suis apparentée à aucun des membres de votre famille. Je ne suis ni une McGill ni une Harte. Ma grand-mère aimait Richard Hughes, elle ne l'aurait jamais trompé. Ma grand-mère m'a élevée, et elle était… C'était une femme « grand teint », comme dirait Linnet.

Plus tard, quand les trois jeunes femmes furent parties, Paula sortit la valise qui contenait les carnets de sa grand-mère. Elle la posa sur la table basse, l'ouvrit et regarda les petits livres recouverts de cuir noir, bien alignés.

Elle ne parvint toutefois pas à ouvrir le premier, qui correspondait à l'année 1939. Sa mère lui avait raconté qu'Emma avait passé des heures à écrire dans son journal, cette année-là. Paula ne pouvait se résoudre à lire ces passages, sans doute à fendre le cœur, sur son grand-père et sa mort prématurée.

Elle sortit donc l'agenda 1940 et commença à le feuilleter, répugnant encore à pénétrer dans l'intimité et les pensées les plus privées de sa grand-mère. Le journal s'ouvrit tout seul à une page, et comme Paula baissait les yeux, elle lut : « J'ai dîné ce soir avec Blackie O'Neill. Il m'a fait rire pour la première fois depuis très longtemps. Il est mon plus cher ami. »

Percevant un bruit léger, Paula releva la tête et aperçut Shane, qui se tenait près d'elle.

— Ici, ma grand-mère écrit que ton grand-père est son ami le plus cher, dit-elle.

Shane lui sourit.

— A ce que je vois, tu as finalement trouvé le courage de commencer à les lire. Peut-être voulait-elle que tu le fasses, Paula. Peut-être les a-t-elle laissés parce qu'elle souhaitait que tu les trouves. Elle aurait pu les détruire, tu le sais.

S'asseyant auprès d'elle, il demanda :

— De quelle année s'agit-il ?

Paula lui lança un coup d'œil.

— 1940. Elle a écrit celui-ci quand elle avait cinquante et un ans. Je ne l'ai connue que lorsqu'elle était une vieille dame, et je ne peux m'empêcher de regretter de ne pas l'avoir rencontrée à cette époque. Je me demande comment elle était, Shane.

Pour toute réponse, il la prit par les épaules et l'attira contre lui. Il y eut un moment de silence, puis il déclara :

— Je crois qu'elle était... tout simplement merveilleuse !

DEUXIEME PARTIE

**Légende
1940**

Elle possédait au plus haut degré
les qualités qui font un grand prince.
Giovanni Scaramelli,
ambassadeur vénitien à la cour d'Elisabeth Tudor,
reine d'Angleterre

Ne sois pas effrayé par la grandeur ;
Certains sont nés grands,
d'autres acquièrent la grandeur,
d'autres encore deviennent grands sans l'avoir cherché.
William Shakespeare

26

Emma Harte se tenait devant sa psyché, dans son élégante et vaste chambre de sa maison de Belgrave Square. Elle contemplait pensivement son reflet.

Et elle détestait ce qu'elle voyait.

Le miroir lui renvoyait l'image d'une femme à la maigreur spectrale, mortellement pâle, au visage triste et fatigué, surmonté d'une tignasse rousse formant un halo ardent. Le contraste était saisissant.

En outre, elle détestait la robe qu'elle portait. C'était une belle robe, conçue par un grand couturier, mais elle était noire, lugubre et déprimante. Elle ne la mettait pas en valeur, bien au contraire, puisqu'elle soulignait son absence totale de séduction. Elle était troublée : la femme qui lui faisait face ne ressemblait en rien à celle qu'elle connaissait.

Comme elle jetait un coup d'œil à sa coiffeuse, ses yeux tombèrent sur le portrait de Paul McGill.

— Ce ne sera plus jamais la même chose, n'est-ce pas, mon chéri ? dit-elle à haute voix.

Depuis des mois, elle avait pris l'habitude de s'adresser à cette photographie. Fine psychologue, Emma devinait facilement ce que pensaient les gens. Elle avait conscience que ses employés la soupçonnaient d'avoir un peu perdu la tête, ces derniers temps, car elle se parlait à elle-même et souvent à voix haute. Mais elle n'était pas folle, et c'est à Paul qu'elle s'adressait en réalité. Elle le ferait sans doute aussi longtemps qu'elle vivrait. Cela la réconfortait, elle se sentait moins seule, moins abandonnée. Ils avaient vécu ensemble ici pendant seize ans, et les lieux étaient imprégnés de la présence de Paul.

— Pas d'autre solution qu'un changement radical d'apparence, murmura-t-elle.

En passant près de la coiffeuse, elle frôla le cadre doré durant une fraction de seconde. A la lumière de la lampe, la bague ornée d'une émeraude carrée, cadeau de Paul à la naissance de Daisy, lança un éclat vert.

D'un pas léger et rapide, elle traversa la pièce, ôta sa robe noire, la posa sur le lit, puis enfila un peignoir de soie et se précipita dans la salle de bains adjacente. Elle trouva une paire de grands ciseaux dans un tiroir et, avec des gestes énergiques, elle commença à couper ses cheveux. Elle travaillait avec beaucoup de précision et d'habileté. Elle ne s'interrompit que lorsque sa chevelure lustrée et légèrement ondulée fut coupée au carré. Cette coiffure à la page faisait fureur, ces temps-ci.

Examinant soigneusement son reflet dans la glace de la salle de bains, elle constata qu'elle paraissait dix ans de moins et ne semblait plus aussi triste. Elle recula d'un pas et se pencha pour plier le tapis de bains, de façon à y enfermer les mèches de cheveux que Grace, la bonne, nettoierait plus tard.

Une fois dans sa chambre, Emma s'assit devant sa coiffeuse et observa son visage pendant quelques minutes. Elle prit ensuite une houppette, qu'elle promena sur ses joues et son front, après quoi elle mit un peu de rose sur ses lèvres, lissa ses sourcils avec le bout de ses doigts et enduisit ses cils de mascara noir. Finalement, elle recula son siège et constata que son apparence s'était nettement améliorée. Elle ne ressemblait plus à une folle en route pour l'asile.

Quelques minutes plus tard, elle avait revêtu une robe bleu marine et enfilé des chaussures à talons hauts assorties. De nouveau, elle examina son reflet dans son miroir, près de la fenêtre, et hocha la tête avec satisfaction. La robe, une création de Jean Patou, était coupée dans du crêpe de laine et tombait jusqu'aux chevilles. Elle était étroite, élégante, avec de longues manches et une étole. Emma l'avait achetée à Paris, en 1935, parce que Paul l'adorait. Elle comprenait pourquoi, aujourd'hui : cette coupe flattait sa silhouette élancée et la faisait paraître plus grande encore qu'elle ne l'était.

Revenant à la coiffeuse, elle prit les boucles d'oreilles en émeraude assorties à la bague, ainsi qu'un bracelet orné d'émeraudes, puis elle épingla sur son épaule la broche en émeraude offerte par Blackie. Après avoir vaporisé sur sa gorge un peu de Chanel N° 5, elle alla chercher un sac bleu marine, qui allait bien avec sa robe, ses chaussures et son étole.

Une minute plus tard, elle était prête à se rendre à l'hôtel Dorchester pour retrouver les garçons, comme elle les appelait. En se dirigeant vers la porte de sa chambre, elle pensa qu'ils se réjouiraient qu'elle ait enfin renoncé à porter le deuil.

Emma se tint un instant en haut du perron avant de descendre dans la rue, où sa voiture et son chauffeur l'attendaient. Une fois de plus, elle s'émerveilla du temps extraordinaire qui régnait sur Londres. Il avait été magnifique pendant toute la semaine, et encore la semaine précédente. Cette soirée était vraiment printanière, l'air était parfumé et doux, le ciel dégagé et d'un bleu azur. Plus les nouvelles en provenance de l'Europe, écrasée sous la botte nazie, étaient désastreuses, plus le temps était splendide en Angleterre, semblait-il.

Pour Emma, qui descendait maintenant les marches du perron, il y avait quelque chose de terriblement poignant, presque déchirant, dans la beauté de ces jours et de ces nuits, quand tout paraissait si normal, si tranquille dans ce havre de paix anglais. Elle ne pouvait s'empêcher de se demander combien de temps cela durerait et quand son pays bien-aimé deviendrait lui aussi la cible des nazis.

Son chauffeur se hâta de lui ouvrir la portière.

— Bonsoir, madame Harte.

— Bonsoir, Tomkins. Je m'émerveillais de ce temps. Vous ne trouvez pas que c'est une belle soirée ?

— Je suis bien de votre avis, madame. C'est un miracle, cette tiédeur. D'habitude, il fait un peu frisquet en mai.

Après l'avoir aidée à s'installer sur la banquette arrière, il se mit au volant. Un instant plus tard, la Rolls s'écartait en douceur du trottoir.

— Je vais au Dorchester, dit Emma en s'appuyant au dossier rembourré.

— Très bien, madame.

Tomkins contourna Belgrave Square et prit la direction de Hyde Park Corner, afin de gagner Park Lane. Tandis que la voiture roulait, Emma pensait à sa destination. L'hôtel Dorchester avait été ouvert en avril 1931, et dès cet instant, il était devenu le lieu de rencontre favori de l'aristocratie, des membres de la haute société, des politiciens et de tout ce que Londres comptait de riche ou de célèbre. Ses habitués l'appelaient affectueusement « le Dorch ». Aujourd'hui, il était plus populaire que jamais, parce qu'il était considéré comme l'hôtel le plus sûr de Londres. Selon Blackie O'Neill, qui connaissait le constructeur, sir Malcolm MacAlpine, il avait été construit en béton armé. Comme tout le monde – Emma comprise –, Blackie adorait cet endroit. C'était là qu'il préférait dîner, et elle était en route pour le rejoindre. Elle avait hâte de le revoir, car il avait été absent pendant plusieurs semaines, et il lui manquait toujours beaucoup, lorsqu'il n'était pas en ville. Il était son plus cher ami.

Blackie était arrivé à Londres un peu plus tôt dans la journée, et il avait amené avec lui leur vieil ami et compagnon de longue date, David Kallinski. Ce dernier était triste et dépressif depuis le décès de son épouse, Rebecca, et son moral ne s'était guère amélioré lorsqu'il avait appris que ses fils, Ronald et Mark, avaient subitement rejoint les forces armées sans l'en avertir. Selon Blackie, David était convaincu que ses fils seraient tués au combat, en terre étrangère.

« Je vais faire de mon mieux pour dissiper les idées noires de David », songea Emma. Les mains crispées sur son sac, elle pensa à David. Il avait énormément d'importance pour elle, et elle supportait mal l'idée qu'il souffre. Ils s'étaient aimés, il y avait très longtemps, mais elle s'était écartée de lui parce qu'il était marié. « Je ne fonderai pas mon bonheur sur le malheur d'une autre », lui avait-elle dit. David s'était finalement incliné, et parce qu'ils étaient des adultes responsables, ils avaient réussi à préserver leur amitié, ainsi que leur association professionnelle, puisqu'ils avaient créé ensemble la marque de vêtements Lady Hamilton.

Elle évoqua ensuite le père de David, Abraham Kallinski, qui avait été son ami à Leeds, lorsqu'elle était une toute jeune fille, seule et sans ressources, et qu'elle portait l'enfant d'Edwin Fairley. Un jour, alors qu'elle vivait à Leeds, elle avait erré dans North Street, cherchant du travail dans un atelier de confection. Elle avait alors aperçu deux jeunes voyous qui jetaient des pierres à un homme, qu'ils conspuaient et traitaient de « sale juif ». Blessé, l'homme était tombé à terre et saignait. Dans sa chute, il avait perdu ses lunettes et laissé échapper son pain. Sans penser à sa propre sécurité, Emma s'était élancée pour l'aider ; elle avait chassé les deux vauriens en menaçant d'appeler un agent et en brandissant le poing dans leur direction. L'espace d'un instant, elle en avait oublié sa grossesse, et elle aurait été prête à les affronter à mains nues. Ensuite, elle avait aidé l'homme à se relever, elle avait ramassé ses lunettes, elle avait épousseté son pain et l'avait remis dans le sac de papier qui contenait quelques autres denrées. Il lui avait demandé son nom, puis il s'était présenté lui-même, tout en la remerciant avec effusion : Abraham Kallinski. Elle l'avait aidé à regagner sa maison, dans Impérial Street.

« C'est un nom tout à fait inadapté à cette pauvre petite rue, lui avait-il dit ; elle n'a vraiment rien de royal ! »

Aujourd'hui encore, elle se rappelait son petit sourire ironique. Il lui avait expliqué que la rue était située dans le quartier des Leylands, et elle en avait éprouvé une légère inquiétude, car ce quartier, que l'on appelait « ghetto », était réputé peu sûr. Mais elle l'avait quand même ramené chez lui, car elle voulait s'assurer qu'il serait en sécurité.

Emma évoqua la façon chaleureuse dont la femme d'Abraham, Janessa Kallinski, l'avait accueillie, ainsi que ses deux fils. Ils l'avaient prise sous leur aile, elle, une étrangère, puis Abraham Kallinski lui avait donné du travail dans son atelier de couture, et il l'avait traitée comme si elle était sa fille.

A cette époque, elle sortait à peine de son village, dans la lande du Yorkshire. Elle ignorait tout des habitudes de la ville, et elle ne savait pas non plus qui étaient les Juifs. Abraham lui avait présenté l'essentiel de l'histoire du peuple hébreu, les origines de sa religion, les liens entre le judaïsme et le christianisme, les fêtes et les coutumes.

Oui, elle se rappelait toujours les Kallinski avec une grande affection. Trente ans plus tard, elle éprouvait toujours à leur égard la même reconnaissance pour l'avoir traitée avec autant de gentillesse.

Tomkins l'arracha à ses pensées tandis que la Rolls-Royce s'immobilisait devant l'hôtel.

— Nous sommes arrivés, madame Harte, annonça-t-il.

— Je vais rester là environ deux heures, Tomkins. Profitez-en pour aller dîner.

— Grand merci, madame, mais je préfère rester dans le coin. Vous me trouverez devant la porte, en sortant.

Emma hocha la tête, puis elle sortit de la voiture, assistée par le portier en uniforme vert, coiffé d'un chapeau haut-de-forme. Elle se dirigea vers les sacs de sable empilés de chaque côté de la porte d'entrée depuis que la guerre avait été déclarée, le 3 septembre de l'année précédente. Selon Blackie, qui semblait tout savoir de son hôtel bien-aimé, cette mesure était censée protéger les lieux, tout comme les bardeaux qu'on avait ajoutés sur le toit.

En traversant le hall élégant, Emma fut frappée par l'activité qui y régnait : l'endroit grouillait de gens courant en tous sens. D'autres bavardaient debout, tandis que les chasseurs et les grooms s'affairaient et que les téléphones sonnaient avec insistance.

Il lui sembla que l'agitation y était plus intense qu'à l'ordinaire. On se serait cru dans une ruche, mais ces temps-ci, tout Londres était en proie à la frénésie. Les rues fourmillaient de militaires, simples soldats ou officiers, correspondants de guerre américains basés ici. Il y avait aussi tous ces malheureux réfugiés qui avaient afflué d'Europe. Nombre d'entre eux étaient des Juifs qui fuyaient les persécutions, et le cœur d'Emma saignait pour eux.

Inclinant la tête, elle sourit au responsable de l'accueil, qu'elle connaissait, et poursuivit son chemin. Elle traversa le second hall et se dirigea vers le restaurant, indifférente à la curiosité qu'elle suscitait sur son passage. A l'entrée du restaurant, le maître d'hôtel l'accueillit chaleureusement, puis il l'escorta jusqu'à la table à laquelle Blackie était assis en compagnie de David Kallinski. Lorsqu'elle approcha, les deux hommes se levèrent et l'embrassèrent affectueusement. Le maître d'hôtel écarta une chaise de la table, pour qu'elle puisse s'asseoir, puis s'éloigna discrètement. Les yeux d'Emma allèrent de Blackie à David.

— Je suis heureuse de vous revoir, mes amis, leur dit-elle avec tendresse. Vous m'avez manqué, tous les deux.

Le visage des deux hommes s'épanouit, puis Blackie pencha la tête de côté, ses yeux noirs légèrement plissés, et il déclara avec un sourire ravi :

— Eh bien, *mavourneen,* je vois que tu t'es pomponnée un peu, et tout ce que je peux dire, c'est que cela réchauffe le cœur. Tu es un vrai plaisir pour les yeux, jeune fille.

— Jeune fille, vraiment ! Le terme est tout à fait approprié, répliqua-t-elle vivement.

Mais son expression était attendrie, et ses prunelles vertes pétillaient d'un feu qui les avait quittées depuis bien longtemps.

— Merci, Blackie chéri. Ta vue me réchauffe le cœur aussi, et la tienne également, David. Tu n'es pas venu en ville depuis des siècles !

Emma pressa le bras de son ami avec affection.

— Tu devrais venir à Londres plus souvent, ajouta-t-elle, je pourrais te dorloter un peu.

— Je le ferai, répondit David ; toi aussi, tu m'as manqué, Emma. Blackie a raison, tu sais, poursuivit-il en la couvant d'un regard approbateur, tu es plus jolie que jamais.

— On dirait que Blackie déteint sur toi, murmura Emma, mais c'est un charmant compliment, et je te remercie. Ce soir, j'ai décidé qu'il était temps de me débarrasser de mes vêtements de deuil, de me couper les cheveux et de me pomponner un peu, comme Blackie l'a dit si justement. J'ai soudain compris que je devais me résoudre à vivre, parce que la vie est faite pour être vécue.

Paul aurait été le premier à le dire, David, et Rebecca en aurait fait autant.

Hochant la tête, David se força à sourire.

— Je suis d'accord avec toi. D'ailleurs, avant de mourir, ma femme a dit quelque chose de ce genre. Moi aussi, je m'efforce de réprimer ma tristesse, et j'espère y parvenir.

Tout en disant ces mots, il avait jeté un coup d'œil interrogateur à Blackie.

— David a été merveilleux, aujourd'hui, confirma ce dernier. Je ne l'avais pas vu aussi bien depuis des siècles.

— Tes cheveux sont plus beaux que jamais, dit David.

Il la gratifia d'un sourire adorateur. Il l'avait toujours idolâtrée.

Il en allait de même pour Blackie, qui enchaîna :

— Et maintenant, ma chérie, qu'est-ce que tu veux boire ?

— Une coupe de champagne, s'il te plaît. Cela me ferait très plaisir.

— Parfait ! David et moi dégustons un verre de bon whisky, mais il n'est pas exclu que nous passions au champagne, aussi vais-je en commander une bouteille. Quelle est ta marque de prédilection ?

— J'aime bien le Pol Roger. Merci, Blackie.

Blackie fit signe au serveur, qui se précipita. Dès qu'il se fut éloigné, Emma demanda :

— Comment va Bryan ? Bien, j'espère…

— Oui, ma chérie, mais comme je ne cesse de te le répéter, je lui en veux un peu de s'être engagé si vite. Mais ces jeunes gens sont si pressés de défendre leur pays, ils sont tellement patriotes qu'ils brûlent de combattre l'ennemi, tout comme nous l'étions pendant la dernière guerre.

Emma lui lança un regard songeur.

— Je ne me rappelle pas que vous étiez aussi enthousiastes. Si j'ai bonne mémoire, Joe et toi vous êtes engagés assez tard. Vous attendiez d'être mobilisés, à vrai dire. A cette époque, les hommes mariés étaient les derniers à partir, c'était la règle. Je suis absolument certaine que Joe et toi ne vous êtes enrôlés dans les Seaforth Highlanders qu'en 1916, après que l'extension de la conscription eut été votée au mois de mai de la même année. J'ai une bonne mémoire, tu sais.

— Je n'en doute pas, répliqua Blackie. Et tu as raison, c'était bien en 1916.

Se tournant vers David, Emma lui prit la main.

— Ronnie et Mark en sortiront indemnes, David. Ne t'en fais pas trop pour eux.

— J'essaie, mais c'est affreusement difficile.

David s'efforça de prendre un air gai. Emma était si forte, si courageuse, qu'il ne voulait pas paraître faible à ses yeux.

De son côté, Blackie se laissait envahir par les souvenirs de la Première Guerre mondiale. Emma avait raison. Joe et lui n'étaient partis que lorsqu'ils y avaient été contraints. Ils avaient participé à la bataille de la Somme. Il évoqua la pluie. Et la boue. Dans les tranchées, il s'enfonçait dedans jusqu'aux genoux. Il pouvait encore sentir l'odeur de la cordite, et le bruit de la canonnade résonnait dans sa tête. C'était l'enfer. Un enfer qui serait épargné à son fils, il l'espérait de tout son cœur.

Ah ! la bataille de la Somme... Joe Lowther, le premier mari d'Emma, le père de Kit, y avait trouvé la mort.

Et maintenant, Kit s'était engagé dans la British Expeditionary Force Army. Il combattait à nouveau les Allemands, alors que la précédente guerre n'était achevée que depuis une vingtaine d'années. Il priait le ciel pour que Kit, Bryan et les fils de David ne soient pas transformés en chair à canon. Il priait pour tous leurs garçons qui se trouvaient sur le front.

— Tu n'es pas d'accord, Blackie ? demanda Emma.

Arraché à ses réflexions, Blackie marmonna :

— Je suis désolé, Emma, je n'écoutais pas.

— Je disais à David que lorsqu'on regarde autour de soi, ici, on ne se douterait jamais que nous sommes en guerre. Les femmes sont élégantes, parées de bijoux, très belles, et les hommes sont aussi sur leur trente et un.

— C'est exact, répliqua-t-il. D'un autre côté, il y a ces officiers qui ont un petit côté Royal Air Force, à cette table, ce qui vend légèrement la mèche, tu ne trouves pas ?

A cet instant, le serveur versa un doigt de champagne dans la coupe d'Emma, qui en but une gorgée et hocha la tête. Le serveur remplit la coupe et s'éloigna.

Blackie prit son verre, heurta légèrement celui d'Emma, puis celui de David.

— A votre santé, mes chers amis !

Emma et David trinquèrent avec lui, après quoi Emma annonça :

— Je n'oublierai jamais cette date, dit-elle en les regardant l'un après l'autre. Ce jour sera l'un des plus importants et des plus mémorables de l'histoire de l'Angleterre… Je dirai même plus, il figurera dans nos annales comme l'instant capital de notre histoire.

— De quoi parles-tu, ma chérie ? demanda Blackie,

les sourcils froncés. Je crains de ne pas te suivre, Emma. Et toi, David ?

David secoua la tête, l'air troublé.

— Je suis désolé, Emma.

Emma les gratifia tous les deux de son ravissant sourire, ce sourire rayonnant qu'ils n'avaient pas eu l'occasion de voir depuis bien longtemps.

— Vendredi 10 mai 1940. C'était hier, pour être exacte. Vous savez aussi bien que moi que quelque chose de merveilleux s'est produit hier soir. Winston Churchill est entré au 10 Downing Street comme Premier ministre, Dieu merci, et ce n'était pas trop tôt ! Maintenant, je suis absolument convaincue que nous allons gagner la guerre.

— Je suis tout à fait d'accord avec toi ! s'exclama Blackie. Winston Churchill est exactement l'homme de la situation. Et quelle situation il va devoir gérer ! Nous sommes en grand danger. Et nous allons avoir une longue route à parcourir, une route semée d'obstacles, mais il saura nous guider à bon port. Nous vaincrons les Allemands, du moins si Churchill reste à notre tête. Le pays est derrière lui, même si les politiciens de Westminster ne le sont pas.

— Tout à fait d'accord, renchérit David avec une assurance tranquille. Je dois l'admettre, j'ai bien cru que nous ne parviendrions pas à nous débarrasser de Neville Chamberlain et de son discours d'apaisement ridicule. Qui pourrait apaiser Hitler ? Il est avide de pouvoir et rêve de dominer le monde.

Blackie acquiesça.

— Il veut toute l'Europe. L'Angleterre y comprise. Je

vous le dis à tous deux et je vous demande de vous le rappeler, il envahira notre île... du moins il s'y efforcera.

— Il ne réussira jamais ! cria Emma. Trinquons en l'honneur de notre sauveur, ajouta-t-elle en reprenant sa coupe de champagne, le sauveur de notre civilisation occidentale. A Winston Churchill.

Le cristal heurta le cristal. Tous trois répétèrent le nom du Premier ministre avec autant d'enthousiasme que de soulagement. Tout comme Emma, Blackie et David avaient toujours été les partisans de Winston Churchill, et ils souhaitaient son retour au pouvoir depuis des années. Il était le seul homme du gouvernement britannique en qui ils avaient confiance, le seul qui, selon eux, pouvait leur offrir la victoire sur les nazis.

Au bout d'un moment, Blackie dit lentement :

— Quand je pense à la façon dont ils ont ignoré Churchill, tous ces sacrés idiots du gouvernement ! Cela faisait des années qu'il les mettait en garde contre la menace que constituait Hitler, et aucun d'entre eux ne l'a écouté. Il prêchait dans le désert, et tous ces foutus politiciens étaient suspendus aux basques de Neville Chamberlain, qui nous aurait menés au désastre s'il était resté à son poste plus longtemps. Est-ce que vous réalisez qu'il a signé un pacte avec Hitler, dont les armées ont déjà envahi la moitié de l'Europe ? Ce n'est pas croyable ! Autre chose : personne n'a rien fait pour réarmer notre pays. Nous ne sommes pas du tout prêts pour la guerre. Nous n'avons pas d'armes, ou très peu, nous n'avons pas beaucoup de bombes et certainement pas beaucoup d'avions. En vérité, nous ne disposons guère de moyens pour nous défendre. Sans doute parce que nous avons été dirigés par un homme aveugle, soutenu par des fourbes.

David approuva vigoureusement du menton, tout en regardant Emma.

— Les armées d'Hitler pénètrent en France à l'instant où nous parlons, et la Gestapo est sur leurs talons, prête à persécuter et à assassiner les Juifs.

Il secoua la tête, ses yeux bleus emplis d'une terrible angoisse.

— Et Chamberlain croit qu'Hitler souhaite la paix ! Cet homme est inconscient. Grâce à Dieu, il a quitté le gouvernement.

— Nul n'est plus aveugle que celui qui ne veut pas voir, conclut Emma d'une voix étouffée.

27

— Comment me trouves-tu, Maman ? demanda Elizabeth en entrant dans la chambre d'Emma.

Celle-ci se retourna pour regarder sa fille, qui laissa échapper un cri de surprise.

— Quelque chose ne va pas ? demanda Emma.

Elle posa sur sa fille de dix-neuf ans des yeux interrogateurs.

— Rien du tout, Maman ! Tu es absolument superbe ! Je me demande ce que tu as bien pu faire depuis la semaine dernière !

Tout en parlant, Elizabeth traversait gracieusement la pièce, sur les plus jolies jambes qu'il ait jamais été donné à Emma de contempler.

— Il est clair que tu as coupé tes cheveux, poursuivit la jeune fille, mais il y a autre chose... Tu es tellement séduisante !

Emma se mit à rire.

— C'est sûrement le tailleur. Je l'ai déniché dans ma garde-robe. Et oui, j'ai coupé mes cheveux, mais c'est tout ce que j'ai fait, ma chérie, je te le promets.

— Non, ce n'est pas tout... Tu as renoncé à porter du noir. Ensuite, il y a le tailleur, mais cela n'explique pas tout. Le bleu pâle a toujours été ta couleur, il met en valeur tes cheveux roux. En plus, il convient parfaitement à cette journée. On se croirait en été, aujourd'hui. Tony prétend que plus les nouvelles sont mauvaises, plus le temps est magnifique.

— Je l'ai pensé aussi, samedi soir, quand j'ai dîné avec Blackie et David. De toute façon, ma chérie, pour répondre à ta première question, je te trouve très belle, et si quelqu'un est superbe, c'est toi, Elizabeth.

Emma ne mentait pas. Elizabeth Barkstone, qui était la sœur jumelle de Robin, avait la beauté spectaculaire d'une star de cinéma. Un nuage de cheveux noirs et ondulés encadraient un visage exquis, aux pommettes hautes, au nez fin, à la bouche généreuse. Ses sourcils noirs surmontaient de grands yeux bleu clair frangés de longs cils. Elle avait une silhouette élancée et de longues jambes bien galbées, qui lui valaient des sifflements admiratifs dans la rue.

Jusqu'à l'année précédente, elle avait étudié à l'Académie royale d'art dramatique, car elle aspirait à devenir comédienne. Emma avait toujours pensé qu'elle réussirait, car elle voyait dans sa fille un peu rebelle une actrice consommée. Mais depuis le mois de janvier, Elizabeth avait quitté l'Académie pour devenir infirmière de la Croix-Rouge.

« Je dois participer à l'effort de guerre, Maman, avait-elle déclaré. Je veux accomplir quelque chose d'utile, surtout depuis que Tony combat la Luftwaffe dans les airs. »

Emma avait tout à fait compris et encouragé la décision de sa fille. En décembre 1939, Elizabeth avait épousé Tony Barkstone, un grand ami de Robin, son frère jumeau, qui appartenait comme lui à la Royal Air Force. Tony et Robin se connaissaient depuis Cambridge. Quand Tony et Elizabeth étaient tombés follement amoureux l'un de l'autre et avaient voulu se marier, la jeune fille n'avait que dix-huit ans, et le jeune homme n'était guère plus âgé ; mais Emma n'avait pas eu le cœur de s'opposer à leur union, malgré leur jeunesse. Comme Blackie l'avait dit : « S'il est assez âgé pour parcourir le ciel dans son Spitfire et pour défendre notre pays, alors il est assez grand pour se marier. Et elle aussi. »

La cérémonie avait été charmante, quoique simple et intime, en raison de la guerre. Les membres des deux familles y avaient tous assisté, sauf Kit, qui n'avait pas obtenu de permission. Edwina, qui était toujours brouillée avec Emma, était restée en Irlande, mais elle avait envoyé un cadeau de mariage. Cette brouille chagrinait toujours autant Emma, qui avait longtemps espéré pouvoir combler l'abîme qui s'était creusé entre sa fille et elle. Mais Edwina était têtue, et elle ne céderait jamais. Le fait d'être une enfant illégitime continuait à la bouleverser, et elle ne le pardonnait pas à sa mère, qu'elle en était venue à détester.

— Je suis contente que tu portes ton uniforme, dit Emma, il te va très bien, et tu lui fais honneur. En outre, il est parfaitement de circonstance aujourd'hui, et il exprime ton patriotisme.

— Cela m'aurait fait drôle de ne pas le mettre. Je suis fière d'être infirmière, de faire quelque chose d'utile pour mon pays. On se sent mieux lorsqu'on a l'impression d'aider les autres.

— C'est vrai. Allons ! Je n'ai plus qu'à mettre mes bijoux et je suis prête.

— Tu devrais porter des pierres bleues aujourd'hui, suggéra Elizabeth. Ta broche d'aigue-marine, peut-être, avec les boucles d'oreilles assorties.

Emma, qui se dirigeait vers sa coiffeuse, répondit :

— Non, je vais mettre mon collier de perles et les boucles d'oreilles qui vont avec. Je veux rester simple.

— Bien sûr, je comprends, dit la jeune fille en s'asseyant sur une chaise. J'ai parlé avec Tony, hier. Il m'a appelée de sa base, dans le Yorkshire, où il suit un entraînement spécial... Top secret. Il m'a demandé de te transmettre son affection.

— Transmets-lui la mienne la prochaine fois que tu l'auras au téléphone, murmura Emma. Je lui ai écrit, l'autre jour. J'ai écrit à tous les garçons, en fait. Kit, Robin, Bryan, Randolph, Mark et Ronnie... Toute la bande !

— Tu es étonnante, j'ignore comment tu fais tout cela. Tu diriges les magasins, les sociétés de Paul, plus tout ce que tu as encore à gérer. A ce propos, j'allais oublier de te demander comment va le petit têtard ?

Se tournant vers sa fille, Emma dit doucement :

— Elle va bien, mais je souhaiterais que tu n'appelles plus Daisy ainsi. Ce n'est pas un très joli surnom, et je m'étonne qu'elle ne t'en tienne aucune rigueur.

— Oh, Maman chérie, ne sois pas sotte ! Elle sait que c'est une plaisanterie ; ça date du temps où elle aimait jouer avec les grenouilles, dans l'étang de Pennistone Royal. De toute façon, c'est Paul qui a commencé à l'appeler ainsi, pas moi.

Emma passa ses paumes sur son impeccable tailleur Lanvin, puis elle se leva et prit son sac.

— Je sais. Bon, eh bien il est temps de partir, si nous ne voulons pas être en retard à la Chambre des communes. Tante Jane souhaitait que nous arrivions à 13 h 30, en tout cas pas plus tard que 13 h 45. C'est le premier discours de Winston Churchill, en tant que Premier ministre. Nous ne devons pas en manquer un seul mot.

Elles étaient assises dans la galerie. Trois belles femmes… Emma Harte, Elizabeth Barkstone et Jane Stuart Ogden, l'épouse de William Ogden, député conservateur et représentant de Leeds. Bien des yeux se tournaient vers elles, pleins d'admiration.

Quand, un peu plus tôt dans la journée, Jane avait appris par son mari que Winston Churchill devait parler dans l'après-midi, elle avait appelé Emma pour l'inviter à venir l'écouter.

Emma fut abasourdie par l'accueil qui fut fait à Neville Chamberlain, le précédent Premier ministre. Il lui sembla que la salle tout entière l'applaudissait et l'acclamait. Comment était-ce possible ? se demandait-

351

elle avec ébahissement. Cet homme avait mené le pays au désastre, à cause de sa politique, de son refus de prendre les armes, de son aveuglement vis-à-vis des événements qui se succédaient en Europe. Par sa faute, l'Angleterre était en danger. Il avait été une véritable catastrophe pour son pays et ses habitants.

Ces pensées furent remplacées par une admiration sans bornes quand elle vit Winston Churchill faire son entrée à la Chambre. Emma s'attendait à des acclamations plus enthousiastes encore que celles qui avaient salué l'arrivée de Chamberlain, mais elle constata tristement qu'il n'en était rien. Plus tard, Jane lui apprit que les applaudissements provenaient davantage des rangs des partis travailliste et démocrate que de son propre parti conservateur.

Emma fut blessée qu'on traite Churchill de cette façon mesquine. Ils ne comprenaient visiblement rien, elle ne voyait pas d'autre explication. Ils ne comprenaient pas cet homme et ce qu'il incarnait, pas plus qu'ils ne comprenaient l'état d'esprit du peuple. Le peuple souhaitait le retour de Winston Churchill et, Dieu merci, c'était chose faite.

Quand Churchill commença à parler, Emma Harte se pencha en avant pour mieux l'entendre.

— A la Chambre des communes, je répéterai ce que j'ai dit à ceux qui ont rejoint le gouvernement : « Je n'ai rien d'autre à offrir que du sang, du travail, de la sueur et des larmes. » Nous avons devant nous une épreuve des plus douloureuses… Vous demandez quelle est notre politique ? Je peux vous le dire : c'est d'engager le combat sur terre, sur mer et dans les airs, avec toute la puissance, la force que Dieu voudra nous donner ;

engager le combat contre une monstrueuse tyrannie, sans égale dans les sombres et désolantes annales du crime. Voilà notre politique. Vous demandez quel est notre but ? Je peux répondre en un mot : la victoire, la victoire à tout prix, la victoire en dépit de la terreur, la victoire aussi long et dur que sera le chemin qui nous y mènera ; car sans victoire, il n'y a pas de survie.

Les yeux d'Emma s'emplirent de larmes, et il lui fallut un instant pour maîtriser son émotion. Cet homme, elle le comprenait instinctivement, était un grand homme, peut-être le plus grand que l'Angleterre ait compté à ce jour. Ses mots extraordinaires et les sentiments qu'il exprimait ne manquaient jamais de la toucher en plein cœur. Il n'y avait rien d'étonnant à ce que l'homme de la rue l'adore, croie en lui et le veuille à la tête du pays.

Beaucoup plus tard, ce soir-là, juste avant d'aller se coucher, Emma prit son journal et y reporta les événements de la journée. De sa belle écriture, elle décrivit en détails l'après-midi qu'elle avait passée à la Chambre des communes. Puis elle écrivit :

Certaines parties de son discours m'ont émue jusqu'aux larmes. Il maîtrise parfaitement les subtilités de la langue. Il sait convaincre. Il inspire. Il est l'inspiration de ce pays. Il est arrivé au pouvoir au moment le plus dangereux, et il hérite d'une pagaille sans nom. Mais d'une façon ou d'une autre, il l'emportera. Avec lui au pouvoir, je me sens en sécurité. Et très fière.

Elle ferma son journal, le rangea et alla se coucher : cette nuit-là, elle n'aurait pas de mal à s'endormir, parce qu'un chef déterminé et vaillant se trouvait à la tête du pays. Désormais, elle avait foi en l'avenir.

28

Au fil des années, Emma avait toujours préféré se rendre à pied au magasin de Knightsbridge, du moins quand le temps le permettait. Mais récemment, c'était devenu une obligation. Elle avait besoin de parcourir ces rues familières pour se convaincre que tout allait bien dans cette grande métropole : elle avait vécu la moitié de sa vie à Londres, et elle aimait cette ville.

Elle trouvait réconfortant de regarder les visages joyeux des Londoniens qui vaquaient à leurs tâches quotidiennes. Les agents faisaient leur ronde, les vendeurs de journaux criaient leurs gros titres aux coins des rues ; il y avait aussi les chauffeurs de taxi, les laitiers, les nettoyeurs de vitres, les femmes de ménage : ils étaient tous exemplaires, stoïques et courageux.

Ces temps-ci, on voyait aussi les Home Guard, volontaires pour la défense du territoire, ainsi que les préposés à la défense passive. Leur présence était rassurante, mais elle soulignait aussi le fait que l'Angleterre était en guerre. Parfois, Emma ne parvenait pas à y croire, tant la vie quotidienne paraissait normale, tant Londres était paisible ! Les habitants semblaient sans crainte, car il n'y avait pas eu d'invasion, et rien ne s'était passé depuis de longs mois. Pourtant, la guerre avait été déclarée en septembre dernier, c'est pourquoi beaucoup de gens l'appelaient « la drôle de guerre ».

Ce vendredi matin de la fin du mois de mai, Emma traversait Belgrave Square d'un pas vif, s'émerveillant une fois de plus de ce temps extraordinairement clément. Ces journées chaudes, ensoleillées, sans un nuage ni une goutte de pluie étaient une bénédiction. Pourtant, il y avait des moments où elle trouvait que ce printemps exceptionnel était d'une beauté cruelle : c'était... *irréel* – elle ne trouvait pas d'autre mot pour le qualifier. Et comme sa fille Elizabeth ne cessait de le répéter :

« Plus le temps est beau, plus les nouvelles sont mauvaises. »

Et certes, les nouvelles étaient vraiment mauvaises ! A cet instant précis, des milliers et des milliers de soldats français et anglais battaient en retraite vers les côtes françaises, repoussés par la Wehrmacht dont les divisions arrivaient des Pays-Bas. L'armée allemande, forte de millions d'hommes, acculait les forces alliées dans Calais et Dunkerque, et les bases françaises de la Royal Air Force étaient à nouveau attaquées.

La veille au soir, la BBC avait diffusé des bulletins désastreux : les forces alliées seraient bientôt coincées entre l'artillerie allemande et la mer. Sur les plages, elles seraient exposées aux tirs d'artillerie et aux attaques aériennes de la Luftwaffe.

Le fils aîné d'Emma, Kit, se trouvait en France, ainsi que son demi-frère Robin, qui passait la majeure partie de son temps dans le cockpit d'un Spitfire, survolant le territoire français. C'était aussi le cas de son gendre, Tony Barkstone, et de Bryan, le fils de Blackie – elle considérait Bryan comme son fils, car elle l'avait élevé après le décès de sa mère, Laura, quand Blackie était parti combattre au loin, pendant la Première Guerre mondiale.

Ronnie et Mark Kallinski étaient là-bas, eux aussi, ainsi que son neveu, Randolph Harte, le fils de son frère Winston. Son cœur saignait lorsqu'elle envisageait ce qui risquait de se produire… Un ou plusieurs jeunes des trois clans pouvaient si facilement être tués, aussi vite qu'un simple claquement de doigts.

« La France va tomber », pensa soudain Emma, et cette évidence lui coupa le souffle un instant. Elle ralentit le pas, puis elle prit une profonde inspiration et reprit sa marche avec détermination. « L'Angleterre devra continuer seule, parce que nous n'avons pas d'autre choix. Ce sera un combat à mort, mais Churchill nous guidera. »

La veille, Blackie et David étaient arrivés à Londres, et elle les avait invités à dîner dans sa maison de Belgrave Square. Comme il devait discuter affaires avec elle, David s'était arrangé pour arriver un peu plus tôt. A un moment, il avait exprimé ses craintes à propos de leurs fils et de celui de Blackie, et ils s'étaient mutuellement encouragés à rester optimistes. Puis ils avaient discuté de leur marque de vêtements, Lady Hamilton. Ils allaient produire des uniformes pour les forces armées, au lieu de vêtements féminins. Emma n'avait pas été excessivement surprise lorsqu'il lui avait dit que le gouvernement leur avait adressé une commande importante de manteaux pour l'hiver, destinés à l'armée et à la Royal Air Force.

« Le gouvernement s'attend à ce que la guerre dure au

moins jusqu'au printemps prochain, avait remarqué David.

— Je crains que nous ne soyons partis pour un long siège, David, avait-elle aussitôt répondu. C'est une réalité qu'il nous faut affronter, désormais. Inutile de rêver que ce conflit prendra bientôt fin. »

Elle avait soupiré, puis avait ajouté :

« Malgré le rationnement, le black-out et tout le reste, la guerre ne nous a pas encore vraiment frappés. Du moins, pas ici. »

Ils avaient parlé des débuts de leur association, qui remontait à bien des années plus tôt, puis David s'était réjoui de ce qu'elle ressemblait à nouveau à ce qu'elle était auparavant.

« Tu as repris un peu de poids. Tu es magnifique, vraiment. Tout ce dont tu as besoin, c'est d'un peu de couleur sur tes jolies joues, Emma. Tu devrais peut-être passer quelques jours dans le Yorkshire et te promener sur la lande. Pour ma part, cela m'arrangerait si tu consacrais un peu de temps aux magasins de Leeds et de Harrogate. »

Elle n'avait pas prêté une grande attention à ses compliments ou à ses protestations d'affection, parce que Blackie était arrivé à ce moment-là et avait monopolisé la parole. Ensuite, elle avait aidé Grace et Mme Coddington, la cuisinière, à servir le dîner. Podges, son majordome depuis plusieurs années, l'avait quittée pour s'enrôler dans la Royal Navy, et Rita, son autre bonne, s'était engagée dans les Auxiliaires féminines. Le personnel était donc restreint, mais elles s'en étaient très bien sorties, toutes les trois, et les garçons s'étaient régalés du rôti et du pudding.

Le matin, alors qu'elle repassait en esprit les événements de la soirée, elle s'était demandé si la tendresse que lui témoignait David était toujours fraternelle, comme c'était le cas depuis de nombreuses années, ou s'il voyait en elle une amante potentielle... Après tout, elle était veuve. Mais elle n'avait aucune intention de renouer leur ancienne relation, qui était morte de mort naturelle, trente ans auparavant. Cependant, elle devait agir en douceur, car elle ne voulait pas le blesser. D'un autre côté, elle ne devait pas lui donner l'impression qu'elle l'encourageait.

Emma soupira tout en poussant la porte du magasin. Une aventure avec David était la dernière chose au monde susceptible de l'intéresser. Cette époque était périmée. *Définitivement.*

Emma passa la matinée derrière son bureau, travaillant sur ses bilans la plupart du temps. Elle ouvrit un dossier qui contenait les inventaires du magasin : des vêtements jusqu'aux aliments, tout avait été listé. Comme elle en parcourait les premières pages, elle constata avec soulagement que tout allait bien, du moins pour quelque temps encore. Mais plus la guerre se prolongerait, plus les produits manqueraient et seraient difficiles à trouver, surtout dans le domaine alimentaire.

Lorsque le magasin Harte avait ouvert ses portes, le rayon alimentaire avait fait sensation par sa profusion et sa diversité. Le magasin avait acquis une réputation dans le monde entier. Les entrepôts regorgeaient toujours de marchandises, et particulièrement de produits frais : jambon cuit, tourtes à la viande, pâtés, fromages, saucisses, saumons et truites fumées, etc. Mais elle savait que ces denrées ne tarderaient pas à manquer.

— Il va falloir se débrouiller, marmonna-t-elle en se carrant dans sa chaise.

Elle regarda dans le vide pendant un instant, se demandant où elle allait pouvoir s'approvisionner doré-navant, car le rationnement avait été renforcé quelques jours auparavant.

La sonnerie du téléphone l'arracha à ses pensées. Elle décrocha.

— Allô ?

— Madame Harte, j'ai M. O'Neill en ligne, fit la voix d'Anita, sa secrétaire.

— Ah oui ! Passez-le-moi, s'il vous plaît.

Quelques secondes plus tard, la voix de Blackie retentit à son oreille.

— Bonjour, Emma. On déjeune ensemble ? A moins que tu ne préfères dîner avec moi ce soir, c'est comme tu veux.

— Juste nous deux ? s'enquit-elle avec amusement.

— Bien sûr que oui ! Je n'ai pas pu placer un mot hier soir. J'ai cru que David ne s'arrêterait jamais de parler. J'adore ce gars, mais...

Blackie s'interrompit pour émettre un gloussement.

— J'aimerais t'avoir un peu pour moi tout seul, *mavourneen*.

Emma sourit au téléphone.

— Je pense que ce sera le déjeuner, Blackie, si cela ne t'ennuie pas. J'ai promis à Elizabeth de passer la soirée avec elle. Elle se fait du souci pour Tony, les dernières nouvelles l'ont bouleversée.

— C'est compréhensible. Va pour le déjeuner ! On se

retrouve à ce bon vieux Dorchester ? A moins que tu n'en sois lassée.

Emma se mit à rire.

— Lassée du Dorchester ! Je n'y ai pas remis les pieds depuis que j'y ai dîné avec vous. Je ne sors plus de toute façon, puisque je travaille vingt-quatre heures sur vingt-quatre.

— C'est justement ton problème, Emma. Tu te tues à la tâche. Il faut que tu ralentisses le rythme, ajouta Blackie sur un ton réprobateur.

— Ne sois pas stupide ! s'exclama-t-elle. Tu devrais savoir que je suis la dernière à qui tu peux donner ce genre de conseil.

— Tu as raison. Je devrais mieux te connaître, depuis le temps que je te fréquente ! Bon, rendez-vous au Dorchester à 13 heures, d'accord ?

— J'y serai.

Une heure plus tard, Emma avait rejoint Blackie et parcourait le menu des yeux.

— Eh bien ! On dirait que le rationnement ne les a pas touchés, ici ! Saumon fumé, truite fumée, homard froid, crevettes de la baie de Morecombe au beurre, rôti, épaule d'agneau, pâté en croûte au rognon de bœuf, cailles rôties...

— On ne dirait pas que nous traversons une période terrible, admit Blackie en hochant sa tête léonine. Les hôtels de luxe servent encore des repas succulents constitués de trois plats, mais pas pour longtemps, à mon avis. Alors autant en profiter tant que c'est encore possible. Qu'est-ce qui te ferait plaisir, Emma ?

— Je pense que je vais prendre des crevettes au beurre, et ensuite une sole grillée. Merci, Blackie.

— Cela me paraît un excellent choix, et je vais t'imiter.

Il lui sourit largement et fit signe au serveur d'approcher. Une fois qu'ils eurent commandé, ils parlèrent de la guerre, ressassant les nouvelles pénibles qu'ils avaient entendues à la radio la veille au soir et qui décrivaient une situation critique des troupes stationnées en France.

— Je me demande comment on va les sortir de là, Blackie, s'inquiéta Emma. La mer est certainement trop peu profonde, sur les plages, pour que les destroyers puissent s'en approcher.

— Tout à fait exact, et je peux te parier tout ce que tu voudras que la mer est minée.

Blackie secoua une fois de plus la tête, le visage sombre.

Après avoir regardé autour de lui, il se pencha vers Emma et lui confia, d'une voix étouffée et presque inaudible :

— Nous allons commencer à entreprendre quelque chose...

Il s'interrompit, car un couple passait tout près de leur table.

— Entreprendre quoi ? demanda Emma en se penchant à son tour, les yeux rivés sur lui.

— Je ne peux pas te fournir de détails maintenant, murmura-t-il. Laisse-moi seulement te dire une chose : nous allons utiliser des petits bateaux...

De nouveau, il se tut lorsque deux officiers prirent place à une table voisine.

— Comment le sais-tu ?

— Réfléchis, fillette ! Tu sais bien que je ne peux pas te le dire. Et même si je le pouvais, je ne le ferais pas.

Mieux vaut que tu ignores mes sources… qui sont gouvernementales, chuchota-t-il.

Incapable de réfréner sa curiosité, Emma insista :

— Mais quel est le plan ?

Blackie comprit qu'elle le harcèlerait tant qu'il ne lui fournirait pas de plus amples informations.

— Je te raccompagnerai au magasin, tout à l'heure, et nous pourrons bavarder

Emma acquiesça

— Très bonne idée. Combien de temps restes-tu à Londres ? demanda-t-elle pour changer de sujet.

— Seulement quelques jours. Je dois retourner à Leeds. Nous avons encore deux immeubles en construction, et je voudrais terminer le plus vite possible. En fait, je ne sais pas trop comment les affaires vont tourner. Bon nombre de contrats ont été annulés, à cause de la guerre.

— Tu ne vas pas fermer boutique, j'espère ? coupa Emma.

Elle l'observait, le visage inquiet. Elle s'était toujours fait du souci pour lui.

— Mais non, *fillette*, je n'en suis pas encore là. A dire vrai, j'ai suffisamment d'argent de côté pour voir venir pendant un bon bout de temps.

— Je suis ravie de l'apprendre, murmura Emma.

Elle faillit lui dire qu'il n'avait pas à s'inquiéter, qu'elle serait toujours là pour lui, mais elle changea d'avis. Il était si fier ! Elle ne souhaitait pas le fâcher. Par ailleurs, elle devinait qu'il devait être millionnaire depuis bien longtemps, vu le succès de son entreprise de construction. Il possédait plusieurs agences et des magasins à Leeds, d'autres bureaux à Harrogate et à Sheffield.

C'était un excellent professionnel et un homme d'affaires brillant.

Après un bref silence, Blackie demanda :

— Pas de nouvelles d'Edwina ?

Tout en parlant, il se demanda s'il n'avait pas posé la mauvaise question. Emma fit la grimace et secoua la tête.

— Elle ne m'en donne jamais. Winston m'en fournit parfois. Elle a toujours aimé son oncle, tu le sais, et elle l'a même invité à son mariage. Le problème, avec elle, c'est qu'elle est extrêmement têtue, et son obstination gâche souvent ce qu'il y a de bon en elle. J'espère qu'elle s'adoucira un jour.

— Elle le fera, tu peux en être sûre.

Il posa soudain sur elle ses yeux noirs pétillants de malice.

— Qu'y a-t-il ? lui demanda-t-elle, en le regardant d'un air interrogateur.

— Je me rappelle le jour où nous l'avons baptisée, sur l'évier de la cuisine, dans la maison de Laura, parce que tu avais peur d'aller à l'église.

Je n'avais pas peur ! Je n'ai jamais peur de rien ! s'exclama Emma. Simplement, je ne voulais pas que le prêtre sache que mon enfant était illégitime. Et tu le sais très bien, puisque nous en avons beaucoup discuté à l'époque, conclut-elle sur un ton hargneux.

— Je m'en souviens parfaitement. Quelle minuscule petite chose tu étais, en ce temps-là, Emma, un vrai lutin ! Tu étais maigre comme un clou, mais tu débordais de vigueur et d'énergie. Je t'admirais.

— J'étais forte, Blackie, c'était tout ce qui importait.

Il hocha la tête sans un mot, évoquant le temps qu'ils

avaient passé à Leeds, lorsqu'il était terrassier, tantôt participant à la création de canaux, tantôt travaillant sur les rails de chemin de fer, parfois effectuant des tâches pour le compte du châtelain, Adam Fairley. C'était d'ailleurs à cette occasion qu'il avait fait la connaissance d'Emma. Il l'avait rencontrée sur la lande, alors qu'elle se hâtait vers cette horrible maison, par un matin d'hiver. Elle y exerçait les fonctions de servante. Ou plutôt d'esclave, si l'on considérait la façon dont elle était traitée. Ses patrons en avaient fait une bête de somme, bien qu'elle n'eût que quatorze ans.

Les yeux de Blackie O'Neill balayèrent la grande salle du restaurant. Il se réjouit de ce que lui et Emma aient fait tant de chemin depuis, particulièrement Emma.

— Un penny pour tes pensées, dit Emma. Tu as l'air très loin d'ici.

Il lui sourit.

— Je pensais à notre jeunesse. Qui aurait imaginé que tu deviendrais une femme aussi importante, aussi élégante, une vraie lady. Par certains côtés, ajouta-t-il en clignant de l'œil, tu travailles toujours comme une brute. A cette époque, tu trimais autant que le terrassier que j'étais.

— Travailler dur n'a jamais tué personne, Blackie.

— C'est ce que tu m'as répété durant les trente années qui viennent de s'écouler. Parfois, pourtant, je trouve que tu es trop exigeante vis-à-vis de toi-même. A cinquante ans, tu pourrais peut-être te reposer un peu.

— Cinquante et un ans en avril, Blackie, pour être précise. Mais je n'en ai pas vraiment conscience. Au fond de moi-même, il me semble être une jeune femme, âgée d'à peine vingt ans.

— C'est l'âge qu'on te donne, répondit-il avec galanterie.

— Eh, Shane Patrick Desmond O'Neill ! N'oublie pas que c'est moi qui suis assise en face de toi. Rappelle-toi que je te connais par cœur. Tout bébé, déjà, tu étais un sacré beau parleur !

— Ce n'est que trop vrai, *mavourneen*.

Le soir suivant, Blackie et David rendirent visite à Emma, dans sa maison de Belgrave. De nouveau, on leur servit un délicieux repas. Ensuite, ils gagnèrent la bibliothèque, où ils burent du café et du cognac.

Soudain, Blackie déclara :

— L'un de mes amis du gouvernement m'a dit hier soir que nous sommes en train de réunir une véritable armada pour aller secourir nos garçons sur les plages de Dunkerque. Si quelqu'un est capable de réussir un coup pareil, c'est bien notre Premier ministre.

David et Emma acquiescèrent avec enthousiasme. Plus tard, Emma tourna le bouton de la radio pour écouter les nouvelles diffusées par la BBC à 21 heures. Ce soir-là, samedi 25 mai, ils apprirent que l'armée britannique était maintenant complètement isolée, puisqu'elle avait été coupée des Français. Les Allemands occupaient Boulogne-sur-Mer, et les autres ports français situés sur la Manche tombaient un à un. Consternés, les trois vieux amis se turent un instant, après que le journaliste eut terminé son exposé. Ce fut Emma qui se secoua la première :

— Je sais bien qu'ils sont seuls, là-bas, et qu'ils sont la cible de l'ennemi. Pourtant, nous devons croire qu'ils vont s'en sortir… d'une manière ou d'une autre. N'abandonnons pas tout espoir, ne soyons pas défaitistes. Nous devons croire que tous nos garçons rentreront chez eux. Ils sont jeunes et résistants, ils vont s'en sortir !

Ce fut en effet une armada telle que le monde n'en avait jamais vue auparavant. Sa détermination était implacable, et son but mobilisait tous les courages : il s'agissait d'aller chercher les troupes britanniques sur les plages de Dunkerque et de les ramener en Angleterre avant qu'elles ne soient anéanties par le pilonnage allemand.

Un nombre impressionnant d'embarcations afflua de toutes les régions d'Angleterre et se lança dans ce périlleux voyage sur la Manche, pour aider les destroyers anglais et les cuirassés légers ancrés devant Dunkerque. Les plus gros bateaux faisaient des efforts désespérés pour évacuer les hommes coincés sur les immenses plages de la Manche, dont ils ne pouvaient guère s'approcher, de peur de s'échouer. Les petites embarcations, qui pouvaient s'approcher davantage, transportaient les troupes jusqu'aux navires de la Royal Navy, qui à leur tour ramenaient les hommes vers les côtes anglaises. Ces frêles esquifs appartenaient à des civils, qui les dirigeaient eux-mêmes. Issus de tous les horizons, ils s'étaient volontairement portés au secours de leurs compatriotes. Pas un d'entre eux ne connaîtrait le repos jusqu'à ce que les fils d'Angleterre soient rentrés sains et saufs chez eux.

Et ils affluaient... Des barques, des yachts, des voiliers, des chalutiers, des paquebots et même des barges utilisées sur les canaux anglais ! Tout ce qui flottait, tout ce qui pouvait résister à la mer ou porter des voiles était bienvenu. On comptait en tout un millier d'embarcations, y compris les navires de guerre, et toutes prenaient part au sauvetage le plus audacieux qu'on ait jamais vu.

L'évacuation eut lieu sous le feu nourri de l'ennemi et les féroces bombardements de la Luftwaffe, qui sillonnait le ciel au-dessus d'eux. Mais les pilotes de la Royal Air Force étaient là, eux aussi. Ils contraignirent les avions allemands à reculer.

L'Angleterre tout entière retenait son souffle. Le dimanche 26 mai, le temps changea, et il se mit à pleuvoir pour la première fois depuis des semaines. Comme tout le monde, Emma s'en inquiéta, craignant que le mauvais temps ne ralentisse les secours. Mais la BBC affirmait que la mer était calme, ce qui la rassura un peu. Par ailleurs, sa confiance en Churchill ne fléchissait pas, et cette foi l'aidait à garder le moral. Au travail comme chez elle, elle était collée à la radio. Le lundi soir, elle apprit avec joie que sept mille hommes avaient été évacués en fin de journée. Le lendemain soir, la BBC annonçait que dix-sept mille soldats avaient été recueillis. Pendant tout le reste de la semaine, cinquante mille hommes furent arrachés aux plages chaque jour. Ainsi, deux cent mille soldats furent évacués en seulement quatre jours : la nation était stupéfaite et envahie par une joie aussi soudaine qu'imprévue.

Cette opération constituait un sauvetage incroyable, qui dépassait les rêves les plus fous du Premier ministre et de son cabinet de guerre. L'épopée de Dunkerque enflamma l'imagination des Anglais et de leurs alliés. Les petits bateaux à moteur, les barques, les vedettes de plaisance revinrent de l'enfer. Ils ramenaient les vivants et les blessés. L'évacuation avait pris onze jours, et environ trois cent trente-cinq mille hommes appartenant aux troupes alliées, ce qui incluait vingt-six mille soldats français, avaient été sauvés avant que l'armée allemande ne s'empare finalement du port. Leur équipement avait été abandonné, mais les hommes étaient sains et saufs, c'était tout ce qui importait. Malheureusement, quarante mille hommes avaient été laissés sur place, pour la plupart des Français.

Emma eut la chance de se trouver parmi ceux et celles qui purent se réjouir. Le 3 juin, son fils Kit débarqua de la barge qui l'avait transporté sur une Manche agitée, encombrée de débris et d'embarcations. Nombreux étaient les petits bateaux qui déposaient les troupes sur la côte du Kent, évitant les destroyers et les plus gros navires, pressés de ramener les garçons à bon port. Puis ils faisaient demi-tour et repartaient en chercher d'autres.

David était euphorique lorsqu'il appela de Leeds pour dire à Emma que Ronnie et Mark faisaient partie des hommes qui avaient été débarqués à Ramsgate, et elle apprit bientôt par Blackie que Bryan était sauf. Grâce à Dieu, son fils Robin et Tony, le mari d'Elizabeth, avaient survécu au combat aérien qui s'était déroulé au-dessus de Dunkerque ; ils avaient regagné leur base, à Biggin Hill. Plus tard, quand Kit eut une permission et revint à la maison, il déclara :

— Ma vie n'a tenu qu'à un fil, Maman. Je dois avoir un ange gardien qui veille sur moi.

Puis il la serra très fort dans ses bras. Secouée de sanglots, Emma songea au père de Kit, Joe Lowther, qui était mort en France en 1914. Pour rien, apparemment.

29

— Je suis désolée de vous déranger, madame Harte, mais pourrais-je vous parler un instant ?

Emma leva les yeux des papiers étalés sur le bureau et sourit à sa secrétaire, qui se tenait sur le pas de la porte.

— Bien sûr, Anita, entrez et asseyez-vous.

La jeune femme lui adressa un sourire timide, entra dans la pièce et referma la porte. Elle s'approcha alors de l'immense bureau d'Emma et s'assit en face d'elle.

Les sourcils légèrement froncés, Emma l'observa un instant.

— Vous faites une tête de carême, comme dirait mon frère. Allons, ma chère petite, ça ne peut pas être aussi catastrophique que ça !

Anita secoua sa tête blonde et se força à sourire.

— Non, pas vraiment, mais je pense que vous n'allez pas être contente, madame, et la dernière chose que je souhaite, c'est bien de vous mécontenter. Vous avez été si bonne pour moi...

Anita s'interrompit, prit une profonde inspiration et termina précipitamment :

— Je m'en vais, madame, je démissionne.

D'abord surprise, Emma ne tarda pas à comprendre la situation.

— Eh bien, je ne veux certainement pas vous perdre, Anita, mais je devine ce que vous allez me dire : vous souhaitez rejoindre les forces armées, c'est cela ?

— Pas exactement, madame. Je ne rentre pas dans les Auxiliaires de l'armée de terre ou de l'air. Je vais faire partie des travailleuses agricoles. Les fermes ont besoin de nous, parce que les hommes sont partis à la guerre.

Emma posa son stylo et se carra dans son fauteuil.

— Je vois. C'est tout à fait louable de votre part, dit-elle en souriant. J'avoue avoir pensé que vous voudriez peut-être contribuer à l'effort de guerre, et il va sans dire, bien entendu, que je suis désolée de vous perdre. Vous avez été une excellente secrétaire, et j'ai été tout à fait satisfaite de votre travail.

— Merci, madame. J'aime le magasin, vous savez. Mais je ne me sens pas à mon aise, alors que mes trois frères combattent et que ma sœur travaille dans une usine de munitions. Je veux… euh… peser de tout mon poids dans la balance, si je puis m'exprimer ainsi.

— Je comprends, vraiment. Tous les jeunes gens éprouvent le même sentiment que vous, Anita.

— Je déteste l'idée de vous abandonner, avec tout le travail que vous avez.

— Oui, et vous me manquerez, Anita. Vous avez été mon bon ange, durant les deux dernières années. En fait, j'ignore comment je vais me débrouiller sans vous.

D'une main, Emma se frotta le menton, l'air perplexe.

— Que pensez-vous des jeunes secrétaires qui travaillent avec vous ? Croyez-vous que l'une d'entre elles pourrait vous remplacer ?

— Fanny, peut-être… mais pas avant un an. Loïs et elle sont vraiment des débutantes, madame. Je leur donne du classement à faire, des lettres à taper, des petites choses. Honnêtement, je ne pense pas qu'elles pourront me remplacer. Ce n'est pas que je veuille me vanter, madame, mais… elles n'ont pas mon expérience.

Emma acquiesça d'un hochement de tête et laissa

échapper un long soupir. Elle paraissait soudain inquiète à l'idée de ce qu'elle allait devoir affronter durant les prochaines semaines.

— J'imagine que vous partez tout de suite ? demanda-t-elle en dressant un sourcil auburn.

— Euh…

Anita se pencha en avant et fixa intensément Emma.

— Ecoutez, madame, j'espère ne pas commettre une erreur en vous disant cela, mais je crois que vous devriez parler à la jeune secrétaire de M. Harte. Il n'est pas souvent à Londres ces temps-ci, vu qu'il dirige tous les magasins du Yorkshire, et je ne pense pas qu'elle ait grand-chose à faire, puisqu'il y a Brenda Small, qui est plus ancienne qu'elle. Pour une débutante, j'ai remarqué qu'elle était très compétente.

— Peut-être devrais-je lui parler, en effet. Je ne pense pas que M. Harte s'en formalisera, puisqu'il est absent la plupart du temps.

Anita parut soulagée et adressa un sourire rayonnant à Emma, heureuse que son idée ait été si bien accueillie.

— Voulez-vous que j'aille la chercher, madame ? Que je lui demande de venir dans votre bureau ?

— Il vaut mieux que j'en discute d'abord avec mon frère. Il se trouve à Londres cette semaine, et il doit venir ici aujourd'hui, s'il n'est pas déjà là, d'ailleurs. Merci pour votre suggestion, Anita. Mais vous ne m'avez pas dit quand vous partiez ?

— Je comptais vous proposer une semaine de préavis, mais je peux en faire deux, si c'est nécessaire, madame.

Dix minutes plus tard, Winston Harte était assis sur la chaise qu'occupait Anita Holmes un instant auparavant.

371

Comme toujours, il écoutait très attentivement ce qu'Emma lui disait, hochant de temps en temps la tête. Il adorait sa sœur et était intimement convaincu qu'elle était la personne la plus intelligente qu'il ait jamais rencontrée. Lorsque celle-ci lui eut rapporté sa conversation avec Anita, il déclara aussitôt :

— Il n'y a aucun problème, Emma. Il est exact que je suis rarement à Londres en ce moment, et l'une de mes autres jeunes secrétaires pourra aider Brenda si jamais elle est un peu débordée.

— Tu es bien sûr que cela ne te dérange pas, Winston ? Elle me sera d'une grande aide jusqu'à ce que je trouve une nouvelle secrétaire.

Winston émit un petit gloussement amusé.

— Je doute que tu veuilles quelqu'un d'autre.

— Elle est si bonne que cela ?

— Eh bien... oui.

— Glynnis... Glynnis Jenkins. C'est bien son nom ?

Winston hocha la tête.

— C'est une Galloise de la Rhondda, et elle est en passe de devenir une excellente secrétaire. C'est une fille honnête et sympathique.

Le soulagement d'Emma était visible, et ses yeux verts paraissaient moins soucieux.

— C'est gentil de ta part de me la céder, Winston.

— Je ferais n'importe quoi pour toi, ma chérie, et je sais que tu es un tantinet surchargée ces temps-ci. En plus de tout le reste, il te faut gérer l'immense société de Paul, ce qui constitue un lourd fardeau.

— C'est exact, et cela me prend énormément de temps. Mais tu ne m'entendras jamais me plaindre, Winston. En m'instituant sa légataire universelle, Paul a

372

fait de moi l'une des femmes les plus riches du monde, et de Daisy une richissime héritière, comme tu le sais. Je fais de mon mieux pour gérer correctement ses biens, parce que tout reviendra un jour à ma fille, puis à sa descendance… C'est ce que Paul souhaitait. Il voulait que Daisy et ses futurs enfants soient à l'abri du besoin, que leurs intérêts soient parfaitement protégés. Mais il s'est également préoccupé de Constance et de Howard, en Australie ; il leur a laissé l'usufruit d'un capital inaliénable de deux millions de livres… Il a été très prévoyant.

Brusquement, son visage se voila de tristesse, et ses yeux s'assombrirent. Comme elle laissait échapper un imperceptible soupir, Winston demanda doucement :

— Tu te sens bien, Emma ?

Elle lui jeta un regard perdu et battit plusieurs fois des paupières.

— Oui, ça va… merci, Winston.

Un autre soupir lui échappa, et elle poursuivit :

— Comme je voudrais qu'il ne soit jamais reparti pour demander une nouvelle fois à Constance de lui accorder le divorce… il serait peut-être encore vivant s'il était revenu ici de New York avec moi, l'année dernière.

— Il devait partir, parce qu'il prévoyait les événements et qu'il souhaitait régler cette affaire, tout en s'assurant que ses holdings tourneraient sans lui. Tu sais très bien qu'il pensait ne plus pouvoir faire les trajets aller et retour de Sydney, remarqua gentiment Winston.

— Tu as raison. Pourtant, je ne peux pas m'empêcher de penser que si seulement…

— Emma chérie, la vie est pleine de « si seulement », tu le sais mieux que personne. Nous nous disons tous que si seulement nous n'avions pas fait ci ou ça… C'est

373

humain. Tiens, par exemple… Si seulement tu n'avais pas épousé Arthur Ainsley, tu aurais vécu quelques années de plus avec Paul. Tu y as déjà pensé ?

— Bien sûr que oui. Mais si je n'avais pas épousé Arthur, je n'aurais pas eu Elizabeth et Robin, alors comment pourrais-je le regretter ?

— C'est impossible, en effet. Est-ce qu'Henry Rossiter te donne satisfaction ? ajouta Winston pour changer de sujet. Il travaille bien, n'est-ce pas ?

Emma se dérida immédiatement.

— En faisant de lui mon conseiller financier, j'ai pris une excellente décision. Il s'occupe des holdings McGill avec beaucoup de compétence, et il collabore parfaitement avec Mel Harrison, à Sydney. Il arrive que les relations fonctionnent mal lorsqu'on est séparé par une trop grande distance, mais cette collaboration a été fructueuse et elle continue de l'être. Pour ce qui est de Harry Marriot, qui se trouve au Texas, nous faisons aussi du bon travail, malgré l'éloignement. Il gère la Sitex Oil à la façon de Paul, et depuis que j'en ai fait mon associé, je sais que les intérêts de la compagnie lui tiennent à cœur.

— Je suis ravi de l'apprendre, mais c'est quand même un lourd fardeau. Je voudrais pouvoir l'alléger.

— C'est ce que tu fais, Winston. Tu t'occupes des magasins du Yorkshire, tu m'aides à diriger Harte Enterprises. Très franchement, je ne sais pas ce que je ferais sans toi. C'est bien pour cette raison que je me demande, à cet instant, comment je peux être égoïste au point de te prendre l'une de tes secrétaires.

Winston se leva et sourit à sa sœur.

— Ce n'est pas un problème, Emma. Je vais parler à

Glynnis et à Brenda, bien entendu. Ensuite, je t'amènerai Glynnis, pour que tu puisses discuter avec elle.

— Merci, Winston.

Tout en suivant son frère des yeux, Emma ne put s'empêcher de le trouver très beau. Son teint et sa couleur de cheveux disaient clairement son appartenance au clan des Harte, et, à les voir ensemble, personne ne pouvait douter qu'ils soient frère et sœur. Son dévouement à l'égard d'Emma n'avait pas de prix. Comme il refermait doucement la porte derrière lui, elle comprit à quel point elle comptait et s'appuyait sur lui.

Un quart d'heure plus tard, Winston était de retour, amenant avec lui Glynnis Jenkins. Emma se leva pour accueillir la jeune femme et s'émerveilla dans son for intérieur de sa grâce. Elle avait oublié combien les Galloises pouvaient être belles. Celle-ci n'était pas d'une beauté classique. Bien qu'elle fût vêtue d'une robe toute simple, en coton noir, avec un col et des manchettes blanches, elle était éclatante de charme et de sensualité. Ses cheveux épais, brillants et bruns, coupés à la mode, encadraient un visage aux traits parfaits. Elle avait un front large, un nez mutin, des fossettes aux joues. Ses yeux, frangés de longs cils épais, étaient d'un gris fumé et lumineux tout à fait inhabituel.

— Voici Glynnis, dit Winston.

Il introduisit la jeune femme dans le bureau d'Emma. Celle-ci se leva, contourna sa table et vint au-devant de ses visiteurs.

— Bonjour, Glynnis, dit-elle en lui souriant avec chaleur.

— Bonjour, madame Harte, répondit timidement Glynnis.

Elle fit quelques pas dans la pièce, tout en s'efforçant de dissimuler sa nervosité.

— Asseyez-vous sur le canapé, proposa Emma, ainsi nous pourrons bavarder quelques instants. Je suppose que M. Harte vous a expliqué qu'Anita nous quitte pour rejoindre les travailleuses agricoles ?

— Oui, madame.

— Voudriez-vous travailler pour moi, Glynnis ? demanda Emma en prenant place sur une chaise, près du canapé.

Glynnis toussota avant de répondre :

— Je le souhaite de tout mon cœur, madame. Je pense que j'y arriverai. J'ai appris énormément de choses au contact de Brenda...

Elle s'interrompit, paralysée par la timidité. Ses yeux allèrent de Winston, qui était resté debout, à Emma.

— Je ferai tout mon possible, madame, conclut-elle.

— J'en suis persuadée.

Winston se dirigea vers la porte.

— Je suis certain que vous tiendrez parfaitement votre rôle, Glynnis, assura-t-il. Si tu veux bien m'excuser, Emma, je vous laisse discuter toutes les deux.

— Je sais que tu as beaucoup de choses à faire, Winston. A plus tard, murmura Emma, avant de se tourner vers la jeune femme qui se trouvait en face d'elle : Laissez-moi vous en dire un peu plus sur les fonctions d'Anita, Glynnis. Bien entendu, vous savez déjà ce qu'est le travail d'une secrétaire. La seule différence, si vous rentrez à mon service, concernera l'allongement de vos journées de travail, mais vos heures supplémentaires seront bien payées. Je vous dicterai un certain nombre de textes. Vous connaissez la sténographie, je suppose ?

— Bien sûr. Comme je vous le disais, Brenda m'a formée durant toute l'année passée, et je suis une assez bonne dactylo. Brenda dit souvent que j'apprends vite.

— Tant mieux. Anita a proposé de me donner une semaine de préavis. Nous sommes lundi aujourd'hui, je pense donc qu'elle nous quittera vendredi. Cela ne vous donne que cinq jours à passer avec elle pour vous former, Glynnis. Cependant, je peux lui demander de nous accorder une semaine de plus. Cela dépend de vous.

— Si je peux commencer à travailler avec elle ce matin, madame, je crois que je serai prête à prendre la relève vendredi prochain…

Glynnis s'interrompit et se mordit la lèvre inférieure, tout en jetant à Emma un regard inquiet.

— Quelque chose ne va pas ? demanda cette dernière.

— Je pensais aux deux autres jeunes secrétaires qui travaillent avec Anita. Vous ne pensez pas qu'elles seront fâchées ? Je veux dire, du fait que je vais remplacer Anita ?

— Je suis certaine du contraire, mais vous pouvez me confier le soin de présenter les choses. Et maintenant, dites-m'en un peu plus sur vous, Glynnis. Pour commencer, quel âge avez-vous ?

— J'ai dix-neuf ans, madame, et vous pouvez deviner que je suis galloise. M. Winston dit toujours que j'ai un léger accent. Quoi qu'il en soit, je suis arrivée à Londres en 1938, alors que j'avais dix-sept ans. J'habite avec ma cousine Gwyneth, à Belsize Park Gardens. Je partage avec elle un petit appartement. Mon frère cadet, Emyln, est dans la Royal Air Force, et mon frère aîné, Dylan, s'est engagé dans l'armée. Nous avons donc tous quitté le domicile familial, sauf ma plus jeune sœur, Elayne, qui se trouve toujours dans la Rhondda, avec mes parents.

Glynnis toussota une seconde fois, puis conclut :

— Oh ! J'oubliais de préciser que je suis célibataire, madame.

Emma hocha la tête.

— Je vous remercie de m'avoir fourni toutes ces informations, Glynnis. Maintenant, nous devrions aller voir Anita et parler avec elle, pour que vous démarriez ce matin. Le plus tôt sera le mieux.

30

Dès le mardi après-midi, Emma sut que son frère ne s'était pas trompé au sujet de Glynnis Jenkins. En dehors du fait que la jeune Galloise était volontaire et efficace, elle avait quelque chose d'extrêmement plaisant. C'était en grande partie dû à sa personnalité, chaleureuse et ouverte. Glynnis était véritablement pourvue d'un grand charme naturel.

Emma trouvait sa compagnie très agréable. Elle était ravissante à regarder, mais aussi ravissante à l'intérieur, par sa profondeur et sa sincérité. Ses manières étaient douces et gentilles, son maintien, calme. Elle semblait à Emma d'une intelligence au-dessus de la moyenne et en tout cas, les longues heures passées à accomplir des tâches difficiles ne l'effrayaient pas.

— Glynnis est une véritable aubaine, dit-elle à Winston au téléphone. Et si je ne me trompe pas, elle est parmi nous pour un certain temps.

Winston eut un rire entendu.

— Je te l'avais dit, Emma. Je savais que tu voudrais la garder. Il y a quelque chose en elle qui est… presque irrésistible, c'est le seul mot qui me vienne. J'ai même cru un moment qu'elle était trop bonne pour être vraie, mais elle est bien réelle, et c'est vraiment une chic fille.

— Elle a beaucoup de qualités, murmura Emma. Je te suis vraiment reconnaissante de me l'avoir amenée, Winston. Merci beaucoup. Serais-tu d'accord pour dîner avec moi ? ajouta-t-elle, changeant de sujet.

— Bien sûr, mais à une condition.

— Laquelle ?

— Je ne veux pas te voir t'affairer dans la cuisine avec Mme Coddington. Si tu la laisses préparer le repas, je viens.

— Tu n'aimes plus ma cuisine ? Tu l'appréciais, pourtant ! répliqua-t-elle.

— C'est toujours le cas, mais tu travailles trop dur pour te mettre encore aux fourneaux quand tu rentres chez toi. De toute façon, je préférerais un plat tout simple. Par exemple, un hachis Parmentier que Mme Coddington pourra très bien confectionner toute seule.

Emma se mit à rire.

— C'est tout ? Pas d'entrée ?

— Tout ce que tu veux, sauf de la soupe.

— Je t'attends à 18 heures, Winston. Quant au dîner, ce sera une surprise.

Après avoir raccroché, Emma empila des rapports et des feuilles de calcul dans sa mallette, puis elle traversa son bureau. Lorsqu'elle poussa la porte du secrétariat, Glynnis se leva immédiatement.

— Je peux faire quelque chose pour vous, madame Harte.

— C'est gentil, Glynnis, mais non, merci. Je suis un peu fatiguée, aujourd'hui, et j'ai décidé de rentrer plus tôt. Je travaillerai chez moi.

— Voulez-vous que je vous accompagne, madame ?

— Merci de me le proposer, mais il n'y a pas grand-chose que vous puissiez faire. J'emporte surtout de la lecture.

Glynnis lui adressa un sourire timide.

— Il vous suffit de m'appeler, j'arriverais aussitôt.

— Encore merci, répondit Emma.

Elle rendit son sourire à la jeune femme et sortit du bureau.

Tomkins attendait devant la porte du magasin. Lorsqu'elle grimpa à l'arrière de la Rolls, elle perçut aussitôt l'humeur sombre de son chauffeur.

— Bonjour, Tomkins.

— Bonjour, madame Harte.

— Je rentre directement à la maison.

— Bien, madame.

— Les nouvelles ne sont pas bonnes, aujourd'hui, n'est-ce pas ? demanda-t-elle en s'appuyant au dossier de cuir.

— Elles n'ont jamais été pires, madame. Tout le pays en est tombé sur le c…

Le chauffeur toussa et rectifia :

— Sur le derrière. Personne ne pensait que les Français allaient… s'effondrer de cette manière. Nous sommes tout seuls maintenant. Tout seuls contre les nazis.

— Nous nous en sortirons, Tomkins.

— Nous n'avons pas vraiment le choix, madame. Nous devons les mettre par terre avant qu'ils ne nous mettent par terre.

— Vous envisagez de me quitter, Tomkins ? De vous engager, peut-être ?

— Non, madame. Je suis mal foutu, autrement je pourrais rejoindre l'armée. Mais j'ai les pieds plats madame. Cela ne m'empêche pas de conduire une voiture ou de mener une vie normale, mais ils n'aiment pas les soldats qui ont les pieds plats dans l'armée. Ça non !

— Je comprends.

Emma s'efforça de ne pas rire. Il y avait des moments où Tomkins était vraiment très drôle.

Le chauffeur avait raison. Les nouvelles n'étaient pas seulement mauvaises elles étaient catastrophiques. Le haut commandement français avait quitté Paris plusieurs jours auparavant. Les Allemands avaient pris Paris sans un coup de feu. Les Anglais étaient vraiment seuls désormais. L'Angleterre tout entière était traumatisée à l'idée que son seul allié ne combattait plus à ses côtés.

— Bonjour, Maman chérie ! s'exclama Elizabeth quand Emma franchit la porte d'entrée de l'hôtel particulier de Belgrave Square.

Courant sur les dalles de marbre, elle embrassa sa mère avec effusion.

— J'espère que cela ne te dérange pas, mais j'ai décidé de m'installer avec toi. Je reviens à la maison, Maman.

— C'est ce que je vois.

Souriante, Emma balaya du regard les valises éparpillées dans l'entrée.

— Que fais-tu de ton petit appartement de Chelsea ? demanda-t-elle.

— J'ai donné mon congé. Il était parfait pour une seule personne, mais Tony peut à peine y entrer, et de toute façon il n'aura pas de permission avant longtemps, étant donné ce qui se passe en France.

Elizabeth poussa un gros soupir, puis se dépêcha d'ajouter :

— D'ailleurs, il sera bien plus à l'aise ici lorsqu'il viendra, tu ne crois pas ? Et puis, je ne veux pas que tu restes toute seule, Maman.

Emma se détourna pour dissimuler un sourire. Elizabeth était si transparente parfois… Elle n'avait pas une once d'hypocrisie.

— Je suis heureuse que tu reviennes à la maison. Tu es toujours la bienvenue, ma chérie. Ta présence est… tonique ! Demande à Grace de t'aider à monter tes bagages.

— Oh, elle est déjà dans ma chambre, en train d'ouvrir mes valises. Je vais monter les autres, ne t'inquiète pas. Nous allons faire cela ensemble, Grace et moi.

Elizabeth saisit deux sacs et se dirigea vers le grand escalier. A mi-parcours, elle s'arrêta et se retourna.

— J'oubliais ! Oncle Frank a appelé. Il s'est invité lui-même à dîner et il espère que tu n'y verras pas d'inconvénient. Il a dit qu'oncle Winston lui avait parlé de hachis Parmentier et qu'il n'avait pas pu s'empêcher de s'imposer.

— Je vois… Je ferais mieux d'aller voir la cuisinière pour lui parler de nos hôtes et du hachis Parmentier.

— C'est déjà fait ! répondit Elizabeth. J'ai pensé qu'il valait mieux la prévenir. J'espère que tu ne m'en veux pas, mais oncle Frank m'a dit que tu avais quitté le bureau et j'ignorais où tu étais. Je n'avais pas compris que tu étais en route pour la maison. Tu rentres plus tard d'habitude.

— Je me sentais un peu fatiguée, expliqua Emma.

— Tu vas bien ? Tu n'es pas malade, j'espère ?

Le visage d'Elizabeth exprimait une surprise mêlée d'inquiétude. Elle restait figée au milieu de l'escalier, les yeux baissés vers sa mère.

— Je ne suis pas malade, Elizabeth. Juste un peu fatiguée. Et maintenant, file ! Va déballer tes affaires et t'installer. Tu es sûre que tu n'as pas besoin d'aide ?

— Va te reposer, Maman, je peux me débrouiller.

Frank Harte trouva sa sœur en pleine forme et en fut ravi. Le cœur plein d'amour, il l'observa attentivement, tandis qu'elle se déplaçait gracieusement dans sa petite bibliothèque.

Emma portait une chemise de soie blanche de coupe masculine, aux manches longues, et un pantalon noir bien coupé. Frank la trouva suprêmement élégante et séduisante, avec sa nouvelle coupe de cheveux et son maquillage discret. Lorsqu'il l'avait vue, deux semaines auparavant, il s'était réjoui qu'elle ait renoncé à porter le deuil et se soit coupé les cheveux. Il s'était dit que ces deux éléments suffisaient à améliorer considérablement son apparence, mais ce soir, elle était vraiment redevenue elle-même.

Durant les neuf derniers mois, il s'était fait beaucoup de souci pour sa sœur, d'autant que c'était lui qui lui avait annoncé la mort inattendue de Paul McGill. Aussi longtemps qu'il vivrait, il se rappellerait cette nuit-là. Elle était en état de choc et, parfois, semblait avoir perdu la raison. A tel point qu'il avait demandé à Winston s'il pensait qu'elle s'en remettrait un jour. Ils l'avaient veillée tous les deux pendant de longues heures, jusqu'à ce que, assommée par les calmants, elle sombre dans le sommeil. Mais Emma était indestructible, et, après des semaines de profonde affliction, elle avait soudain repris le contrôle de ses émotions.

« Je dois veiller sur l'enfant de Paul, je dois l'élever, avait-elle dit à son frère un après-midi. Notre fille a besoin de moi, et je dois être à la hauteur, Frank, car elle n'a personne d'autre que moi. »

A partir de cet instant, elle s'était totalement oubliée, retrouvant sa générosité envers les autres et son pragmatisme. Elle avait toujours eu beaucoup de sens pratique, et Frank se souvenait qu'il en avait été ainsi dès son plus jeune âge, lorsqu'elle et lui grandissaient à Fairley Village, sur la lande du Yorkshire.

Fairley Village... Dieu du ciel, il n'y pensait plus depuis des années ! Il frissonna involontairement, car des images plus tristes les unes que les autres défilaient dans sa tête. Mais il savait que le village n'était pas aussi dramatique qu'il se plaisait parfois à l'imaginer. C'étaient les circonstances dans lesquelles ils y avaient vécu qui avaient parfois été décourageantes. A l'intérieur de leur maison, ils avaient été heureux, mais les problèmes extérieurs les avaient considérablement affectés. Le souvenir des terribles événements survenus dans la famille était encore si vivace, si poignant : le décès prématuré de leur mère, la fuite de Winston et son engagement dans la Royal Navy, alors qu'il n'avait pas l'âge requis, l'étrange disparition d'Emma et, finalement, la mort tragique et inutile de leur père.

Frank se rappelait avec précision ce jour où leur père s'était précipité dans l'entrepôt en flammes de l'usine Fairley pour se porter au secours d'Edwin Fairley. Pour le protéger d'une balle de laine enflammée qui tombait sur lui, il s'était jeté sur le jeune homme et avait été gravement brûlé à sa place ! Jack Harte était mort quelques jours plus tard, des suites de ses blessures et parce qu'il avait inhalé trop de fumée. Frank était resté seul, enfin presque : la tante Lily avait pris soin de lui.

Franck pensait souvent à ce bon à rien d'Edwin Fairley, qui avait séduit Emma lorsqu'elle travaillait à Fairley Hall. Il avait abusé d'elle, puis il l'avait abandonnée alors qu'elle portait son enfant. Il ne lui avait même pas donné d'argent, seulement une vieille valise lorsqu'elle avait dû s'enfuir. Et c'était pour sauver cette crapule que son propre père était mort !

Frank abhorrait profondément le nom des Fairley. Il s'était réjoui secrètement quand sa sœur chérie, année après année, avait ruiné cette famille maudite et avait mis la main sur tout ce qui leur appartenait. Emma avait même acheté cette affreuse demeure, Fairley Hall, où elle avait été employée comme servante à la cuisine. Mais avec beaucoup de sagesse, pensait Frank, elle l'avait fait détruire jusqu'à la dernière pierre, ne laissant subsister aucun vestige. Par la suite, elle avait transformé la propriété en un parc accessible aux habitants de Fairley, et elle l'avait nommé parc Elizabeth Harte, en souvenir de leur mère. Aujourd'hui, elle possédait tout Fairley, l'usine, la briqueterie... Tous les anciens biens des Fairley étaient aujourd'hui les siens.

— Champagne, Frankie ?

Il haussa légèrement les sourcils. Emma ne l'avait pas appelé ainsi depuis son enfance. Avait-elle lu dans ses pensées ?

— Très volontiers, Emma. Il te reste du Pol Roger ?

— Certainement. Il est là, dans le seau à glace.

Tout en lui souriant, elle se dirigea d'un pas gracieux vers le petit buffet dans lequel se trouvaient les bouteilles d'alcool et les flûtes de cristal. Elle déboucha prudemment la bouteille.

— Je sais où tu as pris l'habitude de boire du Pol Roger, murmura-t-elle.

— Tu l'apprécies, toi aussi.

— Oui, Frank, mais je faisais allusion au grand homme. Est-ce qu'il n'a pas commencé par cette marque ?

— Je suppose que le grand homme en question est notre cher Beaver ?

— Désolée de te décevoir, mais ce n'est pas le cas. Je reconnais cependant que lord Beaverbrook est un grand homme, et un merveilleux éditeur de journal. Le *Daily Express* s'améliore de jour en jour.

Frank eut une petite grimace entendue.

— Maintenant que Beaver est de retour au gouvernement, sous la houlette de Churchill je veux dire, la tendance générale du journal est plutôt favorable à Winston. Je suppose que c'est à cela que tu faisais allusion...

Emma se contenta de sourire. Les deux flûtes de champagne à la main, elle se dirigea vers son frère, qui était assis près de la fenêtre, ouverte largement en cette tiède soirée de juin. Frank prit un verre et le leva vers elle. Ils trinquèrent, puis Emma s'assit à son tour sur un fauteuil, en face de son frère.

— En fait, dit-elle, c'est à notre Premier ministre que je pensais, quand j'ai mentionné le Pol Roger. Tu m'as dit toi-même qu'il vous en a fait servir pendant le déjeuner, lorsque tu l'as interviewé il y a deux ans. A cette époque, il était encore dans les... limbes, je crois qu'on peut le dire ainsi.

— C'est vrai, et je dois admettre que c'est de là qu'est née ma préférence pour cette marque, tu as raison. C'est vraiment un grand homme, Emma. Pendant six ans et même davantage, il nous a avertis, ainsi que le monde entier, que l'Allemagne était réarmée et dangereuse. Personne ne l'écoutait...

— Ce n'est plus le cas aujourd'hui ! s'écria Emma.

Frank hocha la tête.

— Tu aimes la nouvelle présentation du journal ?

— Beaucoup. C'est très moderne, très clair. Je me trompe ou c'est l'œuvre d'Arthur Christiansen ?

— En effet. C'est un type extraordinaire, que nous apprécions tous. C'est un bon rédacteur en chef, et il m'a lâché la bride sur le cou, évidemment avec la bénédiction de Beaver, qui tient à lire tous mes articles avant que Chris ne les envoie à l'impression. Il me contrôle, pourrais-tu dire, mais je ne m'en soucie guère, car nous sommes tous obsédés par la même idée, ces temps-ci : gagner cette fichue guerre !

— Que pense-t-on de Churchill dans Fleet Street ? demanda Emma.

Elle scrutait le visage de son frère, anxieuse de connaître son opinion.

— Notre cher Winston est bigrement populaire en ce moment.

— Tu parles de moi ?

Winston Harte venait d'entrer dans la pièce, un large sourire aux lèvres.

Frank se leva d'un bond pour saluer son frère.

— Je parlais de Winston Churchill, pas de Winston Harte.

Les deux hommes s'embrassèrent rapidement, puis Winston alla s'asseoir sur une chaise, près d'une petite table basse.

Emma l'observa, tandis qu'il marchait en s'appuyant sur sa canne. Il lui sembla qu'il claudiquait davantage que d'habitude. Il avait perdu sa jambe à la fin de la Grande Guerre, lorsqu'il était dans la Royal Navy. Des éclats d'obus avaient pénétré dans son talon gauche, et après qu'ils en avaient été retirés, la gangrène s'était installée. Sans l'intervention d'Emma, il n'aurait pas survécu. Elle l'avait convaincu d'accepter l'amputation et avait accompagné sa longue convalescence. Winston avait dû accepter de porter une jambe artificielle en aluminium, il avait supporté de longues et douloureuses séances de rééducation, durant lesquelles il avait réappris à marcher. Après des mois interminables, et à force de volonté, Winston était enfin parvenu à marcher presque normalement, et la plupart des gens croyaient qu'il avait seulement une jambe un peu raide. Pour Emma, son frère était l'un des hommes les plus courageux qu'elle ait jamais connus.

— Ta jambe te donne du souci, Winston ? lui demanda-t-elle.

Il secoua la tête :

— Pas vraiment, Emma, mais parfois, c'est un peu douloureux… Peut-être à cause de la chaleur… Mais je vais bien, je t'assure. Cela dit, je boirais volontiers un verre, mon chou. Je suis plutôt assoiffé. Il fait lourd, ce soir.

— Excuse-moi, Winston chéri ! Champagne ou whisky ?

— Je vais prendre des bulles ce soir, c'est plus léger que le whisky. Non que nous ayons quoi que ce soit à fêter, vu la tournure des événements. En tant qu'alliée, la France n'existe plus. Nous sommes vraiment seuls, maintenant.

— Le Premier ministre participe à une émission de radio ce soir, annonça Frank. Cet après-midi, il a prononcé un discours magnifique à la Chambre, et il va le répéter pour la BBC. Il souhaite que le pays tout entier l'entende.

— Oh ! Alors nous devons l'écouter ! s'exclama Emma.

Apparaissant sur le seuil de la pièce, Elizabeth intervint :

— On vient juste d'en parler à la radio, Maman. M. Churchill parlera à 21 heures, je crois.

— Entre, ma chérie, et dis bonjour à tes oncles.

Toute souriante, Elizabeth fit quelques pas dans la bibliothèque ; les frères d'Emma l'embrassèrent affectueusement.

Grace déposa devant les convives des assiettes de saumon fumé, des quartiers de citron et de fines tranches de pain beurrées, tandis que Frank versait du vin blanc dans les verres de cristal aux reflets rubis. Dès que Grace fut retournée dans la cuisine, la famille dégusta le délicieux saumon d'Ecosse. Emma mangeait peu, parlant du manque de nourriture et du rationnement.

— Les choses ne vont pas si mal, Maman, remarqua Elizabeth par-dessus la table. Dans certains domaines, cela se passe plutôt bien…

— Je crains que des jours difficiles ne nous attendent, Elizabeth, et nous allons tous devoir nous serrer la ceinture. J'ai discuté avec M. Ramsbotham aujourd'hui. Je lui ai suggéré de cultiver quelques lopins de terre à Pennistone. Tout le monde s'y met, tu sais, et on fait pousser des légumes. Je lui ai aussi suggéré d'utiliser les trois serres pour y cultiver des tomates et peut-être quelques fruits, plutôt que des orchidées ou des fleurs exotiques. Ce sera bien plus utile, vous ne pensez pas ?

— C'est incroyable la façon dont les gens s'unissent dans l'effort, murmura Winston. Je sais que la moitié des femmes de Leeds ont commencé à tricoter des écharpes, des gants, des passe-montagnes pour les soldats. Les gens sont moins égoïstes, et je trouve cela fantastique.

— Moi aussi, dit Emma. Toi-même, Winston, tu t'es montré très généreux en me cédant Glynnis.

— Qui est Glynnis ? s'enquit Elizabeth, toujours curieuse.

— Ma nouvelle secrétaire.

— Qu'est-il arrivé à Anita, Maman ?

— Elle a rejoint les travailleuses agricoles. Elle quitte le magasin vendredi prochain, et je trouve cette décision tout à fait louable de sa part.

— Les travailleuses agricoles ! Mais elle est bien trop

390

délicate pour cela ! Elle ne pourra même pas soulever une pelle ! s'écria Elizabeth.

Emma se mit à rire.

— Il y a du vrai dans ce que tu dis, Elizabeth, mais sa détermination compensera peut-être sa fragilité.

— Ainsi, murmura Frank en jetant un coup d'œil à sa sœur, il t'a suffi de deux jours pour apprécier les qualités de Glynnis.

— Bien sûr ! Nous avons de nombreux points communs, et je pense qu'elle est exactement la personne dont j'ai besoin.

Cette remarque étonna Elizabeth.

— Quels points communs, par exemple ?

— Pour commencer, répliqua Emma, elle est rapide et très volontaire. Le travail, même pénible, ne lui fait pas peur. Elle est déterminée, ponctuelle, bien organisée, ordonnée. Tout comme moi. Tu connais Glynnis, Frank ? ajouta-t-elle en regardant son frère, un sourcil dressé.

— Je ne la connais pas à proprement parler, Emma, mais je l'ai rencontrée deux ou trois fois en passant prendre Winston. Quand nous nous sommes vus cet après-midi, il m'a appris qu'elle travaillait dorénavant pour toi.

— Je vois. Elle est très…

Emma secoua la tête et termina sa phrase :

— … attirante. Non, séduisante est le mot qui convient.

— Tout à fait ! s'écria Winston.

Emma le fixa un instant, mais s'abstint de tout commentaire. L'admiration qui avait fait vibrer la voix de son frère l'étonnait, cependant.

Tandis qu'ils causaient de choses et d'autres, Grace

enleva les assiettes sales et servit le hachis Parmentier. Emma et ses frères la chargèrent de féliciter la cuisinière :

— Dites à Mme Coddington qu'il est aussi bon que celui de Mme Harte en personne, conclut Frank.

— Je le ferai, Monsieur, murmura Grace en se dépêchant de sortir.

— Pour le dessert, annonça Elizabeth, il y a un roulé à la confiture avec de la crème anglaise. Je sais que vous aimez ça, dit-elle à ses oncles, Maman me l'a dit.

— Un choix parfait, rétorqua Winston en lui souriant affectueusement.

Comme son frère, il avait tendance à gâter sa nièce, qui ressemblait de façon frappante à leur mère, morte de la tuberculose en 1904. « Maman aurait été exactement pareille si elle avait reçu les soins nécessaires, pensa Winston en observant la jeune femme. Pauvre Maman ! Elle n'avait pas une chance de s'en sortir, entre la pauvreté, la maladie et la dureté du travail. »

Refusant de s'attarder plus longtemps sur le passé, Winston chassa toute tristesse de son esprit.

— Nous devrions prendre le café au salon, suggéra Emma. Nous pourrons y attendre confortablement le début de l'émission.

Sitôt après le dîner, ils se rendirent donc dans le salon, situé juste à côté de la bibliothèque. C'était une pièce agréable, de proportions modestes, décorée dans les tons rouge sombre et vert profond. Elle était meublée de fauteuils confortables, de deux causeuses et d'un petit bureau de style géorgien, devant lequel Emma s'installait parfois pour travailler. Des lampes de cuivre diffusaient une lumière tamisée, et quelques tableaux et objets d'art conféraient à l'endroit un charme douillet.

Emma alluma la radio, et chacun s'assit pour boire son café. Ils se turent dès qu'on annonça le Premier ministre. Assise près de la radio, Emma se concentra sur chacun des mots que Churchill prononça d'une voix éloquente. Pendant le long discours, très détaillé, un silence religieux régna dans le salon. A la fin, Emma se pencha en avant, les mains croisées, attendant la conclusion.

— Ce que le général Weygand a appelé « la bataille de la France » est terminé. Je m'attends à ce que la bataille d'Angleterre commence. La survie de la civilisation chrétienne dépend de cette bataille. Notre propre mode de vie dépend d'elle, ainsi que le maintien de nos institutions et de notre empire. Toute la fureur et la puissance de l'ennemi vont bientôt se tourner contre nous. Hitler sait qu'il devra nous briser sur notre île, ou bien qu'il perdra la guerre. Si nous parvenons à lui résister, toute l'Europe pourra retrouver la liberté, et le destin du monde s'éclairera. Mais si nous tombons, alors le monde entier, y compris les Etats-Unis, y compris tout ce que nous avons connu et aimé, sombrera dans les abysses d'un âge sombre, rendu plus lugubre encore et peut-être plus vivace par les lumières d'une science pervertie. Par conséquent, rassemblons nos forces pour accomplir nos tâches et soyons convaincus que, si l'Empire britannique et son Commonwealth durent une centaine d'années, des hommes diront encore : « Ce fut leur heure de gloire. »

Après un long silence, Frank dit doucement :

— Eh bien, il a tout dit, comme toujours. La situation est claire : l'Angleterre devra lutter seule.

Emma essuya du bout des doigts les larmes qui coulaient sur ses joues.

— J'ai trouvé que son discours était à la fois édifiant et réconfortant, d'une certaine façon, dit-elle. Il nous a dit ce que nous avions à faire, ajouta-t-elle après s'être éclairci la voix. Nous devons résister et lutter de toutes nos forces… Je sais que nous le ferons.

— Je suis d'accord avec toi, renchérit Winston Et tu peux être sûre que tout le pays l'a écouté, ce soir, tout comme nous. Il incarne tout ce que nous possédons. Il est là pour nous donner l'élan, pour nous guider, nous montrer la voie.

— Il nous reste les troupes que nous avons secourues à Dunkerque, remarqua Frank. Deux cent cinquante mille hommes prêts à nous défendre. Mais en attendant, nous ferions bien de nous préparer.

— Pour la bataille de l'Angleterre, murmura Emma. Ça promet d'être une sacrée bataille !

31

Plus tard dans la soirée, Emma ne parvenait pas à s'endormir. Elle finit par se lever, enfila une robe de chambre et descendit dans le salon. Elle s'assit à son bureau quelques instants, parcourut les livres de comptabilité qu'elle avait apportés, mais d'autres pensées ne tardèrent pas à l'envahir.

D'abord, elle pensa à la guerre, puis, de façon inatten-due, le visage de Paul dansa devant ses yeux. Elle se carra dans sa chaise, les yeux dans le vide. L'image de Paul était plus nette qu'elle ne l'avait été depuis des mois. Elle avait le sentiment qu'il se trouvait avec elle dans la pièce, qu'il avançait vers elle. Immobile, elle attendit. Puis la vision disparut, comme si rien ne s'était passé.

— Paul ! dit-elle à voix haute.

Elle se leva et jeta un coup d'œil en direction de la porte ouverte. Elle était seule, elle le savait, mais elle se précipita quand même vers le couloir et scruta l'obscu-rité. Bien entendu, il n'y avait personne. Pourtant, elle ne put se débarrasser du sentiment qu'il avait été là, avec elle, ne serait-ce que pour une brève seconde. Rien de tel ne lui était jamais arrivé. Elle s'appuya au chambranle de la porte, se demandant soudain si elle perdait la raison. Non, mais son imagination lui jouait peut-être des tours.

Presque malgré elle, elle fit quelques pas dans le cou-loir, ouvrit une porte donnant sur un petit vestibule et l'ascenseur qui permettait d'accéder à l'appartement privé de Paul, au rez-de-chaussée. Il avait sa propre entrée, sur le côté de la maison. La porte principale, dans Belgrave Square, donnait sur le grand hall de la maison, construite sur trois étages, au-dessus de l'appartement de Paul.

Tout en descendant, Emma repensa à l'époque où Paul avait acheté la maison à son nom, en 1925. Il avait fait faire des travaux de façon à disposer de deux appartements séparés.

« Ce sera plus discret », lui avait-il expliqué.

Il avait eu ce petit sourire juvénile et impertinent lorsqu'il avait ajouté :

« Evidemment, je vivrai dans la maison avec Daisy et toi. La garçonnière n'est là que pour respecter les apparences. »

Elle se rappelait avoir souri intérieurement. Qui croyait-il tromper ? Tout le monde savait qu'ils vivaient ensemble.

Il s'était toutefois servi de l'appartement, de temps à autre, en général pour travailler ou recevoir des collègues. Elle y descendait rarement, et depuis sa mort, elle ne l'avait fait qu'une seule fois. Mais ce soir, pour une raison inconnue, elle obéissait à une impulsion irrésistible. Ce n'était pas pour y retrouver Paul, car il avait vécu le plus clair de son temps dans la partie supérieure de la maison, et c'était là-haut qu'elle ressentait le plus sa présence. Mais quelque chose la poussait à descendre.

En sortant de l'ascenseur, elle alluma la lumière du petit vestibule. Immédiatement, elle fut frappée par la virilité de la décoration : les lambris de bois, le tapis bordeaux, la table d'acajou installée entre deux chaises de style géorgien, à dossier droit… tout concourait à créer une atmosphère très masculine.

La pièce préférée de Paul avait toujours été la bibliothèque, avec ses murs tapissés en vert sombre et ses meubles français Empire. C'était là qu'il travaillait. Elle y pénétra, alluma une lampe, fit quelques pas en direction du bureau, dont elle caressa la surface bien cirée du plat de la paume. Elle fixa un instant une photo qui les représentait tous les trois, Paul, Daisy et elle. Elle s'assit ensuite sur la chaise de Paul et ferma les yeux. L'espace de quelques minutes, les images du passé affluèrent à sa mémoire… Elle se rappela des petits riens, des anecdotes oubliées, et les larmes lui montèrent aux yeux.

Posant la tête sur le bureau, elle les laissa couler. Elle pleura comme elle n'avait plus jamais pleuré depuis que Frank lui avait remis cette dépêche de l'United Press qui rapportait le suicide de Paul.

— Ça ne va pas, Maman ?

En entendant la voix d'Elizabeth, Emma leva la tête et regarda la porte, dans l'embrasure de laquelle se tenait sa fille. Pendant un moment, elle fut incapable de parler. Elizabeth entra dans la bibliothèque, l'air hésitant, fixant le visage de sa mère qui ruisselait de larmes.

— Oh Maman, tu pleures à cause de Paul !

Secouée par les sanglots, Emma se contenta de hocher la tête.

— Je me suis réveillée, murmura sa fille. Je me sentais si seule, si inquiète pour Tony, Kit et Robin. Alors, je suis allée dans ta chambre… Je ne savais pas où tu étais, jusqu'à ce que je remarque que la porte du couloir était ouverte.

La jeune femme pressa gentiment l'épaule de sa mère, se pencha et souffla contre ses cheveux :

— Je voudrais tant pouvoir t'aider ! Je t'aime tellement, Maman…

Emma se retourna pour passer ses bras autour de sa fille et la serrer très fort, tout en essayant de maîtriser ses émotions. Peu à peu, les sanglots décrurent, et elle s'écarta légèrement d'Elizabeth.

— Je suis désolée, fit-elle d'une voix étranglée, je ne me laisse pas aller de cette façon d'habitude. Pardonne-moi, ma chérie.

— Tu n'as pas à t'excuser. Tu as de la peine, et il faut que cela sorte ; c'est ce que l'oncle Winston m'a dit, il y a quelques semaines. Il trouvait que je m'efforçais trop d'être brave, après la mort de Paul.

Emma leva les yeux vers Elizabeth, qui portait une robe de chambre bleu pâle, de la couleur de ses yeux. Elle hocha lentement la tête.

— Je sais que tu l'aimais.

— Oui. Il s'est comporté comme un père envers Robin et moi. Bien plus, en tout cas, qu'Arthur Ainsley.

— Je le sais, et Paul vous aimait comme si vous étiez ses enfants.

— Nous devrions peut-être remonter… Qu'est-ce qui t'a fait descendre ? demanda Elizabeth, le regard troublé.

— Je ne sais pas exactement. J'ai eu l'impression que je devais venir dans cette bibliothèque, mais il n'y a rigoureusement rien ici.

Emma inspira profondément, avant d'ajouter, d'une voix qui se brisa soudain :

— Tous les souvenirs sont en haut… là où nous avons vécu ensemble.

— Alors, viens, retournons chez nous.

Emma hocha la tête, se leva et se laissa emmener par sa fille, qui éteignit la lumière lorsqu'elles sortirent de la bibliothèque. Elles traversèrent le petit vestibule pour reprendre l'ascenseur. Une fois qu'elles furent dans la maison, Elizabeth déclara :

— Monte dans ta chambre, Maman. Je vais te préparer du chocolat chaud, tu ne crois pas que c'est une bonne idée ?

— Oui, ma chérie, merci, répliqua Emma, qui se sentit soudain glacée

Un court instant plus tard, Elizabeth entrait dans la chambre d'Emma, portant deux tasses de chocolat chaud sur un plateau d'argent. Après en avoir donné une à sa mère, la jeune femme prit l'autre, posa le plateau par terre et grimpa dans le lit.

— Cela va te réchauffer, assura-t-elle. Tu semblais avoir très froid en bas, dit-elle en s'installant contre les oreillers. Je suis si contente d'être revenue à la maison, Maman ! Nous nous tiendrons mutuellement compagnie quand je ne serai pas de garde la nuit.

— Je suis contente de t'avoir près de moi, dit doucement Emma.

Elle avala une gorgée de chocolat. Elle se sentait mieux, mais encore troublée d'avoir éprouvé ce besoin impérieux de descendre chez Paul.

Après un petit silence, Elizabeth demanda avec une timidité teintée de nervosité :

— Je peux te demander quelque chose, Maman ?

— Bien sûr. Tu me sembles bien sérieuse, dit Emma en fronçant les sourcils.

— C'est très sérieux, répondit très vite Elizabeth, et peut-être ne devrais-je pas aborder cette question.

Elle toussota avant de poursuivre :

— En fait, je ne suis pas sûre que tu vas apprécier ma question.

— Tu ferais mieux de te lancer, et nous verrons bien ce qu'il en est, tu ne crois pas ?

Elizabeth se mordit la lèvre inférieure et fit une petite grimace. Elle poussa un soupir, puis elle dit lentement :

— C'est très indiscret… Il vaudrait peut-être mieux que je m'abstienne.

— Vas-y, ma chérie. C'est en hésitant que l'on se perd. Que veux-tu savoir ?

— Eh bien, c'est à propos de Daisy.

Immédiatement, Emma fut sur le qui-vive.

— Oh ! Que veux-tu savoir à son propos ?

— Elle n'est pas *totalement* ma sœur, n'est-ce pas ?

Emma lança à sa fille un regard ébahi.

Voyant l'expression saisie de sa mère, Elizabeth continua :

— Je veux dire, elle n'est pas l'enfant d'Arthur Ainsley ?

Ce fut au tour d'Emma d'hésiter, mais seulement l'espace d'une fraction de seconde.

— C'est vrai, bien qu'elle porte son nom. Et tu as raison, elle est ta demi-sœur, répondit-elle d'une voix ferme, sachant que seule la vérité était de mise dorénavant.

— Elle est la fille de Paul ?

Emma hocha la tête.

— C'est ce que je pensais depuis longtemps, ainsi que Robin. Mais nous n'avons jamais osé t'en parler.

Emma fixait Elizabeth, ses yeux verts légèrement plissés prirent une expression plus dure.

— Et qu'est-ce qui t'en a donné le courage, ce soir ?

— Je me suis sentie très proche de toi, en bas, et je pense avoir beaucoup mûri ces derniers temps. Le monde s'effondre autour de nous, les garçons sont en danger... En fait, tout le monde est en danger. Et puis... Oh ! quelle importance si le père de Daisy est Paul ?

— Je comprends ce que tu veux dire, Elizabeth. Nous traversons une période bouleversée, le monde est plongé dans le chaos. Brusquement, nous savons tous où se trouvent nos priorités. Pourtant, cette question reste importante pour moi, et encore plus pour Daisy. Elle ignore que Paul est son père, et tu ne dois pas lui en parler.

Elizabeth parut sceptique.

— Tu es certaine qu'elle ne sait rien ?

— Absolument ! Pourquoi me fixes-tu ainsi ?

— Mais elle lui ressemble tellement ! Tu ne crois pas qu'elle s'en est aperçue, Maman ?

— Non, je ne le crois pas. Maintenant, tu dois me promettre que tu ne trahiras pas ma confiance en le lui révélant, insista Emma.

Elizabeth parut froissée.

— Je n'ai jamais trahi une confidence ! s'exclama-t-elle avec irritation. Tu m'as toujours encouragée à être discrète, et je n'en parlerai même pas à Robin si tu me le demandes.

— Je préfère le lui dire moi-même, quand j'estimerai le moment approprié.

— Mais tu vas dire à Daisy qui était son père ?

— Oui, lorsqu'elle sera plus âgée. Elle n'a que quinze ans, Elizabeth. Parfois, il me semble que tu l'oublies.

— Elle paraît beaucoup plus mûre, peut-être parce qu'elle était toujours avec Paul et toi, au lieu de côtoyer des enfants de son âge.

— C'est idiot ! Elle était avec Robin et toi la plupart du temps !

— Mais nous étions le plus souvent à l'école.

— C'est vrai... Je lui révélerai un jour la vérité, et je me demande même comment tu peux imaginer que je pourrais ne pas le faire. N'importe quel enfant serait fier d'avoir Paul McGill pour père.

— C'est mon cas, répliqua Elizabeth en s'emparant de la main de sa mère, qu'elle serra. Il a été si bon pour nous... Robin éprouve les mêmes sentiments que moi.

— Oui...

La voix d'Emma faiblit, et elle posa la tasse sur la table de chevet, avant de laisser aller sa tête sur l'oreiller et de fermer les yeux.

Mère et fille restèrent un instant absorbées dans leurs pensées. Ce fut Elizabeth qui rompit le silence.

— Je trouve qu'Edwina se comporte de façon infecte envers nous. Cette façon de se cacher dans les marais d'Irlande, d'être injoignable... Je trouve qu'elle aurait dû nous présenter son mari, ainsi que son bébé. Après tout, tu es la grand-mère de cet enfant. Tu n'es pas d'accord avec moi, Maman ?

— J'en aurais été heureuse, Elizabeth, mais Edwina est plutôt en colère ces temps-ci, et en particulier contre moi. Je ne pense pas que nous la revoyions avant longtemps.

— Tant pis pour elle ! Je ne lui reconnais pas le droit d'être en colère. Tu as été une merveilleuse mère pour nous tous. Nous avons de la chance.

— Je suis heureuse que tu le penses, chérie.

— Pourquoi Paul s'est-il suicidé ?

Cette question inattendue prit Emma de court. Il lui fallut quelques instants pour reprendre ses esprits.

— Je ne savais pas que tu étais au courant... Je pensais que vous le croyiez mort de la suite de ses blessures.

— Pas vraiment, Maman.

— Il savait qu'il n'en avait plus pour longtemps à vivre, expliqua Emma. Il n'existe aucun traitement pour les paraplégiques. Ils meurent inévitablement d'insuffisance rénale, au bout de quelques mois… Il savait qu'il ne pourrait pas revenir ici pour nous voir. Je suppose qu'il voulait garder le contrôle de sa vie, au lieu d'en laisser le soin… au destin.

— Je comprends.

Emma se tut, songeant à la dernière lettre de Paul. La montrerait-elle à Elizabeth ? La jeune femme était mariée aujourd'hui, elle vivait avec les menaces de la guerre. Pourtant, Emma hésitait. La lettre était très personnelle, elle n'avait été écrite que pour elle. Et peutêtre, un jour, pour Daisy. Non, elle ne la sortirait pas de son coffret… Du moins pas encore.

Mais plus tard, lorsqu'elle fut seule, Emma sortit de son lit et se dirigea vers son dressing-room. Elle ouvrit le coffret de bois à fermoir d'argent qui se trouvait sur une commode et en sortit la lettre qui lui était parvenue d'Australie juste après le décès de Paul, puis elle retourna dans sa chambre.

Assise sur son lit, elle sortit la lettre de son enveloppe et la lut, comme elle l'avait fait tant de fois auparavant.

Emma, mon amour,

Tu es ma vie. Je ne peux pas vivre sans ma vie, et pourtant je ne peux pas non plus vivre avec toi. Il me faut donc mettre fin à une existence qui ne nous donne plus l'espoir de vivre ensemble. Ne crois pas que mon suicide soit un acte de lâcheté. C'est au contraire le dernier sursaut de ma volonté. Je reprends ainsi le contrôle de mon destin, que j'avais perdu ces derniers mois. En décidant de me tuer, je retrouve ma liberté et ma dignité.

Je mourrai avec ton nom sur les lèvres, ton visage devant les yeux, mon amour pour toi plus vivant que jamais. Nous avons eu de la chance, tu sais. Nous avons vécu ensemble tant de moments inoubliables, partagé tant de choses merveilleuses. Leur souvenir ne m'a jamais quitté, comme il ne te quittera jamais tant que tu vivras. Jamais je ne pourrai te remercier assez de m'avoir donné les plus belles années de ma vie.

Si je ne t'ai pas fait venir près de moi, c'est parce que je ne voulais pas que tu sois enchaînée, même pour peu de temps, à un impotent. J'ai peut-être eu tort, mais je voulais que tu te souviennes de moi tel que j'ai été et non tel que je suis devenu après cet accident. Orgueil mal placé ? Simple vanité ? Peut-être. Je te supplie quand même d'essayer de comprendre mes raisons. Je te supplie surtout de me pardonner.

J'ai foi en ton courage, Emma. Tu continueras à vivre, tu poursuivras ton chemin. Il le faut. Tu le dois. Car sur toi seule repose désormais l'avenir de notre enfant. Elle est l'incarnation de notre amour, et je sais que tu l'élèveras à ton image, qu'elle sera aussi brave, aussi bonne, aussi forte que tu l'es. Je te la confie, elle est mon trésor, notre bien le plus précieux. Quand tu recevras cette lettre, je serai déjà mort. Mais je continuerai à vivre en Daisy. C'est elle, Emma, qui est désormais ton avenir.

Je t'aime de tout mon cœur et de toute mon âme. Et je prie Dieu, s'Il veut bien m'écouter, que nous soyons un jour réunis pour l'éternité.

Je t'embrasse, mon amour.

Paul

Gardant la lettre entre ses mains (« De si petites mains », lui disait souvent Paul), Emma demeura immobile pendant un instant… Les larmes ruisselaient à nouveau le long de ses joues, et elle eut l'impression que son cœur se brisait une fois encore. Mais elle avait eu raison de relire la dernière lettre de Paul, car celle-ci lui rappelait son devoir vis-à-vis de Daisy et de ses autres enfants. Elle lui donnait le courage de continuer.

Emma remit la lettre dans son coffret, qu'elle ferma à clef, puis elle mit la clef en argent dans sa poche. Elle s'approcha de son bureau, qui occupait un coin de sa chambre, prit son journal intime et l'ouvrit à la page du 18 juin 1940.

Elle y écrivit quelques lignes seulement :

Le Premier ministre a parlé ce soir. Il a répété que la France était tombée et nous a prévenus que la bataille d'Angleterre commençait. Nous ne devons pas laisser Hitler nous anéantir. Nous n'accepterons pas la défaite. Ce sont les sentiments qu'il a exprimés. Et nous devons être courageux, loyaux, intrépides. La lettre de Paul, que je viens de relire, ne dit pas autre chose.

Ma belle Elizabeth est revenue à la maison, aussi pouvons-nous combler nos deux solitudes, nous épauler en ces temps difficiles. C'est une bonne fille, j'ai de la chance de l'avoir. J'ai décidé que Daisy devait rester dans sa pension. Elle est plus en sécurité à la campagne. Winston et Frank sont venus dîner. Que ferais-je sans mes frères aimants et fidèles ? Nous devons resserrer nos liens, maintenant que nous allons être assiégés.

Emma ferma son journal et le remit en place avant de retourner se coucher. Mais elle ne dormit pas, préoccupée par les événements de la journée, ainsi que par les plans qu'elle devait élaborer pour sa famille, ses employés et les magasins. Les gens et les biens devaient être protégés. La défense de l'Angleterre allait commencer.

Toute la nuit, elle se tourna et se retourna dans son lit. Ce ne fut qu'à l'aube qu'elle s'endormit.

32

— Vite, Glynnis ! Nous ferions mieux de courir ! cria Emma… Ils vont lâcher leurs bombes d'une minute à l'autre !

Tout en disant ces mots, Emma traversa Belgrave Square à toute allure en direction de sa maison, située au coin de la rue. Glynnis la suivit, faisant claquer ses hauts talons sur la chaussée, tandis qu'elle courait pour la rattraper. Décidément, sa patronne était extraordinaire, s'émerveilla-t-elle.

Les sirènes hurlaient, les avertissant de l'imminence du bombardement, mais les avions de la Luftwaffe sillonnaient déjà le ciel londonien. Le préposé à la défense passive, au coin de la rue, les aperçut.

— Dépêchez-vous, madame Harte ! Mettez-vous à l'abri le plus vite possible dans votre cave, c'est l'endroit le plus sûr.

— C'est ce que nous allons faire, Norman, ne vous inquiétez pas ! répliqua Emma. N'hésitez pas à nous rejoindre s'il le faut.

— Merci, madame, très volontiers ! cria l'homme.

Son attention dut être soudainement attirée par autre chose, car il se détourna aussitôt.

Glynnis se hâta de gravir les marches du perron, à la suite d'Emma, puis elle franchit la porte d'entrée et la referma derrière elle. Elles se tinrent un instant dans l'entrée dallée de marbre, reprenant leur souffle.

— Nous sommes arrivées juste à temps, marmonna Emma.

Une forte explosion venait de retentir, apparemment toute proche, suivie d'un fracas de vitres brisées. Une fraction de seconde plus tard, il y en eut plusieurs autres.

Emma et Glynnis échangèrent un regard empli d'appréhension.

— Le quartier a subi plusieurs bombardements, dit Emma en secouant la tête, mais jusqu'à maintenant, nous avions été épargnés. Croisons les doigts !

L'entrée n'était meublée que d'une console placée contre un mur, sous un miroir français au cadre doré, et d'une banquette Louis XV, de l'autre côté de la pièce. Un lustre de cristal était suspendu au plafond légèrement creusé, en forme de dôme. L'escalier en colimaçon menait aux appartements d'Emma, qui occupaient trois étages.

Il y avait une porte sous l'escalier. Emma se précipita vers elle, l'ouvrit et descendit plusieurs marches, toujours suivie de Glynnis, jusqu'au petit vestibule de l'appartement de Paul.

— Nous allons prendre l'ascenseur pour descendre à la cave, expliqua-t-elle.

Les deux femmes se retrouvèrent bientôt dans la précieuse cave à vin de Paul McGill. Emma soupira en regardant les rangées de bouteilles.

— Je devrais sans doute demander à mes frères d'en prendre quelques-unes. Ce ne sont que des grands crus, pour la plupart très rares. Je préfère qu'ils les boivent en compagnie de leurs amis plutôt que de voir ces bouteilles détruites par les bombes allemandes. Venez, Glynnis, nous allons passer sous cette voûte, et nous nous trouverons dans l'abri antiaérien.

— C'est vous, madame Harte ? demanda une voix nerveuse.

Quelques secondes plus tard, Grace émergea de derrière un pilier.

— Oui, Grace, c'est moi. Glynnis est avec moi.

Emma se dépêcha d'entrer dans l'abri, récemment construit par Blackie O'Neill. Il était consolidé par des solives d'acier et des piliers en béton armé. Des sacs remplis de sable avaient été empilés contre tous les murs, en guise de précaution supplémentaire.

— Vous êtes seule ? demanda Emma à Grace.

— Oui, madame. Faut vous dire que Mme Coddington est pas venue, aujourd'hui. Les quais ont encore été bombardés cette nuit, avec une partie de l'East End, et sa sœur Ethel a été obligée de partir de chez elle. Alors Mme Coddington est allée l'aider, expliqua la servante. Elle a téléphoné, mais vous étiez partie au magasin. Elle a dit qu'elle reviendrait demain.

— Je comprends, et j'espère de tout cœur que sa famille est saine et sauve. Personne n'a été blessé, n'est-ce pas ? s'enquit Emma avec anxiété.

— Non. Sa sœur était avec sa mère, et elles allaient toutes les deux bien, madame. Les cinq fils d'Ethel sont dans l'armée, la marine et l'aviation. Ses deux filles,

Flossie et Violet, sont travailleuses agricoles, alors elles ne risquent rien, vous ne croyez pas ?

— C'est vrai, Grace. Voilà une famille qui aura bien participé à l'effort de guerre, et c'est très louable, Dieu sait à quel point !

Emma regarda autour d'elle et se tourna vers Glynnis.

— Ce n'est pas trop mal, ici, vous ne trouvez pas ?

— Vous avez vraiment bien aménagé cet endroit, madame ! répliqua vivement Glynnis. D'habitude, les abris antiaériens sont assez... lugubres. Celui-ci est beaucoup plus confortable que la plupart des abris, tous semblables, que les gens construisent dans leur jardin. Mon père a copié le sien sur celui du voisin, et ma mère en est vachement contente.

Glynnis examina la cave avec plus d'attention, puis elle s'assit sur une chaise avant de poursuivre :

— Vous avez vraiment pensé à tout ! Un réchaud à pétrole pour cuisiner ou faire bouillir de l'eau. Des radiateurs électriques pour les mois d'hiver, une grande quantité de chaises, un tapis, et enfin, plein de couvertures et d'oreillers.

— Il y a également un certain nombre de lits de camp, précisa Emma.

— Et nous avons aussi beaucoup de conserves, intervint Grace d'une voix fière. Des haricots, des sardines, du saumon, du bœuf, de la mortadelle, du potage à la tomate, sans compter un tas de bougies, au cas où l'électricité serait coupée.

Glynnis jeta un coup d'œil à Emma, qui s'était assise derrière un bureau assez laid mais très fonctionnel.

— Vous avez une trousse à pharmacie ?

— Il y en a deux, mais je devrais peut-être en commander d'autres. On ne sait jamais.

— Je prends note, murmura Glynnis en sortant un petit bloc-notes de sa poche.

Toujours très professionnelle, Emma prit une pile de feuillets dans son porte-documents et les posa sur le bureau. Bientôt, elle fut totalement absorbée par sa lecture.

Grace reprit le magazine féminin qu'elle lisait avant leur arrivée, et Glynnis sortit de son sac l'écharpe kaki qu'elle tricotait à ses heures perdues ; c'était la seconde de la semaine. En présence d'Emma Harte, aucune des deux jeunes femmes n'aurait voulu se lancer dans de futiles bavardages, et elles se concentrèrent sur leurs activités respectives.

Tout en tricotant, Glynnis pensait à la guerre. Mme Harte lui avait dit qu'elle durerait sans doute plusieurs années. Elle aurait bien voulu que sa patronne se trompe, mais elle se doutait qu'elle avait probablement raison. Emma était géniale dans quasiment tous les domaines, comment aurait-elle pu faire erreur en ce qui concernait la durée de la guerre ?

La bataille d'Angleterre avait commencé en juin, juste après la défaite de la France, mais pour l'instant, il ne s'était pas passé grand-chose. Les bombardements étaient sporadiques, et, en juin et en juillet, la population avait travaillé dur pour assurer la sécurité de la Grande-Bretagne. Les gens construisaient des abris dans leurs jardins, renforçaient leurs caves, empilaient des sacs de sable devant les entrées exposées. On achetait des bougies pour parer aux pannes d'électricité, on stockait les boîtes de conserve dans les maisons, depuis Douvres jusqu'aux Hébrides. Les Anglais pensaient à tout ce dont ils pouvaient avoir besoin en cas d'urgence, et ils achetaient ces articles s'ils étaient disponibles. Certains produits manquaient déjà. On avait remis à chaque citoyen un masque à gaz, et beaucoup de gens s'étaient procuré des casques de métal pour se protéger d'éventuelles chutes de pierres.

Peu de civils avaient été tués, en juin et juillet, mais en août, le nombre des victimes avait augmenté à mesure que la Luftwaffe renforçait ses attaques. Les avions allemands décollaient des bases situées dans le nord de la France pour bombarder Londres et les provinces avoisinantes du Kent, du Surrey et du Sussex. Le but d'Hitler était de détruire la Royal Air Force, maintenant que les Britanniques étaient ses seuls adversaires véritables, et d'anéantir les usines qui produisaient en grand nombre les Hurricane, les Spitfire et les bombardiers. Les raids étaient relativement peu fréquents pendant la journée, car les Allemands préféraient lâcher leurs bombes à la faveur de la nuit.

Mais les choses commençaient à changer. Emma répétait à qui voulait l'entendre que la situation allait empirer. Les jours suivants, ses prédictions devaient se révéler exactes.

Au bout de deux heures et demie, les sirènes retentirent pour annoncer la fin de l'alerte. Les trois femmes les perçurent, quoique faiblement.

— Ce n'est pas trop tôt ! s'écria Emma en rangeant précipitamment ses papiers dans son porte-documents. Remontons tout de suite pour voir l'étendue des dégâts. Grace, Glynnis, allons-y !

Emma fut soulagée de constater que sa maison n'avait pas été touchée. Elle avait la conviction absolue que Belgrave Square ne subirait aucun dommage. Cependant, ce fut avec une certaine émotion qu'elle ouvrit la porte d'entrée pour scruter la rue. Le square était intact, bien que l'atmosphère fût âcre et enfumée. Un bruit de chute de pierres se fit entendre dans une rue voisine.

— Je dois appeler le magasin, déclara Emma en rentrant dans la maison.

Elle se hâta de monter à l'étage et de gagner son cabinet de travail. Quelques secondes plus tard, elle avait la standardiste en ligne.

— C'est madame Harte, Gretie. Tout va bien ?

— Oh oui, madame Harte ! Les Boches nous ont encore ratés cette fois, grâce à Dieu.

— Je suis heureuse de l'apprendre. Je vous verrai lundi. Passez un bon week-end, bien en sécurité.

— Merci, madame, je vous en souhaite autant.

Emma se tourna vers Glynnis, qui l'avait suivie dans la petite pièce, et hocha la tête.

— Le magasin est toujours debout, c'est une bonne nouvelle. Mais il doit y avoir de gros dégâts ailleurs, surtout sur les quais.

— Oui. Certaines usines ont peut-être été touchées. Les Allemands cherchent à stopper la construction de nos avions, répliqua la jeune femme, qui paraissait aussi inquiète qu'Emma.

— Je me demande si nous ne pourrions pas nous rendre utiles quelque part, murmura Emma.

Mais avant que Glynnis ait eu le temps de répondre, la sonnerie du téléphone retentit. Emma décrocha aussitôt.

— Allô ?

— Bonjour, Emma. C'est Jane.

— Comment allez-vous, ma chère Jane ? J'espère que tout va bien pour vous. Vous n'avez pas été touchée par le bombardement ?

— Non, non. Nous avons été épargnés cette fois encore, Dieu merci. Mais Bill vient d'entendre à la radio que les quais et les quartiers de l'East End ont subi de terribles dommages. Il semble que les secours soient déjà sur place, mais il pense que ces pauvres gens vont avoir besoin d'aide demain.

— Pourquoi pas tout de suite ? demanda vivement Emma.

— Je crois qu'ils seront abrités cette nuit dans le métro. La Croix-Rouge, la Saint John's Ambulance Brigade et plusieurs autres organismes sont déjà en action. Mais je me dis que demain, dimanche, ils risquent de manquer de nourriture.

— Vous avez raison, Jane ! Et vous pouvez compter sur moi, si c'est ce que vous vouliez me demander.

— Eh bien ! c'est en effet ce que je m'apprêtais à faire, Emma. Je vais commencer à confectionner des sandwiches ce soir, et j'ai pensé que vous pourriez en faire autant de votre côté.

— Bien entendu, mais cela ne suffit pas. Je vais appeler le magasin et demander au responsable du rayon alimentation de faire apporter quelques paniers garnis. Dites-moi à quelle heure vous pensez vous rendre là-bas demain, et où je peux vous y retrouver.

— Je passerai devant chez vous vers 9 heures, demain matin. Tomkins pourra me suivre. Merci, Emma, vous êtes une femme bien.

— Je suis contente de pouvoir faire quelque chose, murmura Emma en jetant un coup d'œil à sa montre. Je vous quitte, Jane. Il faut que je prenne des dispositions pour la nourriture.

Une heure plus tard, Jack Field, le responsable du rayon alimentation et l'un des employés préférés d'Emma, se trouvait dans la cuisine de sa patronne et lui expliquait ce que contenait chacun des paniers d'osier.

— Toutes sortes de pâtés, madame Harte. Gibier, poulet, veau et jambon, ainsi que notre célèbre pâté de porc en portions individuelles. Il y a aussi des petits chaussons à la viande, aux pommes de terre et aux carottes, des friands à la saucisse, de la viande froide pour les sandwiches, du poulet froid, des biscuits, des œufs, de la mayonnaise, des sacs de saucisses fraîches ou de chair à saucisse.

— Excellent, Jack ! Maintenant, nous allons déballer les saucisses et tous les ingrédients destinés aux sandwiches. Ah, et les œufs ! Je vais préparer une grande quantité d'œufs durs.

Tout en virevoltant à travers la cuisine, Emma s'adressa à Glynnis et à Grace :

— Au travail ! Grace, mettez l'eau à chauffer pour les œufs. Glynnis, vous allez m'aider à faire frire les saucisses. Jack, si cela ne vous ennuie pas, vous allez participer à la confection des sandwiches.

— Très volontiers, madame. Et demain, je viendrai avec la camionnette et un chauffeur pour vous accompagner dans l'East End.

— Merci, Jack. J'apprécie votre offre à sa juste valeur.

Emma, qui avait revêtu une chemise, un pantalon et

des chaussures à talons plats, mettait maintenant un tablier et en donnait un à Glynnis.

— Je vous remercie d'être restée, dit-elle à sa secrétaire. C'est très gentil de votre part, surtout un samedi soir.

— Oh, madame, je suis si contente de vous aider ! Je n'avais rien de particulier à faire. Ma cousine et moi avions parlé d'aller au cinéma, mais nous pouvons remettre cette sortie à plus tard.

Emma était toujours très efficace et rapide, mais dans les moments de crise, elle se transformait en dynamo. C'était le cas, ce samedi soir du mois de septembre, tandis que, secondée par ses assistants, elle faisait frire les saucisses, faisait durcir les œufs dans l'eau bouillante ou confectionnait des centaines de sandwiches, qu'ils enveloppaient ensuite dans des serviettes de toile blanche, pour empêcher le pain de rassir durant la nuit.

— Ces serviettes vont être fichues, marmonna Grace, en fixant sa patronne d'un air réprobateur.

— Pour l'amour du ciel, cela n'a pas d'importance ! Vous oubliez que nous sommes en guerre, Grace ! Je ne peux pas m'inquiéter de mes serviettes dans un moment comme celui-ci ! s'exclama Emma en levant les yeux au ciel. Continuons, et dès que nous aurons terminé, nous aussi nous mangerons des sandwiches, des saucisses et des œufs durs. Grace, vous pourrez faire du thé.

Jack se mit à rire.

— C'est une bonne idée, madame. J'avoue que j'ai un petit creux.

Emma jeta un coup d'œil à sa montre :

— Cela ne m'étonne pas, car il est déjà plus de

20 heures. Heureusement, nous avons presque fini, et vous avez tous été merveilleux. Je vous remercie.

Glynnis lui sourit.

— Nous voulions apporter notre pierre à l'édifice.

— Oui, nous devons faire notre possible pour secourir ceux qui ont été bombardés, répondit Emma.

Quand ils eurent fini de se restaurer, Emma leur donna le signal du départ :

— Prenez un taxi pour rentrer chez vous, Glynnis.

— Entendu, madame. Aurez-vous besoin de moi, demain ?

— C'est gentil de le proposer, mais je préfère que vous vous reposiez, car nous avons eu beaucoup de travail cette semaine. Je devrais pouvoir me débrouiller avec Jack et Tomkins

— Je viendrai avec un autre gars du rayon, proposa Jack. Dennis Scott est un brave type, il sera content de rendre service.

— Excellente idée, Jack. Et maintenant, je vais vous souhaiter à tous une bonne nuit. J'ai du travail à terminer.

Elle sourit, puis elle se dirigea vers la porte.

— Bonne nuit, madame Harte ! s'écrièrent les trois autres en chœur.

Le lendemain matin, comme prévu, Tomkins suivit Jane et Bill Ogden, qui se trouvaient dans leur propre voiture. La camionnette verte du magasin, remplie de paniers garnis, fermait la marche, avec Jack Field et Dennis Scott à son bord.

Lorsqu'ils arrivèrent sur place, Emma resta sans voix, comme les autres. La Luftwaffe avait fait du bon travail. Les bâtiments avaient été rasés, il y avait des tas de pierres effondrées partout, et c'était le plus grand carnage qu'ils aient jamais vu. Ils se frayèrent lentement un chemin dans les décombres, enjambant les débris, distribuant la nourriture, adressant des mots réconfortants aux hommes et aux femmes qui s'affairaient parmi les briques et la poussière... tout ce qui restait de leurs maisons.

— Merci, merci, dit une femme à Emma. Comme vous êtes bonne d'être venue nous secourir !

Les yeux d'Emma se voilèrent de larmes. Incapable de parler, elle pressa seulement la main de la femme et poursuivit son chemin.

Malgré la souffrance et le malheur, les visages s'éclairaient souvent d'un sourire quand fusait un quolibet à propos de l'incompétence de l'ennemi.

— Notre peuple est fort ! dit Jane.

— Et brave, ajouta Emma.

Soudain, elle stoppa net et agrippa le bras de son amie.

— Regardez ! De ce côté ! Tout le monde applaudit. N'est-ce pas Winston Churchill ?

— Mon Dieu, c'est lui ! Bill, c'est le Premier ministre. Regarde ! Regarde ! Il se tient sur ce tas de cailloux, un drôle de chapeau sur la tête, le cigare aux lèvres.

Bill suivit le regard de Jane et aperçut l'homme dont il était le loyal supporter depuis des années et qu'il soutenait toujours à la Chambre des communes.

— Venez avec moi, mesdames, dit-il. Nous allons voir si nous pouvons échanger quelques mots avec lui.

Quelques minutes plus tard, Bill saluait chaleureusement le Premier ministre, qui sourit et lui serra la main, ainsi que celle de son épouse. Emma lui fut ensuite présentée.

Horriblement intimidée, elle parvint cependant à articuler :

— Merci de nous montrer la voie, monsieur Churchill.

Devinant pour quelles raisons ils étaient là, il répondit :

— Et merci à vous aussi.

Plus tard, un préposé à la défense passive apprit à Bill que Churchill avait eu les larmes aux yeux lorsqu'il était arrivé sur les lieux du bombardement et avait constaté le désastre. Emma hocha la tête. Ceux qui l'aimaient l'appréciaient d'autant plus qu'il ne craignait pas de montrer ses émotions.

Ce soir-là, quand Elizabeth rentra de l'hôpital, Emma la trouva très fatiguée et s'en inquiéta avec sollicitude.

— Nous avons eu énormément d'urgences, expliqua la jeune femme lorsqu'elles furent installées dans le cabinet d'Emma, pour manger un sandwich et boire une tasse de thé. Et ce n'est que le début, Maman. Tu avais dit que les choses ne feraient qu'empirer et tu avais raison.

— Malheureusement, oui. Je préférerais m'être trompée. Nos garçons sont dans le ciel chaque nuit, et maintenant, ils devront aussi y être pendant la journée.

— Le raid d'hier a été catastrophique, murmura Elizabeth, mais nous allons gagner, Maman, tu m'as donné cette certitude.

— Non, c'est Winston Churchill qui l'a fait. Et nos pilotes de chasse sont très courageux.

— Je n'oublierai jamais ce que M. Churchill a dit le

mois dernier, lorsqu'il parlait des pilotes de chasse. Toi non plus, Maman ?

— Non, moi non plus. En fait, j'ai recopié ses propos dans mon journal, pour la postérité. Il a dit : « Jamais, dans un conflit humain, pareille dette n'aura été contractée par tant de personnes envers un si petit nombre d'hommes. » Comme toujours, il a trouvé exactement les mots qu'il fallait.

— Ils s'en tireront, n'est-ce pas ? demanda Elizabeth, en fixant sa mère intensément. Tony, Robin et Bryan ?

— Oui, ma chérie, je le crois sincèrement. Je le dois, parce que si je nourrissais le moindre doute à ce sujet, je m'effondrerais.

Des larmes jaillirent des yeux d'Emma, et elle battit des paupières pour les réprimer.

— Il y a bien des années, poursuivit-elle, j'ai appris à être positive dans les pires moments. C'est ce qui m'a aidée à tenir, lorsque j'étais une jeune fille, loin des miens, luttant pour construire ma vie. A cette époque, je ne pouvais pas me permettre d'avoir des pensées négatives… et nous ne le pouvons pas non plus aujourd'hui.

Quand Frank entra dans son bureau, Emma lui sourit largement.

— Je suis contente de te voir, mais tu sembles horriblement fatigué et pâle.

— J'ai toujours été pâle, Emma, même lorsque j'étais enfant. Tu ne te rappelles pas ces attentions excessives dont tu m'entourais, ces longues écharpes dans lesquelles tu m'entortillais ? Tu m'envoyais sur la lande en me disant : « Tâche de prendre quelques couleurs. »

Emma se mit à rire.

— Je m'en souviens parfaitement. Et tu m'en voulais énormément. Mais tu vas bien, n'est-ce pas, Frankie ?

— Et voilà Frankie qui refait surface ! Tu sais que jusque récemment, tu ne m'avais pas appelé ainsi depuis des années ?

— Parce que tu me l'as interdit alors que tu étais encore tout petit. Tu prétendais que Maman avait dit que tu étais un grand garçon et que Frankie était un prénom de bébé. Mais j'aime bien ce diminutif, peut-être parce qu'il est affectueux.

Frank lança à sa sœur un regard tendre, mais ne dit rien. Il avait toujours cru qu'elle pouvait lire dans ses pensées, qu'elle était exactement sur la même longueur d'onde que lui.

— Je suis un peu fatigué, Emma, tu as raison. C'est en grande partie dû au fait que j'ai travaillé dur à l'*Express*.

— Comment va le grand homme ?

— Lequel ? Beaverbrook ou Churchill ?

Emma se pencha en avant, les yeux brillants de joie.

— Les deux… Frank, j'ai enfin rencontré Winston Churchill ! s'exclama-t-elle.

Frank devina dans quel état d'excitation l'événement avait dû la plonger.

— Quand cela, où ?

— Dimanche dernier, le 8 septembre, il y a exactement quatre jours. C'était dans l'East End. J'y étais allée, en compagnie de Bill et de Jane Ogden, pour apporter un peu de nourriture à tous ces pauvres gens qui avaient été victimes du bombardement. Il s'y trouvait justement, et Bill m'a présentée à lui. Il est tout simplement extraordinaire !

— C'est vrai. Il va souvent sur les lieux des bombardements pour rassurer les gens, qui ne l'en aiment que davantage. Il est plus proche du peuple que la plupart des politiciens. Par ailleurs, Bill a toujours été son fidèle supporter, alors je ne doute pas que le Premier ministre ait été heureux de le voir sur les lieux. Surtout si vous étiez là pour apporter aide et réconfort aux victimes. Nous allons tous devoir nous y mettre, maintenant que le Blitz a commencé.

— J'étais tellement intimidée que c'est à peine si j'ai pu prononcer deux mots, admit Emma avec un petit rire gêné.

— Je l'imagine facilement ! On se sent un peu écrasé en sa présence. C'est un homme imposant. Et tu sais, Emma, un jour qui n'est pas si lointain, il deviendra une légende.

— Il l'est déjà, à mes yeux. Il est bien protégé, n'est-ce pas, Frank ?

— Oui, bien entendu. Il passe d'ailleurs la majeure partie de son temps dans des bunkers.

— Qu'est-ce que tu entends par... *bunkers* ?

— Ce sont des sortes d'abris souterrains blindés, où il travaille, vit et dort. Il n'habite pas vraiment au 10, Downing Street, tu sais. Je crois qu'il y passe de temps en temps, mais il serait bien trop exposé s'il y restait. Une bombe pourrait facilement l'y atteindre. Le plus souvent, il se trouve dans son cabinet de guerre, où il réunit son conseil de guerre. Lorsqu'il a vu la pièce qui lui avait été attribuée à cet effet, il paraît qu'il a dit : « C'est de cette pièce que je mènerai la guerre ! » Et c'est ce qu'il fait.

— Où se trouve-t-il, ce cabinet de guerre ?

— Seul un petit nombre de privilégiés le savent, Emma.

Mais je parierais que c'est quelque part dans Whitehall, le siège des ministères et des administrations publiques.

— Je suis contente de savoir que le Premier ministre est en sécurité. Mais pour en revenir à toi, Frank, qu'est-ce qui te donne autant de travail en ce moment ?

— Quelle question, venant de quelqu'un d'aussi intelligent que toi, Emma ! La plupart de nos jeunes journalistes ont rejoint l'armée, la marine ou l'aviation, alors j'ai davantage d'articles à rédiger qu'auparavant. Cela me plaît, d'ailleurs. Mais cela explique que je sois un peu plus fatigué que d'habitude, d'autant que j'écris un nouveau roman et…

— Oh, Frank, quelle bonne nouvelle ! l'interrompit Emma avec enthousiasme. J'adore tes livres ! Quel en est le sujet, cette fois ?

— La guerre. De quoi d'autre pourrais-je parler ?

Frank sourit à sa sœur. Elle avait toujours été sa meilleure fan. Mais Emma changea brutalement de sujet :

— Tu crois que les Etats-Unis vont nous aider, maintenant que nous sommes seuls ? demanda-t-elle.

— Je n'en suis pas certain, mais je l'espère, bien entendu. Le président Roosevelt est un brave homme. Churchill et lui semblent entretenir de bonnes relations. Mais Roosevelt a des comptes à rendre au peuple américain, qui ne veut pas de la guerre. Frank se mordit la lèvre inférieure et ajouta :

— Les bombardements risquent d'empirer, alors sois prudente, Emma.

— Tu sais bien que je le suis toujours.

— Comment va Elizabeth ?

— Elle travaille dur. Des centaines et des centaines

de gens ont été blessés ces derniers jours, tu le sais, et elle n'a pas une seconde de répit à l'hôpital. Maintenant, elle parle de proposer ses services à la station de métro London Bridge, où huit cent personnes se réfugient chaque nuit.

— Tu ne peux pas la laisser faire ça !

— Je ne sais pas comment je pourrais l'en empêcher. Aussi je pense plutôt l'accompagner, pour garder un œil sur elle et pour aider.

— Là, Emma, tu exagères !

— Allons déjeuner, Frank, répliqua Emma en se levant.

Tous deux quittèrent son bureau, situé au bout du magasin.

— Aujourd'hui, je crois que c'est un menu imposé.

— Qu'est-ce que ça veut dire ?

— Exactement ce que ça dit : menu imposé. Pas de choix, si tu préfères. Potage à la tomate, saucisses à la purée, avec des oignons frits. Ce n'est pas si mal, finalement, si tu considères que nous sommes en guerre.

33

Quand Emma eut fini de parler, Winston Harte hocha la tête.

— Je pense que tu as tout à fait raison, dit-il vivement. Nous devons procéder à un certain nombre de changements dans la Yorkshire Consolidated. Voici ce que je propose : faisons de Martin Fuller le rédacteur en chef et de Peter Armstrong le directeur général.

Emma se redressa sur sa chaise, les sourcils froncés.

— Mais c'est toi, le directeur général, Winston ! Ne me dis pas que tu as l'intention de laisser la direction de notre groupe de presse à quelqu'un d'autre !

— Non, pas du tout. Je me suis mal fait comprendre. Je souhaite être promu, moi aussi, et devenir coprésident avec toi, si tu en es d'accord. Je continuerai de superviser, je tiendrai les rênes. Mais je me sentirais bien mieux si je savais que nous avons un directeur à Leeds et un rédacteur en chef à ses côtés. Ils seront sur le terrain et ils géreront les tâches quotidiennes.

— C'est d'accord, Winston. Franchement, je m'inquiétais à ton sujet ces temps-ci. Je te trouvais surchargé, entre les magasins du Yorkshire, l'usine Fairley et le groupe de presse. Sans compter ton investissement dans Harte Enterprises.

Winston se mit à rire.

— C'est un comble ! Personne n'est plus occupé que toi, et en plus de ton travail, tu t'investis dans l'effort de guerre. Tu es en train de t'épuiser.

— Quand je pense à ce que nos troupes font pour assurer notre sécurité et gagner la guerre, je trouve ma charge bien légère.

Tout en parlant, Emma prit la théière en argent et remplit une deuxième fois leurs tasses. Le frère et la sœur étaient assis devant la cheminée du petit salon de Pennistone Royal, où flambait un bon feu. C'était pendant un froid après-midi de décembre, en 1942. Depuis une semaine, Emma séjournait dans le Yorkshire, examinant avec Winston l'état de ses affaires et faisant le point de la situation.

Leeds, Bradford et Sheffield, ainsi que de nombreuses villes industrielles avaient été bombardées. En revanche, Ripon et les Dales n'avaient quasiment pas souffert, même si certaines bases de la Royal Air Force, à Topcliffe et à Dishforth, avaient été manquées de peu quand la Luftwaffe les avaient survolées. A Pennistone Royal, les choses étaient à peu près normales, sinon que la nourriture et l'essence manquaient, ainsi que d'autres produits de première nécessité, comme partout en Grande-Bretagne.

Tout en sirotant son thé, Winston continua :

— Marty et Pete sont de braves types, talentueux et durs au travail. Ils te sont tout dévoués, ainsi qu'à la Yorkshire Consolidated. Tout va bien se passer, Emma.

— Tant que tu es au sommet de la pyramide, je suis tranquille, mais je suis d'accord avec toi : ils sont intelligents et loyaux, répliqua Emma avec une petite moue. J'avais toujours espéré que Frank prendrait un jour la direction du groupe de presse, mais il n'est pas fait pour cela, tu ne crois pas ?

— C'est exact. Il n'a jamais manifesté le moindre intérêt dans ce sens, même quand tu as acheté le *Sheffield Star,* en 1935, et fondé la Consolidated. Tu lui as proposé le poste, et il l'a refusé. C'est ainsi. Frank est un journaliste, pas un gestionnaire ; à chacun son lot, Emma.

— Il adore l'*Express* et son travail pour lord Beaverbrook. Et il faut l'admettre, Winston, Frank est l'enfant chéri de ce journal, le favori de Beaver et d'Arthur Christiansen.

Emma reposa sa tasse sur sa soucoupe et regarda son frère d'un air songeur.

— J'imagine qu'Edwin Fairley s'accrochera au *Yorkshire Morning Gazette* jusqu'à son dernier jour.

Winston approuva de la tête.

— Ce journal appartient à la famille Fairley depuis trois générations. Tu ne penses tout de même pas qu'il le lâchera facilement !

— Sans doute pas. Pourtant, il tire à bien moins d'exemplaires qu'autrefois.

— C'est parce que nous lui avons asséné de rudes coups. N'oublie pas que nous lui avons volé beaucoup de ses lecteurs.

Emma eut un petit sourire satisfait.

— Je le sais. Mais Edwin Fairley aurait dû s'en tenir à son premier métier. Il est bien meilleur en tant qu'avocat qu'en tant que propriétaire de journal, tu ne crois pas ?

— Tu verras que cela finira par jouer en notre faveur. Il devra vendre, un de ces jours, et toi tu achèteras... pour une bouchée de pain.

— Espérons que tu as raison. Pour en revenir à Frank, il m'a dit que Natalie et lui ne pourraient passer Noël avec nous à Londres, à cause de la famille de Natalie. Tu penses que tu pourras aborder cette question avec lui ?

— J'essaierai, répliqua Winston, qui paraissait un peu gêné. Mais je crois que ce sera inutile. L'autre jour, Frank m'a dit qu'il serait obligé de rester à Londres pendant la période des fêtes. Lord Beaverbrook aurait besoin de lui, à ce que j'ai compris, et il ne peut pas y échapper.

— Tant mieux ! En ce cas, il pourra passer Noël avec nous. Il ne va sûrement pas tarder à m'en parler.

— Peut-être.

— Charlotte et toi serez là, n'est-ce pas ? Ainsi que Randolph ?

Le visage de Winston s'éclaira.

— Nous croisons les doigts, dans l'espoir qu'il obtiendra une permission, ne serait-ce que de quelques jours. Son navire de guerre se trouve à Scapa Flow pour l'instant. Mais oui, nous viendrons. Et toi, tu as des nouvelles des garçons ?

— Je pense que Robin aura deux jours de permission, et j'espère qu'on les accordera aussi à Kit. Je sais qu'il a hâte de voir June et le bébé.

De nouveau, l'expression de Winston changea, et il gloussait presque lorsqu'il déclara :

— Quelle étonnante petite tête rousse, cette Sarah ! On ne peut pas douter qu'elle soit une Harte et ta petite-fille. Elle te ressemble comme une goutte d'eau. Enfin, elle a la même couleur de cheveux que toi.

— Je n'arrive pas à croire que j'ai un second petit-enfant !

Emma s'interrompit brusquement, et ce fut avec tristesse qu'elle regarda son frère et demanda :

— Tu as eu des nouvelles d'Edwina récemment ? Son mariage est-il heureux ? Comment se porte mon petit-fils ?

— J'ai reçu une courte lettre d'elle, il y a quelque temps, admit tranquillement Winston. Mais elle n'était pas très loquace. Le petit Anthony se porte à merveille, Jeremy est un chic type. Quand j'ai assisté à leur mariage, j'ai trouvé que c'était un splendide garçon, Emma. Ne t'inquiète pas pour Edwina, je suis sûr qu'elle est heureuse et qu'elle reviendra un jour.

— Je n'en sais rien… peut-être est-ce que je prends mes désirs pour des réalités.

De façon inattendue, le visage d'Emma s'éclaira. Elle rayonna d'un éclat qui avait toujours captivé ceux qui l'approchaient.

— Tu te rends compte, Winston ? J'ai un petit-fils qui est lord… Lord Anthony Standish.

Winston sourit, heureux du plaisir de sa sœur. Voulant le prolonger, il changea de sujet :

— Comment va Daisy ?

— Elle est merveilleuse ! Bien entendu, bien qu'elle ait dix-sept ans, elle ne pourra pas partir terminer ses études en Suisse, comme l'ont fait Edwina et Elizabeth. Mais elle ne semble pas s'en soucier. Elle est parfaitement heureuse de vivre ici, avec Elizabeth et moi. Dieu merci, elles ont toujours été très proches toutes les deux. Il règne une atmosphère très harmonieuse dans la maison.

Winston hocha la tête, soulagé à l'idée que les deux autres filles d'Emma lui soient si attachées. Edwina l'irritait parfois. Sa rancœur vis-à-vis de sa mère, sous prétexte qu'elle était une enfant illégitime, était ridicule. Il décida d'écrire une lettre très ferme à sa nièce en ce sens. Ou bien il lui téléphonerait à Clonloughlin. Il en parlerait auparavant avec Frank.

Emma l'arracha à ses pensées.

— Blackie passe Noël avec nous, annonça-t-elle. J'espère que Bryan aura, lui aussi, une permission.

— Tu as des nouvelles de David ? Il compte venir à Londres ?

— Bien sûr. Il a toujours assisté à mon déjeuner de Noël, tu le sais bien ! Les trois clans sont toujours réunis à cette occasion, puisque c'est le jour où nous célébrons notre amitié. Blackie O'Neill, Emma Harte et David Kallinski : « les trois mousquetaires », comme nous appelle Frank. Nous sommes amis depuis si longtemps ! Blackie et moi nous sommes rencontrés alors que je n'avais que quatorze ans et demi, en 1904. Et j'ai fait la connaissance des Kallinski environ un an plus tard. Cela fait donc trente-huit ans, ou quelque chose comme ça...

— De fidélité, de loyauté et d'affection entre vous trois. Est-ce que tu te rends compte à quel point c'est exceptionnel, Emma ?

— Oui. Je crois que je m'en rends compte.

Après que Winston l'eut quittée pour s'en retourner à Leeds, Emma resta dans le petit salon du premier étage, s'accordant quelques instants de repos et de réflexion. Elle n'était pas venue dans la maison depuis quelque temps, tant elle était prise par son magasin, ses affaires et la guerre.

Pennistone Royal lui avait manqué, cette pièce lui avait manqué. Elle était d'une élégance discrète et pas du tout prétentieuse, mais Emma savait combien cette simplicité était trompeuse. La décoration du petit salon, réalisée en 1932, avait coûté énormément d'argent. Emma s'était armée de patience lorsqu'elle s'était mise en quête de meubles, car elle ne voulait que des pièces anciennes. Dix ans après, elle constatait que tout était aussi beau qu'au premier jour. Les murs badigeonnés de jaune pâle conféraient à la pièce un air ensoleillé, même quand le temps était lugubre. Le parquet de bois ciré était protégé au centre de la pièce par un tapis ancien confectionné en France, à La Savonnerie. Elle avait toujours adoré les beaux cristaux et l'argenterie, et ses objets préférés miroitaient sur le bois patiné des tables, des consoles et des coffres de style géorgien.

Deux longs sofas se faisaient face, de part et d'autre de la cheminée de chêne patinée par les ans. Ils étaient recouverts de chintz blanc parsemé de motifs floraux rose, jaune, bleu et rouge. Emma sourit intérieurement en pensant combien elle avait été avisée d'acheter plusieurs rouleaux de tissu : à intervalles réguliers, les sofas étaient rajeunis par un revêtement identique, l'imprimé conservant ainsi sa fraîcheur originelle. Une fois qu'elle avait trouvé le thème dominant d'une pièce, Emma n'aimait guère en changer, et elle se contentait de rénover la décoration chaque fois que c'était nécessaire.

Elle regarda autour d'elle. Le médaillon de rose en porcelaine de Chine était ravissant dans son élégant cabinet Chippendale. Suspendu au-dessus de la cheminée, l'inestimable paysage de Turner, avec ses verts et ses bleus brumeux, ne manquait jamais de l'émouvoir : il représentait un coucher de soleil d'une mélancolie poignante. Elle avait récemment décidé de le mettre ailleurs, pour le remplacer par un portrait de Paul. Elle s'était demandé quel tableau elle suspendrait à cet endroit « stratégique », et elle avait finalement opté pour celui qui représentait Paul vêtu de son uniforme. Il avait été peint après la Grande Guerre, et elle avait toujours pensé que c'était celui qui ressemblait le plus à Paul, tel qu'il était lorsqu'elle l'avait rencontré pour la première fois.

Emma se leva, gagna la fenêtre à petits carreaux et regarda dehors. En face de la maison, les flancs de la colline étaient recouverts de neige, mais au printemps, les jonquilles en fleur lui rappelaient ce beau poème de Wordsworth. En soupirant, elle se détourna et s'approcha du large coffre Queen Anne. Il y manquait quelque chose, un objet décoratif qui le mettrait vraiment en valeur. Elle pensa soudain au coffret de bois à fermoir d'argent. « Je l'apporterai la prochaine fois que je viendrai, songea-t-elle, il fera un superbe effet à cet endroit. »

Elle s'assit à son bureau, sortit son agenda 1942 et trouva la date du jour ; puis elle écrivit quelques lignes relatant son entretien avec Winston et leur décision au sujet de leur groupe de presse, la Yorkshire Consolidated. Elle posa ensuite son stylo et s'appuya au dossier de sa chaise, tout en pensant au *Yorkshire Morning Gazette*. Elle avait toujours convoité ce journal, et un jour elle l'aurait ! Edwin Fairley n'avait pas les moyens de le garder. Il avait subi d'énormes pertes ces dernières années, et elle utilisait son propre journal du Yorkshire pour le terrasser. C'était la seule entreprise des Fairley qu'elle ne leur avait pas encore prise... Quand ce serait fait, sa revanche serait complète.

Brusquement, la voix de Blackie résonna dans sa tête ; il citait la Bible :

— « La vengeance est mienne », a dit le Seigneur ; et c'est la vérité, Emma.

A l'époque, elle n'avait fait qu'en rire et avait répondu :

« On dit aussi que la vengeance est un plat qui se mange froid. »

Elle avait secoué la tête, éclaté d'un rire caverneux, puis elle avait ajouté :

« Je veux jouir de ma vengeance. Je ne laisserai pas ce

soin à Dieu ou à quiconque. Et compte sur moi, je ne servirai pas ce plat froid. »

Edwin Fairley savait qu'Emma s'efforçait de ruiner sa famille, mais il ne s'en souciait guère. Il savait que lui et son frère Gerald étaient les premiers responsables de leur effondrement. Edwin avait mené une belle carrière d'avocat, en se spécialisant dans les affaires criminelles. Le journal était sa grande folie… et elle le tenait au creux de sa main, comme Gerald avant lui.

Edwina était le fruit de la brève union d'Emma avec Edwin, lorsqu'elle n'était qu'une servante de Fairley Hall, tandis que lui était le fils du châtelain. Elle avait fait de son mieux pour élever sa fille, mais Edwina la détestait parce qu'elle n'avait pas pu lui donner la seule chose qu'elle voulait : être une enfant légitime et porter le nom des Fairley. Emma souhaitait ardemment voir sa fille aînée et son premier petit-fils, le petit Anthony Standish. La sonnerie du téléphone l'arracha à ses pensées.

— Allô, ici Pennistone Royal.

— Bonjour, Emma. Frank à l'appareil. Je viens de parler avec Winston, et il m'a demandé de te confirmer nos intentions pour Noël. Nous venons tous les trois si cela te va.

— Bien sûr ! Oh, Frank, je suis si contente que tu puisses venir finalement. Cela veut dire que toute la famille sera réunie… enfin, presque. Du moins, si les garçons obtiennent leur permission.

Emma oublia Edwin Fairley et sa trahison. Les tristes souvenirs de son passé douloureux s'évaporèrent. La joie de passer les fêtes de Noël en compagnie de ceux qu'elle

432

chérissait la galvanisa. Se levant d'un bond, elle sortit en courant du petit salon, dévala l'escalier, traversa le hall et se rua dans la cuisine.

— Vous êtes là, Hilda ? cria-t-elle.

Une fraction de seconde plus tard, sa dévouée cuisinière se hâtait de sortir du cellier situé au bout de la cuisine. Elle portait deux bocaux de prunes et de poires, soigneusement mis de côté.

— C'est justement ce dont j'avais besoin ! s'écria Emma d'une voix joyeuse.

Un peu étonnée, Hilda déposa les bocaux sur la grande table de bois qui se trouvait au milieu de la cuisine.

— Vous voulez utiliser ces fruits, madame Harte ? Pourquoi donc ? Vous désirez que je les serve au dîner, avec une crème renversée ?

Emma secoua négativement la tête.

— Non, Hilda, ce n'est pas pour ce soir. Je viens d'avoir de merveilleuses nouvelles ! Mes deux frères et leurs épouses partageront le repas de Noël avec moi. Si les garçons obtiennent leur permission, il se pourrait bien que toute la famille soit réunie. J'espère que Mme Lowther viendra avec bébé Sarah. Il y aura aussi M. O'Neill et M. Kallinski. Si la chance nous sourit, leurs fils seront là également. Alors, vous voyez, Emma, je crains fort de devoir piller votre garde-manger.

Hilda sourit largement.

— Oh, madame, j'suis bien contente ! J'espérais vraiment que votre famille viendrait pour Noël. Cette année a été affreuse pour vous, et la précédente n'a pas été meilleure, avec les garçons au combat. Je vais vous

433

préparer de bons petits plats à emporter à Londres avec vous, au cas où vous en auriez besoin.

Hilda se tut un instant et ajouta :

— Vous voulez venir dans le cellier avec moi ? Vous pourriez voir ce qu'il y a.

— Bien sûr. J'aurais dû me douter que vous aviez prévu Noël dès les mois d'été. Avez-vous mis beaucoup de fruits en conserve ?

Hilda hocha la tête.

— Des poires, des prunes de Damas et des prunes du verger. Il y a aussi des groseilles et des mûres, nous en avons eu une bonne récolte dans le jardin, cet été. J'ai aussi mis en bocaux quelques-unes des tomates que M. Ramsbotham fait pousser dans les serres.

Tout en se hâtant vers le cellier, Hilda ajouta :

— J'ai également préparé des condiments, des petits oignons en saumure, des betteraves au vinaigre, des cornichons, et aussi des pickles : je sais que vous adorez ça, madame.

Tout en suivant Hilda dans le cellier, Emma déclara :

— Je vous remercie, Hilda. Je parie que vous avez confectionné quelques gâteaux et le pudding de Noël, tant que vous y étiez.

Hilda rayonna de fierté.

— Bien sûr ! Noël ne serait pas Noël sans quelques gâteaux aux fruits, vous ne trouvez pas, madame ? Et bien sûr, je me suis servie de votre recette.

D'un geste, Hilda montra les grosses boîtes entassées sur l'une des nombreuses étagères.

— Il y a les gâteaux, avec juste ce qu'il faut de fruits dedans, comme vous les aimez, et du sherry, aussi. Plus bas, vous avez les puddings, dans les récipients blancs entourés de mousseline. J'ai aussi fait des confitures et des gelées, madame, et de la crème au citron.

— Merci d'avoir préparé toutes ces merveilles, Hilda. Croyez que j'apprécie énormément votre dévouement et votre savoir-faire.

Il faisait froid dans le cellier, et Emma qui frissonnait regagna très vite la grande cuisine familiale. Elle se dirigea vers la cheminée, où brûlait un bon feu.

— La cuisinière m'a bien formée avant de prendre sa retraite, marmonna Hilda en s'approchant de la table.

Le visage d'Emma se crispa légèrement, ses yeux prirent une expression anxieuse.

— Comment va Mme Walton ? Mieux, j'espère ?

— Un petit peu. C'est la goutte, bien sûr, qui s'est installée dans son pied droit. Trop d'acide urique, qu'ils ont dit, les médecins. Elle a beaucoup de mal à se tenir debout et à marcher.

— Transmettez-lui mes amitiés quand vous la verrez.

— Bien sûr, madame ! Elle me demande toujours de vos nouvelles.

Hilda soupira, puis elle lança à Emma un long regard, lourd de sous-entendus.

— J'aimerais tant que vous passiez les fêtes ici, à Pennistone Royal. Ce serait vraiment merveilleux, vous ne trouvez pas ?

— C'est malheureusement impossible.

— Mais Londres est devenue dangereuse, avec tous ces bombardements. Sauf votre respect, je pensais l'autre jour que ce serait mieux si Mlle Daisy et Mlle Elizabeth étaient dans le Yorkshire. Elles seraient en sécurité ici, madame.

Sa voix faiblit, et elle se demanda si sa remarque était déplacée.

— Je suis d'accord avec vous, Hilda… On est plus en sécurité ici, et plus au calme aussi.

Tout en parlant, Emma pensait au hurlement des sirènes, au bruit assourdissant des batteries antiaériennes situées dans Hyde Park, aux bombes qui explosaient, aux projecteurs sillonnant le ciel nocturne, au chaos général… Elle soutint le regard ferme et interrogateur d'Hilda, mais éprouva le besoin de se justifier :

— Le problème, c'est qu'elles souhaitent rester à Londres, avec moi. Comme vous le savez, Mlle Elizabeth s'investit énormément dans son métier d'infirmière. Par ailleurs, son époux est basé à Biggin Hill, c'est-à-dire bien plus près de Londres que du Yorkshire.

Emma secoua la tête et conclut :

— Mais je doute qu'il ait une permission avant long-temps. Ces garçons combattent nuit et jour à bord de leurs avions.

— Les choses vont peut-être aller un peu mieux, maintenant que les Américains sont entrés en guerre, suggéra la jeune servante.

— Espérons-le, Hilda. A propos des Américains, qu'avez-vous prévu de faire à Noël pour les pilotes américains qui sont basés dans les environs ?

— Je voulais justement vous en parler avant votre départ, répliqua Hilda. Joe et moi avons pensé que nous pourrions leur préparer un joli buffet, à Pennistone, enfin avec votre permission. Ce serait gentil que ces jeunes gens puissent goûter nos plats traditionnels de Noël, vous ne pensez pas, madame ?

— Je suis bien d'accord avec vous, Hilda, et

naturellement, vous avez ma bénédiction. Et ne lésinez pas surtout, faites-leur quelque chose de bien. Je me rappelle combien ils ont apprécié la fête du 4 Juillet, cet été.

— Et le concours de boules, sur la pelouse ! Ils ont drôlement aimé ça ! Et le bal, un peu plus tard, avec les filles du village. Vous aviez eu beaucoup de succès vous-même, madame, notamment avec ce jeune et gentil major.

— Ne dites pas de bêtises, Hilda, murmura Emma.

Puis elle changea de sujet.

34

Le dos à la cheminée, Blackie O'Neill était debout dans le salon de la maison d'Emma, à Belgrave Square. Il attendait que son amie descende.

— Mme Harte descend dans une minute, lui avait dit Grace, après l'avoir introduit dans la pièce. Elle a dit que vous vous serviez à boire. Vous voulez que je le fasse, monsieur O'Neill ?

Il avait refusé. En jetant un coup d'œil à l'horloge posée sur la tablette de la cheminée, il nota que la minute avait déjà duré dix fois soixante secondes… Il allait finalement se servir à boire lorsqu'il entendit les hauts talons d'Emma claquer sur le parquet de bois, dans le couloir. Comme il se tournait pour l'accueillir, il demeura un instant sans voix.

— Qu'est-ce qui se passe, Blackie ? demanda-t-elle en venant vers lui. Tu sembles ébaubi.

— Je le suis, Emma Harte. Et tous ceux qui viendront ici aujourd'hui seront… ébaubis – j'adore ce terme un peu… paysan.

Emma s'arrêta devant son ami, sourit avec un brin de coquetterie et, se dressant sur la pointe des pieds, l'embrassa sur la joue.

— Et pourquoi cela, Blackie chéri ?

— Oh, Emma, tu sais très bien pourquoi. Tu sais exactement à quoi tu ressembles cet après-midi, répondit-il avec un petit rire. Et si ce n'est pas le cas, *mavourneen*, je vais devoir t'acheter une bonne paire de lunettes.

— Ma vue est parfaite, rétorqua-t-elle.

— Je suis au courant ! Aussi, tu dois bien savoir que tu es positivement ravissante. Depuis quarante ans que je te connais, tu n'as jamais été plus belle. Et devant Dieu, c'est la vérité, ma très chère amie. Tu t'es surpassée, Emma.

— Merci, Blackie. C'est une vieille robe, tu sais. Je l'ai achetée en 1937. Elle te plaît ?

— Je l'adore ! Tu es très élégante.

Emma avait dit la vérité en affirmant que sa tenue ne datait pas de la veille. C'était une robe de cocktail de Paris, signée Lanvin. Elle était faite de dentelle noire arachnéenne, cousue sur une soie vert émeraude, que l'on apercevait à travers les jours de la dentelle. Elle avait un décolleté en V, de longues manches et une large ceinture de soie verte. La jupe évasée et le corsage cintré flattaient la ferme silhouette d'Emma et ses longues jambes fuselées. Emma portait également des chaussures noires à talons très hauts de chez Pinet, son chausseur préféré.

Tout en la couvant d'un regard admiratif, Blackie dit en souriant largement :

— Je suis heureux de constater que tu portes ma broche en émeraude. Elle va très bien avec le reste.

— Oui, n'est-ce pas ? J'ai toujours adoré ce bijou. Sais-tu, Blackie, que j'ai toujours conservé la première broche que tu m'as offerte ?

Il parut surpris, puis ravi.

— Tu l'as gardée ? Je n'arrive pas à y croire ! Tu l'as gardée pendant quarante ans ! Tu n'étais qu'un petit bout de fille, à cette époque, à peine âgée de quinze ans. Je me souviens que cette broche était un petit nœud de ruban en métal doré, parsemé de pierres vertes ?

— Exactement. En réalité, j'avais quatorze ans quand j'ai fait ta connaissance, et j'en ai aujourd'hui cinquante-trois. Notre amitié remonte donc seulement à trente-neuf ans, et non à quarante.

Blackie plissa les yeux.

— Tu ne serais pas devenue une coupeuse de cheveux en quatre, par hasard ?

— Non, je me moquais seulement un peu de toi, mon très cher ami. Dis-moi maintenant ce que tu préfères : un peu de champagne ou un doigt de whisky ?

— Je crois que je vais prendre une goutte de whisky, Emma chérie. Et je peux me servir moi-même, tu sais.

— Non, je m'en charge. Mais si tu pouvais ouvrir la bouteille de champagne.

— Avec plaisir, Emma. N'est-ce pas grandiose que Bryan et les autres garçons aient eu une permission ? Nous allons avoir une superbe soirée de Noël, entourés de nos familles.

Quelques minutes plus tard, il tendait à Emma une

flûte de champagne, tandis qu'elle lui remettait un verre de cristal à demi rempli d'un whisky écossais.

— A ta santé, ma chère Emma, la plus belle femme que je connaisse.

— A la tienne, Patrick Desmond O'Neill, le jeune Apache qui s'est mué en grand gentleman, voire en dandy, et qui a toujours été mon meilleur ami. Il y a bien des années, poursuivit Emma en riant, tu as déclaré : « Je serai un dandy, un jour ! » Eh bien c'est fait, et je suis fière de toi.

Ils heurtèrent leurs verres et attendirent côte à côte les enfants d'Emma, le fils de Blackie et les autres invités.

Au bout d'un bref silence, Blackie déclara :

— Je me réjouis que Frank ait pu venir, finalement. Il aura quelques nouvelles fraîches à propos de la guerre… Enfin, sur ce qui se dit au ministère.

— C'est possible, mais je doute qu'il nous les communique, murmura Emma.

Elle savait que Blackie questionnait volontiers son frère, tout comme elle d'ailleurs, mais Franck savait se montrer muet comme une tombe. Il était très discret et digne de confiance ; son patron, lord Beaver, le savait bien.

Percevant un bruit de course dans le couloir, Emma se tourna vers la porte. Soudain, sa fille Daisy fit irruption dans le salon comme un jeune poulain. Elle se jeta dans les bras de son oncle Blackie, qui était l'un de ses préférés.

— Un peu de tenue, mademoiselle, l'admonesta Emma. Marcher n'est pas courir.

Mais ses yeux étaient affectueux, et son sourire, bienveillant.

— Mais ne serait-ce pas ma chère petite Daisy, la plus jolie fleur du monde ! dit Blackie en la serrant contre lui, puis en s'écartant d'elle pour mieux la regarder. Tu as grandi depuis la semaine dernière, murmura-t-il en fronçant les sourcils.

Daisy, qui avait les cheveux noirs et les yeux bleus de son père, Paul McGill, éclata de rire.

— Voyons, oncle Blackie, ne sois pas bête ! Je porte des talons hauts !

Tout en parlant, elle tourna sur elle-même, de sorte que sa jupe de velours bleu s'arrondit autour d'elle en corolle.

— Je suis stupide, en effet !

Blackie se mit à rire, puis il se tourna vers la porte. Elizabeth venait de paraître sur le seuil au bras de son jeune mari, Tony Barkstone. Elle portait une robe de soie rouge et un collier de perles. Quant à Tony, il était magnifique dans son uniforme bleu de la Royal Air Force. Blackie se fit la réflexion qu'ils formaient vraiment un très beau couple. Elizabeth était une étonnante beauté brune. Quant à Tony, il avait tout de l'Anglais typique, avec ses cheveux blonds, ses yeux bleus et son beau visage encore juvénile. « Pourquoi sont-ils tous si jeunes, ceux qui nous défendent ? » pensa Blackie.

Après qu'ils se furent tous embrassés, Elizabeth s'approcha de sa mère et lui dit :

— Tu es superbe, Maman.

Elle se tint un instant immobile auprès d'Emma, admirant sa chevelure rousse, son teint parfait et ses yeux verts et brillants – de la même nuance que les émeraudes qui brillaient à ses oreilles, sur son épaule et à ses mains.

Jamais on ne se serait imaginé qu'elle avait cinquante-trois ans !

Se penchant légèrement, Elizabeth lui murmura à l'oreille :

— Maman, on ne te donnerait pas plus de trente-cinq ans ce soir.

Emma rejeta la tête en arrière et éclata de rire. Elle était heureuse cet après-midi. En fait, elle ne s'était jamais sentie aussi heureuse depuis la mort de Paul, quatre ans auparavant. Elle savait que c'était parce que ses enfants, sa famille et ses amis seraient tous réunis autour d'elle, ce jour-là. Ils lui apportaient tant de joie et de bonheur ! Elle était tellement fière d'eux !

Percevant le faible cri d'un bébé, elle courut dans l'entrée et aperçut Kit et June, qui venaient vers elle. June portait la nouvelle tête rousse de la famille, Sarah Lowther, qui n'avait pas un an mais s'y entendait pour signaler sa présence.

Emma embrassa sa petite-fille, caressa sa petite joue ronde, puis elle embrassa June, sa belle-fille, et se tourna finalement vers Kit, le fils de Joe Lowther, son premier époux. Elle songea qu'il ressemblait beaucoup à son père, avec ses cheveux blond pâle et ses yeux gris. C'était un jeune homme solidement bâti, qui portait fièrement son uniforme de capitaine. Son large sourire creusait des fossettes dans ses joues et dévoilait de belles dents blanches.

Prenant sa mère par le bras, Kit l'attira vers lui et la serra fort contre sa poitrine. Il avait toujours adoré sa mère. Il murmura à son oreille :

— Je suis ravi que le bébé te ressemble autant, Maman, au cas où tu l'ignorerais.

Emma s'écarta de son fils et caressa sa joue.

— Moi aussi, Kit chéri.

— Je ne suis pas le dernier, j'espère ! cria Robin en dévalant l'escalier.

Ses pas rapides retentirent sur le parquet de bois, tandis qu'il rejoignait le petit groupe dans l'entrée.

— Non, non, nous ne sommes pas encore au complet, murmura Emma en souriant à Robin.

Il était son préféré, mais elle ne l'avait jamais montré, convaincue qu'il fallait toujours traiter ses enfants avec une parfaite équité.

Tout en regardant Robin serrer la main de Kit et embrasser June, elle ne put s'empêcher de constater une fois de plus qu'il ressemblait davantage à son oncle Winston qu'à son propre père, Arthur Ainsley. Il était grand et brun, comme Winston, et aussi comme sa sœur jumelle, Elizabeth. Ce soir, il était plus beau que jamais dans son uniforme bleu de la Royal Air Force. Son pilote de fils était un as de l'aviation, et il venait d'être promu au grade de capitaine. Elle le soupçonnait d'être une tête brûlée, et elle s'inquiétait lorsqu'elle l'imaginait dans son Hurricane, survolant le territoire ennemi. Si elle ne voulait pas devenir folle, elle devait s'abstenir de penser à ce que Robin faisait lorsqu'il était dans le ciel.

Prenant la main de sa mère, Robin la fit tourner sur elle-même, presque comme s'ils dansaient, et émit un long sifflement.

— Waouh, Maman, tu ressembles… à une star de cinéma. Si certains de mes copains te voyaient en ce moment, ils se battraient pour être ton cavalier.

— Ça c'est sûr, déclara David Amory en descendant l'escalier. Bonsoir, madame Harte.

— Bonsoir, David, répondit-elle.

Elle se raidit et s'efforça de ne pas trop le fixer. Il lui faudrait du temps pour s'habituer à la vue de ce jeune homme, qui ressemblait tellement à Paul McGill. Elle était restée sans voix quand, la veille, il était arrivé avec Robin, Tony et deux autres jeunes pilotes de la 111e escadrille, basée à Biggin Hill.

« Tu veux bien les héberger, Maman ? » avait demandé Robin.

Elle avait été trop heureuse d'accepter. Cela faisait plusieurs années que Robin amenait à la maison des camarades de son escadrille, et elle avait volontiers ouvert sa porte et son cœur à ces jeunes gens intrépides. Mais David la déstabilisait. Certes, il n'avait pas l'indécente beauté de Paul, ni sa taille imposante ou sa personnalité audacieuse, mais il l'avait aussitôt conquise.

Cependant, la présence sous son toit de David Amory n'était pas sans danger... Daisy avait été incapable de détacher ses yeux du jeune homme de vingt-quatre ans, déjà auréolé de gloire. Lui-même avait semblé très attiré par la jeune fille.

— Eh bien ! ne restons pas ici, dit Emma en prenant le bras de David. Où sont donc vos amis ? demanda-t-elle en levant les yeux vers lui.

— Ils descendent dans quelques minutes, madame.

Se penchant vers elle, il murmura :

— Ils jouissent du luxe de vos salles de bains, madame. Cela nous change de nos baraquements.

Emma se mit à rire et entraîna son hôte vers le salon, où elle le présenta à Blackie. Elle observa ensuite Daisy, qui glissait vers David comme si elle flottait sur des nuages.

June alla s'asseoir sur un sofa avec la petite Sarah,

tandis que Kit aidait Robin à servir le champagne. Pendant ce temps-là, Blackie engageait la conversation avec David, qui lui avait immédiatement plu.

Emma pivota sur elle-même, car Winston et Charlotte entraient dans le salon. Elle fut déçue de constater qu'ils étaient seuls, mais n'en laissa rien paraître. Après avoir embrassé Charlotte, puis son frère, elle recula d'un pas et dit à sa belle-sœur :

— Comme vous êtes jolie, Charlotte ! Ce velours bourgogne vous va très bien.

— Merci, Emma, mais laissez-moi vous dire à mon tour combien je vous trouve élégante. Comme toujours, d'ailleurs.

Les deux femmes, qui étaient de bonnes amies, se sourirent avec affection.

— Mais où sont Randolph et Georgina ? demanda Winston. Ils ne sont pas encore arrivés ?

Emma fut soulagée d'apprendre que son neveu avait eu une permission, lui aussi. Autrement, Winston et Charlotte auraient été sombres toute la soirée.

— Non, mais ils ne vont certainement pas tarder, rassura-t-elle.

Frank et Natalie, avec leur fille Rosamond et leur fils Simon, arrivèrent presque aussitôt. De nouveau, on s'embrassa et on échangea des compliments. Puis Emma entraîna ses frères et leurs épouses dans le salon.

— Je n'ai pas pu engager de personnel supplémentaire, glissa-t-elle à l'oreille de Frank. Tu peux aider Kit et Robin à servir les boissons, mon chéri ?

— Aussitôt dit, aussitôt fait, répliqua-t-il.

Et il rejoignit ses neveux près de la console.

Emma prit le bras de Natalie et la guida jusqu'à la

cheminée pour la présenter à David Amory. L'épouse de Frank était une femme ravissante, dans le genre éthéré, avec un visage fin, un cou de cygne et une silhouette élancée. Ses cheveux avaient blanchi prématurément, quelques années auparavant, mais cette teinte lui seyait et ne la vieillissait en aucune façon.

— J'aimerais vous présenter ma belle-sœur, dit Emma en souriant à David, qui se retourna pour saluer Natalie.

Blackie attira Emma dans un coin, pour lui confier d'une voix contrariée :

— Je me demande ce que font Bryan et Geraldine. Ils devraient être là depuis au moins un quart d'heure.

— Puisque Bryan se trouve déjà à Londres, tu sais qu'ils vont venir, alors détends-toi, mon chéri. Ce n'est pas comme si ton fils arrivait de Scapa Flow, comme Randolph.

— Je crois que Randolph est arrivé très tôt ce matin, l'informa Blackie. Du moins, c'est ce que Bryan m'a dit.

Une fois encore, Blackie se tourna vers l'entrée et, soudain, il se mit à rire.

— Quand on parle de nos deux jeunes démons… les voici !

Prenant la main d'Emma dans la sienne, il l'entraîna vers l'entrée.

— Vous arrivez juste à temps pour déguster une goutte de whisky écossais avant de dîner, les enfants ! déclara Blackie en enveloppant son fils Bryan d'un regard affectueux.

Il embrassa ensuite Randolph, qu'il chérissait tout particulièrement, puis sa belle-fille Geraldine, qui portait dans ses bras son bébé, Shane. Se tournant ensuite vers l'épouse de Randolph, Georgina, il l'embrassa aussi et jeta un coup d'œil au petit garçon qu'elle serrait contre son cœur : Winston le Second, ainsi qu'on l'appelait.

— Suivez-moi, jeunes dames, et vous aussi, Randolph et Bryan. Vous semblez tous un peu frigorifiés. Ce dont vous avez besoin maintenant, c'est de boire un verre et de vous coller le dos au feu pendant dix minutes. Il fait diablement froid dehors aujourd'hui.

— Je vais jeter un coup d'œil à la cuisine pour m'assurer que tout va bien, murmura Emma à Blackie avant de s'esquiver.

Il la suivit des yeux ; son regard exprimait l'adoration qu'elle lui inspirait. Il s'approcha ensuite de la console et remplit à demi deux verres de whisky, tout en demandant à Frank :

— Quoi de neuf dans le monde, aujourd'hui ?

— Pas grand-chose, grâce au ciel, répliqua Frank. Et j'espère que cela durera... au moins toute la journée de Noël. Oh, regarde, Blackie, voici David et ses garçons !

Dès qu'ils eurent aperçu Blackie et Frank, David Kallinski et ses fils vinrent vers eux pour les saluer. Un instant plus tard, Robin traversait en hâte le salon pour accueillir les deux jeunes pilotes de Biggin Hill qu'il avait invités à passer les fêtes avec eux. Il présenta Matthew Hall et Charlie Cox à tous les convives, avant d'aller leur chercher deux flûtes de champagne.

Quelques minutes plus tard, Emma revenait dans le salon. Elle commença par embrasser David, Ronnie et Mark Kallinski, puis elle alla de l'un à l'autre des invités, afin que chacun se sente chez soi. Frank, qui la suivait du coin de l'œil, ne pouvait s'empêcher d'admirer sa sœur. Elle était particulièrement charmante et gracieuse cet après-midi, et toujours éblouissante. A cinquante-trois ans, Emma était à ses yeux une véritable lady : élégante, sophistiquée, excessivement intelligente, toujours bien informée lorsqu'il s'agissait de haute couture, de bijoux, d'art, de meubles français du dix-huitième siècle, de porcelaine, d'argent ou d'antiquités. Lorsqu'il évoquait leur jeunesse, alors qu'ils étaient accablés par la pauvreté, à Fairley, il trouvait miraculeux qu'elle soit devenue cette femme accomplie, qui était également une redoutable femme d'affaires reconnue et estimée. Pour lui, elle était un phénomène.

Il la quitta des yeux pour regarder autour de lui. Ce salon était l'une des plus belles pièces que Frank ait jamais vues. Les murs étaient d'une couleur spéciale, pas vraiment bleus ni tout à fait vert pâle, une sorte de mélange des deux teinté d'une pointe de gris. Les rideaux de taffetas qui encadraient les trois fenêtres étaient de la même couleur, et cette nuance se retrouvait dans les chaises et le sofa. En revanche, une causeuse était tapissée de bleu, tandis qu'une autre série de chaises étaient vert pâle. Des lampes de jade ou de cristal, aux abat-jour de soie crème, étaient réparties sur différents coffres et tables français. Le trait d'union entre toutes ces merveilles était la tapisserie d'Aubusson, aux teintes un peu passées.

Emma avait acquis un nombre considérable de beaux objets, mais la peinture était sans doute l'art dans lequel elle avait le plus investi : elle possédait deux Renoir, un Sisley et un Monet, tous dans des couleurs pastel qui contribuaient à créer une atmosphère douce et sereine dans le salon. « Elle a tout appris par elle-même, se rappela Frank, mais elle a toujours eu énormément de goût. »

35

Jack Field et Dennis Scott, qui étaient célibataires et n'avaient aucune famille proche à Londres, avaient été heureux d'aider Emma à organiser son repas de fête. En fait, ils avaient même été flattés d'avoir été sollicités.

A 18 heures, Grace entra dans le salon et murmura à l'oreille d'Emma que le buffet, installé dans la cuisine, était prêt à être servi.

Emma, qui se tenait près de Blackie, demanda à celui-ci d'annoncer que le repas était prêt, ce qu'il fit d'une voix de stentor.

— Mesdames et messieurs, les agapes de Noël sont à votre disposition dans la cuisine. Emma a organisé un buffet, mais vous pourrez vous installer dans la salle à manger après vous être servis. Alors en avant pour la cuisine, avant que cela ne refroidisse.

Jack, Dennis, Grace et Mme Coddington, la cuisinière, se tenaient derrière la longue table recouverte d'une nappe de damas blanc et superbement décorée. Des candélabres posés à chaque extrémité portaient des bougies rouges. Le buffet croulait littéralement sous les mets de toutes sortes : deux énormes jambons, trois dindes rôties fumantes, trois poulets dorés à point... Il y avait aussi des légumes rapportés de Pennistone Royal, un énorme plat de pommes de terre sautées, des bols remplis de farce à l'oignon et à la sauge. Des coupelles en cristal contenaient différents condiments, tels que des pickles, des betteraves et des oignons au vinaigre confectionnés par Hilda. Des ramequins étaient emplis de sauces préparées par Emma en personne.

Quand tout le monde se fut servi, les convives suivirent la maîtresse de maison dans la salle à manger, décorée pour la circonstance. Des chandeliers dotés de bougies rouges avaient été posés sur la longue table d'acajou, au centre de laquelle se trouvait une grande coupe de cristal pleine de boules rouges, argentées, dorées et vertes. Sur les buffets, des arrangements floraux mariaient des bouquets de baies rouges, des branches de houx et de gui, et des bougies rouges fichées dans des socles d'argent. Sur un coffre se trouvait un sapin de Noël artificiel rutilant, richement décoré d'or et d'argent. Près du coffre, Emma avait placé un berceau double pour les petits garçons, Winston le Second et Shane. Elle en avait prévu un autre pour Sarah, juste à côté.

Chacun prit place, se conformant au plan de table élaboré par l'hôtesse. Kit, Robin, Bryan et Randolph se virent confier la tâche de servir les vins rouges et blancs. Quand ce fut fait et qu'ils se furent assis à leur tour, tout le monde se mit à manger.

Comme toujours, Emma se contenta de grignoter, heureuse de constater que les jeunes gens se régalaient et appréciaient ce repas traditionnel. Ses yeux passaient lentement de l'un à l'autre.

Tony, assis près de sa bien-aimée Elizabeth, le visage si ouvert, dépourvu de toute duplicité, beau garçon blond et très « british ».

Kit, en face de sa demi-sœur Elizabeth, plein d'adoration pour son épouse June et leur bébé, Sarah, qui gazouillait dans le petit berceau qu'Emma avait placé contre le mur, juste derrière June.

Bryan, vêtu de l'uniforme bleu de la Royal Air Force, assis près de Geraldine. Il ressemblait à Blackie de façon frappante. Grand, large d'épaules, il avait les mêmes yeux noirs et rieurs, les mêmes cheveux sombres et bouclés. C'était l'exacte reproduction de Blackie au même âge, lorsqu'elle l'avait rencontré sur la lande, au-dessus de Fairley, se dit Emma en souriant intérieurement.

Et il y avait son cher Robin, beau comme un dieu, éblouissant dans son uniforme, le visage sensible, intelligent et éveillé, tandis qu'il écoutait les propos des uns et des autres. Il parlait à tout le monde et, comme d'habitude, était un convive parfait. Il était assis entre sa sœur Daisy et sa tante Charlotte, qui l'appréciait d'autant plus qu'il ressemblait à Winston.

Pendant un instant, les yeux d'Emma se posèrent sur son frère aîné, et son cœur s'emplit d'amour pour lui. Il avait toujours été son bras droit, son collaborateur dévoué, loyal et dur au travail. Comme il semblait heureux, ce soir, parce que Randolph, Georgina et le bébé étaient là !

Randolph était assis près de son épouse. C'était un grand et beau garçon, un peu plus large d'épaules que son père. La forme de son visage et la couleur de ses cheveux le désignaient de façon évidente comme un membre de la famille Harte. Il n'avait d'yeux que pour Georgina. Lieutenant de la Royal Navy, il portait son uniforme avec beaucoup de panache.

C'était également le cas des soldats Ronnie et Mark Kallinski, les fils de David, qui étaient assis de chaque côté de Natalie. C'étaient de beaux jeunes gens aux cheveux sombres ; ils avaient hérité des yeux bleus, vifs et intelligents de leur grand-mère, Janessa Kallinski.

David surprit Emma en train d'observer ses fils. Il lui sourit et cligna de l'œil à son intention. Elle était assise en bout de table. Il se trouvait à sa gauche, tandis que Blackie siégeait à sa droite, comme d'habitude.

— C'est un formidable rassemblement des clans, Emma, murmura-t-il. Nous nous régalons tous, ton repas est délicieux. Regarde donc les garçons, c'est tout juste s'ils ne se pourlèchent pas les babines. Je parierais qu'ils n'ont rien mangé de tel depuis bien longtemps.

Les yeux étincelants, elle se mit à rire.

— J'admets que cela doit être différent de leur menu habituel, répliqua-t-elle.

Percevant soudain le rire cristallin de Daisy, à l'autre bout de la table, elle regarda de ce côté. Son cœur cessa un instant de battre lorsqu'elle vit l'expression extasiée de sa fille. Daisy était assise près de David Amory et semblait totalement captivée par le jeune pilote de la Royal Air Force. « Je sais bien pourquoi », songea Emma en se concentrant un instant sur le jeune homme.

David Amory était incontestablement un séducteur ; son allure lui assurait les suffrages de la plupart des femmes. Robin l'avait d'ailleurs décrit ainsi :

« C'est un tombeur, Maman, mais il est franc et sincère. Il faudra juste que tu surveilles Daisy », avait-il ajouté avec un petit sourire.

Peu à peu, Emma s'habituait à cette extraordinaire ressemblance avec Paul. Elle fut de nouveau frappée par la certitude qu'il était aussi attiré par Daisy qu'elle l'était par lui, et elle se demanda s'il savait que sa fille n'avait que dix-sept ans. Elle s'arrangerait pour que Robin le lui rappelle, à un moment ou à un autre. David était visiblement bien élevé, ses manières étaient impeccables, et Robin lui avait appris qu'il appartenait à une vieille famille du Gloucestershire.

Matthew et Charlie, les deux autres pilotes de Biggin Hill, passaient à l'évidence une excellente soirée. Matthew l'avait fait rire aux larmes lorsqu'il avait fait l'éloge dithyrambique de la salle de bains adjacente à sa chambre, à l'un des étages supérieurs. Il ne cessait de s'extasier sur la taille de la baignoire et sur l'eau chaude. Sans parler de la serviette tiède.

« C'est très légèrement... différent de ce que nous avons dans nos baraquements », avait-il expliqué.

Matthew Hall était un jeune homme dégingandé aux cheveux bruns et au visage sensible. Il semblait beaucoup plus sérieux que les autres. Pourtant, il avait un adorable sens de l'humour et une moue malicieuse. Son ironie avait tout de suite plu à Emma.

Emma observa ensuite l'ami du jeune homme, Charlie, qui était assis près de sa nièce Rosamond. Ce devait être un excellent conteur, car il était engagé dans un long récit que Rosamond écoutait avec un intérêt évident. C'était un jeune homme mince au physique agréable, avec les mêmes cheveux clairs et typiquement anglais que ceux de Kit, des yeux profonds et bruns, très expressifs. Emma décida qu'à sa façon tranquille, il devait exercer un charme puissant sur le sexe dit faible.

Emma aperçut Jack Field, qui était apparu sur le seuil de la salle à manger et invitait les convives à venir chercher leur dessert.

— Il y a le choix, dit Emma à Blackie et David Kallinski, qu'elle accompagnait jusqu'à la cuisine : des fruits en conserve d'Hilda, arrosés de crème anglaise chaude ; du pudding de Noël aux prunes, imbibé de brandy ; du gâteau de Noël au sherry, aux raisins de Smyrne et de Corinthe, et aux écorces d'orange et de citron confites.

Elle jeta un coup d'œil à Blackie et ajouta :

— Comme ces gâteaux aux fruits que confectionnait Mme Turner dans notre précédente vie.

Envahi par le souvenir de leur passé commun, Blackie baissa les yeux vers elle et passa un bras autour de ses épaules, d'une façon quasi protectrice.

— Je crois que je vais prendre un petit bout de chaque, dit-il… Je ne pourrai pas résister, pas plus que David d'ailleurs.

— Ce n'est que trop vrai, avoua ce dernier. Mais j'ai toujours adoré ton gâteau aux fruits.

Après le dîner, quand tous les convives furent rassasiés comme cela ne leur était pas arrivé depuis plusieurs années, Robin les conduisit au salon.

— Nous allons chanter en chœur, Maman ! dit-il à Emma. A ce propos, ajouta-t-il, j'ai invité quelques copains à venir boire un verre ! Des pilotes américains dont j'ai fait récemment la connaissance. J'espère que cela ne t'ennuie pas.

— Bien sûr que non, Robin.

Elle savait que son fils obéissait souvent à l'impulsion du moment, et elle considérait que cette spontanéité faisait partie de son charme. Il avait une personnalité ouverte, chaleureuse, et il adorait se faire de nouveaux amis.

Grace servit le café dans le salon : Georgina, Geraldine, Elizabeth et Daisy passaient les tasses à la ronde.

Kit alimenta le feu. Blackie s'installa devant le piano, souleva le couvercle et taquina les touches pendant quelques secondes.

— Il est juste, annonça-t-il.

Presque aussitôt, il réalisa combien ce commentaire était superflu. Tout ce qui touchait Emma Harte était « juste », exactement comme cela devait être.

Robin, Bryan et Randolph jouèrent les barmen, servant du cognac à Blackie, Winston et Frank, et une crème de menthe à Charlotte. Les autres dames déclinèrent l'offre et s'en tinrent au café.

— Tu trouveras de nombreuses partitions sous le siège, commença Emma.

Elle s'interrompit, car la sonnette de la porte d'entrée venait de retentir.

— Ce sont mes Yankees ! s'écria Robin.

Il se précipita vers l'entrée et dévala les marches quatre à quatre. Il revint peu de temps après, flanqué de trois jeunes pilotes américains qui pénétrèrent dans le salon, l'air plutôt intimidé. Le cœur gonflé de tendresse pour eux, Emma se précipita pour les accueillir. Ce n'étaient que des gamins.

— Euh... merci de nous recevoir, madame Harte, dit Harry Trent en lui serrant la main avec enthousiasme.

Il était si grand qu'elle dut tendre le cou pour le regarder en face.

— C'est bon de pouvoir passer les fêtes de Noël avec une famille, murmura Phil Rodgers en regardant autour de lui. Vous avez une belle maison, madame, merci de nous y recevoir. C'est un peu comme si nous étions chez nous.

— C'est gentil de votre part de nous accueillir,

m'dame, dit le troisième pilote, Harvey Wilson. C'est mieux que le mess des officiers.

Emma sourit, hocha la tête et les fit asseoir, après quoi elle leur demanda s'ils voulaient manger quelque chose. Aucun des trois n'avait faim, mais ils acceptèrent les boissons que Bryan et Randolph leur proposaient, et ils se levèrent d'un bond lorsque Elizabeth, Daisy et Rosamond vinrent bavarder avec eux.

Blackie se pencha vers Emma, à présent assise près de Winston sur l'un des sofas.

— *Mavourneen,* je pense que ce serait une bonne idée si je lançais le petit concert improvisé demandé par Robin.

— Oui, fais-le, Blackie chéri. Ce sera charmant… Je suis sûre que tout le monde sera enchanté.

Gagnant le piano à grandes enjambées, Blackie s'installa avant d'annoncer :

— Je vais donc commencer à chanter, et vous devrez tous vous joindre à moi…

— Vas-y, oncle Blackie ! cria Kit en souriant.

— J'y vais, j'y vais, mon garçon. Accorde-moi seulement un peu de temps.

Blackie feuilleta les partitions, puis il se rassit et commença à jouer. C'était une mélodie populaire, et tout le monde se tut, ému. Emma la reconnut immédiatement, et quand Blackie se mit à chanter, l'émotion lui serra la gorge. Elle ferma les yeux, se laissa aller en arrière contre les coussins et évoqua le jour où elle avait rencontré Blackie pour la première fois. Elle se rappela la petite créature miteuse et affamée qu'elle était alors, tandis qu'elle se hâtait à travers la lande balayée par le vent. Elle le revit, quand il avait émergé du brouillard

456

pour lui demander son chemin jusqu'à Fairley. Elle avait été terrorisée par cette apparition.

La magnifique voix de baryton de Blackie emplit le salon :

Le Troubadour s'en va en guerre
Vous le trouverez parmi les soldats de la mort
Il a ceint l'épée de son père
Et sa harpe pend dans son dos.

Un grand silence régnait dans le salon, tandis que tous écoutaient cette voix merveilleuse. Blackie chanta un autre couplet, puis il préféra changer de chanson, car cette ballade irlandaise était trop poignante. Il entonna une gigue irlandaise, qu'Emma reconnut aussitôt également. Blackie la chantait toujours autrefois. Après une autre ballade, l'une des préférées d'Emma (et pas seulement, apparemment, car les autres l'écoutèrent avec ravissement, sans bouger), Blackie attaqua un air à la mode :

Il y aura des oiseaux bleus sur les falaises blanches de Douvres,
Demain, tu verras.
Il y aura l'amour, le rire et la paix, même après,
Demain, quand le monde sera libre.

En entonnant le second couplet, Blackie leva la main et fit signe aux convives de se joindre à lui. Elizabeth se leva d'un bond et courut vers le piano, immédiatement suivie de Daisy. Une seconde plus tard, David Amory la rejoignait. Emma remarqua qu'il passait un bras autour de la taille de sa benjamine.

Les autres gens rejoignirent le groupe : Harry et Phil, Robin et Kit, puis Bryan, qui se posta derrière Blackie, les mains sur les épaules de son père. Et quand ce dernier entonna un nouveau couplet, ils chantèrent avec lui, reprenant en chœur cette chanson que tout le monde aimait.

Lorsque Blackie se tut, Elizabeth se pencha et dit :

— Oncle Blackie, tu peux nous jouer une chanson de Vera Lynn ? Je les connais toutes, et je peux chanter en même temps.

— Ça je le sais, ma chérie.

Blackie plaqua les premiers accords de la chanson qu'Elizabeth ne cessait de fredonner. La voix de la jeune femme s'éleva, pure et ravissante, ainsi qu'il s'y attendait :

On se retrouvera
Je ne sais pas où
Je ne sais pas quand
Mais je sais qu'on se retrouvera un jour de beau soleil.
Continuez de sourire
Comme vous le faites toujours
Jusqu'à ce que le ciel bleu emmène les nuages au loin.

Les convives avaient écouté attentivement, sans se joindre à elle. Quand la dernière note se fut envolée, il y eut des applaudissements et des « encore ! » enthousiastes, mais Elizabeth se contenta de sourire et de faire non de la tête, sans cesser de regarder Tony, qui se trouvait à l'autre bout du salon.

Phil commença à chanter à son tour. Blackie le rattrapa en route, et quelques-uns se joignirent à eux. Puis

Matt demanda à Blackie de jouer une chanson patriotique, et chacun la reprit avec ferveur.

Le cœur débordant d'amour, Emma écoutait et regardait ses invités s'amuser. Comme les garçons lui semblaient beaux, dans leurs différents uniformes ! Elle avait toujours trouvé les uniformes prestigieux, et elle était convaincue qu'un homme ainsi vêtu exerçait sur les femmes un charme irrésistible. Pourtant, il n'y avait rien de séduisant dans ce qu'ils représentaient. Ce que faisaient ces soldats était terrifiant. Et ils étaient tous tellement jeunes ! Pourquoi était-ce toujours l'élite de la nation qui devait être sacrifiée à la guerre ? Le cœur serré, elle les observa l'un après l'autre, sachant ce qu'ils feraient le lendemain et le surlendemain. Puis elle regarda ses frères et Blackie. « Les jeunes gens doivent partir, cela a toujours été ainsi, parce que leurs pères ne pourraient supporter les rigueurs de la guerre », pensa-t-elle.

Charlotte déclara soudain :

— Pourrions-nous avoir un chant de Noël ?

— Bien sûr, ma chérie, pourquoi pas ? répliqua Blackie avec un large sourire. Approche, Bryan, et toi aussi, Randolph. Je sais que vous avez souvent chanté ensemble, vous deux. Nous allons offrir à notre public un petit concert.

Bryan et Randolph s'approchèrent du piano et firent face aux autres convives, qui reculèrent légèrement. Dès que Blackie eut plaqué les premiers accords, Emma reconnut les premières notes de *Douce Nuit*.

Douce nuit, sainte nuit !
Dans les cieux, l'astre luit.

Le mystère annoncé s'accomplit
Cet enfant sur la paille endormi,
C'est l'amour infini !

36

En ce début du mois d'octobre 1943, le soleil coulait à flots par les fenêtres à petits carreaux du salon situé au premier étage de Pennistone Royal, l'emplissant d'une lumière presque aveuglante.

Emma venait d'écrire dans son agenda, comme elle le faisait chaque jour. Elle posa son porte-plume, puis referma le livre relié de cuir noir. Elle le rangea dans un tiroir de son bureau, mit la clef dans sa poche et se leva. Traversant ensuite la pièce, elle regarda dehors par la haute fenêtre qui donnait sur la lande.

Le ciel était d'un ravissant bleu céruléen, parsemé de nuages cotonneux. C'était un ciel inhabituel pour un mois d'octobre. Dans cette région du Yorkshire, même en été, il était souvent couvert et envahi de masses sombres, et la pluie survenait brusquement, arrivant de la mer du Nord.

« La bruyère persiste », pensa-t-elle en remarquant des nuances violacées à la crête des collines. Comme elle aimait ce paysage ! Elle était une enfant de cette lande désolée et implacable, elle avait grandi sous ces grands rochers noirs qui se dressaient comme des mastodontes et semblaient presque frôler la voûte céleste. Elle avait toujours chéri cet univers, son univers, et elle aspirait à le retrouver quand elle en était trop longtemps séparée.

Mue par une impulsion, elle descendit très vite l'escalier et gagna le hall. Après avoir enfilé une paire de chaussures de marche qu'elle gardait dans une armoire, elle passa un chaud manteau de loden vert et se dirigea vers le bureau, situé à l'autre bout du hall. Lorsqu'elle y pénétra, Glynnis leva les yeux de sa machine à écrire et adressa un petit sourire à Emma.

— J'allais justement monter vous voir, madame Harte. Vos lettres sont prêtes pour la signature, et...

— Cela ne vous ennuie pas si je les signe plus tard, Glynnis ? J'ai besoin de respirer une bonne bouffée d'air frais pour m'éclaircir les idées. Je ne serai pas absente longtemps, je vais juste faire une petite promenade sur la lande.

— Très bien, murmura Glynnis en baissant de nouveau les yeux sur sa machine.

Emma observa sa secrétaire avec attention.

— Tout va bien ? Vous me paraissez un peu fatiguée, aujourd'hui.

Glynnis lui sourit une deuxième fois.

— Je me porte comme un charme.

Emma remarqua que c'était un sourire un peu forcé, mais elle ne fit aucun commentaire. Jetant un coup d'œil à sa montre, elle déclara :

— Pourquoi n'allez-vous pas dans la cuisine, ma chère Glynnis ? Hilda vous préparera un thé et une petite collation. Il est presque 13 heures, vous savez.

— Merci, madame. Je crois que je vais suivre votre conseil.

Après avoir hoché la tête et souri à sa secrétaire, Emma sortit de la maison et referma la porte derrière elle. Pour gagner la lande, elle devait d'abord passer devant de magnifiques parterres. Elle s'arrêta un instant pour les inspecter. Elle avait toujours adoré ces motifs géométriques qui nécessitaient des soins intensifs et de constants désherbages. Comme elle reprenait son chemin, elle vit au loin M. Ramsbotham, le jardinier-chef. Il se trouvait avec son jeune neveu, Wiggs, qui lui succéderait un jour. Elle leur adressa un signe de la main, qu'ils lui rendirent. M. Ramsbotham retira sa casquette pour la saluer.

Quelques minutes plus tard, Emma gravissait la pente, s'arrêtant comme de coutume sous les mastodontes, ainsi qu'elle les appelait. Bien qu'elle ne soit pas montée sur les collines depuis plusieurs mois, elle ne trouva pas leur ascension trop rude. A la fin du mois d'avril, elle avait eu cinquante-quatre ans ; elle ne les paraissait pas, mais elle ne les sentait pas non plus. « Grâce à Dieu, pensa-t-elle, je suis en pleine forme, forte et en bonne santé ! »

Emma poursuivit son chemin. Elle avait hâte d'atteindre le sommet, où il lui semblait qu'elle pourrait toucher le ciel si elle se dressait sur la pointe des pieds et levait les bras au-dessus de sa tête. Elle sourit intérieurement, en pensant à ses frères et à Blackie, qui s'étaient souvent moqués d'elle à propos de son indéracinable passion pour la lande. Cela faisait longtemps qu'elle avait renoncé à leur expliquer ce que ce paysage signifiait pour elle. Comment aurait-elle pu formuler le sentiment quasi mystique qu'il lui inspirait ? Parfois, il lui semblait que la lande lui appartenait, et à elle seule. Chaque fois qu'elle avait un souci, elle rejoignait ce havre de sécurité pour réfléchir. D'autres fois, elle avait juste envie de s'y promener. Il y avait des moments où elle éprouvait un besoin impérieux de retrouver le silence et la solitude qui y régnaient.

Au bout d'une vingtaine de minutes, elle atteignit un énorme amoncellement de rochers noirs qui semblaient prêts à basculer par un jour de grand vent. Mais ils étaient là depuis des lustres et des lustres, et elle savait qu'ils ne risquaient pas de tomber. Il y avait du vent, justement, et elle se glissa dans « sa » niche, entre deux rochers. Elle s'assit sur le banc de pierre qu'elle y avait fait installer par le jardinier en 1932, c'est-à-dire onze ans auparavant. Le temps fuyait si vite, comme ces oiseaux dont les ailes déployées formaient un V dans le ciel. « Le V de la victoire », murmura-t-elle.

Soudain, elle aperçut les bombardiers : ils volaient bas dans le ciel d'un bleu irréprochable, formant eux aussi un V. « V comme victoire », répéta-t-elle, envahie par le soulagement et la joie. Ils retournaient vers leur base, Dishforth ou Leeming, ou peut-être Topcliffe, où Tony avait suivi un entraînement spécial au début de la guerre. Comme ils passaient au-dessus d'elle, elle se surprit en train de les saluer… Ils étaient pilotés par les fils de mères comme elle. Son cœur se gonfla d'orgueil.

Elle se rassit un moment, admirant le panorama qui s'étendait devant elle : la vallée en dessous, et au-delà la lande qui n'en finissait pas, déserte, solitaire, peuplée d'alouettes et de linottes, comme dans son enfance.

Il semblait à Emma qu'une éternité s'était écoulée depuis Noël. Tant d'événements s'étaient succédé durant les neuf derniers mois ! La guerre s'était généralisée. En

1941, elle était devenue mondiale quand l'Allemagne avait envahi la Russie et que les Japonais avaient bombardé Pearl Harbor. Les Américains combattaient à leurs côtés depuis un certain temps maintenant, en Europe, en Afrique du Nord et en Extrême-Orient. Les Alliés avaient connu des défaites, mais aussi des triomphes, et tout le monde était optimiste.

Emma croyait que les Alliés gagneraient la guerre, tout comme Winston Churchill l'avait prédit, surtout maintenant que les Américains étaient avec eux. Elle pensa aux jeunes pilotes que Robin lui avait présentés et à ceux qu'elle avait rencontrés ici, dans le Yorkshire ; tous l'avaient impressionnée par leur courage. Dieu merci, ses propres fils étaient toujours indemnes, ainsi que tous les garçons des trois clans.

Le printemps avait passé très vite. Robin avait fait de nombreuses allées et venues, amenant souvent avec lui des camarades auxquels il offrait de « crécher » chez elle, comme il disait. David Amory l'accompagnait fréquemment. Ces jeunes introduisaient dans sa maison beaucoup de rires et de gaieté, le gramophone tournait constamment, les verres cliquetaient, on riait, on chantait autour du piano. Pendant ces derniers mois, la jeunesse et la bonne humeur l'avaient emporté sur les hurlements des sirènes, les tirs des batteries anti-aériennes dans Hyde Park, le vacarme des bombes qui explosaient. Elle avait pris tous ces jeunes sous son aile, elle les avait gâtés, et plus spécialement David. Elle n'avait pas été surprise lorsque, en mai, David Amory lui avait demandé la permission d'épouser Daisy dès qu'elle aurait dix-huit ans.

« Mais c'est la semaine prochaine ! s'était-elle exclamée.

— Oui, je sais, madame Harte, avait-il répondu, mais c'est la guerre. »

David et Daisy étaient si amoureux qu'elle n'avait pas eu le cœur de refuser. D'autant qu'elle aimait beaucoup ce jeune David, au charme infini et au naturel aimable. En outre, elle avait déjà autorisé Elizabeth à se marier avec Tony à dix-huit ans, donc il y avait eu un précédent. Et puis elle était incapable de s'opposer à son enfant bien-aimée, l'enfant de son amour avec Paul McGill. Finalement, le mariage des deux jeunes gens avait été l'événement le plus heureux de l'été 1943.

Emma avait été surchargée de travail pendant cette année, comme toujours d'ailleurs. Mais elle avait refusé d'abandonner sa participation à l'effort de guerre, bien que Winston n'ait cessé de lui répéter qu'elle s'épuisait. Emma mettait un point d'honneur à poursuivre ce qu'elle estimait être son devoir, c'était dans sa nature. Elle se rendait souvent, en compagnie d'Elizabeth, à la station de métro London Bridge, pour apporter de la nourriture, des mots gentils et du réconfort aux Londoniens qui y avaient trouvé refuge. Daisy avait tenu à apporter son aide, elle aussi. Emma donnait de l'argent pour des causes variées, elle ramassait des fonds et gérait une cantine pour les soldats.

Emma se mit soudain à rire en se rappelant comment Jack Field avait protesté lorsqu'elle avait décidé d'utiliser le sous-sol du magasin pour y installer une cantine. Il lui avait demandé si elle avait la licence nécessaire pour faire une telle chose. Ses objections, quoique formulées sur un

465

ton modéré, avaient surpris Emma. Elle lui avait lancé un regard féroce et avait aboyé :

— Une licence ! Qui a besoin de licence ! Nous sommes en guerre ! Et de toute façon, au cas où vous l'auriez oublié, c'est mon magasin. Si je veux faire une cantine dans le sous-sol, j'en aurai une !

Dix minutes plus tard, elle était bourrelée de remords de s'être adressée sur ce ton à Jack, l'un de ses employés les plus loyaux et les plus dévoués. En hâte, elle était descendue jusqu'à son bureau et s'était abondamment excusée. Il avait paru soulagé d'être si aisément pardonné.

— Il n'y a rien à pardonner, Jack, lui avait-elle dit doucement. Ou plutôt, c'est vous qui devez me pardonner de vous avoir parlé si durement. J'apprécie énormément ce que vous faites pour moi, et je suis désolée de m'être montrée aussi rude.

Il avait souri, hoché la tête et expliqué :

— Je me faisais seulement du souci pour certaines choses, comme le couvre-feu, madame. Je me demandais le nombre de gens qui viendraient ici et si la présence d'une cantine affecterait la sécurité du magasin.

Emma avait alors compris qu'il n'avait fait que son devoir. Elle l'avait écouté attentivement, tandis qu'il lui exposait les différents problèmes posés par l'installation d'une cantine, et, bien entendu, il avait raison ; emportée par son désir d'aider les combattants, elle en avait oublié d'être raisonnable. Renonçant à utiliser le sous-sol du magasin, elle avait finalement acheté un entrepôt, non loin de Fulham Road. Cette initiative avait remporté un franc succès, et Jack et elle étaient restés bons amis. Il travaillait même à la cantine une fois par semaine, tout comme elle. Cette tâche leur plaisait, à l'un comme à l'autre.

Un brusque sourire illumina le visage d'Emma, à l'évocation d'une soirée mémorable à la cantine. C'était suffisamment récent pour qu'elle se souvienne des moindres détails. Les semaines et les mois s'envolèrent…

« Maman, regarde, Glynnis danse avec Bryan, avait dit Elizabeth en la tirant par la manche. Tu ne trouves pas qu'elle danse merveilleusement bien ? On dirait Ginger Rogers et Fred Astaire. On devrait les photographier ! »

Emma, qui avait suivi le regard de sa fille, était tombée immédiatement d'accord avec elle. Glynnis était en effet une formidable danseuse. Elle virevoltait sur ses chaussures à semelles compensées, et sa jupe se gonflait quand Bryan la faisait tournoyer. Il était clair qu'ils s'amusaient beaucoup tous les deux.

« Bonté divine ! avait murmuré Emma. Je n'ai jamais vu personne danser de cette façon, sauf au cinéma. Ils forment un couple parfait, tu as raison. »

Emma et Elizabeth se tenaient près du bar, regardant danser les jeunes Anglaises et les militaires venus de différentes nations. Un peu plus tôt, elles avaient confectionné puis distribué des sandwiches aux garçons, ainsi que des tasses de thé ou de café, de la limonade, du Tizer ou de la bière. Elles avaient même servi quelques verres des grands crus de Paul McGill. Jack Field avait réussi à obtenir pour la cantine une licence pour l'alcool.

« Et quelle meilleure façon d'écouler un peu de ce vin ? » avait-elle demandé à ses frères, qui avaient acquiescé avec enthousiasme.

Frank et Winston étaient avec elle ce soir-là, ainsi que Robin, qui avait eu deux jours de permission, alors qu'il ne s'y attendait pas, tout comme le mari d'Elizabeth, Tony.

Emma aimait venir travailler à la cantine, parler avec les garçons des différents corps d'armée, leur prodiguer des encouragements maternels. Cela lui faisait chaud au cœur de les voir si heureux de se distraire un peu. Tony, qui venait de jouer aux fléchettes, les avait rejointes et avait enroulé son bras autour de la taille d'Elizabeth. Soudain, le swing avait cessé, et Emma avait remarqué que Frank posait un autre disque sur le gramophone. Quelques secondes plus tard, les accords de *Moonlight Serenade,* popularisé par Glenn Miller et son orchestre, avaient empli la salle.

Bryan avait attiré Glynnis contre lui et l'avait guidée sur la piste à un rythme plus lent, visiblement peu désireux de la libérer, mais il avait dû s'y résigner lorsque Frank lui avait tapé sur l'épaule. Emma avait souri intérieurement lorsqu'elle avait vu ensuite Robin se diriger droit vers eux pour les séparer, tout comme Frank venait de le faire.

« Glynnis est très populaire et très douée, avait-elle dit à Tony et à Elizabeth. Je parie qu'elle va danser avec tous les militaires qui sont présents ce soir. »

Tony avait acquiescé et ajouté :

« C'est certainement la meilleure danseuse parmi toutes celles qui viennent travailler ici. Elle est légère comme une plume.

— Est-ce que tu l'as entendue chanter, Maman ?

— Non.

— Elle a une voix ravissante.

— Les Gallois sont de merveilleux chanteurs, avait dit Tony. Ils ont des cordes vocales particulières. »

Emma avait d'abord lancé à son gendre un regard surpris, puis elle s'était dit qu'il n'avait sans doute pas tort :

« Les chœurs gallois sont renommés, en effet. »

S'écartant du jeune couple, elle était allée à la rencontre de Frank, qui venait vers elle. Un instant plus tard, Winston les avait rejoints à son tour. Posant la main sur l'épaule de sa sœur, il avait murmuré :

« La danse est l'une des choses qui me manquent le plus. J'aimais tant cela, avant de perdre ma jambe ! »

Glissant un bras sous celui de son frère, elle avait soufflé :

— Oui, je sais. Rappelle-toi seulement que si on ne t'avait pas amputé, tu serais mort, à l'heure qu'il est. »

Winston avait fixé un instant Glynnis et Robin, toujours enlacés sur la piste.

« Elle s'est bien révélée être la meilleure secrétaire que tu aies jamais eue, n'est-ce pas ?

— Tout à fait exact. »

Emma s'était mise à rire, car un pilote américain venait de s'interposer entre Robin et Glynnis.

Son fils avait bondi littéralement vers elle et s'était exclamé :

« Pourquoi restes-tu debout, Maman ? Allons nous asseoir, tu veux bien ? »

Il avait pris une chaise pour sa mère, et ils avaient pris place à une table, non loin de la piste de danse. Jack Field, qui se tenait près du gramophone, avait changé de disque. Bientôt, la musique de *Fools Rush In,* interprété par l'orchestre de Glenn Miller, avait flotté dans l'air, et Emma s'était appuyée au dossier de sa chaise, envahie par le souvenir de Paul McGill. Il n'avait pas cessé de lui manquer, et elle avait éprouvé un serrement de cœur lorsqu'elle avait compris qu'il n'y aurait jamais d'autre homme dans sa vie. Paul avait été son grand amour, et il le resterait à jamais.

Quand le disque s'était arrêté, Glynnis était venue vers elle, gracieuse et légère.

« Asseyez-vous, Glynnis, et reprenez votre souffle.

— Merci, madame Harte, je suis un peu essoufflée, c'est vrai. Mais c'était fantastique ! J'adore danser. »

Bryan s'était penché avec sollicitude vers la jeune fille.

« Vous voulez un verre de limonade ?

— Oh, très volontiers ! Merci, Bryan. »

Se tournant vers Emma, Glynnis avait continué :

« J'espérais que mon gentil GI, Richard Hughes, serait là, mais je ne l'ai pas vu. Et vous, madame ?

— Non, malheureusement, mais il est encore tôt. Et puis il y a tant de monde qu'on a du mal à repérer les gens.

— Comment ça va, dans la Rhondda, Glynnis ? avait demandé Winston. Votre famille va bien ?

— Oui ! Mais Maman s'inquiète pour mes frères, qui sont partis à la guerre. Mais qui ne se fait pas de souci, ces temps-ci ? »

Winston avait hoché la tête, allumé une cigarette, puis il s'était installé confortablement et s'était détendu, tout en sirotant son verre de vin rouge. Robin avait demandé à Glynnis si elle aimerait faire un autre tour de piste, mais elle avait refusé. Elle avait aussi décliné l'invitation de Bryan quand il lui avait apporté son verre de limonade.

« Je suis un peu fatiguée », avait-elle murmuré en leur souriant, les yeux pleins d'étoiles et les joues rosies par l'effort.

En observant tous ces garçons qui couvaient Glynnis du regard et s'efforçaient de gagner ses faveurs, Emma avait vu la jeune fille sous un jour différent. Il n'était pas question de sa beauté, dont elle n'avait jamais douté, mais de l'attrait sexuel qu'elle exerçait sur les hommes, et dont Emma prenait soudain conscience en l'observant attentivement.

« Glynnis est somptueuse, sensuelle et séduisante. Elle a de longues et belles jambes, des hanches rondes, une taille fine et une épaisse chevelure brune. Il n'y a pas à dire, elle est sensationnelle, avait songé Emma. Pas étonnant qu'ils veuillent tous la prendre dans leurs bras et l'entraîner sur la piste de danse. Mais ils n'obtiendront rien de plus. C'est une fille bien, pas une coquette ou une flirteuse. Glynnis est une chic fille. J'espère que son gentil GI américain va venir, ce soir. Elle serait déçue, si ce n'était pas le cas. »

A peine Emma avait-elle formulé cette pensée que Richard Hughes était apparu. Il s'était approché de leur table à grandes enjambées, avait salué tout le monde d'un hochement de tête et avait tendu la main à Emma.

« Bonsoir, madame Harte.

— Bonsoir, soldat Hughes. Je suis contente de vous voir. »

Glynnis avait levé vers lui ses grands yeux bleus rieurs.

« Vous voici enfin, Richard ! Je me demandais où vous étiez. »

Visiblement sous le charme, il lui avait lancé un long regard et avait tendu la main vers elle. Glynnis l'avait prise, et il l'avait hissée gentiment sur ses pieds.

« Excusez-nous, je vous prie, avait-il dit au groupe, avant d'entraîner Glynnis sur la piste.

— Il a l'air d'un brave garçon, avait remarqué Frank en allumant une cigarette. Cette jeune fille mérite ce qu'il y a de meilleur.

— C'est vrai », avait dit Emma, qui suivait le couple des yeux.

La piste était bondée. Il flottait dans l'air une sorte de bonheur, une rumeur étouffée faite de rires et de conversations... Le fait d'avoir ouvert cette cantine procurait à Emma une grande satisfaction. Ce genre de soirée faisait beaucoup pour remonter le moral des troupes, quelles que soient leurs origines. Il y avait là des Anglais, des Canadiens, des Australiens, des Américains, des Français, des Polonais... Des jeunes gens énergiques, courageux et audacieux.

Emma sentit le vent froid qui la mordait jusqu'aux os. Chassant le passé de ses pensées, elle se leva, jeta un dernier regard à la lande, puis entreprit la descente jusqu'à Pennistone Royal.

Sur le seuil de la cuisine, Emma regarda Hilda, qui grattait des panais au-dessus de l'évier.

— Avez-vous vu Glynnis ?

La cuisinière pivota sur elle-même en s'exclamant :

— Oh, madame Harte, vous m'avez fait peur ! Je ne savais pas que vous étiez là. Oui, je l'ai vue il y a environ une demi-heure. Elle a mangé un sandwich et bu une tasse de café à cette table.

— Elle allait bien ?

— Je crois que oui, commença Hilda.

Elle se mordit la lèvre, parut hésiter et reprit :

— A vrai dire, madame, en vous disant cela je

472

m'aperçois que je n'en sais trop rien. Elle avait l'air d'avoir le cafard, elle semblait un peu découragée... troublée, peut-être.

— Je vois.

— Pourquoi cette question, madame Harte ? Elle n'est pas dans le petit bureau au bout du hall ?

— Non, Hilda, elle n'y est pas, et il y a une lettre à moitié tapée engagée dans la machine. Je croyais la trouver dans la cuisine, en train de déjeuner, bien qu'elle ne soit pas du genre à abandonner un travail en cours de route.

Emma se tut et jeta à Hilda un regard contrarié.

— Je lui ai demandé des nouvelles de son petit ami, le gentil GI dont elle m'a parlé la dernière fois qu'elle est venue ici, et elle m'a fixée d'une drôle de façon. Vraiment bizarre, madame.

Hilda secoua la tête et déclara d'une voix sentencieuse :

— Les gens sont bizarres...

Emma se mit à rire.

— Je connais tous ces vieux proverbes du Yorkshire, Hilda, ne l'oubliez pas. « Les gens sont bizarres, excepté toi et moi, et toi, tu es un peu étrange. »

Hilda rit à son tour, songeant qu'on ne pouvait jamais prévoir ce que sa patronne allait dire.

— A propos du déjeuner, dit-elle en s'essuyant les mains avec un torchon, j'ai remarqué que vous n'aviez rien mangé depuis cette petite tartine, ce matin. Ce n'est pas ainsi que vous engraisserez, madame.

— Vous pouvez me préparer une tasse de thé, Hilda, ce serait gentil, mais pour le moment, je n'ai pas faim. Pour en revenir à ce que vous disiez du petit ami de

Glynnis, vous pensez qu'ils auraient pu se disputer tous les deux ?

— Oh, je ne pourrais pas le dire ! Mais elle se conduisait bizarrement.

— Peut-être ne se sent-elle pas bien. Elle avait l'air un peu fatigué ce matin. Je vais faire un saut jusqu'à sa chambre pendant que vous mettez la bouilloire sur le feu, Hilda.

— Tout de suite, madame.

Glynnis occupait une chambre d'ami située au-dessus du petit salon. Tout en montant l'escalier, Emma ne pouvait s'empêcher de se poser des questions à propos du petit ami de sa secrétaire, cet Américain sympathique dont elle avait fait la connaissance à la cantine. Elle l'avait trouvé agréable. Avaient-ils rompu ? se demanda-t-elle en arrivant devant la porte de la chambre bleue. Elle allait frapper quand elle perçut des sanglots étouffés. Elle hésita ne sachant que faire. Elle finit par gratter à la porte, se disant que Glynnis avait peut-être besoin d'aide ou de réconfort.

Un instant plus tard, Glynnis lui ouvrait. Elle était pâle, les yeux rouges d'avoir pleuré.

— Que se passe-t-il ? demanda gentiment Emma.

Comme Glynnis ne répondait pas, elle reprit :

— Puis-je entrer ? Je ne supporte pas de vous voir dans cet état, aussi bouleversée.

Mais Glynnis ne parlait toujours pas. Elle ouvrit un tout petit peu la porte et s'écarta pour laisser Emma entrer. Cette dernière nota aussitôt que le couvre-lit était froissé. Sans doute Glynnis s'était-elle étendue pour pleurer. Se dirigeant vers la fenêtre, Emma s'assit sur le sofa.

— Venez près de moi, dit-elle. Je ne vous demande pas de vous confier à moi si vous n'en avez pas envie, mais du moins puis-je vous offrir un peu de réconfort maternel.

Glynnis éclata immédiatement en sanglots. Elle enfouit son visage dans ses mains, les épaules secouées par le chagrin. Emma se leva immédiatement. Prenant la jeune fille par la main, elle la fit asseoir et s'installa elle-même dans un fauteuil.

— Prenez votre temps, mon petit, et tâchez de vous calmer. Vous voulez un verre d'eau ? Une tasse de thé ?

Secouant négativement la tête, Glynnis fouilla dans sa poche et y trouva un mouchoir, qu'elle pressa contre ses yeux. Au bout d'une minute ou deux, elle inspira profondément.

— Je suis si... si... désolée de me laisser aller de cette façon ! fit-elle d'une voix entrecoupée. J'ai essayé d'être courageuse, mais aujourd'hui, j'ai... j'ai craqué.

— Que s'est-il passé ? demanda calmement Emma.

Glynnis secoua la tête et se mordit les lèvres.

— Cela a-t-il quelque chose à voir avec votre petit ami GI, Richard ? Vous vous êtes disputés ? Vous avez rompu ?

— Oh non, madame, murmura Glynnis entre deux sanglots.

— Il y a pourtant quelque chose qui vous bouleverse, ma chère Glynnis. Je ne quémande pas des aveux, mais je souhaite vous aider. Je puis vous assurer que personne ne saura jamais ce que vous m'aurez dit. Je ne trahis jamais une confidence.

Une nouvelle fois, Glynnis inspira profondément,

tâchant de maîtriser sa respiration. Finalement, d'une pauvre petite voix tremblante, elle lâcha :

— Je vais avoir un bébé, madame Harte, et je ne sais pas quoi faire.

L'espace de quelques secondes, Emma resta sans voix. Très loin dans le passé, elle entendit une jeune servante qui disait : « Je vais avoir un bébé, Edwin, et je ne sais pas quoi faire. »

Sa gorge se serra, car les souvenirs de ces moments terribles dans la roseraie de Fairley Hall la submergeaient. Elle s'arracha finalement au passé et prit les mains de Glynnis dans les siennes.

— Mais votre ami, Richard ? Je suis sûr qu'il se comportera convenablement à votre égard. Je l'ai trouvé très amoureux lorsque vous me l'avez présenté, et j'ai remarqué les attentions qu'il avait pour vous. Il semble très protecteur, plein de sollicitude.

— Oui.

— Il ne veut pas vous épouser, Glynnis ? Est-ce là le problème ?

Glynnis se mordait la lèvre inférieure, soudain très rouge.

Emma fronça les sourcils.

— Vous ne le lui avez pas dit, c'est cela ?

Glynnis ne répondit pas. Elle secoua seulement la tête, plus rouge que jamais, les yeux pleins de détresse.

— Mais Glynnis, vous devez le lui dire...

— L'enfant n'est pas de lui, souffla la jeune femme.

Emma se recula sur sa chaise, l'air troublé.

— Alors, vous devez en parler à l'homme qui est le père.

Glynnis hocha la tête et se remit à pleurer.

— Il ne veut pas vous épouser ?

— Si, mais il ne le peut pas.

Emma lui lança un long regard entendu.

— Il est marié ?

Comme Glynnis demeurait silencieuse, elle murmura :

— Oh, Glynnis, une liaison avec un homme marié ne peut qu'engendrer la douleur. Ils quittent rarement leur femme...

Emma s'interrompit brusquement. Elle était en train de faire un sermon à cette pauvre enfant, qui avait avant tout besoin d'être réconfortée et conseillée. Comme Glynnis pleurait de plus belle, elle vint s'asseoir auprès d'elle, sur le sofa. Elle la prit dans ses bras et la serra sur son cœur. Lorsqu'elle la sentit se calmer, elle lui déclara fermement :

— Nous devons élaborer un plan, Glynnis. Je vais vous aider du mieux que je le pourrai. Je suppose que vous voulez rentrer chez vous, dans la Rhondda ?

Glynnis sursauta.

— Non, non, madame ! C'est impossible ! Mon père me tuerait, ou bien il en mourrait lui-même ; il ne supporterait pas de me voir accoucher d'un enfant illégitime.

— Chut, ma chérie, je comprends ce que vous voulez dire, murmura Emma.

Et c'était vrai. N'avait-elle pas dit la même chose à Edwin, lorsqu'elle n'avait que quinze ans ?

— Voulez-vous me parler de... l'homme en question ? demanda-t-elle doucement.

— Je ne pense pas que ce serait... que cela changera quoi que ce soit, dit très bas Glynnis.

— Qui est le père, ma chérie ?

Après un autre moment d'hésitation, Glynnis finit par le lui dire.

Emma la fixa, abasourdie. « C'est une catastrophe », songea-t-elle. Et elle ferma les yeux. Mais elle se reprit bien vite, rouvrit les paupières et déclara :

— Je crois que vous devriez me raconter toute l'histoire.

Et c'est ce que fit Glynnis.

C'était une vieille, vieille histoire, une histoire vieille comme le monde, entre un homme et une femme. Emma Harte avait trop d'expérience pour ne pas en connaître toutes les facettes.

Un attrait immédiat… ce que les Français appellent le « coup de foudre ». Un amour si absolu qu'il en occultait tout ce qui n'était pas lui. Une sorte de folie, une passion si intense qu'elle transformait l'ordinaire en sublime… du moins, pour un temps. Emma connaissait tous les mots, toutes les phrases que Glynnis prononça. Et ensuite, il y avait la douleur insupportable… l'homme s'éloignait dès qu'il apprenait qu'elle portait son enfant. « Son bâtard », ainsi que le dit Glynnis.

Emma remarqua que le fait de parler semblait calmer Glynnis, dont les larmes avaient cessé de couler : sa voix ne tremblait plus, les spasmes avaient cessé. Emma avait été attentive à chaque détail de cette romance trop cher payée, de ce conte de fées qui avait mal tourné. Elle comprenait que rien ne pourrait y faire : l'homme avait déserté la vie de Glynnis, et il ne reviendrait pas. Elle était certaine que Glynnis en avait conscience, car elle était intelligente.

Quand la jeune femme eut terminé son récit, elle se tut un instant et murmura très bas :

— Maintenant, vous savez tout, madame. Vous connaissez ma terrible situation.

— Vous croyez être seule, mais vous ne l'êtes pas, parce que je suis avec vous et que je vais vous aider à surmonter cette épreuve. Je vais m'assurer que vous serez suivie par un bon médecin. Vous toucherez votre salaire pendant votre congé de maternité, et vous retrouverez votre travail après la naissance du bébé. Je vous le promets.

Déroutée par la sympathie dont Emma faisait preuve à son égard, ainsi que par sa générosité, Glynnis restait silencieuse, une lueur d'incompréhension au fond des yeux.

— Pourquoi feriez-vous cela pour moi, madame ? Ne pensez pas que je ne vous en sois pas très reconnaissante, mais enfin pourquoi ?

— Parce que je vous aime beaucoup, Glynnis, et parce qu'il y a très longtemps, quand j'étais beaucoup plus jeune que vous, je me suis trouvée dans une situation semblable. Je n'avais personne pour m'aider, et j'ai pris conscience qu'il me faudrait beaucoup d'argent pour protéger le bébé et me protéger. Alors je me suis battue pour en gagner, et en gagner beaucoup. Je sais que l'argent constitue ce qu'il y a de plus important pour une mère célibataire, mais je sais aussi combien elle a besoin d'un peu de compréhension et de gentillesse de la part des autres. Elle ne l'obtient pas toujours, malheureusement. La plupart des gens font semblant de ne pas vous voir, ou bien ils vous traitent comme une lépreuse.

— Ça, j'en suis sûre.

Glynnis prit une profonde inspiration avant de conclure :

— Je ne sais que dire, madame. Un simple merci ne me semble pas suffisant.

— Mais ça l'est, Glynnis, bien sûr que oui ! Essayez de ne pas trop vous inquiéter, c'est tout ce que je vous demande.

— Je suis mortellement inquiète, au contraire, terrorisée, c'est dans ma nature.

Glynnis s'interrompit, se mordit la lèvre inférieure et poursuivit d'une voix qu'elle tentait d'affermir :

— Madame Harte, vous avez dit tout à l'heure que vous aviez trouvé Richard attentif, plein de sollicitude, protecteur, même.

— C'est ce que j'ai dit. C'était le fruit de mes observations, Glynnis.

— Richard m'aime, il veut m'épouser, et j'ai pensé que peut-être… eh bien… je me demandais ce que vous en penseriez. Je veux dire, de ce mariage. Ne serait-ce pas la solution, pour résoudre mon… problème ?

Conservant un visage impassible, Emma lui lança un long regard.

— Eprouvez-vous des sentiments pour lui ? Je croyais que vous étiez si follement amoureuse du père de votre enfant que vous n'aviez aucun regard pour les autres.

— C'est tout à fait vrai, madame. Comme je vous l'ai dit, je l'aimais trop. Mais j'apprécie énormément Richard ; on ne peut d'ailleurs pas ne pas l'apprécier, tant il est gentil et droit. Et il est fou de moi, alors je suppose que je pourrais apprendre à l'aimer peu à peu.

La voix de la jeune femme se brisa, lorsqu'elle s'aperçut qu'Emma la fixait avec sévérité.

480

— Qu'ai-je dit de mal, madame ? Pourquoi me regardez-vous ainsi ?

— Je me disais que vous n'aviez pas le droit de tromper un homme aussi bon que Richard. Ce serait malhonnête et déshonorant. Vous ne pouvez pas lui laisser croire que cet enfant est le sien.

— Oh, mais je ne ferais jamais une chose pareille ! s'écria Glynnis, dont la voix monta d'un cran. De toute façon, quand bien même le voudrais-je que je ne le pourrais pas, car nous... nous n'avons pas été suffisamment intimes.

Glynnis s'interrompit brusquement, rouge d'embarras.

— Contrairement à ce que vous pourriez croire, je ne suis pas une fille facile.

— Pardonnez-moi, Glynnis, ce n'est pas ce que je voulais dire. Cependant, vous paraissiez très proches quand je vous ai vus ensemble, à la cantine, aussi ai-je fait une supposition. J'avais tort et je le regrette. Jamais je ne me serais permis d'émettre le moindre jugement sur votre moralité, ma chère petite, j'ai trop d'expérience de la vie pour cela.

— Ce n'est rien, madame Harte, ne vous inquiétez pas.

Glynnis déglutit péniblement, puis elle ajouta d'une petite voix :

— J'étais vierge, quand je suis tombée amoureuse de lui. C'est le premier homme que... j'aie connu. Vous comprenez ce que je veux dire.

— Parfaitement.

Emma se leva et alla vers la fenêtre. Elle observa les parterres fleuris. Ils étaient plus beaux vus depuis la maison, ne cessait de lui répéter le jeune Wiggs. C'était un jeune garçon si adorable... Ils étaient toujours adorables, lorsqu'ils étaient petits.

En retournant s'asseoir, elle déclara :

— Comment allez-vous vous y prendre, Glynnis ? Allez-vous simplement accepter la demande de Richard, puis lui dire que vous êtes enceinte ?

Glynnis lui parut plus abattue et accablée que jamais.

— Je l'ignore, dit-elle doucement. Peut-être devrais-je d'abord lui exposer ma situation, lui dire que le père ne souhaite pas rester avec moi, et lui demander ensuite s'il veut toujours m'épouser. Et ajouter que je serais d'accord, si c'était le cas.

Les yeux plissés, Emma réfléchissait.

— Qu'en pensez-vous, madame Harte ?

— Je pense que c'est la seule façon honnête de s'y prendre, vraiment, répondit-elle enfin. En l'occurrence, l'honnêteté est la meilleure des attitudes à adopter. Vous n'avez rien à perdre, ajouta-t-elle en se penchant légèrement. Si Richard refuse, vous aurez une solution de repli. Moi ! Vous savez que je ne reviendrai pas sur ma parole, Glynnis, je vous aiderai autant que je le peux et aussi longtemps que vous aurez besoin de mon aide. Je vous le promets.

— Je vous remercie de tout mon cœur. Pouvez-vous me promettre autre chose, madame ?

— Si c'est possible, oui. De quoi s'agit-il ?

— Que j'épouse Richard ou non, je souhaite que personne ne sache qui est le père, jamais ! Vous devez me promettre que vous n'en direz jamais un mot à quiconque.

— Je vous promets de ne jamais le dire à personne, Glynnis, aussi longtemps que je vivrai.

Glynnis laissa échapper un soupir de soulagement.

— Vous voyez, si Richard ne veut pas de moi, je trouverai bien une histoire à raconter sur le père du bébé. Nous sommes en 1943, en pleine guerre, et de nombreux héros sont déjà morts. J'inventerai une fable crédible pour protéger mon enfant.

Emma hocha la tête sans mot dire.

— Peut-être n'est-ce pas très honnête, continua la jeune femme, mais c'est seulement une espèce de… mensonge pieux. Vous comprenez, je ne voudrais pas que les gens sachent qu'il m'a abandonnée. Ce serait humiliant…

— Ne vous faites pas de souci. Ceci dit, je me rappelle combien votre GI semblait amoureux de vous, comme il vous traitait avec adoration. Je suis certaine qu'il vous épousera. Pourquoi ne le ferait-il pas ? Vous êtes ravissante, Glynnis, et une très chic fille. Il serait fou de ne pas vous épouser.

37

Emma prit le cadre d'argent contenant la photographie prise le jour du mariage de Daisy et de David, en mai 1943. Elle souffla sur la vitre, puis elle l'essuya avec le chiffon à poussière jaune qu'elle tenait à la main pour effacer les traces de doigts.

« C'est mieux », murmura-t-elle en contemplant la photographie. Comme Daisy était ravissante, dans sa robe de mariée en soie bleu pâle ! Elle portait un petit chapeau assorti et tenait un bouquet de fleurs printanières à la main. C'était près de deux ans auparavant. Aujourd'hui, elle était mère, puisqu'elle avait donné naissance à une petite fille en janvier de cette année 1945.

S'approchant de la longue table qui se trouvait dans son bureau de Leeds, Emma reposa le cadre à sa place et prit la photographie de sa dernière petite-fille.

Paula McGill Harte Amory. Comme Emma avait été surprise, lorsqu'elle s'était rendue à Londres pour rendre visite à sa fille, dans la clinique où elle avait accouché !

« J'ai choisi les prénoms du bébé, Maman, avait annoncé Daisy. Je vais l'appeler Paula McGill, du nom de mon père. »

Voyant l'air ahuri de sa mère, Daisy s'était contentée de rire.

« Ne prends pas un air si choqué. Franchement, pour une femme aussi intelligente, tu es parfois affreusement naïve. Tu pensais que j'ignorais qui était mon père ? »

Emma n'avait su que dire. Alors, Daisy lui avait expliqué qu'elle avait découvert la vérité toute seule, quand elle n'était qu'une petite fille.

« De toute façon, j'avais remarqué combien nous nous ressemblions physiquement. Et quand j'ai eu douze ans, il me l'a dit lui-même. »

Emma avait paru si abasourdie que Daisy avait encore ri, mais très gentiment, cette fois. Ensuite, elle avait confié à sa mère combien elle les aimait, Paul et elle, et qu'ils avaient été les meilleurs des parents.

A présent, Emma se rappelait être restée un peu rouge toute la journée.

« L'héritière de Paul », songea-t-elle en déposant la photographie sur la table. Elle prit ensuite celle de son second petit-fils, Alexandre Barkstone. Elizabeth avait accouché en février 1944. C'était un beau petit diable, qui gazouillait le jour de son baptême et ressemblait à son père de façon frappante. De nouveau, elle remit le cadre en place et se pencha pour examiner une autre photo, celle du mariage de Robin. Il avait épousé Valerie Ludden, une infirmière et amie d'Elizabeth, en janvier 1944. Elizabeth avait d'ailleurs été leur témoin.

« C'est un couple bien assorti, songea Emma. Valerie est une épouse parfaite, capable de soutenir Robin dans sa carrière. » Elle fixa la photo de son fils préféré pendant un instant. Comme il était beau et intelligent ! Récemment, il lui avait confié qu'il comptait faire de la politique après la guerre.

« Après la guerre », soupira-t-elle en s'écartant de la table. On prononçait ces mots avec beaucoup d'espoir, ces derniers temps. Il est vrai que Churchill ne cessait pas de répéter que la fin était proche, qu'ils étaient en train de gagner la guerre avec l'aide des Américains. Grâce à Dieu, les Yankees s'étaient joints à leurs troupes pour combattre l'ennemi. Peut-être n'y serait-on pas parvenu sans eux. En tout cas, certainement pas sans Winston Churchill, le plus grand dirigeant qu'ait jamais connu leur pays. Au plus profond de son cœur, Emma était persuadée que c'était Winston Churchill qui les mènerait jusqu'à une victoire durement remportée et honorable.

Revenant à son bureau, Emma pensa soudain à

Glynnis. Elle s'appelait désormais Glynnis Jenkins, et elle partirait sans doute pour les Etats-Unis, puisqu'elle avait épousé son gentil GI en décembre 1943. Le mariage avait été célébré dans une chapelle de sa ville natale, dans la Rhondda Valley, et la fête avait été très réussie d'après Glynnis. La famille de celle-ci avait approuvé cette union, d'autant qu'on avait découvert que les aïeux de Richard avaient vécu au pays de Galles avant d'émigrer en Amérique, un siècle auparavant.

Le fils de Glynnis était né en avril 1944, et il s'appelait Owen – un nom très répandu parmi les Gallois. Ce mois-ci, il allait avoir un an. Emma prit note intérieurement de lui envoyer une carte et un cadeau. Glynnis et elle étaient restées en contact ; elles étaient d'ailleurs liées par une profonde amitié. Sans le savoir, peut-être, Glynnis avait évité un désastre.

« Les mariages et les naissances... c'est ce qui fait tourner le monde », songea Emma. Puis elle se tourna vers la porte qui venait de s'ouvrir à la volée. Winston fit irruption dans la pièce, marchant si rapidement qu'elle pria le ciel qu'il ne trébuche pas, avec sa jambe artificielle. Elle pensa aussitôt que quelque chose d'affreux s'était produit ; peut-être était-il arrivé malheur à l'un de leurs garçons... Winston était très pâle, et ses yeux exprimaient un immense chagrin.

Elle se leva d'un bond.

— Qu'est-ce qu'il y a Winston ? Tu as l'air d'un dément.

Elle inspira profondément et tenta d'affermir son cœur :

— Ce n'est pas l'un de nos garçons ni le fils de

486

Blackie ou ceux de David ? demanda-t-elle d'une voix légèrement tremblante.

Il vit la peur dans ses yeux.

— Non, non ! se hâta-t-il de répondre.

— Quoi, alors ? Tu sembles si affligé.

— Je le suis, et tu vas l'être aussi. J'ai du mal à t'expliquer. Il faut que tu voies de tes propres yeux. Tu dois traverser la rue et entrer dans les locaux de l'*Evening Standard*. Ils t'attendent. Nous avons quelques décisions importantes à prendre au sujet de ce que nous allons mettre dans la prochaine édition. La première est déjà sortie. Je veux que tu viennes parce que la décision t'appartient, il s'agit de ton journal, c'est à toi de mener la barque, Emma !

Il lui prit le bras et voulut lui faire contourner son bureau.

— Viens, c'est urgent !

— Mais pour l'amour du ciel, Winston, dis-moi ce qui ne va pas. De quoi s'agit-il ?

Elle se débattit pour lui échapper, puis elle le regarda en face, pressée de comprendre.

— Je t'en prie, dis-le-moi avant que nous allions au journal.

Winston prit une profonde inspiration.

— Les troupes américaines sont entrées dans Buchenwald hier… Le mardi 12 avril 1945. N'oublie pas cette date. Ce qu'ils ont trouvé dépasse l'entendement. Des prisonniers dans un état physique tellement pitoyable que les Américains les ont crus morts. Mais ils ne l'étaient pas. Ils avaient seulement été torturés au-delà de ce qu'on peut imaginer. Pendant des années, les nazis ont perpétré le meurtre systématique des Juifs. Ils

487

ont commis les pires atrocités imaginables, ils ont tué des milliers de gens, peut-être des millions. C'est un génocide...

Des larmes coulaient le long des joues de Winston, mais il ne s'en rendait même pas compte tant il était bouleversé. Il la regarda, puis il essuya distraitement son visage avec ses mains.

— David Kallinski ne se trompait pas quand il disait que les chiffres étaient très en dessous de la réalité. Des millions et des millions. Les nazis ont tué des millions de Juifs...

Elle le regardait sans comprendre, puis elle dit très lentement :

— Mais, Winston, ils n'auraient pas osé...

— Ils ont osé, répliqua-t-il.

Emma et Winston quittèrent le magasin Harte et traversèrent Commercial Street pour se rendre au journal. Ils passèrent par la porte de derrière, celle qu'empruntaient les livreurs. Les camionnettes attendaient les dernières éditions pour les distribuer dans la ville, les faubourgs et les villes avoisinantes.

L'odeur familière du papier fraîchement imprimé effleura leurs narines dès leur arrivée, et Emma se sentit immédiatement chez elle. Elle adressa un signe de tête aux hommes qui se tournèrent vers elle pour la saluer, et elle leur souhaita une bonne matinée.

Lorsqu'ils atteignirent l'escalier qui menait aux bureaux du *Yorkshire Morning Standard,* ainsi qu'au journal qui appartenait à sa sœur, l'*Evening Standard,* Winston s'arrêta brusquement et prit le bras d'Emma.

Ils avaient à peine échangé deux mots depuis qu'ils avaient quitté le magasin.

Cette fois, il s'adressa à elle très calmement.

— Blinde-toi, ma chérie, tu vas avoir un choc.

Elle hocha simplement la tête et continua de gravir les marches. Ils traversèrent la salle de linotypie, où les employés qui travaillaient à la composition les saluèrent à leur tour, puis ils redescendirent vers le bureau de Martin Fuller. Le bâtiment tout entier semblait avoir sombré dans la mélancolie. D'habitude, Emma se sentait revigorée par l'activité et l'excitation suscitées par l'afflux des nouvelles. Aujourd'hui, cette énergie était étrangement absente.

Juste avant de franchir le seuil du bureau, Emma ajusta sa veste noire et remit en place le col de sa chemise de soie blanche. Puis elle adressa un signe de tête à Winston, et ils entrèrent.

Agé de seulement vingt-sept ans, Marty était aux yeux d'Emma un garçon génial, du même tonneau qu'Arthur Christiansen, le rédacteur en chef du *Daily Express*, dont son frère était le principal chroniqueur. Chris, ainsi que tout le monde le nommait, avait changé le look du *Daily Express*. Marty en avait fait autant pour le *Yorkshire Morning Standard* et l'*Evening Standard*.

Marty était en communication téléphonique, mais il raccrocha immédiatement à la vue de Winston et d'Emma.

Après qu'ils se furent salués, Emma déclara :

— Winston m'a appris que les nouvelles sont terribles.

Martin hocha la tête, mais ne dit rien. Emma remarqua sa pâleur, ses traits tirés.

— Nous devrions nous occuper de la prochaine édition, vous ne croyez pas ? dit Emma.

— Elle est déjà sous presse, Emma. Il est 9 h 20, et elle doit être dans les rues à 10 heures. Si nous prenons une décision rapide, je peux faire réimprimer la première page, voire plus pour l'édition de midi.

— Allons dans la salle de rédaction en ce cas, dit Winston.

— J'ai réuni tout le monde autour de la table de conférence. Le rédacteur en chef, le secrétaire de rédaction, l'éditorialiste, le directeur du service photo, le responsable de la mise en pages, plusieurs de nos meilleurs journalistes… j'ai pensé qu'il valait mieux qu'ils soient là, Emma.

Emma prit place parmi les membres de l'équipe de Marty : c'étaient tous des travailleurs forcenés, les manches relevées jusqu'aux coudes et prêts à l'action. Leurs yeux étaient tournés vers elle, mais ils jetaient de fréquents regards à l'horloge accrochée au mur. L'heure limite, pour la prochaine édition, se rapprochait.

— Quelques-uns des quotidiens nationaux ont transmis les nouvelles, ce matin, mais on n'y trouve pas énormément de photographies. Il faut dire qu'ils étaient déjà sous presse quand on en a appris davantage, rappela à Emma Eric Knowles, le rédacteur en chef de l'*Evening Standard*.

Tout en parlant, il poussa les journaux vers elle, mais elle leur jeta à peine un coup d'œil.

— Etes-vous en train de me dire que nous disposons de plus d'informations, maintenant ? lui demanda-t-elle en le regardant attentivement.

Il hocha la tête et se tourna vers l'éditorialiste, Steven Bennet.

— Dis à Emma ce que nous avons.

— Toute la nuit, les nouvelles n'ont pas cessé de tomber : de Reuters, des autres agences de presse et de nos propres correspondants. Nous disposons de bien plus d'informations qu'hier soir, et il en arrive encore. Et nous avons les photographies.

Jack Rimmer, le directeur du service photo, s'exclama :

— Elles sont affreuses, Emma, presque insupportables à regarder !

Emma déglutit péniblement, mais elle dit :

— Je dois les voir, Jack.

Il poussa vers elle une pile de photos transmises par les agences de presse, et elle commença à les feuilleter. Lorsqu'elle leva les yeux vers le directeur du service photo, son visage exprimait l'horreur, ses yeux, la stupeur.

Elle aurait voulu ne plus regarder ces photos, mais elle y était obligée. La décision de publier ou non certaines d'entre elles lui revenait.

Elle se força à baisser à nouveau les yeux sur elles. Des gens nus ou à demi nus, émaciés au point qu'on reconnaissait difficilement en eux des êtres humains, aux orbites creusées, aux crânes dégarnis, des squelettes vivants la regardaient depuis des couchettes superposées ou derrière des barbelés. Les images étaient glaçantes.

Il y avait d'autres photographies, tout aussi épouvantables, de salles de torture et de cadavres entassés dans les fosses communes, comme autant de détritus. Tous victimes de l'implacable machine à tuer nazie...

Emma ne pouvait plus s'arrêter de trembler, des

larmes ruisselaient sur ses joues. Elle pressa ses lèvres et ferma les yeux un moment, ne voulant pas s'effondrer devant tous ces journalistes. Mais lorsqu'elle souleva les paupières, ce fut pour voir l'horreur et la peine imprimées sur leurs visages. S'emparant d'un mouchoir, elle s'essuya les yeux et se moucha, mais les larmes jaillirent de nouveau.

Alors, prenant une profonde inspiration, elle déclara :

— C'est le crime le plus barbare qui ait jamais été commis.

— C'est vrai, confirma Martin. Des centaines de milliers de personnes ont vraisemblablement été tuées. Et les agences de presse nous laissent entendre que le pire est encore à venir. Au moment où nous parlons, les troupes américaines et anglaises pénètrent dans d'autres camps. Elles entrent dans Dachau, Belsen et Ravensbrück, pour n'en citer que quelques-uns. Dieu sait quelles atrocités elles découvriront ! Le bilan pourrait se chiffrer en millions de morts.

Winston jeta un coup d'œil à sa montre.

— Tu as quelques premières pages à nous montrer, Marty ?

Le rédacteur en chef hocha la tête et adressa un signe à Johnny Johnson, son responsable de la mise en pages.

— Apporte-nous ce que tu as, Johnny, que Winston et Emma puissent en prendre connaissance. Le temps presse, marmonna-t-il en jetant un coup d'œil à l'horloge murale.

Le responsable de la mise en pages étala sur la table sa première maquette. A peine Emma y eut-elle jeté un œil qu'elle frissonna des pieds à la tête. Il y avait une grande photographie sur laquelle on pouvait voir des prisonniers squelettiques qui regardaient d'un air hagard par-dessus des barbelés. Le gros titre ne comportait qu'un seul mot : « Génocide. »

Les trois autres pages étaient conçues de la même façon : une photographie surmontée d'un gros titre : « Meurtres de masse », « La machine de mort nazie »...

Elle n'eut pas à solliciter l'avis des autres.

— Je pense qu'il faut garder celui-ci, dit-elle très vite. « Génocide. » Cela dit tout ce qu'il faut savoir. Passons aux articles. Qu'est-ce que vous avez, Eric ?

— Nous avons de nombreux articles sur les camps, tous très détaillés, et nous pourrons les remettre à jour pour les autres éditions, à mesure que les nouvelles tomberont.

— Très bien.

Emma inspira profondément et continua :

— Je pense que vous ne devez pas édulcorer les faits. Nos lecteurs ont droit à la vérité, dans tous ses détails atroces. La vérité toute nue.

— De nombreux Juifs vivent à Leeds, renchérit Mark. Ils voudront savoir.

Emma le regarda et hocha la tête.

— Oui, mais même s'il n'y avait pas de Juifs à Leeds, ma position serait la même. Le monde entier doit prendre connaissance des crimes perpétrés par l'Allemagne nazie. Notre travail est d'informer, aussi faisons de notre mieux pour dévoiler la plus monstrueuse histoire...

Sa voix se brisa, mais elle se contint et reprit :

— De la façon la plus digne possible, mais sans chercher à minimiser ou à protéger la sensibilité des gens. Les photographies sont atroces, mais nous devons les montrer. Une seule photo vaut mille mots, ainsi que je l'ai déjà dit. Nous devons les publier, quitte à laisser de côté les nouvelles locales.

Eric Knowles se leva d'un bond en s'exclamant :

— Vous avez raison, Emma. Je ferais mieux d'aller avec Johnny et de m'assurer que les choses avancent. Nous sommes bien d'accord alors, le gros titre sera « Génocide » ?

— Oui. Ce seul mot suffit à tout dire, répondit Emma. Cela paraîtra dans l'édition de midi ?

— C'est comme si c'était fait !

Eric sortit en courant, suivi de l'éditorialiste et des journalistes.

Emma regarda Winston, puis elle reporta son attention sur Marty.

— Je veux une édition spéciale, entièrement consacrée à ce sujet.

Marty lui lança un regard soucieux.

— Pour quand ?

— Aujourd'hui, si c'est possible.

— Pas si nous voulons faire la pleine lumière sur le sujet. Il nous manque beaucoup d'informations concernant les camps, non seulement de Reuters, mais aussi de l'agence de presse britannique. Nos correspondants planchent également là-dessus. C'est l'affaire la plus énorme du siècle.

— De n'importe quel siècle, murmura Winston. Laissons Marty et son équipe la traiter à fond, dit-il à sa sœur. Pourquoi ne pas prévoir cette édition spéciale pour le prochain week-end ? suggéra-t-il à Marty.

— Bonne idée ! s'exclama ce dernier.

— C'est d'accord, conclut Emma.

Plus tard, lorsqu'elle retrouva l'intimité de son bureau au magasin, Emma se laissa aller à pleurer. Les images ne cessaient de flotter devant ses yeux, suscitant ses larmes, encore et encore. Elle parvint finalement à se maîtriser, décrocha son téléphone et appela David Kallinski, qui se trouvait lui aussi dans son bureau.

— C'est Emma, David.

— Bonjour, Emma, tu vas bien ?

— Je peux passer te voir ?

— Quelque chose ne va pas ? Tu sembles bouleversée.

La voix de David vibrait d'une soudaine inquiétude.

— David, quelques-uns des journaux nationaux ont publié des articles concernant la libération des camps de concentration par les Américains, aujourd'hui. Tu les as lus ?

— Non. Je suis parti travailler de très bonne heure, et ils n'étaient pas encore parus.

Il y eut un bref silence, puis il dit :

— C'est... moche, n'est-ce pas ?

— Très moche. C'est pire que cela... véritablement affreux, répliqua Emma, la bouche soudain très sèche. Permets-moi de venir te voir, David chéri.

D'une main, elle essuya les larmes qui coulaient sur ses joues.

— D'accord, fit-il d'une voix enrouée. J'ai toujours puisé du réconfort dans ta présence, Emma.

38

Le lundi 7 mai 1945, à exactement 2 h 41 du matin, le général Alfred Jodl, représentant du haut commandement allemand, ainsi que l'amiral Hans Von Friedeburg, délégué par le grand amiral Karl Doentiz, chef temporaire de l'Etat allemand, signèrent l'acte de capitulation sans condition de toutes les forces allemandes, leur reddition aux forces alliées et, du même coup, à l'Union soviétique.

La guerre contre l'Allemagne était finie.

Tout en se dirigeant avec sa sœur vers le petit coin salon, aménagé près de la longue table de la bibliothèque, sur laquelle se trouvaient les photos de famille, Winston remarqua :

— Marty m'a appelé, il y a quelques instants. C'est maintenant officiel, paraît-il : le 8 mai, l'Europe tout entière commémorera la victoire des Alliés. J'ai pensé que nous pourrions peut-être organiser une petite fête au journal. J'ai tâté le terrain auprès de Marty, et il a réagi très positivement.

— En ce cas, faisons-le, Winston. Montrons-leur combien nous sommes contents de leur travail. Demande à Marty de s'en occuper. Mais où ? Dans un pub ? Non, cela ne conviendrait pas ! Pourquoi pas dans le salon privé d'un restaurant ?

— C'est une bonne idée, mais ne t'inquiète pas à ce sujet, Marty se chargera de tout. Je voulais seulement m'assurer que tu étais d'accord.

— Bien sûr ! Ils le méritent bien ! Ils ont travaillé

comme des brutes pendant toutes ces années de guerre. Ils ont réussi à tout mener de front, alors que nous étions en sous-effectif. Rappelle-toi cette édition spéciale, lorsque les camps de la mort ont été découverts et les prisonniers libérés, en avril ! Une prouesse journalistique ! Je suis très fière de notre personnel, ainsi que de nos envoyés spéciaux.

— Oui, ils ont magistralement travaillé, acquiesça Winston. Tu restes à Leeds pendant toute la semaine ?

— Oui, pourquoi ?

— Eh bien ! puisque demain est le jour de la victoire, je pensais que tu accepterais de le fêter avec Charlotte et moi.

— Aucune proposition n'aurait pu me faire davantage plaisir. J'accepte volontiers.

Il sembla à Emma que Leeds était prise de folie, le soir du 8 mai. Le drapeau rouge, blanc et bleu de l'Union Jack pendait à presque toutes les fenêtres, flottait à chaque mât et était agité par la plupart des enfants et des adultes qui se pressaient dans les rues. Les gens chantaient et dansaient, se congratulaient et riaient. Ils serraient de parfaits inconnus dans leurs bras et les embrassaient comme des amis de longue date. Ils criaient leur fierté et leur bonheur de voir la tyrannie enfin terrassée.

Des flots de lumière se déversaient par les fenêtres, puisque le black-out n'avait plus de raison d'être. Les rues étaient illuminées comme en plein jour. Des feux de joie étaient allumés à chaque coin de rue, et des effigies d'Hitler flambaient.

Les pubs étaient bondés à craquer, et partout on

entendait des chants patriotiques, on portait des toasts aux braves *boys* vêtus de bleu ou de kaki, on buvait à la santé de Winston Churchill.

— Longue vie à Winnie ! Il nous a menés à la victoire, notre bouledogue anglais. Longue vie à Winston Churchill !

Charlotte avait préparé un merveilleux dîner, et quand Emma arriva dans leur ravissante maison de Roundhay, elle se sentit affamée pour la première fois depuis des semaines. Après que Winston eut ouvert une bouteille de champagne, ils burent à la santé de leurs fils.

— A notre Premier ministre, déclara enfin Emma, le plus grand dirigeant que nous ayons jamais eu.

Le lendemain matin, Emma éprouva le même sentiment en ouvrant le *Yorkshire Morning Standard*. Le discours du Premier ministre occupait la première page. Elle avait demandé à Marty de s'assurer qu'il soit publié intégralement, et il s'était plié à son désir.

Tout en commençant sa lecture, elle regretta de ne pas avoir été présente lorsque Winston Churchill l'avait prononcé. Des milliers de personnes s'étaient rassemblées devant la Chambre des communes, et elles avaient hurlé leur enthousiasme quand il était apparu avec quelques-uns de ses collaborateurs sur le balcon du ministère de la Santé, à Whitehall. Il avait fait deux discours très brefs. Quand il avait dit : « C'est votre victoire », la foule avait rugi : « Non ! C'est la vôtre. » A en croire le *Morning Standard*, ces paroles avaient été prononcées dans une atmosphère inoubliable, faite d'amour et de gratitude. Elle lut, savourant chaque mot qu'il avait prononcé :

Dieu vous bénisse tous. C'est votre victoire ! C'est la victoire de ceux qui se sont battus pour la liberté, où que ce soit. Au cours de notre longue histoire, nous n'avons jamais connu de jour plus grand que celui-ci. Chacun de nous, homme ou femme, a fait de son mieux. Chacun a essayé. Ni ces longues années, ni les dangers, ni les féroces attaques de l'ennemi n'ont d'une façon quelconque amoindri la résolution farouche de la nation britannique. Que Dieu vous bénisse tous !

Emma resta assise sur le sofa pendant quelques instants, sous la fenêtre à petits carreaux du salon, au premier étage. Elle pensait aux six années qui venaient de s'écouler. La veille, tout le monde avait fêté la victoire, mais elle-même avait avant tout éprouvé un soulagement intense. Le soulagement qu'aucun de ses fils n'ait été tué, que ses gendres et ses neveux, comme les fils de Blackie O'Neill et de David Kallinski, aient eux aussi échappé à la mort. Ils avaient toute leur vie devant eux ; n'était-ce pas ce qu'il fallait d'abord célébrer ?

Elle se leva, plia le discours du Premier ministre, le glissa dans une enveloppe et le rangea dans son coffret de bois à fermoir d'argent. Il était digne d'être conservé.

Le soleil avait brillé toute la journée, et les températures étaient assez élevées pour un mois de mai. Bizarrement, cette tiédeur se prolongea en début de soirée. Assise sur sa grande terrasse de Pennistone Royal, Emma attendait Blackie O'Neill. Le 8 mai, il se trouvait à Londres, aussi n'avait-elle pu fêter la victoire avec lui à Leeds. Mais maintenant qu'il était de retour, ils allaient avoir leur dîner de célébration, juste lui et elle.

Les pensées d'Emma dévièrent. Les événements des sept dernières années défilèrent dans sa tête, comme un film. La mort de Paul, son chagrin immense, les dangers de la guerre, le Blitz, les V-1, ces bombes volantes qui avaient dévasté Londres. Ces jeunes qui affrontaient tous les dangers, sur terre comme sur mer ou dans les airs. Et puis, le triomphe. Dunkerque et d'autres victoires. Tant d'événements heureux alternant avec l'horreur, les mariages de ses enfants, la naissance de ses petits-enfants…

Comme le temps passait vite et comme on devenait vite vieux. Elle avait eu cinquante-six ans à la fin du mois d'avril, c'était à peine croyable. Dans quelques années, elle en aurait soixante. Et pourtant, elle se sentait si jeune. Jeune d'âme et de cœur. Quant à sa force et à son énergie, elles étaient les mêmes que lorsqu'elle avait dix ans de moins.

« J'ai eu de la chance », pensa-t-elle brusquement. Elle songeait aux mères et aux pères qui avaient perdu leurs enfants durant le conflit. Le jeune Matthew Hall, l'ami de Robin qui appartenait à la 111e escadrille, basée à Biggin Hill, avait été abattu au-dessus de la France. Un sourire étira ses lèvres lorsqu'elle pensa à lui, mais ses yeux étaient humides. Il était si jeune ! Trop jeune pour mourir.

Un extrait du fameux poème de Brooke lui trottait dans la tête.

Si je devais mourir, ne pensez que cela de moi,
Que dans quelque coin d'une terre étrangère,
L'Angleterre se trouve à jamais. Qu'il se cache
Dans cette terre riche une poussière plus riche encore,
Une poussière qui vient d'Angleterre, qu'elle a créée, à qui
elle a donné la conscience,

A qui elle a donné, autrefois, ses fleurs à aimer,
ses chemins à parcourir,
Un corps d'Angleterre, respirant l'air anglais,
Baigné par ses rivières, béni par le soleil du pays natal.

Elle perçut un bruit de pas, puis une voix familière appela :

— Tu es là, *mavourneen* ?

Avant de se lever, elle essuya très vite ses larmes d'un revers de main, puis elle alla à la rencontre de son vieil ami.

Blackie passa un bras autour de ses épaules, et ils retournèrent ensemble sur la terrasse. Ils s'assirent côte à côte sur le banc de jardin en fer forgé.

— Je suis navré d'avoir manqué toute cette excitation, à Leeds, dit Blackie. Winston m'a dit que c'était inoubliable.

— C'est vrai. La ville a été prise de folie.

— Eh ! L'Angleterre tout entière est devenue folle de joie.

Il la regarda dans les yeux.

— Nous avons eu de la chance, toi et moi. Winston aussi, ainsi que David Kallinski. Nos fils sont sains et saufs ; d'autres n'ont pas eu cette chance.

Du bout du doigt, il effleura la joue d'Emma.

— Tu as pleuré, mon chou, dit-il doucement. Je pensais à ce gentil jeune homme, Matthew Hall. Cet ami de Robin et de Bryan, de la 111e escadrille.

— Oui, quel malheur ! Bryan a vécu cette perte comme une tragédie.

— J'ai parlé avec David, aujourd'hui. Il est très triste à cause de sa cousine Ruth. Elle était mariée à un

Français, si tu t'en souviens. Elle a disparu pendant la guerre, et il se faisait beaucoup de souci à son sujet. Le sort de la pauvre Ruth vient de lui être révélé.

— De nombreux cœurs sont brisés, ma chérie, mais nous ne devons pas nous laisser envahir par la tristesse, ce soir. Toi et moi avons tant de raisons de remercier la providence…

Ses yeux s'emplirent de tendresse lorsqu'il demanda :

— Comment va la petite ?

Le visage d'Emma s'éclaira.

— Elle est merveilleuse ! Daisy craignait que ses yeux ne changent de couleur, mais ce n'est pas le cas. Ils sont encore délicieusement bleus, d'un bleu si profond qu'il est presque violet. On dirait des pensées.

— J'ai remarqué cela aussi quand je l'ai vue, il y a deux semaines. Et elle a les cheveux noirs de Paul ! C'est une vraie McGill !

— J'ai de bons pressentiments au sujet de Paula. Ce sera ma fille.

— Sûrement pas, mon chou ! Tu ne peux pas la prendre à sa mère, la gronda-t-il gentiment.

— Je ne voulais pas dire qu'elle serait à moi physiquement ou que j'allais l'élever moi-même. Je laisse le soin de son éducation à David et à Daisy pendant quelques années. J'entendais par là qu'elle pourrait être mienne spirituellement. Elizabeth et Daisy refusent de reprendre la tête de mes affaires, mais j'espère que Paula le fera.

Blackie secoua la tête en riant.

— C'est bien toi, ça, de penser au travail, comme tu l'as d'ailleurs fait toute ta vie. Tu ne changeras jamais…

Mais enfin, elle n'a que cinq mois, Emma. Laisse-la profiter de son enfance.

Et il rit de plus belle, l'air très amusé.

Emma se joignit à lui, puis elle s'assombrit et dit très bas :

— Paula incarne mon avenir, Blackie, j'en suis certaine. Ne t'en déplaise, nous formerons un couple étrange, constitué d'une petite fille et d'une vieille dame.

— Tu n'es pas vieille, Emma Harte. Tu ne le seras jamais, ma chérie ! Tu seras toujours ma jeune fille de la lande, ce petit brin de fille, avec ses grands yeux verts et ses cheveux d'un roux flamboyant, aux reflets dorés. C'est ainsi que tu es gravée dans ma mémoire. Déjà à cette époque, il émanait de toi une si grande force !

Emma se rassit.

— Merci, Blackie, d'avoir toujours été là pour moi, d'avoir été mon meilleur et mon plus cher ami.

— Et je te remercie, Emma, pour les mêmes raisons. Te connaître fut un privilège, *mavourneen.*

Ils demeurèrent silencieux, assis l'un près de l'autre. Au bout d'un instant, Emma leva les yeux vers le ciel. Il était d'un bleu profond qui s'assombrissait à mesure que la lumière décroissait, teintant d'or la crête de la lande. C'était un beau ciel nocturne. Emma tenait la main de Blackie. Il baissa les yeux vers elle et elle soutint son regard pendant un bon moment, puis elle lui sourit, de cet incomparable sourire qui illuminait son visage.

— Les cœurs sont en paix sous le ciel d'Angleterre, dit-elle.

TROISIEME PARTIE

Héritage
2001

*L'héritage des héros est le souvenir
d'un grand nom et la transmission d'un grand exemple.*
Benjamin Disraeli, homme d'Etat britannique,
deux fois Premier ministre.

Je te charge de poursuivre mon rêve.
Emma Harte.

39

— Je n'ai trouvé aucun secret, dit Paula en s'appuyant à la porte.

Elle regarda Shane, qui se changeait dans le dressing-room attenant à leur chambre à coucher de leur maison de Belgrave Square.

Il lui lança un regard étonné, tout en boutonnant sa chemise.

— Rien ? répéta-t-il.

— Eh bien… disons qu'il y a vraiment un secret concernant Glynnis Hughes, c'est un nom. Mais ce nom n'est consigné dans aucun des agendas. Grand-Mère ne l'a jamais écrit.

— Le nom de qui ?

— Du véritable père d'Owen Hughes.

— Oh ! Finalement, Richard Hughes n'était donc pas son géniteur ?

— Non.

Paula chercha un instant ses mots avant de poursuivre :

— En ton absence, je n'ai rien fait d'autre que de lire les journaux d'Emma, chaque soir… Enfin, j'en ai sauté quelques-uns. Cette lecture s'est révélée fort édifiante. Emily est d'accord avec moi sur ce point, puisqu'elle m'a assistée dans cette tâche. Ainsi que je te l'ai dit au téléphone, Glynnis était la secrétaire d'Emma pendant la guerre. Elle parle beaucoup d'elle dans ses agendas, mais elle reste très discrète sur tout ce qui a trait à la vie privée de cette jeune fille.

— Tu crois qu'Emma connaissait le nom de l'homme qui a eu une liaison avec Glynnis ?

— J'en suis certaine ! Emma raconte la scène où Glynnis fond en larmes, avant de lui confier la cause de son désarroi. C'était à Pennistone Royal, où Emma l'emmenait de temps à autre. De fait, Emma a promis à Glynnis qu'elle ne révélerait jamais le nom du père du bébé, aussi longtemps qu'elle vivrait, et elle ne l'a pas fait. Tu connaissais ma grand-mère. Intégrité était son deuxième prénom.

— Elle était honnête, en effet. Grand-Père disait toujours qu'elle était la personne la plus honnête qu'il ait jamais rencontrée, homme ou femme. Mais pour en revenir à Glynnis, Emma et elle devaient être très proches.

— Je pense qu'elles éprouvaient l'une pour l'autre une grande affection. Je pense que Glynnis idolâtrait Emma, et ma grand-mère devait certainement l'aimer beaucoup en retour.

— Si je comprends bien, cet homme mystérieux a mis Glynnis enceinte, il a probablement refusé de l'épouser et elle a donc épousé Richard Hughes... Tu penses que c'est ainsi que les choses se sont passées, Paula ?

— Plus ou moins.

Shane lui lança un regard interrogateur et fronça les sourcils.

— Tu parais sceptique.

— D'après ce que j'ai compris, Glynnis connaissait Richard depuis un certain temps. Ils s'étaient rencontrés à la cantine que Grand-Mère avait créée à l'intention des troupes.

Le visage de Shane refléta un étonnement ravi.

— Emma avait une cantine pour les troupes ? l'interrompit-il. Je tombe des nues ! Mais pourquoi suis-je surpris ? Cette initiative ressemble tout à fait à Emma. Je me demande seulement pourquoi Grand-Père ne m'en a jamais parlé.

— C'était il y a si longtemps, chéri ! L'eau a passé sous les ponts. D'ailleurs, Grand-Mère n'a jamais mentionné cette cantine devant moi non plus. Quoi qu'il en soit, Richard était fou amoureux de Glynnis, si l'on en croit Emma, et il lui a demandé de l'épouser en 1943. C'est Emma qui a suggéré à Glynnis de lui dire la vérité et d'accepter le mariage. S'il avait refusé, Emma avait promis de soutenir Glynnis sur le plan financier.

— C'était généreux de sa part…

Shane lança à sa femme un regard lourd de sous-entendus et releva les sourcils.

— Grand-Mère se rappelait Edwin Fairley et sa propre situation, lorsqu'elle s'était retrouvée enceinte et abandonnée. Mais ce n'est pas pour cela que j'ai pu te paraître sceptique. Je ne suis pas certaine que l'amant de Glynnis pouvait l'épouser.

— Je comprends ! Il était déjà marié.

— C'est une possibilité.

— Tu fais une drôle de tête, « Grande Asperge », dit Shane, utilisant le surnom qu'il lui avait donné lorsqu'ils étaient enfants. Vas-y ! Dis ce que tu as à dire.

— L'idée m'a effleurée… que peut-être oncle

Winston était le père. Le frère d'Emma appréciait énormément Glynnis, dont il chantait constamment les louanges. Grand-Mère y fait même allusion dans son journal.

— Tu ne parles pas sérieusement ! s'exclama Shane, en prenant une cravate de soie bleue.

— Cette éventualité m'a traversé l'esprit, parce que Grand-Mère mentionne les remarques extrêmement flatteuses de Winston à propos de Glynnis.

Shane pivota sur lui-même pour faire face à Paula.

— Mais pourquoi Emma fournirait-elle de tels indices ? Si son frère était le coupable, pourquoi faire des allusions au fait qu'il appréciait beaucoup Glynnis ? Ne serait-ce pas… une trahison ?

— Tu dois avoir raison.

— Donc, Glynnis a épousé son Américain et elle est partie s'installer aux Etats-Unis. Fin de l'histoire.

— Pas tout à fait. Tu le sais très bien, d'ailleurs. Sur son lit de mort, Glynnis a dit à sa petite-fille, Evan, de retrouver Emma Harte, qui possédait selon elle la clef de son avenir.

Shane prit une veste sur un portemanteau et l'enfila, puis il ouvrit un tiroir et en sortit un mouchoir de soie, qu'il glissa dans sa poche extérieure.

— Dernières divagations d'une mourante, probablement. Ecoute, nous savons maintenant qu'Evan n'est pas une McGill. Ton grand-père était mort depuis plusieurs années quand Owen a été conçu. Nous n'avons qu'à présumer qu'elle n'est pas non plus une Harte, et le sujet sera clos.

— Je suis d'accord, ainsi qu'Emily. Elle a parcouru certains agendas, comme je te l'ai dit. Elle n'a trouvé aucune allusion à l'homme mystérieux. Elle pense que j'ai tort d'imaginer qu'il puisse s'agir de Winston. Selon elle, tout le monde sait dans la famille qu'il adorait Charlotte et n'aurait même jamais jeté les yeux sur une autre femme. L'affaire est close, comme tu dis. Et bien entendu, je ne dirai rien de tout cela à Evan. Elle n'a pas besoin de connaître l'illégitimité de son père.

— Tu as raison, ma chérie. Tout ce que tu as à faire, c'est d'étouffer la rumeur qui fait d'Evan une descendante des McGill.

— Philip et moi allons nous en charger, ne t'inquiète pas. Tu es prêt ? Nous ne devons pas arriver en retard à la rétrospective.

— Tu as raison Comment me trouves-tu ?

Paula lui sourit.

— Pas trop mal, pour un homme qui a passé la moitié de la journée en avion et en voiture pour arriver à temps.

Elle lui adressa un clin d'œil. Shane l'attira contre lui et la pressa un instant contre son cœur. Il l'écarta ensuite légèrement pour la regarder dans les yeux – il pensa une nouvelle fois qu'ils avaient vraiment la couleur exacte des pensées.

— Tu es belle et je t'aime. Je crois aussi que nous allons être très fiers de notre fille, ce soir.

— Je suis d'accord.

Paula s'échappa des bras de son mari, puis elle prit sur une commode son sac de soirée en soie noire et se retourna vers Shane.

— Je me fais beaucoup de souci pour Tessa. Je crains qu'elle ne soit victime de violences de la part de Mark.

Shane la fixait, bouche bée.

— Elle a tous les symptômes d'une femme battue, et

j'ai toujours eu le sentiment que Mark était responsable de sa douleur à l'épaule. Je crois qu'elle est instable sur le plan psychologique.

Le visage de Shane s'était assombri, ses yeux noirs lançaient des éclairs.

— Si c'est vrai, elle devra le quitter ! Je ne laisserai pas un homme la battre, tu peux en être sûre ! Nous allons tirer cette affaire au clair, Paula ! s'exclama-t-il.

— Ce ne sera pas facile. Les femmes battues ne veulent pas toujours parler ni même sortir d'une situation dangereuse. Je pensais que nous pourrions dîner avec elle ce soir, après la rétrospective. En fait, je le lui ai déjà proposé.

— Mark ne sera pas là ?

— Apparemment non.

Shane hocha la tête :

— Peut-être parviendrons-nous à tirer cette affaire au clair, nous essaierons, en tout cas. Qui d'autre vient dîner ?

— Winston et Emily. Oncle Ronnie et Michael Kallinski. India et un petit ami, mais rien de sérieux, d'après ce que j'ai pu comprendre. Evan et Gideon. Lorne et Maman. Ton père. Oncle Elizabeth et Marc Deboyne. Et Amanda.

— Il sera difficile d'avoir une conversation sérieuse avec Tessa, mais nous pouvons essayer de glaner quelques informations. En tout cas, nous verrons bien dans quel état d'esprit elle se trouve. Comment se comporte-t-elle au bureau ?

— C'est justement ce qui m'inquiète, Shane. A mon avis, elle ne va pas très bien. Elle se montre impatiente, irritable, peu coopérative. Linnet dit qu'elle est de très mauvaise humeur, agressive, pire que jamais.

— Nous devons impérativement tirer cette affaire au clair le plus vite possible.

India Standish évoluait gracieusement parmi les modèles de haute couture. Elle avait une classe folle dans sa robe de mousseline de soie multicolore, au bustier étroit, aux manches évasées et à la jupe bien coupée qui tombait sur les chevilles. Les fleurs rose, jaune et bleu pâle imprimées étaient ornées de perles minuscules. Cette stupéfiante robe de soirée estivale mettait en valeur sa sveltesse et sa taille de guêpe.

— Tu es splendide, India, dit Evan avec admiration en la rejoignant. J'adore tes escarpins, j'ai d'ailleurs failli acheter les mêmes.

India sourit.

— Je sais, Linnet me l'a dit ; mais tu aurais pu, cela ne m'aurait pas contrariée du tout, tu sais. Et toi aussi, Evan, tu es vraiment ravissante. Ce bleu myosotis fait un effet incroyable sur toi.

— Merci. C'est Linnet qui m'a fait acheter cette robe, mais pour être honnête j'en suis tombée amoureuse dès que je l'ai vue. Je n'avais jamais rien eu d'aussi élégant auparavant.

« Ni d'aussi cher », pensa Evan, mais elle ne le dit pas. C'était une robe sans bretelles, avec de minuscules manches placées très bas sur les épaules, qui tombait jusqu'aux chevilles en plissés de mousseline horizontaux. C'était un modèle créé par Chanel, et seule une jeune femme de la taille et de la minceur d'Evan pouvait la mettre ainsi en valeur. Evan portait aussi des sandales munies de lanières argentées et arborait aux oreilles les diamants que Gideon lui avait offerts.

Les deux jeunes femmes flânèrent dans l'auditorium, admirant les vêtements haute couture exposés sur des mannequins, eux-mêmes disposés sur des plates-formes légèrement surélevées. Certaines sections étaient consacrées à des couturiers célèbres et à leurs créations, de 1920 à 2000. Les portraits de ces artistes ornaient les murs, derrière les estrades. Une autre partie de l'exposition était vouée aux figures emblématiques de la mode : des femmes élégantes avaient prêté quelques-unes de leurs tenues, et leurs photographies étaient disposées sur des chevalets, devant leurs vêtements. Mais la partie la plus importante de l'exposition était constituée par les tenues d'Emma Harte, qui formaient une superbe collection acquise entre 1920 et 1960.

Des banderoles de soie pendaient du plafond : « Quatre-vingts années de mode : la rétrospective. » L'espace avait été aménagé pour que le maximum de gens puissent circuler confortablement, sans que la vue en soit gênée.

— Ces décorateurs du Yorkshire ont fait des merveilles ! s'exclama Evan. Ecoute, India, j'ai honte d'être aussi peu modeste, mais je trouve que l'auditorium est véritablement sensationnel. Je te félicite, je nous félicite !

— Tout à fait d'accord. C'est une réussite, murmura India avec satisfaction.

— Regarde ! Voici Linnet avec une journaliste.

Tout en parlant, Evan faisait de grands gestes, et Linnet se hâta de rejoindre les deux jeunes femmes. Elle portait une robe de dentelle noire sur un fond de soie verte.

Quand India la regarda, les sourcils légèrement froncés, elle précisa très vite :

— C'est une copie ! L'original se trouve dans la collection d'Emma.

India et Evan se mirent à rire, sachant que Linnet faisait allusion à la robe Lanvin d'Emma.

— Je voudrais vous présenter Mme Barbara Fitzpatrick. Elle est rédactrice en chef de *Chic Magazine*, et c'est elle qui a écrit ce sympathique article sur la rétrospective dans le numéro du mois dernier.

Après que les trois femmes se furent saluées, India et Evan s'éloignèrent, laissant à Linnet le soin de guider la journaliste à travers l'exposition.

— C'est vraiment gentil de votre part d'être revenue voir la rétrospective, maintenant que nous l'avons achevée, dit Linnet.

— Je n'aurais manqué cela pour rien au monde, répondit Barbara. Je trouve que vous avez effectué un travail merveilleux. Je n'ai jamais rien vu d'aussi bien agencé.

— Merci, encore une fois, de le dire. Je dois avouer que, de mon côté, j'ai été assistée par des gens vraiment talentueux. Vous m'avez dit au téléphone que vous souhaitiez revoir la collection d'Emma Harte, à présent qu'elle est convenablement mise en valeur.

— C'est exact. J'ai toujours été une grande admiratrice de votre grand-mère. Je pense qu'elle a montré la voie aux femmes dans le monde du travail. D'une certaine façon, elle a été l'une des premières à tenir les rênes d'une grande entreprise. Ma mère m'a dit qu'elle l'avait vaguement connue, pendant la Seconde Guerre mondiale ; elles travaillaient ensemble dans une œuvre de charité, à ce que j'ai compris. Emma a été une légende en son temps, tout le monde le sait. C'est pourquoi je me suis tout naturellement intéressée aux vêtements qu'elle avait choisis et portés – avec beaucoup d'assurance, paraît-il.

— C'est par ici, murmura Linnet.

Elle guida la journaliste, réputée pour son élégance, le long d'une des allées. Elles s'arrêtèrent devant le stand le plus important, constitué d'une douzaine de plates-formes.

Eclatant soudain de rire, Linnet déclara :

— Ma cousine India est restée interloquée lorsqu'elle m'a vue dans cette robe de cocktail, tout à l'heure. Elle a cru que je m'étais approprié la robe Lanvin d'Emma. Mais comme vous pouvez le constater, madame Fitzpatrick, la voici dans toute sa gloire.

Barbara Fitzpatrick suivit le regard de Linnet, puis elle s'approcha pour voir de plus près la robe de dentelle noire sur le mannequin. Jetant un coup d'œil à Linnet, qui se trouvait derrière elle, elle remarqua :

Il faut avouer qu'on vous a fait une copie parfaite de ce modèle.

— Je le sais. La personne qui s'en est chargée a imité les moindres détails. Le nœud d'émeraude, sur l'épaule du mannequin, est un bijou fantaisie, bien entendu, mais mon arrière-grand-mère possédait une authentique émeraude.

— Oui, je l'ai vue en photographie. D'ailleurs, la voici sur cette photo… Oh, mon Dieu, comme vous lui ressemblez ! Vous êtes son sosie !

— C'est ce que tout le monde prétend.

A 17 h 50, de ravissantes jeunes femmes, vêtues de tailleurs-pantalons noirs, commencèrent à se déplacer discrètement parmi la foule. Elles annoncèrent à tous ceux qui assistaient à cette avant-première destinée à la presse que le cocktail allait être servi dans un salcr adjacent.

Quand la salle de l'exposition se fut vidée, Linne: ferma les portes vitrées elle-même et remit la clef à sa secrétaire, Cassie Littleton. Puis elle demanda à l'un des responsables de la sécurité de remettre en place la corde rouge. Après quoi, se tournant vers Cassie, elle déclara :

— Tout à l'heure, vous mettrez devant ces portes les panneaux indiquant qu'il est interdit de boire ou de manger dans la salle. Nous rouvrirons à 19 h 30 exactement, pour que le public puisse admirer les vêtements. Après tout, c'est pour cela que les gens ont payé.

— Et pour le cocktail aussi, Linnet, dit Cassie. Tous les billets ont été achetés, et nous aurions pu facilement en vendre deux ou trois cents de plus.

— Dans ce cas, la réception n'aurait pas été « sélecte », ce serait devenu une foire, répliqua Linnet en riant. Nous avons limité les entrées, mais quatre cents personnes payant chacune leur billet mille livres, cela signifie quand même quatre cent mille livres pour la Ligue contre le cancer du sein. Car je vous rappelle que Harte assume tous les frais. J'espère que ce sera une soirée très réussie. Il y a beaucoup de gens célèbres. Ils ont tous accepté de venir, n'est-ce pas ?

— Oh oui. Lorne s'est occupé des acteurs et des vedettes de cinéma. Il y en a de très connus parmi eux.

— Je savais qu'ils ne nous laisseraient pas tomber, dit Linnet en regardant autour d'elle. Merci, Cassie, d'avoir collaboré d'aussi près avec les fleuristes. Je trouve que le salon est très beau avec toutes ces orchidées.

— Tout le monde a fait beaucoup d'efforts, Linnet.

Cassie tourna la tête en entendant quelqu'un crier son nom.

— Oh ! C'est ce journaliste du *Mail* qui doit couvrir la soirée. Il faut que j'aille l'aider, excusez-moi.

— Très bien. A plus tard, Cassie. Ah ! Vous m'avez bien dit que je dois être sur le podium vers 19 h 20 pour annoncer l'ouverture ?

— C'est exact.

Cassie s'éloigna très vite, pendant que Linnet s'affairait encore à droite et à gauche vérifiant les détails de dernière minute. Puis, repérant India et Evan de l'autre côté de la salle, elle les rejoignit. Durant les cinq derniers mois, elles étaient devenues des amies inséparables. Elle voulait être avec elles pour savourer leur succès commun.

40

Jonathan considérait l'exactitude comme la politesse des pauvres. Il préférait, pour sa part, arriver toujours en retard d'au moins un quart d'heure. Il était donc 18 h 20 lorsqu'il se présenta au cocktail de charité qui se tenait dans l'auditorium, au dernier étage de Harte.

Il n'était pas entré dans le magasin de sa grand-mère depuis des années, et seule une curiosité malsaine le poussait à être là ce soir. Il éprouvait le besoin de voir celle qui l'avait vaincu, sa cousine Paula O'Neill, ainsi que sa famille. Après tout, il était sur le point de les détruire, elle et son mari, Shane O'Neill, et il ressentait le désir irrépressible de les narguer.

Il circula un moment tout autour de la salle et nota que la foule était très élégante. Les convives sirotaient du champagne et grignotaient des hors-d'œuvre du monde entier, parmi lesquels il reconnut des spécialités asiatiques. La nourriture chinoise était ce qui lui manquait le plus depuis son départ de Hong Kong. Il regrettait aussi certains autres aspects de cette cité, qui offrait des plaisirs presque sans limites.

Jonathan glissa la main dans la poche de sa veste bleue, et ses longs doigts s'enroulèrent autour d'un disque de jade impérial. Son talisman. « Cet objet va me porter chance », pensa-t-il. Une vingtaine d'années plus tôt, il avait eu un autre talisman, un galet de jade très lisse. Mais il ne lui avait finalement procuré que des malheurs, et il avait fini par s'en débarrasser : sur la route d'Heathrow, où il devait reprendre l'avion pour Hong Kong, il avait baissé la vitre de la Rolls et jeté le morceau de jade par la fenêtre, afin qu'il emporte avec lui la malchance.

Jonathan fit tourner l'objet de jade impérial entre ses doigts, presque sensuellement. Il avait la certitude qu'il lui porterait bonheur, car il provenait d'une femme unique et extraordinaire. Il prit une coupe de champagne sur le plateau d'un serveur qui passait près de lui, remercia à mi-voix, mais refusa le rouleau de printemps que lui offrait une ravissante jeune fille vêtue d'un sarong noir. Il détestait manger salement dans ces soirées. On ne savait jamais qui on pouvait rencontrer. Ses yeux s'attardèrent sur la Chinoise, qui s'éloignait parmi les autres invités, se demandant si elle proposait d'autres services et s'il lui demanderait son numéro de téléphone, plus tard. Puis il écarta cette idée : il avait d'autres chats à fouetter.

Il chercha des yeux Sarah Lowther et sa fille Chloe, qui étaient ses invitées ce soir, mais elles n'étaient pas encore arrivées. Il aperçut un grand jeune homme qui se tenait à quelques mètres de lui. Il reconnut immédiatement l'acteur connu et apprécié qui foulait régulièrement les scènes de théâtre du centre de Londres : Lorne Fairley. Le fils que Paula avait eu de Jim, autrefois son ami. Sans aucun doute, la femme pendue à son bras était sa jumelle, Tessa Fairley, l'épouse de Mark Longden. On ne pouvait pas s'y tromper, elle ressemblait trop à son frère pour cela.

Elle avait l'air un peu fatiguée, la belle Tessa. Pâle et nerveuse. Avait-elle des soucis ? Il avait entendu dire que Mark Longden se muait en démon ces derniers temps. Quel dommage !

Mais qui était celle-ci ? se demanda Jonathan en voyant une autre jeune femme blonde s'approcher de Lorne et de Tessa. Il l'observa par-dessus sa coupe, plissant les yeux. Il mit un instant avant de la reconnaître. Elle ressemblait un peu aux deux autres, elle avait des gènes Fairley… Elle devait donc être India Standish, la fille de ses cousins, Anthony Standish et Sally Harte, la sœur de Winston.

Tous ces mariages consanguins étaient répugnants ! Il s'étonnait qu'ils ne soient pas tous cinglés aujourd'hui.

Et voici qu'arrivait la célèbre Linnet Harte O'Neill en

personne. Jonathan n'eut aucun mal à la reconnaître. Elle était la réincarnation de cette putain d'Emma Harte, sa sacro-sainte grand-mère. La ressemblance était terrifiante. Ce n'était pas seulement les cheveux roux, c'était l'ensemble, son allure. Il se trouvait assez près d'elle pour voir ses yeux verts, brillants d'intelligence, son teint parfait, son corps superbe. Emma devait être ainsi à son âge. Il devait admettre que Linnet O'Neill était belle. Sa grand-mère aussi était belle, et pourtant c'était le diable incarné.

Absorbé par ses cousins et parents, Jonathan ne remarqua pas Sarah Lowther qui s'approchait de lui. Sarah s'arrêta pour l'observer, et elle suivit son regard. Elle reconnut immédiatement les trois enfants de Paula avec India Standish. Tous quatre semblaient bien s'amuser. « Quels beaux et sympathiques jeunes gens, pensa-t-elle, ils ressemblent à ma Chloe. » Elle aurait voulu que sa fille connaisse ses cousins. Elle avait toujours regretté que Chloe soit privée d'une grande famille.

Sarah fit quelques pas en direction de Jonathan, mais elle fut stoppée dans son élan quand elle remarqua que le visage de Jonathan exprimait la malveillance pure. Frissonnant des pieds à la tête, elle comprit comment il comptait se venger de Paula. Il allait la frapper à travers ses enfants. Elle en était tellement certaine qu'elle eut envie de s'enfuir. Mais cela aurait été lâche, pensa-t-elle. Non, elle devait rester, feindre de jouer le jeu de Jonathan, être son amie. C'était la seule façon d'aider sa cousine Paula. Et c'était ce qu'elle avait l'intention de faire. Plus que tout au monde, elle souhaitait être acceptée de nouveau dans la famille, non pas seulement pour son bien à elle, mais pour celui de sa fille Chloe. D'ailleurs, les enfants de Paula étaient innocents – d'une certaine façon, Paula l'était aussi.

— Bonjour, mon cher Jonny, dit-elle un instant plus tard en lui touchant le bras, souriante.

Il changea immédiatement de visage. Son expression dure et dangereuse se mua en un sourire chaleureux.

— Ma chère Sarah ! Toujours aussi belle et élégante, à ce que je vois ! J'adore cette robe de cocktail. Où l'as-tu achetée ?

— Chez Balmain.

— Ce bleu roi te convient à merveille. Où est Chloe ? demanda-t-il en jetant un coup d'œil par-dessus son épaule.

— Ta filleule n'a pas pu venir, Jonathan. Je suis désolée. Elle te prie de l'excuser. Et où est oncle Robin ?

— Mon père ne se sentait pas assez bien pour venir en ville. Il est coincé dans le Yorkshire. Dommage que j'aie acheté tous ces billets. J'ai gaspillé mon argent.

— Je vais te rembourser celui de Chloe.

— Ne sois pas stupide, je ne veux pas de tes sous.

Elle eut une moue charmante.

— Oh ! Je croyais que tu voulais que j'investisse dans tes affaires. Je m'étais trompée, apparemment !

Le visage de Jonathan s'éclaira.

— Si c'est ce que tu veux, j'accepterai avec plaisir, Sarah. Tu ne le regretteras pas, tu verras, quand tu toucheras les intérêts.

Souriante, elle lui prit affectueusement le bras.

— Nous allons en discuter pendant le dîner. Après tout, j'ai été une bonne partenaire dans le passé, non ?

— Certainement. Remarque, je ne t'ai fait cette proposition que parce que nous sommes parents.

— Je comprends, et je t'en suis très reconnaissante. Je l'ai toujours été envers toi, Jonathan, parce que tu me faisais profiter de tes bons coups.

Elle se demanda s'il se rappelait tout l'argent qu'elle avait perdu par sa faute. Il sourit à demi et attira l'attention de sa cousine sur les membres de leur famille, tout près.

— Regarde ce groupe, là… La petite bande de Paula. Et regarde celle avec les cheveux d'un roux flamboyant, comme les tiens… C'est Linnet O'Neill.

Sarah hocha imperceptiblement la tête et prit la coupe de champagne que lui offrait un serveur.

— Elle va hériter de tout, souffla Jonathan en se penchant vers elle. Même de Pennistone Royal.

Etonnée, Sarah le regarda attentivement.

— Comment le sais-tu ?

— Mon petit doigt me l'a dit, répondit-il en riant.

Sarah secoua la tête.

— Je n'en suis pas aussi sûre que toi.

Jonathan saisit son bras et le serra avec force.

— Vois qui nous arrive ! Un aréopage de princes !

Sarah le fixa, les sourcils froncés, puis elle se tourna vers l'entrée. Ses cousins franchissaient la double porte d'entrée : Paula, Emily, Amanda et Winston. Shane ONeill les accompagnait, plus beau que jamais. Elle l'avait aimé, autrefois.

— Pour qui se prennent-ils ? siffla Jonathan.

Mais Sarah ne l'écoutait pas, envahie par l'amour qu'ils lui inspiraient soudain. Elle éprouvait une fierté qu'elle n'avait pas ressentie depuis longtemps. Parce que ces cinq hommes et femmes, qui venaient d'entrer dans la salle avec une telle dignité, une telle élégance, étaient des Harte. Tout comme elle l'était elle-même. Du coup, elle se sentait plus grande. Un aréopage de princes, certes. Les descendants d'Emma Harte.

— Regarde cette pute de Paula O'Neill ! Elle ruisselle des diamants de Grand-Mère, grinça Jonathan. Un peu chargé, tu ne trouves pas ? Voire vulgaire.

— Elle ne l'est pas le moins du monde, Jonathan. Je trouve que Paula est belle, avec cette veste de satin blanc et cette jupe noire. Cette tenue vient aussi de chez Balmain, et les émeraudes sont fabuleuses sur le satin blanc.

— Bon Dieu, deviendrais-tu sentimentale, par hasard ? Tu sombres de nouveau dans la mièvrerie ? grommela Jonathan.

Elle se rappela qu'elle devait être prudente si elle voulait lui arracher le maximum d'informations.

— Non, non, pas du tout !

Dès qu'elle aperçut Evan Hughes, Paula s'excusa auprès des autres et se hâta de la rejoindre.

— Bonsoir, Evan, dit-elle en lui souriant affectueusement.

— Bonsoir, madame O'Neill. Vous êtes éblouissante. Si je puis me permettre, vous êtes la star ce soir.

— Merci, Evan, c'est gentil de votre part, mais je pense qu'il y a trois véritables stars ici. Vous, India et Linnet. Vous avez fait un travail extraordinaire toutes les trois. Je suis fière de vous.

— Nous nous y sommes efforcées… Je suis heureuse que vous soyez satisfaite.

— Evan, j'ai une merveilleuse nouvelle à vous annoncer… Je n'ai trouvé aucun mystère, aucun secret dans les agendas de ma grand-mère. J'en ai lu la plus grande partie, et Emily m'a fait un résumé des autres. Votre grand-mère Glynnis a effectivement travaillé chez Harte pendant la Seconde Guerre mondiale. Elle était la secrétaire préférée d'Emma. Ma grand-mère l'appréciait énormément.

— Et c'est tout ? Aucune révélation dans toutes ces pages ? demanda Evan, les yeux rivés sur Paula.

Cette dernière secoua la tête.

— Il n'est question que de leur travail commun au magasin, à Belgrave Square et à Pennistone Royal. En fait, ce que j'ai découvert de plus intéressant, c'est que votre grand-mère a rencontré Richard Hughes, votre grand-père, à la cantine qu'Emma avait créée pour les soldats dans Fulham Road.

La joie illumina le visage d'Evan, qui s'écria :

— C'est ce que Grand-Mère m'avait dit ! Qu'ils s'étaient connus dans une cantine. Vous vous rendez compte ? Il a certainement rencontré aussi Mme Harte.

— J'en suis sûre.

— Alors, je n'ai plus rien à craindre ? Je ne suis ni une McGill ni une Harte ?

— Exactement, répondit Paula. Maintenant, vous m'excuserez, Evan, mais j'aperçois ma mère, en compagnie de Grand-Père O'Neill. J'ai besoin de leur parler.

— Je ne sais comment vous remercier de vous être chargée de cette enquête, madame... Oh ! Voilà Gideon ! Je pense qu'il me cherche.

Evan s'éloigna de Paula, le sourire aux lèvres, et se dirigea vers Gideon. Elle fut arrêtée par un homme élégant :

— Pardonnez-moi, vous êtes la fille de Paula, n'est-ce pas ?

Fronçant les sourcils, Evan leva les yeux vers lui et secoua la tête.

— Non, dit-elle finalement.

— Mais vous êtes parentes, certainement ? poursuivit Jonathan Ainsley. Vous vous ressemblez de façon remarquable.

— Nous ne sommes pas parentes, répondit Evan en s'écartant.

— Vous travaillez chez Harte ?

Elle hocha la tête.

— Avec Tessa ou Linnet ?

— Excusez-moi, mais je dois vous quitter ! s'exclama Evan d'une voix légèrement plus forte.

Tout en s'éloignant d'un pas rapide, elle s'aperçut que l'homme ne s'était pas présenté. Elle ignorait son identité, ainsi que la raison pour laquelle il avait manifesté un tel intérêt à son égard.

41

Evan marchait sur la plage, malheureuse. Elle chassa un caillou du bout du pied. Elle n'aimait pas les disputes, et elle s'efforçait de les éviter chaque fois que c'était possible. Mais Gideon était véritablement d'une humeur épouvantable depuis la veille. En soupirant, elle s'approcha d'un ancien muret de pierres et s'assit. Comment parviendrait-elle à rétablir l'équilibre entre Gideon et elle ?

Soudain, elle sourit. Elle n'avait pas employé l'expression « rétablir l'équilibre » depuis des années. C'était une expression de son grand-père, qui l'utilisait fréquemment à propos des bateaux, qu'il adorait. Il avait souvent emmené Evan sur son voilier lorsqu'elle était enfant, et elle avait apprécié chacune des minutes qu'elle avait passées en mer avec lui.

Le mur sur lequel elle était assise dominait la mer d'Irlande, et elle comprit que c'était la raison pour laquelle ces mots lui étaient venus à l'esprit. La vue était belle, la journée était ensoleillée et étonnamment douce. Ce n'était pas un temps à se chamailler ou à se mettre la tête à l'envers.

Cela avait commencé la veille, pendant la rétrospective. Il y avait eu cet homme bizarre, qui l'avait abordée et questionnée. Il avait voulu savoir qui elle était, si elle était une parente de Paula, si elle travaillait avec les Harte, etc. Elle n'avait pas aimé ce comportement inquisiteur et s'était esquivée rapidement. Un instant plus tard, Gideon l'avait rejointe et lui avait demandé de quoi cet homme lui avait parlé. Il paraissait fâché. Elle lui avait tout raconté, mais il n'avait pas semblé satisfait, et l'incident avait jeté une ombre sur le dîner.

Ce matin encore, dans l'avion privé qui les emportait vers Douglas, sur l'île de Man, il s'était montré plutôt sec envers elle et d'humeur sombre. Dès leur arrivée à l'hôtel, il l'avait quittée en lui disant qu'il devait rencontrer Christian Palmer. Elle l'avait tout à fait admis, puisque c'était la raison pour laquelle ils étaient venus dans cette petite île ; pourtant, elle avait été extrêmement contrariée par sa froideur. Oui, il était glacial, et elle en était très chagrinée. Jusqu'au soir précédent, il s'était toujours montré aimant, chaleureux et attentif.

Elle se demanda un instant s'il voulait rompre, mais elle écarta cette idée aussitôt. Au bout de cinq mois, elle le connaissait bien. Il était trop franc pour jouer à ce genre de jeu. S'il voulait mettre fin à leur relation, il le lui dirait à sa façon habituelle, c'est-à-dire sans détours. Elle avait déjà eu à maintes reprises l'occasion de trouver son comportement à la fois rafraîchissant et désarmant. Certains hommes étaient retors. Pas Gideon Harte. Il était même presque trop honnête parfois.

Il lui avait dit qu'il reviendrait après le déjeuner et qu'il la retrouverait à l'hôtel, qui s'appelait l'hôtel du Couvent. S'il n'avait pas été de si mauvaise humeur, elle aurait plaisanté sur ce nom. Après tout, il les avait inscrits sur le registre de l'hôtel sous le nom de M. et Mme Harte.

Souhaitait-elle devenir Mme Harte ?

Elle n'en était pas certaine. Oui, elle aimait Gideon, mais son père lui avait fait peur en lui rappelant sans cesse qu'ils n'appartenaient pas au même monde. De nouveau, elle fut frappée par l'idée que son père s'était montré bizarre au téléphone ces derniers mois, surtout lorsqu'il s'agissait des Harte.

Se levant d'un bond, Evan haussa les épaules, resserra son coupe-vent de coton et enfonça ses mains dans les poches de son pantalon. Elle longea la jolie plage, regrettant de ne pouvoir passer le week-end sur l'île de Man, afin d'avoir le temps d'éclaircir la situation avec Gideon. Malheureusement, ils devaient repartir pour le Yorkshire.

Elle leva les yeux vers le ciel bleu, parsemé de nuages

vaporeux. Plusieurs voiliers et quelques yachts voguaient dans la baie. L'endroit était vraiment charmant. Il y avait des petites maisons et des boutiques pittoresques, des pubs vieillots, et le paysage environnant était à couper le souffle. Lui rappelait-il Nantucket ? Ou un autre endroit ? Un endroit où elle se serait rendue avec son grand-père lorsqu'elle était jeune ? Quelque part en France, peut-être.

Paula O'Neill avait été si gentille la veille. Evan avait été soulagée d'apprendre que ces fameux agendas ne contenaient rien d'inattendu ou de déplaisant concernant sa grand-mère chérie. Glynnis avait été le centre de son monde lorsqu'elle était enfant, et elle l'avait profondément aimée. Elle n'aurait pas supporté d'apprendre qu'elle avait commis quelque mauvaise action.

Le soleil et la vue superbe aidèrent la jeune femme à se détendre. Bientôt, sa morosité disparut, emportée par le vent irlandais venant de la mer. Inspirant profondément, elle décida qu'elle allait « rétablir l'équilibre » quand Gideon reviendrait. Elle espérait que le brillant journaliste que Gideon était venu solliciter accepterait de revenir travailler pour les Harte. Cela mettrait certainement Gideon de bonne humeur.

Après avoir quitté la plage, Evan erra dans la ville et découvrit un charmant petit café, où elle décida de déjeuner. Après avoir commandé une bouteille d'eau plate, elle consulta la carte et se décida pour un poisson et des frites.

Gideon trouva Evan assise dans le jardin de l'hôtel du Couvent. Elle lisait un magazine, mais elle le posa dès qu'elle perçut le bruit de ses pas.

Levant les yeux vers lui en souriant, elle déclara :

— J'espère que tout s'est bien passé, Gideon. Christian accepte-t-il de revenir ?

— Oui et non, dit-il en s'asseyant près d'elle sur une chaise de jardin. Nous avons passé une sorte de compromis.

— Que veux-tu dire ?

— Il revient à mi-temps. Ce n'est pas exactement ce que mon père espérait, mais sans doute est-ce mieux que rien. Il se plaît trop ici, à Douglas, pour revenir définitivement. Cependant, il a accepté de travailler trois semaines par mois pour nous, puis de prendre une semaine de congé. Il s'absentera aussi quelques mois en été. Il aime la voile, la vie au bord de la mer.

Gideon lâcha un soupir et continua :

— Je vais devoir trouver un jeune journaliste vraiment très brillant pour le remplacer pendant ses absences.

— Oui, je comprends.

Perdu dans ses pensées, Gideon se tut.

Se tournant vers lui, Evan demanda :

— Pouvons-nous parler de ce qui s'est passé hier soir, Gideon ? S'il te plaît !

— Si tu veux, répliqua-t-il d'une voix neutre.

— Je le souhaite, en effet. En fait, je n'ai pas grand-chose à dire ; je voudrais simplement comprendre ce qui t'a mis tellement en colère… à propos de ce type qui m'a adressé la parole.

Elle émit un petit rire et haussa les épaules.

— Il ne me voulait sans doute pas de mal.

— Comment le sais-tu ? demanda Gideon, qui se redressa et lui lança un regard dur.

Il ne voulait pas lui dire combien son père avait été

contrarié lorsqu'il l'avait vue en train de bavarder avec Jonathan. La présence de ce dernier à la rétrospective avait irrité Winston, qui était devenu soupçonneux et avait demandé si Evan le connaissait. Gideon était intimement convaincu qu'elle était innocente et que cette rencontre était fortuite. D'un autre côté, un Harte ne parlait pas d'un autre Harte à quelqu'un qui n'était pas un Harte. Une règle familiale. Une règle instituée par Emma. Aussi ne mentionna-t-il pas la contrariété de son père.

— L'homme qui t'a adressé la parole est un membre peu recommandable de notre famille. Il s'appelle Jonathan Ainsley et j'ai été furieux qu'il ose t'aborder. Par ailleurs, j'étais curieux de savoir de quoi vous aviez parlé.

— Mais je te l'ai dit, Gideon, rétorqua Evan, qui s'efforça de conserver une voix douce et mesurée. Il m'a demandé si j'étais une parente de Paula ONeill, qui j'étais, si je travaillais chez Harte, ce que j'y faisais. Je lui ai répondu, mais il me… donnait la chair de poule, si tu vois ce que je veux dire, alors je me suis éloignée très vite. Et ensuite, tu as été près de moi, écumant de fureur.

Il hocha la tête, réalisant qu'il était légèrement sorti de ses gonds. Se forçant à rire, il dit :

— Il ne t'est pas venu à l'esprit que je pouvais être jaloux ?

Etonnée, elle lui jeta un regard interrogateur.

— Mais enfin, il est assez vieux pour être mon père ! Ce type a facilement soixante ans ! Vraiment, Gid !

— Ainsley n'est pas un type bien. Si jamais tu le rencontres de nouveau, change de trottoir et vite !

— Je ne le rencontrerai sûrement jamais plus.

— On ne sait jamais.

Supposant qu'il cherchait de nouveau à la sonder, elle répliqua calmement.

— Changeons de sujet si tu veux bien. Tu m'en veux pour autre chose ?

— Je ne t'en veux pas, je suis un peu déçu, c'est tout.

— A cause de moi ?

Evan avait haussé la voix d'un ton.

— Non, pas vraiment. Je suis déçu parce que j'ai le sentiment que tu conserves toujours tes distances vis-à-vis de moi... Je ne me suis jamais engagé sérieusement envers aucune femme, Evan... Mais avec toi je suis sérieux. J'espérais que tu éprouvais la même chose, mais tu es si... insaisissable.

Il soupira.

— Tu ne ressens plus les mêmes sentiments à mon égard ?

— Oh, Gideon, bien sûr que si ! Simplement, je veux être sûre de moi, de nous. Nous ne nous connaissons que depuis cinq mois.

— Parfois, tu peux avoir connu quelqu'un toute ta vie sans savoir vraiment qui il est. A l'inverse, tu peux appréhender totalement une personnalité en quelques jours.

— Je t'aime vraiment, Gideon

La voix d'Evan s'était cassée.

— Mais il y a un mais ?

— Pas vraiment. C'est mon père...

Elle s'interrompit, surprise d'avoir mentionné son père. L'espace de quelques secondes, elle fixa Gideon, furieuse contre elle-même et incapable de trouver les mots adéquats.

— Ton père ne me connaît même pas. Es-tu en train de me dire qu'il est réticent à mon égard ?

— Non, non, pas du tout ! s'écria-t-elle avec inquiétude.

Elle avait vu le rouge monter au visage de Gideon, et elle savait à quel point il était fier.

— Il pense que nous appartenons à des mondes différents et qu'à long terme, cela ne peut pas marcher entre nous.

— C'est ce que dit ton père. Et toi, qu'en penses-tu ?

Evan ne répondit pas tout de suite. Elle resta assise à le regarder. Elle l'aimait profondément et savait que si elle ne prenait pas garde, elle pouvait le perdre. Elle ne voulait pas prendre ce risque.

— Je ne pense pas que nos origines aient de l'importance.

Tout en prononçant ces mots, elle avait pris la main de Gideon et lui souriait. Il se leva, l'attira contre lui et prit le visage de la jeune femme entre ses deux mains avant de l'embrasser.

— Rentrons, dit-il, que je puisse t'embrasser convenablement.

42

Un rayon de lumière dissipa la pénombre dans laquelle la chambre était plongée. Tessa battit des paupières et fit un effort pour s'asseoir dans le lit. Elle vit la silhouette de Mark se profiler sur le seuil de la pièce et, instinctivement, elle sut qu'il était d'humeur agressive. Ces dernières semaines, elle avait appris à deviner son état d'esprit.

Inspirant profondément, elle dit d'une voix ferme :

— Bonjour, chéri. Tu nous as manqué hier soir.

Il entra dans la chambre et referma la porte derrière lui.

— Où étais-tu ? demanda-t-il d'une voix basse et maussade.

Tessa alluma sa petite lampe de chevet, mais elle n'éclairait que très faiblement, et elle ne put déchiffrer l'expression de son mari. Il restait debout près de la porte.

— C'était la rétrospective au magasin, expliqua-t-elle. La rétrospective de mode. Je n'ai cessé de te guetter.

— Je t'avais dit que je ne pourrais pas me libérer, marmonna-t-il.

Il n'en avait rien fait, mais Tessa ne contesta pas.

— Cela n'a pas d'importance, dit-elle. Tu nous as manqué malgré tout au dîner. Ma mère a demandé de tes nouvelles.

— Je t'ai laissé des messages.

C'était tout aussi faux, mais la jeune femme feignit de le croire et s'exclama.

— Oh, mon chéri, on ne me les a pas transmis ! Tu as travaillé tard hier soir ?

— Oui, au bureau.

— Tu veux que je te prépare quelque chose à manger ?

Elle ne le quittait pas des yeux, soudain très inquiète.

— Non, j'ai déjà mangé.

Il fit quelques pas vacillants, tout en commençant à se

déshabiller. Puis il entra dans la salle de bains adjacente et ferma la porte derrière lui.

Au bout d'un moment, Tessa entendit la chasse d'eau, puis l'eau qui coulait. L'esprit en ébullition, elle fixait la porte. Il n'avait pas bu, elle en était presque certaine, mais son comportement était étrange. Il articulait mal, sa démarche était incertaine. Etait-il sous l'influence d'une substance quelconque ? Se sentant soudain très vulnérable dans ce lit, elle repoussa les draps et se leva.

A cet instant, la porte de la salle de bains s'ouvrit brusquement, et Mark entra dans la chambre, comme auréolé de colère.

Ils se fixèrent mutuellement.

Mark parla le premier :

— Pourquoi t'es-tu levée ? Tu ne veux plus dormir avec moi ?

Tessa se força à rire.

— Ne sois pas idiot, Mark ! Bien sûr que si !

Elle rit encore, mais avec moins d'assurance, et ajouta :

— Je voulais seulement m'assurer qu'Adèle va bien.

— Pourquoi ?

— J'ai cru entendre un bruit.

— C'est faux ! Tu veux seulement quitter mon lit. Avec qui est-ce que tu baises, ces temps-ci ? Toby Harte ? Tu couches encore avec ton cousin ?

Tessa se raidit, mais elle se maîtrisa et marcha vers la porte.

— Réponds-moi.

Elle fit quelques petits pas de plus.

— Tu sais très bien qu'il n'y a rien de vrai dans ce que tu dis, répliqua-t-elle d'une voix basse.

— Je ne te crois pas, espèce de garce !

Mark se précipita vers la porte, la verrouilla, puis il se dirigea vers elle, laissant finalement libre cours à sa fureur.

Tessa recula, mais il l'attrapa par l'épaule. L'attirant brutalement contre lui, il se pencha pour poser sa bouche sur la sienne. Elle se débattit, tenta de détourner le visage. Il la serra plus fort, la poussa contre le mur, puis, comme elle essayait à nouveau de le repousser, il la ramena contre lui. Maintenant, il plaquait son corps contre le sien, reprenait sa bouche ; sa langue forçait le barrage de ses lèvres, tandis que d'une main il cherchait son sein. Tessa luttait pour lui échapper, et elle faillit y parvenir, mais il la frappa, agrippa le bord de sa chemise de nuit et la déchira de haut en bas. La prenant par le bras, il la traîna ensuite jusqu'au lit, sur lequel il la jeta avant de s'écraser sur elle.

Le visage tout près de celui de la jeune femme, il marmonna ·

— Tu ne m'échapperas pas.

— Je t'en prie, Mark, ne fais pas ça. Je ne veux pas coucher avec toi de cette façon. Tu me fais mal. S'il te plaît, Mark, calme-toi. Je veux pas, Mark. Non. Non. Non. Arrête, je t'en supplie !

— C'est Toby que tu veux. Je le sais parfaitement. Le monde entier est au courant. Mais tu ne l'auras pas, je t'en empêcherai. Tu es à moi, salope, et tu vas devoir te soumettre à ma volonté.

— Non, Mark, non. Pas de cette façon. C'est un viol, Mark.

Tessa se mit à sangloter et chercha une fois de plus à

le repousser, mais il était comme un poids mort sur elle, et c'était à peine si elle parvenait à respirer.

Le visage de Mark, qui la dominait, semblait bouffi de haine. Soudain, il rejeta la tête en arrière et éclata de rire.

— Un viol ! Tu appelles ça un viol ! Alors, tu ferais mieux de t'y habituer, petite traînée, parce que c'est ainsi que cela se passera dorénavant.

— Je t'en supplie, ne fais pas ça ! cria-t-elle, les joues ruisselantes de larmes.

Elle agrippa sa chemise et tenta une fois de plus de le repousser.

Mark ne tint aucun compte de ses supplications. Au contraire, il s'enfonça brutalement en elle, grognant et haletant. Tessa n'était pas de force à lui résister, et elle cessa finalement de lutter. Elle demeura immobile, le laissant faire à sa guise, mais jurant intérieurement que cela ne se reproduirait jamais plus. Il la violait pour la dernière fois.

Mark finit par rouler sur le côté et sombra presque immédiatement dans un profond sommeil. Tessa attendit un certain temps, puis elle éteignit la lampe de chevet, se glissa hors du lit, gagna la porte à pas de loup et la déverrouilla sans bruit. Elle se glissa ensuite dans le couloir et ferma la porte le plus doucement possible. Après avoir vérifié qu'Adèle dormait encore, elle gagna son propre appartement. Arrivée là, elle enleva sa chemise déchirée, la jeta dans la poubelle, puis elle entra dans la cabine de douche et laissa l'eau chaude ruisseler longuement sur son corps. Appuyée contre le mur carrelé, elle pleura comme si son cœur allait se briser. Mais finalement, le flot se tarit, elle se shampouina les cheveux et se lava soigneusement, comme pour effacer toute trace de Mark. Elle se réjouissait d'avoir recommencé à prendre la pilule… La dernière chose qu'elle souhaitait, c'était bien d'attendre un enfant de lui !

Après s'être essuyée et avoir séché ses cheveux, Tessa s'habilla comme pour aller au bureau. Elle enfila un pantalon de gabardine gris et un haut de coton blanc. Elle glissa ensuite les pieds dans une paire de mocassins confortables, puis elle mit quelques affaires dans un sac pour Adèle et elle.

Plus tard, assise dans le bureau de son appartement, Tessa réfléchit, se demandant où elle pouvait emmener Adèle et sa baby-sitter. Elle ne souhaitait pas aller dans le Yorkshire, pour la bonne raison qu'elle ne voulait pas que sa mère et Shane sachent ce qu'elle avait subi de la part de Mark.

« Je suis une femme battue, songea-t-elle, j'en ai parfaitement le profil : je subis sa violence, je cache la vérité, je n'en parle à personne, j'accepte ses excuses jusqu'à ce qu'il recommence. Encore et encore. Jusqu'à ce qu'il me tue peut-être. »

Tessa avait suffisamment lu d'articles à ce sujet pour comprendre les raisons de son déni. Mark n'avait pas vraiment les caractéristiques d'un homme violent. Elle savait qu'il agissait sous l'effet de drogues, quelles qu'elles soient. Et il buvait.

Se carrant sur sa chaise, elle fixa l'écran de l'ordinateur sans le voir. Soudain, elle sut exactement ce qu'elle devait faire. Il n'y avait qu'un seul endroit où elle puisse se réfugier. Pennistone Royal. Il n'y avait que là qu'elle serait vraiment à l'abri. Mark allait certainement se lancer à sa poursuite et la rechercher avec acharnement.

Où serait-elle plus à sa place que dans la maison de sa

mère ? Elle fut frappée de constater qu'elle savait exactement qui elle était : la fille de Paula O'Neill, l'arrière-petite-fille d'Emma Harte. Elle était une Fairley à bien des égards, mais elle était aussi une Harte. C'est pourquoi elle devait être forte et prendre le contrôle de sa vie.

Et ce devait être une vie sans Mark Longden.

43

Paula regardait son carnet, parcourant la liste des personnes que Shane et elle avaient invitées à Pennistone pour le week-end. Elles étaient plus nombreuses qu'elle ne l'avait prévu au départ.

Certains de leurs enfants seraient présents. Il y aurait Emsie, pour commencer ; puis Desmond, qui arrivait de pension ; et enfin Linnet. Celle-ci avait invité Evan Hughes, et Paula écrivit « chambre bleue » en face du prénom de la jeune femme. Puis elle passa à Julian Kallinski : il serait très bien dans la chambre dorée… Grand-père Bryan venait chaque semaine ces derniers temps, aussi lui avait-elle définitivement attribué une suite.

Sentant monter en elle une bouffée de bonheur, Paula se carra dans sa chaise et pensa aux fiançailles de sa fille avec Julian. Comme sa grand-mère s'en serait réjouie, ainsi que son vieil ami David Kallinski ! Emma avait toujours souhaité que les trois clans soient réunis par les liens du mariage, et cela arrivait finalement. Shane et elle avaient décidé d'annoncer la bonne nouvelle et d'organiser un dîner de famille la veille de l'anniversaire de Shane et de Winston, qui devait avoir lieu deux semaines plus tard. Hormis Evan Hughes, tous les invités seraient des membres de la famille. Elle espérait qu'il n'y aurait pas de chamailleries.

On frappa à la porte et Margaret entra, semblant s'excuser.

— Je suis désolée de vous déranger, madame O'Neill, mais il y a une jeune femme dans l'entrée qui demande à vous voir.

— Qui est-ce, Margaret ? demanda Paula, surprise. Je n'attends personne aujourd'hui.

— Elle ne m'a pas dit son nom. Elle a une lettre pour vous, mais elle n'a pas voulu me la remettre. Elle m'a dit qu'elle devait vous la donner en mains propres. Elle était vraiment très catégorique.

— Mieux vaut que je la voie en ce cas.

Margaret jeta un coup d'œil vers la grande table de la bibliothèque sur laquelle étaient disposées les photos de famille. Paula suivit son regard.

— Cette jeune fille a des cheveux roux, presque de la même couleur que Mlle Linnet. Je pense que c'est une parente.

Margaret fit quelques pas dans la pièce et frôla un cadre du bout des doigts.

— Elle lui ressemble beaucoup.

Paula se leva et secoua la tête, abasourdie.

— Ce ne peut être… Pourquoi la fille de Sarah Lowther me rendrait-elle visite ?

— Je ne sais pas, madame, mais c'est elle qui est en bas. J'en suis certaine.

— Faites-la monter, je vous prie.

Margaret hocha la tête et s'esquiva prestement, tandis que Paula traversait la pièce pour s'arrêter devant la table. Elle était encombrée par la collection des portraits préférés d'Emma, que Paula n'avait jamais eu le cœur de ranger. Sa grand-mère avait fait apporter cette table du magasin de Leeds, une trentaine d'années auparavant, et ces photographies dans leurs cadres argentés faisaient sa fierté et sa joie. Quand elle parlait à Paula d'une de ces personnes, elle tenait souvent sa photo dans sa main, caressant le cadre avec affection. Sauf s'il s'agissait de Jonathan Ainsley… Emma avait d'ailleurs retiré sa photographie quelques mois avant sa mort, lorsqu'elle était parvenue à la conclusion qu'il essayait de la trahir. Comme elle avait eu raison !

En se concentrant sur la photo de Sarah, Paula se demanda si c'était bien sa fille qui attendait en bas. Elle savait que Sarah avait épousé un célèbre peintre français, Yves Pascal, des années auparavant, et qu'elle avait réussi en France, tant sur le plan privé que professionnel. Shane avait cru la reconnaître, le soir de la rétrospective ; il avait insisté, prétendant qu'elle était là, en compagnie de Jonathan Ainsley. Winston avait également vu Jonathan, et il en avait été indigné.

« Comment ose-t-il pointer ne serait-ce que le bout de son nez ! »

Il était vraiment très en colère, mais Emily et Gideon étaient parvenus à le calmer.

Se détournant de la table, Paula se dirigea vers le long sofa qui faisait face à la fenêtre et attendit. Un instant plus tard, Margaret introduisait sa visiteuse, avant de disparaître.

La jeune femme marcha vers Paula, la main tendue.

— Bonjour, madame O'Neill. Je m'appelle Chloe Pascal, je suis la fille de Sarah Lowther. Je vous prie d'excuser cette intrusion, mais ma mère voulait que je vous remette ceci. Je dois attendre votre réponse.

Après avoir accueilli la jeune fille et accepté l'enveloppe, Paula fit signe à Chloe de s'asseoir. Puis elle gagna sa table de travail, ouvrit l'enveloppe avec un coupe-papier et en sortit la lettre.

Le papier était coûteux et portait, gravé en haut de la lettre, le nom professionnel de sa cousine : Sarah Harte Lowther. Paula parcourut rapidement la missive :

Chère Paula,
Je te fais parvenir ce mot par l'entremise de ma fille, Chloe, parce que je veux qu'il te parvienne rapidement, pendant que je suis encore en Angleterre. Je détiens des informations essentielles te concernant. Je suis tout près et, si tu souhaites me voir maintenant, Chloe viendra me chercher.

Sarah

Paula se dirigea vers la fenêtre à petits carreaux, s'assit sur une chaise et dit :

— Où se trouve votre mère, Chloe ?

— Elle est assise dans la voiture, en bas de l'allée. Vous ne pouvez pas la voir d'ici.

— Je le sais. S'il vous plaît, voulez-vous aller la chercher ? Si j'en crois son message, nous devons parler.

Chloe se leva d'un bond.

— Tout de suite, madame.

Paula la regarda sortir de la pièce en toute hâte. Cette jeune fille avait la beauté de sa mère, avec cette chevelure auburn qui était une caractéristique de la famille Harte. Chloe portait un ensemble de coton noir assez austère et un collier en or tout simple, mais elle possédait ce chic français si difficile à imiter.

Paula se leva pour regarder par la fenêtre. Elle vit Chloe qui marchait dans l'allée. Se détournant, elle revint à son bureau et déposa la lettre dans un tiroir. Instinctivement, elle pressentait que sa cousine avait quelque chose de troublant à lui apprendre, à propos de Jonathan. Mais pourquoi ? S'étaient-ils brouillés ? Ou bien la conscience de Sarah se rappelait-elle à son bon souvenir ? Ce devait être quelque chose d'un intérêt essentiel pour *elle,* sinon Sarah n'aurait jamais demandé à la rencontrer. Soupçonnant de mauvaises nouvelles, Paula était sur ses gardes.

Quelques minutes plus tard, Margaret introduisit Chloe et sa mère.

Paula vint à leur rencontre.

— Bonjour, Sarah. Quelle surprise ! dit-elle, la main tendue.

Sarah la lui serra.

— Merci de me recevoir. Je te prie d'excuser le procédé, mais j'avais besoin de te voir avant de repartir pour Paris. J'ai pensé que si je téléphonais, tu allais…

— Raccrocher ? l'interrompit Paula en secouant la tête. Non, Sarah, j'aurais pris ton appel. En fait, j'ai souvent songé à reprendre contact avec toi pendant toutes ces années… J'attendais cette rencontre, d'une certaine manière.

Cette déclaration surprit Sarah, qui s'exclama :

— Si seulement je l'avais su ! J'ai toujours souhaité te parler pour t'expliquer ceci : je n'ai jamais su que Jonathan escroquait la famille. J'ai investi dans son entreprise, c'est vrai, mais je croyais que tout était régulier. Je n'ai compris mon erreur que le jour où ton père m'a congédiée et où tu m'as chassée de la famille. J'ai fait confiance à Jonathan et je n'aurais pas dû. Avec le recul, je pense que j'étais plutôt naïve. Je jure sur la tête de mon enfant que je n'ai jamais su ce qu'il faisait vraiment.

— J'en ai pris conscience il y a longtemps, Sarah. J'ai compris que tu étais innocente, que tu n'avais rien fait de mal.

Paula s'interrompit, eut une moue et secoua la tête.

— Que d'années gâchées… Mais beaucoup d'eau a coulé sous les ponts depuis.

— C'est vrai, acquiesça Sarah, et je ne suis pas venue pour me disculper, ajouta-t-elle très vite. Je suis venue pour te mettre en garde.

— Asseyons-nous, murmura Paula. Puis-je vous offrir quelque chose à boire ? Du thé ? Du café ? Un verre d'eau ?

— Non merci, répliqua Sarah en prenant place sur une chaise.

Chloe s'assit sur le sofa et secoua simplement la tête.

Fixant intensément Paula, Sarah commença :

— Je soupçonnais depuis longtemps que Jonathan voulait te nuire d'une façon ou d'une autre. Il a toujours cru que tu l'avais détruit. Il ne peut plus t'atteindre professionnellement, tu y as veillé, mais il peut s'en prendre à tes enfants. L'autre soir, à la rétrospective, j'ai vu quelque chose qui m'a effrayée et alertée. A un moment, il regardait tes enfants fixement, et il avait une expression diabolique. Je ne savais pas ce qu'il projetait, mais j'ai décidé de le découvrir le plus vite possible.

Paula lança un regard dur à sa cousine.

— Tu espérais qu'il se confierait à toi, Sarah ?

— Non, pas du tout, car il est généralement très avare de confidences avec moi. Mais Jonathan apprécie le bon vin, et il adore se vanter. Il a même tendance à fanfaronner lorsqu'un bon vin français lui délie la langue.

— Tu veux dire que tu l'as enivré ?

— Pas exactement. Je l'ai invité à dîner et j'ai commandé une excellente bouteille de mouton-rothschild, qu'il adore. Il s'est détendu, et je lui ai posé les bonnes questions.

L'inquiétude fit monter la voix de Paula d'un ton :

— Et que projette-t-il de faire ?

— Il a déjà fait du mal à l'un de tes enfants, je le crains.

Pétrifiée, Paula demanda :

— Dis-moi… Dis-moi les choses franchement. Qui ? Comment ? Pourquoi ne suis-je pas au courant ?

— Il a indirectement fait du mal à Tessa par l'intermédiaire de son mari, Mark Longden. Mark est l'architecte de Jonathan… C'est lui qui a dessiné les plans de la maison que Jonathan fait construire près de Thirsk.

— Mon Dieu ! Aucun d'entre nous n'est au courant !

— Non, parce que Jonathan et Mark ont inventé un faux nom pour le nouveau client. William Stone. Tessa n'a pas de raison de ne pas croire son mari quand il lui raconte qu'un certain William Stone lui a demandé de lui construire une maison de rêve dans les Midlands.

— Je comprends, mais comment Jonathan s'y est-il pris pour faire du mal à Tessa ?

Sarah hésita, puis elle expliqua calmement :

— J'ai eu le sentiment, l'autre soir, que Jonathan poussait Mark à boire, à se droguer, à séduire d'autres femmes. Il jubilait. J'ai compris depuis longtemps que Jonathan est un peu dépravé sous ses airs de gentleman. Je crois vraiment que Mark Longden est entre ses griffes, de la pire façon qui soit. Jonathan se moquait de sa faiblesse. Il a fait quelques remarques sur la faillite imminente de son mariage. Il a même laissé entendre que Mark maltraitait Tessa... je veux dire... physiquement.

Paula devint très pâle.

— Aucun homme ne se vanterait de maltraiter sa femme.

— Je ne crois pas que Mark s'en soit vanté, Paula. J'additionne seulement deux et deux. D'après Jonathan, Mark lui aurait dit qu'il allait mettre au pas Miss Bourréedefric, qui portait le pantalon, et qu'elle allait le sentir passer si elle refusait de filer droit.

— Je pensais bien qu'il la frappait, confia Paula d'une voix tremblante. Merci de m'avoir avertie, Sarah. Mais je ne sais pas quoi faire.

Hochant la tête, Sarah la mit en garde :

— Si je continue à essayer de t'aider, tu dois me tenir en dehors de tout cela.

— Je comprends.

— Il y a une autre chose que tu dois savoir, Paula. Le soir de la rétrospective, Jonathan a fait une remarque à propos de Linnet. Il a dit qu'elle allait hériter de tout, y compris de Pennistone Royal. J'étais tellement étonnée que je lui ai demandé comment il le savait. Il m'a répondu que c'était son petit doigt qui le lui avait dit, et il avait une expression pleine de suffisance en plaisantant ainsi.

— Mais il se trompe complètement ! s'exclama Paula. Complètement.

Pourtant elle se demandait d'où venait la fuite.

Comme si elle avait lu dans l'esprit de sa cousine, Sarah remarqua :

— Je crois que le problème vient de ton secrétariat. Au magasin de Leeds, je pense. Jonathan est toujours en relation avec une vieille amie à lui, une femme du nom d'Ellie. Je crois qu'elle travaille pour toi.

— Eleanor Morrison ! C'est l'une de mes secrétaires, à Leeds. Mais elle n'a pas accès à mes papiers privés, et de toute façon je t'ai dit que c'était faux.

— Ne la congédie pas, surtout !

Paula lança à Sarah un regard entendu.

— Je m'en garderai bien ! Cela ne ferait que rendre Jonathan plus soupçonneux.

— Mais fais attention… pour tout ce qui est confidentiel.

— Je suis toujours très prudente sur ce point.

Mais elle savait qu'elle devrait surveiller Eleanor de très près. Sarah avait raison, elle ne pouvait pas la renvoyer, mais elle s'arrangerait pour que la secrétaire ne communique plus aucune information intéressante à Jonathan.

Sarah se leva.

— Eh bien voilà ! je t'ai dit tout ce que je savais, Paula. J'espère que cela pourra t'aider.

Paula l'imita.

— Cela m'aide, tu peux en être sûre, dit-elle en posant sur sa cousine un regard pénétrant. Récemment, j'ai eu le pressentiment que Jonathan Ainsley allait essayer de me faire du mal, à moi ou à l'un des miens. J'en ai été convaincue dès qu'il est revenu vivre à Londres. Sir Ronald lui-même m'a mise en garde.

— Oncle Ronnie a toujours été un homme avisé. Grand-Mère disait souvent qu'il tenait cette qualité de son père. En tout cas je garderai mes oreilles et mes yeux ouverts. D'ordinaire, je vois Jonathan chaque fois que je viens à Londres...

Sarah ne termina pas sa phrase. Regardant autour d'elle, elle s'adressa à sa fille :

— C'est le petit salon dont je t'ai souvent parlé, la pièce préférée de ma grand-mère... la préférée de tout le monde, en fait. Nous y passions de merveilleux moments dans mon enfance.

— Regarde, Maman, il y a ta photographie !

Tout en parlant, Chloe s'approcha de la table et prit le cadre dans ses mains.

— Tu es ravissante !

Sarah rejoignit sa fille, et elles contemplèrent ensemble la photographie, puis Chloe la remit en place.

Sarah et sa fille se dirigèrent vers la porte, suivies de Paula. Juste avant de sortir, Sarah se tourna vers elle.

— Cette pièce n'a pas changé, et elle est remplie de merveilleux souvenirs pour moi, en particulier de Grand-Mère.

Elles échangèrent un regard direct, et Paula vit des larmes dans les yeux de Sarah. Elle éprouva une grande compassion pour sa cousine, qu'elle avait bannie tant d'années auparavant. Avait-elle été trop dure ? Peut-être. Mais à l'époque elle avait sincèrement cru que Sarah avait trahi la famille.

— Je ne sais comment te remercier de ce que tu as fait aujourd'hui, Sarah. Je t'en suis très reconnaissante. Comme aimait le répéter Grand-Mère : « Une femme avertie en vaut deux. » Maintenant que je suis prévenue, je serai encore plus sur mes gardes.

— Ce sera sage de ta part, je pense.

— J'espère que nous nous reverrons bientôt. Je veux que tu saches que… tu es la bienvenue.

Tout en prononçant ces derniers mots, Paula avait fait quelques pas pour prendre sa cousine dans ses bras.

Ravalant ses larmes, Sarah la serra contre son cœur.

— Moi non plus, je ne sais comment te remercier… Je suis si heureuse de savoir que je serai de nouveau acceptée dans la famille.

Elle fit un pas en arrière et ajouta :

— Tant que Jonathan Ainsley ne le sait pas.

Dès qu'elle fut seule, Paula chercha à joindre Tessa. Elle téléphona au magasin de Knightsbridge, mais on lui apprit que sa fille était partie un peu plus tôt. Elle forma le numéro de la maison de Hampstead, mais personne ne répondit. Finalement, elle tenta de l'appeler sur son portable, mais Tessa ne décrocha pas. Elle lui laissa donc un message sur son répondeur.

Paula jeta un coup d'œil à la pendulette posée sur son bureau et fut surprise de découvrir qu'il n'était que midi. Tessa était certainement en train de déjeuner, et Elvira faisait sans doute une promenade avec Adèle. Elle ne devait pas s'inquiéter. Sa fille la rappellerait dès qu'elle aurait pris connaissance de son message. En attendant, elle devait se concentrer sur le week-end à venir. Elle se leva et s'approcha de la table pour arranger les photographies. Chloe les avait déplacées pour prendre celle de sa mère.

Elle se rendit compte que Sarah avait été très fière de voir sa photographie ainsi en évidence, à Pennistone Royal, alors qu'elle-même était en disgrâce depuis des années. « J'avais oublié qu'elle était là », dit-elle à mi-voix, tout en replaçant les cadres tels qu'ils étaient auparavant.

Le téléphone sonna, et Paula se rua vers son bureau. Dans sa hâte, elle fit tomber un cadre. Tandis qu'elle décrochait, elle entendit le verre se briser.

— Allô ?

— Maman ! C'est Tessa.

— Où es-tu, ma chérie ? J'ai essayé de te joindre.

— Je sais, j'ai eu ton message. Je suis dans une limousine. Elvira, Adèle et moi, nous partons de Londres pour gagner le Yorkshire. J'étais trop fatiguée pour conduire moi-même, aussi ai-je loué une voiture avec chauffeur. J'ai quitté Mark, Maman.

— Dieu soit loué !

— Je ne vivrai plus jamais avec lui, je vais demander le divorce.

— Je suis soulagée de l'entendre. A quelle heure arriverez-vous ?

— Dans quatre heures, peut-être un peu plus.

— Je t'attends, ma chérie.

— Au revoir, Maman.

— A tout de suite, Tessa.

Paula raccrocha, immensément soulagée. Grâce à Dieu, sa fille était hors de cette maison et loin de Mark Longden. Et que sa cousine Sarah soit bénie pour son sens du devoir et son honnêteté !

Paula revint à la table et ramassa le cadre qui était

tombé par terre. Le verre était brisé. Comme elle ne parvenait pas à enlever les morceaux restants, elle s'installa à son bureau et entreprit d'ôter la photographie de son cadre. Comme elle écartait le fond de velours, à l'arrière, puis le rectangle de carton, elle remarqua deux enveloppes qui avaient été glissées dessous. Surprise, elle en ouvrit une et découvrit une clef d'argent.

Elle sut aussitôt qu'elle ouvrait le coffret de bois à fermoir d'argent. Elle n'avait jamais été perdue, seulement cachée. Très excitée, elle ouvrit la seconde enveloppe. Elle contenait une photographie, sans doute prise dans les années 1950, et représentant une jeune femme qui tenait un petit garçon par la main. Emma tenait l'autre main du bambin.

Paula retourna la photographie. Au dos, il y avait écrit : « Glynnis, Owen et moi. »

Paula posa l'instantané sur son bureau et prit une autre petite photo encadrée sur laquelle ses yeux s'étaient posés tant de fois au cours des années.

Un peu choquée, elle comprit enfin qui était le père d'Owen Hughes.

44

Paula rangea l'instantané dans le tiroir de son bureau, puis elle se dirigea vers la commode Queen Anne sur laquelle le coffret à fermoir d'argent avait été posé du plus loin qu'elle s'en souvienne. Combien de fois avait-elle demandé à sa grand-mère où se trouvait la clef ? Et combien de fois cette dernière lui avait-elle répondu qu'elle était perdue ?

Mais elle n'était pas perdue du tout. Elle était soigneusement cachée.

Les mains tremblantes, Paula introduisit la clef dans la serrure et la tourna. Le coffret s'ouvrit facilement. Elle souleva le couvercle et regarda à l'intérieur, presque effrayée à l'idée de ce qu'elle allait découvrir. Elle vit aussitôt le paquet de lettres, entouré d'un ruban bleu. Elles étaient toutes adressées à Mme Emma Harte, à Pennistone Royal. Elle en retourna une et lut l'adresse de l'expéditeur : Mme Glynnis Hughes, New York.

Après avoir lu quelques lettres, Paula s'était fait une opinion assez claire de la situation, et elle savait ce qu'elle avait à faire. Elle remit les lettres dans le coffret qui les avait si bien gardées pendant quarante ans, puis elle glissa la clef dans sa poche et descendit au rez-de-chaussée.

Elle passa à la cuisine et annonça à Margaret que Tessa, Adèle et la baby-sitter arriveraient à l'heure du thé.

— Je sors, Margaret, ajouta-t-elle. Si quelqu'un m'appelle, je devrais être de retour dans une heure environ.

— A quelle heure M. Longden arrivera-t-il ? demanda Margaret. A moins qu'il ne vienne pas ce soir ?

— Non Margaret, nous ne le verrons pas ce week-end, répliqua Paula.

« Ni aucun autre week-end », pensa-t-elle en gagnant sa voiture, garée dans la cour pavée, près des écuries. « Le salaud ! » jura-t-elle entre ses dents.

Trente-cinq minutes plus tard, la voiture de Paula franchissait les grandes grilles de fer forgé de Lackland Priory, à Masham. Elle avait toujours aimé ce vieux manoir, un prieuré qui datait d'avant l'époque où Henri VIII, en rébellion contre le pape de Rome, avait détruit un grand nombre d'églises. Par bonheur, Lackland Priory était passé aux mains d'un propriétaire privé, ce qui lui avait évité d'être réduit en ruine, comme Fountains Abbey.

C'était une demeure pleine de grâce, construite en pierres grises locales, et dont la façade était ornée d'une série de fenêtres parfaitement alignées. Elle se dressait au centre de pelouses bien planes et n'était pas entourée de bosquets d'arbres, comme c'était le cas de nombreuses maisons dans le Yorkshire.

Après s'être garée près de la cuisine, Paula fit le tour pour gagner la porte d'entrée et sonna. Un instant très bref s'écoula, puis Bolton, le majordome, parut sur le seuil, braquant sur elle un regard surpris.

— Mademoiselle Paula ! Bonjour. Etions-nous censés vous attendre ?

Elle lui adressa l'un de ses plus charmants sourires.

— Non, Bolton. J'ai eu envie de lui faire la surprise. Il m'a dit une fois qu'il adorait les surprises.

— C'est vrai. Entrez, mademoiselle Paula, je vais vous conduire jusqu'à lui. Il se trouve dans la bibliothèque.

Paula suivit le majordome sur le parquet étincelant.

— Comment va-t-il ? demanda-t-elle.

— Je suis heureux de pouvoir vous dire qu'il se porte mieux. Il n'a pas tout à fait retrouvé sa forme antérieure, mais ce sera le cas d'ici à une semaine ou deux. Son état s'est considérablement amélioré.

Bolton ouvrit une porte et annonça :

— C'est Mlle Paula, monsieur. Elle est venue en voiture pour vous rendre visite.

L'homme qui lisait près de la fenêtre, assis sur un fauteuil à bascule, posa son livre et se leva.

— Quelle bonne surprise, ma chère Paula !

Paula foula le tapis ancien pour le rejoindre, tout en s'étonnant de sa bonne mine. Il s'était remis de façon remarquable. Elle le connaissait depuis toujours, mais aujourd'hui elle s'efforçait de le regarder avec objectivité. Il avait encore belle allure, mais dans sa jeunesse il avait dû être irrésistible.

Un sourire radieux aux lèvres, elle se dressa sur la pointe des pieds et l'embrassa sur la joue. Il la serra contre lui un instant, le visage contre ses cheveux.

Lorsqu'ils s'écartèrent l'un de l'autre, il sourit.

— Tes cheveux ont toujours senti extrêmement bon, Paula, même lorsque tu étais enfant. Assieds-toi et dis-moi à quoi je dois l'honneur de ta visite.

— Tu ne m'as pas répondu pour l'anniversaire de Shane et de Winston. Tu viendras, n'est-ce pas ?

— Je pense que oui. Je serai content de vous voir tous, et j'espère bien que tu m'accorderas une danse.

Paula se carra sur sa chaise, croisa les jambes et l'observa un instant.

Lorsqu'il prit conscience de cet examen, il questionna :

— Quelque chose ne va pas, Paula ? Tu me regardes d'une drôle de façon.

— Excuse-moi ! Je réfléchissais à quelque chose que

j'ai découvert, récemment, en parcourant les agendas de Grand-Mère. Elle a créé une cantine dans Fulham Road, pendant la Seconde Guerre mondiale.

Il hocha la tête, les yeux brillants.

— C'est exact.

— Tu la fréquentais.

— Bien sûr ! Nous nous y sommes bien amusés.

— C'est là que tu as rencontré ta femme ? demanda Paula, la tête penchée de côté.

— Non. Mais pourquoi cette question, Paula ?

— Je sais que tu as fait la connaissance d'une jeune femme là-bas, mais je ne sais pas exactement qui elle était. Elle était très belle... Grand-Mère la trouvait superbe.

Il s'appuya brusquement au dossier de sa chaise et détourna les yeux. L'espace de quelques instants, il fixa la fenêtre en silence, comme s'il pouvait voir quelque chose d'invisible pour elle.

Quel merveilleux profil il avait ! songea-t-elle. Et quelle belle chevelure blanche ! Elle attendit qu'il parle.

Enfin, il se tourna vers elle. Il avait l'air triste, presque affligé. Il sembla hésiter un instant, puis il dit :

— Elle s'appelait Glynnis... Glynnis Jenkins. Et elle était effectivement très belle. Plus que cela... superbe, ainsi que tu dis que ta grand-mère l'a écrit dans ses agendas. Mais Glynnis était mieux encore que cela...

Il s'interrompit et secoua la tête.

— Elle était aimante, passionnée, sensuelle.

— Tu l'as aimée.

— Oh oui !

— Et elle a porté ton enfant.

— C'est vrai, Paula, répondit-il sans hésitation.

557

— Mais tu ne l'as pas épousée.

— Non.

— Pourquoi ?

Il laissa échapper un long soupir.

— Notre relation était passionnée, mais elle était aussi très instable. Nous pouvions nous disputer comme des chiffonniers, avec le même emportement que nous faisions l'amour. Dans le jargon d'aujourd'hui, je dirais que c'était « super ». Mais j'avais conscience qu'une passion comme la nôtre pouvait s'éteindre aussi rapidement qu'elle s'était embrasée. A moins qu'elle ne me consume. Et...

— Tu ne pouvais pas te le permettre, le coupa Paula. Tu devais te protéger, n'est-ce pas, oncle Robin ? A cause de la carrière que tu envisageais ? Je comprends, conclut-elle doucement.

— Tu as presque raison, Paula, mais laisse-moi m'expliquer... Quand j'ai rompu avec Glynnis, j'ignorais qu'elle attendait un enfant. Peu de temps après, je me suis fiancé avec une jeune fille que je connaissais depuis un certain temps et que j'aimais beaucoup, Valerie Ludden. Bien entendu, ce n'était pas la même chose qu'avec Glynnis. Notre relation était plus paisible, plus stable. J'aimais Valerie d'une façon différente, et nous étions idéalement assortis. Elle était la femme qu'il me fallait, celle qui pouvait soutenir ma carrière politique. Glynnis et moi, nous nous serions détruits mutuellement.

— Mais Glynnis était enceinte, et à cette époque c'était synonyme de honte et d'exclusion.

— J'en suis conscient, et je lui ai offert de l'aider, mais elle a refusé.

— Je comprends.

Il y eut un silence, puis Robin dit :

— Donc, tu as retrouvé les agendas d'Emma...
Apparemment, elle y raconte ma liaison avec Glynnis.

— Pas du tout, oncle Robin. En octobre 1943, elle
mentionne la situation difficile dans laquelle se trouve
Glynnis, mais elle ne te nomme pas en tant que père.
Personne ne l'est, en fait. Grand-Mère t'a protégé, tout
comme elle a protégé Glynnis. De toute façon, Glynnis
elle-même souhaitait que le secret soit bien gardé.

— En ce cas, comment le sais-tu ? demanda-t-il en
posant sur sa nièce un regard troublé.

— Parce que aujourd'hui, par un pur hasard, j'ai
trouvé quelques anciennes lettres adressées par Glynnis
Hughes, ainsi qu'elle s'appelait, à Grand-Mère. J'en ai lu
plusieurs, dans lesquelles il était dit que tu étais le père
d'Owen. Elles se sont écrit pendant des années, tu sais,
et Grand-Mère a même rencontré ton fils.

— Ma mère a soutenu Glynnis pendant longtemps...
Elle lui envoyait de l'argent, même après son départ pour
l'Amérique, dit Robin. Je ne suis pas surpris que Glynnis lui ait écrit. Je m'étonne seulement que Maman ait
conservé ces lettres.

Paula hocha la tête.

— Je comprends ce que tu veux dire.

Se penchant vers elle, Robin demanda :

— Pourquoi es-tu venue me raconter cela aujour-
d'hui, Paula ? Quel est le but exact de ta visite ? Je te
connais très bien, et je sais qu'il y a une raison.

— Tu as une petite-fille du nom d'Evan Hughes...
C'est la fille de ton fils, Owen, et elle habite à Londres

en ce moment, oncle Robin. J'ai pensé que tu voudrais le savoir.

— Une petite-fille...

Il demeura silencieux un instant, les yeux de nouveau tournés vers la fenêtre, le regard empli de tristesse, peut-être même de regret.

En l'observant, Paula songea à sa longue carrière. Il avait été un membre très populaire du Parlement, il avait plusieurs fois fait partie du gouvernement, et Emma avait toujours été fière de lui. Il avait vécu la vie qu'il avait souhaitée pour lui-même, et il l'avait vécue avec bonheur. Peut-être avait-il fait le bon choix, somme toute.

Finalement, Robin remua légèrement sur sa chaise et lui lança un long regard pénétrant.

— Comment connais-tu cette jeune femme ? Elle me cherche ?

— Non. Elle ne connaît même pas ton existence. Laisse-moi t'expliquer...

Le visage impassible, Robin écouta attentivement Paula.

— Et tu veux que je la rencontre, c'est cela ? demanda-t-il lorsqu'elle eut terminé.

— C'est à toi de décider, oncle Robin.

— Je crois que j'aimerais la connaître... D'après ce que tu viens de me raconter, c'est une fille bien. Tout à fait convenable.

Paula se mit à rire.

— C'est exact, et belle de surcroît. Oh, mon Dieu ! Je viens tout juste de comprendre à qui elle ressemble... A tante Elizabeth, ta jumelle. Et tout le monde pensait qu'elle me ressemblait !

Il sourit.

— En ce cas, elle doit être ravissante. Elizabeth est une beauté. Tu pourrais peut-être nous arranger une rencontre, Paula.

— Quand tu veux. Le jour de l'anniversaire, par exemple. Elle doit venir avec Gideon.

— Gideon ! répéta-t-il avec étonnement. Pourquoi, Gideon ?

— Parce qu'ils sortent ensemble.

— Je me demande pourquoi les Harte sont toujours attirés par des Harte, remarqua Robin en secouant la tête. C'est comme les pharaons de l'ancienne Egypte, tu ne trouves pas ?

Paula éclata de rire.

— Tu es impayable, oncle Robin !

— Quoi qu'il en soit, c'est une bonne idée. Je pourrais faire sa connaissance le jour de l'anniversaire de Winston et de Shane. Oui, c'est tout à fait approprié.

Paula se pencha vers son oncle et murmura :

— Je crois qu'il vaudrait mieux ne pas parler de tout cela à Jonathan. Cette nouvelle risque de le mettre hors de lui. Il est ton seul fils et ton héritier, et puisqu'il ne t'a jamais donné de petit-enfant, il pourrait en éprouver du ressentiment.

— Mon Dieu, oui, tu as raison, Paula. Il peut voir en elle une sorte de menace.

Il plissa les yeux et poursuivit :

— Jonathan est une grande déception pour moi. Je sais qu'il ne m'aime pas et qu'il se moque bien de ma santé. Je l'ai à peine vu depuis la mort de sa mère, mais il ne venait pas souvent non plus de son vivant. Pourtant, Valerie était une mère exceptionnelle. Tu pourrais croire

561

qu'il passe me voir de temps à autre. J'ai quatre-vingts ans, comme tu le sais. Mais il ne se donne jamais cette peine, même lorsqu'il rend visite à sa maîtresse, à Thirsk.

Paula prit une profonde inspiration et se lança :

— Je pense que Jonathan est dangereux, oncle Robin. Je dois te mettre en garde à son sujet.

Il l'écouta tandis qu'elle lui racontait tout ce que Sarah lui avait appris.

— Je ne suis pas surpris, dit-il tranquillement lorsqu'elle eut terminé. J'ai fini par penser que c'était un inadapté social. Il n'a aucune morale, et il se croit au-dessus des lois. L'idée qu'il agit mal ne l'effleure sans doute jamais, et je le crois réellement dangereux, Paula. S'il apprend l'existence d'Evan Hughes, ce ne sera pas par moi.

Pendant les deux jours qui suivirent, Paula mena une existence trépidante. Il lui fallut installer Tessa, l'apaiser, écouter l'histoire de sa vie avec Mark. Elle la soutint dans son désir de divorcer, mais elle ne fit pas allusion à la visite de Sarah. Elle se devait de protéger sa cousine contre le courroux de Jonathan. Les motifs de divorce ne manquaient pas, il était inutile d'impliquer Sarah.

Paula devait aussi terminer les préparatifs du week-end. Il lui fallait élaborer des menus pour tous les repas, du vendredi au lundi matin, et concevoir des plans de table. Mais comme d'habitude, elle mena à bien toutes ces tâches, avec la détermination qui la caractérisait. Tessa l'aida à écrire les noms des convives sur de petits cartons, et elle l'assista dans d'autres menues tâches.

Quand Linnet, India et Evan arrivèrent, le vendredi après-midi, Paula avait terminé, et elle était prête à se détendre avec les jeunes femmes autour d'un thé, dans le petit salon. Elles avaient beaucoup de choses à lui raconter : le succès de la rétrospective, le nombre de visiteurs, les articles de presse, les louanges et l'augmentation des ventes au rayon de la mode.

— C'est un triomphe pour vous trois, dit Paula avec un sourire. J'ai le sentiment que l'exposition sera prolongée un bon bout de temps. Vous avez bien travaillé, mais maintenant je souhaite que vous profitiez de ce week-end pour vous détendre.

Linnet se leva et se dirigea vers la porte.

— Je vais défaire ma valise.

— Je crois que je vais en faire autant, dit Evan.

— S'il vous plaît, Evan, je voudrais vous parler un instant, murmura Paula en lui effleurant le bras.

Evan lui lança un regard interrogateur, mais elle resta assise.

A son tour, India sauta sur ses pieds.

— J'ai une robe à repasser. Elle est en mousseline, si bien que je ne peux pas utiliser un fer à vapeur.

Linnet fit semblant de frissonner.

— Surtout pas, grands dieux ! Allons-y, India.

Dès qu'elles furent seules, Paula dit à Evan :

— J'ai quelque chose à vous dire, Evan, à propos de votre grand-mère. Mais ce que je vais vous confier doit rester confidentiel, pour le moment. Je ne souhaite pas que la nouvelle se répande dans la famille, du moins pas tout de suite.

— Vous avez trouvé quelque chose dans les agendas, finalement ? s'enquit Evan avec anxiété.

— Non. En revanche, j'ai découvert par hasard quelques lettres que votre grand-mère a adressées à la mienne, ici, à Pennistone. Dans plusieurs d'entre elles, Glynnis fait allusion au père d'Owen... son père biologique.

Paula s'interrompit, sourit gentiment à Evan et continua :

— Richard Hughes a épousé Glynnis alors qu'elle portait l'enfant d'un autre homme, pendant la guerre. Cela ne l'a pas arrêté, car il l'aimait profondément, et il a aimé son fils comme s'il avait été le sien. C'était un homme bon, et il a été un excellent père pour Owen.

Evan fixait Paula, comme pétrifiée. Au bout d'un instant, elle déglutit péniblement et demanda :

— Etes-vous en train de me dire que mon père est un enfant illégitime ?

— Techniquement, oui.

— Qui était le père de Papa ? Qui est-il réellement ? Qui suis-je ?

— Votre père est le fils de Robin Ainsley, mon oncle et le fils préféré d'Emma. C'est un Harte, et vous l'êtes aussi, Evan. Emma Harte était votre arrière-grand-mère.

— Mon Dieu !

Evan avait pâli. Elle se laissa aller contre les coussins du sofa et fondit brusquement en larmes.

— Découvrir que la réalité est différente de ce qu'on croyait, cela constitue forcément un choc, mais je vous en prie, ne pleurez pas, Evan. Tout cela remonte à une cinquantaine d'années, vous savez.

Evan s'essuya les yeux, se moucha et hocha la tête.

— Je m'en rends bien compte, mais je pensais à ma grand-mère. Je l'ai toujours considérée comme une femme merveilleuse...

De nouveau, Evan se mit à pleurer.

— Ce que je viens de vous révéler ne doit modifier en rien votre jugement à son propos, Evan. Elle doit rester pour vous la femme exceptionnelle que vous aimiez... parce que c'est exactement ce qu'elle était. Je vais vous remettre les lettres qu'elle a adressées à Emma, et quand vous les aurez lues, vous comprendrez mieux ce que je veux dire.

Paula soupira et prit la main de la jeune femme.

— Nous devons toujours prendre en compte les fragilités humaines et nous rappeler que personne n'est parfait.

L'espace de quelques instants, Evan demeura silencieuse, l'esprit un peu embrumé.

— Mais alors, s'exclama-t-elle soudain, nous sommes cousines !

— En effet.

— Est-ce qu'il connaît mon existence ? Je veux dire.. mon vrai grand-père.

— Je le lui ai dit mercredi, le jour où j'ai trouvé les lettres.

— Qu'a-t-il dit ? Il veut me rencontrer ?

— Oui, il le souhaiterait. Et vous ?

— Eh bien... Je ne sais pas... Si, sans doute que oui, murmura Evan d'une voix hésitante.

— Nous avons un léger problème à résoudre, dit Paula. Robin Ainsley a un fils, Jonathan Ainsley. C'est mon ennemi juré, entre autres choses, et c'est pourquoi Gideon était si contrarié lorsqu'il vous a abordée, l'autre jour. Jonathan s'est marié, puis il a divorcé, mais il n'a jamais donné de petit-fils à son père ; il risque donc de voir en vous une sorte de menace, puisque vous êtes la petite-fille de Robin. A cause de l'héritage.

— Je ne veux rien ! s'écria Evan. Je ne veux pas de l'argent de Robin Ainsley.

— J'en suis bien certaine, mais nous devons faire les choses correctement. Il faut d'abord que Robin informe Jonathan de votre existence et l'assure que vous ne menacez en rien son héritage. Quand Jonathan en sera averti, nous pourrons mettre la famille au courant... de ce que nous venons de découvrir à votre propos. Vous comprenez ?

— Oui.

Evan se moucha encore, avant de demander :

— Je peux prévenir Gideon ?

Paula avait prévu la question.

— Demain soir, avant le dîner, Shane et moi inviterons Gideon et ses parents à monter boire un verre ici, dans le petit salon. Vous viendrez aussi, mais personne d'autre.

— Et Linnet ?

Paula secoua la tête.

— Je veux garder le secret. Linnet sera mise au courant la semaine prochaine, quand oncle Robin aura parlé à Jonathan. Vous comprenez ?

— Je comprends.

Paula alla vers son bureau et prit le paquet de lettres attachées au moyen d'un ruban bleu.

— C'est pour vous, ma chère Evan, dit-elle en revenant vers le sofa. Ce sont les lettres de votre grand-mère.

Evan les prit, puis elle se leva et traversa la pièce. Parvenue à la porte, elle s'arrêta un instant et déclara :

— Je vous remercie de me les avoir données. Je

souhaiterais rencontrer mon grand-père ce week-end. Pensez-vous que ce sera possible ?

Paula fronça les sourcils, puis elle s'exclama :

— Je n'y vois aucun inconvénient. Je vais lui téléphoner.

45

Assise dans le hall, Evan attendait Paula. Elle éprouvait une légère anxiété à l'idée de rencontrer Robin Ainsley, moins d'une heure plus tard. Jetant un coup d'œil à la grande horloge ancienne, elle constata qu'il était plus de 10 heures. Elle savait que Paula n'allait pas tarder à arriver pour la conduire à Lackland Priory.

La veille, juste avant le dîner, Paula l'avait attirée à l'écart pour lui dire à voix basse que l'oncle Robin était d'accord pour la recevoir le lendemain matin. Cette perspective l'avait perturbée pendant toute la nuit. Elle se demandait comment ils réagiraient l'un à l'autre ; elle désirait faire bonne impression, et elle se demandait quelle tenue vestimentaire choisir.

Ce matin, elle portait un pantalon beige et un chemisier de soie crème. Cela convenait parfaitement à la campagne, avait-elle jugé, tout en étant plus élégant qu'une jupe et un sweater. Pour seuls bijoux, elle n'avait que des créoles en or et sa montre, mais elle avait noué autour de son cou un foulard Hermès beige, rouge et bleu.

La lecture des lettres de sa grand-mère à Emma avait été édifiante. Au début, quand Paula lui avait parlé de la liaison de Glynnis et de Robin, elle avait été très affectée. Mais au cours de la nuit son affection pour sa grand-mère n'avait cessé de croître. En effet, les qualités de Glynnis lui étaient pleinement apparues ; elle avait compris quelle femme vraiment bonne et généreuse elle avait été. Une femme qui tenait à ne blesser personne, de quelque façon que ce soit.

A ce qu'il semblait, lorsque Robin l'avait repoussée, elle s'était écartée avec dignité. Elle avait été honnête envers Richard Hughes, à qui elle avait dit toute la vérité. Les lettres étaient tour à tour poignantes, heureuses, tristes, positives, optimistes. Au fil des années, la grand-mère d'Evan avait éprouvé toute la palette des émotions. Une chose était certaine, cependant : elle avait vécu sa vie à fond et sans regret. Et elle était restée dévouée à Emma Harte jusqu'à la mort de celle-ci.

Pendant la nuit, Evan avait failli décrocher le téléphone pour appeler son père, mais elle avait changé d'avis. Elle voulait d'abord rencontrer son père à lui, faire la connaissance de Robin Ainsley avant de prévenir Owen. A travers les lettres de Glynnis, elle avait aussi ressenti quelque chose de très fort : l'amour de Glynnis pour Richard Hughes. Leur union avait été heureuse, ce dont Evan se réjouissait. Mais ne l'avait-elle pas toujours su ? Jamais elle ne les avait vus autrement que sereins, et Glynnis lui avait répété de nombreuses fois que, dans un mariage, l'harmonie était aussi importante que l'amour.

Dans l'une de ses missives, sa grand-mère avait parlé d'argent ; Evan savait désormais d'où venait ce legs important dont elle et son père s'étaient étonnés.

Pendant de nombreuses années, Emma avait envoyé de l'argent à Glynnis, qui en avait épargné le maximum, ne le dépensant qu'en cas de nécessité. Apparemment, Richard avait insisté pour subvenir lui-même aux besoins d'Owen, qu'il considérait comme son fils.

Il lui restait beaucoup de lettres à lire, et elle comptait le faire dans l'après-midi. Dans l'intervalle, elle aurait fait la connaissance de son grand-père biologique.

La jeune femme se leva, car Paula descendait l'escalier.

— Bonjour, madame O'Neill.

En riant, Paula s'approcha d'elle et, lui prenant le bras, l'embrassa sur la joue.

— Je crois que vous devriez m'appeler Paula, puisqu'il semble que nous soyons cousines.

— Je vais essayer, madame... Je veux dire Paula. Mais cela fait beaucoup de changements à la fois, en l'espace de vingt-quatre heures.

— Je le sais bien. Venez, nous pourrons discuter dans la voiture.

Elles sortirent de la maison et gagnèrent le garage. Evan attendit dans la cour pavée, pendant que Paula sortait la voiture du box, puis elle s'installa auprès d'elle.

— J'ai lu beaucoup de lettres de ma grand-mère, cette nuit. En fait, je n'ai pratiquement pas dormi.

— Je m'en doutais bien. Je n'en ai lu que quelques-unes, Evan. Uniquement ce qu'il fallait pour découvrir qui avait été l'amant de Glynnis pendant la guerre. Je ne voulais savoir que cela.

— Je vous remercie de me le dire, mais vous pouviez les lire toutes. Elles vous appartiennent, puisqu'elles ont été adressées à votre grand-mère.

Frappée par une idée subite, Evan s'exclama :

— Je me demande pourquoi Emma a gardé ces lettres ! Dans quel but ?

— Je n'en ai aucune idée, Evan. Je me le suis demandé moi-même quand je les ai trouvées, tout comme je me suis demandé pourquoi elle avait dissimulé la clef au dos de ce cadre, derrière le portrait de Robin, avec la photo de Glynnis et d'Owen. Je n'ai pu parvenir qu'à une seule conclusion.

Evan tourna vers Paula un visage ardent.

— Laquelle ?

— Je crois qu'Emma Harte voulait que la clef soit découverte, et elle avait fait le pari que ce serait par moi. Dans la mesure où je la harcelais depuis l'enfance au sujet de ce coffret, elle savait que je devinerais aussitôt à quelle serrure pouvait correspondre cette clef.

— Pourquoi ne pas la mettre en lieu sûr, tout simplement, ou vous en parler ?

— Je voudrais pouvoir vous répondre, mais cela m'est impossible. Peut-être ne voulait-elle pas que je fasse cette découverte de son vivant. Il se peut aussi que tout cela soit sorti de sa mémoire. Elle est morte de façon tout à fait inattendue, vous savez. Shane a une autre théorie : il pense que, de cette façon, elle gardait une sorte de prise sur Robin. Mais je ne suis pas certaine qu'il ait raison. Cependant, cette découverte et l'entrée en scène d'Evan Hughes risquent de déplaire au fils de Robin, Jonathan.

— Oui, vous me l'avez dit hier. Pourquoi est-il votre ennemi ?

— A la base, il pense qu'Emma aurait dû lui laisser un héritage plus important, vraisemblablement les magasins. Il a été extrêmement déçu, et il s'est vengé en lésant gravement Harte Enterprises sur le plan financier, par l'intermédiaire de la section immobilière qu'il dirigeait. Il a aussi tenté de mettre la main sur les magasins, en faisant acheter un grand nombre d'actions par un homme de paille, ce qui lui aurait permis d'avoir la majorité lors des votes. Mais il n'a pas réussi. De toute façon, Evan, ce n'est pas quelqu'un à fréquenter, croyez-moi sur parole.

— Gideon me l'a dit après la rétrospective. Il était très contrarié que j'aie parlé avec Jonathan Ainsley. Mais j'ignorais tout à fait qui il était.

Paula jeta un coup d'œil par la vitre de sa portière.

— Je le sais bien. Nous arrivons dans un charmant petit village du nom de Masham. Oncle Robin vit à Lackland Priory depuis de nombreuses années. C'est une belle et vieille demeure. Vous serez frappée par sa simplicité, bien que ce soit un trésor architectural.

— Je suis impatiente d'arriver, mais je me sens aussi un peu nerveuse à l'idée de rencontrer Robin… mon grand-père, dit Evan avec une moue. Cela me fait drôle de le désigner ainsi. Pour moi, mon grand-père est Richard Hughes, et il est mort.

— Ne soyez pas nerveuse, Evan. Je crois qu'oncle Robin est plutôt content de connaître votre existence. Jonathan l'a beaucoup déçu.

— Que pensez-vous vraiment de Jonathan, Paula ?

— Evidemment, je le déteste parce qu'il nous a fait du mal. Je déplore son appartenance à la famille… et j'estime qu'il est dangereux. Ah ! Regardez, Evan, juste en face de vous. Voici les grilles de la propriété, nous y serons dans quelques minutes.

Lorsqu'elles eurent franchi le portail, Evan admira les pelouses bien entretenues, le bouquet d'arbres à droite de la maison et la bâtisse elle-même. Solitaire. Simple. Et pourtant si belle, ainsi que Paula l'avait dit. Evan aimait ces pierres grises qu'utilisaient souvent les constructions du Yorkshire. Gideon lui avait appris qu'on les trouvait dans des carrières locales.

Paula se gara devant la porte, puis elle se tourna vers la jeune femme et lui lança un regard éloquent.

— Vous êtes prête, Evan ?

— Oui.

Evan sortit de la voiture. Ajustant sa veste et avalant péniblement sa salive, elle suivit Paula jusqu'à la porte.

Quelques secondes plus tard, celle-ci s'ouvrait.

— Bonjour, mademoiselle Paula, dit Bolton. Il vous attend dans la bibliothèque.

— Merci, Bolton. Voici Mlle Hughes.

Le majordome s'inclina, tandis qu'Evan lui souriait timidement. Les deux femmes traversèrent ensuite le hall à sa suite, jusqu'à la bibliothèque.

Robin Ainsley était assis dans un fauteuil à bascule, près de la fenêtre. Un livre était posé sur la table Queen Anne, mais il était fermé, et Evan se dit que Robin somnolait peut-être.

Le majordome toussota.

— Mlle Paula est arrivée, monsieur. Ainsi que Mlle Hughes.

— Ah ! Merci, Bolton.

Robin se leva immédiatement et se tourna vers elles. Tandis que les deux femmes s'approchaient de lui, son attention se concentra sur Evan.

Evan fixa avec une égale intensité cet homme de haute

taille, mince, le visage surmonté d'une abondante chevelure blanche, plutôt élégant. Il portait une vieille veste de tweed, aux coudes protégés par des pièces de cuir, un pantalon gris, une chemise bleue et une cravate en laine tricotée. Il lui rappelait étrangement Richard Hughes, et elle sourit intérieurement en songeant que Glynnis avait été attirée par le même type d'homme.

Paula embrassa son oncle avant de la présenter :

— Voici Evan, oncle Robin.

Il tendit la main, sans la quitter des yeux.

— Je suis très content de vous rencontrer, Evan.

Elle lui sourit timidement.

— Moi aussi, monsieur Ainsley.

— Appelez-moi Robin, ma chère enfant, ce sera beaucoup plus amical.

— Très volontiers, si vous le souhaitez.

— Je le souhaite. Maintenant, puis-je vous offrir quelque chose ? Du thé ? Du café ? Un verre de sherry, peut-être ?

— J'aimerais bien un verre d'eau gazeuse, s'il te plaît, dit Paula.

— Moi aussi, s'il vous plaît, murmura Evan.

Robin lança un regard à Bolton, qui se tenait sur le seuil de la pièce.

— Deux verres d'eau gazeuse et un sherry pour moi, Bolton. Je vous remercie.

Le majordome s'en alla, refermant la porte derrière lui.

— Asseyons-nous près de la cheminée, suggéra Robin. Je sais que nous sommes en juin, mais j'aime voir flamber un bon feu, même en cette saison. Je sens le

froid me pénétrer jusqu'aux os ces temps-ci. En devenant vieux, on vit à crédit.

Paula lui sourit et glissa un bras sous celui du vieil
homme. Ensemble, ils se dirigèrent vers la cheminée.
D'un mouvement du menton, elle fit signe à Evan de les
suivre.

Dès qu'ils furent assis, Paula déclara :

— Evan a souhaité te rencontrer ce matin, oncle
Robin, parce qu'elle retourne à Londres demain et ne
reviendra plus avant deux semaines, pour le dîner de fiançailles de Linnet, juste avant la réception d'anniversaire.

— Je suis heureux qu'elle ait formulé ce vœu, dit le
vieil homme en se tournant vers Evan. A dire vrai, j'avais
moi-même envie de vous rencontrer le plus vite possible,
mais je désirais vous laisser décider.

Evan, qui se sentait encore un peu nerveuse, dit
doucement :

— Attendre davantage m'a paru un peu ridicule. En
fait, je n'ai pas eu beaucoup à réfléchir, parce que je
voulais vous connaître moi aussi.

Robin l'observait, l'air pensif.

— Avez-vous informé votre père des… derniers
développements ? demanda-t-il.

— Non. J'ai bien pensé à l'appeler hier soir, mais j'y ai
finalement renoncé.

— Vraiment ? Pourquoi cela ?

— Je voulais vous voir d'abord, lâcha-t-elle.

Aussitôt, Evan se sentit rougir, mais avant qu'elle ait
pu ajouter quoi que ce soit, Robin se mit à rire. Il avait
un rire de gorge, grave et profond. Il était clair qu'il était
très amusé.

Jetant un coup d'œil à Paula, il déclara :

— Evan ressemble beaucoup à Emma. Ma mère était souvent très franche, ajouta-t-il à l'adresse de la jeune femme. Elle disait ce qu'elle avait sur le cœur, à ma grande consternation parfois.

— Pardonnez-moi. J'espère ne pas vous avoir paru grossière... Mais je pensais que nous devions nous rencontrer avant que je dise quoi que ce soit à mon père. D'ailleurs, j'ai du mal à discuter sérieusement au téléphone. Je préfère lui en parler de vive voix. Normalement, il devrait venir passer ses vacances ici, dans deux mois.

— Vraiment ?

Robin parut réfléchir un instant, il faillit dire quelque chose, mais Bolton entra, un plateau en argent dans les mains. Après que les boissons eurent été distribuées et que le majordome les eut quittés, Robin demanda ·

— Comment pensez-vous qu'il va réagir ?

Elle secoua la tête.

— Honnêtement, je l'ignore.

— Il sera certainement secoué, intervint Paula. Après tout, il a grandi auprès d'un autre homme qu'il considérait comme son père.

Robin ne dit mot et avala une gorgée de sherry.

Evan s'agita légèrement sur le sofa.

— Je pense qu'il se doute de quelque chose.

Robin se tourna vivement vers elle.

— Ah ?

— Qu'est-ce qui vous fait penser cela ? s'enquit Paula.

— Son comportement, en fait. Au début, il souhaitait que je me rende à Londres. Puis il a semblé changer d'avis, surtout après que j'ai commencé à travailler chez Harte. Je suppose qu'il a découvert quelque chose après la mort de ma grand-mère, en novembre dernier. Des papiers, peut-être. De la même façon que vous êtes tombée par hasard sur les lettres de Glynnis, Paula.

Les sourcils froncés, cette dernière semblait songeuse.

— D'après ce que m'a dit Paula, reprit Robin, votre grand-mère vous a conseillé d'aller trouver Emma Harte, en disant qu'elle possédait la clef de votre avenir. Mais puisqu'elles étaient des amies proches, elle savait forcément qu'Emma était morte.

— J'en suis absolument certaine, Robin, dit Evan, utilisant son prénom pour la première fois. Je pense qu'elle voulait me mettre dans votre orbite, je veux dire, dans l'orbite des Harte. Peut-être se doutait-elle que les gens me trouveraient quelque ressemblance avec Paula et que quelque chose se produirait... Je ne sais pas exactement à quoi elle s'attendait.

— Et nous ne le saurons jamais, vous ne croyez pas ? Mais vous avez probablement raison.

Se carrant dans son fauteuil, Robin examina une fois de plus Evan, puis il s'exclama :

— Ce n'est pas à Paula que vous ressemblez, mais à ma sœur Elizabeth. Tu me l'as d'ailleurs dit la dernière fois, Paula, ajouta-t-il à l'adresse de sa nièce.

— Je sais que je ne ressemble pas à Glynnis, dit Evan.

Robin pencha la tête de côté.

— En effet. Je crois qu'on a dû jeter le moule. Glynnis était la femme la plus extraordinaire que j'aie jamais rencontrée...

Comme il s'était interrompu, Paula enchaîna :

— Oncle Robin, cela ne t'ennuie pas si je vais faire un petit tour dans le jardin ? Je veux m'assurer que les plantes que je t'ai envoyées l'autre jour ont été correctement disposées dans les plates-bandes.

Le vieil homme allait répondre que son jardinier connaissait son métier lorsqu'il comprit qu'elle voulait être discrète en les laissant seuls.

— Bien entendu, répliqua-t-il avec un hochement de tête. Va dans le jardin, ma chérie.

Quelques secondes plus tard, il souriait à Evan.

— Elle est un peu transparente, parfois.

— Mais elle est attentive aux autres, répliqua Evan en lui rendant son sourire.

— Oh oui !

Il parut débattre un instant avec lui-même, puis il demanda :

— Est-ce que vous me détestez parce que je n'ai pas épousé Glynnis Jenkins, Evan ?

— Non. Cela remonte à très longtemps.

— C'est vrai. Ce n'est pas que je ne l'aimais pas. En fait, je l'aimais trop. Et elle m'aimait de la même façon… trop. Nous aurions…

— Oh, mon Dieu !

Robin fixa la jeune femme, interloqué.

— Que se passe-t-il ? Quelque chose ne va pas ?

— Ma grand-mère a dit quelque chose du même genre… « Je l'aimais trop », c'est ce qu'elle a murmuré sur son lit de mort. Je croyais qu'elle faisait allusion à son fils Owen, c'est-à-dire mon père. Mais peut-être parlait-elle de vous. Qu'en pensez-vous ?

— Peut-être bien, en effet. C'était notre problème. Trop de passion, une possessivité excessive. Notre amour nous aurait consumés, ou nous nous serions entretués. Comprenez-vous ce que je veux dire ?

Evan lui lança un regard direct.

— Bien sûr. Votre mariage a-t-il été heureux ?

— Oui, à bien des égards. Mais pour être franc, j'avouerai qu'elle me manquait souvent. Sa passion, son charme, sa sensualité me manquaient, ainsi que sa beauté. Glynnis Jenkins était la femme la plus ensorceleuse que j'aie jamais connue. Oui, elle me manquait…

— Glynnis a été heureuse, vous savez, très heureuse avec Richard. C'était un bon couple. Elle m'a inculqué que l'harmonie et la compatibilité étaient aussi importantes que l'amour dans un couple. Vous n'étiez pas « compatibles », tous les deux, n'est-ce pas ?

— Non. Mais cela ne m'empêchait pas de l'aimer.

Il y avait quelque chose de bizarre dans la voix de Robin, une sorte d'accent bourru. Evan lui jeta un coup d'œil et vit que ses yeux brillaient de larmes.

Sans réfléchir, elle se leva d'un bond et posa une main sur l'épaule du vieil homme.

— Oh, Robin ! murmura-t-elle. Je comprends… et je ne vous blâme pas.

Il leva les yeux vers elle, mais l'espace de quelques secondes, il ne vit pas Evan ni même sa sœur Elizabeth, mais Glynnis. Se levant à son tour, il l'attira contre lui et la serra un instant sur son cœur. Au bout d'un instant, il la lâcha.

— Pardonnez à un vieil homme, dit-il de la même voix bourrue.

— Il n'y a rien à pardonner, dit-elle en retournant s'asseoir.

Robin se maîtrisa et saisit son verre de sherry, après quoi il se rassit aussi, le dos bien droit.

— Alors, ma chère enfant, pensez-vous que nous puissions devenir amis, vous et moi ?

— Oh oui, je l'espère bien !

— Et votre père ?

— Je l'ignore.

— Mmh, je comprends. Vous comptez rester en Angleterre ?

— C'est ce que je souhaite, oui.

— En ce cas, nous nous reverrons ?

— Bien sûr.

Il y eut un bref silence, qu'Evan brisa :

— Robin, à votre avis, pourquoi Emma a-t-elle gardé les lettres de Glynnis et les a-t-elle cachées de cette façon bizarre ?

Il laissa échapper un soupir.

— Je l'ignore. C'est un mystère pour moi. Mais je suis diablement content qu'elle l'ait fait, conclut-il avec un grand sourire.

A cet instant, Paula entra dans la pièce.

— Qui a fait quoi ? Et à qui ? demanda-t-elle.

— Emma. Elle a conservé les lettres et tu les as trouvées, ce qui m'a permis de faire la connaissance de mon unique petite-fille. Vous êtes la seule, vous le savez ? demanda-t-il à Evan.

— Je le sais, dit-elle avec un sourire. De mon côté j'ai deux sœurs, mais elles ont été adoptées.

— Vous avez l'air très contents l'un de l'autre, remarqua Paula. Mais je dois quand même vous rappeler qu'il va falloir compter avec Jonathan.

Robin joignit ses mains et les porta à ses lèvres.

— Ah oui... Je lui parlerai la semaine prochaine. S'il

579

a la certitude que je ne changerai rien à mes dispositions testamentaires, tout ira bien.

— Je ne veux rien ! s'exclama Evan.

Mais elle rougit lorsque Robin lui lança un regard sévère. Paula reprit :

— Tu le sais, oncle Robin, et je le sais aussi, mais Jonathan te croira-t-il ? Se contentera-t-il de ta parole ?

— Je ferai en sorte qu'il me croie.

Robin se leva et alla s'asseoir près d'Evan, sur le sofa, puis il lui prit la main.

— Nous ne nous connaissons pas très bien, puisque nous venons à peine de faire connaissance. Cependant, vous êtes ma petite-fille, et j'ai l'intention d'instituer un fidéicommis à votre intention. Je m'en occuperai dès lundi. Mais rappelez-vous que cela doit rester entre nous.

N'osant proférer un mot, Evan hocha la tête.

— C'est une excellente idée, oncle Robin ! Et tu n'as pas à t'inquiéter en ce qui me concerne, dit Paula. Je n'en parlerai à personne, pas mëme à Shane.

Plus tard dans la journée, Evan lut à nouveau quelques lettres adressées par sa grand-mère à Emma. Glynnis donnait beaucoup de détails et décrivait sa vie à New York, avec son fils et son mari, de façon vivante et colorée. Evan trouvait cette lecture fascinante. Elle comprenait aussi que les deux femmes étaient devenues de plus en plus proches, au fil des années.

Elle remit la lettre qu'elle venait de lire dans la liasse, qu'elle renoua avec le ruban bleu avant de la placer dans un tiroir de la commode, sous ses sweaters. Elle reprendrait sans doute sa lecture le soir même, après le dîner.

Tout en se douchant et en se lavant les cheveux, elle pensait à Glynnis. Ces dernières vingt-quatre heures, son admiration pour sa grand-mère n'avait cessé de croître, à cause de sa dignité et de la façon dont elle avait mené sa vie. A plusieurs reprises, Glynnis avait amené le petit Owen à Londres pour qu'Emma puisse le voir. Son père s'en souvenait-il ? Peut-être, mais en ce cas il avait préféré ne pas lui en parler. Ou alors, il n'avait pas su l'identité d'Emma, ou bien il avait oublié, ou encore avait-il chassé ces rencontres de sa mémoire.

Evan sortit de la douche et s'essuya, après quoi elle enfila un peignoir en tissu-éponge et se planta devant le miroir, un sèche-cheveux à la main. Elle repensa à Robin. Il lui avait plu presque tout de suite ; elle avait aimé sa chaleur, sa bienveillance et sa courtoisie. De son côté, elle était presque certaine qu'il l'avait appréciée. Bien entendu, ils devraient apprendre à se connaître, et cela prendrait du temps, mais elle savait instinctivement qu'ils noueraient une relation qui vaudrait la peine d'être vécue.

Bien sûr, Robin s'était inquiété au sujet de son père, tout comme elle, d'ailleurs. Elle continuait à penser qu'il valait mieux ne pas lui téléphoner, ou du moins, si elle l'appelait dans le Connecticut, ne pas lui révéler ce qu'elle venait d'apprendre. Elle imaginait que sa réaction serait mitigée. Il avait beaucoup aimé Richard Hughes, qui était son vrai père à ses yeux. D'ailleurs, Richard s'était comporté comme tel. Sa grand-mère lui avait dit, autrefois, que n'importe quel homme pouvait engrosser une femme, mais que c'était la façon dont un homme agissait envers un enfant qui faisait de lui un père Elle avait souvent réfléchi aux paroles de sa grand-mère, et aujourd'hui celles-ci prenaient tout leur sens : Glynnis pensait à Richard lorsqu'elle les avait prononcées.

Après avoir brossé ses cheveux et s'être légèrement maquillée, Evan passa dans sa chambre, où elle revêtit rapidement une robe de soie bleu-vert. Elle mit le collier de petites perles qui avait appartenu à Glynnis, ainsi que les boucles d'oreilles assorties, puis elle chaussa des escarpins de soie à talons plats qui allaient avec la robe.

Elle fut la première à entrer dans le petit salon. Elle se tint un instant devant la fenêtre, à contempler les collines, puis elle se retourna pour faire quelques pas dans la pièce. Elle remarqua presque aussitôt la photographie et le reconnut. C'était Robin, âgé d'une trentaine d'années. Elle prit le cadre dans sa main, constatant que Paula avait déjà fait remplacer le verre brisé. Elle le tint un instant devant ses yeux, examinant ce visage, y trouvant des ressemblances avec celui de son père et le sien. C'était étrange comme Robin Ainsley avait des airs de Richard Hughes. Elle sourit intérieurement, puis remit la photographie parmi les autres, qui représentaient toutes des membres de la famille Harte.

On était au début du mois de juin, mais il faisait souvent frais dans ces vieilles demeures de province, et elle s'approcha de la cheminée, où flambait un bon feu Un instant plus tard, Gideon entra dans la pièce. Dès qu'il la vit, ses yeux étincelèrent et il se précipita vers elle pour la prendre dans ses bras. Il l'embrassa, puis, s'écartant légèrement d'elle, il s'écria :

— Tu devrais toujours porter cette couleur. Tu es superbe !

— Merci de votre bonté, monsieur, répliqua-t-elle avec un sourire.

— Mes parents vont arriver d'un instant à l'autre, mais j'aimerais bien savoir ce qui se passe. Ma mère a dit que Paula voulait nous parler à tous les trois en privé, en ta présence et en celle de Shane. Pourquoi pas Linnet et Julian ?

— Il faut attendre Paula, Gid, elle t'expliquera tout.

Gideon fronça les sourcils, mais parce qu'il était intelligent et vif, il dit très bas :

— Ne me dis pas que le mystère de ton ascendance est enfin élucidé !

S'abstenant de tout commentaire, Evan lui lança un regard qu'il ne put interpréter.

Quand Emily et Winston arrivèrent, Emily se dirigea aussitôt vers la jeune femme et déposa un baiser sur sa joue.

— Je suis contente de vous voir, Evan. Je vous félicite encore pour la façon dont vous avez collaboré à la rétrospective, qui était parfaitement réussie.

— Je vous remercie.

A son tour, Winston l'embrassa.

— Je dois dire que je suis pleinement d'accord avec Emily. Ma femme a d'ailleurs toujours raison. Maintenant, dites-nous pourquoi nous sommes réunis ici. Evan, vous êtes au courant ?

— Je vais vous le dire, annonça Paula depuis la porte.

Elle entra dans la pièce, suivie de Shane.

— Asseyez-vous, dit-elle en s'installant elle-même sur un sofa, près de la cheminée.

Lorsqu'ils furent tous assis, elle leur expliqua comment elle avait fait tomber la photographie de Robin, posée sur la table de la bibliothèque, comment elle avait trouvé la clef du coffret à fermoir d'argent et l'instantané qui représentait Glynnis, Emma et Owen.

— Le coffret était plein de lettres adressées par Glynnis Hughes à Emma, et j'ai très vite compris que Robin Ainsley était le père du fils de Glynnis, Owen, qui est lui-même le père d'Evan.

— Mon Dieu ! s'écria Emily. Alors, vous êtes de la famille, Evan ! Mais bien sûr ! Maintenant, je sais à qui vous ressemblez ! A ma mère, quand elle avait à peu près votre âge. Bonté divine, vous êtes une Harte !

— Bienvenue dans la famille, dit Winston. Vous allez magnifiquement l'agrémenter.

Impassible, Gideon restait assis sans rien dire.

— Paula a rendu visite à Robin l'autre jour, précisa Shane. Il a confirmé qu'il avait eu une liaison avec Glynnis pendant la guerre. Mais nous vous raconterons cette histoire plus tard. Quand Evan est arrivée, hier, Paula l'a mise au courant, et ce matin elle l'a conduite au prieuré, pour qu'elle fasse la connaissance de Robin. Apparemment, l'entretien s'est déroulé le mieux du monde.

— Il vous a plu, Evan ? demanda Emily. Comment s'est-il comporté avec vous ?

— Il m'a plu, oui, confirma Evan. Il a été très gentil, et je suis sûre qu'il éprouvait la même chose que moi, ajouta-t-elle en lançant à Paula un regard interrogateur.

— Je crois vraiment que Robin était ravi, renchérit cette dernière en hochant la tête. Il ne l'a pas dit exactement de cette façon, mais il souhaitait vivement revoir Evan pour mieux la connaître. Il a aussi émis le vœu de rencontrer son père. Par ailleurs, nous savons tous... ce qu'est Jonathan. Je crois que Robin est aux anges depuis qu'il a appris qu'il était grand-père.

Gideon, qui se remettait de sa première surprise, couva Evan d'un long regard amoureux.

— Je vais reprendre la formule de mon père, Evan. Bienvenue dans la famille. Oui, vraiment, sois la bienvenue.

Les autres émirent un rire attendri, puis Paula enchaîna :

— Pour le moment, tout cela doit rester entre nous six. Personne d'autre, dans la famille, ne doit être mis au courant. Du moins, jusqu'à ce qu'oncle Robin en ait parlé à Jonathan et qu'il lui ait assuré que l'existence d'Evan n'affectera en rien son héritage.

— J'espère qu'il va le croire ! s'exclama Emily.

— Je vois ce que tu veux dire, déclara Shane.

Winston réfléchit un instant, puis il hocha la tête.

— Oncle Robin n'est pas pour rien le fils d'Emma. Il n'a rien perdu de sa perspicacité ni de son intelligence. De plus, n'oublions pas qu'il a été avocat, qu'il connaît bien la loi, qu'il a été membre du Parlement, puis du gouvernement pendant des années. Il saura parfaitement comment le prendre, soyez-en sûrs. Il utilisera les mots justes, et quand il verra Jonathan, ce sera avec toutes les bonnes réponses.

— Quand cela devrait-il se faire, Paula ? demanda Emily.

— Oncle Robin compte se rendre à Londres lundi pour voir son notaire. Peut-être veut-il solliciter un avis sur la meilleure façon de circonvenir Jonathan.

— C'est possible, dit Winston, mais je crois plutôt qu'il souhaite établir les actes légaux susceptibles de donner à Jonathan les garanties qu'il exigera sans doute.

— Je suis d'accord avec toi, Winston, intervint Shane.

Tout en disant ces mots, il tendit la main à sa femme et l'aida à se lever.

— Et maintenant, poursuivit-il, descendons au rez-de-chaussée et buvons un verre Les autres vont se demander ce que nous fabriquons.

— Rappelez-vous, dit Paula : pas un mot à quiconque, même pas à Linnet. Nous connaissons la vraie nature de Jonathan, et nous ne voulons pas qu'il devienne méchant avant qu'oncle Robin ait eu le temps de l'apaiser. Et les rumeurs vont vite dans la famille.

Winston et Emily approuvèrent de la tête, avant de suivre Shane et Paula hors de la pièce.

— Nous vous rejoignons tout de suite, dit Gideon.

Quand les autres furent partis, il alla s'asseoir près d'Evan, sur le sofa. Prenant la main de la jeune femme, il plongea dans ses grands yeux expressifs et dit doucement :

— Comment te sens-tu, maintenant que tu connais notre parenté ?

Evan soupira, le visage sérieux.

— Au début, j'ai été saisie, bien sûr. Mais je me suis habituée à cette idée, je me suis aperçue que cela ne me contrariait pas le moins du monde. Et toi, Gideon, cela t'ennuie ?

— Non. Pourquoi cela devrait-il m'ennuyer ? Je dois admettre que la nouvelle m'a stupéfié, parce que la rumeur avait couru que tu étais une descendante des McGill. Mais il apparaît que tu es une descendante des Harte.

Il se mit à rire, puis il se pencha pour déposer un baiser

sur sa bouche. Elle noua ses bras autour de son cou, et ils s'embrassèrent, longuement et passionnément.

Finalement, Evan s'écarta.

— Je crois que nous ferions mieux de descendre, tu ne crois pas ?

Il lui jeta un regard faussement lubrique et secoua la tête avec une exagération quelque peu théâtrale.

— Je préférerais de beaucoup rester ici avec toi et poursuivre... cette conversation. Mais je suppose que nous devons respecter quelques convenances. Après le dîner, nous ferons un tour en voiture, ainsi nous pourrons être seuls. D'accord ?

Evan leva vers lui un visage heureux.

— Je veux bien.

Il sembla à Evan que les dix jours suivants étaient passés en un éclair. Elle avait été très occupée chez Harte. La rétrospective avait remporté un énorme succès : Linnet, India et elle avaient été sollicitées par de nombreux journalistes qui souhaitaient les interviewer pour leurs magazines ou leurs quotidiens. Elles avaient même été contactées par des journaux étrangers. Quant aux ventes, elles avaient atteint leur record dans le secteur de la mode.

Le mercredi après-midi, Evan se tenait dans son bureau. Elle était en train de vérifier dans son agenda ses rendez-vous pour le reste de la semaine. Par bonheur, son horizon s'éclaircissait un peu, et elle n'avait que deux séances de photo à superviser. L'une était prévue pour le lendemain après-midi, l'autre pour le vendredi matin. La jeune femme s'appuya au dossier de sa chaise et pensa au week-end qui l'attendait. Il promettait d'être très particulier. D'abord, le vendredi soir, Paula et Shane donnaient un dîner pour fêter les fiançailles de Linnet et de Julian ; il n'y aurait que les membres des trois familles : les Harte, les O'Neill et les Kallinski. Et puis, le samedi soir, ce serait la réception organisée pour le soixantième anniversaire de Shane et de Winston, dans les jardins de Pennistone Royal.

Elle devait se rendre dans le Yorkshire en voiture, avec India et Linnet. Elles avaient envisagé de prendre le train pour Harrogate, mais finalement elles avaient trouvé plus pratique de partir en voiture.

Tandis qu'elle pensait au week-end qui l'attendait, les yeux d'Evan se posèrent sur les robes qui étaient suspendues à l'autre bout de la pièce. Elle se leva pour les examiner. Pour le dîner de fiançailles, elle avait acheté un fourreau de soie gris pâle, avec de fines bretelles, très simple et élégant. En revanche, elle n'était pas encore sûre de ce qu'elle allait porter pour l'anniversaire. Elle savait que Gideon l'aimait vêtue de bleu-vert, et son choix s'était d'abord porté sur une robe longue de mousseline dans ces tons, avec de longues manches vaporeuses. En l'examinant à nouveau et en la comparant à la robe de soie rose qu'India s'était choisie pour elle, elle se dit que ce premier choix était le bon. Cette mousseline bleu-vert était douce, féminine et romantique à souhait.

La sonnerie du téléphone la fit sursauter. Elle se précipita vers son bureau et décrocha.

— Allô ? Ici, Evan Hughes.

— Bonjour, ma chérie, c'est Gid.

— Je t'ai reconnu.

— Je passerai te prendre à 18 h 45 ce soir. Cela te va ?

— Très bien. A tout à l'heure, alors.

Elle imita le bruit d'un baiser dans le récepteur.

— Plein de baisers, mon Evan, répondit-il avant de raccrocher.

Elle allait retourner vers les robes quand le téléphone sonna de nouveau.

— Allô ? Ici, Evan Hughes.

— Bonjour, ma chérie, c'est Papa.

— Oh ! Bonjour Papa, merci de me rappeler. Comment vas-tu ? Comment va Maman ?

— Beaucoup mieux, ma chérie. Nous sortons plus souvent, et elle est même venue à New York avec moi le week-end dernier.

— C'est merveilleux ! Je suis ravie, Papa.

— J'ai eu ton message. Tu m'as demandé de te rappeler de toute urgence... Tout va bien, j'espère ?

— Il n'y a pas de problème, ne t'inquiète pas. Je me demandais seulement si tu projetais de venir à Londres. Tu m'avais dit que tu envisageais d'y passer les vacances cette année.

Il y eut un silence, à l'autre bout de la ligne. Enfin, Owen toussota et déclara :

— Je ne pourrai pas venir avant le mois d'août. Oui, je pensais au mois d'août. Ce serait formidable de te revoir, Evan. Tu me manques.

Elle perçut une certaine mélancolie dans la voix de son père, et elle faillit lui parler de Robin, mais elle se ravisa aussitôt.

— J'ai hâte de te revoir, Papa. Tu me manques à moi aussi. Maman t'accompagnera ?

— Je n'en suis pas sûr. Mais certainement, si elle se porte assez bien pour supporter le voyage. C'est là que nous nous sommes rencontrés, ma chérie, conclut Owen avec un petit rire.

— Je le sais, Papa. Comment vont les affaires ?

— Je ne peux pas me plaindre. Je sens à ta voix que de ton côté, tout va bien.

— C'est vrai. J'adore Londres et j'adore travailler au magasin.

— Ils sont toujours aussi gentils avec toi ?

— Oui. Et je te l'ai dit la semaine dernière, la rétrospective a remporté un franc succès.

— Je te réitère mes félicitations, ma chérie. Je t'appellerai bientôt, ou fais-le, toi, si tu as un moment. A la maison, si tu peux. Ta mère adore quand tu appelles, Evan.

— Je le ferai, Papa. Embrasse pour moi Maman et les filles. Je t'aime.

— Je t'aime aussi, ma chérie.

Après avoir raccroché, Evan fixa un instant le récepteur, l'esprit rempli de Robin et de tout ce qui était arrivé, ces dix derniers jours. Comme sa vie avait changé !

Il était 18 h 15 lorsque Evan emprunta la sortie réservée au personnel pour quitter le magasin. Elle comprit rapidement qu'elle allait avoir du mal à trouver un taxi. Après avoir scruté la rue à droite et à gauche, elle se décida à rentrer à pied. La soirée s'annonçait agréable, presque chaude, et bien que le trajet entre Knightsbridge et son hôtel prit une vingtaine de minutes, elle jugea plus sage de ne pas perdre de temps à attendre un taxi. De toute façon, elle pourrait éventuellement en héler un en chemin.

Elle hâta le pas, sans remarquer deux hommes et une

femme qui semblaient traîner, de l'autre côté du parking réservé au personnel. Ce ne fut que lorsque l'un des deux hommes l'attrapa par le bras qu'elle les remarqua. La femme sembla tituber vers elle, puis elle lui décocha un coup de poing dans l'estomac. Lâchant sa mallette, Evan se plia en deux et laissa échapper un cri.

Elle sentit qu'on la frappait violemment dans le dos, et ses jambes se dérobèrent. Elle tomba sur la chaussée, la respiration coupée. La femme agrippa son sac à main, tandis que l'un des hommes sortait un couteau.

Elle recula, terrifiée, certaine qu'il allait la poignarder.

— Ne me faites pas de mal ! murmura-t-elle.

— File-moi tes boucles d'oreilles, siffla-t-il en se penchant vers elle. Allez, file-moi tes perles !

Il lui envoya un coup de pied dans la cuisse et, se penchant encore plus, il appuya la pointe du couteau contre sa gorge.

Frissonnant de peur, Evan ôta ses boucles d'oreilles et les laissa tomber par terre. Le second voyou les ramassa, tandis que celui qui était armé ordonnait :

— Ta montre ! File-moi ta Rolex ou je te saigne.

De ses mains tremblantes, Evan retira sa montre et la jeta sur le sol, se raidissant dans l'attente du prochain coup de pied. Mais rien ne vint. Elle resta étendue, recroquevillée en position fœtale, osant à peine respirer. Soudain, elle reçut un coup de botte dans les côtes. Le voyou continua de la frapper, tandis que son comparse se penchait sur elle tout en pressant la pointe de son couteau contre la gorge de la jeune femme, entaillant sa chair.

— Je vais te saigner…

— Eh ! Qu'est-ce que vous faites ? cria une voix de femme, qui résonna dans la rue.

Evan entendit un bruit de course. Ouvrant les yeux, elle vit ses trois agresseurs qui s'enfuyaient. Un instant plus tard, une jeune femme se penchait sur elle et lui demandait si elle allait bien.

— Je crois que oui, souffla-t-elle.

Elle toucha son cou, puis elle regarda ses doigts.

— Il ma blessée, murmura-t-elle. Je saigne.

La femme s'agenouilla et examina son visage.

— C'est ce que je vois. Vous n'avez rien de cassé ?

— Non. L'un d'entre eux m'a envoyé des coups de pieds dans la cuisse et les côtes, les autres m'ont frappé dans le dos et l'estomac, mais je crois qu'il n'y a rien de cassé.

Evan déglutit péniblement et s'efforça de s'asseoir, mais avec beaucoup de difficultés.

— Laissez-moi vous aider.

La jeune femme passa un bras autour de sa taille et la soutint jusqu'à ce qu'elle soit debout. Evan s'appuya contre elle un instant, essayant de recouvrer ses esprits. Elle se mit à tousser ; sa gorge était sèche. Elle toussa encore, le visage dans ses mains. Finalement, elle se redressa et regarda la jeune femme.

— Merci. Vous m'avez peut-être sauvé la vie.

— Je suis contente d'avoir été là. Vous tenez sur vos jambes ? Vous croyez pouvoir marcher ?

— Oui. Je suis un peu vacillante, mais cela ira, je vous assure. Dites-moi votre nom, je voudrais…

— Non, c'est inutile, répondit la jeune femme avec un sourire. Je suis contente que vous alliez bien.

Elle s'éloigna très vite, visiblement soucieuse de

reprendre le cours de sa propre vie. Pendant une minute ou deux, Evan s'appuya contre un mur, puis elle épousseta son pantalon beige et se remit à marcher. Elle était choquée, elle avait du mal à mettre un pied devant l'autre, mais elle n'avait pas le choix si elle voulait rentrer chez elle.

Repérant enfin un taxi, elle le héla, grimpa à l'arrière et se laissa tomber sur la banquette. De nouveau, elle toucha son cou, vit du sang sur ses doigts et fouilla dans sa poche, où elle trouva un mouchoir en papier. Elle le pressa contre sa gorge, cherchant à retrouver son calme.

Quand le taxi s'arrêta devant le petit hôtel, Evan aperçut Gideon sur les marches, en train de scruter la rue. Il se demandait visiblement où elle se trouvait.

Elle sortit du taxi et boitilla jusqu'à lui.

— J'ai été agressée. Tu peux payer le taxi, Gid ?

Il la serra d'abord contre lui, puis il sortit de sa poche un billet de cinq livres et le donna au chauffeur. Il soutint ensuite la jeune femme jusqu'à l'hôtel, tout en lui murmurant des mots d'apaisement et d'encouragement.

— Il faut que je m'asseye un instant, dit-elle en montrant le salon. Entrons là un moment.

La pièce était vide. Evan s'effondra sur un sofa et leva les yeux vers Gideon, qui se penchait anxieusement sur elle.

— Que s'est-il passé ? Tu te sens assez bien pour me le dire ?

— Oui, mais peux-tu me donner un verre d'eau d'abord ? J'ai la gorge sèche.

Il hocha la tête et disparut aussitôt. Une minute plus tard, il était de retour avec un verre rempli d'eau gazeuse.

— Tu veux un cognac ? Cela te ferait du bien ?

— Non merci, ça ira.

Elle but à longs traits, puis elle le regarda et fondit en larmes.

Il s'assit aussitôt auprès d'elle.

— Oh, ma chérie ! Je suis tellement navré de ce qui t'est arrivé ! Londres devient une ville dangereuse. On y agresse les gens en plein jour.

Il lui tendit un mouchoir. Elle s'essuya les yeux, puis elle le pressa contre son cou.

— Il m'a coupée, marmonna-t-elle en écartant le mouchoir. C'est une vilaine blessure ?

Gideon examina sa gorge.

— Par bonheur, ce n'est qu'une petite coupure. Tu veux que je t'emmène aux urgences ?

— Non, non ! Je vais bien, Gid, je t'assure ! Ils m'ont donné des coups de pied et de poing, ils m'ont pris mon sac et ma mallette. Ils m'ont aussi volé mes boucles d'oreilles en perles et ma Rolex. Les boucles me venaient de ma grand-mère, précisa-t-elle, les larmes aux yeux.

Il la prit dans ses bras et lui murmura des mots d'amour, jusqu'à ce qu'elle soit calmée.

Elle lui raconta alors dans le détail ce qui était arrivé.

— Le type au couteau m'a vraiment fait peur, conclut-elle. J'ai cru qu'il allait me tuer. J'ai vraiment eu de la chance que cette jeune femme soit intervenue. Elle les a fait fuir.

— Beaucoup de chance, en effet. Bien des gens se seraient éloignés sans rien faire.

— C'est vrai… Heureusement, je n'avais pas grand-chose dans mon sac. Ma trousse de maquillage, un peu d'argent. Mon passeport et ma carte de crédit sont dans ma chambre, ici. Linnet m'avait conseillé, il y a très longtemps, de ne pas les prendre, sauf si j'étais certaine d'en avoir besoin.

— Tant mieux, dit Gideon, en serrant la jeune femme contre lui. Si quelque chose t'arrivait, Evan, je ne pourrais pas le supporter. Tu es ce qu'il y a de plus précieux au monde pour moi.

Il lui caressa les cheveux et continua :

— Tu devrais peut-être monter dans ta chambre et examiner tes genoux. Tu m'as dit qu'ils t'avaient fait tomber ?

— Oui, montons. Tu veux bien annuler la réservation à l'Ivy ? Je ne me sens pas capable d'aller au restaurant ce soir. Nous pourrions manger ici ; tu m'as dit un jour que tu aimais bien la salle à manger.

— C'est une bonne idée. Viens.

Gideon se leva, l'aida à se lever et la soutint jusqu'à l'ascenseur.

Lorsqu'ils furent dans sa chambre, Evan retira sa veste, son pantalon, puis elle s'assit. Gideon examina ses genoux.

— Ils sont égratignés, c'est tout, murmura-t-il. Rien de grave. Lève-toi que je regarde ton dos.

Elle obéit et grimaça un peu lorsqu'il la toucha.

— Cela fait un peu mal. Il m'a donné un coup au milieu du dos. Mais plus j'y pense, plus je mesure ma chance, Gid. Je vais m'en tirer avec quelques égratignures et quelques bleus. J'aurais pu être blessée bien plus sérieusement, voire pire.

— C'est vrai. Mais ne reste pas là à parler. Un bon bain te fera du bien, suggéra le jeune homme en déposant un baiser sur son front. Allez, file !

Evan disparut dans la salle de bains et ferma la porte.

Gideon s'installa dans le gros fauteuil rembourré, décrocha le téléphone et forma le numéro du restaurant. Après avoir annulé la réservation, il alluma la télévision, mais fut incapable de se concentrer sur l'écran. Le récit de l'agression lui emplissait l'esprit. Par bonheur, Evan était saine et sauve ! Il trouva bizarre que ce se soit passé dans le parking du magasin, mais on n'était en sécurité nulle part ces temps-ci, et les agressions se multipliaient.

Il pensa alors à Jonathan Ainsley et se redressa, soudain suspicieux. Paula avait dit qu'il était dangereux, et Gideon pensait qu'elle avait raison. Jonathan connaissait maintenant l'existence d'Evan. Si Gidéon en croyait sa mère, Robin et ses hommes de loi étaient en train de rédiger les garanties réclamées par Jonathan. Celui-ci savait que son héritage n'était en rien menacé. Mais, le connaissant, pouvait-on croire qu'il ne veuille faire aucun mal à Evan ? Pouvait-on penser qu'il ne désire pas la blesser, d'une façon ou d'une autre ? Pouvait-on imaginer qu'il soit dépourvu de rancune et de jalousie ? Il aurait très bien pu arranger une agression…

Gideon repoussa ces idées noires, refusant d'admettre qu'Evan pouvait avoir été une cible. Mieux valait croire qu'elle s'était trouvée au mauvais endroit au mauvais moment, que ce n'était que le fruit du hasard et qu'elle ne risquait plus rien.

Mais le lendemain matin, quand Gideon prit place derrière son bureau, au journal, il pensait encore à Jonathan Ainsley. Il prit la décision de veiller sur Evan sans relâche. Il avait la certitude qu'elle devait être protégée contre les machinations de Jonathan Ainsley.

46

Ils étaient tous rassemblés à Pennistone Royal. Les Harte, les O'Neill et les Kallinski... Les trois clans.

Les hommes étaient superbes dans leur smoking. Les femmes, très élégantes, portaient robe du soir et bijoux. Il régnait dans l'air une atmosphère de fête, tandis qu'ils buvaient du champagne.

Vêtue d'une robe de mousseline vert pâle et arborant toutes les émeraudes d'Emma, Paula circulait parmi les convives et adressait un mot à chacun. La veille, son frère Philip était arrivé de Paris. Il avait été stupéfait lorsqu'elle lui avait conté l'histoire de l'oncle Robin, de Glynnis et des lettres cachées. Debout près de sa fille Fiona, arrivée d'Oxford, il conversait aimablement avec Robin, Gideon et Evan. Paula se dit que ces deux-là semblaient très amoureux. Elle parla un instant avec eux, puis elle s'éloigna.

L'oncle Ronnie l'aperçût et lui fit signe. Elle se faufila gracieusement parmi les convives pour le rejoindre. Il était avec son fils Michael, le père de Julian. Après l'avoir embrassée affectueusement sur les deux joues, il lui déclara qu'elle était splendide.

— Quelle belle fête ! dit-il, l'air rayonnant. Ils sont enfin fiancés !

— C'est fantastique, répliqua Paula en riant.

Sir Ronald Kallinski l'attira près de lui et lui murmura à l'oreille :

— J'ai appris par mon banquier, dans la City, que Jonathan Ainsley a mis sa nouvelle entreprise sur le marché. Il paraîtrait qu'il retourne à Hong Kong pour s'y établir définitivement. Cette nouvelle devrait te remplir d'aise, Paula ?

— C'est le cas.

En s'éloignant, elle eut le sentiment qu'on venait soudainement d'ôter un lourd fardeau de dessus ses épaules.

Tous ceux qui avaient été invités étaient venus. Même la tante Edwina était là, ce qui était très important pour Paula. Edwina, le premier enfant d'Emma, était âgée de quatre-vingt-dix ans et portait le titre de comtesse douairière de Dunvale.

« Et quelle comtesse ! » pensa Paula avec admiration. Vêtue de soie pourpre, une rivière de diamants autour du cou, Edwina était resplendissante et aristocrate jusqu'au bout des ongles.

— Elle a quelque chose de différent, murmura Paula à Shane, qui venait de surgir à son côté.

— Qui cela ? demanda-t-il en la prenant par le coude.

— Tante Edwina. Tu ne la trouves pas... parfaitement merveilleuse ?

— Oui, comme toutes les femmes. Viens ma chérie, ne reste pas ici. Nous avons quelque chose à faire maintenant.

— Oui, je sais, dit Paula en levant les yeux vers son mari. Je voudrais que Grand-Mère et Blackie soient ici aujourd'hui.

— Peut-être est-ce le cas, répondit-il. En train de veiller sur nous.

Ensemble, Paula et Shane gagnèrent le milieu de la salle. Ils furent rejoints par Linnet, radieuse dans sa robe de soie jaune pâle, le visage auréolé par ses cheveux auburn. Elle serrait dans sa main celle de Julian, et celui-ci paraissait très fier d'elle. En quelques secondes, tout le monde se tut, attendant que Shane prenne la parole.

— En 1905, il y a de cela quatre-vingt-seize ans, trois jeunes gens ambitieux qui vivaient à Leeds devinrent amis, dit-il. Emma Harte, Blackie O'Neill et David Kallinski. Ils le restèrent toute leur vie et rêvèrent toujours que les trois clans soient un jour unis par le mariage. Ce soir, leur souhait est finalement exaucé. Buvons à la santé de leurs descendants, leurs arrière-petits-enfants Linnet et Julian, qui deviendront bientôt mari et femme.

REMERCIEMENTS

Un mot, d'abord, sur ce livre. Il est le quatrième d'une série qui commença avec *L'Espace d'une vie*, suivi de *Accroche-toi à ton rêve* et de *L'Héritage d'Emma Harte*. Ces trois volumes relatent l'épopée de trois familles, dont l'essor commença à l'orée du vingtième siècle, en Angleterre. Ce roman reprend le cours de l'histoire en 2001. Ses héros sont les descendants d'Emma Harte, de Blackie O'Neill et de David Kallinski.

A la demande de mes lecteurs, j'ai ressuscité temporairement mon personnage bien-aimé, Emma Harte, l'héroïne de *L'Espace d'une vie* et de *Accroche-toi à ton rêve*. J'ai donc dû remonter jusqu'en 1940, et les années tumultueuses de la guerre forment le décor d'une partie de cette histoire. Afin de recréer l'atmosphère de cette époque, d'en rappeler les événements historiques, j'ai cité des fragments des discours de Winston Churchill. En dehors du fait qu'il est mon idole, je crois que nous lui devons la pérennité de notre civilisation occidentale. Sans son impulsion extraordinaire à la tête du gouvernement britannique pendant la Seconde Guerre mondiale, lorsqu'il s'opposa à un traité avec l'Allemagne, combattit la terreur nazie et le démon Hitler, le monde ne serait pas ce qu'il est aujourd'hui. Nous ne connaîtrions sans doute pas la liberté, la justice et le mode de vie que nous chérissons. Nous lui devons tous énormément.

Pendant que j'écrivais ce roman, de nombreuses personnes m'ont assistée de différentes façons. Je veux rendre hommage à mon amie, Edwina Sandys, et à sa sœur, Celia Sandys, les petites-filles de sir Winston Churchill. Edwina m'a généreusement offert douze enregistrements des discours de son grand-père, ce qui constitue un cadeau inestimable. Celia a organisé une visite privée des salles où il tenait son conseil de guerre, à Whitehall, ce qui fut extrêmement édifiant. Je dois remercier Phil Reed, conservateur de ces salles, qui a été le plus compétent des guides.

Je remercie aussi mon amie Jane Ogden, qui m'a écoutée patiemment et a partagé avec moi les souvenirs de son enfance, pendant les années de guerre.

Susan Zito, des Entreprises Bradford, m'a fourni une aide précieuse, grâce à ses recherches et à ses vérifications. Elle sait combien j'apprécie son investissement dans tous mes romans.

Je dois vraiment un grand merci à Liz Ferris, de Liz Ferris Word Processing, qui a tapé, vite et bien, le manuscrit long et complexe.

Je remercie mes agents littéraires, Morton Janklow et Anne Sibbald, qui me représentent depuis 1981 et ont toujours été là pour moi. Merci aussi à mon éditrice anglaise de longue date, Patricia Parkin, de Harper-Collins, et à mon éditrice aux Etats-Unis, Jennifer Enderlin, de Saint Martin Press, New York.

Finalement, mais ce n'est pas le moins important, je remercie mon mari, Robert Bradford, le premier à m'écouter, le plus intelligent des critiques et mon plus fervent supporter.

AU LECTEUR

J'espère que vous avez aimé *Le Secret d'Emma Harte* et que vous avez trouvé Linnet, Tessa, Evan et Gideon aussi attachants et passionnants que moi. Ces personnages ont acquis une vie propre, et ils n'en ont pas encore fini avec moi.

Leur histoire continue dans *Unexpected Blessings,* bientôt publié à Saint Martin Press, New York. Je peux vous dire que les merveilleuses héroïnes de ce roman y affrontent des épreuves difficiles, et que certaines personnes vindicatives ont encore un ou deux tours dans leur sac. A travers leur histoire, cependant, souffle l'esprit d'Emma Harte. Parfois, j'ai cru que j'en avais terminé avec elle, mais elle s'est imposée de nouveau à moi, et j'en conclus qu'elle a encore des choses à me dire... Elle est également présente dans la suite des aventures de ses arrière-petits-enfants, et il lui reste quelques secrets à nous révéler.

Merci de m'accompagner au cours de ce voyage que représentent les romans de la famille Harte.

Je vous souhaite une bonne lecture.

Barbara Taylor Bradford

TABLE DES MATIERES

Achevé d'imprimer sur les presses de

BUSSIÈRE

GROUPE CPI

à Saint-Amand-Montrond (Cher)
pour le compte des Éditions France Loisirs
en mars 2005